Nina MacKay
Dämonentage

W0358473

PIPER

Zu diesem Buch

An den Dämonentagen leben die Menschen in Furcht und Angst. Jedes Jahr, während der letzten fünf Nächte des Jahres, schwärmen Dämonen auf die Erde aus. Nur wer sich versteckt, kann überleben. Daher kommt der 17-jährigen Adriana die Einladung in eine ominöse, jedoch offenbar sichere Villa gerade recht. Gemeinsam mit ihren Freunden, unter denen auch ihr heimlicher Schwarm Eloy ist, beschließt Adriana, die Dämonentage dort zu verbringen. Doch bereits in der ersten Nacht versuchen die Dämonen mit aller Macht, in die Villa zu gelangen. Irgendetwas scheint in diesem Jahr anders zu sein. Mehrere Alpha-Dämonen schließen ihre Clans zusammen. Was wollen sie ausgerechnet von Adriana? Und warum behauptet der Halbdämon Cruz, dass eine ganz besondere Verbindung zwischen Adriana und ihm bestehe?

Nina MacKay, irgendwann in den ausgeflippten 80er-Jahren geboren, arbeitet als Marketingmanagerin (wurde aber auch schon im Wonderwoman-Kostüm im Südwesten Deutschlands gesichtet). Außerhalb ihrer Arbeitszeiten erträumt sie sich eigene Welten und führt imaginäre Interviews mit ihren Romanfiguren. Gerüchten zufolge hat sie früher als Model gearbeitet und einige Misswahlen auf der ganzen Welt gewonnen. Schreiben ist und war allerdings immer ihre größte Leidenschaft.

Nina MacKay

DÄMONEN TAGE

Roman

PIPER

Von Nina MacKay liegen im Piper Verlag vor:
Plötzlich Banshee
Teenie Voodoo Queen
Dämonentage

MIX
Papier aus verantwortungsvollen Quellen
FSC
www.fsc.org
FSC® C083411

Originalausgabe
ISBN 978-3-492-28183-6
Oktober 2018

Umschlaggestaltung: zero-media.net, München
Umschlagabbildung: James Wragg/Trevillion Images; FinePic®, München
Satz: Satz für Satz, Wangen im Allgäu
Gesetzt aus der Dante MT
Druck und Bindung: CPI books GmbH, Leck
Printed in Germany

Even the darkest night will end and the sun will rise

Les Miserables

1

Es ging auf die dunkelste Zeit des Jahres zu. Seit Wochen dominierten in den Nachrichten die Warnungen und Verhaltensempfehlungen für die Tage zwischen dem 27. und 31. Dezember und wie in den Jahren zuvor sicherten die reicheren Einwohner von Portland, Oregon, ihre Häuser wie Fort Knox. Metallverstärkte Schutzwände, automatisch absenkbare Eisengitter und Fenster aus Panzerglas konnte sich leider nicht jeder leisten.

Während Adriana Astara auf ihrer Lieblingsbank im Washington Park die letzten Strahlen der untergehenden Sonne genoss, grub sie ihre Finger in die Ärmel ihres Pullovers. Wenn sie hier saß, in der frischen Winterluft, gelang es ihr am besten, die Bilder vom letzten Jahreswechsel zu verdrängen. Sie hatte ihre Lektion gelernt und die Schrecken würden sich dieses Jahr nicht wiederholen. Sie zog die Beine an und legte dann ihren Kopf auf den Knien ab. Trotz des bevorstehenden jährlichen Ausnahmezustands versprühte der Washington Park für Adriana den Charme eines himmlischen Paradieses. Hier hatte sie die schönsten Tage ihres Lebens gemeinsam mit ihrer Mutter verbracht. Wie viele Picknicke hatten sie im Schatten der Statue von Sacajawea veranstaltet? Die Indianerin hatte den ersten Track Europäer nach Westamerika geleitet. Adriana hob den Kopf, um Sacajawea zu betrachten. Momente puren Glücks zogen an ihrem inneren Auge vorbei. Ja – damals, in ihrer frühen Kindheit, war sie noch glücklich gewesen. Wenigstens versuchten die Erinnerungen ihr das vorzumachen. Wieder seufzte Adriana, als sie an ihre Mutter dachte.

Doch viel Zeit für Sentimentalitäten blieb ihr an diesem Abend nicht mehr. Unerbittlich schritten die Minuten am 27. Dezember 2019 voran. Bald würde sie loslaufen müssen, denn sie hatte eine Einladung von Mr Peterson, dem ehemaligen Leiter ihres Kinderheims, angenommen, sich in den kommenden Nächten bei ihm zu verstecken. Adriana zog ihre graue Kapuzenjacke enger um sich. Ein Lächeln umspielte ihre Mundwinkel. Mr Peterson hatte sogar erlaubt, dass sie ihre drei besten Freunde mitbrachte. Rico, Dakota und Eloy. Bei dem Gedanken an Eloy erwärmten sich ihre Wangen trotz der Winterluft. Er würde fünf ganze Nächte mit ihr in einer Villa verbringen. Oh ja, diese Dämonentage würden so viel besser werden als die letzten! Gerade als sie aufstehen wollte, wehte ein Flugblatt gegen ihr Schienbein. Es war eins der typischen Dämoneninformationsblätter, die das BKOD jedes Jahr herausgab. Normalerweise ignorierte sie dieses Wurfmaterial vollkommen, aber das hier sah irgendwie anders aus. Sie langte nach dem Zettel und warf einen Blick darauf.

Auf der Vorderseite befanden sich die Onlinekontakte und Telefonnummern der Behörde für Kontrolle von oberirdischen Dämonenaktivitäten sowie die üblichen Warnungen, mindestens eineinhalb Stunden vor der Darkness Hour einen sicheren Ort aufzusuchen, entweder auf dem geweihtem Boden eines Gotteshauses oder in einem ausreichend gesicherten Gebäude. Auf der Rückseite hatten findige Zeichner eine Übersicht der verschiedenen Dämonenarten erstellt. Aus einer Laune heraus faltete sie das Blatt zusammen und steckte es sich in die hintere Jeanstasche.

Energisch wischte sie den Gedanken an die Geschöpfe der Hölle beiseite. Sie musste los. Sobald der letzte Sonnenstrahl verschwand, würden die Dämonen wie Fledermäuse über die Welt hereinbrechen. Für ihre Freunde hatte sie eine Wegbeschreibung aufgemalt. Obwohl es Navi-Apps gab, hatte sie lieber auf diese selbst gemalte Karte gesetzt, denn manchmal funktionierten die Holomaps während der Dämonentage durch die

Netzüberlastung nicht. Adriana sprang auf. In der Tat, sie musste sich jetzt wirklich beeilen. Schnell zog sie ihre Kapuzenjacke bis zum Kinn zu und strich sich die braunen Haare hinter die Ohren. Vielleicht war es das Beste, wenn sie die Strecke größtenteils rennend zurücklegte.

Als wäre eine Horde Deltas hinter ihr her, sprintete sie kurz darauf durch den Park Richtung Süden. Im Laufen warf sie einen letzten Blick zurück und bemerkte, wie ein zweites Dämonenflugblatt davongeweht wurde und im Gesicht der bronzenen Statue von Sacajawea landete.

Laut vor sich hin schnaufend erklomm Adriana den Hang, der zwischen dem Washington Park und dem Council Crest Park lag. In der Ferne hörte sie Sirenen aufheulen. Das BKOD machte darauf aufmerksam, dass die Darkness Hour nahte. Leider konnten sie nicht viel mehr als das für die Bewohner der Stadt tun.

Während sie in einen leichten Trab verfiel, vergrub Adriana ihre Finger in ihrem Kapuzenpullover. Die sanfte Winterkälte Portlands machte ihr nicht viel aus. Mittlerweile sank die Temperatur nur noch selten unter zehn Grad in der kalten Jahreszeit. Aber selbst wenn niemand mehr im Winter erfror, sicher waren die Menschen in Portland und auch auf der ganzen Welt deshalb nicht während der fünf letzten Tage im Jahr.

Ihre Mutter hatte behauptet, dass die Engel eines Tages auf die Erde zurückehren würden, um den Dämonen Einhalt zu gebieten. Dass alles besser werden würde mit den Jahren. Daran glaubten die älteren Generationen der Menschheit, denn sie kamen aus einer Zeit, in der es noch keine Dämonentage gegeben hatte. Aus einem Leben, in dem die Engel noch über die Menschen gewacht hatten. Oh, wie sehr wünschte sich Adriana, dass ihre Mutter recht behalten sollte. Dass diese grässlichen Tage irgendwann für immer enden würden. Denn das Einzige, was Dämonen fürchteten, vielleicht abgesehen von Halbdämonen, waren Engel …

Langsam, aber sicher ging Adriana die Puste aus. Unter einer

Straßenlaterne, die gerade flackernd ansprang, gönnte sie sich eine kurze Verschnaufpause. Während sie sich am Laternenmast festhielt, sog sie so viel Sauerstoff wie möglich in ihre Lungenflügel. Ein Blick auf die Uhr verriet ihr, dass ihr noch 47 Minuten bis zur Darkness Hour, der völligen Dunkelheit, blieben. Okay, das würde reichen und gleich würde sie in Sicherheit sein und ihre drei besten Freunde treffen, um mit ihnen gemeinsam die kommenden Nächte durchzustehen. Wobei Eloy für sie mehr war als nur ein Freund. Eloy war … Eloy. Ein kleines Lächeln stahl sich auf Adrianas Lippen, als sie an seine mandelfarbenen Augen und den braunen Wuschelkopf dachte, der es ihr besonders angetan hatte. Doch dieser angenehme Gedanke wurde schnell wieder von Sorgen überschattet: Was, wenn Eloy nicht auftauchen würde? Nein, das durfte nicht sein. Aber leider war es durchaus möglich, dass er ein besseres Angebot erhalten hatte, denn der Nordwesten hatte einen gewaltigen Nachteil: Der Zoo lag in diesem Viertel. Selbst jetzt meinte Adriana, Papageiengeschrei wahrzunehmen. Und Dämonen liebten den Geruch von verängstigten Tieren. Die Stadtverwaltung hatte enorm viel Geld ausgegeben, um die Tiergehege zu sichern, doch sie konnte sich daran erinnern, wie sich vor sechs Jahren zwei Dämonenclans zusammengetan, gemeinsam das Affenhaus des Zoos geknackt und sämtliche Tiere dort gefressen hatten. Adriana schüttelte sich, als die Bilder des Affenmassakers, die überall durch die Presse gegangen waren, sich erneut vor ihr inneres Auge schoben.

Und doch hatte es letztes Jahr diesen Vorfall bei der Christ Venia Church gegeben, der Adrianas Wahrnehmung von den Dämonen teilweise verändert hatte …

Schnell schob sie die aufkommenden Erinnerungen aus ihrem Kopf.

In Gedanken versunken summte Adriana vor sich hin, ohne es wirklich zu bemerken, bis sie ihre eigene Melodie erkannte. Unbewusst hatte sie das Dämonenkinderlied angestimmt, das sie in früheren Jahren häufig gesungen hatte. Wieder grub sie ihre Fingernägel in den Saum der dicken Kapuzenjacke. Bevor ihre Mutter vor dreizehn Jahren in einer Dämonennacht ums Leben gekommen war, hatte sie Adriana ein Lied beigebracht, das bereits die Kleinsten auf die alljährlichen Dämonentage vorbereiten sollte. Dabei zählte man die Dämonen an den Fußzehen ab, wobei man beim kleinen Zeh begann:

… den Omega musst du fürchten als Einzigen nicht. Er kann nicht beißen und ist kaum größer als ein Kürbis – der kleine Wicht …
… vor dem Delta dagegen nimm dich in Acht, er erschnuppert deinen Geruch und weiß immer, was du machst …
… wenn der Gamma dich packt, sag Auf Wiedersehen zu deinem Fuß, er ist ab, bevor du nach Hause schicken kannst einen Gruß …
… an einem Beta ist mehr als nur spröder Sand, er tötet dich als seines Alphas rechte Hand …
… zum Schluss sei gewarnt vor dem Alpha der Runde – hat er dich erwählt, gehört ihm dein Herz am Ende der Stunde.

Während sie sich bemühte, ihre Tränen zurückzuhalten, umklammerte sie mit der rechten Hand das Amulett mit dem Foto ihrer Mutter, das immer an einer silbernen Kette um ihren Hals hing. Genauso wie die Kette trug Adriana auch den Brief ständig mit sich herum. Den Brief, der ihr nach dem Tod ihrer Mutter von einem Notar übergeben worden war. Zu diesem Zeitpunkt war sich Adriana der Anwesenheit des Briefes in ihrer Geldbörse deutlich bewusst. Wie man eine Narbe auf der Haut wahrnahm. Es waren zugleich liebevolle wie auch verstörende Zeilen. Ihre Mutter hatte Andeutungen auf ihren Vater und – wenn sich Adriana nicht ganz täuschte – auch auf ein Familiengeheimnis gemacht.

Eine Weile gab sie sich diesen trübsinnigen Gedanken hin. Am Ende der diesjährigen Dämonentage würde sie es erfahren. Dann würde der Notar ihr den zweiten Brief aushändigen, der hoffentlich mehr erklären würde. Genau an ihrem achtzehnten Geburtstag.

Kurze Zeit später erreichte Adriana die südlichen Ausläufer des Council Crest Parks und blickte unwillkürlich nach rechts, denn sie hoffte ihre Freunde, die von Westen kommen sollten, dort auftauchen zu sehen, aber natürlich waren sie noch nicht hier. Sie warf einen Blick auf ihr Handy. Kein Netz. Selbstverständlich nicht. Jetzt versuchten alle Menschen, ihre Lieben zu kontaktieren. Also konnte sie ihren besten Freund Rico nicht anrufen. Sie musste sich auf ihr Glück und die selbst gemalte Karte verlassen, die sie den anderen im Café zugesteckt hatte. Es würde schon alles gut gehen. Dieses Jahr hatte sie einen festen Unterschlupf.

Mit gemischten Gefühlen lief Adriana weiter, über die reichlich zugewachsenen Wege in diesem verwilderten Teil des riesigen Parks, während ihr das Herz bis zum Hals klopfte. Es brachte nichts, hier stehen zu bleiben und zu warten. Am Ende würden sie sich noch verpassen, wenn ihre Freunde einen anderen Weg einschlugen.

Seufzend konzentrierte sie sich wieder auf den Pfad vor ihr, der recht uneben und gewunden verlief. Ein wenig fühlte man sich in den Parks und Wäldern Portlands immer wie in einen Märchenwald versetzt. Sie achtete auf größere Steine, die überall zwischen den Kieseln herumlagen. Wenn sie jetzt auf diesem dunklen Parkweg stolperte und sich den Knöchel verstauchte, war sie geliefert! Sie befahl sich selbst, langsamer zu gehen. Schließlich hatte sie sich vorgenommen, in diesem Jahr keinen Fehler mehr zu machen. Wenn sie jetzt hinfiel ... In dem grünen Dickicht am Wegesrand konnte sie sich zwar verstecken, aber sobald sich Dämonen in der Nähe aufhielten, würden sie sie wittern können.

Nach ein paar Schritten passierte sie die Blechstatue einer Frau, die ein Kind in die Luft warf, und auf einmal beschrieb der Weg vor ihr eine Kurve. Oh, gut, da vorne ragte die Villa, die ihr Mr Peterson beschrieben hatte, hinter einem Metallzaun empor.

Wow, was für eine imposante Hütte!, ging es ihr durch den Kopf. Mr Peterson hatte wirklich eine gute Partie gemacht! Nun verstand Adriana auch, warum er nicht länger als Kinderheimleiter arbeitete. Seine neue Frau besaß anscheinend genug Geld für sie beide. Die zweistöckige gelbe Villa konnte mit einer weitläufigen, gepflegten Auffahrt umrahmt von Blumenbeeten und Rasenflächen im Stil englischer Gärten aufwarten. Ganz vorne am Zaun stand eine Hundehütte, die mit Sicherheit größer war als Adrianas Badezimmer. Die Villa präsentierte sich mit zwei Marmorsäulen im Eingangsbereich, wirkungsvoll von versteckten Strahlern in Szene gesetzt. Zögerlich klingelte Adriana am Tor. Dabei fühlte sie sich wie der Gast eines Filmstars in den Hollywood Hills.

Lautes Hundegebell ertönte. Die Haustür wurde aufgerissen und ein schwarzer Labrador, gefolgt von einem Jack Russel Terrier, schoss daraus hervor.

»Tequila! Whiskey!«, schrie eine Frauenstimme ihnen hinterher, doch davon ließen sich die Hunde nicht beeindrucken, sondern sausten die Einfahrt hinunter. Adriana blickte auf. Eine Frau in den Vierzigern, ebenso blond wie sonnengebräunt, stand in der Tür. Die geschätzten zwei Tonnen Schmuck, die sie an Armen, Hals und Ohren trug, reflektierten das Scheinwerferlicht so penetrant, dass es Ariana nicht gelang, die Dame von hier aus genauer in Augenschein zu nehmen.

Vor Adriana saßen nun schwanzwedelnd die beiden Alkoholsorten und warfen ihr neugierige Blicke zu.

»Hi, ich bin Adriana Astara …« Sie sagte es zu der kleinen Metallplatte mit den Schlitzen darin, von der sie vermutete, dass es sich um die Gegensprechanlage handelte.

»Ja, aber sicher bist du das, Schätzchen.« Die Stimme der Frau klang blechern aus dem Lautsprecher, aber Adriana glaubte von hier aus ahnen zu können, dass ihre Gastgeberin sie anstrahlte. »Und ich bin Molly Svensson. Komm rein.«

Mollys Akzent klang irgendwie europäisch, womöglich stammte sie aus Schweden, vermutete Adriana.

»Harry erwartet dich schon.«

Oh gut. Das Tor vibrierte und öffnete sich dann, indem es nach links rollte. Ja, dieses Haus stank geradezu nach Geld. Adriana würde aufpassen müssen, dass Dakota, die wahnsinnig flinke Finger hatte und zur Kleptomanie neigte, nichts mitgehen ließ.

Mit klopfendem Herzen und begleitet von den beiden Hunden lief sie der Hausherrin entgegen. Jetzt konnte sie auch das freundliche Gesicht und die strahlenden blauen Augen von Molly besser erkennen. Der Anstieg der langen Auffahrt ließ sie beinahe schon wieder keuchen. Sobald Adriana näher kam, nahm sie eine dezente Wodka-Wolke wahr, die wie eine Aura um diese Frau schwebte. Langsam erschienen ihr die Hundenamen gar nicht mal mehr so abwegig …

»Können wir das Tor auflassen? Meine Freunde kommen gleich. Es könnte etwas knapp werden vor Einbruch der Dunkelheit.«

»Oh, Schätzchen, ihr jungen Leute seid immer so spät während der Dämonentage! Mir ist wirklich schleierhaft, warum das bei euch Mode ist. Aber gut. Wir fahren die Sicherheitssysteme hoch, lassen das Tor und die Haustür jedoch vorerst ungesichert. Eine Minute vor der Darkness Hour sichert das Alarmsystem aber automatisch alles ab. Dann kommt niemand mehr rein. Ausgeschlossen.«

Ach, verdammt. Aber es stimmte schon. Die meisten Teenager in der Stadt verließen sich mit selbst überschätzender Zuversicht darauf, dass ihnen schon nichts passieren würde. Nein, immer nur die anderen erlebten unaussprechliche Dämonenangriffe. Die Prozentzahl derer, die das Ganze nicht ernst nahmen oder sogar als Nervenkitzel ansahen, lag nur unwesentlich über der Menge junger Leute, die der Ansicht waren, die Dämonen hätten sich sogar vor ihnen selbst in Acht zu nehmen. Erst neulich hatte Adriana eine Gruppe Highschool-Footballspieler im Café bedient, die genau diesen Satz wieder und wieder gejohlt hatten. Sich schon viel früher zu verstecken als nötig galt als extrem uncool.

Adriana warf einen Blick auf den Park auf der anderen Straßenseite. Hoffentlich schafften es ihre Freunde rechtzeitig. Leider mussten sie wohl heute zur Statistik beitragen und Mollys Behauptung bestätigen, dass junge Leute die Dämonentage zu oft in schöner Sorglosigkeit begingen. Adriana war da leider keine Ausnahme gewesen und hatte ihr leichtsinniges Verhalten bereits unglaublich teuer bezahlen müssen.

Der Jack Russel Terrier wählte ebendiesen Moment, um wie ein Flummi an Adrianas Beinen emporzuspringen.

»Das ist unser Hund Tequila und der kleine Hüpfball da heißt Whiskey.« Molly deutete zuerst auf den Labrador und dann auf den Jack Russel, der weiter unermüdlich an Adrianas Bein hochsprang. Aha. Am Ende der Nacht würde sie eine neue Jeans brauchen, wenn das so weiterging.

»Entschuldige, wir haben die beiden noch nicht lange und daher noch keine Zeit gehabt, sie zu erziehen. Unsere Perserkatze heißt übrigens Batida de Coco. Aber wir rufen sie meistens Coco«, erklärte Molly.

In diesem Haus schien Alkohol eine große Rolle zu spielen.

»Harry! Adriana ist hier!«, schrie Molly in Richtung der riesigen marmornen Treppe, die in den ersten Stock führte.

Keine drei Sekunden später tauchte Mr Peterson am oberen Ende der Treppe auf. »Adriana! Schön, dass du da bist.«

Ja, das fand Adriana auch, schließlich wirkte diese Villa sicherer als alle anderen Privathäuser, die sie bisher gesehen hatte. Molly hatte sich offensichtlich für die De-luxe-Version der Sicherheitssysteme entschieden. Vor jedem Fenster und jeder Tür prangten Panzer- oder Stahlplatten, die man, wie sie aus Fernsehbeiträgen wusste, per Fernsteuerung davorfahren lassen konnte. Neben der Haustür in einer Nische hatte Adriana das dazugehörige Kontrollzentrum erspäht. Zusätzlich befanden sich neun Kameras rund um das Haus verteilt, das zeigte zumindest der Monitor an, der in neun kleine Bilder unterteilt war.

»Ich dachte, du bringst deine Freunde mit.«

»Hi, Mr Peterson, meine Freunde kommen gleich nach.« Adriana räusperte sich. »Vielen Dank für die Einladung. Ich bin sicher, dieses Haus ist das am besten geschützte in ganz Portland.«

»Nenn mich bitte Harry.« Mr Peterson, beziehungsweise Harry, hatte nun die unterste Stufe erreicht. »Wir sind ja nicht länger in St. Tanael.«

Molly warf ihm einen Blick unter ihren perfekt nachgezogenen, leicht angehobenen Augenbrauen zu, den Harry jedoch zu ignorieren schien.

»Gut, aber wenn deine Freunde nicht innerhalb der nächsten zwölf Minuten auftauchen, sieht es schlecht für sie aus. Das Sicherheitssystem ist programmiert …«

»Na ja«, meinte Molly. »Wir könnten es auf Sommerzeit umstellen und manuell schließen, sobald ihre Freunde da sind.«

»Hältst du das für eine gute Idee, Molly? Das hört sich recht … waghalsig an.«

Wieder hob Molly eine Augenbraue. »Willst du schuld daran sein, dass drei Teenager in unserem Vorgarten gefressen werden?«

Harry kratzte sich über seinen bereits ergrauten Fünftagebart. Im Vergleich zu Molly war er nur halb so attraktiv mit seiner Halbglatze und Brille. Was eine gut betuchte und hübsche Frau wie Molly wohl an ihm fand?

»Ja, du hast recht, Schatz. Wie immer. Im Notfall werde ich das System austricksen und auf den 27. März programmieren. Da geht die Sonne erst viel später unter.«

»Wie?«, wollte Adriana wissen.

»Ganz einfach. Man geht an der Tastatur auf Zeiteinstellung und ändert den Dezember auf März um. Geht ganz schnell. Wir lassen das System scharf. Es ist darauf programmiert, eine Minute vor der jeweiligen Darkness Hour alle Eingänge zu sichern. Normalerweise schalten wir es natürlich nur während der Dämonentage scharf oder wenn wir in Urlaub fahren.«

Okay, das war zumindest ein kleiner Lichtblick.

»Gut.« Molly klatschte in die Hände. »Möchtest du etwas trinken, Schätzchen? Du musst doch Durst haben?«

Adriana nickte. »Das wäre nett.«

Molly, die ihr freundlicherweise den Rucksack abnahm und ihn an Harry weiterreichte, führte sie in das angrenzende Wohnzimmer, aus dem jeder Innenausstatter mit einem Hauch von Berufserfahrung mindestens die Hälfte der Perserteppiche entfernt hätte. Auf sämtlichen Regalen, Kommoden und Beistelltischen drängten sich vergoldete Keramikfigürchen.

Ach, du Schreck. Anscheinend hatte jeder so seine eigene Methode, Dämonen auf Abstand zu halten ... Trotzdem nahm sich Adriana, nachdem sie beinahe über den durch ihre Beine hindurchflitzenden Whiskey gestolpert wäre, ein Glas vom Couchtisch und füllte es mit Cola. Danach ging sie mit dem Glas und ihrem Handy zurück zur offenen Haustür, wo sie gemeinsam mit Harry hinaus in den immer dunkler werdenden Abendhimmel starrte.

»Noch neun Minuten«, informierte Harry Adriana.

Ach, verflucht! Warum kamen sie denn nicht? Sollte irgendetwas schiefgegangen sein?

Tequila, der Labrador, kam angeschlendert und schnüffelte an Adrianas Sportschuh.

Whiskey schoss ab und zu wie eine Gewehrkugel in den Garten und musste dann jedes Mal von Harry zurückgepfiffen werden.

Schneller, schneller! Unruhig tappte Adriana mit dem Fuß auf den Boden, was Tequila dazu veranlasste, in die wippenden Schnürsenkel zu beißen.

Wo seid ihr?

tippte sie in ihr Handy. Glücklicherweise ging die Nachricht sofort raus. Netz war in diesem Augenblick ausreichend vorhanden.

Gleich da.

schrieb Dakota direkt zurück.

Gleich? Wann war gleich?

»Noch vier Minuten!« Harry bewegte sich in Richtung seines Kontrollzentrums. »Mach dir keine Sorgen. Die Dämonen treiben sich immer zuerst in der Innenstadt herum, wo es mehr Menschen gibt«, versuchte er Adriana zu beruhigen. »Deine Freunde haben sicher noch ein paar zusätzliche Minuten.«

Von hinten legte ihr Molly eine Hand auf die Schulter.

»Oder wir haben Glück und ein Halbdämon wohnt in der Nachbarschaft«, scherzte sie. »Dann werden die Dämonen die Gegend hier meiden.«

Wahnsinnig komisch.

Dass Molly in diesem Moment Witze machen konnte! Aber es stimmte. Unglaublich, aber wahr: Dämonen fürchteten sich wahnsinnig vor Halbdämonen, denn es hieß: Wenn ein Halbdämon, der halb Mensch und halb Dämon war, seine menschliche Seite ablegte, indem er alle Zehn Gebote Gottes brach, stieg er direkt zu einem der stärksten Alpha-Dämonen auf und musste sich nicht erst vom Omega aus hocharbeiten. Außerdem waren sie gefürchtet, weil sie offenbar gern einfach einen anderen Alpha-Dämon töteten, um dann dessen Dämonenclan zu übernehmen. Na ja, so was kam allerdings äußerst selten vor, denn es gab nicht gerade viele Halbdämonen, wie man so hörte. Obwohl es Adriana recht einfach erschien, alle zehn Gebote zu brechen – bis auf das Töten selbstverständlich. Zumindest für ein Kind, das im Heim aufgewachsen war, so wie sie, war es normal, alle anderen Gebote wie »Du sollst nicht stehlen« zu brechen. Außerdem begehrte Adriana Eloy nun schon seit zwei Jahren und zu Anfang war er noch mit ihrer damaligen Freundin Cassy zusammen gewesen. Also hatte Adriana damit auch das Gebot »Du sollst nicht begehren deines Nächsten Frau oder Mann« gebrochen. Und dann war da noch die Sache mit ihrem Lehrer gewesen …

Adriana erschauerte. Eloy … Sie hätte alles dafür gegeben, wenn Eloy in diesem Augenblick durch die Baumreihen des Parks gebrochen wäre. Eloy … Wo steckte er nur?

»Noch zwei Minuten«, sagte Harry.

Die Sekunden flogen dahin, während Harry und Adriana an der Tür standen und in Richtung Park starrten. Die Dämmerung zog sich zu. In jeder Sekunde immer mehr ins Tintenschwarze. Die Bank vor dem kleinen Wäldchen, das zum Park gehörte und durch das Adriana gelaufen war, zeichnete sich nur noch als schwache Silhouette ab. Lediglich die Laternen auf dem Bürgersteig warfen hier und da einen Lichtkegel auf den Boden.

»Es ist so weit«, meine Harry schließlich. »Ich muss das Sicherheitssystem austricksen. Hoffentlich sind keine Dämonen in der Nähe …« Er ging hinüber zu seinem Schaltpult.

»Na, es wird schon nichts geschehen.« Für die Zuversicht in Mollys Stimme musste Adriana Harrys Ehefrau einfach bewundern.

2

Inzwischen hatten Adrianas Fingernägel tiefe Furchen in ihre Handballen gegraben. Das konnte doch nicht wahr sein! Wieso ihre Freunde? Warum hatten sie das alles nicht besser geplant? *Verdammt, Adriana, die Dämonentage sind kein Kindergeburtstag!*

Wenn Eloy, Dakota und Rico gefressen wurden …

Das Rolltor über der Tür bewegte sich.

»Harry?«

Adrianas Kopf ruckte herum. Jetzt klapperte es auch vor den Fenstern im Wohnzimmer, als sich dort die stählernen Sicherheitsrollläden senkten.

»Stopp!« Adriana griff sich in ihre Haare, die schon völlig zerwühlt waren. »Haltet das auf!«

»Ich versuche es ja, aber irgendetwas klemmt hier …«, murmelte Harry. Seine Augenbrauen zogen sich zusammen.

Zu diesem Zeitpunkt hatte sich das Sicherheitsrollo schon zu einem Viertel über die Türöffnung gesenkt. Aber immerhin war das Tor an der Einfahrt noch offen.

Adriana nahm eine Bewegung in den Büschen im Park wahr, nicht mehr als verwischte Schatten. Etwas kam auf sie zu. Scheiße! Verwirrt warf sie einen Blick auf Harry, der nun wild auf das Schaltpult einhämmerte.

»Blödes Ding, mach endlich, was ich sage!«

War es vielleicht besser, einfach das Sicherheitssystem alles verriegeln zu lassen, bevor ein Dämon angesprintet kam und Harry fraß? Das hatte ihr Gastgeber wirklich nicht verdient. Aber dann waren ihre Freunde auf sich allein gestellt.

Doch diese Entscheidung wurde Adriana abgenommen. Gerade als die Tür schon halb verriegelt war, sprangen ihre Freunde aus dem Dickicht des Parks.

»Hier drüben! Schnell!« Adriana bückte sich, um ihren Freunden zu winken, während sich das Stahltor unaufhaltsam weiter senkte. Dakota bemerkte sie als Erste und zeigte den Jungs, wo es langging. Zu dritt rannten sie über die große Wiese des Parks auf die Auffahrt der Villa zu.

Unruhig knetete Adriana ihre Hände.

»Harry, der Stuhl!«

»Wie?«

Doch Adriana wartete nicht, bis er verstand, sondern zog den Metallstuhl einfach unter Harrys Hintern weg, um ihn zwischen Rollo und Türschwelle zu klemmen. Es funktionierte. Das Rollo ratterte, aber der Stuhl hielt es auf. Vorerst zumindest … Schon wollte Adriana aufatmen, doch dann bemerkte sie, dass der Stuhl sich bereits leicht verbog.

»Showtime«, sagte plötzlich eine Stimme hinter ihr. Es war Molly. »Die Dämonentage haben soeben begonnen.«

Als hätten Tequila und Whiskey die Worte verstanden, rannten sie jaulend von der Eingangshalle der Villa zurück ins Wohnzimmer, wobei sie sich immer wieder hektisch umschauten.

»Schneller!«, rief Adriana ihren Freunden zu. Eloy, Rico und Dakota rannten, als wäre der Teufel hinter ihnen her, na ja, oder seine Ausgeburten der Hölle eben. Im Licht der Parklaternen erinnerten Dakotas Haare an die Farbe von Butterblumen. Auf einmal blitzten grüne Augen hinter ihnen aus den Büschen.

Scheiße, Delta-Dämonen!

Um nicht umzukippen, musste sich Adriana an Mollys Arm festklammern. »Lauft schneller!«

Zeitgleich durchbrachen die ersten Deltas die Baumreihen und hetzten Adrianas Freunden hinterher. Ihre schwarzen Jagdhundkörper waren in der hereinbrechenden Dunkelheit kaum auszumachen. Nur ihre neongrün leuchtenden Augen und ihr ebenso grün leuchtender Sabber, der aussah, als handele es sich dabei um eine verstrahlte Flüssigkeit, hoben sich von der nachtschwarzen Umgebung ab.

»Nicht umdrehen! Lauft!« Vor Aufregung vergaß Adriana fast zu atmen.

Die Deltas heulten, wahrscheinlich um den anderen Dämonen anzuzeigen, wo es etwas zu fressen gab. Tatsächlich tauchten wie aus dem Nichts plötzlich überall im Park rote und orangefarbene Augen auf, die so durchdringend leuchteten, dass sie es bis hierhin sehen konnte.

»Scheiße!«, fluchte Adriana.

»Das schafft ihr, Kinder, los!« Inzwischen kniete auch Harry im Türrahmen, um unter dem halb geschlossenen Stahlschutz-Rollo hindurchzusehen.

Dakota rannte, den Blick fest auf die Tür gerichtet. Dagegen machte Rico den Fehler, einen Blick über die Schulter zu werfen, was ihn aufkeuchen und dann stolpern ließ. Oh nein!

»Steh wieder auf!«, kreischte Adriana.

Beinahe schien es so, als ob Rico von den Dämonenaugen paralysiert worden wäre, denn er bewegte zunächst keinen Muskel. Doch dann rappelte er sich wieder hoch, rückte seine Nerdbrille zurecht und rannte weiter.

»Rico, du schaffst das!«, feuerte Adriana ihn an.

Sobald er das offene Tor zur Einfahrt passiert hatte, drückte Molly auf einen Knopf an der Wand, worauf sich das schmiedeeiserne Tor zur Auffahrt langsam schloss. »Das wird sie nicht aufhalten, aber uns ein paar zusätzliche Sekunden verschaffen«, murmelte Molly.

Ein durchdringendes Krachen ließ sie alle zusammenfahren. Der Stuhl hatte nachgegeben. Verdammt. Das Sicherheitsrollo sank unaufhaltsam weiter nach unten.

»Harry!«, schrie Adriana. »Halt das auf!«

Wieder krachte es, als die ersten Delta-Dämonen gegen das Tor prallten. Einige schafften es mit Anlauf darüberzuspringen. Für die Gammas, die jetzt auftauchten, stellte das Tor überhaupt kein Problem dar. Adriana beobachtete, wie vier von ihnen einfach darüber hinwegsegelten. Schwebende Fetzengestalten mit orange leuchtenden Augen. Adriana schüttelte sich, während sich neben ihr Molly an ihre dicken Halsketten griff.

Zwei Betas folgten den Gammas. Sie kletterten geschickt über den Zaun wie leichtfüßige Mumien ohne jegliche Bewegungseinschränkungen.

»Kommt schon!« Dakota und Eloy hatten die Tür fast erreicht, die nun zu drei Vierteln verschlossen war. Mit letzter Kraft, wie es schien, schlitterten die beiden durch die Öffnung ins Innere der Villa.

»Rico!« Entsetzt wandte sich Eloy zur Tür um.

Adriana drückte sich neben ihn auf den Boden.

Die Deltas waren gefährlich nah an Ricos Hosenbeinen dran. Oh, verflucht! Die beiden Betas, die jetzt die Auffahrt emporsprinteten, würden ihn innerhalb von Sekundenbruchteilen töten.

»Beeil dich!«, brüllte Eloy.

»Schneller!« Adriana streckte eine Hand durch die Öffnung, die jetzt nur noch etwa eine halbe Armlänge maß. Für wenige Sekunden fühlte sie sich in die Dämonennacht vor einem Jahr zurückversetzt, als sie und ihre beiden Freundinnen Sara und India nicht mehr in die überfüllte Christ Venia-Kirche hineingelassen worden waren, an ihre Flucht in Richtung des nahen Friedhofs, ihren Plan B, und dann … Adrianas Hände wurden feucht bei dem Gedanken, daher zwang sie sich wieder in das Hier und Jetzt. Rico!

Nur zwei Schritte von der rettenden Haustür entfernt biss ein Delta-Dämon in Ricos braune Nerdhosenbeine. Verflucht noch mal! Der Länge nach flog Rico auf den Boden, rutschte wie ein Wunder aber noch ein paar Inches nach vorn, sodass seine Arme in Adrianas Reichweite gelangten. Geistesgegenwärtig griff sie nach seiner linken Hand, Eloy nach seiner rechten. Der Delta-Dämon bohrte seine Krallen in die steinernen Treppenstufen vor der Türmatte.

»Kopf runter!«, wies ihn Eloy an. So schnell sie konnten, zogen sie ihn ins Innere der Villa. Der Dämon wurde mitgezogen, den Kopf voran, wie eine monsterartige Seerobbe, die nicht wusste, wie ihr geschah.

»Notfallknopf!«, brüllte Harry. Sofort drückte Molly auf einen schwarzen Knopf nahe des Türrahmens – gerade als Ricos Füße die Schwelle passierten. Ein trommelfellzerfetzendes *Bääm* schien die Villa zu erschüttern, als das Sicherheitsrollo nach unten sauste – und den Deltakopf sauber am Hals abtrennte.

»Uhh«, machte Dakota, wobei sie gleichzeitig in etwa so grün anlief wie die Augen des Dämons.

»Rico!« Der abgehackte Dämonenkopf interessierte Adriana im Gegensatz zu Dakota gerade weniger. Sie wollte nur wissen, ob der Biss Rico verletzt hatte, ob der hochinfektiöse grüne Schleim bereits in seine Blutbahn gelangt war. Eilig zog sie ihren besten Freund auf die Beine. »Bist du okay?«

Nachdem er kurz an sich heruntergesehen hatte – sein beiger Pulli hatte ein paar Flecken davongetragen, fuhr er sich über das Kinn.

»Noch alles dran, denke ich. Er hat nur meine Hosenbeine erwischt.«

Adriana besah sich die Nerd-Cordhose mit den ausgestellten Beinen. Unten im linken Bein klafften kleine Löcher, deren Ränder teilweise mit grünem Sabber beschmiert waren. Wortlos reichte sie ihrem Freund ein Taschentuch. Blut war nicht zu sehen. Gott sei Dank.

»Bist du sicher?«

»Ja, supersicher.«

Draußen sprangen jetzt Dämonen mit gedämpften *Rumms*-Lauten gegen das Rollo.

»Keine Angst, hier drinnen sind wir sicher«, meinte Molly. Dann hob sie mit spitzen Fingern den Dämonenkopf an den Ohren vom Boden auf. Giftgrüne Flüssigkeit lief aus Augen, Nase und dem offenen Halsende. Fast machte er den Eindruck eines toten Rottweilers auf Adriana, oder besser gesagt: einer

Kreuzung aus Rottweiler und Alligator. »Für diese Sauerei werde ich wohl später mein bestes Desinfektionsmittel brauchen.«

Irgendetwas daran, wie Molly den Dämonenkopf hielt, irritierte Adriana, doch sie hatte keine Zeit, weiter darüber nachzudenken, denn Dakotas schrille Zeterstimme erwischte sie wie eine Ohrfeige.

»Ob Rico okay ist?«, kreischte sie.

Adriana wandte sich zu ihrer Freundin um. Oh, oh. Die labile Dakota schrie sich gerade wie üblich in Rage.

»Hast du eine Ahnung, was wir durchgemacht haben, Adriana? Und das alles nur, weil du die Karte falsch gezeichnet hast. Bist du des Wahnsinns?«

»Was? Hab ich nicht. Zeig mal her.« Noch während sie Dakota zurück anblökte, prickelte eine Vorahnung in ihrem Nacken. Konnte das tatsächlich der Fall gewesen sein? Allerdings wollte sie nun auch nicht die volle Schuld auf sich nehmen. »Ihr hättet auch vorher bei Google schauen können, wo das Haus liegt, oder eine Holomap downloaden …«

Mit ihrer Chaosfrisur, die anscheinend sehr unter der Flucht gelitten hatte, wäre Dakota selbst als empörte Schwedin durchgegangen. Oder als Mollys Tochter. Allerdings stach sie mit ihrer hohen Stirn und dem nach hinten versetzten Haaransatz aus der Masse der üblichen Cheerleader-Blondinen heraus.

»Wir haben uns auf dich verlassen!«

»Jetzt kommt doch erst mal richtig rein, Kinder.« Harry hatte seinen Pädagogentonfall aktiviert.

Dakota schnaubte.

»Das sind übrigens Molly und Harry – unsere Gastgeber«, stellte Adriana die beiden vor, während sie gemeinsam ins Wohnzimmer gingen. »Und das sind meine reizenden Freunde Dakota, Eloy und Rico.«

»Die Sache ist noch nicht vorbei«, zischte ihr Dakota ins Ohr.

Adriana schluckte. Wieder fing sie an, ihre Finger zu kneten.

»Ist doch gut jetzt«, hörte Adriana Rico flüstern, als er sich neben Dakota auf die Couch fallen ließ. »Wir leben doch noch.«

»Wie kannst du das so locker sehen? Beinahe wären wir zu Dämonenfutter verarbeitet worden! Das war meine allererste Begegnung mit Dämonen. Darauf hätte ich gut und gerne verzichten können!« Hilfe suchend sah Dakota zu Eloy.

Auch Adriana, die sich ihren Freunden gegenüber auf der Armlehne eines geblümten Sessels niedergelassen hatte, da sie sich zwischen Sitzen und Stehen gerade nicht entscheiden konnte, blickte erwartungsvoll in Eloys bernsteinfarbene Augen.

»Ist schon gut.« Irgendwie schaffte Eloy es, eine unglaubliche Zuversicht auszustrahlen, wodurch sich Adrianas Herzschlag beruhigte. Lächelnd ließ sie ihre schon fast wund gekneteten Hände sinken. Es war beinahe so, als würde eine Welle der Wärme und Sicherheit von diesem hübschen Jungen zu ihr herüberschwappen. Leider währte das Glücksgefühl nicht lange, denn einen Herzschlag später nahm Eloy Dakotas Hand in seine. »Wir sind jetzt in Sicherheit.«

Und in diesem Moment hörte sich die Welt für Adriana auf zu drehen. Ungläubig schielte sie auf Eloys Hand, sodass sie seine nächsten Worte nur halb mitbekam. »Aber fragt ihr euch nicht auch, warum so schnell überall Dämonen aufgetaucht sind? Was wollten sie gerade hier? Ein ganzer Dämonen-Clan in diesem topgesicherten Villenviertel?«

Sie hörte ihn sprechen, aber ihr Verstand filterte alles um dieses eine Bild herum: Eloys Hand, die auf Dakotas lag. Tequila kam angetrottet. Der Labrador schmiegte sich an Adrianas Bein. Wie in Trance griff Adriana in sein schwarzes Fell.

»Kinder, also ich könnte jetzt einen doppelten Whiskey gebrauchen. Was möchtet ihr trinken?« Molly, die den Beta-Dämonenkopf offensichtlich entsorgt hatte, kam aus der Küche zurück, die an die hintere Ecke des Wohnzimmers grenzte. Bevor jemand antworten konnte, warfen sich draußen wieder Körper gegen das Sicherheitsrollo der Haustür. Adriana schluckte. Das konnte nichts Gutes bedeuten. Wie war das damals im Zoo noch gewesen? Wie hatten die Dämonen dort das Sicherheitssystem überwunden? Fieberhaft kramte sie in ihrem Gedächtnis nach der Information, fand aber nichts. Ihr Blick hing immer noch an diesem Bild zweier sich berührender Hände.

»Keine Sorge.« Harry tätschelte Adrianas Arm. »Wir sind hier drin sicher.«

»Ich denke, ihr Kids bedient euch einfach an Cola und Wasser.« Molly wedelte mit dem Arm in Richtung der Getränke, die auf dem Couchtisch standen. »Habt ihr Hunger?«

Sie sah auffordernd in die Runde, erntete aber nur Kopfschütteln.

Ein weiteres Mal, was Adriana mehr Kraft kostete als Ricos Rettungsaktion, schielte sie unter gesenkten Lidern zu Dakota und Eloy hinüber. Leider hielt Eloy immer noch Dakotas Hand. Was verdammt noch mal sollte das? Dakota wusste doch, dass sie auf Eloy stand! Und Dakota hatte versprochen, sich nicht an ihn ranzumachen. Aber jetzt? Für ein paar Sekunden vergaß Adriana zu atmen. Waren die beiden etwa schon ein Paar?

Gerade entzog Dakota Eloy ihre Hand, aber nur, um ihm durch seine braunen Haare zu wuscheln.

»Du Sherlock Holmes der Dämonentage.« Sie lächelte. »Du wirst das Rätsel schon lösen, warum sie hier sind.«

»Ja, Sherlock Holmes mit Hirnschaden …«, brummte Rico. Die drei kicherten. Das Geräusch erschien Adriana in ihrer Stimmung geradezu grotesk fremdartig.

Entschuldigend sah Rico in ihre Richtung, wobei er beide Schultern hob. Offensichtlich konnte auch er sich nicht erklären, was zwischen Dakota und Eloy abging. Während ihrer zahllosen Abende nach Dienstschluss im Café bei zwei Gläsern Latte Macchiato und schummriger Beleuchtung hatte Adriana oft mit Rico über Eloy gesprochen. Er wusste, was Adriana für ihn empfand.

Um nicht in Tränen auszubrechen, wandte sich Adriana wieder dem Labrador neben ihr zu. Bereits in diesem Moment ahnte sie, dass die Freundschaft mit Dakota nicht mehr zu retten sein würde. Aber das Allerschlimmste dabei war, dass Dakota ihr Eloy einfach wegnahm. Auf einmal war ihr, als würde sich eine eisige Hand um ihr Herz legen. So viel Unglück und Schmerz an nur einem Abend … Und Adriana hatte gedacht, die schlimmsten Dämonentage ihres Lebens lägen bereits hinter ihr … Mit zitternden Fingern und schwer atmend fuhr sie durch Tequilas Nackenfell. Ihr Leben war der reinste Albtraum. Das konnte wirklich niemand bestreiten. Wenn sich ihre Freunde von ihr abwandten, wer blieb ihr dann noch? Außer Rico? Für einen Moment schloss sie die Augen. In ihrem Magen schienen Eisschollen sie nach unten zu drücken. Kalte Wände schoben sich von allen Seiten auf sie zu.

Gerade als der Hund seinen Kopf auf Adrianas Oberschenkel legte, hörte sie es. Ein Flüstern.

Tequila stellte die Ohren auf. Der Hund hörte es also ebenfalls! Ein tiefer Gurrlaut. Etwas Dämonisches. Die Dämonen berieten sich! Adriana wusste, dass die Dämonen alle Sprachen der Welt beherrschten plus ihre eigene dämonische Sprache, aber das da draußen war ein Dämon, der etwas in ihrer Dämonensprache zischte. Genau verstehen konnte sie es nicht. Darauf folgte ein Aufprall, so als wäre ein Riese mit beiden Beinen in den Vorgarten gesprungen.

Die Keramikfiguren auf den Beistelltischen und in den Regalen klirrten.

»Oh Gott, ein Alpha-Dämon«, entfuhr es Rico.

Alle im Raum starrten erst ihn entgeistert an und richteten dann ihre Blicke wie eine einzige Person in die Eingangshalle, die man vom Sofa aus gut erkennen konnte. Aber das Zischen und Gurren kam jetzt nicht mehr von dort, nein, es schien sich um das Haus herumzubewegen. Die Dämonen schlichen um die Villa! Wieso? Wieso gaben sie nicht einfach auf und suchten nach leichteren Opfern?

»Woher willst du wissen, dass das ein Alpha-Dämon war?«, wandte sich Dakota an Rico, der jetzt dazu übergegangen war, seine Nerdbrille mit einer Serviette zu polieren. Adriana fiel auf, dass seine Hände zitterten.

»Nur Alpha-Dämonen können fliegen und bei ihrer Landung so einen Rumms erzeugen. Hast du nicht das Rascheln gehört und dann seine Landung? Hört sich jedes Mal wie ein Donnerschlag an«, antwortete Molly an Ricos Stelle ehrfürchtig.

Adriana und ihre Freunde starrten sie mit offenem Mund an.

Harry trat hinter seine Frau. »Molly liebt die Fernseh-Dokumentationen über Dämonen.« Als wollte er seine Worte unterstreichen, küsste er Molly auf die Wange, die daraufhin wie ein kleines Schulmädchen kicherte.

Adriana war sich nicht sicher, was gruseliger war: dieser Kuss ihres ehemaligen Kinderheimleiters oder Dämonen, die ums Haus schlichen.

Wenn das so weiterging, würde sie vielleicht schon bald mit den Dämonen tauschen wollen …

Noch im selben Moment begannen die beiden Hunde zu knurren. Tequilas Kopf ruckte in Richtung des verriegelten Fensters direkt hinter dem Blümchensofa, auf dem Dakota, Eloy und Rico saßen.

»Das Dach ist doch gut gesichert, oder?«, wollte Eloy wissen.

»Noch besser als die Wände«, beruhigte ihn Molly.

Noch bevor sie den Satz ganz ausgesprochen hatte, kam Whiskey angeschossen, sprang auf Dakotas Schoß und dann auf die Sofalehne hinter ihr.

Dakota schrie auf, während sich Tequila und Whiskey darauf verlegten, das Fenster hinter ihr anzubellen.

»Schhh, aus!« Molly gab ihr Bestes, die Hunde unter Kontrolle zu bekommen, die sich wie wild gebärdeten. Schließlich musste Harry Whiskey auf den Arm nehmen und Tequila am Halsband packen. Dann schleppte er die beiden Unruhestifter, die sich nur unter Protest abführen ließen, in die Küche.

»Wir könnten diese neue Translator-App einsetzen, die angeblich die Dämonensprache übersetzen kann«, schlug Eloy vor. Er fuhr sich mit einer Hand durch die lockigen Haare und angelte dann nach seinem Handy in der hinteren Jeanstasche.

Vor dem zuvor angebellten Fenster erhob sich ein dämonisches Gemurmel und genau in dem Moment schaltete Eloy die App »Demontalk« ein.

»Schmutziges Blut!«, kreischte plötzlich eine hohe Stimme. Fast alle Anwesenden im Wohnzimmer zuckten zusammen. »Da drin!«, kreischte die Stimme. Es herrschte ein Moment der Verwirrung, bis anscheinend allen klar wurde, dass die Translator-App übersetzt hatte. Sogar Stimmlage und Lautstärke. Wahnsinn. In Adrianas Kopf drehte sich alles. Fast automatisch zog sie den Flyer aus ihrer Hosentasche, auf dem alle nützlichen Dämonen-Apps aufgeführt waren.

Neben ihr klammerte sich Molly an ihr Whiskeyglas.

Wenn dort draußen wirklich ein Alpha-Dämon gelandet war, dann mussten sie mindestens mit zehn bis zwanzig weiteren Unholden aus seinem Clan rechnen. Und wenn sie richtig Pech hatten, war es einer der Alphas, die das Feuer beherrschten. Sie überlegte, ob sie Molly fragen sollte, welche Feuerschutzmaßnahmen das Haus zu bieten hatte, aber dann ließ sie es sein. Vielleicht konnte sie Molly später kurz beiseitenehmen, aber wenn sie es laut aussprach, würde nur unnötig Panik entstehen und Dakota konnte ihr nach der Panne mit der Karte auch noch das unzureichend gesicherte Nachtquartier auf die Rechnung setzen. Dabei zahlte Adriana bereits in diesem Moment den Preis, ohne dass es jemand hier mitzubekommen schien. Sie schielte kurz zu Rico und las Verstehen in seinen Augen. Dafür schenkte sie ihm ein kurzes Lächeln.

Dann warf sie einen Blick auf den Flyer, nur um etwas zu tun zu haben. Unter einem beschreibenden Text war ein Alpha-Dämon neben einem CR-Code abgebildet, dem Nachfolger des QR-Codes. Adriana zog ihr altes iPhone 8, das einem mittlerweile in jedem Walmart hinterhergeworfen wurde, seit Apple von Tristar verdrängt worden war, aus ihrem vollgepackten Rucksack. Ihre zitternden Finger ignorierte sie weitestgehend, während sie die Kamera über den spiralförmig angeordneten Zeichencode hielt. Augenblicklich erschien das 3D-Hologramm eines Alpha-Dämons in der Luft über ihrem Bildschirm. Der

Mini-Alpha, gerade mal so groß wie ihre Handfläche, drehte sich, sodass man ihn von allen Seiten begutachten konnte. Während von draußen nichts mehr zu hören war, wandten sich nun alle Hausbewohner und Gäste Adrianas iPhone zu. Eine Stimme aus dem Handy startete den Aufklärungsunterricht:

»Aussehen: Die äußere Gestalt des Alpha-Dämons gleicht einem athletischen, kräftigen Menschen mit ebenfalls menschlichem Kopf, violetter Hauttönung, Hörnern und dem Gebiss eines Vampirs.« Jetzt öffnete die Miniatur ihr Maul, um glitzernde Zahnreihen zu offenbaren, von denen vier Zähne tatsächlich wie die spitzen Beißer eines Vampirs anmuteten. *»Der muskulöse Oberkörper geht am Rücken in riesige drachenähnliche Flügel über.«* Stolz deutete der Mini-Alpha-Dämon zunächst auf sein Dämonen-Sixpack und dann auf seine Drachenflügel, wobei er die Muskeln spielen ließ. *»Sie reißen ihren Opfern das Herz heraus, und erst danach ist es den niederen Dämonen erlaubt, ebenfalls zu fressen. Die Überlebensrate von Menschen bei der Begegnung mit einem Alpha liegt bei unter 2,5 Prozent«*, ratterte die Stimme die letzte Statistik herunter.

Aha … also immer noch nichts wirklich Neues, was die App da erzählte. Obwohl der Alpha-Dämon irgendwie cool aussah und beinahe menschlich wirkte, wusste doch jeder, dass es sich hier um eine Killermaschine handelte. Adriana schluckte. Mit genau so einem Killer-Alpha hatte sie letztes Jahr bereits Bekanntschaft gemacht. Diesen einprägsamen Moment wollte sie sicher nicht noch einmal wiederholen … Immerhin gehörte sie damit zu der elitären Unter-2,5-Prozent-Gruppe.

Schnell schüttelte sie diesen Gedanken ab und drückte das Hologramm weg.

Draußen knurrte es. Knochen knackten.

»Heilige Scheiße.« Dakota sprang auf.

Rückwärts entfernte sie sich von den Dämonenstimmen vor dem Fenster. Auch Eloy und Rico erhoben sich. Draußen schnatterten die Dämonen durcheinander, bis eine dunkle Stimme etwas Unverständliches brüllte.

»Der Alpha«, flüsterte Rico, während er noch an seiner Translator-App herumfummelte, die sich bereits ausgeschaltet hatte.

Mit einem leisen Wimmern griff Dakota nach Eloys Hand. Adriana registrierte es sofort. Diese falsche Schlange! Frustriert schob sie die Ärmel ihres grauen Sweatshirts nach oben. Der Stoff fühlte sich flauschig und auch irgendwie beruhigend auf ihrer Haut an. Als der nächste Schrei im Garten verhallte, stellten sich die Härchen auf ihren Unterarmen auf. Nur die um ihre Narbe auf ihrem linken Arm nicht. Ihre Narbe … Sie war kreisrund, etwa so groß wie ein Eincentstück und endete dann in einem daumenlangen Kratzer. Dadurch wirkte die Narbe beinahe wie ein Luftballon an einer Schnur. Andächtig strich sie darüber. Die Narbe, die ihr letztes Jahr von einem Alpha-Dämon zugefügt worden war. Dem Alpha, der ihr Leben verschont hatte. Dem Alpha, dessen Dämonenclan Adrianas Freundinnen Sara und India gejagt und getötet hatte. Adriana wurde schwarz vor Augen, als sie an die Bilder der Nacht von vor einem Jahr zurückdachte.

Als sie vor- und zurücktaumelte, fing Rico sie auf.

»Alles okay?«

Daraufhin konnte sie nur nicken. Um sich zu beruhigen, schob sie ihre Hände in die Taschen ihres Sweatshirts und umfasste die Digimonfiguren, die sie darin aufbewahrte. Die vertraute Oberfläche, die ihre Finger ertasteten, verlangsamten automatisch Adrianas Herzschlag.

Gleichzeitig riefen die Dämonen auf der anderen Seite des Fensters in Dämonensprache durcheinander. Die App übersetzte nur wirres Zeug und konnte offensichtlich nicht mithalten. Der Clan schien durch irgendetwas in helle Aufregung versetzt worden zu sein. Warum zogen sie nicht einfach ab? Eine Belagerung. Dabei hatte sich Adriana doch geschworen, in diesem Jahr alles anders zu machen.

Eine hohe Stimme brüllte etwas im Garten.

»Reißt das Haus ein!«, kam das nervenzerrende Echo aus dem Handy. »Schmutziges Blut muss ausgerottet werden!«

»Brennt das Haus niedrig!«, verlangte eine andere Stimme. An manchen Übersetzungen musste die App noch arbeiten.

Im Haus schlug Molly die Hände vor den Mund. Harry, der gerade aus der Küche zurückkam, legte einen Arm um sie.

»Nein!«, brüllte wieder die tiefe Stimme, die Adriana für den Alpha hielt. »Vergesst den Pakt nicht. Er wurde mit Blut geschlossen!«

Was? Adriana verstand kein Wort. Was sollte das? Schmutziges Blut? Wen meinte der Alpha damit? Und welcher Pakt?

»Rico …« Sie zog den Namen ihres Freundes in die Länge. »Was weißt du über Dämonenpakte?«

Mollys Kopf ruckte herum.

Auch Dakotas Mund klappte auf. »Nimmst du das etwa ernst? Wenn du mich fragst, sind diese Dämonen einfach nur geisteskrank.«

»Man sollte nicht immer von sich auf andere schließen«, murmelte Rico neben Adriana so leise, dass sie sich sicher war, dass nur sie es gehört hatte.

Verwundert hob sie eine Augenbraue. Was stimmte denn auf einmal zwischen Rico und Dakota nicht? War da etwas vorgefallen, von dem sie nichts wusste?

»Gebt das Schmutzige Blut heraus!«, verlangte eine Kreischstimme, dieses Mal auf Englisch.

Wieder wurde ein kleiner Körper von außen gegen das Fenster gedonnert. Das Jaulen, das darauf folgte, war ohrenbetäubend.

Im Wohnzimmer stellte sich nach diesen Geräuschen eine betretene Stille ein. Nur in der Küche kläfften die Hunde.

»Ein Schmutziges Blut? Meint er etwa einen Halbdämon?«, kombinierte Dakota schließlich messerscharf.

Eloy drückte ihre Hand. »Möglich.«

Überrascht fuhr Adrianas Kopf zu ihr herum. Auch Rico blinzelte sie mit einer Mischung aus Ungläubigkeit und Bewunderung an.

Dakota verdrehte die Augen.

»Ich wünschte, die Engel würden zurückkehren und die Dämonen vertreiben. Das Problem ein für alle Mal lösen.«

Adrianas Blick richtete sich auf Rico. Hatten die beiden etwa seit gestern Abend Streit? Und wenn ja, warum? Zuerst allerdings wollte Adriana etwas anderes geklärt haben.

»Rico, was weißt du über Dämonenpakte?«, wiederholte sie ihre Frage.

»Hm, mal überlegen …« Rico schob seine Brille nach oben, um sich an der Nasenwurzel zu kratzen. »Es wurden schon immer, das heißt seit Anbeginn der Zeit, Pakte zwischen Menschen und dem Teufel oder zwischen Menschen und Dämonen geschlossen. Meistens möchte ein Mensch einen Wunsch erfüllt bekommen. Der Dämon erfüllt ihn, aber nur zu einem extrem hohen Preis. Am Ende ist oft nur der Dämon der Gewinner, denn der Mensch, der ja ein Gewissen hat, kommt irgendwann nicht mehr mit dem Pakt klar. Das endet häufig darin, dass der Mensch nicht mehr damit leben kann, was er getan hat, und sich umbringt.«

»Wie bitte?«, schaltete sich Dakota ein. Adriana passte Dakotas herablassender Tonfall zwar ganz und gar nicht, aber sie war so sehr auf Ricos nächste Worte gespannt, dass sie nicht eingriff.

»Ich habe da mal einen Artikel gelesen über eine Frau, die keine Kinder bekommen konnte und deshalb mit einem Alpha-Dämon einen Pakt schloss. Er würde ihr einen Fruchtbarkeitstrank besorgen, von dem sie mit Drillingen schwanger werden würde. Aber der Dämon wollte als Preis eins der Neugeborenen für sich selbst behalten. Die Frau ging auf den Deal ein. Schließlich hätte sie immer noch zwei Babys behalten dürfen. Doch dann, kurz nach der Geburt, konnte sie nicht mehr mit ihrer Schuld leben, dass der Dämon bald kommen und eins der Kinder mitnehmen würde. Als er schließlich kam, schnitt sie sich die Pulsadern auf und bat ihn, sie anstelle des Babys zu fressen. Der Dämon wurde wütend, und das Ende vom Lied war, dass die Frau starb und der Dämon den dicksten der Säuglinge fraß.«

»Das ist nicht dein Ernst? Du verarschst uns!«, meckerte Dakota.

»Nein, diese Geschichte ist wahr«, sagte Harry, der lange Zeit still gewesen war. »Davon habe ich auch gehört. Das ist vor zwei Wintern in Pennsylvania passiert.«

»Okay, aber was bedeutet das für uns?« Wie ein Detektiv, der über einen besonders komplizierten Fall nachdachte, drehte Adriana kleine Runden auf dem Perserteppich vor der Couch. »Ein Pakt verbietet den Dämonen, das Haus niederzubrennen. Irgendeine Idee, worum es dabei gehen könnte, Molly?«

Doch Molly schüttelte nur stumm den Kopf.

»Im Grunde ist das doch ein ganz nützlicher Pakt«, meinte Eloy. »Nützlich für uns.«

»Ja, schon, aber wollt ihr nicht auch wissen, wer ihn geschlossen hat und warum?« Adriana sah jeden im Wohnzimmer eindringlich an.

Schließlich, nachdem offensichtlich niemand etwas dazu sagen wollte, seufzte Molly: »Ich glaube, es gibt wichtigere Dinge momentan, um die wir uns kümmern müssen.«

Da hatte Molly Svensson auch wieder recht.

Draußen erhob sich eine kreischende Beta-Dämonen-Stimme. »Das Schmutzige Blut ist gefährlich! Es muss sterben!«

»Nein, das ist gegen die Regeln!«, donnerte der Alpha draußen und mit wenigen Sekunden Verzögerung aus dem Handy. Offensichtlich verpasste er danach dem Dämon, der nach Tod geschrien hatte, einen ordentlichen Tritt. Zumindest, wenn man das Poltern und Jammern richtig deutete. »Schalte doch mal dein Gehirn ein, Satael! Das Kind, in dessen Adern das Schmutzige Blut fließt, ist markiert. Riecht ihr das nicht?«

»Von welchem Alpha, welchem Alpha?«, gurrten ein paar niedere Dämonen, wahrscheinlich Gammas.

»Es riecht nach dieser Missgeburt Cruz. Ausgerechnet dieser Bastard!« Erneut schlug der Alpha-Dämon einen anderen Dämon. Es klatschte, gefolgt von einem Heulen, bei dem Adriana auf einen Delta tippte.

»Blödes, schmutziges, markiertes Blut«, jaulte es aus Ricos Smartphone.

Adriana zuckte zusammen. Jemand hier drin sollte von einem Dämon markiert worden sein? Meinte der Alpha-Dämon damit, dass ein anderer Alpha jemanden hier drin angepinkelt hatte wie ein Hund einen Baum? Wie merkwürdig war das denn, bitte?

Der Dämon hatte »Kind« gesagt. Damit waren Molly und Harry schon mal raus. Übrig blieben Eloy, Dakota, Rico und Adriana. Das schien auch Dakota aufzugehen, denn sie fixierte Adriana. »Das Schmutzige Blut ist einer von uns. Molly und Harry scheiden aus.«

»Warum schaust du jetzt mich dabei an?«, wollte Adriana wissen.

»Du bist schuld, dass wir fast gefressen wurden. Vielleicht stehst du ja auf der Seite der Dämonen? Vielleicht bist du es auch, die einen Pakt mit denen da draußen geschlossen hat!« Dakota deutete auf das Fenster.

Diese Anschuldigung und der aggressive Tonfall machten Adriana beinahe sprachlos.

»Spinnst du? Ich will euch doch nicht tot sehen. Und ich arbeite schon gar nicht mit Dämonen zusammen! Was denkst –« Ein ohrenbetäubendes Brüllen unterbrach Adrianas Redefluss.

»Ich will, dass mir jemand diesen Bastard Cruz hierher schafft! Er soll das Schmutzige Blut töten!« Daraufhin brach draußen das Chaos aus, als würden sich die Dämonen darum schlagen, den Auftrag auszuführen.

»Verfolgt seine Spur vom Höllentor aus.« Bei der Erwähnung des Höllentors, das die Bewohner von Portland auch Mystery Hole nannten, erschauderte Adriana. Man stelle sich nur vor, dieses Tor, das sich während der fünf letzten Tage des Jahres abends öffnete, führte direkt in die Hölle … Früher hatten Engel parat gestanden, und zwar an allen Höllentoren der Erde, um die Dämonen zurückzudrängen, aber das war schon einige Jahre her …

»Wie auch immer.« Dakota verschränkte die Arme vor der Brust. »Sicherlich werden wir bald erfahren, wer es ist. Dieser Dämon, den sie Cruz nennen, wird es wissen. Du kannst es uns aber auch einfacher machen, dich deinen Dämonenfreunden stellen und zugeben, dass du es bist, Adriana. Bist du ein Halbdämon? Schließlich kennst du deinen Vater nicht, oder?«

Dakotas Theorie war so unglaublich, dass es Adriana fast den Atem verschlug. Nie und nimmer war ihr Vater ein Dämon! So etwas merkte man doch sicherlich, oder? Konnte man ein Halbdämon sein, ohne selbst davon zu wissen? Nach diesen Anschuldigungen, grenzte es an fast zen-artige Selbstbeherrschung, dass Adriana Dakota nicht an die Kehle sprang.

»Nur weil ich nicht weiß, wer mein Dad ist, heißt das noch lange nicht, dass ich zur Hälfte Dämon bin! Eure Mütter hätten euch drei genauso gut darüber belügen können, wer euer wirklicher Vater ist.«

Eloy verzog das Gesicht. »Ich glaube kaum, dass meine Mutter mit einem Dämon …«

In einer lässigen Geste zuckte Harry mit den Schultern.

»Alpha-Dämonen sehen beinahe menschlich aus, wenn man von der Hautfarbe, den Hörnern und den Flügeln absieht. Ab und zu kommt es schon zu Liebschaften zwischen ihnen und Menschen oder zu Vergewaltigungen. Irgendwie müssen Halbdämonen ja entstehen.«

Beinahe so, als müsste er sich übergeben, hielt sich Rico den Bauch.

In Adrianas Kopf rotierte es. Das konnte nicht stimmen. Ihre Mutter und ein Dämon? Nein, unmöglich. Ohne es wirklich zu registrieren, knetete sie ihre Finger, bis sie knackten.

Während sie noch vor sich hin grübelte, trat Dakota einen Schritt nach vorn und packte Adrianas Unterarm.

»Du hast da doch so ein Muttermal, nein – eine Narbe …«

Vergeblich mühte sich Adriana ab, sich Dakotas Griff zu entwinden. Aber die hielt ihren Arm fest umklammert.

»Lass das!« Doch Dakota packte noch fester zu und hielt

Adrianas entblößten Unterarm in die Höhe. »Tadaa! Ein Mal. Wusste ich's doch. Das hatte ich früher schon bei dir gesehen. Wenn das kein Zeichen ist!«

»Spiel dich nicht so auf, Dakota.« Rico trat zwischen die beiden Mädchen. »Das bedeutet gar nichts. Jeder hat doch irgendwo eine Narbe oder ein Muttermal.«

Natürlich sah Dakota alles andere als überzeugt aus.

»Und was ist mit dem Pakt? Woher sollen wir wissen, dass sie es nicht gewesen ist?«

»Ach, Kinder, am besten beruhigen wir uns alle.« Molly hob beide Hände. »Das bringt doch auch nichts. Noch scheint alles sicher zu sein. Falls die Dämonen wirklich beginnen, die Mauern einzureißen, könnten wir zur Not in den Keller flüchten. Dort steht ein Tresorraum, den man von innen verriegeln kann. Wir müssten zu sechst mit den Hunden und Coco gerade so hineinpassen.«

Harry nickte. »Ich mache uns jetzt erst mal allen eine heiße Schokolade mit Marshmallows, um die Gemüter zu beruhigen.«

Allerdings befürchtete Adriana, dass es bedeutend mehr als eine Tasse Kakao brauchen würde, um Dakotas aufgebrachtes Wesen zu besänftigen.

»Wir sprechen uns noch«, zischte Dakota Adriana zu, sodass nur sie es hören konnte. »Bei mir kommst du nicht weit mit deinem Unschuldsgetue.«

Wie bitte? Adriana starrte ihre Freundin mit offenem Mund an. Das konnte nicht ihr Ernst sein!

Nach einem heftigen Blickduell fand sie letztendlich ihre Sprache wieder.

»Wenn ich auf deren Seite stehen würde, hätte ich sicher nicht Rico durch die Tür gezogen!«

Dakota machte eine wegwerfende Handbewegung. »Wenn du uns am Ende eh alle auslieferst, spielt das keine Rolle mehr.«

»Was ist in dich gefahren? Wir sind … wir waren doch mal Freunde?«

»Du weißt ganz genau, was passiert ist, Adriana!« Und damit warf Dakota den Kopf in den Nacken und stolzierte davon.

Hilflos sah Adriana sich um. Eloy war mit Molly und Harry in die Küche gegangen. Wo steckte Rico? Sie hatte gar nicht mitbekommen, dass er aufgestanden war. Sie entdeckte ihn auf einer Holzbank nahe der Eingangstür.

Den Kopf in den Nacken gelegt, starrte er die Wand an.

Mit Gefühlen, die sie beinahe zu erdrücken drohten, ging Adriana auf ihn zu.

»Hey. Darf ich mich zu dir setzen?«

»Klar.« Er rückte zur Seite.

Um sich abzulenken, fummelte Adriana an dem Dämonenflugblatt herum, lud auch gleich die Dämonensprache-Übersetzer-App herunter. Dabei fiel ihr Blick auf die nächste Dämonenkategorie: Beta-Dämonen.

Die Handlanger der Alphas mit dem ewigen Ziel, selbst zum Alpha aufzusteigen. Wieder richtete Adriana die Kamera ihres iPhones auf den CR-Code.

Ein etwa zeigefingergroßes, hellbraunes Wesen erschien, das Adriana stark an den alten Film »Die Mumie kehrt zurück« erinnerte.

»Aussehen: Beta-Dämonen gleichen Mumien, die komplett mit Sand bedeckt sind. Sie scheinen von Bandagen umwickelt zu sein, die aus einem Material ähnlich Schleifpapier bestehen. Ihr Gebiss erinnert an das eines Pitbulls, wobei sich die Zähne wie ein Müllschlucker im Kreis drehen können.«

Fasziniert starrte Adriana auf das rotierende Gebiss. Unfassbar, diese Animation. *»Ihnen gebührt der zweitbeste Bissen des Opfers – das Hirn. Ihre Augen glühen rot.«* Der Beta-Dämon, von dem kontinuierlich Sand zu rieseln schien, zeigte Adriana den Mittelfinger. Charmant, charmant … Kopfschüttelnd drückte sie den Dämon weg.

»Du glaubst doch nicht etwa, dass ich auf der Seite der Dämonen stehe, oder?«

Mit hochgezogenen Augenbrauen sah Rico sie an.

»Du redest so einen Bullshit. Natürlich tust du das nicht.« Er legte ihr einen Arm um die Schultern, was Adriana zum Anlass nahm, sich an ihn zu kuscheln.

»Wenn du mich fragst, sollten wir Dakota einen Maulkorb verpassen«, murmelte er an ihrem Ohr.

»Ist irgendwas zwischen euch vorgefallen? Du musst nicht antworten, wenn es dir zu persönlich ist.«

Ohne hochzusehen, spürte Adriana, wie sich Rico über die Stirn rieb.

»Nein, schon gut. Ich möchte keine Geheimnisse mehr vor dir haben. Gestern Abend … habe ich Dakota gestanden, dass ich in sie verliebt bin.«

»Was?«

»Ja, ich weiß, das war ungefähr das Dümmste, was ich je getan habe. Und natürlich hat sie mich ausgelacht.«

»Das hat sie nicht!«

»Doch. Aber ich bin selbst schuld. Ich wusste doch, wie überheblich sie manchmal sein kann. Aus Wut darüber habe ich ihr an den Kopf geworfen, und das war noch dümmer, dass sie damit einen guten Freund verloren hat und deshalb während der Dämonentage ganz allein dastehen wird. Ich meine, jeder weiß doch, dass du und Eloy so gut wie zusammen seid … Auf jeden Fall ist sie anschließend total ausgeflippt.«

Adriana grunzte. Ja, sicher, sie und Eloy … So hatte es vielleicht bis gestern ausgesehen.

»Sind wir nicht.«

»Aber ihr zwei … Au!«

Durch Ricos schmerzverzerrte Stimme alarmiert, fuhr Adriana hoch.

Wie in Trance sah sie mit an, wie sich Rico zuerst über die Wade strich, als ob es ihn dort jucken würde, und dann das linke Hosenbein aus braunem Cord nach oben rollte.

»Himmel, hat dich der Dämon doch gebissen?«, fragte Adriana. Davon war vorhin gar nichts zu sehen gewesen, als sie

Rico mitsamt dem Delta-Dämon am Hosenbein durch die Tür gezogen hatte. Aber jetzt klaffte ein roter Strich an Ricos Wade, der ein wässriges Sekret absonderte. Der grüne Speichel von Deltas übertrug eine Vielzahl an Erregern, das wussten alle. Kleinste Wunden, in die dieser Speichel geriet, konnten sich böse infizieren und zum Tod innerhalb von zwölf Stunden führen, wenn man es nicht rechtzeitig behandelte.

Bitte nicht. Ungläubig blinzelte Adriana mehrere Male. Nicht Rico!

»Verdammt. Wahrscheinlich habe ich vorhin wegen des Adrenalins nichts gespürt.« Mit geschlossenen Augen hämmerte Rico seinen Hinterkopf gegen die Wand. Dabei hüpfte ihm beinahe die Brille von der Nase.

Und sie, Adriana, hatte nicht genau genug nachgesehen.

Das durfte einfach nicht wahr sein! In den nächsten Stunden bis Sonnenaufgang konnten sie die Villa nicht verlassen. Adriana vergrub ihr Gesicht in den Händen.

»Heiße Schokolade!« Zu allem Überfluss kam jetzt auch noch Harry mit einem Tablett voll dampfender Tassen ins Wohnzimmer. Wenigstens gab das Adriana ein paar Sekunden zum Nachdenken.

»Sag es nicht den anderen«, flüsterte Rico.

»Warum nicht?«

»Ich will kein Mitleid, wozu auch? Es macht keinen Unterschied in meiner Situation. Stattdessen würde ich mich durch ihre entsetzten Blicke nur noch unwohler fühlen. Und am Ende kommen sie noch auf dumme Ideen.«

Adriana verstand. Rico wollte nicht, dass Dakota sie anschrie. Weil sie schuld an all dem war.

»Wollt ihr Marshmallows in euren Kakao?« Gerade als Adriana Rico zurück ins Wohnzimmer gezogen hatte, legte ihr Molly eine Hand auf die Schulter. Beinahe wäre sie zusammengezuckt.

»Ja, bitte.«

Daraufhin drückte ihr Molly eine Tasse mit Marshmallows in

die Hand, die wie kleine Wölkchen in der braunen Flüssigkeit umherschwammen.

Während sie es sich alle auf den Sesseln und Sofas bequem machten, sagte niemand ein Wort. Eine Weile hörte man nur Geschlürfe. Draußen im Garten herrschte Stille. Ob sich die Dämonen verzogen hatten? Sie sollten gleich mal Harrys Monitoren einen Besuch abstatten, um das zu überprüfen.

In Adrianas Innerem tobte ein Kampf. Immer wieder warf sie Rico, der zwischen ihr und Harry auf dem Sofa saß, verstohlene Blicke zu. Noch zeigte er keine Anzeichen großer Schmerzen. Zumindest überspielte er sie gut, denn der entzündete Kratzer musste ganz schön wehtun. Wenn Rico starb … nein, daran wollte sie gar nicht denken. Er war ihr bester Freund. Vielleicht ihr einziger nach dieser Nacht. Sie mussten es rechtzeitig ins Krankenhaus schaffen. Irgendwie. Aber was war, wenn die Ärzte im Morgengrauen sagten, es sei bereits zu spät? Dass sie früher hätten kommen müssen? Aber wie sollten sie das anstellen? Okay, das Einfachste war noch, das Sicherheitssystem der Villa auszutricksen. Allerdings würden sie damit die restlichen Bewohner des Hauses in Gefahr bringen. Und wie sollten sie es mit Rico ins Krankenhaus schaffen, wenn überall Dämonen lauerten? Ganz zu schweigen davon, dass das Krankenhaus ebenfalls abgeriegelt war. Dort kam jetzt niemand mehr rein. Auch keine Notfälle. Das war so, seit sich vor ein paar Jahren ein Gamma-Dämon unbemerkt unter einen Krankenwagen geschmuggelt und so in das Innere eines Krankenhauses gelangt war. Das Blutbad war verheerend gewesen, nachdem der Gamma es irgendwie geschafft hatte, das Sicherheitssystem des Krankenhauses außer Kraft zu setzen, sodass sein kompletter Dämonenclan einfach durch den Haupteingang hineinspazieren konnte.

Allerdings gab es eine Sache, die Adriana tun konnte. Sie richtete ihren Blick erneut auf Ricos Hosenbein. Sicher gab es einen Erste-Hilfe-Kasten im Bad. Sie brauchte nur einen Vorwand …

Gerade als Whiskey, der augenscheinlich wieder das Wohnzimmer betreten durfte, angetrottet kam und es sich auf Adrianas Füßen bequem gemacht hatte, vernahm sie erneut einen donnernden Aufschlag im Garten. Die Erschütterung ließ die Tassen auf dem Beistelltisch klirren. Fast hätte man meinen können, Godzilla sei mit beiden Beinen in den Garten gesprungen. Zur selben Zeit erhob sich dämonisches Geschrei vor dem Fenster.

Rico hob den Kopf. »Oha. Noch ein Alpha.«

Wie eine Gewehrkugel kam ein graues Fellbündel angeschossen – Adriana nahm an, dass es sich dabei um die Hauskatze Batida de Coco handeln musste. Allerdings verkroch sich das Tier unter der Kommode neben der Küchentür, bevor Adriana es richtig in Augenschein nehmen konnte.

»Noch ein Alpha-Dämon?« Ganz genau wie die Katze war Dakota aufgesprungen und zur gegenüberliegenden Wand geeilt. »Sollen wir vielleicht vorsichtshalber in den Keller gehen?«

Molly schüttelte den Kopf. »Im Tresorraum haben wir nicht mal genug Platz zum Sitzen, keine Toilette, kein nichts. Lasst uns bis zum letzten Moment warten. Wobei ich nicht wirklich glaube, dass irgendwer die Mauern der Villa überwinden wird. Nicht mal hundert Alphas könnten das.«

Womöglich hat sie recht, überlegte Adriana, aber was, wenn nicht? Und was, wenn keine Zeit mehr blieb, Ricos Leben zu retten, wenn die Nacht vorüber war? Doch ehe sie mit Rico darüber sprechen konnte, brüllte eine tiefe Stimme im Garten auf Englisch los: »Cruz, alte Missgeburt!«

Augenblicklich spitzte Adriana die Ohren. Im Wohnzimmer war es nun vollkommen still.

»Freut mich auch, dich zu sehen, Fettklops.« Die Stimme des neuen Alphas erinnerte Adriana an ihren warmen Kakao mit Marshmallows – irgendwie geschmeidiger als die kratzige, dunkle Tonlage des anderen. Flügel raschelten, dann waren Schritte zu hören.

»Dein Humor schwingt sich ständig zu neuen Höhen auf.«

Gab es einen Grund dafür, weshalb die beiden Alpha-Dämonen auf Englisch miteinander redeten? Sollte das eine Falle für sie werden? Ein Spielchen?

»Warum hast du nach mir schicken lassen, Ivan? Mein Clan jagt am anderen Ende der Stadt.«

»Anscheinend erfolgreich, wenn du hier alleine auftauchst …«, meinte der erste Dämon.

»Ja, das Heim für diese menschlichen Säufer hat ein Sicherheitsleck«, freute sich der Alpha Cruz.

»Also gut. Rede!«

Während sich die beiden Alphas lautstark unterhielten, konnte man im Wohnzimmer ein Porzellanpüppchen anstauben hören.

Beinahe fühlte sich Adriana wie in ein Kasperletheater aus ihrer Kindheit versetzt. Doch da draußen stritten sich gerade nicht Kasperl und das Krokodil, sondern zwei waschechte Alpha-Dämonen!

»Du hast mir nichts zu befehlen, du dreckiger Bastard«, kreischte der andere, den Cruz Ivan genannt hatte.

»Ach ja? Ist das so?« Die Drohung in Cruz' Stimme war unüberhörbar, beinahe wie ein Donnergrollen.

Ein paar Omegas jaulten, als würde sie dieser Cruz in Angst und Schrecken versetzen.

»Da drin ist ein Schmutziges Blut«, gab Ivan schließlich nach.

»Wir wollen es töten!«, kreischte eine andere Stimme aufgeregt, wahrscheinlich ein Beta-Dämon.

»Ja und?«

»Riechst du das nicht?«, fragte Ivan. »Das Kind ist markiert. Und zwar von dir!«

Darauf war es plötzlich totenstill im Garten. Adriana hielt die Luft an, ebenso wie alle anderen im Haus. Was sollte das alles?

»Du hast recht.«

Adriana konnte den Alpha schnauben hören.

»Du musst das Schmutzige Blut töten!«, verlangte Ivan. »Oder versklaven.«

Nachdem eine Weile kein Dämon mehr etwas gesagt hatte, jaulte ein Delta. Fast so, als wolle er den Mond anheulen.

»Also?«, drängte Ivan.

Ein Brüllen, so laut wie zwanzig Güterzüge, zerriss beinahe Adrianas Trommelfell.

»Dieses Kind!«

»Was ist damit? Was ist damit?« Ein paar niedere Dämonen schienen gespannt auf und ab zu hüpfen.

»Das geht euch gar nichts an!«, brüllte Cruz.

Die Spannung, die in der Luft lag, vibrierte förmlich.

»Töte es sofort. Besser jetzt, bevor es uns gefährlich werden kann«, drängte Ivan.

»Nein!« Eine Faust schlug von außen gegen die Wand, sodass die Fensterscheiben klirrten. »Dieses Mädchen gehört mir und ich werde es mir holen, wenn es Zeit ist! Fasst ihr sie an, werde ich dafür sorgen, dass ihr im Fegefeuer schmort, verstanden?«

Adriana sog scharf die Luft ein. Soeben hatte sich der Kreis der Verdächtigen auf zwei reduziert. Im Wohnzimmer starrten die anderen abwechselnd sie und Dakota an.

Das war gar nicht gut. Ganz und gar nicht gut … Adriana fuhr sich durch die Haare, was Dakota mit einem Blick aus zusammengekniffenen Augen quittierte. Offensichtlich suchte ihre ehemalige Freundin nach einem Beweis. Einer Geste, die darauf hindeutete, dass Adriana mit den Dämonen unter einer Decke steckte.

»Das werde ich nicht zulassen! Ich werde diesen Vorfall Luzifer melden!«, kreischte Ivan.

»Luzifer interessiert sich einen Scheißdreck für Speichellecker wie dich!«

»Das werden wir sehen!«

Etwas Großes klatschte gegen die Außenmauer, gefolgt von einem Stöhnen. »Du lernst es nicht, Ivan. Du lernst einfach nicht.«

Ein weiteres Stöhnen erklang, bevor Ivan sich wieder zu Wort meldete.

»Wenn du es nicht töten willst, warum versklavst du es nicht einfach? Aktiviere die Verbindung zu dem Mädchen. Das ist sicherer für uns alle!« Ivan schien mit dem Kopf in einem Busch zu stecken, so dumpf klang seine Stimme.

»Nein. Dafür ist die Zeit noch nicht reif. Aber das geht dich, wie gesagt, nicht das Geringste an. Du verschwendest nur meine Zeit.« Auf diese Aussage folgte ein Flügelrascheln. »Ich behalte euch und das Kind im Auge! An eurer Stelle würde ich von hier verschwinden.«

»Aber der Pakt …«, jaulte eine unterwürfige Stimme.

»Halt den Mund!«, brüllte Ivan. Es folgten ein Schlag und ein Ächzen.

Das Flügelschlagen wurde langsamer. »Ein Pakt? Interessant …«

»Ja, aber das wiederum geht *dich* nicht das Geringste an«, höhnte Ivan.

»Wie du meinst.« In Cruz' Stimme klang ein leises Vergnügen durch.

Das Flügelschlagen entfernte sich. Cruz schien sich davongemacht zu haben. Die Stille, die darauf folgte, kam Adriana bedrohlicher vor als das Gekreische. Sie schob ihre Fingerspitzen unter die Ärmel ihres Sweaters.

Großer Gott. Was wurde hier gespielt? Mit einer Dämonennacht wie dieser hätte sie nie im Leben gerechnet. Ein Albtraum. Fast wie im letzten Jahr.

Rico beugte sich nach vorn und trommelte mit den Fingerspitzen eine Weile auf dem Couchtisch herum. Sonst bewegte sich niemand. Harry und seine Ehefrau saßen da wie Statuen. Mollys Augen starrten ins Leere.

»Der zweite Alpha muss früher ein Halbdämon gewesen sein.« Alle Anwesenden richteten ihren Blick auf Rico, der mit dem Trommeln aufgehört hatte. »Ihr habt doch gehört, wie dieser Cruz seinen Gegner fertiggemacht hat. Er ist stärker als der andere Alpha.«

Eloy nickte langsam. »Aber was bedeutet das für uns?«

Ja, was bedeutete das für sie?

Aus halb geschlossenen Augen schielte Adriana auf Ricos Bein. Würde das die ganze Sache verkomplizieren?

Wenn nur diese Dämonen im Garten endlich abhauen würden, vielleicht konnte sie dann Harry um seinen Wagenschlüssel bitten und Rico ins Krankenhaus bringen. Auf eigene Gefahr, versteht sich. Wie aus dem Nichts baute sich Dakota drohend vor ihr auf.

»Gibst du jetzt zu, dass du es bist?«

Überrascht blinzelte Adriana einige Sekunden, bevor sie antwortete. »Ich habe keine Ahnung, was du meinst.«

»Dakota, lass es bitte gut sein«, mischte sich Rico ein. »Wir wissen es nicht sicher, wen von euch beiden die Dämonen meinen. Ihr könntet es theoretisch beide sein, ohne es selbst zu wissen.«

»Halt dich da raus«, zischte Dakota. Fast erwartete Adriana, dass sie ihr ins Gesicht spuckte. »Wenn dieser Dämon sie aktiviert, könnte sie unter seinem Einfluss die Türen für die Dämonen öffnen. Begreift ihr nicht, wie gefährlich sie ist? Ich sage, wir sperren Adriana in diesen Safe!«

Wie bitte? Das konnte Dakota doch wohl nicht ernst meinen! Hilfe suchend sah Adriana zu Eloy. Doch der zeigte keine Reaktion, starrte schweigend auf seine Füße.

»Nur über meine Leiche«, brummte Rico. Er schob sich seine Brille von der Nasenspitze nach oben. »Das kannst du vergessen, Daki.«

Oh, oh. Dakota hasste es, wenn man sie Daki nannte.

Wie erwartet, ging sie schneller als eine Silvesterrakete in die Luft.

»Nenn mich nicht Daki! Seht ihr nicht, dass sie der Halbdämon sein muss?« Ihre Stimme überschlug sich beinahe. »Am Ende befiehlt dieser Cruz ihr, uns alle zu töten! Oder sie bricht die Zehn Gebote und wird ein Alpha-Dämon. Dann ist es auch aus mit uns!« Ihr Kreischen klirrte noch sekundenlang in Adrianas Ohren nach. Sie war sich sicher, nun vorübergehend taub zu sein.

Scheinbar völlig unbeeindruckt verschränkte Rico die Arme vor der Brust. Nur Adriana fiel der leichte Schweißfilm auf seiner Stirn auf.

»Du kennst dich ja erstaunlich gut aus. Hast du einen Doktortitel in Dämonologie?«, wollte er von Dakota wissen.

»Leute, wirklich!« Adriana hob beide Hände. »Wartet mal. Ganz ruhig und nachdenken. Ist klar, dass wir alle aufgeregt sind, aber bevor wir uns hier gegenseitig beschuldigen, übersehen wir vielleicht etwas. Und zwar was verdammt Wichtiges.«

»Richtig schlechter Versuch, Adr…«, fing Dakota an, aber Adriana brachte sie mit einer harschen Geste zum Schweigen.

Sie drehte sich zu Molly um. »Habt ihr kein Hausmädchen?«

Eloy schnappte nach Luft. Immerhin ein kleiner Fortschritt zu seiner Schweigearie. Der Gedanke, dass er ihr kein bisschen beigestanden hatte, fühlte sich wie schaler Essig auf Adrianas Zunge an, aber sie schob das Gefühl von sich. Schließlich hatte sie sich heute in mehr als einem Menschen getäuscht.

»Doch … nur müsste Carmen längst das Haus verlassen haben …«, antwortete Molly.

»Das ist lächerlich, das …«, versuchte Dakota den Faden wieder aufzunehmen, aber diesmal schnitt ihr Molly das Wort ab.

»Adriana hat recht. Es wäre eine Möglichkeit. Sicherheitshalber sollten wir das Haus durchsuchen.«

Dakota zog ein Gesicht, als wäre sie soeben in Dämonenschleim getreten, willigte aber schließlich ein, mit Harry im Keller nach Carmen zu suchen. Wahrscheinlich auch, um den Tresorraum in Augenschein nehmen zu können.

Damit sie ungestört mit Rico reden und seine Wunde desinfizieren konnte, übernahm Adriana mit ihm gemeinsam die Suche im ersten Stock. Sicher ließ sich dort ein Erste-Hilfe-Set im Badezimmer auftreiben. Molly und Eloy nahmen sich den Dachboden vor.

3

»Lass das, Whiskey!« Adriana bückte sich nach dem Jack Russel Terrier, der bei jedem ihrer Schritte versuchte, durch ihre Beine zu flitzen. Kurzfristig ließ er von seinem Slalomspiel ab, folgte den beiden jedoch die Treppe hinauf in das obere Stockwerk.

»Was macht deine Wade?«, erkundigte sich Adriana, nachdem sich Rico die Stufen hinaufgeschleppt hatte.

Wortlos hob Rico das Hosenbein an, damit sie sich selbst ein Bild machen konnte. Der Kratzer war inzwischen geschwollen und hatte sich ausgedehnt. Aus kleinen Wunden quoll grünlicher Eiter. Diese verdammten Dämonen. Verärgert ballte Adriana die Hände zu Fäusten. Aber sie würde auch für dieses Problem eine Lösung finden, schwor sie sich.

Dann öffnete sie die nächstgelegene Tür. Als sie das Zimmer betraten, wurde klar, dass dies eins der beiden Gästezimmer sein musste. »Setz dich.« Damit er sich ein wenig ausruhen konnte, schob Adriana Rico in Richtung des riesigen Betts mit der Rosenbettwäsche. »Ich durchsuche hier alles. Du machst es dir gemütlich.«

»Du übertreibst. Ich liege doch nicht im Sterben.«

Anstatt zu antworten, neigte Adriana den Kopf.

»Molly hat sicher Desinfektionsspray im Bad. Damit können wir die Entzündung vielleicht aufhalten. Kannst du, falls du Internet hast, recherchieren, was man noch bei Dämonenbissen tun soll?«

Nachdem Adriana im Bad tatsächlich ein Erste-Hilfe-Paket gefunden hatte, rief sie Rico zu sich und nötigte ihn, das Bein mit klarem Wasser gründlich auszuspülen. Dann trug sie eine desinfizierende Salbe auf. Zur Sicherheit mit Einmalhandschuhen.

»Was gefunden?«

»Im Internet steht was von Silber. Das soll man irgendwie auf die Wunde …«

Adriana hob den Kopf. »So wie im Mittelalter? Hmm …« Sie ließ den Blick durch den Raum schweifen, dann ging sie zu der Kommode an der Kopfseite des Raumes und zog alle Schubladen auf. Außer ordentlich geplätteten Stofftaschentüchern mit echtem Spitzensaum – hatte Molly die von ihrer Oma geerbt? –, jeder Menge Waschlappen und Gästehandtüchern fand sie nichts. Natürlich nicht. Das hier war schließlich ein Gästezimmer.

»Warte hier.« Sie nickte Rico zu und lief hinaus auf den Flur. Drei Türen weiter fand sie das richtige Zimmer. Eine Art kleine Bibliothek mit Leseecke und einer Vitrine, die genau das enthielt, was sie jetzt brauchte. Zum Glück war das Ding nur als Staubschutz gedacht und nicht verschlossen.

Als sie zurückkam, hielt sie triumphierend die kleine Silberscheibe am Band hoch.

»Jeder Junge hat so was irgendwo an der Wand hängen«, sagte Adriana und hoffte, dass Harry es ihr nicht verübeln würde, dass sie eine seiner Wettkampfmedaillen entwendet hatte. Wenn er heute so vor ihr stand mit seinem lichten Haar, konnte sie ihn sich kaum als Triathleten vorstellen, aber es hatte diese Zeit eines sportlichen Harry gegeben, der damals auf dem Treppchen mit der Silbermedaille um den Hals nicht hatten ahnen können, dass er Jahre später in einer dekadenten Villa Fett ansetzen würde.

»Könnte klappen.« Rico nickte und beobachtete anscheinend eine Spur beeindruckt, wie Adriana die Medaille erst abwusch, dann desinfizierte, auf die Wunde legte und einen Verband darumwickelte.

»Fertig.« Adriana erhob sich, warf die Handschuhe in den

Mülleimer unter den Schminktisch und wusch sich dann selbst nochmals die Hände und auch das Gesicht mit kaltem Wasser. Das tat gut. Sofort fühlte sie sich besser. Auch weil sie jetzt wenigstens etwas für Ricos Wunde hatte tun können.

Dann widmete sie sich der Suche. Wenn sie ein verängstigtes Hausmädchen wäre, wo würde sie sich verstecken? Unter dem Bett? Sie kniete sich auf den flauschigen Teppich, um einen Blick unter das Gästebett werfen zu können. Offensichtlich verstand Whiskey das als Aufforderung, denn er sprang auf Adrianas Rücken und von dort zum Bett, direkt auf Ricos Schoß.

»Uff, dieser Köter«, japste Rico, kraulte Whiskey dann aber den Nacken.

Da unter dem Bett außer einer Tennissocke rein gar nichts zu finden war, nahm sich Adriana als Nächstes den Einbauschrank vor.

»Weißt du, eins verstehe ich nicht. Wenn du und Dakota gestern einen Streit epischen Ausmaßes hattet, warum bist du dann heute trotzdem mit ihr hierhergekommen? Und wie willst du es die nächsten vier Nächte mit ihr im selben Haus aushalten?«

Rico räusperte sich, bevor er zu einer Erklärung ansetzte: »Ich wusste nicht, dass es so schlimm werden würde. Und was hätte ich tun sollen? Dich mit Eloy und dieser Furie allein lassen?« Er rieb sich mit einer Hand über die Stirn. »Außerdem wäre die Alternative ein Feldbett in der Kirche gewesen, und du weißt, wie voll die Gotteshäuser immer sind. Oder mit den coolen Kids auf einem der Stadtfriedhöfe campen. Nein, danke.«

Das stimmte. Ein Friedhof war auch im letzten Jahr ihr Notfallplan gewesen. Allerdings … Seufzend dachte sie an Sara und India. Wenn India sich wenigstens nicht den Knöchel verstaucht hätte … Aber egal, wie viele Vorwürfe sie sich machte, nichts würde die beiden zurückbringen. Adriana ließ sich auf die Knie sinken, um auch in jeden Winkel des Schranks spähen zu können. Aus dem Augenwinkel bemerkte sie, wie die Perserkatze durch den Türspalt ins Gästezimmer schlüpfte.

Sie würde sich auf die aktuelle Bedrohung fokussieren. Und

auf Ricos Bein. Alles andere zählte nicht, war vollkommen trivial in diesen Ausnahmezeiten. In diesem Moment fiel ihr die winzige Digimon-Sammelfigur, eine Art niedliche, hellbraune Fledermaus, aus der Tasche ihrer Kapuzenjacke. Hastig streckte sie die Hand nach »Patamon« aus, aber Coco war schneller. Mit ihren Pfoten angelte sie danach und schnippte die kleine Figur bis zum Fenster.

»Sammelst du die immer noch?« Rico beugte sich zu ihr nach unten. Er lächelte.

Adriana zuckte mit den Schultern. »Sie sind niedlich und ich mag Comicserien.«

»Weiß ich.«

»Und braucht nicht jeder ein verrücktes Hobby? Versuchst du in deiner Freizeit nicht, Regierungscomputer zu knacken, oder so?«

Rico lachte und Whiskey leckte ihr die Hand.

»Das Zimmer ist sauber«, verkündete Adriana, nachdem sie die Spielfigur zurückerobert hatte. »Auf zum nächsten.«

Sie zog Rico weiter.

Beim folgenden Zimmer ganz links im oberen Stockwerk handelte es sich offensichtlich um Mollys und Harrys Schlafzimmer. Auch hier hatten kitschige Porzellanfiguren Einzug gehalten, aber am allerschlimmsten war der chinesische Holzdrache an der Wand hinter dem Doppelbett. Das Bett selbst bestand aus dunklem Holz. Vier handgeschnitzte Säulen trugen eine Art Baldachin aus schwerem, elfenbeinfarbenem Satin mit Paisleymuster.

»Uhh, hier fass ich nichts an«, murmelte Adriana.

Rico ließ sich auf einem Plüschhocker vor der Schminkkommode nieder.

Gut, irgendwo musste sie anfangen …

Zögerlich öffnete Adriana den Einbauschrank, aus dem jede Menge Pelz und Seide hervorquoll. Sie versuchte, die Massen an Kleidungsstücken auf Bügeln irgendwie in den Schrank zurückzustopfen, damit die Tür zuging. Hier war es so voll, da fand ohnehin kein verängstigtes Hausmädchen mehr Platz.

»Pass auf!«

Unter Ricos Ruf zuckte Adriana zusammen. Im gleichen Augenblick traf sie etwas Hartes am Kopf. »Autsch.« Sterne flimmerten vor ihren Augen.

»Ist dir was passiert?« Rico humpelte zu ihr herüber.

Der mit weißem Stoff bezogene Karton, der Adriana im Fallen erwischt hatte, lag hinter ihr auf dem Teppich, der Inhalt kreuz und quer verstreut.

»Glaub nicht.« Verwirrt rieb sich Adriana den Kopf. »Alles okay.«

Sie knieten sich gemeinsam auf den Boden, um die Fotos und Kerzen aufzusammeln, die aus dem Karton gekullert waren.

»Sieh mal, Molly bei einer Misswahl.« Rico hielt ihr ein Foto vor die Nase, das eine etwa achtzehnjährige Molly mit Krone, Blumenstrauß und einer Schärpe zeigte. Auf der Schärpe war der Aufdruck »Miss Portland 1993« zu lesen.

»Wow. Aber sieh mal, was sind das für Zeichnungen? Ist das ein jüdischer Stern?« Adriana deutete auf die Rückseite, auf die jemand mit rotem Filzstift einen Stern in einen Kreis gezeichnet hatte.

»Wohl eher ein Pentagramm. Aber das geht uns nichts an, denke ich. Eigentlich sollten wir unsere Nasen hier gar nicht reinstecken.« Schulterzuckend packte Rico das Foto in den Karton zurück, dann stellten sie ihn wieder an seinen angestammten Platz.

Bei der Anstrengung entfuhr Rico ein Ächzen.

Mit hochgezogenen Augenbrauen drehte sich Adriana zu ihm um.

»Weißt du, sobald diese Nacht um ist, fahren wir sofort ins Krankenhaus. Wir bitten Harry einfach, uns zu fahren oder uns die Schlüssel für den Wagen zu leihen.« Genau so würde es klappen. Schließlich kannte Harry sie schon wie lange? Über zehn Jahre? Die Zeit im Heim war nicht gerade etwas, an das sich Adriana gern erinnerte. Allerdings war Harry die ganzen Jahre über ein wunderbarer Heimleiter gewesen. Immer freundlich und mit einem offenen Ohr für sie. Aus irgendeinem Grund hatte er Adriana stets bevorzugt behandelt.

Die Untersuchung des Bettes und der Truhe am Fenster brachte keine Ergebnisse. Auch im zweiten Gästezimmer und im Schuhzimmer am Ende des Gangs fanden sie nichts. Ein drei mal drei Schritt großer Raum nur für Schuhe!

Die Bibliothek bot keine Versteckmöglichkeiten, die Regale standen an der Wand und es gab weder Truhen noch Schränke, weshalb sie den Raum übersprungen hatten.

Als Adriana die Tür zum Schuhparadies schloss, hielt sie inne. Ein Gedanke drängte sich mehr und mehr in ihr Bewusstsein. Ein äußerst beunruhigender Gedanke und sie konnte ihn außer mit Rico mit niemandem teilen.

»Was, wenn die Dämonen tatsächlich mich meinen? Was, wenn ich gefährlich für euch bin?« Etwas ängstlich beobachtete sie seine Reaktion. Als Rico ganz ruhig blieb, schob sie den Ärmel ihres Hoodies nach oben, um die Narbe zu betrachten. »Das hat mir im letzten Jahr ein Alpha-Dämon zugefügt, weißt du noch? Vielleicht war das tatsächlich dieser Cruz …« Ihre Stimme brach.

»Das heißt noch lange nichts«, entgegnete Rico bestimmt. »Vielleicht verfolgen wir eine ganz falsche Spur. Es könnte ebenso gut Dakota oder eine dritte Person im Haus sein. Außerdem bin ich mir sicher, dass du uns nie etwas antun würdest.«

Das war natürlich korrekt. Aber wenn es stimmte, dass der Alpha Macht über die Person erlangte, die er markiert hatte?

»Dieser Cruz …« Rico lehnte sich an die Wand. »Er muss früher ein Halbdämon gewesen sein. Denn der andere – Ivan – hatte mächtig Schiss vor ihm. Das bedeutet, Cruz muss stärker sein als er. Wer immer der markierte Halbdämon in diesem Haus ist, er ist sicher vor diesem Clan da draußen. Denn derjenige steht unter Cruz' Schutz, wie wir gehört haben.«

Adriana nickte. Wenn man es so betrachtete, war der Halbdämon beinahe ein Glückspilz.

»Aber was hat es mit diesem Pakt auf sich? Wer, glaubst du, hat einen Pakt mit den Dämonen geschlossen?«

»Puh.« Rico seufzte. »Die Dämonen sagten, der Pakt würde verbieten, das Haus abzubrennen, oder? Macht Sinn für jeden, der sich hier aufhält.«

Da hatte er wohl recht. Molly und Harry erschienen vor Adrianas geistigem Auge, wie sie nebeneinander auf dem Sofa saßen und ins Leere starrten. Verbargen sie etwas vor ihnen? Und wenn ja … was bedeutete das für sie alle?

»Du denkst, was ich denke, oder?«, fragte Adriana und Rico deutete ein Nicken an. »Was will sie? Ein Kind?«

»Könnte sein.« Rico kratzte sich am Kinn. »Geld hat sie schließlich genug.«

Dämonen erfüllen Wünsche nur zu einem extrem hohen Preis.

Adriana fröstelte plötzlich. Sie konnte sich gar nicht mehr vorstellen, dass ihr eben noch heiß gewesen war.

Ein Rauschen erklang draußen vor dem Fenster im ersten Stock. Krallen kratzten über die Hauswand. Wie erstarrt blieb Adriana stehen.

»Hier! Schmutziges Blut. Weiter oben!« Die Stimme klang wenig menschlich, mehr wie Glasscherben, die in einen Container geleert wurden. Wahrscheinlich ein Gamma-Dämon.

Adriana brauchte einen Moment, bis sie begriff, dass Rico schnell die Translator-App eingeschaltet hatte. Während der Dämon plapperte, hielt sie den Atem an. Sie hatten sie ausfindig gemacht. Natürlich. Vielleicht hatten Dämonen nicht die besten Ohren, aber einen extrem feinen Geruchssinn, vor allem Delta-Dämonen.

Drei Sekunden später wurde etwas Hartes gegen das verbarrikadierte Fenster geworfen. Dem Scheppern nach zu urteilen ein Mülleimer.

»Komm schnell.« Rico griff nach Adrianas Hand, dann eilten die beiden zurück ins Erdgeschoss, wobei Rico sich sichtlich Mühe gab, zügig zu humpeln.

»Sie meinen also wirklich mich«, flüsterte Adriana, nachdem

sie die Information verarbeitet hatte. »Dieser Gamma-Dämon muss mich irgendwie gerochen haben. Ich bin es. Ich bin tatsächlich das Schmutzige Blut!« Ihr eigener Herzschlag dröhnte ihr in den Ohren. Eiseskälte schlich sich in jede Pore ihres Körpers. Das war es also. Der Beweis, dass sie kein Mensch, sondern ein Halbdämon war. Dass ihre Mutter mit einem Dämon … Irgendwie hatte Adriana schon immer gewusst, dass sie anders war … aber ein Halbdämon? Für einen Moment schloss sie die Augen, während sie mühevoll schluckte. Tränen oder Schluchzer blieben aus, wären ihr in dieser Situation auch unpassend erschienen.

Rico warf ihr einen Blick zu, sagte jedoch nichts, denn gerade bogen sie um die Ecke des Wohnzimmers, wo Eloy und Molly einen Schrank durchsuchten.

»Nichts.« Molly schloss die Tür. »Im ganzen Haus niemand zu finden.«

Sichtlich bemüht, ganz normale Schritte zu machen, ging Rico zu dem geblümten Ohrensessel hinüber, wo er sich auf der Lehne niederließ.

»Das muss alles gar nichts heißen. Ich meine, vielleicht ist das Ganze nur ein Trick, um uns zu verwirren.«

Ein Trick? Ausgeheckt von dem Dämonenclan im Garten? Adriana dachte kurz über diese Erklärung nach. Bisher hatte sie von keinem ausgeklügelten Betrug gehört, mit dem Dämonen Menschen ins Freie gelockt hatten, das musste aber nicht heißen, dass so etwas prinzipiell nicht möglich war.

Als niemand etwas sagte, hörte sie, wie die Dämonen im Garten murmelten. Einige von ihnen schlichen um die Villa herum und rüttelten ab und zu an den massiven Fensterrollos.

Zehn Minuten später tauchten Dakota und Harry am Absatz der Kellertreppe auf.

»Nichts«, erklärte Harry. »Da unten ist nichts.«

»Außer einem ziemlich coolen Tresorraum, in den Adriana wunderbar hineinpassen würde«, ergänzte Dakota.

Gähnend schlug sich Rico eine Hand vor den Mund.

»Ach, nicht diese Leier schon wieder, Daki!« Dann strich er sich scheinbar gelangweilt über die braune Cordhose.

Das Funkeln in Dakotas Augen sprach Bände. Wäre es nach ihr gegangen, hätte sie Rico sicher ebenfalls in den Tresorraum gesteckt.

Die nächsten Stunden verbrachten sie schweigend mit Gurkensandwiches bewaffnet auf dem Sofa. Molly gab sich Mühe, alle bei Laune zu halten, und flitzte ständig hin und her, um Snacks und Getränke herbeizuschaffen. An Schlaf dachte keiner von ihnen. Nicht mit einem aggressiven Dämonenclan im Garten, dessen Mitglieder in regelmäßigen Abständen Verwünschungen ausstießen und die Sicherheitssysteme der Villa austesteten.

Aus Langeweile spielte Adriana mit dem Dämoneninfoflyer herum und scannte den nächsten Code.

Nach einem leisen *Pling* erschien die Animation eines Gammas.

»Gamma-Dämonen sehen aus wie schwarze Geister, bedeckt mit Hautfetzen und riesigen Krallen. Ihr Gesicht gleicht dem eines pechschwarzen Totenschädels mit orangefarbenen, glühenden Augen. Das Gebiss umfasst drei Zahnreihen, ähnlich wie bei Haifischen.« Der Mini-Gamma schnappte nach Adrianas Daumen, wodurch ihr vor Schreck das Handy entglitt.

Nachdem sie es aufgesammelt hatte, klopfte ihr Herz immer noch wie wild.

Zwei Stunden vor der First Daylight Hour ließ Adriana den Kopf in die Hände sinken. Oh Gott, sollte das jetzt fünf ganze Nächte lang so weitergehen? Die Morgenschicht im Café würde sie absagen müssen. Arbeiten erschien ihr unmöglich nach dieser Nacht. Ihr alltägliches Leben kam ihr so oder so in diesem Augenblick unendlich weit weg vor. Durch ihre Finger schielte sie zu Rico hinüber, der sich quer auf den Sessel gelegt hatte, die Beine über die Lehne ausgestreckt. Seine Brille lag auf dem Wohnzimmertisch. Mit keinem Muskel verriet er, welche

Schmerzen er vermutlich gerade ertragen musste. Wenn sich die Wundinfektion in dem Tempo weiter ausbreitete, wie Adriana vermutete, musste inzwischen fast der gesamte Unterschenkel infiziert sein. Wie viel Zeit blieb ihnen noch, um ins Krankenhaus zu fahren?

Eine Unterhaltung zwischen den höheren Dämonen im Garten schreckte Adriana aus ihren Tagträumen auf. Die Dämonen hatten wieder damit begonnen, sich gegenseitig anzubrüllen.

»Irgendetwas muss diese Missgeburt vorhaben. Wieso markiert er eine von diesen …« Die Stimme von Ivan, dem Alpha, schallte aus Ricos Smartphone. Der andere Dämon, wahrscheinlich ein ranghoher Beta, antwortete ebenfalls in Dämonensprache, aber nuschelte so sehr, dass die App nur Blödsinn übersetzte. »Einkaufsliste, unnötig, Freischwimmer, Besenstil.«

»Von mir aus. Wir halten uns an Luzifers Plan«, brummte Ivan.

Ein Plan? Was zur Hölle?

Jetzt schienen auch die anderen im Wohnzimmer ihre Ohren zu spitzen.

Augenblicklich wurden Adriana zwei Dinge klar. Erstens: Was immer Luzifer vorhatte, es war offensichtlich ein Fehler gewesen, Dämonen wie Ivan einzuweihen, denn er plauderte gerne. Zweitens: Ein diabolischer Plan ging eher selten gut für die menschlichen Bewohner dieses Planeten aus. Und die Dämonen würden nicht so darüber reden, wenn es sich um eine kleine Sache handeln würde. Da war etwas im Gange, etwas Gewaltiges.

Im Garten schien Ivan derweil nachdenklich im Kreis zu laufen, wie es sich anhörte.

»Eine Erklärung wäre, dass Cruz versucht, eine überlegene neue Armee an Halbdämonen zu erschaffen. Wenn er sie markiert und dann mit seiner Hilfe zu Alphas werden lässt …«

»… kann er sie dadurch vielleicht kontrollieren«, knirschte der Beta.

Hatten die Dämonen eventuell gar keine Ahnung von Übersetzer-Apps? Wütendes Flügelschlagen, etwas Raues streifte die Außenwand der Villa und Adriana musste wieder daran denken, dass nur diese Hauswand sie alle von dem sicheren Tod trennte.

»Eine eigener Alpha-Clan. Ein Dämonenclan voll mit den stärksten Alphas. Sie würden die Unterwelt regieren.«

Im Garten wurde es laut. Dämonen zischten und kreischten aufgeregt. Anscheinend hatte diese Ankündigung sie ebenso überrascht und geschockt wie Adriana.

Das … das hörte sich einfach unmöglich schrecklich an. Wenn das ein Trick war, dann waren diese Dämonen verdammt gute Schauspieler.

»Gott, das kann nicht wahr sein, oder?«, flüsterte Eloy. Er hatte sich weit über den Esstisch gebeugt, ungeachtet dessen, dass er sich mit zwei Fingern auf ein Gurkensandwich stützte. »Das müssen wir der BKOD melden. Irgendetwas scheint Luzifer vorzuhaben. Etwas Großes. Und dann noch diese Bedrohung durch diesen Alpha-Dämon Cruz –«

»Hör auf«, zischte Rico. »Nicht jetzt. Dreh bitte nach Sonnenaufgang durch und renn zum Militär.«

Adriana verstand ihn da nur zu gut. Bei seinen Schmerzen war das Letzte, was Rico jetzt brauchte, einen sich vor Aufregung beinahe überschlagenden Eloy, der wohl auch eine Ahnung von Luzifers eventuell verheerendem Plan entwickelt hatte. Sonnenaufgang … Adriana konnte diesen Zeitpunkt kaum noch erwarten, an dem die Dämonen in die Hölle zurückkehrten und sie mit Rico ins Krankenhaus fahren konnte.

»Wenn das Militär diese Geschichte überhaupt ernst nimmt«, warf Molly ein. Whiskey sprang auf ihren Schoß und verfing sich beinahe in den vielen Goldketten um Mollys Hals. Sie streichelte dem aufgeweckten Jack Russel über den Rücken. Ringe klimperten. Adriana warf einen Blick auf den Labrador Tequila, der mit aufgestellten Ohren das verriegelte Wohnzimmerfenster beobachtete.

»Ich meine, sie könnten sagen, wir hätten uns das nur eingebildet«, ergänzte Molly mit einem Schulterzucken.

Dakota tippte sich ans Kinn, wechselte dann wie beiläufig das Thema. »Auf welche Art könnten wir herausfinden, ob Adriana wirklich ein Halbdämon ist? Würde dieser Alpha Cruz zurückkehren, wenn wir, sagen wir, mit einem Messer auf sie losgehen?«

»Spinnst du jetzt komplett?« Rico riss die Augen auf.

»Ich fasse nur die Möglichkeiten zusammen«, giftete Dakota mit zusammengekniffenen Augen zurück. »Eine andere Möglichkeit: Wir schicken sie ins Freie, und wenn die Dämonen nicht auf sie losgehen, wäre das der Beweis.«

Blinzelnd starrte Adriana auf ihre Fingerspitzen. Träumte sie? Oder erwog Dakota gerade tatsächlich, sie den Dämonen auszuliefern? Bis vor ein paar Stunden waren sie noch Freundinnen gewesen und jetzt plante Dakota quasi ihren Tod? Zumindest wollte sie Adriana aussetzen. Einfach so. Wie man einen dreckigen Köter vor die Tür schickte. Und das einzig und allein, weil Dakota Angst hatte, Adriana würde ihr Eloy wegnehmen? Darum ging es doch wohl? Wie konnte man nur so eiskalt sein?

»Und wenn sie einfach nur ein normaler Mensch ist? Dann fressen die Dämonen sie!«, ereiferte sich Rico.

Mit verschränkten Armen lehnte sich Dakota gegen Eloys Brust, der sie unsicher von der Seite musterte.

»Wie sonst erkennt man einen Halbdämon? Können sie sich auf heiligem Boden aufhalten? Ich nehme an ja, denn sie sind zum Teil menschlich, bevor sie alle göttlichen Gebote brechen und damit ihre Menschlichkeit verlieren. Also: Kriege erfordern manchmal Verluste.«

»Dakota, findest du nicht, dass du ein bisschen zu weit gehst?« Harry zog an seinen Hemdsärmeln.

»Nein, eigentlich nicht. Mit jeder Minute, die Adriana hier drinnen bei uns sitzt, fühle ich mich zunehmend unsicherer. Am Ende ist sie unser Todesurteil. Seht ihr nicht, dass alle Zeichen dafürsprechen? Das Mal an ihrem Arm! Ich sage: Wir öffnen kurz die Haustür und schmeißen sie raus. Sie steht unter dem Schutz dieses Alphas, also wird kein Dämon sie anrühren. Happy End für alle.« Dakota klatschte in die Hände, was die anderen inklusive der Hunde zusammenfahren ließ.

»Niemals«, knurrte Rico.

Neben ihr polierte Harry seine Brille mit einer Serviette.

»Das Sicherheitssystem kann man so einfach nicht runterfahren. Wir müssten es austricksen, auf einen anderen Tag einstellen, an dem die Sonne früher aufgeht …«

»Halt den Mund, Harry!«, unterbrach ihn Molly, worauf Harry zusammenzuckte.

Gleichzeitig sahen alle anderen die beiden Hausbesitzer verwirrt an. Das war merkwürdig.

Noch merkwürdiger war, dass es auf einmal an der Tür ruckelte. Was?

»Heilige Scheiße!«, quietschte Dakota. »Ich hab's euch ja gesagt!«

Krallen kratzten über das Sicherheitsrollo an der Haustür. Gleichzeitig drehten sich alle danach um. Großer Gott! Die Dämonen schienen mit vereinten Kräften die Haustür durchbrechen zu wollen.

Rico und Adriana wechselten Blicke. Dieser Aufwand, den die Dämonen betrieben, war geradezu erstaunlich. Warum, zum Teufel, zogen sie nicht einfach weiter? Zu einem leichteren Opfer? Wirkte die Drohung von Cruz, diesem ehemaligen Halbdämon, nicht mehr bei ihnen?

»Oh«, wisperte Molly. Zitternd fasste sie sich an die Brust. »Es wird wohl Zeit, in den Tresorraum umzuziehen.« Harry warf ihr einen Blick zu, den Molly jedoch ignorierte. »Zur Sicherheit sollten wir frisches Weihwasser mitnehmen. Dakota, Adriana, würdet ihr die zwei Weihwasserkrüge aus der Küche holen? Wir kümmern uns um Decken und holen die Tiere.«

Anscheinend hatte Molly vorgesorgt. Das Problem an Weihwasser war leider, dass es nur wirkte, solange es frisch war. Wenn eine aus Weihwasser gezogene Barriere trocknete, konnten Dämonen sie leicht überwinden. Das Ganze würde ihnen also nur ein paar Minuten mehr Zeit verschaffen. Das Rütteln an der Tür wurde stärker.

»Wir sollten uns beeilen«, stimmte Harry zu.

Obwohl Dakota so aussah, als ob sie lieber eine mit Taubenkot überzogene Denkmalstatue sauber lecken würde, folgte sie Adriana ohne zu murren in die Küche.

Selbst mit Weihwasser als Waffe, das bei Dämonen leider auch nur leichte Verbrennungen verursachte, würden sie diesem Angriff nicht ewig standhalten können. Aber mit etwas Glück würden sie es bis zum Morgengrauen schaffen. Wie lange hatten sie wohl noch, bis die Dämonen die Eingangstür knackten?

Die Eichentür zur Küche kratzte über den Boden, als Adriana sie öffnete. Wie erwartet, verströmte dieser Raum, genau wie das Wohnzimmer, einen Hauch von Kitsch. Womöglich waren die Blümchentapete sowie die zwei Dutzend Zierbronzetöpfe an den Wänden auch eine Dämonenabwehrmaßnahme. Sie ließ ihren Blick weiter über die scheußliche Einrichtung aus geschnitzten Eichenholzmöbeln schweifen. Über die ausladende Kücheninsel in der Mitte mit dem Gasherd bis zu dem runden Tisch in der rechten Ecke. Als ihr Blick letztendlich auf die Hintertür fiel, blieb ihr beinahe das Herz stehen. Die Tür zum Garten war nicht gesichert! Durch den oberen Teil, in den eine Glasscheibe eingelassen war, konnte man Dunkelheit und die Bäume im Garten erkennen. Kein Sicherheitsrollo – gar nichts! Das konnte nicht sein! Niemand, der noch bei Verstand war, würde während der Dämonentage seine Hintertür nicht doppelt und dreifach sichern! Was war hier geschehen?

»Oh mein Gott!« Jetzt hatte auch Dakota hinter Adriana die Küche betreten und das Sicherheitsleck entdeckt.

In Adrianas Nacken kribbelte es. Das war schlecht, ganz schlecht.

»Beweg dich nicht«, flüsterte sie Dakota zu. »Flipp jetzt nicht aus.« Wenn Dämonen in der Nähe waren …

»Wo ist das Weihwasser?«, flüsterte Dakota zurück.

Ohne den Kopf zu drehen, scannte Adriana die Küche.

»Hinter dir.« Fast unmerklich nickte sie Dakota zu. Auf der Arbeitsfläche nahe der Tür standen zwei volle Glaskaraffen. Sie konnten das schaffen, sie mussten nur die Krüge nehmen, die Tür hinter sich verriegeln und eine Weihwasserlinie vor der Tür ziehen.

Doch sie hatte die Rechnung ohne ihre ehemals beste Freundin gemacht.

Natürlich musste Dakota es übertreiben und in Panik nach den Weihwasserkrügen greifen. Anstatt langsam die Hand danach auszustrecken und unauffällig aus der Küche zu verschwinden, entglitt die Karaffe ihren zitternden Fingern. Ein Klirren und Klatschen zerfetzte die Stille, als der Krug zersprang, aber das war nun egal. Sie waren in eine Falle getappt, wurde Adriana klar. Denn als sie sich umdrehte, bewahrheitete sich ihr Verdacht. Vor der Tür zum Wohnzimmer saß ein zähnefletschender Delta-Dämon. Der Rückweg war versperrt. Sofort spannte sich jeder Muskel in Adrianas Körper an. Der Dämon, so groß und so scheußlich wie ein entstellter Rottweiler, schien sie anzugrinsen, wohl wissend, dass die beiden Mädchen keine Chance hatten.

Was sollte sie tun? Schreien und damit die anderen in Gefahr bringen?

Die Tür zum Garten wurde aufgerissen und nahm ihr damit die Entscheidung ab. Hinter ihr keuchte Dakota auf, sobald auch sie registrierte, welche Dämonen sie umzingelt hatten. In der Tür stand ein Alpha – wahrscheinlich dieser Ivan – und neben ihm ein Beta-Dämon. Der Alpha verzog sein Gesicht zu einem hämischen Grinsen. Seine ledrige Haut spannte sich an den Schultern, hinter denen die Flügel ordentlich zusammengefaltet auf seinem Rücken lagen. Trotz des beinahe menschlichen Aussehens, abgesehen von der lila Hautfarbe, den Flügeln und den kleinen Hörnern am Kopf, ließ sich Adriana nicht täuschen. Der Alpha war der Gefährlichste unter ihnen. Er hatte das Kommando. Neben ihm wartete der mumienähnliche Beta nur auf ein Zeichen, dass er angreifen sollte.

»Sieh an, sieh an, wer da in unsere Falle gestolpert kommt. Das Kind mit dem Schmutzigen Blut.« Da war sie wieder, diese kratzige Stimme wie eine Motorsäge. Adriana hörte, wie Dakota hyperventilierte. Das wäre ganz wunderbar, wenn ihre Ex-beste-Freundin hier gleich ohnmächtig auf dem Boden läge. Sie hatte ja noch nicht genug Probleme.

Unbeirrt kam der Alpha auf Adriana zu.

»Was ist nur das Besondere an dir, dass dich diese Missgeburt Cruz wie seine Kronjuwelen schützt?« Kein Zweifel, der Dämon sah bei seinen Worten Adriana direkt ins Gesicht. Ivan meinte sie.

Damit wurden Adrianas schlimmste Befürchtungen wahr. Sie war ein Schmutziges Blut. Kein reiner Mensch. Ein Mischling. Etwas stimmte nicht mit ihr, aber wieso? Wer zum Teufel war ihr biologischer Vater? Sie musste sich zusammenreißen, um es nicht Dakota gleichzutun und durchzudrehen. Sie war kein echter Mensch!

Gemächlich, so als hätte er alle Zeit der Welt, umrundete Ivan die Kücheninsel, während er seine Wachen an den Ausgängen ließ.

»Cruz sagt, du darfst mir nichts tun.« Falls die Theorie stimmte, dass dieser Cruz eine Armee an Halbdämonen aufstellen wollte, würde er sie beschützen. Allerdings spürte sie merkwürdigerweise, dass da noch mehr war. Das war noch nicht alles …

Womöglich klang ihre Stimme nicht überzeugt genug, denn Ivan grinste nur überheblich auf diese Ankündigung.

»Eins wird gefressen, eins als Pfand behalten.« Er nickte seinen Komplizen zu. »Ich will wissen, was dieser Hurensohn vorhat, und du wirst mir dabei helfen. Wenn du in meiner Gewalt bist, wird Cruz sicher anfangen zu reden.«

Aus den Augenwinkeln nahm Adriana eine Bewegung wahr. Dakota machte zuerst einen Minischritt rückwärts, dann hechtete sie auf den verbliebenen Weihwasserkrug zu. Was hatte dieses verrückte Mädchen bloß vor?

Ohne zu zögern, griff sie sich den Krug und schüttete sich das Weihwasser über den Kopf.

Die Dämonen zischten. Der kleine Delta machte sogar einen Satz zur Seite, um sich vor den Weihwasserspritzern in Sicherheit zu bringen.

Adriana seufzte. Dakota hatte das komplette Weihwasser aufgebraucht, um sich selbst in Sicherheit zu bringen. Ihre wirksamste Waffe gegen die Dämonen! Und ihre Freunde saßen im Wohnzimmer und wussten nichts davon …

Ein kehliges Knurren ertönte.

»Dummes Kind!« Anscheinend hatte auch der Beta begriffen, dass sie Dakota nun nicht mehr anfassen konnten, zumindest die nächste Stunde über nicht, bis sie getrocknet war.

Die Küchentür flog so heftig auf, dass der Delta, der davorgesessen hatte, einen Hechtsprung hinlegen musste und gegen den Alpha-Dämon krachte. Mit einem letzten Ächzen ging er regungslos zu Boden, während Harry und die beiden Hunde in die Küche stürmten.

»Was ist hier los?«

Als Antwort fletschten die beiden ranghohen Dämonen die Zähne.

Adriana erkannte ihre Chance, nutzte die Ablenkung, machte einen Sprung zur Seite und riss eine der Schubladen auf, dann noch eine. »Harry, habt ihr große Messer?«, zischte sie in seine Richtung, obwohl sie wusste, dass sie damit nicht viel gegen die Dämonen würde ausrichten können. Tequila stand neben ihm, kläffte und winselte wie wahnsinnig.

»Da«, sagte Harry und wies auf eine andere Schublade. Einen Atemzug später hatte Adriana sie aufgezogen und hielt ein Fleischermesser in der Hand. Dann bückte sie sich, fuhr mit der Hand über den Fliesenboden und bestrich die Klinge mit dem Weihwasser.

»Zurück!«, fauchte sie Ivan an.

Leider gingen die Hunde im selben Augenblick zum Angriff über.

Nicht mal Harry konnte verhindern, dass sich die beiden wie zwei gestörte Fellkugeln auf den Alpha- und Beta-Dämon stürzten.

Tequila warf sich auf den Alpha, während Whiskey in Richtung Hintertür schoss.

»Nein!«, brüllte Harry. »Tequila, Fuß!« Tatsächlich ließ das den Labrador irritiert innehalten, zumindest für den Moment. Gerade noch so bekam Harry Tequila am Halsband zu fassen.

»Ah!«, freute sich Ivan. »Frischfleisch.«

Draußen im Garten heulte Whiskey laut auf, dann ertönte ein Knacken, worauf erst Stille und dann dämonisches Gejubel folgte. Aber kein Laut mehr von Whiskey … gar nichts mehr. Kein Ton, kein Bellen.

Kurz würgte Adriana die aufkeimende Galle in ihrem Rachen hinunter. Verflucht. Nicht Whiskey! Doch sie hatte keine Zeit, sich weiter mit dem Tod des Hundes auseinanderzusetzen. Denn Ivan machte einen Schritt auf sie zu. Dennoch registrierte sie, dass Harry neben ihr kalkweiß im Gesicht geworden war.

»Lasst die Kinder in Ruhe!« Obwohl seine Stimme entschlossen klang, bemerkte Adriana Harrys gehetzt um sich schauende Augen. Seine Brille saß ihm leicht schief auf der Nase, was er jedoch ignorierte.

»Er kann uns nichts tun. Dakota und ich sind sicher«, erklärte Adriana leise. Wenn man davon absah, dass die Dämonen sie selbst immer noch entführen wollten, zumindest.

Entweder hatte er sie nicht gehört oder Harry litt an einer sehr gefährlichen Form von Heldenmut. Denn jetzt schob er sich mit ausgebreiteten Armen vor die Mädchen. Tequila spitzte die Ohren, rührte sich aber nicht, trotz der Tatsache, dass sein Herrchen ihn losgelassen hatte.

»Wirklich.« Adriana legte Harry eine Hand auf die Schulter. »Wir brauchen keinen Schutz. Geh zurück, in den ›du weißt schon‹ …«

Harry gab vor, sie nicht gehört zu haben. Entschlossen reckte er das Kinn. Einen Moment fühlte sich Adriana zu einem Weihnachtsfest im Kinderheim etwa sechs Jahre zuvor zurückversetzt, als Harry sie vor ein paar aufdringlichen Jungs beschützt hatte. Doch das hier waren keine halbstarken Jugendlichen. Adrianas Herz flatterte. Dieser Abend hatte sich zu einem absoluten Albtraum entwickelt. So gern sie schreiend ausflippen und sich hängen lassen wollte, sie musste sich jetzt zusammenreißen und einen kühlen Kopf bewahren.

»Harry …«, flüsterte sie, aber ihr ehemaliger Kinderheimleiter starrte das Wesen vor sich nur wie paralysiert an. Sie konnte es schaffen, nach vorne springen, Harry packen und zurückreißen … in die Pfütze mit dem Weihwasser. Nur ein Atemzug.

»Dummer Mensch!« Der Alpha schoss nach vorn. Binnen einer Sekunde hatte er die Hand um Harrys Kehle gelegt und zugedrückt.

Dakota schrie, doch Adriana zwang sich, ruhig zu bleiben. Obwohl es ihren ganzen Mut erforderte, drohte sie dem Alpha erneut mit dem weihwasserbenetzten Küchenmesser. »Lass ihn los.«

Ivan zuckte nur kurz mit den Flügeln. Sein überhebliches Grinsen war fast noch schlimmer als seine Drohung, sie zu entführen. »Niedlich, dein Zwiebelmesserchen.«

Da kannte er Adriana aber schlecht. Sie ließ das Messer in einem Bogen nach vorn in Richtung seines Herzens schnellen.

Reflexartig drehte sich der Dämon weg, konnte aber nicht verhindern, dass Adriana den oberen Teil seines linken Flügels verletzte.

»Du kleines Miststück!« Seine Augen glühten in einem irisierenden Lilaton. Purpurnes Blut floss in einem fingerbreiten Strom aus der Wunde an seinem Flügel. Es funktionierte!

Blitzschnell zog er sich mit Harry im Griff zur Hintertür zurück. »Wie ich schon sagte: niedliches Messerchen. Aber du bist einfach zu schwach und zu langsam. Sieh es ein, wehrloses Halbblut.« Er grinste Adriana an wie ein Hai mit Zahnschmerzen und sie starrte für eine Sekunde gelähmt auf diese Szene. Sie hatte den Alpha sehr wohl verletzt. Er wollte es nur nicht zugeben.

Wieder ertönte ein Knacken, dann sackte Harry tot in den Armen des Dämons zusammen.

Ivan warf Adriana einen Blick zu, als erwartete er ein Lob für diese Tat. Dann fiel sein Blick erneut auf ihr Messer.

»Irgendwann erwische ich dich, du kleines Schmutzblut. Und jetzt entschuldige mich bitte, ich habe noch zwei Herzen zu fressen.« Mit einem hochmütigen Gesichtsausdruck stolzierte Ivan durch die Tür in den Garten.

»Tzaaaa!«, zischte der Beta, dann wandte auch er sich zum Gehen.

Ein humpelnder Delta folgte ihm.

Als die drei verschwunden waren und frenetischer Jubel im Garten ausbrach, zuckten Adriana und Dakota synchron zusammen. Das konnte nicht sein. Die Dämonen konnten nicht Harry getötet haben. Das … das war unmöglich. Harry und Whiskey! Zitternd krallten sich Adrianas Finger um den Rand der Küchentheke. Gleichzeitig wurde ihr schwarz vor Augen. Das Messer schlug klappernd auf den Küchenfliesen auf.

Ein schmatzendes Geräusch aus dem Garten bestätigte ihre schlimmsten Befürchtungen. Die Dämonen rissen die toten Körper von Harry und Whiskey in Stücke. Ein Dämonenfestmahl.

Ob es das Adrenalin war oder einfach eine Offenbarung im Angesicht einer lebensbedrohlichen Situation, jedenfalls sah Adriana auf einmal viel klarer. Instinktiv wusste sie, was zu tun war. Zumindest, wenn sie nicht wollte, dass noch mehr Personen in diesem Haus draufgingen. Zu ihren Füßen wimmerte etwas. Es war Tequila, der sich geduckt an ihre Wade gepresst hielt. Offensichtlich erwartete er, dass sie nun die Führung übernahm. Wer auch sonst? Schließlich schluchzte Dakota neben ihr in einer Heftigkeit, dass es mehr nach Ersticken als nach Weinen klang.

Einatmen. Ausatmen. Ganz langsam und kontrolliert.

Panik half jetzt nicht weiter. Sie musste Schritt für Schritt vorgehen. Zuerst die Küche abschotten und dann die anderen Räume überprüfen, bevor sie alle in Sicherheit bringen würde. Womöglich befanden sich noch mehr Dämonen im Haus.

Eilig machte sie ein paar Schritte auf die Hintertür zu, um sie zu verriegeln. Zusätzlich klemmte Adriana noch einen gekippten Stuhl unter die Türklinke, schob dann eine Kommode davor, auf der sich Dutzende von bestickten Deckchen türmten. Dann verwischte sie das Weihwasser am Boden großzügig vor der Wohnzimmertür.

»Komm schon, Dakota.« Ohne auf die schluchzende Blondine Rücksicht zu nehmen, schleppte sie sie eilends quer durchs Wohnzimmer ins Foyer und Richtung Kellertreppe.

Von dort kam ihnen eine gespannt dreinschauende Molly entgegen. Als Molly jedoch bemerkte, dass lediglich Adriana und Dakota mit Tequila im Schlepptau in die Eingangshalle gestolpert kamen, fiel ihre Mimik in sich zusammen. Adriana konnte förmlich sehen, wie die Gedanken in Mollys Kopf rotierten.

»Was ist hier los?«, fragten Adriana und Molly gleichzeitig.

»Mhm?«, machte die verheulte Dakota.

Zur gleichen Zeit stießen auch Eloy und Rico mit Akkuschraubern und Metallplatten in den Händen aus der angrenzenden Garage zu ihnen. Allem Anschein nach wollten sie damit die Kellertür sichern.

Tequila kniff den Schwanz ein und verzog sich dann winselnd unter die Bank, auf der Adriana noch vor wenigen Stunden mit Rico gesessen hatte. Wahrscheinlich wollte der Hund in Ruhe um Harry trauern. Diesen Luxus konnte sich Adriana selbst leider nicht leisten. Ihre Gedanken kreisten um die aktuellen Probleme und die Frage, welches Spiel Molly spielte …

Leider sah es nicht danach aus, als ob Molly in nächster Zeit reden würde. Also beschloss Adriana, es ihr so wenig schonend wie möglich beizubringen.

»Harry ist tot. Wurde gefressen. Whiskey auch. Es tut mir leid.« Während sie bei ihren eigenen Worten schwer schlucken musste, beobachtete sie Mollys Reaktion genau.

»Was …?« Molly blinzelte. »Nein, doch nicht Harry!« Mit einem flackernden Aufblitzen in den Augen griff sie sich an den mit Schmuck überladenen Hals. An einer der Ketten hing ein daumennagelgroßes Pentagramm, wie Adriana auffiel. Ganz ähnlich der Zeichnung auf den Fotos in Mollys Schlafzimmer … Das war merkwürdig und doch gleichzeitig erleuchtend.

»Ach ja?« Adriana verschränkte die Arme vor der Brust. In einem Anflug von gelassener Klarsicht beschloss sie zu bluffen, um die Wahrheit aus Molly herauszuholen. Denn eins war sicher: Alle Zeichen deuteten darauf hin, dass die Hausherrin irgendetwas vor ihnen verbarg.

»Warum denn nicht Harry? Wie meinst du das? Der Alpha-Dämon hat übrigens etwas Seltsames über dich preisgegeben, Molly.« Adriana verstärkte den stechenden Blick, mit dem sie Molly bedachte. »Ist es so oder ist es nicht so, dass du einen Pakt mit den Dämonen geschlossen hast?«

Molly schrak zusammen.

Volltreffer. Ihr Herz pochte inzwischen so schnell, als wollte es ohne Adriana einen Marathon laufen.

Auf einmal wurde Dakota neben ihr ganz still. Kein Schluchzer war mehr zu hören. »Du hast Adriana und mich unter einem Vorwand in die Küche geschickt.«

Clever kombiniert, dachte Adriana. Innerlich zog sie vor ihrer ehemals besten Freundin den Hut, bevor sie fortfuhr: »Irgendwie hast du die Verriegelung der Hintertür überwunden, wahrscheinlich die Zeitschaltuhr ausgetrickst, aber so, dass sich nur die Hintertür öffnen würde. Das Kratzen an der Vordertür war nur Ablenkung. *Du* bist es! *Du* hast einen Pakt mit den Dämonen geschlossen.« Vor Wut bebend schlug Adriana mit der flachen Hand auf ein überladenes Beistelltischchen. Die Porzellanfiguren, die daraufstanden, klirrten empört.

Molly war schuld daran, dass ihr ehemaliger Kinderheimleiter Harry, der sie immer gut behandelt hatte, draußen im Garten gerade als Dämonenfutter endete! Ein scheußlicher Gedanke. Molly! Molly war ganz alleine schuld an diesem Unglück.

»Nein, nein, nein … Du solltest dran glauben müssen.« Flehentlich warf Molly die Hände gen Himmel, offensichtlich kurz vor einem Nervenzusammenbruch. »Dich hätte doch sowieso niemand vermisst.« Jetzt heulte sie ebenso laut auf wie Dakota noch wenige Minuten zuvor. »Aber nicht mein Harry!« Die Sätze waren durch die Schluchzer kaum noch zu verstehen, doch Adriana entging nichts.

»Was bieten dir die Dämonen dafür, dass du ein Mädchen opferst?«, wollte sie mit zusammengebissenen Zähnen wissen.

Molly zögerte keine Sekunde. »Verschonung beim Jüngsten Gericht für Harry und mich. Dem Tag, der bald ansteht. Und ewiges Leben!« Ihre Stimme troff nur so vor Hohn. Die Ewigkeit ohne Harry schien eine verdammt lange Zeit für sie zu sein.

»Wann … soll das sein?«, wollte Adriana wissen.

»Weiß ich nicht!« Die verzweifelten Schniefer kamen in immer kürzeren Abständen. »Aber solange ich jedes Jahr ein Kind opfere, versprechen mir die Dämonen Immunität. Sie schicken mich nicht in die Hölle, wenn der Tag des Jüngsten Gerichts anbricht. Und Harry hätten sie auch verschont.« Wieder zeterte Molly in einer Lautstärke vor sich hin, dass Adriana sich am liebsten die Ohren zugehalten hätte.

Rico und Eloy starrten sie mit großen Augen an.

Diese Welle von Selbstmitleid, in der Molly badete, wirkte im Angesicht von Harrys Tod wie blanker Hohn auf Adriana.

Der Tag des Jüngsten Gerichts … Damit musste Molly den Weltuntergang meinen. Oder den Tag, an dem Luzifer über die Erde herrschen würde, was natürlich auch gleichzeitig ihren Untergang bedeutete.

Verflucht, das war ernst. Was, wenn es bereits in vollem Gange war? Dieses Jahr verhielten sich die Dämonen äußerst merkwürdig. Außerdem hatte Ivans Dämonenclan von »Luzifers Plan« gesprochen. Was, wenn …?

Nein, schalt sich Adriana. Zuerst musste sie sich um Rico kümmern. Alles andere war zweitrangig.

In Molly schien indessen endgültig etwas zu zerbrechen. Von

einem Regal in der Nähe schnappte sie sich im Fallen zwei Porzellanfiguren, die sie dann mit voller Wucht gegen die Wand pfefferte.

»Verfluchtes Dämonenpack. Nicht meinen Harry!« Als hätte man ihr eine Spritze mit Adrenalin in den Hintern gehauen, sprang Molly wieder auf die Füße. Mit einem Wisch räumte sie das ganze Regal leer. Zehn Porzellanfiguren, alles Schafe und ein Hirtenhund, mussten ihr Leben lassen. Wie eine Furie stürmte sie ins Wohnzimmer, hinterließ Verwüstung, wo sie auch vorbeikam. Klirrende Geräusche und zerdepperte Porzellanfiguren säumten den Weg des mordenden Hurrikans Molly.

Für einen Moment schloss Adriana die Augen. Sie mussten hier weg. Allerdings lauerten immer noch überall in der Stadt Dämonen. Ihre App zeigte an, dass die First Daylight Hour erst in mehr als einer Stunde eintreten würde.

Aber ihr Instinkt sagte ihr genau, was zu tun war.

»Leute!« Sie winkte die anderen zu sich. »Wir brauchen eine Strategie.« Die drei starrten sie in einer Mischung aus Verwirrung und Verunsicherung an. »Kommt schon. Ihr glaubt doch nicht immer noch, dass ich mit den Dämonen unter einer Decke stecke?«

»Nein.« Dakota schüttelte den Kopf. »Die Dämonen wollen dich als Geisel, weil sie dich nicht töten dürfen. Aber du hast selbst keine Ahnung, warum. Sonst hättest du dich eben in der Küche nicht so komisch aufgeführt.«

Zuerst wusste Adriana nicht, ob Dakota das nun positiv oder negativ meinte, entschied sich dann aber für ein zustimmendes Nicken.

»Hört mal, ich habe einen Plan. Ihr solltet weg von Molly und Rico muss so schnell wie möglich ins Krankenhaus.« Rico warf ihr einen warnenden Blick zu, den Adriana jedoch ignorierte.

»Mensch, Rico, jetzt ist nicht der Moment, um den leidenden Helden zu spielen. Noch etwas länger und dir fällt das Bein ab. Dämonenbiss«, erklärte sie den anderen mit einer Handbewegung. »Also hier ist der Plan. Dakota geht vor.«

Entrüstet ließ Dakota ein Schnauben vernehmen.

»Jetzt hab dich nicht so. Du bist immer noch durch das Weihwasser geschützt.« In Windeseile erklärte Adriana, was sie vorhatte. Immer wieder wurde sie vom Geschepper berstender Porzellanfiguren unterbrochen. Nur dank ihrer guten Reflexe konnte Adriana einer heranfliegenden Schäferin gerade noch ausweichen.

»Bereit?«

Obwohl niemand antwortete und Dakota sogar schmerzerfüllt das Gesicht verzog, wertete Adriana das als »Ja«.

»Also los!«

Molly Svensson hatte sie an die Dämonen ausliefern wollen. Um ein Haar wären Dakota und sie als Dämonensnack geendet. Wieder und wieder sah Adriana die Szene vor sich, in der Molly alles gestand. Deshalb fiel es ihr auch weniger schwer, Molly zurückzulassen. Wahrscheinlich galt ihr Pakt mit den Dämonen immer noch und deshalb würden Ivan und sein Clan ihr nichts antun.

Während sie ihre Sachen zusammensuchten, sagte sich Adriana ständig, dass es nur diesen einen Weg gab. Sie konnten nicht in der Villa bleiben. Molly drehte immer noch durch und zog eine beeindruckende Schneise der Verwüstung durch das ganze Haus. Am Ende würde sie womöglich noch die Dämonen hereinlassen oder die Villa wutentbrannt in Schutt und Asche legen. Außerdem war da noch Ricos Bein.

»Hab ihn!« Eloy schwenkte einen Autoschlüssel über dem Kopf. Danach hatte er die ganze Zeit im Eingangsbereich der Villa gesucht. Dann warf er ihn Rico zu, der das Label betrachtete. »Range Rover. Genau das, was wir brauchen. Du fährst, Eloy.« Als er den Schlüssel zurückwarf, schwankte Rico eine Sekunde lang. Adriana bemerkte, dass er sein verletztes linkes Bein kaum belastete. Wieder ein Indiz dafür, dass sie sich beeilen mussten. Sie würden das jetzt durchziehen, es gab kein Zurück.

»Los. Wir treffen uns nach Sonnenaufgang im Krankenhaus. Haltet euch an den Plan.«

Rico hob die Hand zum Peace-Zeichen. »Hatte nie etwas anderes im Sinn. Los, Daki, geh vor!«

Entnervt verdrehte Dakota die Augen, schulterte ihre Umhängetasche und machte sich dann auf den Weg zur Seitentür, die direkt vom Wohnzimmer durch einen schmalen Flur in die Garage führte.

Eloy und Rico folgten ihr. Als sie an Adriana vorbeikamen, drückten die Jungs sie kurz.

»Willst du das wirklich tun?« Besorgt strich Eloy ihr die Haare über die Schulter.

»Was soll mir schon groß passieren? Ivan darf mir nichts tun, hast du doch gehört.«

Darauf nickte Eloy nur. Seine bernsteinfarbenen Augen hatten allen Glanz verloren. Nach einem letzten Lächeln für Adriana wandte er sich zum Gehen.

Rico trat an seine Stelle und flüsterte Adriana zum Abschied zu: »Pass auf dich auf, geh kein Risiko ein.«

»Tu ich nicht«, versicherte sie ihm.

Ein letztes Mal zog er sie in seine Arme, dann folgte er den anderen in die Garage.

4

Seufzend schaute Adriana ihren Freunden hinterher, bis sie verschwunden waren. Auf ihrer Stirn bildete sich eine Sorgenfalte. Sorge um Rico. Was, wenn ihnen nicht mehr genug Zeit blieb? Wenn es bereits zu spät war? Wenn die Infektion nicht mehr aufzuhalten war? Zügig lief sie zurück in die Eingangshalle. Über sich konnte sie Molly in ihrem Schlafzimmer toben hören. Nachdem Adriana sich ihren Rucksack mit den Digimon-Aufnähern über die Schulter geworfen hatte, untersuchte sie das Schaltpult mit den Knöpfen für die Sicherheitsverriegelungen. Die Haustür hatte zwar einige Dellen eingesteckt, war aber lange noch nicht offen. Vor dem Hinterausgang an der Küche teilten sich die Dämonen sicher immer noch die besten Bissen ihrer Opfer unter sich auf. Vor lauter Übelkeit zog sich ihr Magen zusammen. Entschieden schob sie die Trauer um Harry und Whiskey beiseite. Jetzt war volle Konzentration gefragt.

Aus dem Wohnzimmer schlich sich Tequila an sie heran und setzte sich quasi auf ihre Fußspitzen. Der schwarze Labrador wirkte verstört. Um ihn zu beruhigen, kraulte Adriana ihn zwischen den Ohren, während sie an den Knöpfen des Schaltpults herumdrückte.

»Datum einstellen«, murmelte sie vor sich hin. »27. Juni 2020 … Entriegeln.« Nichts passierte.

»Mist!« Das Schaltpult schien komplizierter als ein Flugzeugcockpit konstruiert zu sein. »Verfluchter Kackmist!«

Tequila winselte.

»Entschuldige, du warst nicht gemeint.«

Mit der flachen Hand hämmerte sie auf die vielen Knöpfe ein. »Komm schon, komm schon, komm schon!«

Ein leises *Klick* ertönte. Adriana und Tequila spitzten die Ohren. Es knackte, dann hörten sie, wie sämtliche Sicherheitsrollos nach oben fuhren. Sie hatte das Sicherheitssystem ausgetrickst. Nun ja, jedenfalls schien das Glück auf ihrer Seite gewesen zu sein. Für den Moment.

Aber jetzt kam der komplizierte Teil. Das verbogene Rollo quietschte und kreischte beim Hochfahren. Das war schlecht, erregte zu viel Aufmerksamkeit Die graue Kapuze über den Kopf gezogen und mit geschultertem Rucksack öffnete sie die Tür.

Tequila leckte ihr die Hand. Offensichtlich wollte der Labrador sie begleiten. Für einen winzigen Moment hielt sie inne. Das war zwar gefährlich, aber sie konnte ihn auch schlecht allein zurücklassen.

Also gut. Tequila würde mitkommen. Ein letztes Mal atmete sie tief ein, dann zog sie die Haustür auf und duckte sich unter dem halb hochgefahrenen Rollo hindurch.

Natürlich war ihr klar, dass alles Folgende kein Spaziergang werden würde, auch wenn sie Eloy und Rico gegenüber so getan hatte, als könnten ihr die Dämonen nichts anhaben. Tatsache war: Ivan wollte sie als Pfand einsetzen, um diesen Cruz zu erpressen. Offenbar vermutete er, dass Cruz eine Armee von Halbdämonen aufstellen wollte. Das hieß, sie schwebte sehr wohl in Gefahr. Sowohl Cruz als auch Ivan schienen sie für ihre ganz eigenen Zwecke benutzen zu wollen. Theoretisch konnten ihr die beiden Alphas in jedem Schatten dort draußen auflauern. Ivan tat das auf jeden Fall. So leicht würde er sie nicht davonkommen lassen. Mit dem Schnitt an seinem Flügel hatte sie ihn lediglich kurz aus dem Konzept gebracht. Sich etwas Zeit erkauft. Zweifellos wartete Ivan jetzt nur auf eine bessere Gelegenheit. Aber Adriana hatte einen Plan.

Mit klopfendem Herzen stieg sie über den Delta-Dämonenkörper ohne Kopf, der mit seinem Blut die Fußmatte grün gefärbt hatte. Als sie den Vorplatz am Ende der kleinen Freitreppe betrat, verstummte das Geschmatze und Gebrumme der Dämonen im Garten. Eine eiskalte Brise umwehte ihre Nasenspitze. Zwar konnte Adriana den Dämonenclan nicht sehen, da sich die Dämonen um die Hintertür versammelt hatten, wusste aber instinktiv, dass sie sie bereits gewittert hatten. Und schon setzte das Knurren ein.

Zwei Omega-Dämonen kamen um die Hausecke gehopst. Ihre schlumpfblauen Augen leuchteten selbst im Dunkel der Nacht. Aufgeregt hicksten sie vor sich hin, diese medizinballgroßen Pelzknäuel ohne jedes Sprachvermögen.

»Lauf!«, rief Adriana Tequila zu. Eigentlich unnötig, denn der Hund folgte ihr in langen Sprüngen über den Rasen bis zum Tor.

Irgendein Dämon hatte die Eisengitter verbogen, sodass mehrere große Lücken entstanden waren, die Adriana jetzt gerade recht kamen. So schnell es ging, hangelte sie sich hindurch, immer darauf bedacht, nicht mit ihrem Rucksack irgendwo hängen zu bleiben. Leichtfüßig sprang Tequila ihr hinterher wie durch einen Reifen im Zirkus.

Eine kratzige Stimme, die Adriana als Ivans erkannte, kreischte irgendwas. Inzwischen konnte sie ein paar Begriffe aus der Dämonensprache identifizieren und eben war der Begriff »Schmutziges Blut« gefallen.

Es ging los. Die Dämonen hatten die Verfolgung aufgenommen. Gut so. Denn ihre Aufgabe war es, sie von Rico und den anderen wegzulocken. Vielleicht war es hilfreich, für den Fall der Fälle die Dämonensprache-App einzuschalten. Sprachsteuerung sei Dank ging das auch im Laufen. Zielsicher hielt sie mit dem Hund neben sich auf den Council Crest Park zu.

»Dieses dreckige Mischblut! Bringt mir das Mädchen! Aber lebend!«, gackerte es aus Adrianas Smartphone.

Hinter ihr trampelten Dämonenklauen über den Boden, Gammas schwebten zischend durch die Luft.

Das Blut rauschte in Adrianas Ohren, ihre Muskeln schmerzten, doch sie ignorierte all das. Selbst das schmerzhafte Schlagen des Rucksacks gegen ihre Wirbelsäule.

Als sie den Waldrand erreichte, hörte sie einen Motor hinter sich aufheulen. Im Laufen drehte sie den Kopf. Gerade durchbrach ein riesiger weißer Range Rover mit einem Krachen das verbeulte Tor der Villa.

Doch die Dämonen, die bereits über die Straße strömten wie eine Flutwelle aus dunklen Körpern, interessierte das anscheinend recht wenig. Sie hatten ein anderes Ziel im Auge. Der Alpha-Dämon Ivan schwebte etwas schwerfällig über ihnen, kaute anscheinend an einem Bissen Fleisch.

Eilig wandte sie sich wieder dem verschlungenen Waldweg vor ihr zu. Sie musste es bis zu der verfallenen Kapelle im Park schaffen. Mit etwas Glück bot der heilige Boden dort noch immer ausreichend Schutz vor Dämonen, obwohl die Kapelle schon jahrelang leer stand. Das war ihre einzige Hoffnung. So würden Tequila und sie bis zur First Daylight Hour überleben können. Wenn alles gut ging.

Im Laufen sprang Adriana über eine Wurzel, die mitten auf dem Weg lag. Verflucht, das Dämonengetrappel kam näher. Besser, sie nahm eine Abkürzung durch das Gestrüpp ins Herz des Waldparks. Hechelnd sprang Tequila an ihr hoch. Offensichtlich fragte er sich, was zum Teufel sie vorhatte. Über den Baumkronen kreiste der Alpha und bellte Befehle: »Da! Schnappt sie euch! Sie rennen tiefer in diesen Wald!«

Beinahe konnte sie den Atem seiner Betas in ihrem Nacken spüren. Aber das war natürlich Unsinn, allerdings begann dieser Teil ihres Körpers automatisch zu kribbeln.

Keuchend wischte sie sich den Schweiß von der Stirn. Ihre Muskeln schmerzten bereits, waren diese Anstrengung nicht gewöhnt. Sie brauchte eine Verschnaufpause, die sie sich keinesfalls erlauben konnte. Ausgeschlossen.

Ihr Blick streifte einen Baum mit dicken Wurzeln, die sich über einen kleinen Abhang voller Laub erstreckten und so eine Art Wurzelhöhle bildeten.

Sie mobilisierte ihre letzten Kräfte und sprang an ihrer Seite den Abhang hinunter. Zusammen mit dem Hund rutschte sie auf dem steilen Laubboden abwärts. In letzter Sekunde bekam sie mit der linken Hand eine Wurzel zu fassen und mit der rechten Tequilas Halsband, sodass sie ihren Fall abbremsen konnte. Geschafft. Wildschweingeruch schoss ihr in die Nase. Ein Scharfer Duft wie von diesen Flüssiggewürzflaschen in Fast-Food-Restaurants. Gott sei Dank flippte der Hund nicht aus, sondern starrte sie nur mit großen Augen an. Sie schlug ihre Fersen in den Abhang, um etwas Halt zu finden, dann schob sie sich und den Hund eilig unter die dicken Wurzeln, die einen guten Sichtschutz boten. Nur hatten diese Mistviecher einen verdammt guten Geruchssinn. Mit beiden Händen packte sie in das Laub neben sich, häufte es über sich auf. Auch Tequilas Fell rieb sie mit einer Handvoll erdigen Laubs ab. Würde das reichen? Das und der penetrante Geruch des Wildschweins?

Adriana hielt den Atem an. Auch Tequila gab keinen Mucks von sich, offenbar genauso alarmiert wie sie selbst. Über ihnen trappelten Füße und Krallen auf dem Waldboden nahe des Abhangs entlang. Schließlich verharrten die Schritte oberhalb von ihnen.

Immer noch traute sich Adriana nicht einmal zu atmen. Was sollte sie jetzt tun? Die verfallene Kapelle war noch so weit entfernt. Um sich und ihren Herzschlag zu beruhigen, fixierte Adriana die Sterne über sich. In weniger als einer Stunde würden die Dämonen verschwinden. Zurück in Luzifers Reich kriechen, bis zum nächsten Sonnenuntergang. Unter ihrer linken Hand spürte sie plötzlich ein Piksen. Sofort senkte sie den Blick darauf. Ein spitzer, etwa handtellergroßer Stein, der sich da in ihre Handfläche drückte. Ein Stein! Lautlos umfasste sie ihn mit den Fingerspitzen. Stumme Worte flogen ihr über die Lippen. Ein Plan formte sich in ihrem Kopf. Das konnte funktionieren. Wenn die Dämonen dumm genug waren jedenfalls. Vorsichtig führte sie den Stein über ihre verschwitzte Stirn, verteilte ihren Geruch auf der porösen Oberfläche. So leise wie möglich holte sie aus und warf den Stein in das Gestrüpp weit rechts von ihr, Richtung Waldrand. Mit einem lauten »Klonk« prallte er an einem Baum ab und schlug dann auf dem Waldboden auf. Geistesgegenwärtig hielt sie sogar den Lautsprecher ihres Smartphones zu.

Die Dämonen jaulten. »KchGka!«, brüllte ein Beta. Im Bruchteil einer Sekunde raste der komplette Clan los, in Richtung des Geräuschs, das der Stein verursacht hatte.

Im Stillen zählte Adriana bis fünf, bevor sie ohne den kleinsten Laut aus ihrem Versteck glitt, Tequila nach oben auf die Wurzeln half und dann selbst hinterherkletterte. Gemeinsam sprinteten sie weg von den Dämonen, immer tiefer in den Wald des Parks hinein.

»Ihr Trottel!«, brüllte es plötzlich aus ihrem Smartphone. »Da vorne laufen sie!« Es war der Alpha, der es vorzog, über den Baumkronen zu schweben und seinen Clan die ganze Drecksarbeit machen zu lassen. »Ja, lauf nur, Mädchen, du entkommst uns nicht!« Er stieß ein überhebliches Glucksen aus, was in einem Lachen endete. Anscheinend hielt er sich für besonders clever.

Hinter ihr brachen die Körper ihrer Verfolger krachend durchs Unterholz.

Verflucht! Immerhin hatten sie durch ihren Trick einen größeren Vorsprung herausschlagen können. Ein Vorteil, der über Leben und Tod entscheiden konnte.

»Schneller, Tequila!«, keuchte Adriana, wobei sie damit mehr sich selbst als den Hund anfeuern wollte. Weit konnte es nicht mehr sein. Da! Etwa fünfzig Schritte vor ihnen meinte sie, die Silhouette eines verfallenen Bauwerks erkennen zu können.

Leider hatten die Dämonen aufgeholt und ihr Vorsprung schmolz dahin wie Wassereis in der Sommersonne.

»Beißt sie, packt sie!«, knirschte die App.

Obwohl es beinahe unmöglich war, feuerte Adriana ihre eigenen Muskeln dazu an, noch schneller zu laufen. Nicht mehr weit! Das Dämonengetrappel kam näher und näher. Nein, nicht so kurz vor dem Ziel. Sie durften sie nicht schnappen!

Inzwischen spürte Adriana wortwörtlich den Atem der ersten Dämonen im Nacken. Atem, der nach verrottetem Fleisch stank. Und sie würde gleich selbst als schlechter Atem für diese Dämonen enden … Vielleicht zerrissen sie sie in ihrem Jagdtrieb, egal was der Alpha Cruz dazu sagen würde.

Heilige Scheiße, da vorne erhob sich im Dunkel des Waldes die Kirche, halb verfallen, von Moos und Efeu überzogen. Jetzt durfte nichts schiefgehen. Jedes Stolpern konnte ihren Tod bedeuten. Tequila raste vor ihr her – auf eine weitere Begegnung mit Dämonen schien der Hund keinen Wert zu legen. Noch zehn Schritte!

Doch da, so kurz vor dem Ziel, packte jemand ihren Rucksack. Adrianas Lauf verlangsamte sich, gebremst wie durch einen hastig ausgeworfenen Anker.

Das schrille Lachen, das hinter ihr ertönte, stammte eindeutig von einem Gamma. Denn es erinnerte an aneinanderreibende Glasscherben. Sie hatten sie sich gekrallt. Allerdings war Adriana nicht gewillt, den Dämonen so einfach den Sieg zu überlassen. Also löste sie ihre Arme aus den Rucksackriemen und machte einen gewagten Sprung nach vorn, bei dem ihr beinahe das Smartphone aus ihrem Hoodie gerutscht wäre.

Hinter ihr kam ein enttäuschtes Heulen aus mindestens einem halben Dutzend Dämonenkehlen. Flügelschlagen wurde laut.

Noch drei Schritte!

»Was ist hier los?«, donnerte eine Stimme, die trotz ihres harten Tons melodisch und irgendwie weich klang, beinahe wie Adrianas Lieblingsklavierstück. Jedenfalls, wenn man sich wegdachte, dass die Stimme aktuell im Begriff war, jemandem eine Standpauke zu halten. Cruz hatte sie gefunden.

Mit einem gewagten letzten Satz überwand sie die verfallene, kniehohe Steinummauerung der Waldkapelle.

Der Dämon hinter ihr brüllte vor Schmerz. Als sie sich umdrehte, sah sie direkt in eine schwarze monsterhafte Fratze, so nah, dass sie das albtraumhafte Gesicht hätte berühren können. Das Gamma-Dämonengesicht blinzelte nicht einmal.

Dennoch: Adriana war in Sicherheit – und der Gamma stand in Flammen. Rauch stieg von seinen Armen auf. Während seine schwarzen Hautfetzen wie bei einem abgebrannten Lagerfeuer kokelten, weiteten sich seine orangefarbenen Augen vor Entsetzen. Da war der Gamma wohl zu nah an den heiligen Boden geraten. Wie schade.

Langsam wandelte sich die Erkenntnis, dass sie es tatsächlich geschafft hatte, in Erleichterung um.

Mit einem leisen Winseln wich Tequila zurück. Der rauchende Gamma schien ihm Angst einzujagen. Adriana hingegen hielt das für eine wesentliche Verbesserung der Gesamtsituation. Oder es lag an den weiteren zwanzig Dämonen, die zischend und zeternd auf der anderen Seite der Kirchenummauerung standen. Obwohl der Gamma zu einem großen Teil aus dunkler Materie bestand und somit wie ein Geist aus einem Gruselfilm wirkte, konnte er offensichtlich brennen. Zufrieden betrachtete sie, wie er keine zehn Sekunden später vollkommen in Flammen aufging. Der Gamma schickte ein letztes anklagendes Heulen zum Himmel, dann zerfiel er zu einem schwarzen Aschehaufen, den der Wind sofort auseinandertrieb. Gut, das würde den anderen Dämonen eine Lehre sein.

»Ich frage jetzt noch mal: Was geht hier vor?« Wut sprach aus Cruz' Stimme. Wut auf Ivan.

»Warum erzählt mir mein Späher, ihr jagt das Mädchen, das unter meinem Schutz steht?«

Adriana hob den Kopf. Über den Baumreihen schwebten zwei Alphas, beide nicht viel größer als ein Mensch. Da der Mond sich in seiner vollen Pracht zeigte, konnte sie die beiden gut erkennen. Allerdings unterschieden sich deutlich voneinander. Ivan sah genauso aus wie der Alpha-Dämon aus dem Flugblatt: violette Haut und Augen, dazu deutlich sichtbare Hörner. Seine Gliedmaßen wirkten kantig wie bei einem Spielzeugmonster. Die Flügel, von denen einer einen Riss davongetragen hatte, wie die von Fledermäusen. Das Gesicht hatte er zu einer hässlichen Grimasse verzerrt.

Cruz dagegen … sah beinahe aus wie … ein Mensch. Natürlich besaß auch er diese riesigen lilafarbenen Flügel, aber seine Hautfarbe zeigte nur einen winzigen Hauch von Violett. Das ließ sich im Mondlicht recht gut erkennen, vor allem, da er nur einen Lendenschutz wie die Gladiatoren in Rom trug. Mehr Klischee ging wohl nicht. Was war falsch an Hosen und Hemden? Oder stach in der Hölle die Hitze moderne Annehmlichkeiten wie T-Shirts einfach aus? Die menschliche Hautfarbe überwog eindeutig bei Cruz. Aus der Nähe bemerkte sie, dass er nur leichte Ansätze von Hörnern zeigte, die unter seinem dunklen Haar beinahe komplett verborgen lagen. Nicht so wie die ausgeprägten Hörner auf Ivans Stirn. Auch seine Muskeln wirkten menschlich.

Energisch schüttelte sie den Kopf. Auf keinen Fall durfte sie sich von seiner Stimme und seinem menschlichen Körper täuschen lassen. Auch wenn er früher ein Mensch wie sie gewesen war: Er hatte sich bewusst dafür entschieden, ein Dämon zu werden. Cruz hatte alle Zehn Gebote gebrochen. Wissentlich. Um sich von einem Halbdämon in einen mächtigen Alpha-Dämon zu verwandeln. Er war nicht wie sie.

Dann schob sich eine Wolke vor den Mond und sie konnte die beiden nicht mehr besonders gut erkennen.

»Wir haben ihr kein Haar gekrümmt, wie du siehst.« Beim Klang von Ivans kratziger Stimme zuckte Adriana zusammen.

»Tadaaa. Sie lebt noch und ist wohlauf.«

Ivan führte sich geradezu wie ihr Erziehungsberechtigter auf. Nicht, dass Adriana je einen gehabt hätte …

Verwirrt blickten die verbliebenen Dämonen, Adriana schätzte sie auf etwa zwei Dutzend, zwischen den beiden Alphas und Adriana hin und her. Nur die sechs Omegas hüpften quietschend um die Steinmauer herum, die die höherrangigen Dämonen ehrfürchtig, wie einen mit Stacheldraht gesicherten Schützengraben beäugten. Die hüpfenden Omegas erinnerten Adriana an diese Kürbis-Comicfiguren an Halloween, nur eben mit Fell und leuchtend blauen Augen.

»Dass sie wohlauf ist, ist wohl eher nicht euer Verdienst. Und jetzt haut ab!«

»Du hast mir gar nichts zu befehlen. Ich bin einer von Luzifers Vertrauten.«

Ivans Clan zischte, als sie ihren Alpha dermaßen außer sich herumschreien hörten.

Eine Weile ging das so weiter. Der Clan stand unschlüssig herum, während die Alphas immer lauter aufeinander einschrien. Ein »Was hast du mit dem Mädchen vor?« hier und »Welchen Plan verfolgt Luzifer?« dort. Und so weiter und so fort. Dabei würdigte Cruz sie jedoch keines Blickes.

Die Wolken verschoben sich und Adriana konnte einen genauen Blick auf sein Gesicht werfen. Cruz war, man konnte es nicht anders sagen, ein Schönling. Mit markanten Gesichtszügen, dunklen Haaren, muskulösem Oberkörper und, na ja – eben gewaltigen Flügeln. Fast wie eine lebendige römische Götterstatue.

Schließlich winselte Tequila immer drängender vor sich hin, so als stünde er kurz vor einem Herzkasper. Als Nächstes raste er in das verfallene, winzige Kirchengebäude.

»Tequila, Fuß!«

»Ja, Tequila, Fuß!« Ein Beta-Dämon leckte sich über die Lippen. Adrianas Kopf flog herum. Der eisige Blick, den sie ihm zuwarf, konnte den Beta jedoch kein bisschen einschüchtern.

»Warte, Tequila«, rief sie, ohne die Dämonen aus den Augen zu lassen. Dann stolperte sie, halb rückwärtslaufend, in das Innere der Kapelle.

5

Ein großer Teil der Decke war weggebrochen. Steine lagen auf dem Boden herum wie Krebsgeschwüre. Zwischen alten Kirchenbänken schlängelte sich das Unkraut, mit der allzu offensichtlichen Absicht, sich in alle Richtungen auszubreiten.

Leider war Tequila nirgends zu entdecken. Wo steckte der Hund bloß? Adriana konnte draußen immer noch die beiden Alphas schreien hören und auch ein paar der niederen Dämonen, die zischten und zeterten. Aber da sich alle Stimmen miteinander vermischten, übersetzte ihr Handy nicht oder nur unsinnige Brocken. Lediglich Cruz redete ausschließlich auf Englisch auf Ivan ein. Wahrscheinlich brach bald eine handfeste Prügelei aus, doch Adriana wollte jetzt erst mal nur herausfinden, wo sich der Hund verkrochen hatte.

»Tequila?«

Seltsamerweise, Adriana hätte es beinahe nicht zu hoffen gewagt, antwortete Tequila mit einem Jaulen. Allerdings kam das Jaulen von einer Stelle über ihrem Kopf. Verflucht, Tequila war doch nicht …? Sie drehte sich im Kreis. Dabei schlug ihr das Schnürband ihres Kapuzenpullis ins Gesicht. Da, gleich neben der Türöffnung, führte eine Treppe nach oben in den Glockenturm.

Tequila, du bist verrückt! Was, wenn dieses baufällige Gebäude einstürzte? So wie es aussah, konnte das jeden Moment passieren.

Ihr Herz raste. Nein, nicht auch noch Tequila. Nicht heute Nacht. Sie musste den Hund holen!

Zwar war es beinahe lächerlich gefährlich, allerdings schien es der einzige Weg. Also stieg Adriana langsam, Stufe für Stufe, die Wendeltreppe nach oben. Der nackte Stein fühlte sich kalt, aber dennoch glatt und daher irgendwie geschmeidig unter ihren Fingern an, als sie sich an den Wänden abstützte. Wie vom Regen reingewaschen. Bis sich Adriana an die Düsternis gewöhnt hatte, vergingen einige Sekunden. Dann, nach zwei Windungen, erreichte sie das Turmzimmer. Wind zerrte an ihren Haaren.

Kurz darauf konnte sie erkennen, wo sie stand. Der Turm war eckig, hatte an zwei Seiten fensterlose Löcher mit romanischen Bögen. An einem davon hing noch der Rest eines Fensterrahmens. Einige Kerzenstummel waren mit Wachs auf den Fensterbänken und Wandvorsprüngen fixiert worden, sodass sie aussahen wie kleine Legionäre auf einem Schlachtfeld. Sicher ein Treffpunkt für Kids, die mal raus aus der Stadt wollten. Nur während der Dämonentage bevorzugten die coolen Teenager, wenn sie denn unbedingt auf einem Friedhof campen wollten, den riesigen Skyline Memorial Gardens Friedhof. Der bot seinen Besuchern neben einem geweihten Boden auch einen spektakulären Sonnenaufgang und Toiletten. Der Ort, der auch Adrianas zweite Wahl letztes Jahr gewesen war … Nur hatte sie den nicht mehr erreicht. Und leider waren bisher alle Versuche von Menschen erfolglos geblieben, weitere Orte, bis auf Kirchen und Friedhöfe, zu weihen, sodass kein Dämon sie betreten konnte.

»Tequila?«

Als hätte sie ihn bei etwas ertappt, grunzte der Hund aus einer dunklen Ecke.

»Hast du Angst? Komm, ich bring dich nach draußen.« Sie griff nach seinem Halsband. Doch alles Ziehen und Zerren nützte nichts.

Der Hund stemmte sich einfach mit allen vier Pfoten in den Boden, setzte sein gesamtes Körpergewicht ein, um ihr zu zeigen, was er wollte: hier oben bleiben.

Nach einer Weile gab Adriana es auf. Wenn der Hund meinte,

hier oben sei es am sichersten, dann war es vielleicht nicht die schlechteste Idee, seinen tierischen Instinkten zu vertrauen. Sie warf einen Blick aus der nächstgelegenen Fensteröffnung Richtung Osten, wo sich bereits ein hellblauer Streifen am Horizont zeigte. Nicht mehr lange und die Dämonen würden verschwinden. Als sie sich vorsichtig über die Fensterbank lehnte, wurde ihr klar, dass der Turm recht nah an die Grundstücksgrenze der Kirche heranragte. Fast schon außerhalb der Schutzzone des heiligen Bodens! Schnell zog sie den Kopf ein Stück zurück.

Nicht weit entfernt, nur ein paar Armlängen rechts von ihr, brüllte Cruz Ivan gerade an, dass er ihn in Stücke reißen würde, wenn er nicht sofort seinen Clan nahm und von hier verschwand.

Anscheinend hatte Ivan keine große Lust, in Stücke gerissen zu werden, denn er zog letztendlich immer noch vor Wut grollend von dannen. Sein Dämonenclan folgte ihm. Vielleicht lag es auch an der aufkommenden Dämmerung, dass Ivan so einfach aufgab. Dennoch hatte sie das Gefühl, dass er das Thema »Schmutziges Blut« nicht so einfach fallen lassen würde.

Erschöpft setzte sich Adriana auf die Fensterbank. Obwohl es kalt und zugig im Kirchturm war, zog es sie zu diesem Platz am Fenster. Ein leises Seufzen entfuhr ihrer Kehle. Sie war ein Halbdämon und dort draußen lauerten Dämonen auf sie. Wie hatte das nur passieren können?

Rico … Wie es ihm in diesem Moment wohl gehen mochte? Hoffentlich hatten es die anderen mit ihm ins Krankenhaus geschafft. Nachdem sie einen Blick auf ihr Handy geworfen hatte, stellte Adriana fest, dass sich weder Eloy noch Dakota bisher die Mühe gemacht hatten, sie über Ricos Zustand auf dem Laufenden zu halten. Glücklicherweise hatte das Smartphone in den Taschen ihres Kapuzenpullis gesteckt und nicht im Rucksack, der den Dämonen in die Hände gefallen war.

Und dann durchfuhr sie ein Schreck. Wie dumm sie gewesen war! Die Krankenhäuser würden erst nach Sonnenaufgang neue Patienten einlassen! Und sie hatte die anderen einfach so losgeschickt, schon wieder. Hatte sie deswegen nichts von ihnen gehört? Oder hatte das Krankenhaus in Erwartung des bald stattfindenden Sonnenaufgangs eine Ausnahme gemacht?

Adriana rief sich zur Ordnung. Sie hatten keine Wahl gehabt, in der Villa mit der verrückten Molly, den Dämonen und einer offenen Hintertür zu bleiben. Ja, sie musste sich beruhigen und das Beste hoffen.

Angst, dass die Kapelle einstürzen würde, hatte sie keine mehr. Tequila war ihr Parameter für Sicherheit hier oben.

Wie aufs Stichwort schälte sich der Hund aus seiner Ecke. Zwar musste er sich etwas strecken, aber letztendlich schaffte Tequila es, seinen Kopf auf Adrianas Schoß zu legen.

Und so warteten sie gemeinsam darauf, dass die Sonne aufgehen würde. Langsam ließ das Adrenalin in Adrianas Körper nach, wodurch sie die Müdigkeit spürte, die gemeinsam mit der Kälte in ihr emporkroch. Was für eine schreckliche Nacht. Sie hatte ihren ehemaligen Kinderheimleiter verloren. Harry. Einen der wenigen Freunde in ihrem Leben. Außerdem war der kleine Whiskey gefressen worden. Und ob Rico den Dämonenbiss überleben würde, stand auch noch nicht fest. Die schlimmste Nacht ihres Lebens. Jedenfalls nach der Nacht, in der ihre Mutter gestorben war. Und nach der im letzten Jahr, in der Sara und India … Eine Träne rollte über Adrianas Wange bis zum Kinn.

Ein Sprichwort besagte: *Selbst auf die dunkelste Nacht folgt ein neuer Morgen.* Und an diese Hoffnung klammerte sich Adriana, während sie Tequila über den Kopf streichelte. Ganz in Gedanken versunken und den Tränen nahe, bemerkte sie den Schatten viel zu spät.

Tequilas Ohren zuckten.

Und da wurde auch sie sich der Veränderung um sie herum bewusst. Spürte es. Einen Luftstoß. Wie, wenn ein Vogel zur Landung ansetzte.

Da draußen war etwas. Oder jemand!

»Gehört der dir?«, fragte plötzlich eine Stimme, die ihr gegen ihren Willen einen Schauer über den Körper jagte.

Vor Schreck wäre Adriana beinahe aus dem Fenster gekippt. Eilig sprang sie einen Schritt zurück.

Cruz. Es war Cruz! Dieser ehemalige Halbdämon, der jetzt fast wie ein normaler junger Mann, eben nur mit Alpha-Dämonenflügeln und leicht violett schimmernder Haut, vor ihr in der Luft schwebte. In seiner rechten Hand hielt er ihren Rucksack.

Als sie nicht antwortete, warf er zuerst ihr und dann dem Rucksack zerstreute Blicke zu.

»Das ist doch deiner?« Er schien aufrichtig verwirrt. Hatte er sie etwa gerade auf Englisch angesprochen?

Unschlüssig, ob sie mit diesem Dämon auch nur ein Wort wechseln sollte, schwieg sie weiter.

»Doch, ist deiner.« Er grinste. »Dein Geruch klebt daran.«

Das war zu absurd, als dass Adriana darauf hätte antworten können. Und zudem zu gruselig. Der Alpha *redete* mit ihr!

»Also gut.« Cruz holte aus und warf ihr den Rucksack durch das Fenster einfach vor die Füße.

Vorsichtshalber machte Adriana einen weiteren Schritt rückwärts, vergrub ihre Hände in den Taschen ihrer Kapuzenjacke, wo ihre Finger die beiden Digimonfiguren umklammerten.

Im Gegensatz zu ihr sprang der Hund immer wieder an der Fensterbank hoch, so als würde er unbedingt einen Blick auf Cruz werfen wollen. Angst schien er keine zu haben.

»Tequila!«, warnte sie ihn.

»Tequila?« Cruz hob beide Augenbrauen, was ihn noch ein Stück menschlicher wirken ließ.

Seine Muskeln zuckten. In der Hölle hatten sie anscheinend ein gutes Fitnessstudio, so wie es aussah …

Wenn er ein Mensch gewesen wäre, hätte man ihn durchaus als attraktiven, durchtrainierten Typ bezeichnen können.

»Ist dir nicht kalt?« Mit einer Handbewegung beschrieb er einen Halbkreis, worauf sich die Kerzenstummel am Rand der Fensterbank wie von Geisterhand entzündeten.

Heilige Scheiße! Cruz war ein Feuerbeschwörer. Schon wieder klappte ihr der Mund auf, wobei ihr gleichzeitig ein undamenhaftes Krächzen entfuhr. Das war extrem selten. Feuer beschwören, dazu waren nur die allermächtigsten Dämonen in der Lage. Und so einer schwebte genau vor ihr. Hatte sie zu allem Unglück auch noch markiert!

»Besser?«, wollte er jetzt wissen. Das Kerzenlicht warf tanzende Schatten auf Cruz' Gesicht. Offenbar lag ihm etwas daran, sie zum Reden zu bringen. Aber warum?

Sie sah ihn lange an. In ihrer Kehle formten sich Worte, doch sie wollten ihr nicht über die Lippen kommen. Nur mit Mühe presste sie schließlich drei davon hervor.

»Was willst du?«

Offensichtlich erfreut darüber, dass sie den Mund aufgemacht hatte, neigte Cruz den Kopf. »Reden.«

Durch das Kerzenlicht konnte Adriana einen noch genaueren Blick auf Cruz' Gesicht werfen. Ein Engelsgesicht auf einem Dämonenkörper. Ironie des Schicksals.

Irgendetwas an ihm kam ihr bekannt vor. Doch was war es? Eine Brise erfasste ihre Haare, wehte ihr die dunklen Strähnen ins Gesicht. Ein wenig erinnerte er sie an Damon Salvatore aus dieser Serie »Vampire Diaries«, die sie als Kind gerne gesehen hatte. Nur hatte Cruz ausgeprägtere, kantigere Gesichtszüge und dunkle Augen. Aber nein, das war es nicht. Irgendetwas anderes … nur was?

Sie verschob den Gedanken auf später, um sich jetzt dem Gespräch mit dem Alpha zu widmen, der vor ihr in der Luft schwebte, beinahe, als wartete er auf einen Termin beim Arbeitsamt.

Immerhin war sie hier auf heiligem Boden vor ihm geschützt. »Reden?«, fuhr sie ihn an. »Warum sollte ich mit einem Dämon reden? Dämonen wie du haben meine besten Freunde getötet!«

Sara, India und jetzt auch noch Harry! Sie alle waren tot. In Stücke gerissen. Whiskey nicht zu vergessen und womöglich folgte Rico demnächst ihrem Beispiel.

»Nein, nein«, winkte Cruz ab. »Zum Töten bin ich nicht hergekommen. Ich habe schon gegessen.« Er zwinkerte und Adriana sah seine vampirartigen Eckzähne vor sich. »Alkoholiker mag ich am liebsten. Essen, das betrunken macht. Zwei Fliegen mit einer Klappe.« Cruz grinste.

Auf diese Aussage hin blinzelte Adriana einige Male irritiert. Das konnte er unmöglich gesagt haben. Er war ein Raubtier, nichts weiter.

»Kleiner Scherz. Ich bin Aas-Fresser. Selbstmörder-Verwerter sozusagen. Wusstest du, dass um diese Jahreszeit besonders viele Menschen den Freitod wählen? Merkwürdiges Verhalten. Wie auch immer, ich fresse keine Lebenden. Bis vor Kurzem war ich schließlich selbst noch ein halber Mensch.« Wie um sein Geständnis zu bekräftigen, zuckte er mit den Schultern.

»Von mir aus.« Adriana verschränkte die Arme vor der Brust. »Musst du nicht langsam in die Hölle zurück? Luzifers Stiefel lecken, oder so? Schließlich wird es bald hell.« Der heilige Boden, auf dem sie stand, gab ihr das Selbstvertrauen, so mit dem Dämon zu reden. Auch wenn er früher ein halber Mensch gewesen war – jetzt war er ein Monster. Nicht mehr und nicht weniger.

Etwas pochte an ihrer Schläfe. So wie sie? Der unangenehme Gedanke schlich sich in ihren Kopf. Was war, wenn sie selbst bald … Nein. Daran wollte sie gar nicht denken. Möglicherweise hatte sie selbst das Glück, kein Dämon zu werden, denn sie hatte noch nie einen weiblichen Alpha gesehen. Aber andererseits munkelte man, dass es weibliche Alpha-Dämonen gab, die die Hölle jedoch nicht während der Dämonentage verließen. War das auch ihre Zukunft?

»Es wird erst in einundzwanzig Minuten hell, also habe ich noch neunzehn Minuten für unser Gespräch.« Ihre Anfeindungen schienen Cruz nicht aus der Ruhe zu bringen.

»Sag einfach, was du willst, und dann hau ab.«

»Hab ich das nicht schon längst?« Er neigte den Kopf. »Ich will reden.«

»Worüber?«

Bevor er mit der Sprache herausrückte, schloss Cruz für einen Moment die Augen. »Wer bist du?«

Adriana blinzelte. »Das soll wohl ein Scherz sein? Was willst du? Meinen Namen, Adresse, Kontonummer, Geheimzahl, Handy-PIN …?« Bei jedem Wort klang Adrianas Stimme eine Spur herablassender.

»Nein, das meine ich nicht. Ich kenne deinen Namen, Adriana Astara.«

Unwillkürlich zuckte sie zusammen. Woher wusste er das? Was war hier los?

»Was für ein krankes Spiel spielst du, Stalker-Dämon? Verfolgst du mich?«

Abwehrend hob er beide Hände. »Keine Sorge, ich habe wirklich Besseres zu tun, als einem Mischblut –«

»Ja, vielen Dank, schon klar. Also bist du mir gefolgt, weil du eine Armee aus Halbdämonen aufstellen willst? Ist es das? Das denkt zumindest Ivan.«

»Ivan und seine Verschwörungstheorien.« Cruz winkte ab. »Allerdings hat er selbst etwas ganz Großes am Laufen, ich weiß es.« So, als würde ihn Ivan zu Tode nerven, entfuhr dem Dämon ein Stöhnen. Bevor er weitersprach, stieg er etwa fünf Stockwerke in die Luft, ließ sich dann aber wieder auf ihre Höhe abfallen.

Und da registrierte sie es. Die Erinnerung setzte mit einem Schlag ein, sodass Adriana beinahe ins Taumeln geriet. Vor einem Jahr, während der letzten Dämonentage, als sie mit Sara und India von der Christ Venia-Kirche aus um ihr Leben gerannt war. Die Erinnerungsfetzen rutschten an ihren Platz.

»Du … du!« Zitternd musste sie sich an der Steinwand abstützen. »Du hast letztes Jahr Sara und India getötet!« Adrianas Atem ging stoßweise. Genau so war er vor einem Jahr auf sie herabgeschossen, hatte sogar diesen Kratzer auf ihrem Arm hinterlassen. Es machte Sinn. Diese Theorie von Ivan, dass Cruz das Schmutzige Blut markiert hatte. Wenn sie das Schmutzige Blut war und Cruz ihr während der vergangenen Dämonentage diese Narbe zugefügt hatte, dann war auch er es gewesen, der … Ihr wurde schwindelig, bei all den Bildern, die durch ihren Kopf schleuderten.

»Nein, so war es nicht. Erinnerst du dich denn nicht?«

Ehrlich gesagt hatte Adriana diese schrecklichsten aller Momente in ihrem Leben zu verdrängen versucht. India und Sara. Gefressen von einem Dämonenclan! Unbeholfen fuhr sie sich mit der freien Hand übers Gesicht, registrierte nebenbei, dass sie hyperventilierte.

»Beruhige dich. Wenn du nicht aufhörst, kippst du gleich um«, empfahl ihr der Dämon, was sie jedoch ignorierte. Der Anfall wurde schlimmer. Schwarze Flecken tanzten vor ihren Augen.

»Adriana Astara, du musst dich erinnern!«

Jedoch schien sich ihre Atmung nicht beruhigen zu wollen. Als entwickelten ihre Lungen ein Eigenleben, steigerten sie ihr Tempo immer mehr.

»Adriana!«, warnte Cruz erneut. Doch sie konnte einfach nicht damit aufhören. Obwohl sie es versuchte. Es ging einfach nicht. Die Ohnmacht rückte unaufhaltsam näher.

»Hör auf!« Das Feuer der Kerzen am Fenster schoss in die Höhe wie aus kleinen Flammenwerfern.

Vor Schreck sprang Adriana einen Schritt zurück. Dadurch unterbrach sie allerdings ihre flache Schnappatmung.

»Würdest du mir jetzt bitte endlich zuhören? Und aufhören, in Ohnmacht zu fallen?« Cruz kratzte sich mit einer Hand am Rücken. Genau zwischen den Flügeln. Sein Bizeps hüpfte bei der Bewegung auf und ab. »Letztes Jahr, als du und deine Freundinnen von einem Dämonenclan durch den Wald gejagt wurdet, das war nicht mein Clan. Erinnerst du dich nicht an den anderen Alpha?«

Adriana ließ sich an der Wand zu Boden gleiten. Das Chaos in ihrem Kopf lichtete sich langsam.

Was war letztes Jahr geschehen? Langsam ließ sie die verhängnisvolle Nacht von vor einem Jahr in Gedanken Revue passieren. Sie und ihre Freundinnen waren durch den Park gerannt, da die städtische Kirche bereits überfüllt gewesen war. In Richtung Friedhof, aber dann waren sie entdeckt worden. Ein Dämonenclan hatte sie verfolgt, umzingelt, angegriffen, ihre Freundinnen in Stücke gerissen. Als die Erinnerung zurückkehrte, traten Adriana die Tränen in die Augen. Kurz bevor die Dämonen auch sie gepackt hätten, war ein Alpha vom Himmel herabgeschossen, hatte die anderen Dämonen angeknurrt, hatte Adrianas Arm gepackt und beiseitegezogen. In Todesangst versetzt, hatte sie geschrien und um sich geschlagen, aber er hatte sie ungerührt von dem Blutbad weggerissen. Dagegen hatte sie sich mit Händen und Füßen gewehrt. Erfolglos natürlich. Schließlich hatte der Dämon seinen Daumen in ihren Unterarm gebohrt, im Anschluss seinen Fingernagel über ihr Fleisch gezogen, wodurch später diese verfluchte Narbe entstanden war. Dann war er ohne ein einziges Wort verschwunden und sie war auf den Skyline Memorial Gardens Park zugerannt, der gleichzeitig ein Friedhof war. Sie hatte nicht zurückgeblickt. Ganz zu schweigen davon, dass sie dem Dämon nie richtig ins Gesicht gesehen hatte.

»Warum?«, flüsterte sie jetzt. »Warum hast du mich damals gerettet?«

Cruz neigte den Kopf, sah sie dann lange einfach nur an. »Ich hatte gehofft, du könntest es mir sagen.«

»Wieso ich?«

Nachdem er die Stimme eine Spur gesenkt hatte, meinte Cruz: »Das damals war – ich weiß nicht genau, warum – mehr ein Instinkt, dass ich dich retten musste. Du musstest leben!«

Daraufhin schwieg Adriana einen Moment. Dann bedachte sie den Dämon mit einem Blick, der einfach alles sagte.

»Kann es sein, dass du …« Sie ließ die Frage unausgesprochen, die Worte wollten ihr nicht über die Lippen kommen. Das Ganze war einfach zu bizarr. Plötzlich peinlich berührt, senkte sie die Lider.

Vor Schreck machte Cruz in der Luft einen Satz rückwärts.

»Was? Wie alt glaubst du, bin ich? Wirklich, ich kann unmöglich dein Vater sein.«

»Aber welchen Grund sollte das sonst gehabt haben?« Wenn Cruz nicht ihr dämonischer Vater war, weshalb hatte er dann dieses dämonenuntypische Verhalten an den Tag gelegt? Hatte sie vor dem Tod gerettet?

»Keine Ahnung, aber mittlerweile denke ich, wir beide haben eine Aufgabe zu erfüllen. Gemeinsam.«

»Wie bitte?«

»Ist nur so ein Gefühl. Eine Vorahnung vielleicht. Aber jetzt muss ich los.«

Er hob eine Hand.

»Was? Du kannst doch jetzt nicht einfach gehen!« Adriana lagen noch so viele Fragen auf der Zunge. »Nicht *danach*.« In einer hilflosen Geste hob sie eine Hand.

»Die Sonne.« Cruz zuckte mit beiden Schultern. Natürlich hatte er recht. Die First Daylight Hour nahte. War praktisch schon im Anflug.

»Bis morgen!« Mit einem letzten Zwinkern drehte er sich um, schlug ein paarmal mit seinen riesigen Flügeln, bevor er außer Sichtweite geriet.

Ungläubig blinzelte Adriana ihm hinterher. War das gerade wirklich passiert? Diese merkwürdige Unterhaltung mit einem Alpha-Dämon? Nein, nicht irgendeinem …

Tequila schlängelte sich um ihre Beine und winselte. Zumindest konnte es kein Traum gewesen sein. Und dann hatte Cruz auch noch »bis morgen« gesagt! Das hieß wohl, dass ihr Gespräch in der Tat noch nicht beendet war.

6

Als die Sonne schließlich aufging, verließ Adriana mit Tequila ihr baufälliges Versteck. Obwohl sie hundemüde war, beschloss sie, zuerst nach Rico zu sehen, bevor sie sich zu Hause ein paar Stunden aufs Ohr legte. Auf ihrem Rückweg durch den Wald Richtung Stadt blendete die Sonne sie unaufhörlich, was Adriana als blanken Hohn nach dieser Nacht empfand. Immerhin war Eloy so freundlich gewesen, ihr eine Nachricht mit seinem und Ricos Aufenthaltsort zu schicken und dass sie es ins Krankenhaus geschafft hatten. Eine Sorge weniger.

Mit dem Bus erreichte sie wenig später das Memorial Grace Hospital im Süden Portlands.

Der Morgen war noch jung und die Zerstörung durch die Dämonen schien sich in Grenzen zu halten. Während der gesamten Strecke waren sie an nur zwei Feuerwehrwagen und einer Polizeistreife vorbeigekommen. Recht überschaubar für eine Dämonennacht. Andererseits hatten sie auch noch vier Nächte vor sich, also konnte das durchaus noch eine Steigerung erfahren.

Die Bustür quietschte, als sie sich vor dem Krankenhaus öffnete. Neben Adriana spuckte der Bus noch ein halbes Dutzend Personen aus, die sich alle offenbar in der vergangenen Nacht Prellungen, Platzwunden oder Brüche zugezogen hatten. So schnell es ging, versuchte Adriana mit Tequila an ihrer Seite den Krankenhauseingang zu erreichen, damit sie noch vor den Verletzten, die wie Zombies in ihren notdürftigen Bandagen hinter ihr hertappten, eine Krankenschwester zu fassen bekam.

Da Hunde im Krankenhaus verboten waren, band sie den Labrador kurzerhand am Geländer vor dem Eingang fest, mit ihrem Schal, den sie zu einer Leine umfunktioniert hatte. Natürlich nicht ohne das Versprechen, ihn bald wieder abzuholen.

»In welchem Zimmer liegt Rico Mills?«, legte Adriana direkt ohne ein einleitendes Wort los.

Die Krankenschwester, die gerade die letzten Teile der Notausrüstung von letzter Nacht in Form von Weihwasserbehältern hinter den riesigen Empfangstresen räumte, sah verdutzt auf.

»Der Junge mit dem Dämonenkratzer am Bein. Er ist ein Freund von mir.« Langsam wurde Adriana ungeduldig.

»Zimmer 208«, wurde sie schließlich erlöst.

Auf eine lange Dankesrede wartete die Schwester bei Adriana allerdings vergeblich. Bevor sie die Zimmernummer ganz ausgesprochen hatte, sprintete Adriana los. Schnurstracks in Richtung Treppenhaus. Aufzüge mied sie, seit ihre Mutter in einem Aufzug von Dämonen … Bei diesem Gedanken schnürte es ihr die Kehle zu. Die Dämonen hatten den Aufzug geknackt wie eine Sardinenbüchse …

Zimmer 208 hob sich in nichts von anderen sterilen Krankenzimmern ab. Zwei Betten standen darin. Eins davon leer – erstaunlich nach einer Dämonennacht –, aber in dem anderen am Fenster lag Rico, flankiert von Dakota und Eloy. Nachdem Adriana mit klopfendem Herzen die Tür hinter sich ins Schloss gedrückt hatte, fuhr Dakotas Kopf zu ihr herum. Der Gesichtsausdruck ihrer früheren Freundin stand im krassen Gegensatz zu dieser raschen Bewegung: Dakota wirkte zu Tode erschöpft. Trotzdem schaffte sie es noch, bei Adrianas Anblick die Augen zusammenzukneifen.

Doch Adriana hatte nicht die Absicht, ihre Zeit mit Dakota und deren Problemen zu verschwenden. Schließlich hatte Dakota es mit Eloy und Rico lebend ins Krankenhaus geschafft. Dank ihr.

»Gott sei Dank, du lebst.« Eloy sprang auf. Mit zwei Schritten war er bei ihr und zog sie in seine Arme. »Ich habe mir Sorgen gemacht«, flüsterte er an ihrem Ohr. Sein typischer Geruch nach süßlichen Gewürzen und Sonnenschein kroch ihr in die Nase, gemischt mit einem Hauch Angstschweiß. »Danke für alles.«

Adriana nickte, befreite sich dann aber rasch aus seinem Klammergriff, um sich endlich Rico zuzuwenden.

»Wie geht's dir?« Aus irgendeinem Grund konnte sie ihm nicht ins Gesicht sehen, nahm stattdessen seine Hand. Wenn Rico starb, war das ihre Schuld. Oder zumindest teilweise.

Rico schluckte. »Der Arzt sagt, ich werde nicht sterben.«

Diese Worte schienen eine drückende Last von ihr zu nehmen, und endlich wagte sie es, den Blick zu heben. Wenn sie jedoch erwartet hatte, dass Ricos Gesicht ebenso erleichtert aussah, dann hatte sie sich getäuscht. Die Augen hinter den dicken Brillengläsern lächelten nicht und seine bleichen Züge wirkten schlaff, als wäre ihm die Kraft zum Lächeln abhandengekommen. Man hätte meinen können, Rico hätte plötzlich eine ausgeprägte Depression entwickelt. Einfach so. Von heute auf morgen.

»Allerdings meint der Arzt auch, dass sie das Bein vielleicht nicht mehr retten können«, informierte Dakota Adriana in einem Tonfall, der durchblicken ließ, wer Dakotas Meinung nach die Schuld an diesem Schicksalsschlag trug. »Die Ausbreitung der Infektion konnten sie zwar aufhalten, aber der Dämonenspeichel hat bereits große Schäden an den Muskeln im linken Bein angerichtet. Die nächsten Tage werden zeigen, ob es noch zu retten ist.«

»Was?« Sie hörte sich selbst sprechen, erkannte ihre eigene Stimme aber kaum. Hatte sie das wirklich gehört? Oh nein, das durfte nicht wahr sein!

Die nächsten Minuten erlebte sie wie in Trance. Eloy erklärte in einem für Adriana fast unerträglich sachlichen Tonfall, was der Arzt genau gesagt hatte, wobei Dakota seinen Vortrag immer wieder durch spitze Bemerkungen ergänzte.

Schließlich verschränkte Dakota die Arme vor der Brust. »Eloy und ich werden heute Nacht hier bei Rico bleiben.«

Adriana besah sich ihre Schuhspitzen. Die Betonung lag hier eindeutig auf »Eloy und ich«.

Bevor sie dazu etwas sagen konnte, berührte Rico sie am Unterarm. »Bleib doch auch. Du könntest mit mir im Bett schlafen. Eloy und Dakota teilen sich das freie Bett.«

»Das ist sehr lieb von dir.« Die Worte kamen Adriana nur gebrochen über die Lippen. »Aber ich habe schon einen sicheren Schlafplatz. Auf heiligem Boden.« Lieber blieb sie die ganze Nacht in dieser Kirche, als Dakota und Eloy beim Kuscheln zuzusehen. Außerdem konnte sie Tequila nicht allein lassen. Davon mal abgesehen, würde das zweite Bett in diesem Zimmer bis heute Abend sowieso belegt sein. Dakota und Eloy würden am Ende in den beiden Stühlen im Zimmer schlafen müssen.

»Okay, deine Entscheidung«, seufzte Rico. »Aber vielleicht überlegst du es dir ja noch.«

Adriana nickte. »Ich lasse es dich wissen.«

»Übrigens hat Daki ganz vergessen zu erwähnen, dass dank deiner Erste-Hilfe-Maßnahmen meine Chancen auf Heilung deutlich gestiegen sind. Hat der Doktor so gesagt. Er war echt beeindruckt von der Medaille.«

»Ehrlich?« Adriana sah auf. Direkt in Ricos freundliche Augen.

Dakota schnaubte.

Die Stille, die darauf im Zimmer folgte, glich einer Decke aus schwerem Samt. Mehr als erdrückend. Schon nach wenigen Sekunden hatte Adriana das Gefühl zu ersticken.

»Ich muss dann auch mal … Tequila Futter kaufen und eine Runde schlafen. Morgen früh sehe ich wieder nach dir.« Sie beugte sich nach vorn, um Rico einen Kuss auf die Stirn zu hauchen.

Lieber Gott, wenn es dich wirklich gibt, rette meinen besten Freund. Lass nicht zu, dass sein Bein amputiert wird.

Dann eilte sie aus dem Krankenzimmer, ohne sich noch einmal umzudrehen. Hinter ihr hörte sie Dakota applaudieren. Ein langsames, quälendes Klatschen. Das Gesicht dazu verfolgte Adriana im Geiste, bis sie das Foyer erreichte und dieses Bild strikt aus ihrem Kopf verbannte.

Tequila wartete vor dem Krankenhaus mit heraushängender Zunge auf sie. Als sie ihn losband, sprang der Labrador an ihren Hosenbeinen hoch. Wenigstens einer, der sich freute, bei ihr zu sein. Okay, das war unfair. Eloy und Rico hatten sich schon gefreut, sie zu sehen.

Seite an Seite liefen sie zur Bushaltestelle, wo sie den nächsten Bus Richtung Osten nahmen. Den ganzen Heimweg über kullerten ihr die Tränen nur so über die Wangen.

Ich bin müde und stehe unter Schock, ist ganz normal. Sie versuchte die Anspannung wegzuatmen, was ihr eher schlecht gelang. Noch nicht einmal die Konturen der Digimonfiguren mit dem Finger entlangzufahren half.

Tequila fuhr sich mit der Zunge immer wieder über die Nase, winselte, so als würde er ihr gerne die Tränen vom Gesicht lecken, doch das ließ sie natürlich nicht zu.

Bevor sie sich erlaubte, zu Hause ein wenig Ruhe zu finden, besorgte sie zuerst Hundefutter im Supermarkt, ein paar Snacks für sich selbst und ließ Tequila dann noch eine Runde in dem Minipark vor ihrer Haustür drehen, der mehr eine große Grasfläche zwischen zwei Straßen war. Im Laufen tippte sie schnell eine SMS an ihre Chefin, dass sie an diesem Tag nicht zur Arbeit erscheinen würde. Einen Moment überlegte sie, ob sie hinzufügen sollte, dass sie einem Dämonenangriff zum Opfer gefallen war, entschied sich dann aber dagegen.

Aus der geplanten kurzen Pause wurden geschlagene fünf Stunden Schlaf. Glücklicherweise hatte sie sich einen Wecker gestellt, wodurch ihr noch genug Zeit blieb, vor Sonnenuntergang zu duschen.

Kurz vor ihrem Aufbruch sah sich Adriana in ihrer schäbigen Zweizimmerwohnung um. Was sollte sie einpacken? Was würde sie heute Nacht in der Kapelle brauchen? Rasch stopfte sie ein paar Habseligkeiten, Essen für sich und Tequila, eine Flasche Wasser sowie eine Taschenlampe und eine Decke in ihren Rucksack. Dann befestigte sie ihren ausgeblichenen Schlafsack an den Schlaufen des Rucksacks. Fast hätte man denken können, der Rucksack gehörte einem Landstreicher, aber das war ihr egal. Die Nachrichten begleiteten ihre Packaktion und sie lauschte aufmerksam, um zu erfahren, in welchen Stadtteilen die Dämonen in der letzten Nacht zugeschlagen hatten. Der Nachrichtensprecher enttäuschte Adriana nicht. Sachlich hatte er über einen Angriff auf die Alkoholentzugsklinik mit dreizehn Toten berichtet sowie über einen Angriff im Stadtteil Kerns, wo den Berichten nach eine ganze Familie gefressen worden war. Außerdem wurden die schrecklichsten Angriffe im gesamten Land aufgezählt. Ein Dämonenclan hatte ein Dorf in Kansas fast komplett ausgelöscht, indem ein Feuerbeschwörer-Dämon die Kirche in Brand steckte, in der sich die Dorfbewohner verschanzt hatten. Das war ja fürchterlich. Adriana wunderte sich noch, dass die Dämonen ausgerechnet ein kleines Dorf ins Visier genommen hatten und nicht Kansas City, als der Nachrichtensender zwei Fotos einblendete.

»Gerade erfahren wir, dass sich vergangene Nacht ein Drama im Westen Portlands nahe des Council Crest Parks abgespielt hat.« Der Nachrichtensprecher, der George Clooney verblüffend ähnlich sah, drückte seinen Knopf fester ins Ohr. Jemand aus der Regie musste ihm in dieser Sekunde neue Informationen durchgeben.

Im Vorbeigehen hielt Adriana inne. Die kleine Plastikschale, die sie für Tequila mit Wasser füllen wollte, fiel ihr aus der Hand.

»Offenbar kam es dort im Anwesen von Molly Svensson, Ex-Model und ehemalige Miss Portland, zu einem Dämonen-Angriff. Die Dämonen haben Augenzeugen zufolge, die das Ganze über eine Überwachungskamera verfolgten, die Villa über Stunden belagert, bis es zu einem tragischen Vorfall kam, bei dem der Ehemann von Molly Svensson sowie einer ihrer Hunde ums Leben kamen.«

Mit schreckgeweiteten Augen starrte Adriana auf die beiden Fotos, die eine strahlende Molly und einen verschämt dreinblickenden Harry zeigten. Das alles noch mal so deutlich vor sich zu sehen versetzte ihr einen Stich ins Herz. Harry war tot … unwiederbringlich fort.

»Soeben erfahre ich, dass Molly Svensson wegen eines Nervenzusammenbruchs in eine Klinik eingeliefert werden musste. Nach eigener Aussage war sie zuvor einen Pakt mit einem Dämon eingegangen.«

Um nicht umzukippen, musste sich Adriana an der Couch festhalten.

Wieder fasste sich der George Clooney des Nachrichtenfernsehens ans Ohr. »In dieser Sekunde erreicht uns eine weitere Mitteilung. Es scheint, als sei Molly Svensson nicht die Einzige, die kürzlich einen Dämonenpakt geschlossen hat.«

Das Foto eines grauen, mehrstöckigen Gebäudes wurde eingeblendet.

»Ryan Angelus, Lehrer in der Berufsschule Northwest Portland, wurde dabei beobachtet, wie er einen Pakt mit einem Alpha-Dämon besiegelte. Noch weiß man nichts Genaueres darüber –«

Oh Gott, das war die Berufsschule, die Rico, Eloy und Dakota besuchten!

Gerade berichtete der Nachrichtensprecher von einer kalifornischen Sekte, deren Mitglieder offensichtlich allesamt einen Pakt mit einem Alpha eingegangen waren, doch Adrianas Gedanken schweiften zurück zur Berufsschule. Das … das war doch unfassbar … Was hatte das zu bedeuten?

»… wird ausdrücklich davor gewarnt, einen Pakt mit einem Dämon einzugehen. Obwohl bekannt ist, dass diese Pakte für den Menschen jeweils ausnahmslos verhängnisvoll enden, lassen sich Einzelne immer wieder auf Versprechungen von Höllengeschöpfen ein.« Der Nachrichtensprecher hob den Blick von seinen Notizen und starrte direkt in die Kamera, so als wolle er den Zuschauern ins Gewissen reden.

»Insgesamt konnten jedoch deutlich weniger Angriffe verzeichnet werden als in Nacht eins des vergangenen Jahres.«

Langsam ließ sich Adriana an der Rückseite des abgewetzten Ledersofas zu Boden gleiten. Weniger Angriffe. War das Dämonenschach? Luzifers geheimnisumwobener Plan? Zog er seine Dämonen irgendwo zusammen, weil er Größeres als die gewöhnlichen Angriffe vorhatte? Sollte sie mit ihren Informationen an die Presse gehen? Oder besser direkt zum BKOD? Eventuell war das, was sie von Ivan aufgeschnappt hatte, aber noch zu wenig an handfesten Beweisen. Vielleicht konnte sie Cruz später ein paar weitere Informationen entlocken? Andererseits war sich Adriana nicht sicher, ob sie ihn wiedersehen wollte. Oder etwa doch? Jedenfalls war diese Vorahnung, die er zu haben glaubte, nun wirklich ausgemachter Blödsinn. Sie und ein Dämon! Ja klar …

Dieses Mal traf Adriana deutlich vor Sonnenuntergang an ihrem für diese Nacht auserkorenen Schutzort ein.

Wie erwartet fand sie die alte Kapelle vollkommen verlassen vor. Die coolen Kids hatten andere Treffpunkte für die Dämonennächte auserkoren und die ältere Bevölkerung bevorzugte Kirchen im Stadtinneren mit richtigen Zufahrtswegen. Zwar gab es in der Ruine keinerlei Komfort, aber sie war allein mit Tequila, konnte ihren eigenen Gedanken nachhängen, würde niemanden sonst in Gefahr bringen und vielleicht sogar ein paar nützliche Informationen aus Cruz herauspressen. Zumindest – und das war ein Lichtblick – hatte sie niemanden dabei, der sie die ganze Nacht über als Schmutziges Blut beschimpfte, so wie es Dakota gestern getan hatte. Zugegeben, im Grunde hatte Dakota damit ja recht behalten. Allerdings hatte Adriana nicht vor, mit den Dämonen gemeinsame Sache zu machen und Menschen umzubringen. Letztendlich hatte das sogar Dakota eingesehen. Während sie noch über das aggressive Verhalten ihrer ehemals besten Freundin nachdachte, erklomm Adriana die Stufen zum Kirchturm. Irgendwie mochte sie diesen Ort. Durch das

Fenster, oder was davon übrig war, hatte man einen hervorragenden Ausblick, vor allem auf den Sonnenaufgang.

Bevor sie ihren Schlafsack entrollte, breitete sie eine Thermodecke für Tequila aus und füllte eine Plastikschüssel mit Wasser. Danach zündete sie die Kerzenstümpfe am Fenster mithilfe der Streichhölzer an, die sie eingesteckt hatte.

Da es absolut nichts anderes zu tun gab, kraulte Adriana den Hund ausgiebig, schrieb eine Nachricht an Rico, die wundersamerweise trotz Netzüberlastung durchging, und dachte nach.

Mittlerweile glaubte sie nicht mehr daran, dass der Turm einsturzgefährdet war. Schließlich hatte er gestern Abend nicht mal geknirscht. Tequila jedenfalls lag vollkommen entspannt neben ihr, drehte sich in diesem Augenblick auf den Rücken und schob seinen Kopf auf ihren Schoß.

Und so kreisten ihre Gedanken eine Weile um den Hund, bis sie sich wieder wie Klebstoff an der Frage festsetzten, wer sie selbst eigentlich war und was die Dämonen für ein Spiel trieben. Lag hier vielleicht nur ein Missverständnis vor? Gut, sie hatte sich gewissermaßen immer anders als die anderen Kinder und Teenager gefühlt, aber gleich ein Halbdämon? Allein der Gedanke daran war so surreal.

Als die letzten Sonnenstrahlen im Begriff waren zu versiegen, befahl sich Adriana, strategisch an die Sache heranzugehen. In tiefe Depressionen zu versinken, weil sie allem Anschein nach kein echter Mensch war, half ihr nicht weiter. Über tote und verletzte Freunde nachzugrübeln brachte diese nicht zurück zu ihr.

Sie musste nur eins: herausfinden, was Luzifer plante. Da lief etwas, die Hölle heckte etwas aus. Und da sie Kontakt zu einem Alpha hatte, war sie möglicherweise als einziger Mensch (oder Halbmensch) weit und breit in der Lage, an Informationen zu gelangen, die dem Militär nützlich sein konnten. Nützlich für diese vom Militär ins Leben gerufene Behörde zur Kontrolle von oberirdischen Dämonenaktivitäten. Kurz: BKOD. Sie würde etwas tun und im Gegensatz zu ihrem bisherigen Leben nicht einfach nur herumsitzen und abwarten. Das hier war die neue

Adriana Astara! Zwar nicht vollkommen menschlich, aber sie würde allen beweisen, dass ihr menschlicher Anteil der war, auf den es ankam. Wer wollte schon so genau wissen, wer sein dämonischer Vater war?

Hoffentlich nur nicht dieser Ivan.

Was war nur mit ihrer Mutter … Nein, diesen Weg wollte sie nicht gehen. Nicht mal in Gedanken.

Mit einem leisen *Klick* schaltete sie ihre silberne Taschenlampe ein. Gleichzeitig neigte Adriana den Kopf von einer Schulter zur anderen. Cruz war schon ein außergewöhnlicher Dämon. Nach eigener Aussage lebte er quasi Menschen-vegetarisch. Also zumindest fraß er keine Lebenden.

Wie alt er wohl war? Genau konnte sie das rein optisch nicht einschätzen. Schließlich alterten Dämonen langsamer als Menschen. Und wie lange war Cruz wohl schon ein Dämon? Wenn er nicht ihr Vater war, wie er schwor, vielleicht war er dann ihr Cousin oder so etwas in der Art? Und wen hatte Cruz bloß getötet, um ein Dämon zu werden? Das war ganz offensichtlich die größte Hürde, die es für einen Halbdämon zu nehmen galt. Alle neun übrigen der Zehn Gebote hatte Adriana selbst schon, praktisch unbewusst, gebrochen, wenn sie genau darüber nachdachte. Aber das »Du sollst nicht töten«-Gebot brach man doch nicht einfach so?

Um sich abzulenken, nestelte sie in ihrer Jackentasche herum, zog den Dämonen-Informationsflyer hervor und scannte den CR-Code auf dem vorletzten Abschnitt.

»Delta-Dämonen ähneln von ihrem Aussehen und Verhalten her großen Jagdhunden. Sie können Menschen aus zwei Meilen Entfernung erschnüffeln. Statt zu töten und Fleisch zu reißen, dürfen sie nur die Knochen der Opfer abnagen, mehr gebührt ihnen innerhalb ihres Dämonenclans nicht. Deltas können nur heulen, nicht sprechen. Sie hoffen, bald zu Gammas aufzusteigen. Ihre Augen leuchten neongrün.«

Adriana fand, der Dämon glich einem schlecht gelaunten Rottweiler.

Ein *Pling* – und eine ringfingerlange Figur erschien.

»Aussehen: Auf den ersten Blick kann man Delta-Dämonen mit schwarzen Jagdhunden verwechseln. Auf den zweiten Blick fällt das gewaltige Gebiss auf, das dem eines Krokodils ähnelt.«

Der Mini-Delta knurrte. Leuchtend grüner Sabber tropfte aus seinem Maul, löste sich dann aber in Luft auf. Mit gebleckten Zähnen klickte Adriana die App weg. Flügelschlagen riss sie aus ihren Gedanken.

Zuerst glaubte sie, es sei Cruz, weshalb sie eilig auf die Fensteröffnung zustürzte. Komischerweise schlug ihr Herz dabei schneller als zuvor.

Heute Abend waren die Kerzenstümpfe fast bis auf den Boden niedergebrannt. Die wolkenlose Nacht ließ es zu, dass genügend Mondlicht auf die Umgebung fiel, sodass Adriana alles einigermaßen erkennen konnte. Dennoch hielt sie die Taschenlampe fest umklammert.

Lilafarbene Augen leuchteten ihr wie Glühbirnen entgegen. Ivan! Adriana hörte sich selbst enttäuscht ausatmen.

Ivan schwebte vor ihr in der Luft. Ein Flügel wurde an der Spitze merkwürdigerweise von einer Bandage zusammengehalten, die aussah, als hätte er sie einem Beta-Dämon abgerissen. Sein Grinsen versprühte blanken Hohn, während er seine Position mit kräftigen Flügelschlägen hielt, immer darauf bedacht, nicht die Gemarkungsgrenze der Kapelle zu überqueren, damit er nicht wie eins der Streichhölzer auf der Fensterbank des Kirchturms endete.

»Du«, seufzte sie, wobei sie sich am Fensterrahmen abstützte. Neben ihr legte der Hund die Vorderpfoten auf den steinernen Sims, um selbst nach draußen sehen zu können. Ein tiefes Knurren kam aus Tequilas Brust. Kluger Hund.

»Du«, brummte Ivan zurück. Das Spiel von Licht und Schatten ließ die rechte Seite seines Gesichts fast pink wirken, während die andere mehr ins Dunkelviolette abfiel. »Ich weiß jetzt, was du vorhast und wer du bist!« Er machte eine provozierende Geste in Adrianas Richtung, wobei seine Augenbrauen wie zwei kleine Würstchen wackelten.

»Ja, wir waren beim Höllenfeuer und wissen nun alles!«, kreischte ein Beta-Dämon von unten wie ein fröhliches Kind, das dazwischenplapperte, wenn Erwachsene sprachen.

»Halt die Klappe, Rhyon!«

Der Beta-Dämon winselte und schwieg dann, während sich Ivan wieder Adriana zuwandte.

Aber was bedeutete das? Höllenfeuer?

»Könntet ihr das etwas klarer formulieren?« Schon während sie es sagte, hoffte sie, dass sie sich durch ihr Mal und den heiligen Boden um sie herum diesen Tonfall leisten konnte. Gerade als sie daran dachte, begann ihre Narben zu prickeln.

Flügelschlagen unterbrach den wütend dreinschauenden Ivan, der sich gerade zu einer gepfefferten Antwort aufplusterte wie ein riesiger violetter Geier.

»Na, wen haben wir denn da? All meine Freunde glücklich vereint.« Cruz hatte sich clevererweise von Nordosten her gegen den Wind angeschlichen. Jetzt flatterte er etwas oberhalb von Ivan herum. Obwohl sie sich innerlich dafür schalt, konnte Adriana nicht anders, als Cruz von oben bis unten zu mustern. An diesem Abend trug er eine Fellweste über seinem Lendenschurz.

»Wir sind nicht deine Freunde, du Drecksbrut«, knurrte Ivan.

»Na, na, na.« Cruz schlug einen Salto, schnalzte dann mit der Zunge. »Ganz schön mutig für einen Alpha wie dich. An deiner Stelle würde ich mir überlegen, wie du mit mir sprichst.«

Unten am Boden horchten alle Dämonen auf. Anscheinend erwarteten sie, dass dieses Wortgefecht demnächst in eine handfeste Prügelei überging. Ein Delta hechelte aufgeregt, versprühte grünen Sabber auf Rhyons Mumienfüße.

Rhyon hob einen ausgestreckten Zeigefinger, der ebenfalls voll grünem Geifer klebte: »Wir sind die Finsternis.«

»Du meinst wohl die Syphilis«, bemerkte Adriana mit einem Blick auf den grün verschmierten Rhyon.

Dafür erntete sie ein bewunderndes Zungenschnalzen von Cruz.

Im Gegensatz zu dem Alpha verstand Rhyon den Scherz

wohl nicht so ganz, denn er neigte nur fragend den Mumienkopf zur Seite.

»Ich glaube, unsere Freunde hier haben noch viel Schlimmeres als die Syphilis.« Zufrieden grinsend nickte Cruz Adriana zu.

»Ihr werdet schon noch sehen«, presste Ivan hervor, »was ihr davon habt. Alle dreckigen Mischblüter werden Luzifers Macht zu spüren bekommen …«

»Ach? Hat dir das etwa auch das Höllenfeuer verraten?« Langsam fühlte sich Adriana sicher genug, taute unter dem Schutz von Cruz und der Kirche auf.

Interessiert hob Cruz den Kopf. Über ihm verschoben sich ein paar Wolkenfetzen, wodurch seine Silhouette in silbernes Licht getaucht wurde. »Wie war das?«

»Ivan, Satael und Rhyon haben das Höllenfeuer singen gehört. Und Rhyon hat sein Lied sogar auswendig gelernt!«, krächzte ein Gamma mit seiner Glasscherbenstimme, der in der Dunkelheit kaum auszumachen war. Schwarze Fetzen umhüllten die geisterhafte Gestalt. Wenn er blinzelte, sah man noch nicht einmal mehr die leuchtend orangefarbenen Augen. Neben ihm stand ein zweiter Beta, anscheinend der einzige dieses Clans neben Rhyon. Daher nahm Adriana an, dass es sich um Satael handeln musste. Jedenfalls schien Satael gar nicht glücklich, dass Rhyon durch die Angelegenheit mit dem Höllenfeuer gerade im Mittelpunkt stand. Missmutig kaute er auf einer seiner Bandagen an seinem Handgelenk herum.

Im Gegensatz zu ihm schien Cruz die Sache mit dem Höllenfeuer lustig zu finden.

»Meine Damen und Herren, heute Abend singt für Sie: das Höllenfeuer«, kicherte er.

Adriana verzog keine Miene, bemühte sich sogar, ein gewisses Maß an Ernsthaftigkeit an den Tag zu legen, während sie sich an Rhyon wandte.

»Und die wichtigste Frage: Wird es denn in den Recall kommen? Bei ›The hell's got talent‹?«

Betretenes Schweigen. Ungläubig blinzelte Rhyon sie an.

»Der war gut!«, lobte Cruz. »Luft High Five!« Er hob eine Hand und Adriana tat es ihm nach. In ihrem Magen kribbelte es. Sicher nur, weil sie es genoss, die neue, starke Adriana zu sein. Die knallharte Halbdämonin. Diese Rolle fühlte sich besser und besser an.

Ivan indessen gab das miesepetrige Gegenstück zu dem gut gelaunten Cruz.

»Ja, lacht nur. Das Höllenfeuer singt immer dann von der Zukunft, wenn ein großes Ereignis bevorsteht, so auch dieser Tage. Es ist ein Orakel.«

»Ja, ja, ja!«, pflichtete ihm Rhyon bei. »Ganz genau.«

Eine Weile sagte niemand mehr etwas. Ivan schien nicht sicher zu sein, ob er weiterreden sollte. Immerhin mussten sie sich so nicht mehr seine lächerlichen Verschwörungstheorien anhören, von daher lehnte sich Adriana lässig gegen die Wand. Wie lange wollten diese Dämonen sie eigentlich noch belagern? Um sich die Zeit zu vertreiben, warf sie die Taschenlampe wie ein Jonglierkünstler nach oben und fing sie wieder auf. Aus den Augenwinkeln konnte sie spüren, dass Cruz sie beobachtete. Doch sie wollte ihn jetzt nicht ansehen, starrte stattdessen nach unten auf den Boden, wo sie Rhyon eingehend betrachtete, von dessen Gestalt stetig Sand zu rieseln schien. Woher kam bloß immer der neue Sand? Wie funktionierte eigentlich so eine Beta-Dämonen-Anatomie? Doch Tequila unterbrach ihre Gedanken, leckte ihr die Hand und sah zu ihr auf. Bereits jetzt verband sie mit diesem Tier ein Zusammengehörigkeitsgefühl, wie es sonst erst nach langer Hund-Mensch-Partnerschaft zustande kam.

»So«, brummte Cruz schließlich. »Wenn ihr nicht mehr zu erzählen habt als das, würde ich vorschlagen, ihr verschwindet von hier. An die Kleine kommt ihr sowieso nicht heran.« Er nickte in Richtung Adriana in ihrem Kirchturm.

Klacker, klack-klack. Bei seinen Worten entglitt Adrianas Fingern die Taschenlampe und fiel zu Boden. Der Lichtkegel rollte an der Wand entlang Richtung Süden.

Vielsagend neigte Ivan den Kopf. »Wir nicht. Aber du.«

Die Stille, die auf seine Worte folgte, ließ Adriana unwillkürlich den Atem anhalten.

Nachdem Cruz einmal tief eingeatmet hatte, durchschnitt seine scharfe Stimme die Nacht.

»Was willst du damit sagen? Komm schon, bei allen Höllenfeuern, spuck's aus, Ivan!«

»Tjaaa«, entfuhr es Ivan. »Was will ich damit wohl sagen?«

Anstatt zu antworten, verzog Cruz nur das Gesicht, sodass jeder von seiner Nasenspitze ablesen konnte, wie gern er Ivan in diesem Moment eine reingehauen hätte.

Wie bei einem Pingpongmatch schnellte Adrianas Kopf zwischen den beiden Dämonen hin und her. Ihre Gedanken überschlugen sich. Weniger erfreut darüber, dass Cruz sie als *die Kleine* bezeichnet hatte, überlegte sie nun, was Ivan mit seinem letzten Satz andeuten wollte. Seine Stimme hatte dieses teuflische Säuseln angenommen. Süffisant. Boshaft.

»Deine *Kleine* wird uns gefährlicher werden, als sie aussieht. Die Zeichen lügen nicht.«

Nachdem Cruz ihn auf diese Ankündigung immer noch verständnislos anstarrte, fuhr Ivan fort: »Das Höllenfeuer erzählt von zwei Mischblütern, die Luzifers Plan vereiteln wollen.«

»Aber was bringt dich darauf, dass ausgerechnet sie es ist? Da draußen leben noch bedeutend mehr Mischwesen.«

»Dieses da ist vom Bösen gezeichnet, so wie es das Höllenfeuer voraussagt.« Mit dem Kinn deutete Ivan auf Adriana.

Himmel! Vor Schreck wäre Adriana beinahe in die Knie gegangen. Dennoch versuchte sie sich nichts anmerken zu lassen, einfach normal weiterzuatmen. Ein und aus. Unwillkürlich schielte sie auf ihre Ballonnarbe, die Cruz ihr zugefügt und die sie heute Abend wieder mit einem grauen Kapuzenshirtärmel bedeckt hatte. Konnte das wahr sein? War sie diejenige, die Luzifers Plan, was auch immer das sein sollte, in ferner Zukunft aufhalten würde?

»Du, du, du musst sie töten!«, kreischte Rhyon vom Boden her.

Sein Gebiss drehte sich dabei im Kreis wie ein aufgeregter Müllschlucker. »Mit Feuer!«

Auf dieses Wort hin zuckte Adriana zusammen. Sogleich strömten die Bilder der Nachrichtensendung von heute Nachmittag in ihren Kopf. Die Bilder des Beitrags über eine Kirche, die von einem Feuerbeschwörer-Dämon in Brand gesetzt worden war.

Cruz würde doch nicht? Ihr Kopf schnellte herum. Auch Tequila spitzte die Ohren.

»Du redest Schwachsinn, sobald du den Mund aufmachst«, sagte Cruz. »Ein Wunder, dass dir überhaupt noch einer zuhört.«

Ivan kniff die Augen zusammen, dass sie wie leuchtende Schlitze aussahen. »Du musst sie töten und du weißt es. Du weißt es genau.«

»Deine Wahnvorstellungen will ich mal haben.« Cruz blieb ganz ruhig, was Adriana mit Erleichterung erfüllte. Sicher konnte er Ivan den Mund stopfen, diese Dämonenbande verjagen und dann konnte sie endlich in Ruhe mit Cruz sprechen.

Ivan seufzte, setzte zu einer Landung an und senkte seine Stimme, sodass Adriana ihn kaum noch verstand.

»Ich bin der Sohn des Zhut, wie du weißt, und damit der Enkel Luzifers. Möglich, dass dir dieser Umstand in deiner grenzenlosen Arroganz manchmal entfällt, Cruz Darkknight, aber es ist ein Fakt, dass dieses Mädchen nicht leben darf, dass sie unsere Pläne durchkreuzen will. Damit ist es deine verdammte Pflicht, sie zu eliminieren. Und zwar jetzt!«

»Ja! Für die Finsternis!«, pflichtete Rhyon bei. »Sie steht der Verdunklung im Weg. Töte sie.«

»Du hast deine Schoßhunde einfach nicht im Griff, Ivan.« Cruz warf Adriana einen Blick zu, den sie nicht deuten konnte. Was war los mit ihm? Begann er etwa, Ivans Geschichten zu glauben? Sie überlegte, ob sie etwas sagen sollte, wusste aber nicht, was.

»Tu es einfach. Stell dich auf unsere Seite und Luzifer wird dich belohnen. Wenn du diese Missgeburt tötest, werde ich dem

Fürsten davon berichten, was dir seine Gunst auf ewig sichern würde.« Ivans Stimme hatte wieder einen weichen, schmeichelnden Ton angenommen. »Zünde ihre Kleidung an und wir sind das Schmutzige Blut endlich los. Du willst doch nichts von ihr? Was willst du von diesem Balg?« Einen Moment hielt der Dämon inne. »Du versuchst doch nicht irgendein krummes Ding zu drehen, oder Cruz? So dumm bist nicht mal du.«

Cruz schwieg, und Adriana hatte das Gefühl, das dies bei den anderen Dämonen nicht gut ankam. Gar nicht gut. Und sie selbst fühlte sich auch zunehmend verunsichert. Sollte sie jetzt hier – lächerlicherweise – für sich selbst Partei ergreifen? Oder auf Cruz einreden? Sie erwog kurz ihre Chancen, einfach von dem Turm zu fliehen, solange die Dämonen sich stritten, aber das grenzte an Selbstmord. Und dabei hatte sie angenommen, dass dieser Ort und der Fakt, dass Cruz sie beschützte … ihr eine gewisse Sicherheit boten.

»Also?«, hakte Ivan nach.

Unvermittelt suchten Cruz' Augen Adriana, die sich an die Steinmauer gepresst hatte, die Taschenlampe auf den Boden gerichtet. Ihre Blicke trafen sich, verhakten sich ineinander, so als könnten nur sie sich auf diese Art gegenseitig ansehen. Auf einer Ebene, die anderen unbekannt war.

»Nein.« Ein einziges Wort von Cruz, während er ihren Blick weiter festhielt. Erleichterung flutete Adrianas Sinne.

»Ich verstehe. Cruz und seine Halbdämonenarmee. Du bist erledigt, ist dir das klar? Wie viele Mischblüter hast du denn aufgetrieben? Drei? Vier? Du bist komplett wahnsinnig, Cruz Darkknight!« Ivans Stimme stolperte, überschlug sich beinahe, so sehr schrie er sich in Rage.

Mit hochgezogenen Augenbrauen beobachteten Adriana und Cruz, wie der Alpha-Dämon sich vom Boden abstieß und immer heftiger mit den Flügeln schlug, so als wolle er einen Orkan auslösen.

»Willst die Kleine heute noch zu einem Alpha machen, oder? Sie jemanden umbringen lassen. Und dann?«

»Du weißt ja, was dich meine Pläne angehen, Ivan.« In aller Seelenruhe betrachtete Cruz seine Fingernägel. Seine offensichtliche Gelassenheit ließ Ivan nur noch mehr in die Luft gehen. Unter ihm lief Rhyon ebenfalls aufgeregt auf und ab. Seine verzweifelte Performance für mehr Aufmerksamkeit zerrte an Adrianas Nerven. Vielleicht wollte er sich auch zum nächsten Alpha aufschwingen.

»Du wirst schon noch sehen, was du davon hast! Und wir finden einen Weg, dieses Schmutzige Blut zu töten!« Erzürnt warf Ivan Adriana einen Blick zu, bei dem sie sich zusammenreißen musste, um ihr Pokerface und ihre Position zu halten.

»Allein der Versuch würde dir und deiner ganzen Bande schlecht bekommen.« Im Gegensatz zu den anderen Dämonen gelang es Cruz, eiserne Härte in seine Stimme zu legen.

Langsam fand Adriana zu ihrem alten Mut zurück, trat wieder nach vorn, um ihren vorherigen Platz am Fenster einzunehmen.

»Du verstehst nicht!«, jammerte Rhyon. »Das Höllenfeuerlied!« Der Beta sah aus, als wäre er kurz davor, sich alle Mumienverbände vom Leib zu reißen.

Völlig ungerührt landete Cruz bedenklich nah an der Ummauerung.

»Was genau singt denn das Höllenfeuer so?«, fragte er fast schon beiläufig, während sich Ivan und Rhyon in ihrem Disput bis zur Heiserkeit verausgabten.

»Sag es ihm nicht!«, ging Ivan dazwischen, bevor Rhyon den Mund aufmachen konnte. Während Ivans Gesicht auf einmal pink vor Wut leuchtete, geriet sein Clan unter ihm in Unruhe. Die niederen Dämonen flüsterten, ein paar Omegas rollten umher, jammerten dabei in verschiedenen Tonlagen.

Jedoch ließ sich Cruz keine einzige Gefühlsregung anmerken. »Warum so geheimnistuerisch?«

»Geht dich nichts an!«, motzte Ivan.

»Sing doch mal, Rhyon. Das, was das Höllenfeuer dir geflüstert hat.« Cruz machte eine ruhige, aber auffordernde Geste.

Der Beta-Dämon warf Ivan einen Blick zu, schüttelte dann den Kopf.

»Komm schon, ich weiß, dass du wie ein Engel singen kannst!«, sagte Cruz. War da ein Lächeln in seinem Mundwinkel?

Geschmeichelt senkte der Beta-Dämon den Kopf, gab aber keinen Ton von sich.

Das veranlasste Cruz, eine Flamme von der Größe eines Basketballs in seiner rechten Hand auflodern zu lassen.

»Ich sagte: Sing!«

Dann ging alles ganz schnell. Als Cruz den Feuerball warf, stoben die Dämonen auseinander. Ein Omega, dessen Fell versengt wurde, quiekte wie ein Schwein beim Schlachter, die anderen stolperten und sprangen davon, überschlugen sich. Zwei von ihnen stießen in Panik sogar zusammen und stürzten zu Boden. Nur Rhyon stand bewegungslos da, den Blick auf den Ring aus Flammen gerichtet, der ihn umgab wie ein flackernder Käfig.

»Sing, oder du wirst brennen!« Cruz' Stimme war gefährlich ruhig geworden.

»Lass ihn sofort frei!«, zischte Ivan.

»Sing!«, brüllte Cruz. Mit einer Handbewegung ließ er den Kreis enger werden, was Rhyon veranlasste, die Stofffetzen an seinem Leib panisch zusammenzuraffen und sich so schmal wie möglich zu machen.

Tequila bellte.

Langsam bekam Adriana Kopfschmerzen von dem Durcheinander da draußen. Vor ihren Augen zog Cruz den Feuerkreis enger und enger. Flammen leckten über den Rasen vor der Kapellenummauerung, krochen näher an Rhyon heran. Dabei fing einer seiner Mumienverbände Feuer, das er hastig auszuschlagen versuchte. Wie in einem Zeitraffer ließ er mehr Sand aus seinem Körper rieseln, um eine Lücke in dem Feuerring zu erzeugen, doch auf eine Handbewegung von Cruz hin schlugen die Flammen deutlich höher.

»Sing, du Ausgeburt der Hölle!«

Verzweifelt japste Rhyon nach Luft. Schwarze Rauchschwaden, die sich wie ein Vorgang um ihn schmiegten, nahmen Adriana langsam die Sicht auf ihn.

»Sing!« Die Flammen stoben noch höher, fast erreichten sie die volle Körpergröße des Dämons.

Und dann sang der Beta-Dämon. Sang tatsächlich das Höllenfeuerlied. Komischerweise hörte sich seine Stimme wie die eines Opernsängers an, so hell und klar. Beinahe hätte man denken können, ein Engel sei herabgestiegen, um für sie zu singen, genau wie Cruz es vorausgesagt hatte.

Mit offenem Mund lauschte Adriana dem Gesang, der von dem vor sich hin schwelenden Dämon wie ein Kirchenlied vorgetragen wurde:

»Und Luzifer zeugte der Kinder sieben,
nur drei davon wird er für immer lieben.
Die anderen vier wenden sich ihm entgegen,
um Morgensterns Plan das Handwerk zu legen.
Sieben Halbblüter bestreiten die Schlacht,
um zu verhindern die ewige Nacht.
Werden zwei den Thron und die Macht ergreifen
oder ewig in Schuld durch die Dunkelheit streifen.«

Adriana blinzelte. Was zur Hölle sollte das denn bedeuten?

»Rhyon, alter Chorknabe. Ich weiß, du kannst noch mehr.« Immer noch schien Cruz sehr gelassen, so ungerührt, wie er in der Luft herumschwebte, aber gleichzeitig spürte jeder, welche Macht der Alpha-Dämon ausstrahlte.

Also sang Rhyon weiter, Adriana konnte es ihm nicht verdenken, als sie die Angst in seinen roten Augen aufblitzen sah. Was blieb ihm auch für eine Wahl?

»Die Mächtigen, gezeugt durch die Übernatur
zwei Mütter, die Kinder sind Halbblute nur.
Das Gute von ihnen, gezeichnet vom Bösen,

wird sich am Ende von allem Guten lösen,
das andere, das zunächst böse erscheint,
wird nach Erlösung streben, mit dem Guten vereint.
Gefährten aus lange vergangenen Jahren
müssen im Kampf sich um sie scharen.
Vergessen muss sein die Befangenheit,
die Vorurteile aus alter Zeit.«

»Aha«, brummte Cruz lediglich, nachdem Rhyon geendet hatte. »So ist das also.«

Wenn ihm dieses verschrobene Opernlied etwas gesagt haben sollte: Hut ab! Adriana jedenfalls konnte sich nicht so recht einen Reim darauf machen. Außer, dass die Dämonen offensichtlich dachten, sie sei einer dieser Halbblüter, denn so viel hatten sie ja schon preisgegeben. Wahrscheinlich, so die allgemeine Dämonenmeinung, war sie wegen ihrer Narbe das vom Bösen gezeichnete Halbblut ... das dann böse wurde ... Aber warum wollten die Dämonen nicht, dass sie das Lied hörte? Außer, wenn sie in den Augen der Dämonen eine enorme Bedrohung darstellte, der dieses Wissen nützlich sein konnte ... Irgendwie hatten sie das ja auch gerade eben erst zugegeben. Ivan und sein Dämonenclan fürchteten sie. Sie! Adriana Astara. Einen gewöhnlichen Menschen! Nun ja – beinahe gewöhnlich immerhin. Was, wenn tatsächlich sie in diesem Höllenfeuerlied gemeint war? Adriana schluckte.

»Noch mal«, verlangte Cruz.

Ohne weitere Aufforderung spulte Rhyon das Lied erneut ab. Dieses Mal ein wenig schneller, als hätte man die Plus-zwei-Geschwindigkeitstaste gedrückt. Er schien es oft gehört zu haben, denn kein einziges Mal vertauschte er Zeilen oder Texte.

Scheiße, Scheiße, Scheiße!, ging es Adriana wieder und wieder durch den Kopf. Konnte sie gemeint sein? War sie das vom Bösen gezeichnete Halbblut, das sich höchstwahrscheinlich, wenn man diesem Höllenlied Glauben schenken konnte, von allem Guten lösen würde?

Hilfe suchend sah sie zu Cruz, doch der zuckte nur mit den Achseln. Von ihm war sie gezeichnet worden, auch wenn er auf Adriana plötzlich gar nicht mehr so sehr böse wirkte.

Unter ihnen brüllte Rhyon in Panik los, doch Cruz beachtete ihn nicht, sah Adriana nur weiter unverwandt an. In seinen markanten Gesichtszügen spiegelten sich die orangefarbenen Flammen.

Dann öffnete er schlussendlich doch noch den Mund.

Adriana hielt den Atem an.

Jedoch kamen anstelle von Lauten nur stumm die Worte »Du und ich« über seine Lippen.

Und Adriana verstand.

Cruz fühlte sich in seiner Theorie bestätigt, so viel war klar. Die Theorie, die er gestern Nacht, kurz bevor er verschwunden war, geäußert hatte.

»Du und ich – wir haben eine Aufgabe zu erfüllen.« So oder so ähnlich hatte er sich ausgedrückt. Der Dämon glaubte also wirklich an das alles. An seine Vorahnung und an dieses Höllenfeuerlied. Er glaubte anscheinend, dass sie beide diese Halbblüter waren, vielleicht sogar Tochter und Sohn Luzifers … Bei diesem Gedanken schauderte es Adriana. Um den Gedanken aus ihrem Gehirn zu verscheuchen – das mit diesem Höllenkram war einfach zu absurd –, schüttelte sie mit zusammengekniffenen Augen den Kopf.

»Lass Rhyon gehen oder du wirst das Höllenfeuer von der anderen Seite sehen!«, holte sie Ivans Stimme schließlich wieder in die Gegenwart zurück.

Blinzelnd öffnete sie die Augen. Vor sich sah sie Cruz in der Luft flattern. Den Blick hatte er starr auf sie geheftet. Als sich ihre Blicke begegneten, hob er in einer stummen Frage beide Augenbrauen.

Alles okay?, schien er damit ausdrücken zu wollen.

Beinahe hätte Adriana laut losgeprustet. Ob alles okay war? In den letzten vierundzwanzig Stunden hatte sie herausgefunden, dass sie aller Wahrscheinlichkeit nach ein Halbdämon war und dass Cruz sie, ohne genau zu wissen, warum, im letzten Jahr markiert hatte. Außerdem hatte sie mitangesehen, wie ihr bester Freund beinahe abgekratzt wäre, hatte ihren Kinderheimleiter und dessen Hund verloren, und jetzt wurde ihr eröffnet, dass sie möglicherweise ein Kind Luzifers war und sich außerdem demnächst dem Bösen zuwenden würde. Aber hey, am Ende würde sie wahrscheinlich mit Cruz zusammen Luzifer vom Höllenthron stürzen, wenn man diesem Lied glaubte. Das war doch etwas!

»Oh, wartet nur!«

Automatisch glitt ihr Blick zu dem vor sich hin kokelnden Rhyon, der unter ihr Zeter und Mordio schrie.

»Dafür wirst du bezahlen!« Wütende Gesten wurden in Richtung Cruz abgefeuert. So gut es ging, versuchte der Beta-Dämon sich dabei von den Flammen fernzuhalten.

Eine Weile zuckten Cruz' Mundwinkel bei diesem Spektakel, doch irgendwann schloss der Alpha-Dämon einfach eine Hand zur Faust, worauf der Feuerkreis um den Beta-Dämon verschwand.

Eilig sprang Rhyon ein paar Schritte zurück.

»Du überhebliche Oberflächenbrut! Aber bald schon werdet ihr stinkenden Schmutzblüter um Gnade flehen. Auch über euch wird sich die dunkelste Nacht legen!«, ereiferte sich der Dämon.

Anscheinend vertrat er die Theorie, dass nur reines Blut wertvoll war. Das ließ Adriana in Gedanken sofort Parallelen zu einem früheren deutschen Diktator ziehen …

»Ja, ja, schon klar.« Im Gegensatz zu dem aufgewühlten Rhyon zuckte Cruz nicht mal mit der Wimper. »Und jetzt hopphopp. Ab, zurück in die Hölle. Ihr geht alle ohne Abendessen ins Bett!«

Als Adriana den Alpha grinsen sah, musste sie unwillkürlich ebenfalls schmunzeln.

»Diesen Vorfall melde ich Luzifer. Das ist noch nicht vorbei! Und diese Nacht auch nicht!« Ivans Stimmte kreischte wie das Sägeblatt einer Kreissäge.

Letztendlich zog der Dämonenclan geschlossen ab. Eine Handvoll Omega-Dämonen hüpften dem Rest ihres Clans hinterher, die wie getretene Hunde davonschlichen. Geschlagen von einem Feuerbeschwörer-Dämon.

»Tja, damit wären wir die wohl los.« Cruz klatschte in die Hände, als müsste er eine Schmutzschicht abklopfen. »Und? Was sagst du zu dem Lied?«

»Was sagst du denn dazu?«, stellte Adriana die Gegenfrage, auch, um sich selbst mehr Zeit zu verschaffen, um über ihre Antwort gründlich nachzudenken.

Cruz neigte den Kopf. Dabei legte sich der Mondschein erneut auf seine linke Gesichtshälfte, während die andere Seite von einem Schatten verdunkelt wurde.

»Hast du ein Handy, oder so? Ich finde, wir sollten dieses Lied aufschreiben. Jetzt, wo die Erinnerung noch frisch ist.«

Nickend kramte Adriana in ihrer Jackentasche.

Während sie noch suchte, sprang Tequila mit den Vorderpfoten erneut auf das Fenstersims und bellte einmal.

»Braver Hund. Alles gut«, beruhigte Cruz ihn.

Tatsächlich schien der Hund davon besänftigt zu werden, hechelte jetzt in Richtung des Dämons, so als wollte er von ihm gekrault werden oder gar ein Leckerchen erbetteln.

»Das geht nicht, Süßer. Er kann nicht hier reinkommen«, flüsterte Adriana dem Hund zu.

»Obwohl ich gerne würde!« Cruz grinste.

Bei diesem Satz wäre Adriana fast ihr iPhone aus der Hand gerutscht. Im letzten Moment fischte sie es wie ein Jonglierkünstler aus der Luft, bevor es auf dem Boden aufschlagen konnte.

»Was? Es ist ganz schön anstrengend, die ganze Zeit hier herumzuflattern.«

Wenn er ernsthaft glaubte, sie würde das schützende Kirchengebäude verlassen, um unten mit ihm weiterzuplaudern, hatte er sich aber geschnitten.

Als hätte er ihre Gedanken erraten, verschränkte der Dämon die Arme vor der Brust.

»Aber ich will mich nicht beschweren. Soll ich dir das Lied diktieren?«

Mehr als die Andeutung eines Nickens brachte Adriana nicht zustande. In ihrem Kopf drehte sich alles. Auf der einen Seite hätte sie Cruz gerne angeschrien, er solle verschwinden, auf der anderen Seite überkam sie auf einmal das merkwürdige Verlangen, von Cruz am Arm berührt zu werden. Seine Haut auf ihrer … Unwillkürlich stellten sich ihre feinen Härchen auf dem Unterarm auf.

Ach, du Schreck! Wie seltsam war das, bitte? Das war doch krank! Energisch schüttelte sie den Kopf. War das vielleicht eine Nebenwirkung von Cruz' Markierung? Bewirkte sie, dass sie sich zu ihm – einem Dämon – hingezogen fühlte? Ja, so musste es sein. Es war diese verdammte Markierung!

Eifrig bemüht, nur noch auf ihr Handydisplay zu starren, tippte sie die Worte in ihre Notiz-App, bis sie beide sicher waren, das Höllenfeuerlied punktgenau aufgeschrieben zu haben.

Letztendlich hob Adriana doch noch den Kopf.

»Was denkst du? Handelt dieses Lied tatsächlich von uns?«

Bevor Cruz antwortete, schwieg er einen Moment. »Seit Monaten träume ich jede Nacht dasselbe.«

Dämonen träumten? Adriana schob sich eine ihrer dunklen Haarsträhnen hinters Ohr.

»Ich träume davon, wieder ein normaler Mensch zu werden.«

Auf diese Ankündigung hin klappte Adriana der Mund auf.

»In meinem Traum wird mir jedes Mal ein Ausweg gezeigt. Ich weiß nicht, warum mir das passiert, aber vielleicht, weil ich nur aus Versehen zum Dämon wurde.«

»Wie bitte? Wie kann man denn aus Versehen … jemanden töten?«

Seine Augen hatten einen traurigen Schimmer angenommen, als Cruz schließlich antwortete: »Ich … ich wollte jemanden vor einem Dämonenclan retten … nur dabei ist die Person durch meine Schuld … gestorben.« Da es ihm offensichtlich schwerfiel, darüber zu sprechen, hakte Adriana nicht noch weiter nach. Interessant. Cruz war also ein Dämon wider Willen.

»Jedenfalls«, fuhr er fort, »in meinen Träumen wird mir ein Weg gezeigt, wie ich mich zurückverwandeln kann. Und das ist mein größter Wunsch, verstehst du? Wieder ein Mensch werden.« Er seufzte tief.

Augenblicklich erinnerte sich Adriana an eine der letzten Zeilen des Höllenfeuerliedes: *… das andere, das zunächst böse erscheint, wird nach Erlösung streben …* Womöglich bezog sich dieser Teil mit der Erlösung wirklich auf ihn. Auf Cruz, der nach Erlösung suchte.

»Aber wie könnte das gelingen?«

»Indem … indem ich die Dämonen aufhalte. Die Engel zurückbringe, damit sie an den Höllentoren Spalier stehen und die Dämonen bekämpfen. So wie früher.«

»Aber die Engel sind alle verschwunden, womöglich tot. Gefallen im großen Himmelskrieg gegen die Dämonen.« Das, was Cruz da erzählte, hörte sich ungeheuerlich an.

»Verstehst du nicht? Ich glaube, ich bin auserwählt. Von den Engeln oder einer höheren Macht, weil ich womöglich einer der wenigen Dämonen der Welt bin, der keiner sein wollen. Ich kann Luzifer und sein Heer ausspionieren. Und in diesem Traum steht mir mein eigenes Heer bei. Ich glaube, ein Heer an Halbdämonen. Vielleicht habe ich dich deshalb markiert. Und vielleicht sind wir beide zwei der Halbdämonen aus dem Höllenfeuerlied, die Luzifer stürzen werden. Nicht nur die Höllentore für immer schließen werden, sondern auch …«

»… Luzifers Plan vereiteln. Denn irgendetwas führt er im Schilde«, ergänzte Adriana. »Das Lied spricht von ewiger Dunkelheit. Und Rhyon sagte etwas von einer Verdunklung. Womöglich wollen sie das Höllentor jede Nacht öffnen? Damit jede Nacht zur Dämonennacht wird?«

»Damit hast du wahrscheinlich recht.« Cruz nickte. »Oder noch Schlimmeres.«

Was konnte denn noch schlimmer sein, als sich jede Nacht vor den Dämonen verstecken zu müssen?

Eine Weile schwiegen sie beide. In Adrianas Kopf setzten sich die Informationen wie Puzzleteile zusammen. Die Dämonen hatten bereits gestern geahnt, dass Cruz eine Armee an Halbdämonen gegen sie aufstellen würde. Dann hatten sie sich heute vom Höllenfeuerlied darin bestärkt gefühlt, dass sieben Halbblüter gegen Luzifer in den Krieg ziehen würden. Deshalb war Ivan so erpicht darauf gewesen, sie zu töten. Sie war ein Halbdämon. Ein Mischblut, das sich noch nicht zu einem mächtigen Alpha gewandelt hatte und damit momentan leichte Beute war. Sie zu töten war relativ einfach, auch wenn Cruz geschworen hatte, sie zu beschützen.

»Was ist mit dem ersten Teil des Lieds?«, nahm Adriana schließlich das Gespräch wieder auf. Ihre Stimme klang brüchig, als sie endlich die Frage stellte, die ihr so lange im Magen gelegen hatte. »Glaubst du … glaubst du, damit sind auch wir gemeint? Sind wir nicht nur normale Halbblüter?« Bei *normale Halbblüter* malte sie Anführungszeichen in die Luft. »Sondern Luzifers Kinder?«

Cruz zuckte mit den Schultern. »Ich weiß es nicht. Ehrlich gesagt, hat meine Mutter mir verschwiegen, wer mein Vater ist. Wie steht es mit dir?«

»Bei mir genauso«, gab Adriana zu. Also wäre es möglich. Ein furchtbarer Gedanke. Irritierend genug, dass sie ein Halbdämon sein mochte. »Und was machen wir jetzt?« Wenn sie Glück hatte, würde sie morgen einfach aufwachen und feststellen, dass sie das alles nur geträumt hatte.

Das schien eine Frage zu sein, die er beantworten konnte, denn auf einmal hellte sich Cruz' Gesicht auf und er zupfte an seiner Fellweste. »Was wohl? Wir suchen die restlichen der sieben Halbdämonen aus dem Höllenfeuerlied!«

Das klang irgendwie gefährlich, aber andererseits auch aufregend, und da Adriana als Halbdämon sowieso nicht mehr allzu beliebt bei ihren Mitmenschen war … Was hatte sie schon zu verlieren? Seltsamerweise belustigte sie der Gedanke. Warum fand sie es auf einmal gar nicht so abartig, ein Halbdämon zu sein? War das Ironie? Verdrängung? Ihre Freunde hatten sich bis auf Rico bereits emotional von ihr distanziert. Gehörte sie überhaupt noch zur Gattung »Mensch«? Fragend warf sie Tequila einen Blick zu, worauf der mit einem kurzen Jaulen und Schnauzelecken reagierte.

Aber sollte sie einfach so mit einem Alpha-Dämon mitgehen? Irgendwie ein recht menschlicher Dämon, aber dennoch … Dämon war Dämon. Besser, sie kehrte schleunigst zu ihrem ursprünglichen Plan zurück: mehr Informationen aus Cruz herauszubekommen, um dann das Militär damit zu füttern. Vielleicht konnten die etwas gegen Luzifer ausrichten. Mittlerweile keimten leise Zweifel daran in ihr auf. Konnten sie das wirklich? Waren menschliche Waffen imstande, den Höllenfürsten in Schach zu halten? Bisher waren alle Versuche gescheitert, Dämonen zu verletzen. Weder Feuer noch Gewehrkugeln hielten die Monster auf … aber Moment! Sie hatte Ivan mit dem Weihwassermesser verletzt! Aufregung ergriff sie. Das war eine verdammt wichtige Erkenntnis und eigentlich erstaunlich, dass seit 1974 niemand darauf gekommen war.

Wie auch immer. Informationen. Sie brauchte mehr Informationen.

»Warte. Also hat Luzifer tatsächlich sieben Kinder? Stimmt das?«

»Ja, wenn das Höllenfeuer das so behauptet, muss es wohl stimmen. Aber nur drei seiner direkten Nachkommen dienen ihm in der Hölle«, murmelte Cruz. »Keine Ahnung, wo oder wer die anderen vier sein sollen. So lange bin ich noch nicht Dämon.« Er zuckte mit den Schultern.

»Und Ivans Vater ist eines von den Kindern Luzifers?«

»Ja. Das ist Zhut, der als Spion für seinen Vater arbeitet.«

»Und die anderen?«

»Volarion verschwand im großen Himmelskrieg. Man sagt, er und der Erzengel Raphael töteten sich gegenseitig. Und dann, nach Raphaels Tod, strömten die Dämonen ungehindert auf die Erde. Volarion war der Krieger und Leibwächter Luzifers.«

Adriana schluckte. Erzengel Raphael … Sie zog ihre Jacke enger um sich. Die Nacht wurde zunehmend frostiger.

»Und wohin gehen Dämonen und Erzengel nach ihrem Tod?«

»Ihre Seelen gehen dorthin, wohin sie gehören. Bis zu ihrer Wiedergeburt, nehme ich an.«

»Wie meinst du das?«

»Na ja, also ich würde zum Beispiel mal annehmen, dass Volarions Seele, also quasi sein Geist, nach seinem Tod direkt in die Felder des Wahnsinns geschickt wurde. Zumindest hoffe ich das. Bei den Feldern handelt es sich um einen der sieben Bereiche der Hölle.«

Oh. Das klang kompliziert.

»Aber zurück zu Luzifers Söhnen: Da gibt es noch Ahel, den Lieblingssohn Luzifers, der sein engster Diener ist.«

So ist das also, dachte Adriana. *Eine große, glückliche Familie …*

»Kommst du nun mit mir mit?«, wollte er wissen.

Adriana blinzelte. »Wozu? Was könnte ich schon tun? Ich bin ein einfacher Mensch, ohne Flügel, Muskeln oder Feuerbeschwörerkräfte.«

Auf einmal durchzuckte sie ein schrecklicher Gedanke: Was war, wenn sie selbst zum Alpha-Dämon werden musste, um Luzifer aufzuhalten? Als Mensch hatte sie ja praktisch keine Chance gegen ihn oder seine Anhänger. Was war, wenn dieses Höllenfeuerlied recht hatte und nur sieben Halbblüter Luzifer aufhalten konnten? Kein menschliches Militär, aber Adriana, nachdem sie ihre dämonischen Kräfte aktiviert hatte? Aber dazu musste sie einen Menschen töten, konnte sie das tun? Wollte sie so werden? Ein Menschenleben opfern, um das von Hunderttausenden zu retten, die von Dämonen gefressen werden würden, wenn demnächst jede Nacht zur Dämonennacht werden würde? Die Klarheit ihrer Gedanken überraschte sie selbst. Es war einer dieser Momente, die man nie im Leben vergaß. Eine Offenbarung. Eine Schicksalswendung.

Mitten in ihren Überlegungen legte sich eine Stille über sie und den Wald vor der Kirche, die irgendwie friedlich wirkte. Und dann, bevor sie ganz verstand, was los war, fiel der erste Schnee. Flocken von der Größe von Golfbällen schwebten zu Boden, landeten in den Baumwipfeln des dunklen Walds und natürlich auch auf Cruz, der das Spektakel mit großen Augen betrachtete. Fasziniert streckte der Dämon die Arme aus und ließ die Schneeflocken auf seiner Haut landen. Sie verfingen sich in seinen Haaren und seiner Fellweste, sodass sich Adriana bei seinem Anblick merkwürdigerweise sofort an das Kinderbuch »Narnia« erinnert fühlte. Dort fand sich am Anfang des Abenteuers ein Mädchen in einer verschneiten Welt voller Faune und sprechender Löwen wieder.

»Sieh dir das an!«, freute sich Cruz. »Seit ich ein Dämon bin, habe ich keinen Schnee mehr gesehen.«

Eine Weile starrte er gebannt auf die Flocken, drehte sich in regelmäßigen Abständen in der Luft um sich selbst, fast wie ein kleines Kind.

In der Zwischenzeit versuchte Adriana ihre Gedanken zu sortieren, was gar nicht so leicht war, denn langsam begann sie trotz Jacke zu frösteln. Immerhin war das Dach über dem Turm noch erhalten.

Seufzend warf sie Cruz einen Blick zu. Aber der war immer noch ganz mit sich selbst und dem Schnee beschäftigt. Irgendwie war das ja schon niedlich.

Jetzt hob Cruz eine Hand und fuhr sich damit durch die Haare, die durch den Schnee feucht glänzten und ihm verwegen in die Stirn fielen.

Ohne es zu merken, biss sich Adriana auf die Lippe.

Komischerweise erwiderte er auf einmal ihren Blick, lächelte sie ein paar Herzschläge lang an, bis sich ihre Blicke erneut ineinander verhakten. Unfähig, sich loszureißen, starrte sie ihn an. Etwas zupfte an ihren Gedanken. Diese Blicke waren falsch. So etwas gehörte sich nicht, war vulgär, geradezu verboten. Warum fühlte es sich dann nur so vertraut an, ihn anzusehen? Weiterhin rieselte der Schnee gleichmäßig auf ihn herunter. Wenn der Schnee nicht wäre, hätte Adriana das Gefühl bekommen, die Zeit sei stehen geblieben.

Irgendwann zog der Dämon an seiner Fellweste, um die Schneeflocken wie Frau Holle von dem Stoff abzuschütteln.

Augenblicklich vergaß Adriana zu atmen. Ihr Blick glitt an ihm hinunter. Wo bitte bekam man in der Hölle so einen Oberkörper her? Stemmte er den ganzen Tag Omega-Dämonen? Dieser muskulöse Körper mit der leicht lila Färbung verdrehte alle ihre Gedanken. Und warum zum Teufel konnte sie schon wieder nicht den Blick von Cruz abwenden? Fast glaubte sie ein Déjà-vu zu erleben. Hitze stieg in ihr auf, und sie war sich sicher, dass ihre Stirn geradezu rot glühte. Sie hatte wirklich Probleme. Müsste sie sich nicht um ganz andere Dinge Gedanken machen?

Als ihr Gehirn dann doch noch Sauerstoff verlangte, atmete sie keuchend ein. Im selben Moment bemerkte sie, dass sie ohne es bewusst zu registrieren ihre Taschenlampe auf Cruz' beeindruckende Brustmuskeln gerichtet hatte, weshalb sie sich beeilte, so schnell wie möglich den Lichtschein zu löschen. Was sich mit zitternden Fingern jedoch schwieriger gestaltete als gedacht. Die Dunkelheit, die auf das leise Klicken des Aus-Schalters folgte, legte sich wie eine schützende Decke um Adriana. Das war gut. Jetzt konnte man schon fast nicht mehr jedes Detail an Cruz' Körper erkennen. Besser, sie machte noch ein paar Schritte rückwärts. Die fünf Schritte, die sie momentan voneinander trennten, schienen einfach nicht genug zu sein. Trotz dieses Vorsatzes bewegten sich ihre Füße kein Stück.

Cruz, der sich gerade wie in einer Duschgelwerbung mit den Händen über den Oberkörper gefahren war, hielt inne.

»Ist irgendwas? Oh, dir ist wahrscheinlich kalt?« Er verzog das Gesicht, als könne er nicht fassen, dass ihm das nicht früher aufgefallen war.

»Ja … ja, eiskalt«, brachte Adriana stockend hervor, die sich gerade eher wie in einem Backofen vorkam, aber das hätte sie niemals, noch nicht mal unter schlimmster Folter zugegeben.

Mit einer einzigen Handbewegung entzündete Cruz die letzten Kerzenstummel am Rand der Fensterbank, die irgendwann während Ivans Besuch erloschen waren. Das war nett und doch … sie wünschte, er würde einfach verschwinden. Die widersprüchlichsten Gefühle, irgendetwas zwischen Hoffnung und Verwirrung, pochten in ihrem Innersten und Adriana wusste nicht, wie lange sie das noch ertragen konnte.

Für einen Moment schloss sie die Augen.

»Adriana, sieh dir das an!« Sein Rufen veranlasste sie automatisch dazu, die Augen wieder zu öffnen. Im nächsten Moment hob er beide Arme nach oben, was sämtliche Schneeflocken, die vor Adriana zu Boden rieselten, in Flammen aufgehen ließ. Sie riss die Augen auf. Wow! Wie ein Vorhang aus Miniglühbirnen bewegte sich das Schneegestöber abwärts. Kleine Flammen anstelle von Schneeflocken segelten nach unten, bevor sie sich in Regen auflösten und auf den Boden unter ihr einprasselten. Magisch. Wie Wunderkerzenfunken. Sie konnte ihren Blick kaum von dem brennenden Lichterschnee lösen. Und von Cruz, der sie anstrahlte.

»Wie machst du das?«

»Manchmal hört das Feuer auf mich«, meinte Cruz verlegen, »ich kann ihm befehlen, heiß oder beinahe eiskalt zu brennen.«

Während er sprach, warf das Schauspiel flackernde Schatten auf sein Gesicht. Weiterhin lächelte er sie direkt an, nahm den Blick nicht von ihr, während sie dieses ungewöhnliche Schneetreiben betrachtete. Brennender Schnee! Physikalisch unmöglich. Gleichzeitig versuchte sie sich zu zwingen, nicht den Blick zu heben. Keinesfalls konnte sie ihn jetzt auch nur eine Sekunde ansehen, denn sie wusste, wenn sie noch ein paar Herzschläge länger in seine Strahle-Lausejungenaugen sehen würde, liefe sie Gefahr, etwas unvorstellbar Dummes zu tun. Der Zauber des Schneespektakels zusammen mit seinen offenen Blicken hatte etwas in ihr gelöst. Etwas Warmes war wie durch einen gebrochenen Damm in ihr Innerstes geströmt. Aber sie konnte einfach nicht.

Nein, Adriana zwang sich, daran festzuhalten, dass man sich niemals in einen Dämon, in eine Killermaschine verlieben konnte. Niemals. Und überhaupt nur daran zu denken sollte sie wirklich mehr erschrecken, als es gegenwärtig tat.

Stattdessen begann sie wie automatisch Zeichen auf den schneebedeckten, steinernen Sims zu malen. Einfach aus einer Laune heraus. Ohne Sinn.

Neben ihr leckte Tequila einen Teil des Schnees auf. Eis für Hunde. Sie musste lächeln. Immerhin hielt der heilige Boden Cruz davon ab, zu ihr hereinzukommen. Die letzte Distanz zwischen ihnen zu überwinden. Seine körperliche Nähe würde sie jetzt nicht ertragen können. Nur mit sehr viel Mühe sortierte sie ihre Gedanken. Allem Anschein nach schützten seine Feuerbeschwörerkräfte Cruz nicht davor, von heiligem Boden verbrannt zu werden, denn der Dämon achtete stets penibel darauf, genau am Rand der Kapellenmauer auf und ab zu flattern.

»Und, was sagst du? Wollen wir zu zweit losziehen und die Welt retten? Wenn es gut läuft, könnten wir Luzifer stürzen und danach über die Hölle herrschen. Mr und Mrs Luzifer die zweiten.« Er lachte sein glucksendes Lachen, das sich vor Freude beinahe überschlug. Die Feuerschneeflocken erloschen, als er die Hände sinken ließ, um sie anzustrahlen.

»Was?« Bei dieser letzten Bemerkung hielt Adriana in ihrer Bewegung inne. Hatte Cruz gerade wirklich ausgesprochen, was sie glaubte, gehört zu haben? Ungläubig riss sie die Augen auf. Doch als Cruz weiterhin bei der Vorstellung kicherte, dass sie beide die neuen Herrscher über die Hölle werden könnten, begriff sie, dass er nur einen Scherz gemacht hatte. Mit bebenden Nasenflügeln lehnte sie sich mit der Hüfte gegen das Fenstersims, stemmte die Hände rechts und links in die Schneeschicht, sodass die Herzen und Blitze, die sie gemalt hatte, beinahe alle verwischt wurden. Komischerweise hatte sie heute den ganzen Tag über noch kein einziges Mal an Eloy gedacht. Eloy, der ihr in den letzten Monaten nicht mehr aus dem Kopf gegangen war, sich wie ein süßer Refrain in ihre Seele gegraben hatte. Nun ja, wie es schien, war dieser Ohrwurm tot. Zeit, eine neue Platte aufzulegen. Es gab schließlich noch genügend andere nette menschliche Jungs auf dieser Welt, vorausgesetzt, sie endeten während der anstehenden dauerhaften Dämonennächte nicht als Dämonenfraß. Ein weiterer Grund, diese Verdunklung aufzuhalten.

Mitten in ihrem inneren Monolog, der mehr in eine Moralpredigt ausartete, passierte es. Bevor Adriana wusste, wie ihr geschah, bröckelten die Steine vor ihr. Was …? Ohne es aufhalten zu können, kippte Adriana samt der gemauerten Wand nach vorn, aus dem zweiten Stock auf den Abgrund zu. Vor Schreck riss sie Mund und Augen auf, ruderte mit den Armen in der Luft herum. Hinter ihr bellte der Hund. Wie man immer sagte, zogen in dieser Sekunde noch einmal alle einschneidenden Erlebnisse der vergangenen Jahre an ihr vorbei. Gerade als sie bei dem letzten Weihnachtsfest mit ihrer Mutter angekommen war, griffen zwei starke Arme nach ihr. Cruz hatte sie aufgefangen! Sie war nicht tot. Schwebte nur wenige Handbreit über dem Boden. Er hatte sie gerettet! Ungläubig blinzelte Adriana zu ihm nach oben, während sie sich an seine Brust gelehnt wiederfand.

Und dann schrie Cruz los. Schrie unter Todesqualen, als sich seine Flügel rechts und links von Adriana entzündeten.

7

Im ersten Moment konnte es Adriana nicht fassen. Cruz war auf heiligen Boden geflogen, um sie zu retten! Jetzt sanken sie gemeinsam aufs Gras, direkt vor dem schmiedeeisernen Tor, während Cruz' Flügel brannten. Wie im Wahn schrie er weiterhin, ohne Luft zu holen.

Das Geräusch drehte Adriana den Magen um. Gewissermaßen erinnerte es sie an den Schrei von Werwölfen in einschlägigen Fantasyfilmen, wenn sie sich unter Schmerzen in einer Vollmondnacht verwandelten.

»Cruz!« So schnell es ging rappelte sie sich auf. Der Dämon musste hier weg! Runter von dem geweihten Boden.

Doch er schien sie nicht zu hören, sondern warf sich noch immer mit geschlossenen Augen hin und her, wobei er wie am Spieß schrie. Das Feuer hatte inzwischen den kompletten Rand seiner Flügel in Brand gesteckt und sein Körper dampfte. Sofort war ihr klar, dass sie selbst es nicht schaffen würde, Cruz hier wegzubringen. Sie würde ihn niemals bis zur Grenze tragen oder ziehen können. Es gab nur eine Chance. Er musste sich selbst retten!

»Hey!« Obwohl sie Angst davor hatte, sich zu verbrennen, ließ sich Adriana neben ihm auf die Knie fallen, nur ein paar Handbreit vom Feuer entfernt, sodass ihre rechte Körperhälfte von Hitze durchflutet wurde. »Cruz! Du musst dich konzentrieren! Befiehl dem Feuer, ohne Hitze zu brennen. Komm schon, ich weiß, du kannst das!«

Keine Reaktion.

»Cruz, streng dich an!«

Wieder schlug er einfach nur um sich, traf sogar beinahe ihre Nase.

Adriana setzte sich kurzerhand auf seine Brust, presste ihre Knie gegen seinen Oberkörper, damit sie ihn halbwegs fixieren und von ihm nicht ins Feuer geworfen werden konnte. Gleichzeitig nahm sie seinen Kopf in beide Hände. Rechts und links von ihr loderte das Feuer. Wenn er noch mehr herumzappelte, würde Cruz sie in die Flammen werfen. Doch dieses Risiko ging sie ein. Er war ein viel größeres für sie eingegangen. Sie verstärkte den Druck ihrer Finger an seinen höllenheißen Wangen.

»Hör mir zu: Konzentrier dich. Lass das Feuer kalt brennen. Das Feuer, Cruz!«

Endlich schlug Cruz die Augen auf, kurz bevor das Feuer auf seinen Körper übergriff. Irisringe so dunkel wie Tunnelschächte starrten sie in einer Mischung aus Erstaunen, Respekt und Bewunderung an.

»Reiß dich zusammen!«

Und dieses Mal verstand er, was sie meinte. Einen halben Herzschlag später spürte Adriana die Hitze des Feuers nicht mehr. Zwar standen Cruz' Flügel noch immer komplett in Flammen, doch mehr als ein kalter Nachtwind war nicht mehr zu spüren. Schnee rieselte auf die beide nieder, verflüchtigte sich jedoch in Adrianas Atem.

»Der Teufel soll mich holen!«, keuchte Cruz. Unter ihr hob und senkte sich seine Brust rasselnd.

»Nein, lieber nicht.« Komischerweise rang sie genau wie er nach Atem.

Er starrte sie weiterhin an. Ach ja, richtig. Sie saß immer noch auf ihm wie ein Sanitäter bei einer Mund-zu-Mund-Beatmung. Mit gemischten Gefühlen löste sie ihre Hände von seinem Gesicht, aber aus irgendeinem Grund wollten ihr ihre Augen nicht gehorchen. Den Mund leicht geöffnet und pfeifend atmend, starrte er zurück. Wieder schien es so, als würden sich ihre Blicke ineinander verhaken. Als würde der Rest der Welt um sie herum zu einem unwichtigen Knäuel aus verwischten Farben verschwimmen. Als gäbe es nur noch sie und den Dämon mit den in Flammen stehenden Flügeln auf der Welt.

»Danke, dass du mich gerettet hast«, flüsterten sie gleichzeitig. Das brach den Bann. Nach einem leisen Kichern rollte sich Adriana von ihm herunter, immer darauf bedacht, nicht die Flammen zu berühren. Nach der ganzen Aufregung traute sie der Standhaftigkeit ihrer Beine noch nicht, entschloss sich, kurz auf dem Rücken liegen zu bleiben, bis sie sich beruhigt hatte.

Nach einiger Anstrengung schaffte es auch Cruz, das kalt brennende Feuer zu löschen, indem er sich hin- und herwälzte. Soweit Adriana das in der Dunkelheit beurteilen konnte, war nicht mehr viel von den prachtvollen lilafarbenen Flügeln übrig geblieben. Auf einmal wirkten sie nur noch wie mottenzerfressene Fledermausflügel, kohlrabenschwarz.

Keuchend blieb er neben ihr ebenfalls auf dem Rücken liegen und sah wie Adriana zu den Sternen hinauf. Um sie herum ein Ring aus Schnee und Mauerresten. Nur der Boden direkt unter ihnen strahlte noch die Wärme des Feuers ab, hier und da verglühte ein Grashalm und zerfiel zu Asche.

Während sich ihre Brust im selben Tempo wie seine hob, versuchte sie ihre zitternden Glieder zu beruhigen. Mit aller Kraft befahl sie sich selbst, sich nur noch auf den Sternenhimmel über ihr zu konzentrieren. Und auf die einzelnen Schneeflocken, die auf sie niederrieselten.

Ihr Sturz. Und Cruz.

Wieder und wieder sah sie sein Gesicht vor sich, das tiefe Bewunderung für sie ausdrückte und die dunkelsten Augen der Welt beherbergte.

Über sich selbst erschrocken, entfuhr Adriana ein piepsiger Keuchlaut, was Cruz dazu veranlasste, sich zu ihr umzudrehen.

»Alles in Ordnung, bist du verletzt?« So, als würde er sich große Sorgen um sie machen, griff er nach ihrer Hand. Und da passierte es: Ein Stromstoß durchfuhr sie, in Adrianas Ohren klingelte es, dann sah sie plötzlich nur noch ein goldenes Blitzen vor sich anstelle der dunklen Nacht. In schneller Abfolge durchzuckten mehrere Bilder ihren Geist, liefen vor ihrem inneren Auge ab wie der Zusammenschnitt eines Films:

Cruz, wie er sie im Arm hielt, während sie über die Stadt flogen. – Sie, wie sie auf Cruz' Brust auf dem Waldboden lag, sie küssten sich, wobei er seine Flügel um sie geschlungen hatte. – Cruz und sie, die ein Heer, das aus Halbdämonen, Alphas und anderen geflügelten Wesen bestand, anführten. – Cruz, der neben ihr auf einem Thron in der Hölle saß, während sich Dämonen vor ihnen verneigten und gleichzeitig etwas Dunkles nach ihnen griff.

Nein! Ihr eigener Schrei holte sie ins Hier und Jetzt zurück.

Was war das gewesen? Ein Traum? Eine Vision? Auf einmal fiel ihr wieder ein, dass Cruz von einem Traum gesprochen hatte. Wie er die Engel zurückbrachte. War das so ein Halbdämonending? Träume von der Zukunft zu entwickeln? Und wurden die dann tatsächlich auch wahr? Oh nein, bitte nicht … Ein zweites Mal innerhalb von vierundzwanzig Stunden stand sie kurz davor zu hyperventilieren.

»Hey, beruhig dich. Es ist alles in Ordnung. Was hast du nur?« Cruz hatte sich über sie gebeugt, beide Hände ruhten auf ihren Schultern. Sein Blick ließ ehrliche Besorgnis erkennen. Dann hatte er es also nicht gesehen. Nicht all das Dunkle, das auf sie zukam … Ohne es zu wollen, füllten sich ihre Augen mit Tränen. Das eben war eine deutliche Warnung gewesen, vielleicht von den Engeln selbst geschickt. Der goldene Blitz zu Beginn der Vision ließ zumindest darauf schließen. Tief im Inneren wusste sie, dass sie damit richtiglag. Und es hieß ganz eindeutig: Sie musste Cruz unbedingt auf Abstand halten, sonst würde es noch übel für sie beide ausgehen.

Gerade so, als würden seine Hände auf ihren Schultern ihr Unbehagen bereiten, schüttelte sie ihn ab. Für einen Moment flackerte sein Blick, dann ließ er sie jedoch los.

Hatte sie da etwa Enttäuschung in seinen Augen aufflammen sehen? Und wenn schon.

»Du kniest auf heiligem Boden«, lenkte sie ihn mit einer nicht ganz so unoffensichtlichen Tatsache ab.

»Ja.« Cruz sah an sich herunter. »Muss wohl immun geworden sein.« Ungläubig richtete er sich auf, machte dann einen Schritt zur Seite. Nichts passierte. Kein Fünkchen, kein Rauch, noch nicht mal eine klitzekleine Flamme zeigte sich. Ganz langsam ließ Adriana ihren Blick über ihn gleiten. Hatte es so etwas in der Geschichte der Welt schon einmal gegeben?

»Das ist erstaunlich«, murmelte Cruz.

Aber wie war das geschehen?

Einfach nur durch das Beherrschen des Feuers? Oder … Adriana rappelte sich auf, legte den Kopf in den Nacken. Von oben rieselten ihr die Schneeflocken ins Gesicht, die sich unnatürlich hell vor dem Nachthimmel abzeichneten. Oder hatte da eine höhere Macht ihre Finger im Spiel? Cruz war immun gegen den Schutz der Kirchen. Eigentlich passte es ihr so gar nicht, dass Cruz dadurch theoretisch jede weitere Dämonennacht an ihrem Schlafplatz verweilen konnte. Allein bei diesem Gedanken glühten ihre Wangen heißer als Cruz' Brust noch Sekunden zuvor. Langsam fühlte sie sich wie eine Schachbrettfigur auf einem Feld voller ständig auftauchender neuer Geheimnisse und Katastrophen. Und zu allem Überfluss schien es auch noch ihre Aufgabe zu sein, Luzifer aufzuhalten, der die Dämonentage »verlängern« wollte wie einen Urlaub in der Karibik. War sie in diesen Dämonennächten zu einem Spielball höherer Kräfte geworden?

Ein weicher Körper, der um ihre Beine strich, riss sie aus ihren Gedanken. Es war Tequila, der sich an sie gedrückt hatte. Zutraulich leckte er ihr über die Hand, schnupperte dann in Richtung des Dämons.

Inzwischen hatte Cruz die Untersuchung seiner völlig verkohlten und vom Feuer zerfetzten Flügel abgeschlossen.

»Tja, da werde ich wohl zurück zum Höllentor laufen müssen.«

»Besser, du machst dich gleich auf den Weg. Nicht, dass die

Sonne dich überrascht.« Zugegeben, ein etwas übertriebener Hinweis. Sicherlich hatte er noch um die neun Stunden Zeit bis zur First Daylight Hour.

Vielleicht bildete sie sich das in der Dunkelheit ein, doch Adriana meinte, einen Schatten über sein Gesicht huschen zu sehen. Aus irgendeinem Grund schien ihn ihre Ablehnung hart zu treffen. Doch daran würde er sich gewöhnen müssen. Was dachte er denn? Sollte es wirklich ihre Bestimmung sein, Luzifer aufzuhalten, dann würde sie das in Gottes Namen tun. Wenn es sein musste! Allerdings brauchte er gar nicht zu glauben, dass … dass … Adriana verschränkte die Arme vor der Brust. Jedenfalls: Nach dem Ende dieser Mission konnte Cruz sich ja in die Hölle verziehen und alleiniger Herrscher werden – oder Moment mal: Wollte er nicht wieder ein Mensch sein? Ja, dann sollte er eben … Ach sie wusste es doch auch nicht!

Um ihn nicht ansehen zu müssen, wandte sie sich demonstrativ von ihm ab. Trotzdem sah sie weiterhin nur sein Bild vor sich. Cruz als Mensch … Cruz als Dämon. Cruz als Mensch. Das Bild wechselte.

»Na gut. Aber vorher richte ich dir noch ein Lagerfeuer her«, verkündete eine warme Stimme hinter ihr.

Gute zehn Minuten später war das erledigt und ein Feuer wärmte ihren Rücken. Obwohl ihn seine Flügel quälen mussten, hatte er Holz für sie herangeschafft und fein säuberlich aufgestapelt.

»Ich versuche einen Heiler aufzutreiben. Morgen Abend sollten wir uns wieder hier treffen, um unsere Pläne zu besprechen.« Er senkte die Stimme. »Wenn du Zeit hast, könntest du vielleicht in Erfahrung bringen, wo sich Halbblüter und mögliche Verbündete aufhalten könnten. Ich weiß nur von einer einzigen Halbdämonin, die in Luzifers Palast lebt. Google am besten nach Hinweisen, wer Gerüchten zufolge einen Dämon als Elternteil hat.«

»Du kennst Google?«

»Was glaubst du, wie ich gestern Nacht deinen Namen herausgefunden habe? Es gibt Computer in diesem Heim für Alkoholiker und ich weiß, wie man sie bedient.«

Adriana nickte, ohne sich umzudrehen. Sie konnte ihn jetzt einfach nicht ansehen. Aus irgendeinem Grund hatte sie plötzlich Angst davor, dass er ging und sie allein ließ. Dutzende widersprüchliche Gefühle waberten durch ihren gesamten Körper. Sie schluckte, bohrte sich selbst die Fingernägel in die Handballen.

Eine Weile blieb alles still. Cruz verharrte regungslos, so als hoffte er, dass sie doch noch etwas sagen würde.

Letztendlich gab er es jedoch auf, denn irgendwann hörte sie ihn über die niedrige Mauer klettern.

»Bis morgen, Adriana.«

Als seine Schritte im Wald immer leiser wurden, drehte sie sich doch noch zu ihm um, erhaschte einen letzten Blick auf den Dämon mit den verkohlten Flügeln, der mit gesenktem Kopf zwischen den Bäumen verschwand. Ein Teil von ihr drängte sie, ihm nachzulaufen, den verletzten Cruz zu begleiten, der andere Teil wollte schreiend in die entgegengesetzte Richtung flüchten, so weit weg von ihm, wie es nur ging. Doch da nichts davon möglich war, schließlich war es einfach zu gefährlich, den geweihten Boden der Waldkapelle zu verlassen, tat sie nichts davon. Blieb einfach reglos stehen. Tequila jaulte leise, so als fände er diesen Abschied von Cruz auch kein bisschen lustig. Immerhin wärmte sie nun ein Feuer und es hatte aufgehört zu schneien.

Morgen würde Cruz zu ihr zurückkehren. Das hatte er zumindest angekündigt. Und jetzt konnte er auch heiligen Boden betreten. Er würde ihr so nahe kommen, wie er wollte, und Adriana konnte nicht das Geringste dagegen tun. Also: War es klug, morgen in der dritten Dämonennacht wieder diesen Ort aufzusuchen? Aber wo sollte sie sonst hin? Als Halbdämon würde sie nur andere in Gefahr bringen. Oder war sie morgen wieder vor Cruz geschützt? Nein, das konnte nicht sein. Auf irgendeine Art hatte der Dämon Gottes Gunst erlangt, wahrscheinlich indem er sie so selbstlos vor dem Tod gerettet hatte. Gott hatte ihm vergeben wie all den Sündern, die bereuten, und nun hatte Cruz sich den Zutritt zu heiligem Boden gesichert. Womit er wohl der einzige Dämon auf der Welt war, der so etwas tun konnte. Und er war darüber hinaus sicherlich der einzige Dämon, der wieder ein Mensch sein wollte. Und war Cruz' Plan, ein Mensch zu werden, indem er Luzifer aufhielt, tatsächlich realistisch?

Adriana war ja auch dafür, Luzifer aufzuhalten. Vor allem, wenn der daran arbeitete, jede Nacht die Tore zur Hölle zu öffnen, aber würde diese noble Tat ausreichen, um Cruz wieder in einen Menschen zu verwandeln, so wie er es geträumt hatte?

Cruz hatte sie aufgefangen ... Für einen Moment wurden Adrianas Augenlider schwer, während sich eine kribbelnde Wärme in ihrem Magen ausbreitete. Cruz ... mit seinen dunklen Augen. Wie er sie angesehen hatte, kurz bevor er in Flammen aufgegangen war. Und wie er danach mit ihr gesprochen hatte ... Die Wärme in Adrianas Magen breitete sich bis zu ihrem Herzen aus. Warum zum Teufel musste er ein Dämon sein? Und warum musste ausgerechnet sie ein Halbdämon sein? Mit wem hatte sich ihre Mutter da nur eingelassen? Nein, darüber wollte sie lieber nicht zu genau nachdenken. Dennoch: ein unerträgliches Erbe. Ihre Schultern sackten nach unten, bevor sie seufzend auf dem Absatz kehrtmachte, das Feuer umrundete, um sich schließlich gegen die Kapellenmauer gelehnt niederzulassen. Gleich neben dem Eingang, sodass sie bei Bedarf schnell hineinlaufen konnte. Am Rande registrierte sie, dass sie eine erstaunliche Klarsicht auf die Dinge besaß. Erschreckend beinahe. Ob es allen übernatürlichen Wesen der Hölle so ging? Leise winselnd legte ihr Tequila den Kopf auf die Knie, nieste dann so niedlich, wie nur Hunde es konnten. Automatisch hob sie eine Hand, um den Hund zwischen den Ohren zu kraulen. Eine inzwischen so vertraute Bewegung. Etwas raschelte in ihrer Jackentasche. Mit der freien Hand angelte sie nach dem Dämonenflyer, klemmte ihn sich zwischen die Knie und scannte dann den letzten CR-Code ab.

Die Stimme des dazugehörigen Programms begann ohne Umschweife loszuleiern:

»Omega-Dämonen sind die für den Menschen ungefährlichste Dämonenart. Sie vertragen noch kein Fleisch, essen nur Gras und Baumrinde, bis sie alt und stark genug werden, um zu Deltas aufzusteigen. Sie können nicht sprechen.«

Pling!

»Aussehen: Omegas ähneln mit Teddybärfell überzogenen Bällen. Sie haben hellblaue Knopfaugen, winzige Beine und kurze Arme, wodurch sie mehr rollen oder hüpfen als laufen. Sie folgen ihrem Dämonenclan bedingungslos überallhin.«

Der Mini-Omega grinste Adriana an. Fast erinnerte sein Blick sie an den eines aufgeregten Hündchens in Kürbisform, das Stockwerfen spielen wollte.

Adriana seufzte und schob dann den Flyer zurück in ihre Jackentasche. Irgendwann heute Nacht musste sie auch noch ihre Sachen aus dem Turm holen. Und das möglichst so, dass nicht noch mehr Gebäudeteile unter ihr zusammenbrachen. Aber das war eigentlich nebensächlich. Denn Adriana hatte einen Entschluss gefasst. Sie würde Cruz dabei unterstützen, die anderen Halbblüter zu finden. Sie würde gemeinsam mit ihm verhindern, dass Luzifers Dämonen die Menschen überrollten. Wenn niemand sie aufhielt, war das der Weltuntergang, der Tag des Jüngsten Gerichts. Menschen wie Rico würden sterben. Großer Gott, Rico! Bei dem Gedanken an ihren besten Freund wurde ihr Herz schwer. Rico durfte sein Bein nicht verlieren. Ansonsten war das alles ihre Schuld! Gleich nach Sonnenaufgang würde sie nach ihm sehen. Aber selbst wenn, an Ricos Zustand konnte sie momentan sowieso nichts ändern.

Im Gegensatz zu Cruz' Mission. Hier konnte sie eventuell etwas bewirken. Ja! Sie würde Cruz dabei unterstützen, die Menschheit vor den Dämonen zu retten, und damit auch Cruz' Wunsch, wieder ein Mensch zu werden.

Aber wenn du ein Dämon werden musst, um ihm zu helfen, was ist dann?, fragte eine leise Stimme in ihrem Kopf.

Okay, das war ein relativ harter Korb gewesen. Aber was hatte er auch erwartet? Dass dieses wunderhübsche Mädchen sich in ihn – einen Dämon – verlieben würde? Das war unmöglich und auch irgendwie krank. Zumindest aus ihrer Sicht musste es das sein. Schließlich war er schon lange kein Mensch mehr – sondern ein abstoßendes Monster. Der Gedanke verursachte ein schmerzhaftes Ziehen in seiner Brust. Und doch hatte er es genossen. Ihre Nähe zu spüren. Dieses verschlossene Mädchen mit den durchdringenden dunklen Augen und der glänzenden, tiefbraunen Haarmähne zu berühren. Aber er hatte es verbockt. Vielleicht hätte er als Mensch eine Chance bei ihr gehabt. Aber nicht so. Niemals so. Seufzend beschleunigte er seine Schritte. Seine Flügel waren hinüber, fühlten sich leblos und irgendwie störend auf seinem Rücken an. Als wären sie kein Teil mehr von ihm. Doch er musste sie unbedingt wieder hinkriegen, notfalls mit Höllenmagie, denn er brauchte sie für den Krieg gegen Luzifer. Und er brauchte Adriana. Sie musste sich einfach dafür entscheiden, mit ihm zu kommen. Sie war kein richtiger Mensch, in ihren Adern floss Mischblut, das konnte er wie jeder der anderen Dämonen riechen. Sie war so wie er. Halb Dämon, aber mit einer überwiegend menschlichen Seele. Gemeinsam konnten sie diesen Wahnsinn, den Luzifer plante, verhindern. Seufzend sog er Luft durch seine Nasenflügel.

Er selbst hatte immerhin noch seine menschliche Seele behalten, aber er wollte darüber hinaus auch seinen menschlichen Körper zurück. Und dann … Vielleicht konnte er dann Adriana um ein Date bitten. Vorausgesetzt, sie überlebten beide die nächsten Tage …

Zu Fuß brauchte er bis zum Höllentor fast zwanzig Minuten. Diese elenden, zerfetzten Flügel! Leider wusste er nicht, ob es irgendwo noch ein anderes Tor in Portland gab, wahrscheinlich schon, denn Ivan schien ein anderes zu nutzen. Das musste er unbedingt herausfinden.

Das Tor, das Cruz aufzusuchen pflegte, lag im Herzen des Parks in einer kleinen Höhle versteckt. Man musste durch die tief hängenden Wurzeln hindurchtauchen und schon sah man die schimmernden Umrisse des Tors, fast wie blaue Flammen an einem Kerzendocht. Der Eingang zur Hölle.

Schlecht gelaunt und mit zuckenden Flügelspitzen schlüpfte er durch das blaue Lichttor, das nur an den Dämonentagen geöffnet war. Vorerst zumindest.

Die gewohnte Hitze schlug ihm entgegen und brannte auf seinen zerschlissenen Flügeln. Die kalte Nachtluft auf der Erdoberfläche hatte ihn den Schmerz nicht so stark fühlen lassen.

So schnell Cruz' Beine ihn trugen, lief er in dem diffusen orangefarbenen Licht weiter, immer in Richtung des Palasts von Luzifer.

Die Hölle war ein seltsamer Ort. Eine Art riesige Höhle, die kein Ende nehmen wollte.

Nach etwa zwanzig Minuten, in denen er über kargen Höllensand gehastet war, hielt Cruz inne, um Luft zu holen. Die Hitze strömte in seine Lunge, verbrannte ihn fast von innen. Keuchend sah er sich um. Während seines Lebens als Mensch hatte er sich gerne die »Herr der Ringe«-Filme angesehen. Entweder war der »Herr der Ringe«-Regisseur selbst ein Dämon oder er hatte eine ausführliche Besichtigungstour hier unten gemacht, so ähnlich wie die unterirdischen Schmieden von Isengard dem Vorhof der Hölle sahen.

Die echte Hölle war in sieben Bereiche aufgeteilt.

Der erste, äußere Bereich, der alle anderen wie ein Ring umschloss, war der Vorhof, den man durchqueren musste, um zu den inneren Bereichen zu gelangen. Luzifers Palast, der ganz in der Mitte lag, dort wo die Hitze herkam, war am weitesten vom Vorhof entfernt. Zwischen diesen Bereichen befanden sich die Felder des Wahnsinns, die Schmiede, die Folterkammern, die Dämonenbrutstätte und die heiligen Hallen der sieben Völker der Hölle.

Genau vor Cruz erstreckten sich heute die Felder des Wahnsinns, einer der schrecklichsten Höllenbereiche, denn hier schrien die gepeinigten Sünderseelen Tag und Nacht. Die Position der inneren Bereiche änderte sich alle paar Stunden. Nach Regeln, die nur die Hölle selbst kannte, gelangte man vormittags in den einen und nachmittags von derselben Stelle im Vorhof aus in einen ganz anderen der fünf inneren Bereiche. Das Ganze folgte keinem Muster. Wie rotierende Zahnräder in unterschiedlichen Größen bewegte sich alles um Luzifers Palast herum. Außerdem änderten sich die Breite, Tiefe und Form der inneren fünf Höllenbereiche ständig.

Immerhin hatte Cruz mittlerweile den äußeren Ring erfolgreich durchquert. Wenn man es falsch anstellte und in die verkehrte Richtung lief, konnte es passieren, dass man tagelang unterwegs war, bis man aus dem Vorhof heraus- und in einen anderen Bereich hineinfand.

Er wählte den schnellsten Weg durch die Felder, die sich direkt vor ihm auftaten, auch wenn er sie am liebsten umgangen hätte. Eine innere Unruhe, die ihm sagte, dass er keine Zeit verlieren und besser so schnell wie möglich zu Adriana zurückkehren sollte, trieb ihn zusätzlich an.

In den Feldern wogten neben den Seelen verdorrte Gerstenpflanzen umeinander. Auch um Cruz' Beine. Ohne ein Geräusch zu verursachen. Ganz im Gegensatz zu den Seelen der Sünder, die versuchten, nach ihm zu greifen, während sie in einer ohrenbetäubenden Lautstärke schrien, dass es ihm beinahe das Trommelfell zerriss. Cruz hatte alle Mühe, sich von ihnen loszureißen und nicht langsamer zu werden. Er konnte sowieso nichts für sie tun. Ganz davon abgesehen, dass diese Seelen hauptsächlich aus menschlichen Gewaltverbrechern bestanden, also somit auch keine Hilfe verdient hatten. Dennoch wurden sie nicht müde, ihm ins Ohr zu schreien, dass er bei Luzifer ein gutes Wort für sie einlegen sollte. Gerade wehrte Cruz eine besonders hartnäckige Seele ab, die im früheren Leben wohl ein dicklicher Mafioso gewesen sein musste, zumindest ließ das sein Aussehen mit dem Schnauzbart vermuten, als er das Ende der Felder in der Ferne erblickte. Den Feuern sei Dank. Die geisterhaften Seelen waren hier gefangen, konnten nirgendwo anders hingehen, bis Luzifer entschied, was als Nächstes mit ihnen geschehen sollte.

Das rettende Ende der Felder grenzte direkt an die Dämonenbrutstätte. Ehe Cruz sich versah, hatte er die nervenden Seelen gegen pulsierende Hitze und klebrige Baumstämme getauscht. Trotz des magischen Lichts, das flackernde Reflexionen verbreitete, herrschte in der Dämonenbrutstätte stets rötlich wabernde Dunkelheit.

Wie im Bauch eines Dämonen, überlegte Cruz. Doch so lief das nicht. In diesem Teil der Hölle wuchsen Omega-Dämonen heran, in kleinen Blasen, die an Baumstämmen hingen. Fast wie Haifischeier, die Cruz früher im Sealife-Aquarium gesehen hatte. Als er noch ein Mensch gewesen war.

Immer darauf bedacht, sowohl mit den Händen als auch mit den Flügelspitzen an nichts Klebrigem hängen zu bleiben, schlängelte sich Cruz durch dieses waldähnliche Gelände. Anstelle von Baumkronen erhoben sich ineinander verschlungene Wurzelknoten über ihm, welche die Dämonenembryonen mit Nährstoffen speisten, bis die Blasen irgendwann platzten und die Jungdämonen schlüpften. Und wenn es so weit war, wollte Cruz lieber nicht in der Nähe sein. Unglücklicherweise fühlten sich seine Füße schon nach kurzer Zeit so an, als wäre er einmal durch Honig gewatet.

Nach ein paar Hundert Schritten, erreichte er dann endlich den nächsten Höllenzirkel. So viel Glück hätte er sich heute gar nicht zugetraut: Es war Luzifers Palast, der sich da in der Ferne vor ihm erhob. Jetzt musste er nur noch einen Heiler finden …

Nach einem weiteren zehnminütigen Marsch unter der zermürbenden Höllensonne durch die Brutstätte und den Bereich der Wüstengärten um Luzifers Domizil herum erreichte er die steinerne Brücke, die über einen Graben voller Lava zum Palast führte. Die Kühle der Steine unter seinen Fußsohlen tat gut. Vielleicht sollte er sich demnächst Schuhe besorgen. Doch woher? Irgendwo einbrechen oder einen Schuhsammelcontainer knacken?

Ehe er sich weiter Gedanken um Schuhe machen konnte, erreichte er die schwere doppelflügelige Eisentür, in die schreiende Gesichter eingraviert waren, ähnlich dem Bild *Der Schrei* von Edvard Munch. Wahrscheinlich waren das sogar echte Seelen, gepresst in diese Tür, einfach aus einer Laune Luzifers heraus. Manchmal bewegten sie sich sogar, blinzelten im Zeitlupentempo, so als erfordere das Blinzeln als Metallgesicht eine Menge Kraft. Die Schreier, wie Cruz sie nannte, verschoben sich gelegentlich umeinander und sortierten sich neu, nach einem nicht nachvollziehbaren System.

Gerade wollte er die Tür aufstemmen, denn Alphadämonen war es gestattet, auch ohne Ankündigung einzutreten, da geschah etwas Merkwürdiges. Als er seine Hand auf die Tür legte, erwachte der Schreier links von ihm zum Leben, glühte feuerrot wie Eisen, das man zum Schmieden aus dem Feuer zog, blinzelte sogar in normalem, menschlichen Tempo. Die Stimme, die aus dem Mund des Schreiers kam, war jedoch die eines krächzenden alten Mannes. Langsam und bedächtig entfuhren die Wörter seinem Mund: »Sie ist in Gefahr, du bist in Gefahr.«

»Wie bitte?« Cruz' Kiefer zuckte. Der Schreier hatte zu ihm gesprochen. Das war noch nie zuvor passiert. Ein Schreier redete mit ihm! »Wer ist in Gefahr?« Die Information kam zu unerwartet, als dass sein Gehirn sie direkt hätte verarbeiten können.

»Das Mädchen. Das Mischblut! Die anderen magischen Pforten erzählen von eurem Schicksal.«

Mitten in der Bewegung hielt Cruz inne. Die rechte Flügeltür hatte er etwa zwei Daumenbreit weit geöffnet, während er mit dem Schreier auf der linken Flügeltür sprach.

»Adriana? Meinst du Adriana?« Was war hier los? Wollte der Schreier ihn warnen oder war das ein verdammter Trick?

»Die Höllenpforte sagt, Gefahr ist auf dem Weg zu ihr. Die Himmelspforte sagt …«

»Na, wen haben wir denn da?« In diesem Moment wurde die rechte Torhälfte von innen aufgerissen. Ein grinsendes, unnatürlich rot unterlaufenes Gesicht tauchte dahinter auf, was den Schreier sofort verstummen ließ. Das Glühen verlosch, als hätte man eine Kerze ausgepustet. So bewegungslos wie die anderen Schreier um ihn herum prangte er nun in der Metalltür, versuchte offenbar einen unschuldigen Eindruck zu erwecken.

Cruz spürte einen heftigen Drang danach, den Schreier zu schütteln, um ihn zu zwingen, weiterzureden. Um nichts in der Welt wollte er eine Information ungenutzt zurücklassen, die sein und Adrianas Schicksal betraf. Er musste wissen, welche Nachricht die Himmelspforte an die Palastpforte weitergegeben hatte. Offenbar waren sie miteinander vernetzt. Vielleicht konnte er später beim Betreten der Menschenwelt das Höllentor an der Grenze dazu befragen.

»Was ist jetzt? Willst du rein oder nicht?« Ahel musterte Cruz mit einem tückischen Grinsen. Ausgerechnet Ahel!

Langsam deutete Cruz ein Nicken an.

»Was führt dich hierher?«

Am liebsten hätte Cruz Ahel das überhebliche Grinsen aus dem Gesicht geschlagen. Aber er beherrschte sich.

»Ich wollte einfach mal Luzifers Lieblingssohn Guten Tag sagen. Und mir vielleicht ein Autogramm geben lassen.«

Zuerst blinzelte Ahel verwirrt, dann spannten sich seine roten Gesichtsmuskeln an und seine Augen glühten auf.

»Du hältst dich wohl für sehr witzig, was?«

»Auch mit Schmeicheleien kommst du bei mir nicht weiter, Ahel. Du wirst für immer nur mein drittliebster Teufelssohn bleiben.«

»Du!« Mittlerweile hatte Ahels Gesicht einen bedenklichen Purpurton angenommen, als er sich ihm ein Stück entgegenbeugte und den Kopf leicht drehte, als beäugte er eine potenzielle Mahlzeit. »Der Tag wird kommen, an dem dir deine Sprüche zurück in den Hals gestopft werden, während ich dabei bin, deine Leber zu fressen.«

»Schlechte Idee. Wenn ich an mein bewegtes Partyleben zurückdenke, ist meine Leber wohl eine Nummer zu stark für dich. Geh einfach zur Seite, Ahel. Ich finde denjenigen schon, zu dem ich will.«

»Wenn es Luzifer ist: Der ist beschäftigt!«, rief Ahel ihm hinterher.

Cruz ignorierte ihn. Nach diesem kleinen Spaß fokussierte er wieder sein eigentliches Ziel: Gesa. In den letzten Minuten hatte sich ein Plan in seinem Kopf geformt, den er jetzt in die Tat umsetzen wollte.

Seine Nase würde ihn zu der Alpha-Dämonin führen, die noch nicht ahnte, dass er im Anmarsch war, um einen Gefallen von ihr einzufordern.

Wie jedes Mal beschlich ihn in Luzifers Palast nach kürzester Zeit das Gefühl, beobachtet zu werden. Die massiven roten Marmorwände zogen sich durch alle Räume, aber manchmal glaubte er zu erkennen, wie sich die Muster im Stein verschoben. Hin und wieder passierte er auf seinem Weg durch die langen Gänge riesige Ölgemälde, die blutige Kriegsszenen zwischen Engeln und Dämonen zeigten.

An der ersten Flurkreuzung mit einem Blutspringbrunnen, bei dem das Blut direkt aus den Augen von kleinen, pummeligen Engeln schoss, führte Cruz' Nase ihn nach links. Gesa schien sich ganz in der Nähe aufzuhalten. Gut, dann konnte er die Sache mit der Flügelreparatur schnell hinter sich bringen. Vielleicht überdramatisierte er die Information des Palastportals, aber er wollte lieber auf Nummer sicher gehen und schnellstmöglich zu Adriana zurückkehren, falls sie wirklich in Gefahr schwebte. Außerdem würde er diese juckenden, brennenden Flügel nicht mehr allzu lange ertragen. Noch eine Gabelung, diesmal geschmückt von einem Springbrunnen, an dessen Rand steinerne Gargoyles zähflüssige Lava in die Mitte des Brunnenbeckens spuckten. Nun ja, gemächlich sickern ließen, traf es eher.

Nachdem er sich dieses Mal nach rechts gewandt hatte, witterte er Gesa direkt hinter der nächsten dunkelbraunen Holztür. Gott sei Dank. Der Schmerz in den verbrannten Flügeln und einem Teil seines ebenfalls angesengten Rückens nahm jetzt unerträgliche Ausmaße an. Am liebsten hätte er sich kopfüber in einen Haufen reinen, kalten Schnees fallen lassen. Luft! Herrliche, kühle Winterluft …

Von einer Sekunde auf die andere wurde Cruz schwarz vor Augen, sodass er sich an der Marmorwand abstützen musste. Verdammt. Noch ein paar Minuten. Er musste sich zusammenreißen!

Mit letzter Kraft klopfte er an die Tür, von der er wusste, dass dahinter das Gewächshaus lag, machte dann noch einen Schritt nach rechts, bis er genau davorstand.

Als sie sich kurz darauf öffnete und er einer erstaunten Gesa ins Gesicht sah, hätte er vor Freude weinen können. Tat Cruz aber nicht, sondern kippte einfach wie ein Baumstamm nach vorne, direkt unter Gesas Arm hindurch auf den Boden.

»Autsch.« Immerhin war er mehr oder weniger weich auf dem Erdboden gelandet, der sich direkt hinter der Tür erstreckte.

»Was willst du hier, Cruz Darkknight?«

»Hallo, Gesa Abendstern«, grüßte Cruz ebenso höflich zurück, wobei seine Stimme recht dumpf klang. Mit dem Gesicht im Boden war keine deutlichere Äußerung drin.

»Ich frage jetzt noch mal: Warum steckst du mit deinem halben Gesicht in meiner Muttererde? Und welches Höllentier hat sich an deinen Flügeln abreagiert?«

Aha. Deshalb roch die Erde so frisch.

Unter einigem Stöhnen schaffte Cruz es schließlich, sich aufzurappeln, wobei er seine Schultern so gut es ging schonte.

Er warf Gesa einen Blick zu.

Und sie starrte mit hochgezogenen Augenbrauen zurück. Seit ihrem letzten Treffen hatte sie sich kaum verändert. Die Alpha-Dämonin mit ihren langen, schwarzen Haaren, die sie heute zu einem Zopf geflochten über einer Schulter trug, wirkte noch so anmutig wie damals. Ein wenig hatte sie ihn schon immer an seine kleine Schwester erinnert. Ihren violett schimmernden

Körper hatte sie in ein Lederkleid gehüllt, das eine Schulter frei ließ.

Immer noch musterte sie ihn misstrauisch, was er ihr nicht verdenken konnte, schließlich hatten sie sich eine Weile nicht gesehen. Wie er selbst, war Gesa noch bis vor ungefähr zehn Jahren als normaler Mensch über die Erde gewandert. Nicht wissend, dass Halbdämonenblut durch ihre Adern floss. Gesa war Soldatin gewesen. Als sie dann im Irakkrieg ihren ersten Menschen getötet hatte, war das Unglück geschehen: Die Verwandlung in einen Alpha-Dämonen hatte eingesetzt. Und nun fristete sie ein Dasein als Gefangene Luzifers.

Ihre traurigen dunklen Augen starrten in seine, als wollte sie in ihnen etwas suchen – Antworten vielleicht.

Genau wegen dieses Anblicks war er schon länger nicht mehr hierhergekommen. Das war feige von ihm gewesen, musste er sich eingestehen. Ob sie in den letzten Monaten an ihn gedacht hatte? Schließlich hatten sie früher jede Menge Zeit miteinander verbracht. Sich gegenseitig dabei geholfen, mit der Tatsache klarzukommen, dass sie plötzlich zu Dämonen mutiert waren, Sonnenlicht nicht mehr vertrugen und gezwungenermaßen zu Höllenbewohnern hatten werden müssen. Sie hatten sich nur gegenseitig gehabt. Wie Brüderchen und Schwesterchen. Alle anderen Dämonen hatten sie gemieden. Denn die waren schon immer anders als sie gewesen, hatten keine Seele, waren nicht mehr als brutale Killermaschinen. Doch dann …

Auf einmal runzelte Gesa die Stirn. Wahrscheinlich ging ihr auf, weswegen er hier war.

Nachdem er sich den letzten Rest Erde aus dem Gesicht gewischt hatte, deutete Cruz auf seine Flügel oder das, was noch von ihnen übrig war. »Ich hatte gehofft, du kannst mir helfen.«

Gesa riss die Augen auf.

»Bei diesen zerstörten Flügeln? Das übersteigt meine Kräfte bei Weitem. Wie stellst du dir das vor? Ich packe einen Pflanzenwickel da drauf und dann flatterst du fröhlich davon? Glaubst du, ich bin Gott? Das kann nur er …«

»Oder Luzifer«, bemerkte eine dunkle Stimme an der Tür.

Cruz fuhr herum. Doch natürlich hatte er die Stimme längst erkannt. Sie hätte er überall wiedererkannt. Eine Stimme so grausam wie die von Hannibal Lecter, gebieterisch, höhnisch und mit einem unterschwelligen Versprechen, dem Angesprochenen in naher Zukunft noch unvorstellbar große Schmerzen zuzufügen.

»Luzifer«, presste Cruz hervor.

»Freut mich ebenfalls, dich zu sehen, Cruz Darkknight.« Der Gebieter der Hölle verschränkte die Arme vor der Brust und lehnte sich dann gegen den Türrahmen. »Wie schön, dass du uns mal wieder beehrst. Ivan hat mir gerade erst einen äußerst interessanten Bericht über dich abgeliefert.«

Laut schnaubend glitt Cruz' Blick über den Höllenfürsten. Bei seinem Anblick musste er immer an eingeölte Bodybuilder im Fernsehen denken, die mit stolzgeschwellter Brust posierten, um einen Pokal zu gewinnen. Luzifers muskelbepackter Körper glänzte ebenso in einem unnatürlichen Bronzeton, als hätte er zu lange im Solarium gelegen und sich danach mit Speiseöl eingerieben. Genau wie Cruz trug er nur einen Lendenschurz, doch seine Kleidung war zusätzlich von goldenen Fäden durchzogen. Um seine Hörner, die wie Eistüten aussahen und aus seinem dunklen Haar hervorstachen, beneidete Cruz ihn allerdings nicht.

»Cruz, mein Lieber. Ich muss dir meine Haltung zu deinen kleinen Alleingängen sicher nicht näher erläutern.« Luzifer stieß sich vom Türrahmen ab und ging ein paar Schritte in den Raum. Er blieb mit fast nachdenklicher Miene vor Cruz stehen. Dann fasste er mit zwei Fingern nach Cruz' rechtem Flügel und drückte zu. Sofort fiel die Schwärze über Cruz her und er musste seine ganze Kraft aufwenden, um nicht vor dem Höllenherrscher in sich zusammenzusinken. Und Gesa! Er war einfach in Luzifers Palast spaziert und hatte damit auch sie in Gefahr gebracht.

»Sie ist nicht gefährlich, nur ein einfacher Mensch«, brachte

Cruz hervor und seine Stimme verriet leider etwas von dem Schmerz, der in ihm tobte.

»Ein Mensch, der allem Anschein nach einer der Halbblüter aus dem Höllenfeuerlied ist. Rhyon hat gesungen.«

Luzifer ließ den Flügel los und Cruz schnappte nach Luft.

»Nicht gefährlich … aha. Das sieht Ivan wohl etwas differenzierter. Gerade eben habe ich ihn und seinen Clan mit jeder Menge Feuerpfeile losziehen sehen. Ein kleines Bogenturnier mit klar definiertem Hauptpreis.«

»Was?« Cruz klappte der Mund auf. Sein mühsam aufrechterhaltenes Pokerface verabschiedete sich endgültig. Ivan war auf dem Weg zu Adriana. Dieses Mal mit Waffen, die sie aus der Ferne töten konnten, ohne dass die Dämonen den heiligen Boden betreten mussten. Nein, das durfte einfach nicht wahr sein! Nicht jetzt, wo er so weit entfernt und fluguntauglich festsaß! Wie sollte er sie rechtzeitig erreichen? Die Dämonen würden dort oben alles in Brand stecken.

»Ganz genau.« Ein fieses Grinsen stahl sich auf die Lippen des Höllenfürsten. »Wie man hört, bist du verletzt und brauchst Hilfe?« Ohne große Umschweife hob Luzifer eine Hand und ließ dann eine violette Energiekugel von der Größe eines Baseballs über seiner ausgestreckten Handfläche schweben.

»Heilmagie.« Luzifer betrachtete die knisternde Kugel wie ein geliebtes Kind. »Sehr selten zu finden, heutzutage. Kann nicht mehr jeder dahergelaufene Dämon wirken.«

Bei allen Höllenfeuern, was wollte ihm Luzifer damit sagen? War es nicht doch cleverer loszulaufen, um Adriana noch rechtzeitig zu Fuß zu erreichen? Oder lieber hier im Palast auf ein Wunder zu warten, dass seine Flügel geheilt wurden, damit er schneller zu ihr gelangen konnte …

Eilig ging er die verschiedensten weiteren Möglichkeiten durch. Fast alle Dämonen befanden sich zurzeit auf der Erdoberfläche, sodass ihn auch niemand huckepack hätte fliegen können. Alle außer Gesa besorgten sich gerade ihr Essen in der zweiten der fünf Dämonennächte. Doch Gesa war inzwischen eine Sklavin Luzifers … Das hatte Cruz damals nicht verhindern können …

»Beruhige dich.« Luzifer schien Cruz' flatternde Lider gepaart mit dem gehetzten Blick bemerkt zu haben. »Es gibt einen Weg.«

Oh nein. Cruz ahnte bereits, was der Herrscher der Hölle als Nächstes sagen würde.

»Einen Pakt.«

Treffer. Voll ins Schwarze.

Neben ihm versteifte sich Gesas Haltung. Ein Pakt hatte ihr alles genommen, alles, was ihr noch etwas bedeutet hatte. Natürlich würde sie ihn dazu überreden wollen abzulehnen.

Gegen sein besseres Wissen, nur in der Hoffnung, eine Lösung zu finden, um Adriana vor Ivan retten zu können, knurrte Cruz: »Lass hören.«

»Du bekommst deine Flügel zurück, doch dafür wirst du mir bis in alle Ewigkeit dienen. Als Bewacher des Höllenfeuers und mein persönlicher Sklave.« In Luzifers mildem Lächeln lag eine Bosheit, für die es auf der Erde wohl keine beschreibenden Worte gab. Aber da war auch noch etwas anderes; etwas, das Cruz für einen Moment seine Schmerzen kaum noch spüren ließ. »Wenn ich hierbleiben muss, nützen mir die Flügel nichts mehr. Da muss ich leider ablehnen.«

»Du darfst noch eine Nacht durch das Portal auf die Erde fliegen. Genug Zeit, um deine kleine Freundin zu retten. Das willst du doch, oder?« Luzifers Stimme klang höhnisch.

Gesas Blick schoss zwischen den beiden hin und her. Ihre Furcht war beinahe körperlich zu spüren.

»Bis zum Ende der Dämonentage bleibe ich frei und danach diene ich zehn Jahre.«

»Du bleibst zwei Tage frei und dienst mir hundert Jahre.«

»Drei Tage und zwanzig Jahre.«

»Bis zur letzten Minute des Jahres frei, danach dienst du mir hundert Jahre.«

»Bis zum Ende von 2019 frei und dreißig Jahre Sklaverei.«

Luzifer streckte ihm die freie Hand entgegen. »Ab 2020 fünfzig Jahre Sklavendienst! Tick-Tack, Cruz. Deine kleine Freundin wird gleich gegrillt.«

Auf Cruz' Stirn bildete sich ein Schweißfilm. Gerade verschwendete er wertvolle Zeit, die Adriana vielleicht das Leben kostete. Seine Nerven machten das nicht mehr mit, der Schmerz und die Sorge um Adriana zerrten an seinem Verstand. Er wusste, dass man ihm das ansah, und in diesem Moment war es ihm egal.

Neben ihm keuchte Gesa vor Panik laut auf, als er die Hand des Höllenfürsten ergriff. »Abgemacht!«

8

Mit mehr Mut und Glück, als sie ursprünglich eingeplant hatte, schaffte Adriana es letztendlich, den Rucksack aus dem halb zerstörten Turm zu holen – und das unfallfrei.

Danach kehrte sie an ihren angestammten Platz vor der Außenmauer der Kapelle zurück, wo sie ganz nahe am Eingang an die Wand gelehnt zu Boden sank. Der Schnee war nicht liegen geblieben. Trotz des Feuers spürte Adriana die Kälte, die langsam durch ihre Gliedmaßen kroch. Nachdem sie sich auf den Rucksack gesetzt, den Schlafsack um ihre Schultern drapiert und ihre Hände in Richtung des Feuers gestreckt hatte, wurde ihr wieder einigermaßen warm. Tequila hatte es sich halb auf seiner Decke, halb auf ihrem Schoß bequem gemacht.

Gedankenverloren nahm Adriana ihre Kraultätigkeit bei dem Hund wieder auf. Heute Nacht hatte sie bemerkt, wie sehr sie das Kraulen selbst beruhigte. Außerdem konnte man dabei wunderbar nachdenken. Wo Cruz wohl gerade steckte? Ob er es geschafft hatte, einen Heiler für seine Flügel aufzutreiben?

Als sie an den Dämon dachte, glitten ihre Gedanken noch zu einer anderen Frage, die sie seit Kurzem beschäftigte: Wie, bitte, hatte er es geschafft, jemanden aus Versehen zu töten?

Und: Wenn das möglich war, konnte ihr das auch selbst passieren? Konnte sie versehentlich zum Dämon werden, wenn sie es am wenigsten gebrauchen konnte? Und wenn ja, wie viel Zeit hatte sie danach noch, vor dem Sonnenlicht in die Hölle zu fliehen, bevor sie verbrannte? Wahrscheinlich einige Stunden, denn

Cruz hatte es ja auch irgendwie geschafft, nach dem Mord zu überleben.

Unvermittelt kam ihr ein Gedanke: Was war, wenn Rico doch noch starb? Gott bewahre, aber war sie dann nicht schuld an seinem Tod? Zählte das als Brechen des fünften Gebots Gottes *Du sollst nicht töten*?

Das wäre ungünstig. Äußerst ungünstig. Für Rico und für sie.

Mit der freien Hand angelte sie in ihrer Kapuzenpullitasche nach ihrem Handy und gab dann in der Internetsuchmaske »Die zehn Gebote« ein.

Pling. Das Bild eines virtuellen Felsbrockens, in den die Gebote Gottes eingemeißelt waren, erschien auf dem Display. Sie drückte auf den 3D-Button, wodurch die Animation sofort als 3D-Hologramm über ihrem Handy schwebte. Beeindruckend. Die zehn Gebote in 3D. So hatte sich sicher auch Moses gefühlt, als er vor dem echten Felsbrocken gestanden hatte. Trotzdem hatte sich ein beklemmendes Gefühl hinterhältigerweise in Adrianas Brustkorb eingenistet, schloss sich geradezu wie eine Eisenfaust um ihr Herz. Wann immer sie auch nur ansatzweise an das *Du sollst nicht töten*-Gebot dachte, begann ihr Herz wie verrückt zu flattern. Sie war sich sicher, bisher fast alle der Gebote gebrochen zu haben, was hieß, dass ihre Verwandlung in einen Dämon unter Umständen schneller eintreten könnte als gedacht. Die Frage war nur, ob sie das wollte oder nicht. Der Gedanke, dass sie als Mensch im Kampf gegen Luzifer nicht besonders viel ausrichten konnte, nagte an ihr.

Seufzend schnipste sie mit dem Zeigefinger gegen das Hologramm, wodurch sich der Felsbrocken eifrig um sich selbst zu drehen begann.

Innerlich ging sie die Gelegenheiten durch, bei denen sie die einzelnen christlichen Gebote gebrochen hatte.

1. *Du sollst keinen anderen Gott neben mir haben*. Das Gebot hatte sie spätestens dann gebrochen, als sie vor zwei Jahren ihre Voodoo-Phase ausgelebt hatte.

2. *Du sollst den Namen des Herrn nicht missbrauchen.* – Gut, da sie schon oft Flüche gebraucht hatte, die auch die Anrufung des Herrn miteinschlossen, ergab sich auch hier die Antwort von selbst.

Für einen Moment drehte sie den Felsblock auf die Seite, sodass die Zahl drei wie ein Schnurrbart aussah.

3. *Du sollst den Feiertag heiligen.* – Tja, durch ihren Job als Kellnerin hatte sie schon den ein oder anderen Sonn- und Feiertag im Café gearbeitet.
4. *Du sollst deinen Vater und deine Mutter ehren.* – Okay, nachdem sie ihren Vater, den sie nie kennengelernt hatte, gefühlte eine Million Mal verflucht hatte, dass er sie und ihre Mom allein gelassen hatte, erklärte Adriana auch dieses Gebot für offiziell gebrochen.
5. *Du sollst nicht töten.* Einen Moment erstarrte Adrianas Hand, die wieder Tequilas Ohren zu kraulen begonnen hatte. Das Gebot, das ihr seit gestern nicht mehr aus dem Kopf ging. Ungebrochen. Jedoch schien es wie ein mahnendes Hinweisschild über ihr zu hängen. Wie lange noch? Würde sie es brechen? Und wenn, wann?
6. *Du sollst nicht ehebrechen.* Sie gab es nicht gerne zu, aber früher hatte sie eine Schwäche für vergebene Jungs und Männer gehabt, wahrscheinlich ein Vaterkomplex, bedingt durch ihre vaterlose Kindheit. Im Zuge dessen hatte es eine Affäre mit einem verheirateten Lehrer gegeben, der Mitte zwanzig gewesen war.

Hastig vertrieb sie die Gedanken an diesen schwachen Moment vor etwas über einem Jahr. Bald würde sie endlich achtzehn Jahre alt werden. Frei sein, das Erbe ihrer Mutter ausgezahlt bekommen, sich einen besseren Job suchen …

… oder deinen Platz in der Hölle einnehmen, flüsterte die seltsame Stimme ihr zu.

Bilder ihrer Vision schossen durch ihre Nervenenden wie kleine Kometen.

Blinzelnd schloss sich Adrianas Hand fester um das iPhone. Schnell zum nächsten Gebot.

7. *Du sollst nicht stehlen.* Zu ihrem Verdruss musste sie zugeben, dass sie in ihrer Zeit im Heim anderen Kindern des Öfteren etwas gestohlen hatte. Natürlich hatte das irgendwann aufgehört. Dennoch. Auch dieses Gebot musste Adriana als gebrochen einstufen.

Seufzend überflog sie die letzten drei Gebote:

8. *Du sollst nicht falsch Zeugnis reden über deinen Nächsten.*
9. *Du sollst nicht begehren deines Nächsten Weib*

und:

10. *Du sollst nicht begehren deines Nächsten Hab und Gut.*

Diese Gebote fielen eindeutig in die Kategorie: »Dinge, die jeder Mensch tat.« Gab es wirklich jemanden, der noch nie gelogen oder neidisch gewesen wäre? Sie glaubte nicht daran. Nicht in dieser Welt und schon gar nicht im Amerika des Jahres 2019.

Leider war damit auch das Thema zehn Gebote endgültig erledigt. Nur das eine, das fünfte Gebot, konnte sie einwandfrei als ungebrochen betrachten. Bis jetzt.

Mit einem leisen Seufzer ließ sie das iPhone zurück in ihre Tasche gleiten, woraufhin auch das Hologramm verschwand, lehnte sich dann mit dem Hinterkopf an die Steinmauer und warf einen Blick Richtung Osten.

Während der Dämonentage ging die Sonne genau um 7:51 Uhr auf. Die First Daylight Hour setzte genau dreißig Minuten früher ein. Also um 7:21 Uhr. Nur in der ersten Nacht eine Minute früher. Damit hatte sie noch etwas mehr als sieben Stunden vor sich. Die Nächte der Dämonentage waren lang. Denn Ende Dezember ging die Sonne in Portland bereits kurz vor halb fünf unter.

Wie es Rico wohl ging? Und Cruz?

Gerade als sie für Tequila etwas Wasser aus dem Rucksack holen wollte, sah sie die Lichter.

Flackernde Lichter im Wald wie Feuerschein von einer Fackelwanderung. Und sie kamen genau auf sie zu! Wer würde denn in einer Dämonennacht zu einer Fackelwanderung aufbrechen? Kein Mensch bei klarem Verstand jedenfalls. Das mussten Dämonen sein.

Tatsächlich. Zwei Wimpernschläge später erkannte sie einen Alpha-Dämon, der – eine Fackel in der Hand – seinen Clan von etwa zwanzig Dämonen anführte.

Mit Schrecken bemerkte sie, dass es Ivan war. Warum nur konnte er nicht einfach aufgeben?

»Steh auf«, murmelte Adriana Tequila zu. Aus einem Instinkt heraus packte sie ihre Sachen, stopfte alles in ihren Rucksack und schlüpfte dann mit dem Hund ins Innere der Kapelle. Hier drin empfing sie zwar eine beklemmende Düsternis, aber das war besser, als vollkommen schutzlos den Dämonen gegenüberzustehen. Was konnten Ivan und sein Clan wollen? Und warum hatten sie Fackeln dabei? Eigentlich konnte das nur eins bedeuten: Sie wollten hier alles in Brand stecken, um sie zu töten. Augenblicklich pochte ihr Herz wie verrückt in ihrer Brust. Sie saß in der Falle. Vor dieser Situation, die ihr aus den Nachrichten bekannt war, hatte sie sich immer gefürchtet. Ob sie morgen am Ende selbst in den Morgennews das Topthema sein würde? Schlagzeile: »Dämonen brennen wieder eine Kirche nieder.« Obwohl, wenn nur sie als einziges Opfer ums Leben kam, war das vermutlich nicht mal eine kleine Schlagzeile wert.

Sie musste Tequila am Halsband festhalten, weil er wie verrückt zu knurren anfing.

Warum gerade jetzt? Hatte der Clan mitbekommen, dass Cruz verletzt war? Fürchteten die Dämonen seine Rache nun nicht mehr, wenn sie, sein Schützling, starb? Oder überwog die Angst vor der Prophezeiung aus dem Höllenfeuerlied bei Ivan gegenüber der Angst vor Cruz? Ja, das musste es sein.

»Mädchen! Wo ist unser kleines Schmutziges Blut!«, lockte eine Stimme auf Englisch von draußen. Ivan.

»Komm raus, komm raus, wo immer du bist!«

Ein eiskalter Schauer kroch Adrianas Nacken hinab, über ihre Schulterblätter, bis zum mittleren Rücken. Sie saß hier fest. War den Dämonen ausgeliefert. Und Cruz würde ohne Flügel nicht zu ihrer Rettung eilen können. Das konnte nur eins für sie bedeuten: Gleich würde hier alles in Flammen stehen.

Eilig sah sie sich nach einem Feuerlöscher um, doch natürlich gab es in der verfallenen Kapelle nichts als vergammelte Holzbänke, Steine und Pflanzen, die sich ihren Weg durch den maroden, aufgesprungenen Boden bahnten. Ihr Blick glitt über das riesige Loch im Dach, über das Loch in der hinteren Wand, das ins Freie führte. Wenn sie floh, hätten die Dämonen sie schneller eingeholt, als sie Cruz' Namen flüstern konnte.

»Legt an«, forderte die Kratzstimme jetzt. Scheiße, das durfte doch alles nicht wahr sein! Sobald die Holzbänke in Brand gerieten, würde die Rauchentwicklung sie umbringen. Ganz zu schweigen davon, dass, falls das Feuer auf die Holzbalkenkonstruktion der Decke übergriff, hier drin alles zusammenstürzen würde. Nach oben in den Glockenturm zu fliehen stellte damit auch keine Option dar. Der würde sicher als Erstes einstürzen. Was zum Teufel sollte sie bloß tun? Wenn sie doch nur fliegen könnte, so wie Cruz!

Cruz!

Zischhhh

Zwei brennende Pfeile kamen ins Innere geschossen. Einer schlitterte über den steinernen Fußboden, bis weit in die Mitte der Kapelle hinein. Der zweite bohrte sich in eine Holzbank. Sofort fraßen sich die Flammen in das trockene Holz. Tequila winselte.

Fast automatisch, so als seien ihre Finger ferngesteuert, zog

Adriana die Hundedecke aus ihrem Rucksack, erstickte damit zuerst das Feuer an der Bank und warf sie danach auf die Flamme im Gang. Nach einigem Herumgetrampel auf der Decke war alles Feuer erstickt.

Draußen kreischten die Dämonen mit ihren schrillen Stimmen durcheinander, schrien sich in ihrer Sprache an. Was ging da nur vor? Adrianas Herz klopfte so laut, dass sie fast nichts anderes mehr hören konnte. Sollte sie es wagen und fliehen? Allerdings würden die Dämonen ihrem Geruch folgen und der geflügelte Ivan hätte sie schnell eingeholt. Verdammter Mist. Was konnte sie tun?

»Denk nach, denk nach!«, beschwor sie sich selbst.

Wieder brüllte Ivan etwas und zwei Pfeile rauschten durch den Eingang ins Kirchenschiff.

Wie in Trance schaltete sie die Übersetzer-App ein. Doch dieses Mal ließen sie ihr keine Feuerpause, um die Flammen zu löschen, sondern luden direkt nach.

»Legt an!«, zischte Ivan.

Pfeil um Pfeil traf die Holzbänke. Beißender Rauch breitete sich im Kirchenschiff aus, was Adriana zum Husten brachte. Der Rauch vernebelte ihr die Sinne. Nicht mehr lange und sie würde umkippen. Nur dem Umstand, dass das Loch in der Decke wie ein Kamin fungierte und den größten Teil des Rauchs ableitete, verdankte sie, dass sie nicht schon längst bewusstlos am Boden lag. Sollte sie es wagen und die Flucht nach draußen antreten? Tequila verzog sich unter einigem Gewinsel hinter den Altar.

»Wartet!« Ihr kam ein Gedanke. Was hatte sie schon zu verlieren? Adriana stellte sich in den Eingang der Kirche. Sofort hatte sie Ivans volle Aufmerksamkeit. »Ich biete euch einen Deal an. Einen Pakt.«

Die Dämonen blinzelten verwirrt mit ihren in allen Farben leuchtenden Augen. Ein Omega rollte auf die Seite. Er strampelte, schien aus eigener Kraft nicht wieder hochzukommen. Ein Gamma musste ihn aufrichten.

»Einen Pakt? Echt jetzt?«, krächzte Rhyon, dessen Mumienkörper kurz davorstand erneut in Flammen aufzugehen, da er die brennende Fackel zu nah am Körper hielt.

Die Omegas um ihn herum gackerten verzückt.

»Was könntest du uns schon anbieten, Mädchen?«

»Ganz einfach.« Adriana hob das Kinn. »Ich könnte auf eurer Seite kämpfen. Als Alpha-Dämonin.« Als sie es ausgesprochen hatte, begann ihr linkes Augenlid zu zucken. Das war zwar gewagt, aber vielleicht verschaffte ihr das am Ende einen Vorteil. Sie könnte auf diese Weise sicherlich unbemerkt an Informationen für Cruz' Mission kommen. Als Spionin sozusagen.

Ivan verschränkte die Arme vor der lila Brust.

»Ich glaube, tot wärst du mir lieber. Andererseits ...« Er ließ seinen Blick lüstern über Adriana gleiten. »Vielleicht habe ich doch noch eine andere Verwendung für dich.«

Überrascht öffnete und schloss Adriana den Mund. Dieses Gespräch verlief ganz und gar nicht so, wie sie es sich erhofft hatte. Meinte er das, was sie dachte? Himmel, nein! Mit schreckgeweiteten Augen machte sie zwei Schritte rückwärts. Doch bevor sie Ivan antworten konnte, rauschte etwas Dunkles auf sie herab. Ein Etwas, das nur darauf gewartet zu haben schien, dass sie zurück ins Innere der brennenden Kirche trat. Ein fledermausartiges Etwas. Aus den Augenwinkeln sah sie es auf sich herabstürzen, ohne noch Zeit zu haben, etwas dagegen zu unternehmen.

»Hat man dir nicht beigebracht, keine Geschäfte mit Dämonen zu machen?«, flüsterte er ihr ins Ohr, dann schlang Cruz Adriana seine Arme um den Oberkörper und hob mit ihr ab. Nach oben. Durch das Loch in der Decke. Es war Cruz! Cruz!

Unter ihnen kreischten die Dämonen, aber Adriana war mehr damit beschäftigt zu husten, da der Qualm nahe der Deckenöffnung am dichtesten waberte.

Cruz war gekommen! Aber wie hatte er sich so schnell heilen können? Und wieso hatte Ivans Clan ihn nicht gerochen? Wegen dem Rauch oder hatte er sich gegen den Wind angeschlichen?

»Oh Gott, Tequila!« Unter ihnen bellte der Labrador, doch Adriana konnte nichts für ihn tun.

»Wir holen deinen Hund später. Er ist clever genug und wird es überleben.«

Während Cruz sich durch die Luft nach oben schraubte, hielt er sie so unter seinem Bauch, als wollten sie gemeinsam einen Tandem-Fallschirmsprung absolvieren. Dennoch konnte sie einen Blick auf seine Fledermausflügel werfen, die wie neu aussahen, lediglich ein wenig unheilvoll schimmerten, wie es ihr vorkam. Was zum Teufel …?

»Komm zurück!« Ivan hatte die Verfolgung aufgenommen, flog ihnen mit vor Wut verzerrtem Gesicht hinterher. Ehe sie ganz begriff, was da gerade passierte, huschten Adrianas Augen wie ferngesteuert von Ivan über die brennende Kapelle bis zu Cruz über ihr, der sie wie ein Rettungsschwimmer umklammert hielt, bis ihr Hirn endlich verstand, was geschehen war. Sie flog mit einem geheilten Cruz durch die Nacht! Über den Wald von Portland.

Aber so schnell Cruz auch flog, Ivan kam immer näher. Schließlich hatte er ja auch keinen Ballast zu tragen.

Unsicher blinzelte Adriana zu Cruz nach oben. Doch der schien nicht im Mindesten besorgt zu sein.

Mit einem geübten Griff drehte er Adriana so, dass sie ihn nun ansehen und ihre Arme um seinen Hals legen konnte.

»Halt dich fest«, flüsterte er ihr zu. Aus Angst zu fallen, tat sie, was er ihr geraten hatte, drückte sich sogar eng an den Dämon.

Alles wird gut, versuchte sie sich in Gedanken einzureden. Ihr zitternder Körper sprach da jedoch eine ganz andere Sprache.

Cruz schien das nicht zu bemerken. Im Kampfmodus, mit zornfunkelnden Augen, legte er ihr den linken Arm um die Hüfte, wodurch er die rechte Hand freibekam, mit der er einen Feuerball zwischen seinen Fingern formte.

»Es ist tragisch, Ivan, dass du immer noch nicht weißt, wo dein Platz ist.« Und damit warf er im Flug den Feuerball nach hinten.

Ivan musste sich auf die Seite drehen, um im letzten Moment noch ausweichen zu können.

»Gib sie mir, du kleiner Bastard!«

»Niemals!«, fauchte Cruz.

In Adrianas Kopf drehte sich alles. Sie flogen so hoch über dem Wald, dass ihr schwindelig wurde. Außerdem klammerte sie sich wie ein verhungerndes Eichhörnchen an einen Dämon. Wenn auch an einen sehr gut aussehenden Dämon, neben dem sämtliche Boygroup-Schönlinge wie platte Pappfiguren wirkten. Andererseits war sie sich schmerzlich bewusst, dass sie sich direkt an seinen halb nackten Körper presste. Sie gab sich Mühe, wenigstens mit dem Zittern aufzuhören, was ihr auch halbwegs gelang. Was sollte sie bloß tun? Die Gewissensbisse schienen sie praktisch von innen heraus zu zerfressen. Sie hatte sich doch von ihm fernhalten wollen! Und jetzt? Gott, konnte dieser Dämon auch mal mehr als nur eine knappe Fellweste und noch knappere Shorts tragen? Sein halber Oberkörper lag frei, wodurch sie jeden Muskel durch ihre Sweatjacke spürte.

Ein Flügel berührte ihren Oberarm, was sie erzittern ließ.

Wieder warf Cruz einen Feuerball nach hinten und diesmal sah Adriana, wie die Flammen Ivans Flügel seitlich erfassten und in Brand steckten.

»Waaaa …?«, kreischte Ivan. Innerhalb von Sekunden kugelte er sich in der Luft zu einem Knäuel zusammen, um die Flammen zu ersticken, kreiselte zu Boden, wild um sich schlagend, und legte letztendlich eine unsanfte Bruchlandung hin.

»Das ist noch nicht vorbei, Cruz Darkknight!« brüllte er ihnen hinterher.

Und dann waren sie allein. Flogen gleichmäßig wie beim Peter-Pan-Karussell in Disneyland über ein Dorf, das friedlich unter ihnen lag. Nun ja, so friedlich wie ein Dorf in einer Dämonennacht eben sein konnte.

Endlich beruhigte sich auch Adrianas Herzschlag wieder. Cruz hatte sie gerettet. Wie durch ein Wunder, denn er hatte als einziger Dämon die Kirche betreten können, um sie da rauszuholen. Unglaublich.

Ein Luftzug kühlte Adrianas Gesicht, das sich immer noch heiß anfühlte. Langsam ermüdeten ihre Arme. Wo Cruz wohl hinwollte? Wahrscheinlich noch etwas Abstand zwischen sich und Ivan bringen. Doch lange würde sich Adriana nicht mehr an seinem Hals festklammern können. Zwar hielt sie Cruz weiterhin an sich gedrückt, doch ihre Beine hingen wie unnötiger Ballast herunter und sie musste viel Kraft aufbringen, um das Gewicht mit den Armen auszugleichen.

»Schling deine Beine um mich, so geht's leichter«, murmelte Cruz an ihrem Ohr, so als hätte er ihre Gedanken gelesen.

Adriana schluckte. Eigentlich wollte sie es nicht tun. Nicht so viel Nähe zulassen.

Doch letztendlich gab sie ihren Widerstand auf. Das war besser, als zu fallen oder die pochenden Muskelschmerzen weiter zu ertragen.

Cruz half ihr mit sanftem Druck dabei, ihre Beine um seine Hüfte kurz unterhalb der Flügel zu legen, was Wärme in ihre Wangen trieb. Sie klammerte sich in fast unanständiger Weise an einen Dämon. Und warum klopfte ihr Herz auf einmal so schnell? Sie hatte sich doch geschworen, erst Blicke für ihn übrigzuhaben, wenn er es tatsächlich geschafft hatte, wieder ein Mensch zu werden? Warum kribbelte ihr ganzer Körper von den Haarspitzen bis zu den Fußzehen und ließ sie erschaudern?

»Ist dir kalt?« Besorgt drückte Cruz sie noch fester an sich, worauf ihr ein kleines Wimmern entfuhr.

Dieser verdammte menschenähnliche Dämon!

»Lieber Gott!«, flüsterte Adriana so leise, dass es kein normaler Mensch hätte verstehen können. Dabei starrte sie blinzelnd nach oben in Richtung der Sterne, unter denen sie flogen.

Diese Position, so ineinander verschlungen … gleichzeitig weckte diese Pose eine unliebsame Erinnerung … Unwillkürlich blitzten die Bilder ihrer Vision wieder in ihrem Kopf auf: Cruz, wie er sie im Arm hielt, während sie genau in dieser Position gemeinsam über die Stadt flogen. Sie, wie sie auf Cruz' Brust auf dem Waldboden lag, sie küssten sich, wobei er seine Flügel um sie geschlungen hatte. Cruz und sie, die ein Heer, das aus Halbdämonen, Alphas und anderen geflügelten Wesen bestand, anführten. Cruz, der neben ihr auf einem Thron in der Hölle saß, während sich Dämonen vor ihnen verneigten und gleichzeitig etwas Dunkles nach ihnen griff.

Verdammt. Das hier war die erste Szene aus ihrer Vision. Es fing an! Ohne es zu wollen, schlich sich eine Träne in ihren Augenwinkel. Was passierte nur mit ihr? Vorgestern hatte sie noch geglaubt, ein ganz normaler Mensch zu sein.

Wieder strich ein Flügel über ihren Arm.

»Dann lass uns mal testen, ob es dieser Friedhof auch tut«, durchbrach Cruz' Stimme plötzlich die Stille.

Wie? Im nächsten Moment begann er mit dem Sinkflug, direkt auf einen Friedhof zu, den Adriana noch nie gesehen hatte. In seiner Mitte stand eine Minikapelle. Noch kleiner als die im Stadtwald. Sie mussten sich irgendwo an der Stadtgrenze von Portland befinden.

»Tatsache«, meinte Cruz, nachdem er kurz hinter dem verfallenen Holzzaun des Friedhofs gelandet war. »Ich brenne nicht. Sieht so aus, als könnte ich auch diesen geweihten Boden betreten. Muss mich wohl qualifiziert haben, als ich dich vorhin aus dem freien Fall gerettet habe. Bestimmt zählt das als selbstloser Einsatz biblischen Ausmaßes, sozusagen.« Er grinste. »Ob das die erste Stufe der göttlichen Vergebung ist, die ich so nötig habe?«

Doch Adriana hatte nur noch Augen für seine Flügel. Langsam machte sie sich von ihm los, stolperte ein paar Schritte rückwärts. Wie war das möglich?

»Wie zum Teufel konntest du deine Flügel so schnell heilen?«

»Teufel ist gar nicht so schlecht geraten.« Wieder dieses Grinsen, nur dass es dieses Mal nicht ganz echt wirkte, sondern eher in sich zusammenfiel.

Und dann begriff sie die Tragweite seiner plötzlichen Genesung. Es ergab alles Sinn.

»Was hast du getan, Cruz?« Ihre Augen weiteten sich vor Schreck und dieses Mal konnte sie es nicht aufhalten, dass sie am ganzen Körper zitterte. Eine schreckliche Vorahnung hatte von ihr Besitz ergriffen. Adriana schlang die Arme um ihren Körper und wollte eigentlich gar nicht hören, was jetzt kam.

Cruz kratzte sich am Nacken. »Ich hole wohl besser erst deinen Hund und deinen Rucksack, dann reden wir weiter.«

Natürlich. Im Ausreden Hervorzaubern war der feine Herr ganz groß. Vor lautet Wut biss Adriana in die Schnürbänder ihrer Kapuzenjacke. Andererseits wollte sie Tequila auch nicht länger als nötig auf dem Terrain der brennenden Kirche lassen. Sicher hatte Cruz recht und der Hund war clever genug, sich von Feuer und Dämonen gleichermaßen fernzuhalten. Die Dämonen hatten auch keinen Grund, den Hund mit ihren Pfeilen zu erschießen, wenn sie danach sowieso nicht an ihn rankamen. Wahrscheinlicher war, dass sie gerade planten, wie sie Adriana doch noch in die Finger bekommen konnten. Aber dennoch: Sicher hatte der Labrador Angst und begriff nicht, wo Adriana geblieben war.

Trotzdem konnte sie nicht verhindern, dass sich eine Welle an bösen Vorahnungen bezüglich Cruz' neuen Flügeln über sie ergoss.

»Gut. Beeil dich!«, flüsterte sie, bevor sie sich von ihm wegdrehte. Auf einmal konnte sie seinen Anblick nicht mehr ertragen.

Die Kälte in ihrer Stimme tat weh, aber was sollte er tun? Im Moment wollte er nicht mehr zu seinen neuen Flügeln erklären als nötig. Sicher würde Adriana nicht gutheißen, was er getan hatte. Dennoch. Ohne den Pakt mit Luzifer hätte sie diesen Augenblick sowieso nicht mehr erlebt.

Seufzend warf er ihr einen letzten Blick zu, bevor er sich vom Boden abstieß.

Sie hatte ihm den Rücken zugewandt, starrte mit verschränkten Armen in die Dunkelheit.

Am Ende, wenn sie es schafften, innerhalb der nächsten drei Tage Luzifer mithilfe der anderen Halbdämonen zu schlagen, würde er mit etwas Glück neu über den Pakt verhandeln können.

Den Hund abzuholen gestaltete sich letztendlich leichter als gedacht. Zunächst besah sich Cruz das Szenario auf dem Gelände der Waldkapelle aus der Luft. Die neuen Flügel fühlten sich dabei fabelhaft an. Genauso wie seine alten vorher auch. In diesem Punkt musste er Luzifer, diesen Dreckskerl, wirklich loben. Nun ja, Luzifer würde sich noch umsehen, wenn er, Cruz, gemeinsam mit Adriana die Höllentore für immer schloss. Oder zumindest seine Pläne für die immerwährenden Dämonentage durchkreuzte! Und dann würde er selbst wie in seinem Traum wieder zum Mensch werden. Vollkommen. Ohne diese verteufelten Fledermausflügel.

Blinzelnd nahm Cruz den Brandherd näher in Augenschein. Natürlich war noch keine menschliche Feuerwehr angerückt. Das würden sie erst nach Sonnenaufgang tun.

Wie bei einem Schornstein quoll Rauch aus dem Loch im Dachstuhl, durch das er vorhin mit Adriana entkommen war. Jedoch brannte die Kirchenkapelle nicht vollständig, sondern nur ein Haufen Kirchenbänke im Inneren. Nachdem er sicher war, dass Ivans Dämonenclan sich nicht mehr in der Nähe aufhielt, atmete Cruz auf. Seine Muskeln entspannten sich. Nicht mal der kleinste Omega-Dämon war zu sehen.

Auf einmal bemerkte er Tequila, der suchend um die Kapelle herumtrottete, allerdings noch innerhalb der Ummauerung, also auf geweihtem Boden. Kein Dämon schien ihn angeknabbert zu haben. Braves Hündchen! Die Schwere um sein Herz herum löste sich um ein paar Felsbrocken.

Nachdem er gelandet war, lockte Cruz den Hund zu sich.

»Hey, Kleiner! Komm, ich bring dich hier weg.« Er versuchte

sich an einem Lächeln, wobei er hoffte, der Hund würde es nicht für ein Zähnefletschen halten.

Tatsächlich fasste der Labrador sofort Vertrauen und kam schwanzwedelnd auf ihn zu.

»Guter Junge.« Eine Weile kraulte Cruz Tequila, der immer wieder niesen musste, gedankenverloren den Kopf, während er den Schwelbrand im Inneren der Kirche beobachtete. Inzwischen rauchte es fast nur noch und bald würde das Feuer, das nicht auf die nackten Steinwände übergreifen konnte, komplett erloschen sein.

Sein Blick glitt zum Eingang der Kapelle, wo er Adrianas Rucksack unversehrt auf dem Boden liegen sah. Bemerkenswert, dass er nicht verbrannt war. Ohne zu zögern, sammelte Cruz ihn ein, in der Hoffnung, Adriana damit aufmuntern zu können. Er brauchte sie jetzt für die Suche nach den anderen Halbdämonen aus der Prophezeiung. Schlechte Stimmung zwischen ihnen konnte den ganzen Plan gefährden.

»Überraschung!«

Verwirrt blinzelnd drehte sie sich zu Cruz um, der in ebendiesem Moment mit ausgebreiteten Flügeln zur Landung ansetzte. Unter einen Arm hatte er sich Tequila geklemmt und unter den anderen ihren Rucksack.

Sobald Cruz den Hund auf dem Boden abgesetzt hatte, sprang Tequila auf Adriana zu, als hätte er sie wochenlang vermisst.

»Ich freue mich ja auch, dich zu sehen!«, lachte Adriana. »Aber du musst mich nicht umwerfen!« Etwas umständlich versuchte sie, sich die Grasflecken von der Jeans zu klopfen, was natürlich nicht gerade von Erfolg gekrönt war.

Dann hob sie den Kopf, sah Cruz direkt in die Augen und wurde wieder ernst. Diese Flügel! Was hatte er getan? Diesmal würde sie ihn nicht ausweichen lassen.

»Ich möchte wissen, was genau passiert ist. Wie hast du deine Flügel zurückbekommen?«

»Oh, das ist eine komische Geschichte …«
»Spuck's einfach aus!«
»Uhm …«
»Ich mache es dir leicht: Bist du oder bist du nicht einen Pakt dafür eingegangen?«
»Also … wie?«
»Ja oder nein, Cruz!«
Bevor er antwortete, sog Cruz geräuschvoll Luft durch die Nase ein. »Ja. Es war der einzige Weg. Erwarte jetzt bitte nicht, dass ich mich dafür entschuldige.«
Das hatte sie befürchtet. Verflucht noch mal. Hatte er denn nichts aus all den schrecklichen Geschichten über Dämonenpakte gelernt? Dass sie vor ein paar Minuten noch selbst beinahe einen Pakt mit Ivan eingegangen wäre, ließ sie dabei unter den Tisch fallen. Dass er nicht darauf zu sprechen kam, musste sie ihm hoch anrechnen. Und vielleicht war das auch der Grund, warum sie jetzt so zornig reagierte. Gewissermaßen war Adriana sauer auf sich selbst.
»Wie hoch ist der Preis dafür?«
»Hör mal. Das wird alles unwichtig sein, sobald wir Luzifer geschlagen haben.«
»Und wenn nicht?« Stöhnend ließ sich Adriana rücklings ins Gras sinken.
»Dann muss ich ab dem 1. Januar pünktlich um Mitternacht Luzifer fünfzig Jahre in der Hölle dienen.«
»Ach, zur Hölle mit Luzifer!«
»Ähm ja …« Cruz grinste. »Da könntest du Glück haben …«
»Wie konntest du so etwas Dummes tun?« Sie gab sich keine Mühe, die Anspannung in ihrer Stimme zu verbergen. Tequila hatte seinen Kopf auf ihren Brustkorb gelegt, was Adriana sehr gelegen kam. So konnte sie den Hund anstelle von Cruz ansehen. Jedoch nicht lange, denn bereits sein nächster Satz brachte Adriana so in Rage, dass sie sich ruckartig aufrichtete und Tequila vor Schreck zur Seite sprang:
»Tja, da muss mich wohl der Teufel geritten haben …«

Böse funkelte sie ihn an. »Hör auf! Großer Gott, fünfzig Jahre?«

»Nun ja, der Teufel steckt da vermutlich im Detail.«

»Nicht lustig!«

»Na ja, jetzt mal den Teufel nicht an die Wand!« Cruz zwinkerte ihr zu.

»Schluss damit!«

Er fasste sich mit einer Hand an die Brust. »Ich komme noch in Teufels Küche!«

»Aufhören!«

»Ach, komm schon, Adriana.« Cruz trat näher, strich ihr sogar eine Haarsträhne von der Schulter, was sie kurz erzittern ließ. »Du weißt, dass wir es schaffen können. Du, ich und die Halbdämonen aus der Prophezeiung. Wenn wir Luzifer erst aufgehalten haben, wird der Pakt hinfällig. Lass uns keine Zeit verlieren. Wir sollten uns auf die Suche machen. Und bitte mach dir keine Sorgen um mich. Luzifer werden wir die Hölle heiß machen!« Beim letzten Satz grinste er vor sich hin.

Entnervt warf Adriana die Hände in die Luft. »Nur, wenn du mit den Sprüchen aufhörst!«

»Okay. Also, was sagst du? Lass uns ein paar Halbdämonen auftreiben, oder? Bist du dabei, Adriana Astara?«

Er hielt ihr auffordernd die Hand hin, anscheinend gespannt auf ihre Reaktion.

Zuerst zögerte Adriana. Natürlich wollte sie ebenso wie Cruz verhindern, dass Luzifer seine Dämonen ab jetzt jede Nacht durch das Höllentor schickte. Andererseits hatte sie Angst, mit jedem Schritt, den sie auf Cruz zuging, auch den Szenen aus ihrer Vision näherzukommen. Das erste Bild hatte sich bereits in der Realität manifestiert, was vermutlich hieß, dass der Rest ihrer Vorahnung ebenfalls eintreten würde. Und das wollte sie doch nicht, oder? Warum sollte sie einen Dämon küssen und schließlich mit ihm über die Hölle regieren wollen? Dennoch. Nachdem sie die Augen einmal fest zusammengekniffen hatte, ergriff sie seine Hand und ließ sich von Cruz auf die Beine ziehen. Es hatte keinen Sinn, jetzt darüber nachzudenken. Und wäre es nicht auch anmaßend, ihr eigenes Schicksal über das von Milliarden Menschen zu stellen?

Diese Vorahnung fühlte sich tief in ihrem Inneren so richtig, so wahr an. Konnte das eine übernatürliche Halbdämonenfähigkeit sein? Teile einer möglichen Zukunft zu sehen? Womöglich waren Cruz und sie aktuell die letzte Hoffnung der Menschheit. Genau deshalb mussten sie einfach den Wettlauf gegen die Zeit gewinnen, denn genau zum Jahreswechsel würde Cruz in die Hölle zurückgehen müssen, um den Pakt mit Luzifer einzulösen. Und ohne Cruz war diese Suche nach den Halbblütern sicher kaum zu bewältigen. Ohne ihn konnte sie Luzifer nicht besiegen oder ihn von seinem Höllenthron stoßen. Und wenn man der Prophezeiung glauben konnte, musste er die Schlacht anführen – zusammen mit ihr. Adrianas Kiefer schmerzte, so heftig kaute sie auf den Bändern ihres Sweaters herum. Und immer noch hatten sie keine Ahnung, wie es dann weitergehen sollte. Was würde passieren, wenn sie alle Halbblüter aus dem Höllenfeuerlied zusammentrommelten? Würde diese Truppe ausreichen, um Luzifer zu töten? Aber wie? Schließlich war er unsterblich. Keine menschlichen Waffen konnten ihm etwas anhaben. Noch nicht mal andere Dämonen, kein Dämonenfeuer, keine Halbdämonen, kein Weihwasser und keine Engel würden etwas ausrichten können. Damit konnten sie höchstens seine Streitkräfte bekämpfen. Es lag noch so viel vor ihnen … und ihnen blieben nur noch zwei weitere Dämonennächte …

»Aber Tequila kommt mit.«

Cruz lachte. »Natürlich. Ganz, wie Madame wünschen.«

»Und wo fangen wir an?«

»Gehen wir noch mal das Höllenfeuerlied durch. Und danach sollten wir zum Höllenportal fliegen, es scheint, als ob dort noch mehr Informationen auf uns warten. Das hat mir zumindest Luzifers Schlossportal geraten.«

»Du hast dich mit einer Tür unterhalten?«, fragte Adriana wenig überzeugt.

»Kann man so nicht sagen, aber kommt irgendwie hin.«

»Jetzt rück schon die Infos raus! Was ist da passiert?«

»Genau genommen hat das Tor mich gewarnt, dass du in Gefahr schwebst. Wir beide seien irgendwie in Gefahr. Ich denke, das Tor wollte, dass ich dich vor Ivan und den brennenden Pfeilen rette.«

»Und du warst wahrscheinlich in Gefahr wegen des Pakts mit Luzifer.«

»Möglich.«

Oder das Portal hatte noch mehr Gefahren gesehen, die in den nächsten Tagen auf ihn zukommen würden.

»Also das Lied.« Nachdenklich fuhr sich Cruz mit der Hand über den Nacken. Das Rauschen, das seine Flügel dabei verursachten, ließ ihn ganz offensichtlich erschauern. Adriana konnte praktisch an seinem Gesichtsausdruck ablesen, was er dachte: Das da auf seinem Rücken waren seine Flügel und irgendwie doch nicht. Besudelt durch den Pakt mit Luzifer.

»Okay, das Lied. Hast du noch die Notizen?«

»Sicher.« Adriana kramte nach dem Handy in der Fronttasche ihrer Sweatjacke:

»Und Luzifer zeugte der Kinder sieben,
nur drei davon wird er für immer lieben.
Die anderen vier wenden sich ihm entgegen,
um Morgensterns Plan das Handwerk zu legen.
Sieben Halbblüter bestreiten die Schlacht,
um zu verhindern die ewige Nacht.
Werden zwei den Thron und die Macht ergreifen
oder ewig in Schuld durch die Dunkelheit streifen.
Die Mächtigen, gezeugt durch die Übernatur,
zwei Mütter, die Kinder sind Halbblute nur.
Das Gute von ihnen gezeichnet vom Bösen,
wird sich am Ende von allem Guten lösen.
Das andere, das zunächst böse erscheint,
wird nach Erlösung streben, mit dem Guten vereint –
Gefährten aus lange vergangenen Jahren

müssen im Kampf sich um sie scharen.
Vergessen muss sein die Befangenheit
Die Vorurteile aus alter Zeit.«

Mit gesenktem Kopf schritt Cruz einen unsichtbaren Kreis auf dem Gras ab.

Tequila folgte ihm schwanzwedelnd. Fast gewann man den Eindruck, der Labrador hätte sein Herz an den Dämon verschenkt.

»Bedeutet das also, dass vier von Luzifers Kindern sich gegen ihn gewandt haben? Und dass sich diese vier auf die Seite der sieben Halbdämonen stellen werden? Oder sind diese vier Kinder bereits Halbdämonen?«

Adriana blickte auf. »Hast du nicht erzählt, in Luzifers Palast in der Hölle würden nur zwei Söhne Luzifers leben und einer sei tot oder verschwunden? Nach dem Krieg der Engel gegen die Dämonen? Falls die anderen vier nicht in der Hölle wohnen, müssen sie theoretisch Halbdämonen sein, denn sonst könnten sie nicht auf der Erde überleben.«

»Das stimmt. Außer … außer sie sind …«

»Red weiter«, ermutigte ihn Adriana.

Cruz stieß einen leisen Seufzer aus. »Außer sie sind tiefer in den Untergrund der Hölle gegangen. Unterhalb der Hölle soll es eine Art Erzhölle geben. Tiefer, dunkler, gefährlicher.«

»Klingt ja gemütlich.«

»Wenn du es sagst.« Cruz lächelte. »Oder eben, sie haben den Krieg gegen die Engel gar nicht erst überlebt.«

»Aber die wahrscheinlichste Option ist aus meiner Sicht, dass die Dämonen aus dem Höllenfeuerlied als Halbdämonen auf der Erde leben. Wenn sie nicht doch in der Hölle oder Erzhölle zu finden sind. Damit hätten wir drei mögliche Aufenthaltsorte, an denen wir suchen müssten.«

Tequila hatte kurz aufgehört, Cruz zu verfolgen, und buddelte jetzt begeistert einen Maulwurfshügel auseinander, dass die Erde rechts und links davonflog.

»Ich finde, wir sollten erst mal von der Halbdämonen-Theorie ausgehen. Damit hätten wir zwei Fliegen mit einer Klappe geschlagen. Luzifers Kinder und Halbdämonen in einem. Perfekt, wenn es so wäre. Zweifellos werden noch so einige Halbdämonen auf der Erde wohnen, so wie ich, nehme ich einfach mal an. Kinder oder Erwachsene, die nicht wissen, dass sie dämonischer Abstammung sind. Wenn diese sich am Ende noch als Luzifers Kinder herausstellen, umso besser.«

Adriana warf ihm einen Blick zu, in dem jede Menge Hoffnung lag. Unter keinen Umständen wollte sie Luzifer zum Vater haben. Alles, nur das nicht.

»Aber wie finden wir jetzt diese Halbdämonen?«

»Nun ja, ich kann riechen, wenn jemand kein reines Blut in sich trägt, sondern die Mischung aus zwei unterschiedlichen Arten.«

»Dämonen- und Menschenblut?«

Cruz nickte.

Das war völlig richtig. Ivans Clan hatte auch Adrianas Blut als stinkend empfunden. Und damit hatte letzte Nacht alles angefangen …

»Fliegen wir also das ganze Land ab und du schnupperst in alle Himmelsrichtungen?« Eine merkwürdige Vorstellung, zugegeben.

»Wir sollten zuerst herausfinden, wo ungewöhnliche Vorkommnisse aufgetreten sind. Wenn wir in den Nachrichten einen Bericht sehen, in dem ein Mensch regelrecht verfolgt wird und Dämonen schreien, dass er ein Schmutziges Blut ist, sollten wir dorthin fliegen. Dämonen fürchten Halbdämonen. Aber dieses Jahr versuchen sie sie offensichtlich umzubringen.« Er warf ihr einen vielsagenden Blick zu.

Adriana seufzte. Da hatte Cruz eindeutig recht. Dieses Jahr war anders. In diesem Jahr lebten Halbdämonen gefährlich.

»Wir müssen die Halbdämonen vor den Dämonen finden.«

»Gar nicht so einfach. Aber nicht ganz unmöglich.« Cruz zwinkerte.

Am besten, sie suchte gleich auch das Internet nach Infos ab.

»Zuerst will ich aber noch kurz zum Höllenportal fliegen, das Palastportal meinte, da gäbe es noch mehr Informationen für uns.«

»Ich komme mit.«

»Ähm. Das halte ich für zu gefährlich.«

»Wenn du mich nicht mitnimmst, laufe ich!« Adriana stemmte beide Hände in die Hüften. Niemals konnte sie jetzt untätig herumsitzen, wo so viel von ihr abzuhängen schien. Menschen konnten sterben. Sehr viele Menschen – und falls das passierte, würde sie sich nicht vorwerfen lassen, untätig gewesen zu sein.

Cruz versuchte ein Lachen zu verbergen. Ganz schön einfallsreich. Keinen Moment zweifelte er daran, dass Adriana ihre Drohung wahr machen würde. Dieses Mädchen war ein Geheimnis, das er nur teilweise durchschaute. Wie ein Rätsel. Verschlossen, mutig, clever, und man konnte nie wissen, wann sie einen wieder von sich stieß.

»Du weißt, dass das noch viel, viel gefährlicher ist. Dämonen könnten dich schnappen.«

»Ja, besser, du gehst auf Nummer sicher und nimmst mich mit.« Adriana bedachte ihn mit einem gewinnenden Blick.

Bevor er zugab, dass sie da wohl recht hatte, stieß er einen lang gezogenen Pfiff aus.

»Irgendwie Erpressung. Aber gefällt mir. Okay, ihr gewinnt einen Flug mit Cruz-Air.«

9

Adriana lächelte. Sie hatte gewonnen. »Cruziana-Air gewissermaßen.«

Cruz stöhnte. »Steig schon auf. Und nimm deinen Hund hoch.«

Adriana zog ihren Rucksack auf und nahm dann Tequila auf die Arme, der zwar verwundert schaute, aber sich wie ein Schaf von seinem Schäfer halten ließ.

»Na, ob wir mit so viel Gepäck noch aerodynamisch in der Luft liegen?« Cruz konnte sich ein Lachen kaum verkneifen, als er sich Adriana mitsamt Hund auf die Arme lud. »Ich hoffe, wir stürzen nicht ab«, flüsterte er ihr ins Ohr.

Sein Atem an ihrem Nacken verursachte einen angenehmen Schauer, der durch ihren kompletten Körper jagte.

»Möchtest du die Sicherheitsanweisungen für diesen Flug hören?«

»Jetzt halt den Mund und flieg schon los.« Sie biss sich auf die Lippe, als er sie noch fester an sich drückte und dann vom Boden absprang. Sie musste Tequila ein wenig drehen, damit Cruz sie beide im Arm halten konnte.

»Gut. Dann legen Sie jetzt bitte die Sicherheitsgurte an und klappen Ihre Tische hoch. Cruziana-Air wünscht einen angenehmen Flug!«

Oh ja, den hatte Adriana, so eng an Cruz' Brust gelehnt und mit einem beeindruckenden Blick auf das glitzernde Portland unter ihnen.

Fliegen. Als Kind hatte sie immer vom Fliegen geträumt. Genau genommen träumte sie auch jetzt noch ab und zu nachts, dass sie über die Stadt flog wie Superman. Ob das eine Halbdämonenbegleiterscheinung war? Wollte ihr Unterbewusstsein damit andeuten, dass sie, wenn sie sich in einen Dämon verwandelte, endlich diese Nachtflüge haben konnte? Fünfmal im Jahr, versteht sich. Außer, Luzifer würde dieses Jahr die Regeln ändern und jede Nacht zur Dämonennacht erklären. Adriana schluckte.

Der Flug dauerte weniger als fünf Minuten. Kaum hatten sie die Reiseflughöhe erreicht, ging es auch schon wieder nach unten.

Tequilas Zunge flatterte im Wind. Der Hund schien nichts Verwerfliches an einem Flug mit einem Alpha-Dämon zu finden. Er benahm sich, als säßen sie in einem stinknormalen Cabrio.

»Da unten befindet sich das Höllenportal von Portland. Wenn wirklich alle Portale miteinander vernetzt sind, müsste es Hinweise für uns bereithalten. Jedenfalls, wenn das Portal an Luzifers Schloss recht hat.«

Adriana hob den Kopf. »Hoffentlich.«

Sie musste sich an den Strohhalm klammern, dass es dort mehr Informationen zu den Halbdämonen geben würde. Nach dieser Nacht hatten sie nur noch zwei Nächte Zeit, die Halbdämonen zu finden und Luzifer aufzuhalten, bevor in der letzten Nacht Cruz schon um Mitternacht, zum Jahreswechsel, seinen Pakt einlösen musste. Immer noch hätte sie ihn für diese Dummheit am liebsten verprügelt und musste sich jetzt zusammenreißen, um ihm nicht gegen die Brust zu schlagen. Cruz' durchtrainierte Brust. Unauffällig schielte sie auf die besagte Stelle, doch Tequila wählte unglücklicherweise genau diesen Moment, um ihr übers Gesicht zu lecken. »Ihhh, lass das!«

Cruz legte den Kopf in den Nacken und begann haltlos zu lachen.

»Hör auf zu lachen!«

Nachdem sie gelandet waren, zupfte Adriana ihre Klamotten zurecht. »Wenn du sagst, alle Portale sind verbunden und haben Informationen für uns, sollten wir dann nicht im nächsten Schritt auch zum Himmelsportal fliegen? Das muss es ja im Umkehrschluss auch geben.«

Cruz kratzte sich am Kopf. »Keine Ahnung, wo das sein soll, lass uns später darüber nachdenken. Gerade scheint die Luft rein zu sein, aber ich möchte trotzdem nicht von einem anderen Dämonenclan überrascht werden.«

Adriana packte Tequila am Halsband und folgte Cruz, der auf eine versteckte Höhle zusteuerte, die in den Stein gehauen zu sein schien. Vielleicht stellte das Thema Himmel auch einfach kein allzu gutes Gesprächsthema für Cruz dar, da es seiner Aussage nach sein größter Wunsch war, wieder ein Mensch zu werden. Statt in die Hölle nach seinem Tod in den Himmel aufzusteigen.

Eilig wischte sie den Gedanken fort. Jetzt und hier musste sie sich auf die Botschaft der Pforte konzentrieren. Den Eingang zur Hölle, genau genommen. Gruselig, wenn man es sich genau überlegte. Allerdings auch nicht gruseliger als viele andere Dinge, die sie in den letzten achtundvierzig Stunden erlebt hatte.

Gemeinsam mit dem Hund folgte sie Cruz in die Höhle, wo sie den Kopf einziehen musste, um nicht von den tief hängenden Wurzeln die Haare gekämmt zu bekommen. Und dann plötzlich tauchten vor ihr die blau schimmernden Umrisse eines Tors auf. Wie ein Teleport-Punkt aus einem Science-Fiction-Movie.

»Was zur Hölle …?«

»Äh ja. Du hast's erfasst.« Cruz zwinkerte ihr zu. »Das hier ist eins der vielen Höllenportale, nur sichtbar während der Dämonentage.«

»Wegen dem Blut des Erzengels Michael?«

»So geht das Gerücht. Seine Kraft reichte nicht mehr dafür aus, alle Tage im Jahr zu schützen, bevor er starb. Deswegen öffnen sich die Tore in den letzten fünf Tagen des Jahres. Leider kennt kaum ein Dämon mehr als eins davon, damit wird gewährleistet, dass wir uns gleichmäßig verteilen und nicht wild durch die Welt reisen.«

Adriana warf die Haare zurück. Davon hatte sie gehört. »Und deswegen haben wir zum Jahresende den Salat mit den Dämonen?«

»Irgendwie schon.«

»Aber wo ist jetzt diese Weissagung? Sie kann ja schlecht im Portal eingraviert sein, so wie ich mir das vorgestellt habe.«

»Wenn sich das genauso wie bei Luzifers Palast entwickelt, müsste diese Pforte eigentlich mit uns reden.«

»Reden? Ist das dein Ernst?« Unbehaglich sah sie sich in der dunklen Höhle um, die nur durch den bläulichen Lichtschein erhellt wurde.

»Wir versuchen es einfach, und wenn es nicht klappt, hauen wir ab.« Konzentriert betrachtete Cruz das Portal. »In der Hölle gibt es die Schreier in der Tür, nur hier sind keine Gesichter zu sehen. Oder doch? Wenn man sich genau konzentriert ...« Cruz blinzelte. »Bei den Feuern!«

»Was?«

»Das sind Seelen!«

Als Adriana sich nach vorn beugte, berührte sie dabei Cruz' nackten Oberarm mit ihrer Schulter. Diese kleine Berührung versetzte ihrem Herzen einen Stich. Es war nicht richtig, eine dieser zufälligen Berührungen zu genießen oder sie sich gar herbeizusehnen. Cruz war ein Dämon! Sie kniff die Augen fest zusammen.

In diesem Moment räusperte sich der Dämon.

»Ähm, hallo? Ich oder besser gesagt wir ...« Er deutete zuerst auf Adriana und dann auf sich. »... sind wegen einer Auskunft hier.«

»Sehr diplomatisch«, flüsterte Adriana ihm ins Ohr. »Lernt man das auf der Dämonen-Universität? Small Talk mit Seelen?«

Cruz ignorierte den Einwurf.

Gerade als Adriana zu einem neuen Seitenhieb ansetzen

wollte, teils auch um ihre Anspannung zu überspielen, schließlich stand sie gerade vor einem Portal, das in die Hölle führte, hörte sie die Stimmen.

»Die beiden Halbblüter!«, flüsterte ein Chor, der direkt aus dem Portal zu kommen schien. »Die beiden Erlöser!«

Wie bitte, was? Perplex trat Adriana einen Schritt zurück.

»Sprecht weiter«, ermutigte Cruz das Portal. Vor Überraschung klappte Adriana der Mund auf. Doch im Gegensatz zu ihr zeigte Cruz' Gesicht keinerlei Angst vor den Seelen. Auf ihm lag der bläuliche Schimmer des Portals, als er sich noch ein wenig weiter vorbeugte. »Erzählt uns vom Höllenfeuerlied. Was wissen die Höllenportale darüber?«

Und dann begann das blaue Seelenportal zu singen. Ein grausiger Chor Hunderter verzweifelter Seelen …

Sie gaben ein Lied wieder, das irgendwo zwischen Gedicht und Gesang lag. Eine Art unheimlicher Sprechgesang. Ja, das traf es am ehesten.

»Über die Menschheit kommt eine Zeit
der Qual, der Angst, der Dunkelheit.
Volarion und der Engel Krieg
kam zum Erliegen ohne wirklichen Sieg.

Engel verschleppt von lebenden Teufeln,
Engel von Dämonen entführt.
Das Böse versucht sein Gift zu träufeln,
bis es wird von der Sonne berührt.

Michaels Blut soll versiegeln das Tor.
Reichte nicht aus für alle Tage.
So kommen sie jedes Jahr wieder hervor,
befallen die Welt als teuflische Plage.

Zunächst nur in Tagen der Jahreswende
fallen sie über die Menschen her.

Doch warnen die Seelen euch vor dem Ende,
bald ist das Blut des Engels nicht mehr.

Die Hoffnung, ihr Menschen, sind der Mischblüter zwei,
von menschlichen Müttern das Leben geschenkt.
Mit ihrer Hilfe seid ihr wieder frei,
wenn ihre Macht zum Licht wird gelenkt.

Gegen Luzifer sich selbst als Waffe zu wählen,
Engel im eigenen Gefängnis verendet,
nur aus eigener Kraft herauszuquälen
die Waffe der Freunde das Blatt noch wendet.

Nun sucht die Beschützer, die Halbblute auf.
Nur gemeinsam können sie euch alle retten.
Holen sie die Engel aus den Tiefen herauf,
so lösen sich alle teuflischen Ketten«.

Als schließlich Stille eintrat, stupste Tequila seine Nase in Adrianas Kniekehle.

Die beiden Erlöser. Die beiden Erlöser. – Wie in einer Endlosschleife wiederholten sich die Worte der Seelen in Adrianas Kopf. So hatten sie sie genannt.

»Es stimmt also.« Cruz nahm ihre Hand. »Wir sind die beiden Halbblute, die die Armee gegen Luzifer anführen werden. Wir werden Luzifer schlagen. Mit einer Waffe. Gemeinsam mit den Engeln.« Er klang aufgeregt.

Verdutzt schielte Adriana auf ihre Hand, die in seiner lag. Cruz hielt tatsächlich ihre Hand.

»Nun ja, der Text ist ziemlich schwammig formuliert. Wenn wenigstens jemand die Freundlichkeit besäße, zu erklären, wie wir Luzifer genau stürzen können.«

Grenzenloser Optimismus lag in Cruz' Zügen, als er sie anstrahlte. »Das wird sich sicher finden, sobald wir die sieben Halbblute versammelt haben. Wir sind die Waffe gegen Luzifer.« Er wandte sich wieder den Seelen im Portal zu. »Oder nicht?«

Die blauen Seelen verharrten ganz stumm. Beinahe glaubte Adriana, sie würden nicht antworten, aber dann wackelte eine kleine Seele, vielleicht die eines Kindes, mit dem Unterkiefer. »Die Dreieinigkeit der Erlöser ist stark, so stark. Antworten findet ihr nur gemeinsam für Luzifers Sterblichkeit.«

»Siehst du?« Cruz deutete auf das Portal. Seine Mundwinkel hoben sich. »Das heißt doch ganz klar: Nachdem wir die Halbdämonen-Armee haben, finden wir als Nächstes die Engel und dann … eine Art Waffe, um Luzifer zu töten?

Ja sicher. Und vor allem, nichts leichter als das. Und was war mit Luzifers Kindern?«

So als wolle er ihr ihre Zweifel nehmen, wandte er sich ihr zu.

»Verstehst du? Wir beide werden die Dämonentage beenden! Vielleicht können wir sogar ein paar Engel befreien.«

Oder einer von uns beiden wird böse werden, dachte Adriana, sagte aber nichts. Mit der freien Hand rieb sie sich über die Stirn. Sie musste nachdenken.

»Wir haben nur noch bis Silvester Zeit. Du wirst um Mitternacht in die Hölle zitiert werden.« Adriana schluckte. Genau an ihrem achtzehnten Geburtstag. Und ihr Geschenk waren fünfzig Jahre Höllendienst für Cruz. »Das sind drei Nächte mit dieser hier.«

Bevor er antwortete, seufzte Cruz kurz. »Du solltest an uns glauben, Adriana, nicht zweifeln!«

Sie sah auf. Vielleicht hatte er recht. Cruz schien so unerschütterlich darauf zu vertrauen, dass alles gut werden würde. Natürlich. Denn er wollte mit aller Macht wieder menschlich werden. Es blieb ihm nichts anderes übrig, als daran zu glauben.

»Glaubst du an uns?« Seine Stimme war mehr ein heißeres Flüstern und sein Gesicht ihrem ganz nah.

Langsam deutete sie ein Nicken an, was ihm ein breites Lächeln entlockte.

Adriana dagegen konnte nichts weiter tun, als Cruz anzustarren. Diese tiefdunklen Augen und das markante Gesicht, das wie in Stein gehauen wirkte. Zwar violett angehaucht, aber dennoch von göttlicher Schönheit. Ihr Magen grummelte. Entweder braute sich da eine fiese Magenverstimmung zusammen oder … oder … Nein! Eilig wischte sie den Gedanken fort.

»Ich glaube, es war kein Zufall, dass wir uns begegnet sind. Das war vorherbestimmt. Schicksal.« Cruz' Stimme klang auf einmal ganz heiser.

Adriana blähte die Nasenflügel auf, doch Cruz ließ ihr keine Zeit zu zweifeln, denn seine Lippen näherten sich ihren. Ach, du Schreck! Würde sich gleich die zweite ihrer Visionen erfüllen? Sie und Cruz, knutschend auf dem Waldboden? Das durfte nicht passieren! Auf keinen Fall wollte sie damit ihrer letzten Vision wieder einen Schritt näherkommen! Außerdem war Cruz immer noch ein Dämon!

Doch ihre Muskeln wollten ihr einfach nicht gehorchen, wollten sich Cruz nicht entziehen. Und ihr Herz schon gar nicht, das wie eine Libelle flatterte. Wieder rückte sein Gesicht ein Stück näher. Unverkennbar. Cruz, der Dämon, versuchte sie zu küssen.

Gerade als sich seine Lippen auf ihre senken wollten, zuckte er zurück.

»Scheiße, Dämonen!«

Adriana brauchte nicht erst zu fragen. Sie wusste, dass Cruz seine Artgenossen gewittert hatte.

Aufmerksam spähte er jetzt in Richtung Höhleneingang, schob sich sogar schützend vor Adriana.

»Haben wir keine Zeit mehr, um abzuhauen?«

»Nein, sie sind zu nah. Verdammt, ich hab einen Moment nicht aufgepasst, und dann das!«, zischte er.

Adriana schluckte. Sie war die Ablenkung gewesen. Wieder ein schönes Beispiel dafür, dass es gefährlich enden konnte, wenn man einen Dämon küsste. Besser gesagt *fast* küsste. Aber was sollten sie jetzt tun? Vor der Höhle schien sich ein Dämonenclan zu beraten und hinter ihnen lag eine Sackgasse. Nun ja, wenn man das Portal in die Hölle nicht mitzählte. Sie saßen in der Falle. Adrianas Finger krallten sich in den Saum ihrer Sweatjacke.

»Kannst du deinen Clan nicht irgendwie zu Hilfe rufen?«

»Nein. Ich hab mich gestern von ihnen getrennt, als einer meiner Betas die Wandlung zum Alpha geschafft hat. Besser so. Ich möchte nichts mehr mit Dämonen zu tun haben und die meisten hassen mich sowieso, weil ich ein Halbdämon bin.«

»Was dich stärker als einen normalen Alpha macht.«

»Richtig.«

Hoffnung glomm in Adrianas Augen auf. »Meinst du, du kannst es mit dem Clan da draußen aufnehmen?«

»Unwahrscheinlich. Es sind zu viele. Ein Alpha, zwei Betas, fünf Gammas, acht Deltas und vier Omegas, wenn mich nicht alles täuscht.« Er schwieg einen Moment. »Ja, unverkennbar Brutus und sein Clan. Mein alter Clan. Ausgerechnet.«

Falls diese Informationen tatsächlich stimmten, besaß Cruz wirklich eine beachtliche Spürnase.

»Was machen wir jetzt?« Ihre Stimme war kaum mehr als ein Flüstern.

Cruz antwortete nicht, was Adriana einen kalten Schauer über den Rücken jagte. Wenn er zu dem Thema schwieg, konnte das nichts Gutes bedeuten.

»He, Brutus, riechst du das auch?«, vernahm sie eine kratzige Stimme, wie die eines heiseren Zwölfjährigen aus Adrianas iPhone. Sie musste vergessen haben, die Übersetzer-App auszuschalten. »Der Geruch von unreinem Blut.«

»Schmutziges Blut!«

»Schmutziges Blut!«, ertönte der bereits vertraute Chor. Ging das schon wieder los?

Die Dämonen vor der Höhle klangen erbost. Wie schon Ivans Clan zuvor, legten sie eine erstaunlich niedrige Toleranzschwelle an den Tag, wenn es um Halbdämonen ging.

»Komisch, sie riechen Tequila gar nicht«, war das Einzige, was Adriana wie automatisch aussprach. Völlig zusammenhanglos.

»Hundegeruch ist für Dämonen schwerer wahrzunehmen als der von Menschen.«

»Wir sind geliefert, oder?«

Anstatt zu antworten, neigte Cruz den Kopf zur Seite.

»Quatsch, seid ihr nicht«, ertönte plötzlich eine weibliche Stimme auf Englisch hinter Adriana.

Blinzelnd drehte sich Adriana um. Ein Alpha-Dämon stand mitten im Höllenportal. Schlüpfte daraus hervor wie durch einen Vorhang. Etwas kleiner als sie, lilafarben, mit Flügeln und einer Frisur wie Angelina Jolie in ihrer Rolle als Lara Croft.

Okay, das kam unerwartet. Ein weiblicher Alpha-Dämon. Waren die nicht ungemein selten?

»Gesa«, sagte Cruz.

»Cruz.« Die als Gesa angesprochene Dämonin nickte. »Steckst mal wieder bis zum Hals in Schwierigkeiten? Warum überrascht mich das nicht?«

Bevor Cruz antwortete, seufzte er einmal tief. »Danke, dass du mich immer wieder daran erinnerst. Was willst du hier?«

»Deinen süßen Arsch retten. Und den von diesem Mischblut.« Gesa schnupperte an Adrianas Schulter, was Adriana dazu veranlasste, einen Schritt zur Seite zu treten.

Doch davon ließ sich Gesa nicht aus dem Konzept bringen. »Interessant.«

Aha. Der Lara-Croft-Dämon fand sie also interessant. Immer noch lag ihr Blick auf ihr, während sie sich den schwarzen Zopf über die Schulter warf.

»Wir werden das jetzt so machen …« Eilig ratterte Gesa ihren Plan herunter und keine Sekunde zu früh, denn in diesem Moment betrat der Dämonenclan, der Adriana bereits von draußen gewittert hatte, die Höhle.

Acht Delta-Dämonen schossen auf sie zu. Fast fühlte sich Adriana in eine Hundehetzjagd versetzt. Und in diesem Fall würde es keine Diskussion geben, wer hier die Beute war.

Der Clan, bestehend aus den von Cruz eben aufgelisteten Mitgliedern, stürmte hinterher.

Tequila bellte ihnen entgegen, allerdings hielt Adriana ihn geistesgegenwärtig am Halsband zurück. Obwohl sie von zwei Alpha-Dämonen flankiert wurde, klopfte ihr das Herz in der Brust.

Die Dämonen johlten, ließen ihren Blick über Adrianas Körper gleiten. Ein Gamma streckte sogar mit gebleckten Zähnen seine geisterhaften schwarzen Krallen nach ihr aus.

Doch Cruz stellte sich ihnen in den Weg. Machte dem Treiben damit ein Ende. Einfach so.

»Stopp! Das ist mein Schmutziges Blut.«

»Genau. Wir sollen sie mitsamt dem Hund Luzifer übergeben«, pflichtete Gesa ihm bei.

Die Dämonen stutzten. Einem Delta lief grüner Sabber aus dem offenen Maul.

»Ihr kennt doch seinen Plan.«

Offenbar nicht, denn die Betas und Gammas warfen ihrem Alpha nervöse Blicke zu, um herauszufinden, was denn jetzt der Plan war. Nur die vier Omegas kugelten sich um sich selbst, wobei sie blubbernde Laute ausstießen. Wie flauschige Schneebälle, die nur zu Unterhaltungszwecken da waren.

Der Alpha-Dämon dagegen wirkte verwirrt.

»Du weißt schon, der Plan mit den Halbdämonen.« Gesa nickte ihm verschwörerisch zu.

»Ach ja, der!« Der Alpha reagierte eine Spur zu spät, fuhr sich dann durch die schwarzen Haare, die praktisch nur aus verfilzten Strähnen zu bestehen schienen. Bevor er ebenfalls auf Englisch weitersprach, blinzelte er unsicher zwischen Adriana, Cruz und Gesa hin und her. »Wieso bist du eigentlich nicht im Palast?« Offenbar hatte er mit Gesa gesprochen.

»Weil ich im Auftrag von Luzifer hier bin, um zu untersuchen, ob sie wirklich ein Halbblut ist. Normale Menschen können die Hölle lebendig nicht betreten, weißt du doch. Sie muss zuerst ein vollwertiger Dämon werden.«

»Oh.« Wieder schielte der Alpha auf Adriana, anscheinend unsicher, was er jetzt tun sollte.

»Also Luzifer sucht die Halbblute … tatsächlich«, bemühte er sich, den Satz nicht als Frage klingen zu lassen.

»Du bist Brutus, oder?«

»Genau.« Der Alpha reckte seinen nackten Oberkörper.

»Wie wäre es«, fragte Gesa zuckersüß, »wenn du deinen Clan nimmst und Jagd auf ein paar Menschen machst, während ich dieses kleine Mischblut befrage?«

Ihr Wimperngeklimper schien auf Brutus Eindruck zu machen, denn er senkte geschmeichelt den Kopf. »Würdest du mir danach die Freude erweisen, mit mir den Morgen zu verbringen, Gesa Abendstern?«

Den Morgen verbringen? Falls diese Frage Gesa überraschte, ließ sie es sich nicht anmerken.

Diese Alpha-Dämonin war ganz schön clever. Aber dieser schmierige Brutus … Guter Gott! War sie eben etwa Zeuge eines Dämonenflirts geworden? Adriana biss sich auf die Unterlippe.

»Da draußen …«, murmelte einer der beiden Betas in diesem Moment mit seiner kratzigen Stimme. Er reckte die Mumiennase. »Ich rieche einen Menschen. Mit viel Alkohol im Blut.«

»Prima!« Gesa klatschte in die Hände, was Adriana zusammenzucken ließ.

Brutus dagegen deutete eine Verbeugung vor Gesa an. »Ich werde dir sein Herz zu Füßen legen.«

Nur, wenn man Gesa genau beobachtete, bemerkte man, wie ihre Gesichtszüge minimal verrutschten, bis sie sich wieder fing und nickte. »Freue mich schon drauf.«

So gewann man schon mal nicht Gesas Herz, da war sich Adriana sicher. Aber immerhin verschwand Brutus samt seinem Clan durch diese List von Gesa wieder.

»Ist da draußen wirklich ein Mensch unterwegs?«, wollte Adriana wissen. Ihre Stimme bebte.

»Ja, riecht wie ein betrunkener Lebensmüder. Tut mir leid, wir können ihm nicht helfen«, meinte Cruz, so als hätte er ihre Gedanken erraten.

Als seine dunklen Augen sie besorgt musterten, fing Adrianas Magen an zu flattern. Wahrscheinlich musste sie sich gleich übergeben.

Doch dann räusperte sich Gesa und der Moment war vorüber. »Was zum Teufel macht ihr zwei hier?«

Adriana und Cruz wechselten einen Blick. Was wusste Gesa bereits und was hatte Cruz ihr über sie erzählt?

»Äh, na ja, das kam so …« Eilig gab ihr Cruz die Kurzfassung. Ungefähr nach zwei Sätzen ertönte von draußen Geschrei. Die Schreie eines unvorsichtigen Betrunkenen, der in die Hände von Dämonen geraten war. Obwohl sie wusste, dass das ab und zu passierte, schließlich waren Alkoholiker des Öfteren der irrsinnigen Meinung, Dämonen könnten ihnen nichts anhaben, zuckte Adriana zusammen. Wieder ein Toter. Ein weiteres Opfer während der Dämonentage. Ob sie morgen über ihn im Fernsehen berichten würden? Oder war für die Medien ein Trunkenbold, der sich in einem Anflug von Selbstüberschätzung ins Freie wagte, nicht der Rede wert? Sie verzog das Gesicht. Ob eines Tages eine wirksame Waffe gegen Dämonen erfunden werden würde?

Doch dann trat Cruz einen Schritt näher, legte einen Arm um sie und zog sie an sich.

»Schon gut. Ich weiß«, murmelte er an ihrem Ohr. »So was ist immer hart.«

Seine Fellweste kitzelte sie an ihrem Kinn. Doch es störte sie nicht. In ihr tobte ein Sturm aus Trauer und Hoffnung. Der Wunsch, die Dämonentage zu beenden, und gleichzeitig ein Strudel an verwirrenden Gefühlen.

Tequila strich um ihre Beine, setzte sich schließlich auf Cruz' nackte Füße.

Der ließ sich jedoch nicht beirren und erstattete weiter Gesa einen kompletten, beinahe militärisch korrekten Bericht.

Ab und zu nickte Gesa oder stellte Rückfragen. Ganz das eingespielte Team.

Es war ziemlich eindeutig, dass die beiden Alpha-Dämonen

sich näher kannten, so vertraut wie sie miteinander umgingen. Mit gemischten Gefühlen hob sie letztendlich den Kopf von Cruz' Schulter.

»Also danke noch mal für deine Idee wegen Adriana eben«, beendete Cruz gerade seinen Bericht.

»Es ist mir jedes Mal eine Freude, deinen süßen Arsch zu retten. Und irgendwie wird es mir nicht langweilig.«

Betreten senkte Cruz den Kopf, während Adriana Gesa aufmerksam musterte.

»Nun ja, wie gesagt: Danke. Außerdem ist es ja nicht so, dass ich dich nicht auch schon irgendwo rausgehauen habe.« Cruz kratzte sich am Kopf. »Aber was machst du eigentlich hier? Seit wann darfst du den Palast verlassen? Weiß Luzifer, dass du dich auf der irdischen Seite des Portals aufhältst?«

»Ja, das weiß er«, sagte eine dunkle Stimme, die direkt aus dem Portal zu kommen schien und bei der Adriana das Bild einer Folterszene durch den Kopf schoss. Denn diese Stimme erinnerte sie unweigerlich an Horrorfilme im Spätfernsehen.

»Ah, wenn man vom Teufel spricht«, sagte Cruz.

10

Ein hochgewachsener Dämon entstieg dem Portal. Ein Dämon, den Adriana nur als Zeichnung von Flugblättern kannte: Luzifer höchstpersönlich in seiner ganzen glitzernden Pracht. Mit zwei Hörnern und bronzefarbenen Bodybuildermuskeln. Ebenso wie Cruz nur mit einem Lederlendenschurz bekleidet.

Sollte sein plötzliches Auftreten Cruz und Gesa überrascht haben, so ließen es sich die beiden nicht anmerken.

Adriana wünschte, sie besäße dieselbe Coolness wie die Alphas. Wie immer in bedrohlichen Situationen zog sie die Schultern ein und krallte ihre Fingernägel in den Saum ihrer Sweatjacke. Das Gefühl des weichen Baumwollstoffs auf ihrer Haut spendete ihr immerhin eine kleine Portion Trost und Mut. Denn es fühlte sich fast so an, wie von ihrer Mutter zugedeckt zu werden. Genau wie damals …

Einzig und allein Cruz zeigte eine knappe Reaktion, als er Adriana fast unmerklich losließ, sie hinter sich schob und dann seine Flügel eine Winzigkeit weiter ausbreitete, um sie vor den Blicken des Höllenfürsten zu schützen.

Das allerdings passte Adriana ganz und gar nicht. Sie wollte diesem Dreckskerl von Luzifer ins Gesicht sehen, der Cruz diesen diabolischen Pakt abgeluchst hatte. Der die gesamte Menschheit terrorisierte. Außerdem hatte sie nicht die Absicht, sich von Cruz wie ein Kleinkind bevormunden zu lassen. Wärme durchströmte ihren ganzen Körper, als sie die Schultern straffte, Cruz' rechten Flügel beiseitestrich und Luzifer mit einem entschlossenen Ausdruck im Gesicht gegenübertrat.

»Ah, was für ein Anblick. Meine zwei liebsten Alpha-Dämonen auf der Erdoberfläche gemeinsam mit einem Mischblut. Hat die Welt jemals so einem Treffen beigewohnt?« Der Höllenfürst grinste, schüttelte locker seine Muskeln aus, so als käme er nur auf ein kleines Schwätzchen vorbei. Das bläuliche Licht des Portals glitzerte auf seiner Haut und ließ die Reflektionen der Seelen darauf tanzen.

Doch Adriana ließ sich nicht von seinem lässigen und zugleich einschüchternden Auftritt beirren. Luzifer kam nicht einfach mal zufällig auf einen Kaffeeklatsch vorbei. Irgendetwas ging hier vor sich …

»Was willst du hier, Luzifer?«, knurrte Cruz. Seine Hände hatte er zu Fäusten geballt.

»Gesa daran erinnern, dass ihr heutiger Ausgang leider vorbei ist. Zeit, den Dienst wieder anzutreten. Aber schnell, sonst ist die Hölle los!« Er klatschte feixend in die Hände, so als sei Gesa ein Hund, den er höchstpersönlich dressiert hatte. Keiner der drei lachte.

»Ihr versteht also mal wieder keinen Spaß«, seufzte Luzifer. »Aber Moment, wen haben wir denn da?« Er tat, als habe er Adriana eben erst richtig bemerkt.

»Ein Mischblut und noch dazu ein so hübsches!« Luzifer machte zwei Schritte auf sie zu, hob eine Hand, um Adrianas Wange zu berühren, doch Cruz schlug sie weg.

Das war knapp gewesen. Die Hand des leibhaftigen Teufels hatte so nah vor ihr geschwebt! Gerne hätte Adriana behauptet, dass sie sich deswegen nicht beinahe in Hose gemacht hätte.

Dennoch rührte sich niemand von ihnen. Weder Adriana noch Cruz machten einen Schritt zurück. Die Situation glich der Konfrontation mit einem Löwen. Niemand wollte Schwäche zeigen und zurücktreten, wodurch sie dem Raubtier einen Grund zum Angriff gegeben hätten.

»Nun gut.« Luzifer wischte sich die Hände an seinem Lendenschurz ab. »Interessantes kleines Wesen jedenfalls. Vermischtes

Blut … Sehr selten … Ich habe schon viel von dir gehört.« Er zwinkerte Adriana zu, was sie fast würgen ließ.

Wieder stieß Cruz ein Knurren aus.

Davon blieb der König der Unterwelt jedoch völlig unbeeindruckt.

»Dieser Stubentiger hat dich anscheinend bereits als sein Eigentum markiert und teilt nicht gern.« Er nickte in Richtung Cruz. »Na, soll sie dein Ticket werden, um deine Menschlichkeit zurückzugewinnen? Das ist doch dein größter Wunsch, Cruz Darkknight, habe ich recht? Aber sei's drum, kleine Adriana Astara: Am Ende der Dämonentage wirst du mir gehören. Zusammen mit Cruz. So oder so.«

Als hätte sich eine eiskalte Faust um ihre Lunge gelegt, hielt Adriana die Luft an. Woher nur kannte er ihren Namen? Was sollte diese Anspielung auf Cruz' Absichten? Und was sollte das bitte heißen? Ihm gehören?

Diese Ankündigung schien zu viel für Cruz' Selbstbeherrschung zu sein, denn jetzt stürzte er sich brüllend auf Luzifer. In letzter Sekunde sprang Gesa vor und drückte ihn mit ihrem ganzen Körpergewicht zur Seite, sodass er gegen die Höhlenwand krachte.

»Na, na, na. An dieser latenten Gewaltbereitschaft solltest du wirklich arbeiten, Cruz Darkknight.« Luzifer nutzte die Gelegenheit, hob nun zum zweiten Mal die Hand und strich Adriana, die mit wachsendem Unbehagen dastand, aber keine Schwäche demonstrieren wollte, über die Wange. An Cruz' Stelle knurrte Tequila den Teufel an, war aber offenbar von dessen Präsenz zu eingeschüchtert, um zuzubeißen.

Als seine Finger ihre Haut berührten, spürte Adriana die übermenschliche Hitze, die jede Pore seines Körpers verströmte. Obwohl sie sich vorgenommen hatte, keine Anzeichen der Angst zu zeigen, riss sie die Augen auf.

Der Teufel höchstpersönlich registrierte es mit einem Lächeln. Eine Sekunde später schlug sie die Hand weg, wie Cruz es zuvor getan hatte.

»An deinem achtzehnten Geburtstag wirst du mich rufen, um einen Pakt mit mir zu schließen.« Luzifers Blick wurde noch intensiver. »Weißt du, wie man einen Dämon ruft?« Seine Augen glitzerten. Fast meinte Adriana, Flammen in seinen Pupillen tanzen zu sehen.

»Nein! Sag es ihr nicht!«, brüllte Cruz, der sich inzwischen aus Gesas Klammergriff befreit hatte und auf Adriana zustürzte, um sie von Luzifer wegzuschieben.

»Aber, aber!« Luzifer tat enttäuscht, hob beide Hände und wandte sich dann zum Gehen. »Sie wird diese Information brauchen. Also, Kleines, wenn du mich rufen willst, und das wirst du …« Wieder dieses ekelhafte Zwinkern von diesem eingeölten, dreckigen Mistkerl. »… dann musst du einfach nur etwas von deinem eigenen Blut nehmen und damit ein umgedrehtes Pentagramm auf ein Foto von dir zeichnen. Verstehst du? Ein Pentagramm ist ein abergläubisches Schutzsymbol vor Dämonen, aber umgedreht, mit der Spitze nach unten gezeichnet wird es zu einer Einladung für Dämonen.« Er grinste erneut und entblößte dabei die ekelerregendsten gelben, spitzen Zähne, die Adriana je gesehen hatte. Da er inzwischen nur eine Armlänge vom Portal entfernt stand, konnte man sie zu Adrianas Leidwesen viel zu deutlich erkennen.

»Dann rufst du einfach meinen Namen und ich werde da sein, um dir den Handel deines Lebens vorzuschlagen. Das wird ein Spaß!«

In übertriebener Vorfreude rieb er sich die Hände. »So, und jetzt kommst du mit mir, Gesa-Schätzchen. Auf dich wartet noch eine hübsche Sklavinnen-Aufgabe. Oh, apropos: Dich, Cruz, sehe ich dann in genau einundsiebzig Stunden und zwölf Minuten als meinen neuen Sklaven im Palast. Sei pünktlich, sonst wirst du es bereuen.« Mit einem weiteren Zwinkern in Richtung Adriana und zum Abschied ausgebreiteten Armen entschwand der Höllenfürst rückwärts durch das Portal in die Hölle.

Verflixt. Luzifer hatte sie in der Hand. Einundsiebzig Stunden waren verdammt kurz. Wie sollten sie es bis dahin rechtzeitig schaffen, die anderen fünf Halbdämonen aus dem Höllenfeuerlied zu finden? Und dann noch diese gruselige Blut-auf-dem-Foto-Sache ... Augenblicklich fühlte sie sich zu dem Moment zurückversetzt, in dem sie in Mollys Schlafzimmer das Foto mit dem roten Stern gesehen hatte. Ein umgedrehtes, blutrotes Pentagramm ... Das war also Mollys Einladung gewesen, um einen Pakt mit Ivan einzugehen. Aber wie hatte Molly von den drohenden verlängerten Dämonentagen erfahren? Und warum gerade Ivan? Welches Opfer rechtfertigte eigentlich so einen dämonischen Pakt? Unter gesenkten Lidern schielte Adriana zu Cruz, auf dessen Füßen es sich Tequila gemütlich gemacht hatte.

»Mal wieder ein sehr gelungener Abgang vom Boss«, meinte Gesa.

»Ich werde einen Weg finden, um deinen Pakt zu lösen, Gesa.« Cruz hatte einen entschlossenen Gesichtsausdruck aufgesetzt.

Gesa hob eine Augenbraue und verschränkte dann die Arme vor der Brust. Auf ihrem linken Bizeps prangte ein Tattoo. Ein Stacheldraht, der sich wie ein Oberarmreif um ihren Arm schlang. »Ach, Cruz, versprich nichts, was du nicht halten kannst. Du solltest dich zuerst mal um deine eigene Scheiße kümmern, in der du steckst.«

Doch Cruz ließ sich nicht beirren. »Es gibt vielleicht einen Weg, wie wir wieder zu Menschen werden können. Und außerdem Luzifers Plan vereiteln.«

»Du denkst, ich bin eins dieser Halbblute aus diesem bekloppten Prophezeiungslied?«

Natürlich! Adriana biss sich auf die Lippen. Cruz hatte bereits angedeutet, dass Gesa so war wie er. Sie musste auch ein Halbdämon gewesen sein, der sich in einen Alpha verwandelt hatte.

»Ja.«

»Aber auf keinen Fall bin ich Luzis Tochter!« Gesas Stimme klang schrill.

Luzi?

»Wir glauben, damit könnten noch andere Dämonen gemeint sein, die sich auf unsere Seite schlagen werden«, versuchte Adriana sie zu beruhigen. »Luzifers Vollblut-Dämonenkinder.«

Cruz nickte. »Komm mit uns. Wir werden das alles hier beenden. Die ewige Dunkelheit aufhalten, die Luzifer plant.«

»Ja, bitte, Gesa. Schließ dich uns an.« Adriana versuchte einen entschlossenen Ausdruck auf ihr Gesicht zu legen.

»Ihr … ihr glaubt das wirklich? An die Rückkehr der Engel? Daran, dass ihr eine Waffe …« Sie senkte die Stimme, warf einen Blick über die Schulter in Richtung Portal. »Aber Luzifer wird mich überall finden und dann … nicht nur mich dafür büßen lassen.«

Bevor sie den Vorschlag unterbreitete, knotete Adriana ihre Finger ineinander. »Kannst du Luzifer nicht überreden, dich während der nächsten drei Nächte hinauszulassen, um ein paar … nun ja, Menschen zu fressen?«

Einen Moment blinzelte Gesa, senkte dann den Kopf und dachte nach. Ihre Augenlider zuckten dabei.

Bitte, bitte, lass sie ja sagen! Damit hätten sie den ersten Halbdämon gefunden und waren ihrem Ziel schon ein Stück näher. Stumm betete Adriana zum Himmel.

Am Ende hob Gesa den Kopf. »Gut. Einverstanden. Aber erst morgen Nacht. Ich muss ein paar Sachen packen und Dinge regeln.«

»Dinge regeln?« Cruz warf ihr einen verwirrten Blick zu.

»Ja, Dinge regeln. Was dagegen?«

»Schon gut, schon gut!« Nach einer abwehrenden Handbewegung fügte Cruz hinzu: »Wir treffen uns morgen wieder hier. Um Mitternacht.«

Damit war alles gesagt. Und da Gesa anscheinend kein Freund dramatischer Abgänge war, verschwand sie einfach so, nach einem kurzen Nicken zu Cruz und Adriana, im Portal.

Zugegeben, was hatte Adriana auch anderes erwartet? Auf der anderen Seite wartete Luzifer bereits darauf, dass sie ihren Dienst erfüllte.

»Erzähl mir mehr über die Hölle«, flüsterte sie, wobei ihr Blick immer noch an dem blau schimmernden Portal klebte.

Für einen Moment wirkte Cruz überrascht. »Gut, aber draußen im Wald. Wenn wir hier stehen bleiben, brauchst du kein Pentagramm, damit Dämonen sich eingeladen fühlen.«

Adriana nickte einmal. »Komm!« Auf einen Fingerzeig von ihr sprang Tequila auf, wobei seine Hundemarke am Halsband klackerte und das Echo davon unheimlich von den Wänden zurückgeworfen wurde.

Von einer inneren Unruhe gepackt, zog Adriana die Bänder ihres Rucksacks enger.

»Ich geh vor.« Während Cruz mit einer Hand nach Adriana griff, formte er mit der anderen einen Feuerball, der wie eine Fackel über seiner Hand schwebte. Das weiche Licht beruhigte Adrianas angespannte Nerven ein wenig.

Als sie wenig später unter den tief hängenden Wurzeln hindurchtauchten, begann Cruz von den sieben Bereichen der Hölle zu erzählen. Adriana hörte ihm schweigend zu, lief neben ihm her und pfiff nur ab und zu Tequila zurück, der an dem einen oder anderen Mauseloch schnüffelte. Als er schließlich den inneren Kreis mit Luzifers Palast beschrieb, zuckte Adriana nur einmal zusammen. Bei der Beschreibung der Folterkammern. An den anderen Stellen, dem Vorhof, den Feldern des Wahnsinns, der Dämonenbrutstätte, der Schmiede und den Hallen der sieben Völker der Hölle, zeigte sie keine Regung.

Unter einer Eiche blieb Cruz stehen, nahm ihr den Rucksack ab und bedeutete ihr, sich zu setzen. Falls Dämonen in ihre Nähe kamen, würde er sie sicher rechtzeitig riechen.

Den Teil von seinem Zusammentreffen mit Luzifer in dessen Palast hatte er ihr bereits gebeichtet.

»Diese Brutstätte …«, sagte sie nach einer Weile. »Dort werden Omega-Dämonen geboren?«

»Ja, sie schlüpfen aus ihren braunen, schleimigen Hüllen, beinahe so, wie es bei Haifischen der Fall ist. Danach werden sie eingesammelt und verschiedenen Clans zugeteilt. Weißt du, es gibt einfach zu wenige weibliche Dämonen und die haben anderes zu tun, als Dämonenkinder zu erziehen. Ich frage mich nur …«

»Du fragst dich nur was?« Adriana und Tequila, der es sich auf Adrianas Beinen bequem gemacht hatte, hoben synchron den Kopf.

»Also Omegas entwickeln sich ja nach einer gewissen Zeit zu Delta-Dämonen, wenn sie bei genug Angriffen auf Menschen dabei gewesen sind. Aber … nun ja, es geht das Gerücht um, dass Omegas sich auch in etwas anderes verwandeln können, wenn sie sozusagen nicht bei Tötungen ihres Clans mitgemacht haben. Eine andere Lebensform als ein Delta-Dämon.«

»Du meinst, wenn sie anders erzogen werden?«

»Gewissermaßen.« Cruz senkte den Kopf und riss mit den Händen ein paar Grashalme aus.

Seufzend lehnte sich Adriana gegen den Stamm der Eiche, der sich kratzig an ihrem Rücken anfühlte. »Was glaubst du, könnte diese andere Lebensform sein?«

Obwohl sie es schon vorausgesehen hatte, spürte Adriana die Enttäuschung, als er nur mit den Achseln zuckte. Seine Flügel raschelten.

»Keine Ahnung und ich möchte dir auch nicht allzu große Hoffnungen damit machen.«

Sie sah zu ihm auf. Wahrscheinlich ahnte er, dass sie bereits darüber nachdachte, ob es möglich war, mit etwas Hilfe alle Omegas umzuerziehen, damit sie gar nicht erst zu Killermaschinen wurden. Aber solange sie nicht mehr darüber in Erfahrung bringen konnte, würde das nur ein frommer Wunsch bleiben.

Wieder seufzte sie tief. Tequila tat es ihr nach.

Zum zweiten Mal in dieser Nacht schweiften ihre Gedanken unwillkürlich zu Molly, die einen Pakt mit Dämonen eingegangen war, aber dann einfach alles an die dunkle Seite verloren hatte und in dessen Folge verrückt geworden war.

Allerdings hatte Adriana ja bereits das Liebste in ihrem Leben verloren. Ihre Mutter. Also? Was sprach am Ende dagegen? Wenn es der einzige Weg war, diese ewige Verdunklung zu verhindern, von der Rhyon gesprochen hatte. Und dafür musste sie Cruz von seinem Pakt mit Luzifer befreien. Sie und die anderen Halbdämonen mussten zusammenarbeiten wie in der Vision, die sie gehabt hatte. Das dritte Bild, das vor ihr aufgeblitzt war. In dem sie gemeinsam mit Cruz eine Armee voller Halbdämonen und anderer geflügelter Wesen angeführt hatte.

Unwillkürlich schielte sie zu Cruz, der sich rechts von ihr ebenfalls im Sitzen gegen den Baum gelehnt hatte.

»Woran denkst du?«, wollte er wissen. Eben noch hatte er die Sterne beobachtet, jetzt wandte er den Kopf und sah ihr direkt in die Augen.

»An die bevorstehende Veränderung«, antwortete sie nach kurzem Überlegen. Lügen kamen ihr leicht über die Lippen. Damals im Kinderheim hatte sie das perfektioniert, musste sie zu ihrer Schande gestehen. Außerdem war das genau genommen keine wirkliche Lüge.

»Machst du dir Sorgen?« Seine Flügel raschelten erneut. »Wenn es Tag wird, werde ich in der Hölle ein paar Informanten besuchen und du recherchierst im Internet. Wir finden die Informationen, die wir suchen, und gemeinsam treiben wir die fehlenden vier Halbdämonen auf.«

»Rico, mein bester Freund, wird mir sicher bei der Recherche helfen können. Er ist ein Genie.«

»Siehst du?« Cruz strahlte. »Gemeinsam schaffen wir das!« Seine dunklen Augen wurden weich. Kleine Fältchen hatten sich auf der violett schimmernden Haut darum gebildet. Aus unerklärlichen Gründen spürte sie einen inneren Drang, diese Fältchen zu berühren. Halt, was dachte sie denn da? Er war ein Dämon! Das ging einfach nicht. Und sie kannte ihn auch erst seit gestern!

Im Krieg und in der Liebe ist ›seit gestern‹ eine lange Zeit, flüsterte die wohlbekannte Stimme. Adriana blinzelte und warf dann die Haare zurück. Langsam zeigten sich bei ihr Anzeichen von Schizophrenie. Das musste der Druck sein, der auf ihr lastete. Oder der dämonische Teil, den sie in sich trug. Auf keinen Fall würde sie jetzt die Hand ausstrecken und Cruz berühren!

Doch genau in diesem Moment hob Cruz überraschenderweise seine eigene Hand und strich ihr mit dem Daumen über die Wange.

Beinahe hätte sie laut aufgekeucht.

»Hör auf, dir Sorgen zu machen. Ich bin da. Und werde nicht von deiner Seite weichen, wenn wir Luzifer gegenübertreten. Wir werden ihn besiegen«, flüsterte er.

»Wie kannst du dir da so sicher sein?«, flüsterte sie zurück.

»Ich weiß es einfach.« Seine Stimme klang rau. Er zögerte. Dann wanderte seine Hand über ihre Haare, streichelte ihr über die Schläfen, während sein Blick über ihr Gesicht glitt, als ob er darin etwas suchte. Langsam kam er ihr immer näher.

Wollte er etwa …? Vor Schreck hielt Adriana den Atem an. Unverkennbar! Dieser Blick und die geweiteten Pupillen! Cruz Darkknight war definitiv im Begriff, sie zu küssen!

Oh nein! Nein, nein, nein! Sie wollte aufspringen, doch Tequila lag immer noch bleischwer auf ihren Knien. Ihr Herzschlag beschleunigte sich. Das war so unrealistisch. Ein Dämon, der versuchte, seine Lippen auf ihre zu drücken!

Ein Dämon, der wieder ein Mensch werden will. Adriana hasste diese neunmalklugen geistigen Einwürfe jetzt schon.

Hin- und hergerissen zögerte sie. Doch dann, als seine Lippen kurz davor waren, ihre zu berühren, raschelte es in der Nähe der beiden.

Seufzend schloss Cruz die Augen. »Verdammt. Schon wieder nicht aufgepasst! Mein alter Dämonenclan«, folgerte er, nachdem er kurz in der Luft herumgeschnüffelt hatte. »Sie jagen einen Menschen. Verhalte dich ruhig, vielleicht nehmen sie uns nicht wahr, wenn wir uns nicht bewegen.«

Etwa fünfzig Schritte von ihnen entfernt brach jetzt ein Mann aus dem Gebüsch, eine Flasche billigen Wein umklammernd wie sein Erstgeborenes.

Gehetzt um sich blickend stolperte er über die freie Rasenfläche auf die nächste Baumansammlung zu. Etwa auf der Hälfte der Strecke zuckte er zusammen, denn jetzt überschwemmte ein Dämonenclan von knapp zwei Dutzend Mitgliedern die Lichtung. Ein einzelner Mini-Omega hopste weit abgeschlagen von seinem Clan durch das Unterholz hinterher.

»Oh, oh«, flüsterte Adriana.

»Wir können nichts tun.« Als hätte er ihre Gedanken gelesen, legte Cruz Adriana eine Hand auf ihr Knie. »Außerdem ist er ein Trinker und knippst sich sowieso bald selbst mit Alkohol das Licht aus.«

Adriana warf ihm einen Seitenblick zu. Damit rechtfertigte er einen Mord an einem Menschen?

Ein schriller, markerschütternder Todesschrei rollte über sie hinweg, gefolgt von einem Geräusch wie das Reißen von Fleisch.

Jetzt war Adriana froh, dass sie Cruz anstelle des Trinkers anstarrte, der vermutlich gerade sein letztes bisschen Leben ausgehaucht hatte.

»Realistisch betrachtet weißt du, dass ich recht habe.« Sein belehrender Ton brachte Adriana dazu, mit den Zähnen zu knirschen. Doch bevor sie ihm die Meinung sagen konnte, riss er die Augen auf. »Oh, schau mal da!«

Eigentlich war es das Letzte, was Adriana wollte. Sich zur Lichtung umzudrehen. Aber Cruz hatte mit seinem interessierten Gesichtsausdruck ihre Neugier geweckt. Sollte sie einen Blick riskieren? Aber das Massaker und schmatzende Dämonen, die einen Mensch verspeisten, waren sicher alles andere als ein schöner Anblick. Unschlüssig biss sie sich auf die Lippen und krallte die Fingernägel ihrer freien Hand in ihre Sweatjacke.

»Jetzt mach schon«, flüsterte ihr Cruz zu.

Und dann drehte sie den Kopf. Wie erwartet, konnte sie einen Haufen Dämonen erkennen, die sich um die besten Happen stritten. Im Gegensatz zu den anderen Clans, die sie bisher zu Gesicht bekommen hatte, herrschte hier das Chaos. Ein Delta knurrte einen Gamma an, offensichtlich weil er ein Stück Bein als seinen Anteil beanspruchte.

Übelkeit kroch in Adrianas Bauch über die Speiseröhre nach oben, doch dann bemerkte sie, worauf Cruz angespielt hatte.

Um einen Omega-Dämon, einer der größten unter den flauschigen Pelzknäulen mit Augen wie Schlumpfdaumen, schwirrte ein neongrüner Nebel, drehte sich wie bei einem Tornado um das kleine Wesen. Der Omega quiekte verzückt.

Mit offenem Mund beobachtete Adriana das Spektakel. Kaum einen Wimpernschlag später war der Omega mitsamt dem Nebel verschwunden. An seiner Stelle stand schwanzwedelnd ein Delta-Dämon. Grüner Sabber tropfte zwischen seinen Reißzähnen hervor.

Ungläubig blinzelte Adriana zweimal. Doch es war keine Halluzination.

Statt dem flauschigen Kürbis saß nun ein Dämonen-Rottweiler am Rande des großen Fressens.

Gerade als Adriana den Mund wieder zugeklappt hatte, stürzte sich der Delta ins Getümmel und biss einem seiner Artgenossen in den Hintern, um näher an die Leiche heranzukommen.

Adriana würgte.

»Er hat sich verwandelt«, stellte Cruz fest. »Ist innerhalb seines Clans zum Delta aufgestiegen. Eben hatten wir drüber gesprochen.«

»Hättest du mich nicht vorwarnen können?« Adrianas Stimme klang belegt. »Hebt meine Laune nicht gerade.«

»Na ja. Sieh's doch mal so: Vielleicht war das gerade der letzte Omega, der sich je in einen Delta verwandelt hat. Denn sobald wir wissen, wie man das verhindert, werden die Dämonen keinen Nachschub mehr bekommen und wir rotten sie einfach aus. Innerhalb einer einzigen Generation.« Cruz reckte sein Kinn, so als glaube er fest daran. »Und jetzt komm, wir sollten besser von hier verschwinden, solange sie noch beschäftigt sind.« Sanft umschloss er ihre Hand und zog sie auf die Beine.

Nun, Adriana war sich zwar sicher, dass der Clan sie sehr wohl gewittert hatte und sie nur wegen ihrer Markierung und Gesas

Lüge in Ruhe ließ. Aber andererseits existierten Orte, an denen sie sich lieber aufhielt als am Rande eines Dämonenbuffets.

Tequila sprang ebenfalls auf und Adriana musste ihre Kräfte nochmals mobilisieren, um den Hund auf ihre Arme zu wuchten, damit Cruz es leichter hatte, sie beide zu tragen.

»Wir finden eine Lösung, keine Sorge«, versprach Cruz, dann umschlang er ihren Oberkörper und legte den anderen Arm unter Adrianas Kniekehlen. Einen Moment später hoben sie bereits mit lautlosen Flügelschlägen vom Boden ab.

Woher nahm er nur diesen unerschütterlichen Optimismus?

Während des Fluges beruhigte sich Adrianas Herzschlag wieder. Sie war praktisch bei einer Dämonenmahlzeit dabei gewesen und hatte die Verwandlung eines Omega- in einen Delta-Dämon mitangesehen. Schöne Scheiße.

Der kühle Nachtwind wehte ihr die Haare ins Gesicht, wogegen sie absolut nichts unternehmen konnte, denn sie musste den warmen Fellberg festhalten. Tequila, der seine Pfoten über ihren Arm gelegt hatte und furchtlos zu ihr aufsah. Fliegen mit Cruziana-Air schien ihm nichts auszumachen.

Schließlich bemerkte sie, dass Cruz zu dem kleinen Friedhof zurückflog. Fragend hob sie den Kopf, wobei sie mit den Lippen aus Versehen fast sein Kinn berührt hätte.

»Dieser Ort scheint mir im Moment am sichersten.« Daraufhin schwieg er, doch sie spürte das unausgesprochene »Bis Ivan uns entdeckt« in der Luft schweben. Ivan lechzte nach ihrem Tod und so leicht würde er nicht aufgeben. Ivan … Luzifers Enkel. Wenn sich am Ende ihre schlimmsten Befürchtungen erfüllten und sie tatsächlich eins von Luzifers Kindern war, die im Höllenfeuerlied beschrieben wurden, machte sie das gewissermaßen zu Ivans Tante … Was für ein verrückter und völlig abwegiger Gedanke.

Nachdem Cruz sie sanft abgesetzt hatte und Tequila sofort begann, sich im Gras zu wälzen, strich sie sich die Ärmel ihrer

Sweatjacke glatt, wobei sie über ihre Ballonnarbe am Unterarm fuhr. Cruz' Markierung.

Da fiel ihr wieder ein, was Luzifer zu ihr gesagt hatte: »Am Ende der Dämonentage wirst du mir gehören.«

Adriana schluckte. Was sollte das heißen? Hatte er sie ebenfalls irgendwie … markiert? Aber wie und wo? Und vor allem, warum?

»Worüber grübelst du so angestrengt nach?« Cruz hatte sich mit Tequila zu seinen Füßen lässig gegen einen Grabstein gelehnt.

»Über das, was Luzifer gesagt hat.«

Cruz' Kiefer zuckte. »Wenn es wegen der Sache mit mir ist: Du bist NICHT mein Ticket, um wieder ein Mensch zu werden. Ich würde dich nie benutzen.«

Komisch, daran hatte sie gar nicht gedacht … Aus dem Augenwinkel warf sie ihm einen Blick zu. Was würde das für einen Sinn ergeben? Schließlich war er gerade erst einen Pakt eingegangen, um ihr Leben zu retten. Andererseits nützte sie Cruz tot wahrscheinlich weniger als lebendig …

»Hör mal«, unterbrach er ihre Gedanken. »Wir sollten die Informationen aus dem Höllenfeuerlied und dem Lied der Höllenpforte noch einmal durchgehen. Wenn du hier draußen Handyempfang hast, können wir auch gleich nach auffälligen Personen googeln und unsere nächsten Schritte planen.«

Etwas umständlich streifte Adriana den Rucksack ab und setzte sich dann Cruz gegenüber, mit dem Rücken an einen grauen Grabstein, dessen Inschrift längst verblasst war.

»Was meinst du? Eigentlich ist doch ziemlich klar, was die Lieder uns erzählen wollen. Halbdämonen müssen sich mit Luzifers abtrünnigen Kindern und noch anderen Gefährten, die vielleicht Engel sein könnten, zusammenschließen, um Luzifer aufzuhalten, der die Verdunklung der Welt plant. Unendliche Dämonentage. Sobald wir sieben Halbdämonen sind, wird sich uns eine Waffe offenbaren und die Verbündeten werden uns finden. Oder so ähnlich.« Zugegeben, etwas optimistisch gedacht.

»Aber wir brauchen einen Hinweis, wo wir nach den anderen vier Halbdämonen und vor allem nach den Engeln suchen sollen. Seit Jahrzehnten hat niemand mehr auch nur einen Engel gesehen. Es gibt keine dokumentierten Erscheinungen mehr. Und laut dem Lied der Pforte sitzen sie irgendwo im ›eigenen Gefängnis‹ fest.« Er malte Anführungszeichen in die Luft, als er die Textzeile aus dem Höllenfeuerlied zitierte.

Das wusste Adriana bereits. »Du hast recht. Ich könnte meinen Freund Rico bitten, danach zu recherchieren. Er kennt sich gut aus mit so was. Aber die meisten Engel sind sicher von den Dämonen in diesem großen Krieg mit Volarion vernichtet worden, von dem du gesprochen hast.«

»Richtig.« Cruz nickte. »Durch die Abwesenheit der Engel kam es dann zu den Dämonentagen. Erzengel Michael versiegelte im Sterben mit seinem Blut die Tore, aber es reichte nicht mehr für die letzten fünf Tage …«

Doch wieder einmal wurden sie unterbrochen.

»Da drüben!«, kreischte eine Stimme.

»Och nö«, meinte Adriana. »Nicht schon wieder.«

Doch natürlich war es wieder einmal Ivan, der sie aufgespürt hatte.

Vorsichtig lugte sie über den Grabstein und sah den Alpha-Dämon landen. Sein Gesicht war zu einer gehässigen Grimasse verzogen.

Hinter ihm brachen Delta-Dämonen, gefolgt von Betas und Gammas aus den Baumreihen. Ein einzelner Omega hüpfte hinterher.

Zwei Beta-Dämonen trugen, wie ihr auffiel, Pfeil und Bogen über der Schulter. Na, super.

Automatisch griff sie nach ihrem Rucksack und rief Tequila zu sich. Das war schlecht. Auf dem verfallenen Friedhof gab es nicht viele Möglichkeiten, sich vor brennenden Pfeilen in Sicherheit zu bringen. Von der Kapelle, die hier einmal gestanden hatte, war nicht mehr als ein kleiner Steinkreis übrig geblieben.

»Bleib unten!«, raunte Cruz ihr zu, dann sprang er mit einem gewaltigen Satz in die Luft, nur um ein paar Yards weiter nach einem kräftigen Flügelschlag wieder zu landen. Genau gegenüber von Ivan, jedoch noch auf geweihtem Boden. Das Mondlicht ließ seine ledrigen Fledermausflügel so silbern wie Alufolie schimmern.

Adriana schluckte. Die beiden ewigen Widersacher standen sich gegenüber.

Schauplatz war dieses Mal ein verfallener Friedhof mitten im Nirgendwo, dessen Grenzmauern beinahe verschwunden waren. Man konnte nur durch einzelne Steine erkennen, wo die Grenze verlief.

Adriana konnte einfach nicht anders. Gemeinsam mit Tequila richtete sie sich auf.

»Cruz steht auf geweihtem Boden.« Rhyons Stimme klang ehrfürchtig.

Lässig grinsend verschränkte Cruz die Arme vor der Brust. »Quatsch, der ist doch nicht geweiht.«

Daraufhin machten die beiden Beta-Dämonen Anstalten, die Grenzlinie zu übertreten. Im letzten Moment hielt Ivan Rhyon zurück, indem er ihn an seinem Mumiennacken packte. Der andere Beta hatte nicht so viel Glück.

Sobald er einen Fuß auf den Friedhof gesetzt hatte, züngelten Flammen auf seinem Bein, die sich rasend schnell auf seinen gesamten Körper ausbreiteten. Der Beta schrie in Todesqualen auf, wand sich, brach zusammen und wenige Sekunden später lag anstelle der wandelnden Beta-Dämonen-Fackel nur noch ein Haufen Asche auf dem Gras.

Diese Dämonenentsorgung durch heiliges Feuer stellte sich mal wieder als äußerst umweltfreundlich heraus.

Zufrieden grinsend öffnete Cruz eine Handfläche, auf der er einen Feuerball erscheinen ließ.

»Wer ist der Nächste?«

»Du!«, kreischte Ivan. »Du hast Satael in eine Falle gelockt!«

»Ja. Noch irgendwelche Fragen?«

»Ich hätte eine«, meldete sich eine unbekannte Stimme aus

den Schatten. Mit hochgezogenen Augenbrauen drehte sie sich zu dem Neuankömmling um. Wer war das denn?

»Ahel«, knurrte Cruz, als das Wesen aus den Schatten trat.

Gelassen setzte der neue Dämon seinen Weg zu ihnen fort. Völlig unbeeindruckt von den Flammen, wie es schien.

»Luzis kleiner Speichellecker.« Cruz' Stimme klang abschätzig, doch beim Anblick des Neuankömmlings war sich Adriana nicht sicher, ob es so klug war, ihn zu reizen.

Das Wesen sah aus wie eine Kreuzung zwischen Luzifer und einem Alpha-Dämon, mit Minihörnern auf dem Kopf und einem Hautton, der je nach Bewegung von Rot zu Purpur changierte. Flügel hatte es keine, jedoch einen sehr grimmigen Gesichtsausdruck aufgesetzt. Ganz instinktiv spürte Adriana, dass dieses Geschöpf keine Flügel brauchte, um zu fliegen. Denn es besaß Macht. Sehr viel Macht.

»Was geht hier vor sich?«, verlangte der neue Dämon mit dem Namen Ahel zu wissen. Auf Englisch. Wollte er sichergehen, dass sie, Adriana, alles mitanhörte? Seine unnatürlich blutunterlaufenen Augen musterten sie. »Luzifers Befehl lautet, das Mischblut nicht zu töten, hast du das vergessen, Ivan?« Sowohl der Neuankömmling als auch Ivan schnaubte, gleichzeitig, wie zwei Stiere in einer Arena.

»Sie wird ihm noch nützlich sein. Warum suchst du dir nicht ein paar nette Drogenabhängige, die sich ins Freie gewagt haben, und veranstaltest ein Picknick mit ihnen?«

»Warum kümmerst du dich nicht um deinen eigenen Scheiß?«, fragte Ivan zurück.

Der Neue, bei dem es sich offensichtlich um einen der sieben ersten Kinder Luzifers handeln musste, rümpfte die Nase.

»Du hast den Befehl wohl nicht verstanden. Adriana Astara wird unversehrt zu Luzifer geleitet, wenn die Zeit gekommen ist.«

»Bei der Verdunklung?«, japste Rhyon aufgeregt.

Offenbar wenig erfreut über Rhyons Geschwätzigkeit, verpasste Ivan ihm einen Stoß in die Rippen.

Verwirrt huschte Adrianas Blick von einem Dämon zum anderen. Inzwischen hatte sich Tequila zu ihr gesellt, um ihr wie so oft über die Hand zu lecken.

»Mein Vater, Zhut …« Ivan betonte den Namen extra selbstgefällig. »… hält sie immer noch für eine Gefahr. Ein Risiko für Luzifers Plan.«

Hätten seine Blicke Ahel mit Blitzen rösten können, wäre der inzwischen auf Brathähnchenniveau gegrillt worden.

»Könnte mir vielleicht jemand Popcorn reichen?«, unterbrach Cruz die darauffolgende Stille, in der sich alle nur gegenseitig angefunkelt hatten. »Jetzt wird's interessant.« Sein herausforderndes Grinsen schien Ivan fast in den Wahnsinn zu treiben. Eine Zornesfalte so tief wie der Mariannengraben zog sich zwischen seinen Augenbrauen hindurch.

»Nun ja.« Ahel klopfte sich über den Lederlendenschurz. »Luzifer hat seine Meinung dazu geändert.«

Wie? Adriana blinzelte. Unwillkürlich fröstelte sie.

Sogar Adriana konnte deutlich erkennen, wie sehr Ivan Ahel hasste, der ja so etwas wie sein Onkel sein musste.

Zufrieden grinsend fuhr sich Cruz über die Bartstoppeln. »Dann hättet ihr das ja geklärt und müsst uns nicht länger unnötig belästigen.«

»Dich hat keiner gefragt, Missgeburt«, blökte Ivan. »Ich sage, wir nehmen das Schmutzige Blut zumindest mit uns. Es kann eine Weile in den Folterkammern verrotten, bis …«

»Noch ist sie ein Mensch. Sie kann die Hölle nicht betreten. Erst, nachdem sie alles Menschliche abgelegt hat«, warf Ahel ein.

Die zehn Gebote. Du darfst nicht töten!, erklang wieder die nervige Stimme in Adrianas Kopf.

Weiterhin wirkte Cruz gefährlich ruhig. »Adriana geht nirgendwohin. Aber wenn ihr uns nicht in Ruhe lasst …« Wieder ließ er einen Feuerball auf seiner Handfläche emporschießen.

»Beeindruckender Trick. Ebenso wie deine Betreten-von-heiligem-Boden-Zaubernummer.« Ahel nickte anerkennend. »Wie hast du das eigentlich geschafft?«

»Betriebsgeheimnis.«

»Verstehe. Nun ja, deine Tage als ihr kleiner Wachhund sind sowieso gezählt. Warum auch immer du diese peinliche Rolle übernehmen musstest. Wir sehen uns in drei Tagen in der Hölle. Und wir beide …« Er deutete eine Verbeugung in Richtung Adriana an. »… sehen uns dann sowieso. Vielleicht sogar schon eher.«

Adriana würgte, was Cruz mit einem anerkennenden Lächeln quittierte.

In der nächsten Sekunde schon scheuchte Ahel Ivan und seinen Clan davon, der sich nur widerstrebend von ihr abwandte. Rhyon ebenso, der es nicht lassen konnte, eine letzte gehässige Bemerkung fallen zu lassen: »Vielleicht hast du heute das Leben dieses Schmutzigen Bluts gerettet, aber wir werden die anderen Halbblüter aus der Prophezeiung vor euch finden und ausschalten!«

»Ja, nur weiter.« Cruz neigte den Kopf zur Seite, tat dann so, als würde er etwas aus seiner Westentasche ziehen. »Ich schreibe mal mit, damit ich mir auch jedes Detail von Luzifers Plan merken kann, kleine Plaudertasche.«

»Warte!«

Cruz zuckte zusammen, als Adriana den Dämonen hinterherrief, sogar ein paar Schritte auf sie zumachte.

»Warum werde ich Luzifer noch nützlich sein? Was soll das bedeuten?«

Mitten in seiner Bewegung hielt Ahel inne, wandte sich dann wieder Adriana zu.

»Das, meine Liebe, wirst du noch früh genug erfahren. Außer … ich könnte es dir ja ins Ohr flüstern, aber dazu müsstest du zu mir kommen.« Seine Mundwinkel hoben sich zu einem diabolischen Grinsen.

Wie automatisch schoss Cruz' Arm nach vorne, um sie daran zu hindern, den schützenden Bereich des Friedhofs zu verlassen.

Fast schon resigniert hob sie beide Augenbrauen. Wirklich? Als ob sie so dumm gewesen wäre …

Komischerweise wurde Ahels Grinsen daraufhin noch breiter. »Luzifer hat recht. Ein Alpha-Dämon, der sich verliebt hat, ist so berechenbar …«

Was wollte er denn damit … oh!

Augenblicklich zuckte Cruz zusammen, als hätte Ahel ihm ins Gesicht geschlagen.

Mit einem letzten dreckigen Grinsen auf den Lippen zog Ahel gemeinsam mit den anderen Dämonen von dannen.

Nach ein paar Sekunden der Ungläubigkeit warf Adriana Cruz einen Seitenblick zu. Doch der starrte immer noch stur auf den Punkt im Wald, wo Ahel zwischen den Baumreihen verschwunden war.

Das … das konnte unmöglich stimmen! Warum sollte dieser mächtige Alpha sich in sie, einen unscheinbaren Menschen oder zumindest Halbmenschen verlieben? Einfach unlogisch und außerhalb des Bereichs des Vorstellbaren. Vielleicht hatte er Lust auf ein Abenteuer, schließlich hatte er vorhin versucht, sie zu küssen, oder? Aber gleich Liebe? Unmöglich.

Eine Weile sagte niemand von ihnen ein Wort.

Die Stille wurde beinahe unerträglich. Nur das Rauschen der Bäume und Tequilas Hecheln waren zu hören.

Und was zum Teufel wollte Luzifer von ihr? Um sich zu beruhigen, schob sie ihre Fäuste in die Taschen ihrer Sweatjacke und biss sich auf die Unterlippe.

Vollkommen unerwartet durchschnitt Cruz' Stimme auf einmal die Stille. »Hast du hier Handyempfang?«

Zuerst verstand Adriana nicht, worauf er hinauswollte, und blinzelte ihn nur verdutzt an.

»Wir müssen die anderen vier Halbdämonen vor Ivan finden. Kannst du deinen Computernerd-Freund anrufen und ihn bitten, uns zu helfen?«

»Ich kann es versuchen.«

Und tatsächlich hatte sie an diesem gottverlassenen Ort Glück. Als Adriana das Handy aus ihrem Rucksack fischte, zeigte es drei Balken Netzempfang an. Das iPhone 8 mit dem gesprungenen Display konnte man zwar gut und gerne als recht altersschwach bezeichnen, aber es wies immer noch eine beeindruckende Akkulaufzeit auf.

Während Cruz etwas Wasser für Tequila in eine Schale goss und danach mit ihm spielte, wählte Adriana Ricos Nummer.

Er nahm nach dem ersten Klingeln ab.

»Hey, Adri!«

»Hi, Rico. Wie geht's dir? Was macht dein Bein?«

»Besser. Der Arzt sagt, dass ich bald wieder zu hundert Prozent wiederhergestellt sein werde. Wie geht's dir? Wo steckst du? Muss ich mir Sorgen machen?«

Da Cruz langsam lange Ohren bekam, ging Adriana ein paar Schritte zwischen den Grabsteinen hindurch.

»Nein. Keine Sorge. Ich bin mit einem Freund sicher auf, ähm, geweihtem Boden. Aber hör mal, wir versuchen etwas herauszufinden. Morgen erkläre ich dir alles genauer, aber es sieht so aus, als würden die Dämonen versuchen, die Dämonentage zu verlängern, und nur eine Armee an Halbdämonen kann sie dabei aufhalten.« Das mit den Engeln verschwieg Adriana erst einmal. Ansonsten würde Rico sie vielleicht für verrückt erklären.

»Aber warum? Das ergibt keinen Sinn. Die Dämonen müssen doch nur ein Mal im Jahr etwas fressen, um zu überleben.«

Das stimmte, wenn man der BKOD glauben konnte.

»Ich glaube, Luzifer geht es um mehr. Du weißt schon, das alte Comicmotiv: Weltherrschaft! Wenn sie wollen, können sie schon jeden Tag Menschen verspeisen. Sie müssen nur nicht. Wie bei diesen Riesenschlangen im Zoo, die nur ein- oder zweimal im Jahr etwas essen müssen.«

»Mhm, klingt logisch. Weltherrschaft in real ist nicht lustig.«

»Also, Rico, wir brauchen deine Hilfe. Kannst du im Internet nach auffälligen Personen suchen, die vielleicht zur Hälfte Dämon sein könnten?«

Am anderen Ende der Leitung entstand eine Pause. »Wer genau ist *wir*?«

Oh, oh. Wie sollte sie ihrem besten Freund bloß schonend

beibringen, dass sie seit zwei Nächten mit einem Alpha-Dämon abhing, mit dem sie gedachte, die Welt zu retten?

»Also, ich bin mehr oder weniger mit einem anderen Halbdämon unterwegs«, gab sie schließlich zu.

»Wie kann das mehr oder weniger der Fall sein?«

»Also … irgendwie hat er sich schon verwandelt …«

»Wie bitte? Du willst mir jetzt aber nicht erzählen, dass du irgendwo da draußen …« Er senkte die Stimme, wahrscheinlich weil er nicht alleine im Zimmer war. »… mit einem von *denen* rumläufst!«

Unwillkürlich ließ Adriana das Handy einige Handbreit von ihrem Ohr nach unten sinken. Dieses Gespräch entwickelte sich in eine kompliziertere Richtung als gedacht. Am besten, sie erzählte Rico einfach die komplette Geschichte. Geradeheraus. Schließlich wusste er bereits seit gestern, dass sie zur Hälfte Dämonin war.

Und so erfuhr Rico Mills die komplette Wahrheit über die letzten beiden Dämonennächte, das Höllenfeuerlied und Luzifers Plan.

Am Ende war es beinahe Morgen geworden. Seit einigen Minuten herrschte energisches Schweigen am anderen Ende der Leitung, sodass Adriana schon annahm, Rico sei eingeschlafen. Allerdings klangen seine Atemzüge dafür ein wenig zu angespannt.

»Also gut. Wenn das wahr ist, könnt ihr meine Hilfe wirklich gut gebrauchen.«

Mit einem Blick auf den Himmel antwortete Adriana: »Weißt du was, ich komme nach Sonnenaufgang bei dir in der Klinik vorbei. Vielleicht kannst du bis dahin etwas recherchieren.«

Als sie letztendlich das Handy zurück in ihren Rucksack stopfte, spürte sie Cruz' Hand auf ihrer Schulter. Aus irgendeinem Grund begann die Ballonnarbe an ihrem Unterarm zu kribbeln.

»Es ist ein Rennen gegen die Zeit«, murmelte er ganz nah bei ihr. »Aber wir können das schaffen.«

Da war er ja ganz schön optimistisch. Ihnen fehlten allerdings noch jede Menge Verbündete, um dem Höllenfürsten den Krieg zu erklären. Bisher waren sie zu dritt, wenn man Gesa mitzählte. Mit Rico vier.

Dennoch hob sie den Kopf und sah ihn lange an. Cruz mit seinem Glauben an die Zukunft. Mit den dunkelsten Augen der Welt, die so viel versprachen. Ein Lied aus Hoffnung und Leidenschaft. Aus Träumen und Wünschen. Letztendlich musste sie sich zusammenreißen, um nicht in ihnen zu versinken. Nur mit sehr viel Mühe gelang es ihr, sich abzuwenden. Sie fröstelte und zog sich die Kapuze über den Kopf. Die App auf ihrem Handy, die den Countdown zur First Daylight Hour ansagte, piepste. Hinter ihr hörte sie Cruz leise seufzen.

Wenn sie dachte, er würde jetzt einen Schritt von ihr weg machen, hatte sie sich getäuscht. Cruz betrachtete sie weiter eingehend. Mit der Intensität eines Malers, der versuchte, sich alle Einzelheiten seiner Muse einzuprägen, bevor er sie auf seiner Leinwand verewigte.

Nach einer Weile, in der er sie einfach nur unentwegt weiter angesehen hatte und Adriana nicht wusste, was sie tun sollte, seufzte der Alpha schließlich erneut.

»Ich wünsche mir nichts mehr, als wieder ein Mensch zu sein.«

»Dann könntest du aber nicht gegen Luzifer kämpfen.«

Wieder seufzte er tief, warf dann den Kopf in den Nacken. »Das ist die ganze Ironie daran, nicht wahr? Um das Ende der Welt, wie die Menschen sie kennen, zu verhindern, darf ich selbst auf keinen Fall ein Mensch werden.«

»Noch nicht«, widersprach sie. Um ihn zu ermutigen, fuhr sie ihm mit den Fingerspitzen über den Oberarm. »Ich bin sicher, die Engel werden uns helfen. Sie werden *dir* helfen.«

Er erschauderte unter ihrer Berührung und öffnete dann den Mund.

Doch sie wollte es nicht hören. Bevor er etwas sagen konnte, kam sie ihm zuvor: »Du solltest gehen. Die Sonne …«

»Ein paar Minuten habe ich noch. Aber ich gehe nicht, bevor du mir nicht etwas versprochen hast.«

Oh nein. Mit Situationen wie dieser konnte Adriana einfach nicht umgehen. Zu viel Druck. Zu viele Erwartungen. Wie automatisch begann sie mit ihrem rechten Turnschuh über den Boden zu schaben. Den Kopf hatte sie dabei so weit gesenkt, dass die Kapuze ihr die Sicht auf Cruz nahm. So, als hätte Tequila ihr Unbehagen bemerkt, kam der Hund angetrottet, um sich an ihre Beine zu drücken. Dankbar schielte sie zu ihm nach unten.

»Hör mal, ich bin eigentlich überhaupt nicht gut darin, Versprechungen einzuhalten. Genau genommen bin ich ganz mies darin, um nicht zu sagen unterirdisch schlecht, also würde ich an deiner Stelle nicht …« Sie verstummte. Wie konnte man nur so viele Wörter ausspucken und gleichzeitig nichts damit ausdrücken?

Cruz zupfte inzwischen an ihrem linken Kapuzen-Bändel, was sie auf eine Art nervte, aber auf eine andere Art auch genoss. Schon lange hatte sich niemand mehr so intensiv mit ihr beschäftigt.

»Warum weichst du mir aus, Adriana Astara? Ich dachte, wir sind ein Team? Schau mich an.« Langsam schob er ihre Kapuze zurück. Dann strich er ihr die Haare hinters Ohr.

Sie ließ es zu. Aber das war doch merkwürdig, oder? Wie konnte ein Dämon so mit ihr reden? Wie konnte er sie so sanft berühren? Es war die Berührung eines Menschen.

Unfähig, sich länger vor ihm zu verschließen, hob sie den Blick, was seine dunklen Augen zum Strahlen brachte. Auf einmal konnte sie sich vorstellen, wie er als Mensch gewesen war. Ein Mädchenschwarm und doch kein Draufgänger. Jemand, der gerne Bücher im Park las und in einer Theatergruppe die Hauptrolle in Romeo und Julia spielte. Das – diese dämonische Hülle – hatte er nicht verdient. Er hatte es verdient, derjenige sein zu dürfen, der er sein wollte. Und wer war sie, dass sie ihn für das, was er war, verachtete? Langsam ließ sie ihre Schultern sinken, was sich gar nicht so schlecht anfühlte.

Ein kleines Lächeln stahl sich auf ihre Lippen, was Cruz umso mehr strahlen ließ.

Fast unmerklich begannen sich seine schwarzen Pupillen auszudehnen, während sein Blick zwischen ihren Augen und ihrem Mund hin und her wanderte. Hin und her. Doch keiner von ihnen rührte einen Muskel. Das war auch gar nicht nötig.

Obwohl. Log sie sich da nicht in die Tasche? Hatte sie sich wirklich noch nicht gefragt, wonach ein Kuss von ihm schmeckte? Wie sich seine Lippen auf ihren anfühlten? Irgendwie schon, aber dennoch …

Bevor sie sich entscheiden konnte, Cruz näherzukommen oder nicht, denn er wollte offenbar, dass sie dieses Mal den ersten Schritt machte, war der Moment auch schon wieder vorbei.

Etwas streifte ihr Bein, weswegen Adriana zurückfuhr. Es war Tequila, der wie verrückt bellte und gleich darauf davonschoss, über die Friedhofsgemarkung ins ungeschützte Freiland.

»Tequila!«, keuchte Adriana noch vollkommen außer Atem, »Tequila, Fuß!«

Aber der Labrador beachtete sie gar nicht. Was, zum Teufel …? Adriana rannte schon, bevor sich ihr Hirn einschaltete. Sie übersprang mit Leichtigkeit die Grenze und sprintete hinterher. Cruz rief ihren Namen, aber sie hörte nur noch das Rauschen in ihren Ohren und den hämmernden Gedanken, dass Tequila etwas zustoßen könnte. Nein, das würde sie nicht ertragen. Der Hund bedeutete ihr schon viel zu viel.

Etwas surrte an ihr vorbei, schlug auf dem Boden auf und trabte dann neben ihr her. Adriana blinzelte. Bei Cruz mit seinen ausgebreiteten Flügeln sah das ganz leicht aus.

»Adri, willst du, dass ich einen Herzstillstand erleide? Was tust du da?«

Konnte er sich das nicht denken?

»Tequila!«, rief sie stattdessen.

In ebendiesem Moment verschwand der Hund im Unterholz des Stadtwalds. Na, klasse. Hatte er einen Hasen gewittert, oder was sollte das?

»Hilf mir lieber. Wir müssen Tequila zurückholen.« Ihr Tempo erlaubte Adriana keine längeren Sätze.

Irgendwo quietschte etwas oder bildete sie sich das nur ein?

Ohne ein weiteres Wort sprang Cruz ab und flog schon mal vor. Immerhin war er schneller als jeder Hund der Welt.

Nur im Wald konnte er schlecht fliegen. Dort fand Adriana ihn letztlich vor, wie er versuchte, die Fährte des Hundes aufzunehmen. Sie folgte ihm, folgte einem Dämon, der ihren Hund roch und in seinem freizügigen Aufzug über Baumstämme sprang. Beinahe wie in einem Videospiel.

Während sie noch über diesen Vergleich nachdachte, blieb Cruz urplötzlich stehen, sodass Adriana beinahe in ihn hineingerannt wäre.

»Warte.« Er hielt sie mit einer Hand zurück. »Hier stimmt irgendwas nicht.« Er schnupperte.

Gehetzt blickte sich Adriana um. Ungefähr zehn Schritte entfernt erspähte sie Tequila, der auf etwas herumkaute. War das ein Gummihuhn? Tatsächlich, der Hund spielte mit einem Hundespielzeug, beziehungsweise versuchte es zu erlegen.

»Jemand muss Tequila irgendwie angelockt haben.« Adriana deutete auf das Hundespielzeug. Und sie war darauf hereingefallen. War es bereits zu spät, um umzukehren? Plötzlich wünschte sie sich nichts mehr, als gemeinsam mit Cruz und Tequila auf einem sicheren Gelände zu sein.

Anstelle einer Antwort drehte sich Cruz in verschiedene Richtungen, bevor sich ein Grollen aus seiner Kehle löste.

»Kann man hier nicht mal eine Sekunde ungestört sein?«, knurrte Cruz wie aus heiterem Himmel. »Was willst du, Brutus?«

»Hey, alter Freund«, grüßte der Neuankömmling.

Über Cruz' Schulter hinweg erspähte Adriana einen Alpha-Dämon samt seinem Clan. Sie blinzelte. Brutus? Der sie vorhin in der Höhle vor dem Portal überrascht hatte? Ja, unverkennbar. Die gleichen strähnigen, zerzausten Haare.

Brutus, der Alpha-Dämon, der Cruz' alten Clan übernommen

hatte, trat ihnen in den Weg. Jetzt drehte sich auch Cruz zu ihm um, wirkte jedoch gar nicht glücklich. Im Gegensatz zu den Omega-Dämonen, die bei Cruz' Anblick erfreut hechelten.

»Musst du jetzt auf Gummihühnchen zurückgreifen, alter Knabe?« Er warf einen Blick zu Tequila. »Woher hast du das? Extra einen Tierbedarfsladen überfallen? Oder eine Hundehütte auseinandergenommen?«

»Die Show musste weitergehen«, meinte Brutus achselzuckend. »Und ich möchte, dass unsere Unterhaltung im Verborgenen bleibt.«

»Du hast eine Minute, um mich zu überzeugen, dass es mich interessiert.« Das Gesicht zu einer missmutigen Grimasse verzogen, verschränkte er die Arme vor der Brust.

»Ich bin hier, um dir einen Handel vorzuschlagen.« Selbst in Adrianas Ohren klang Brutus alles andere als selbstsicher. Seine Stimme schwankte wie bei einem Teenager im Stimmbruch.

»Einen Handel?« Cruz lachte lauthals auf. »Tauschst du Hundepfeifen gegen Gummispielzeug?«

Das klang aufrichtig.

Jetzt straffte Brutus die Schultern. »Wie man hört, versuchst du, eine Armee an Halbdämonen aufzustellen.«

»Das hat uns Ivan gesagt!«, kreischte ein Beta glücklich. Diskretion schien immer noch ein Fremdwort für Beta-Dämonen zu sein.

»Jedenfalls …« Brutus warf die strähnigen Haare zurück. »… könnte ich dir einen deiner begehrten Halbdämonen geben.«

»Wie?« Mit diesem Satz hatte Brutus die volle Aufmerksamkeit von Cruz zurückgewonnen.

»Was ich will, ist Folgendes: Ich gebe dir einen Halbdämon, dafür lässt du uns während des Krieges, den du anzetteln willst, in Ruhe.« Brutus machte eine ausladende Handbewegung, die seinen Clan miteinschloss.

»Warum?«, hakte Cruz nach. Offenbar konnte er es nicht fassen, auf diese Weise so einfach zu einem weiteren Halbdämon zu kommen.

»Ganz einfach: Ich bin nicht dumm. Dieser Krieg endet damit, dass entweder ihr beide Luzifer stürzt und die Höllentore schließt oder Luzifer gewinnt und bevölkert jede Nacht die Erdoberfläche. Beide Optionen wären mit hohen Verlusten an Alpha-Dämonen verbunden, die kämpfen werden. Da mach ich nicht mit. Mir ist sogar ein ruhiges Leben in der Hölle lieber als tägliches Jagen auf der Erdoberfläche. Die alten Dämonen mögen sich in der Hölle langweilen, ich aber nicht. Alles, was mein Clan will, ist ein ruhiges, sicheres Leben und einmal im Jahr einen Alkoholiker oder so fressen.«

Unfassbar.

Cruz räusperte sich. »Zurück zum Wesentlichen: Was für einen Handel hast du geplant?«

»Ich will einen Pakt: Dein Versprechen, uns nicht anzugreifen. Dafür bekommst du das Halbblut.«

»Hm …« Nachdenklich tippte sich Cruz gegen das Kinn.

»Mein Clan verspricht im Gegenzug, sich im Krieg neutral zu verhalten. Wir werden keinen von euch und euren Verbündeten angreifen«, ergänzte Brutus eifrig, dem die Spannung anscheinend zusetzte.

»Zeig ihn mir«, verlangte Cruz.

Der Alpha-Dämon hob eine Hand und winkte, worauf sich eine Gestalt aus den Schatten am Waldrand löste. Zunächst war nicht mehr als eine schwarze Person zu erkennen. Adriana musste blinzeln. War das …? Je näher der Schatten kam, desto mehr nahm er die Umrisse von Batman an. Hörner und ausgebreitete Fledermausflügel? Unmöglich!

»Ein Alpha«, japste Adriana schließlich, als er sich bis auf zehn Schritte genähert hatte. War das ein Alpha, der zuvor ein Halbdämon in Menschengestalt gewesen war? Aber seit wann machten Dämonen gemeinsame Sache mit Halbdämonen? Sollten sie ihn nicht fürchten? Irgendetwas stimmte hier nicht …

Die Gestalt entpuppte sich als ein Alpha im schwarzen Taucheranzug. Auf dem Kopf trug er Dreadlocks, die er zu zwei Knoten am Oberkopf zusammengedreht hatte, sodass er von

Nahem wie eine verrückte Mischung aus Tiefseetaucher, Dämon und Mickey Mouse wirkte. Seine Augen musterten sie neugierig.

»Darf ich vorstellen: Drym. Hat vor Kurzem unabsichtlich einen anderen Elitekämpfer getötet.«

»Ich bin beim Militär. Das war ein Versehen …« Drym hob abwehrend die Schultern.

Adriana blinzelte. »Wie ein Versehen?«

»Ist das ein Taucheranzug?«, wollte Cruz gleichzeitig wissen.

»Dämonenabwehranzug. Neueste Entwicklung der BKOD. Dämonen können mich nicht wittern, wenn ich ihn trage.« Drym lächelte.

Interessant …

Cruz kratzte sich am Hinterkopf. »Du bist bei der BKOD? Und kennst dich mit Dämonenabwehr aus?«

»War«, verbesserte Drym. »Bis sich heute Nacht herausstellte, dass mein Vater ein Dämon gewesen sein muss. Und nachdem ich jemandem beim Trainingskampf unabsichtlich das Genick gebrochen hatte und plötzlich kein Mensch mehr war, musste ich fliehen.«

Ein Soldat mit verfilzten Dreadlocks auf dem Kopf? Unabsichtliches Töten eines Menschen zählte also tatsächlich als Brechen des fünften Gebots.

Drym musste Adrianas Blick bemerkt haben. Er deutete auf seine Haare. »Undercover Guerillateam. Verschleierungstaktik.«

Aha. Adriana tat so, als würde sie ihm folgen können, und nickte. Zottelkopf-Elitekämpfer. Undercover. Davon hatte sie noch nie gehört! Gut, andernfalls konnte man sicher auch nicht von undercover sprechen.

»Was ist jetzt mit unserem Deal?«, verlangte Brutus zu wissen. Er warf einen unruhigen Blick in Richtung Osten. »In elf Minuten erreichen uns die ersten Sonnenstrahlen.«

Dieser untrügliche Dämoneninstinkt. Man hätte eine Sonnenuhr danach stellen können.

Adriana machte einen Schritt auf Cruz zu, um ihm ins Ohr

zu flüstern: »Tu es. Was soll es schon schaden? Wir haben noch keine Anhaltspunkte, wo wir die anderen Halbdämonen finden können. Wird schwierig genug, drei weitere aufzutreiben, oder hast du noch einen Bruder oder eine Schwester?«

Da er sie ausspioniert hatte, ging Adriana einfach mal davon aus, dass Cruz wusste, dass sie ein Einzelkind war.

Cruz verzog das Gesicht, als würde er ihrer Bitte nur sehr widerwillig nachkommen. »Das mit dem Kameraden Töten gefällt mir immer noch nicht.«

»War ein Unfall, Mann. Mein Zweikampfgegner hat mir verschwiegen, dass er sich vor Kurzem eine Halswirbelfraktur zugezogen hatte. Die Wirbelsäule war schon angeknackst und ist dann einfach am Genick durchgebrochen …«

Drym wirkte, als würde er das, was geschehen war, ehrlich bedauern. Die Stirn in hohe Falten gezogen und die Lippen geschürzt … Es gab keinen Grund, diese Geschichte nicht zu glauben. Und wer war Cruz schon, dass er jemanden wegen eines tödlichen Unfalls verurteilen konnte? Schließlich war ihm dasselbe passiert. Das zumindest nahm Adriana an, denn so richtig war er ja noch nicht mit der Sprache herausgerückt.

»Noch neun Minuten«, informierte sie Brutus. »Drym gegen deine Markierung. Ich will dieselbe, die sie hat.« Mit einem erschreckend langen Zeigefinger deutete Brutus auf Adriana, die sich zwang, nicht unter dieser Geste zusammenzuzucken. »Ivan meinte, das funktioniert auch bei Dämonen. Ich will, dass jeder weiß, dass ich unter deinem Schutz stehe.«

Dieser verdammte Dämonenbuschfunk! Konnte man denn gar keine Information mehr geheim halten? Wahrscheinlich gab es ein Dämonennetzwerk oder ein Dämonentwitter.

Brutus streckte Cruz den gesamten Unterarm entgegen.

»Ivan also?« Widerwillig starrte Cruz auf die beiden Alphas, bis er schließlich Adriana einen besorgten Blick zuwarf. Sie wusste, was er dachte. Sicherlich wollte er sie so schnell wie möglich zurück aufs Friedhofgelände eskortieren. Würden sie dafür noch genug Zeit haben? Adriana konnte es nicht fassen.

Wie unwirklich sich diese Situation doch anfühlte! Wenn ihr vorgestern jemand erzählt hätte, dass sie sich heute Nacht mit fünf verschiedenen Alpha-Dämonen unterhalten würde, hätte sie demjenigen einen Vogel gezeigt. Aber es war echt. Alles war real.

Brutus spuckte auf den Boden. »Hier ein Vorschlag: Wenn du Ivan so sehr hasst, warum lässt du ihn nicht von Drym beschatten, und wenn du deine Informationen hast, tötet er ihn für dich.«

Cruz zuckte kaum merklich mit den Schulterblättern. Automatisch wusste sie, woran er dachte. Ivan hatte geschworen, die anderen Halbdämonen vor ihnen zu finden und zu töten. Wenn Drym ihm folgte, konnten sie ihren Vorteil daraus schlagen … Ivan würde sie zu den Halbdämonen führen!

Mittlerweile zappelte der komplette Dämonenclan unruhig vor sich hin. Einige hatten sich bereits ein paar Schritte zurückgezogen, genauer gesagt Richtung Westen. Ein Gamma-Dämon zitterte so stark, dass die schwarze Materie in seinem Inneren wie Wackelpudding schlackerte.

»Deine Zeit läuft ab, Cruz Darkknight. Mach schon«, setzte Brutus hinzu. »Du brauchst einen Soldaten und ich gebe dir einen.«

Zwei Alphas, zwei Betas, fünf Gammas, neun Deltas, drei Omegas und ein Mädchen starrten Cruz gespannt an.

Drym und Adriana blinzelten. Drym wirkte ein wenig verwirrt. Ob er nicht wusste, welchem Alpha er trauen konnte? Vermutlich hätte Cruz sich Drym auch einfach so schnappen können, aber in dem Fall konnte man nicht vorhersehen, wie der Clan reagieren würde.

Eine Allianz zwischen Cruz und seinem ehemaligen Dämonenclan … Verzwickt, aber irgendwie auch aufregend.

»Na gut«, stimmte Cruz schließlich zu. Er hob eine Hand und schlug ein.

»Besiegelt den Pakt mit Blut!«, grölte ein Beta-Dämon.

Schulterzuckend bissen sich beide Alphas in die Handflächen, bis violett schimmerndes Blut floss.

Da Adriana Blut nicht sehen konnte, drehte sie sich bei diesem Teil des Pakts lieber zur Seite, knetete ihre Hände und betrachtete Tequila, der wiederum mit gespitzten Ohren die Dämonen beobachtete. Das Huhn hing ihm halb aus dem Maul.

»Endlich mal ein erfreulicher Abend«, meinte Brutus, »ein Schutzpakt für uns. Ein Halbdämon für dich.« Er wirkte sehr zufrieden mit sich. »Drym wollte sowieso lieber mit dir abhängen. Komischerweise seid ihr zwei die einzigen Alphas, die ich kenne, die als Mensch geboren wurden.«

Außer Gesa, fügte Adriana in Gedanken hinzu, sagte aber nichts. Brutus war jung und unerfahren. Und wieso sollte sie Gesas Geheimnis verraten und die Verbindung zu ihr enthüllen? Besser, niemand ahnte, dass Gesa, Cruz und sie etwas planten.

»Gute Nacht, Cruz Darkknight. Gute Nacht, wunderschöne Gefährtin von Cruz.« Brutus deutete eine Verbeugung an. Sein schmieriges Lächeln löste in Adrianas Magen fast einen Brechreiz aus.

Sofort legte Cruz ihr besitzergreifend einen Arm um die Schultern.

»Du kannst aufhören, sie zu begaffen. Sie ist nicht an dir interessiert.«

Brutus strich sich die fettigen Haarsträhnen aus der Stirn. »Natürlich. Wenn du es sagst.« Sein Grinsen deutete an, dass er es nicht aufrichtig meinte, fand Adriana. Allerdings stand Brutus bekanntermaßen auf Gesa.

Als er mitsamt seinem Clan endlich abzog, atmete sie erleichtert auf.

Nach ein paar Sekunden der Stille räusperte sich Drym.

»Schön, euch kennenzulernen, Leute. Ich schätze mal, wir sind jetzt ein Team? Sitzen gewissermaßen allesamt mächtig in der Scheiße?«

Adriana neigte den Kopf zur Seite. Drym wirkte irgendwie nett. Auf eine Weise nett, wie ein Ökofreak, der böse Jungs mit einem Finger das Genick brach, eben wirken konnte. Aber anderseits erkannte man die menschlichen Züge noch deutlich an ihm. Obwohl ihm wie bei Cruz die Fledermausflügel aus den Schulterblättern sprossen und sein Hautton einen Lilastich aufwies, hätte Drym auch als ein als Alpha verkleideter Mensch an Halloween durchgehen können.

Als er ihren Blick bemerkte, faltete er die Flügel etwas umständlich auf seinem Rücken zusammen. »Sorry. Hab die noch nicht unter Kontrolle.« Seine Dreadlocks wippten.

Cruz schnaubte. »Wir können unterwegs reden. Aber vor der First Daylight Hour müssen wir noch etwas erledigen.« Er schob Adriana vor sich her, womit klar war, was er meinte.

»Brutus hat erwähnt, dass du versuchst, wieder ein Mensch zu werden?« Unter Dryms Frage zuckte Cruz fast unmerklich zusammen.

Bevor er antwortete, warf er Adriana einen Blick zu, in dem sie las, dass er sich nicht sicher war, ob sie Drym trauen konnten. »Das stimmt.«

»Gut. Ich auch. Und wie passt du in die ganze Geschichte hinein?« Im Laufen musterte er Adriana. »Du riechst irgendwie merkwürdig. Dein Blut ...«

Adriana seufzte.

Sofort hob Drym beide Hände. »Das sollte echt keine Beleidigung sein.«

»Schon gut. Du bist noch neu im ... Dämonengeschäft. Anscheinend bin ich ein Mischblut. Zur Hälfte Mensch, zur Hälfte Dämon, so wie du. Nur, bisher habe ich noch nicht alle zehn Gebote gebrochen.«

Interessant, dass sowohl bei Cruz und Drym als auch bei ihr das Gebot »du sollst nicht töten« über Mensch- und Dämonensein entschied. »Das unterscheidet uns momentan noch voneinander.«

Drym nickte verstehend. »Ich will euch nicht zur Last fallen, sondern wirklich helfen. Brutus sagte, ihr sammelt Halbdämonen für einen Krieg. Und hier bin ich. Bereit, für eure Sache zu kämpfen.« In seinen Augen konnte sie ablesen, dass er zwei und zwei zusammenzählte. Drym ahnte, dass die Halbdämonensuche inklusive Krieg gegen Luzifer mit Cruz' Plan, wieder ein Mensch zu werden, zusammenhing. Und er war ein Söldner. Offensichtlich war er nicht dumm, sondern hatte sich den Platz als Elitesoldat verdient.

Adriana und Cruz sahen sich an.

»In diesem Spezialneoprenanzug kann mich ein Dämon kaum riechen. Das wird unserer Sache noch von Vorteil sein«, fügte Drym hinzu, sobald er ihre Blicke bemerkte.

Cruz nickte und Adriana fragte sich, an was die BKOD noch so alles arbeitete, um gegen Dämonen vorgehen zu können. Den letzten Schritt zog er Adriana über die Friedhofsgrenze, so als wollte er sichergehen, dass sie auch wirklich den Schutz bekam, den sie für die letzten Minuten der Dämonennacht brauchte. Offenbar war das Eis zwischen ihm und Drym endlich gebrochen.

Adriana hörte auf, ihre Hände zu kneten. »Ihr müsst los. Der Tag bricht bald an. Den Rest besprechen wir morgen Abend.«

»Okay.« Cruz berührte sie am Oberarm, was ein kurzes Prickeln über ihre Haut schickte. »Pass auf dich auf. Morgen zur Darkness Hour sehen wir uns wieder hier. Lauf nach Osten, dort kommst du am schnellsten zur nächsten Straße.«

Sie nickte und packte dann Tequila am Halsband. »Bis morgen.«

Drym winkte ihr freundlich zu. Dann folgte er Cruz, der sich schon in die Lüfte geschwungen hatte.

11

Kurz nach der First Daylight Hour schloss Adriana die Wohnungstür hinter sich. Obwohl sie sich todmüde fühlte, öffnete sie zuerst noch eine Dose Hundefutter für Tequila und schrieb eine Nachricht an Rico. In ein paar Stunden würde sie bei ihm im Krankenhaus vorbeischauen. Immerhin ein kleiner Lichtblick an diesem Tag.

Während sie gegen die Spüle gelehnt zusah, wie Tequila fraß, scrollte sie an ihrem iPhone durch die Suchmaschine. Heute zeigte der Hintergrundbildschirm einen Engel mit ausgebreiteten Schwingen, der mit einem Speer einen Alpha-Dämon auf dem Boden aufspießte. Wie passend.

Immer auf der Suche nach verdächtigen Einträgen zu Menschen, die sich seltsam verhielten, gab sie mehrere Suchbegriffe hintereinander ein. Schließlich stieß sie auf einen Zeitungsbericht über einen Mann aus Kalifornien, den ein Dämonenclan mit aller Macht aus einer Kirche hatte herausbekommen wollen … Ein lokaler Fernsehsender aus Colorado berichtete über eine junge Krankenschwester, die von einem Alphadämon als »Schmutziges Blut« bezeichnet worden war. Vielleicht konnten ihnen diese beiden Hinweise weiterhelfen. Um keine Zeit zu verlieren, schickte sie Rico sofort die Screenshots, damit er herausfinden konnte, wo die zwei Halbblüter wohnten. Jedenfalls nahm sie aus einem optimistischen Impuls heraus an, dass es sich bei den beiden um Halbdämonen handelte. Aber sicher hatte Rico diese Berichte schon selbst gefunden. Wie sie ihn kannte, hatte er sich nach ihrem Telefonat vor Sonnenaufgang sofort ins Internet gestürzt, um nach Halbdämonen zu recherchieren.

Seufzend steckte Adriana das Handy zurück in ihre Kapuzenjacke. Sie hoffte nur, dass sich die beiden aus den Nachrichten am Ende wirklich als Halbdämonen entpuppten. Ansonsten wäre der weite Weg nach Kalifornien und Colorado eine ziemliche Zeitverschwendung.

Je schneller sie die letzten drei Halbdämonen auftrieben, desto besser. Dann musste sie sich nur noch überlegen, wie sie Engel oder andere hilfreiche Verbündete kontaktieren konnten. Was vor allem bei den Engeln schwierig werden würde, schließlich galten sie als verschollen.

Tequila drückte seinen Kopf an ihr Hosenbein. Wie automatisch streichelte sie ihm mit der Hand über die Ohren.

Was für eine verrückte Nacht. Gemeinsam mit Tequila machte sie es sich schließlich im Bett bequem. Die regelmäßigen Atemzüge des Hundes ließen sie schläfrig werden, wodurch sie kaum fünf Minuten später in den Schlaf sank.

Am frühen Nachmittag schreckte sie aus einem Traum hoch, in dem Luzifer und Cruz sie an den Armen auseinandergerissen und dann gefressen hatten. Daraufhin brauchte sie einige Minuten, um die Gräuel des Traums zurück in die tiefsten Ecken ihres Bewusstseins zu verbannen. So etwas Gruseliges hatte sie schon lange nicht mehr geträumt. Obwohl … davor hatte sie geträumt, wie Ahel an ihrem Bett stand, und die Szene hatte etwas von der Wachküssszene bei Dornröschen gehabt. Ober-widerlich! Adriana schüttelte sich, weswegen Tequila sogleich die Augen aufschlug.

»Na, schon fit, Hübscher?« Lächelnd zog sie an den Hundeschlappohren. Als Antwort leckte ihr Tequila über das Handgelenk.

»Das ist dann wohl ein Ja.« Adriana kicherte. »Komm, ich mach mir einen Kaffee und dir ein leckeres Wasser.«

In Windeseile machte sie sich fertig, packte ihren Rucksack

für die kommende Nacht neu und stürzte dann einen Kaffee hinunter. Für unterwegs schnappte sie sich eine Packung Salzstangen.

Kaum eine halbe Stunde später erreichten sie in der einsetzenden Dezemberkälte das Krankenhaus, wo Adriana den Hund mit ihrer improvisierten Seilleine an den Fahrradständern festband. »Sei schön brav, mein Lieber.« Sie tätschelte ihm den Kopf, wobei ihr Atem kleine Rauchwolken in der Luft hinterließ. Eisiger Ostwind ließ ihre Lippen aufspringen und verfilzte ihr die Haare.

Doch so leicht wollte er sie dieses Mal nicht gehen lassen. Tequila bellte, als sie sich umdrehte. Er stemmte sich gegen die Leine, wollte plötzlich gar nicht mehr aufhören zu bellen.

»Schhh, schon gut. Ich bin bald zurück. Beeil mich auch.« Was war nur in ihn gefahren? Gestern hatte Tequila an derselben Stelle noch ganz brav auf sie gewartet. Schulterzuckend betrat sie die Eingangshalle. Er würde schon aufhören zu bellen, sobald sie außer Sichtweite war. Mit einem klitzekleinen schlechten Gewissen nahm Adriana die Treppe nach oben. Nach dem ersten Treppenabsatz verstummte das Hundegebell vor der Tür.

Glücklicherweise fand sie Rico alleine in seinem Zimmer vor. Weit und breit kein Eloy und keine Dakota zu sehen.

»Hey!«, begrüßte er sie freudestrahlend.

»Hi, Rico.« Zufrieden stellte sie fest, dass ihr bester Freund nicht mehr so blass wie noch am Tag zuvor wirkte. Die Tür fiel hinter ihr ins Schloss. Kleine helle Punkte tanzten vor ihren Augen, was vielleicht an ihrem Adrenalinspiegel lag oder an den grellen Deckenlampen im Krankenhaus. »Wie geht's? Sind die Ärzte auch nett zu dir?«

»Sie geben mir auf jeden Fall die richtigen Drogen.« Rico lachte. »Meinem Bein geht es deutlich besser.« Er klopfte auf die rechte Seite seines Betts, was sie als Einladung auffasste, sich zu setzen. »Hast du die Nacht gut überstanden? Keine Verletzungen?« Rico rückte sich die Brille zurecht, um Adriana eingehend zu mustern.

Kaum merklich lächelte sie. »Mach dir keine Sorgen, ich komm klar. Nach unserem Telefonat ist nicht mehr viel passiert. Außer, dass wir einen weiteren Halbdämonen aufgetrieben haben: Drym. Mit Cruz, Gesa und mir wären wir mit ihm schon mal zu viert.« Das waren doch gute Neuigkeiten. Langsam öffnete Adriana ihre Fäuste. »Laut dem Höllenfeuerlied sollen sich sieben Halbdämonen mit ihren Verbündeten Luzifer stellen. Könnte sein, dass, wenn wir alle sieben Halbblute zusammentrommeln, irgendeine Waffe freigeschaltet wird. Wie in einem Videospiel. Also haben wir quasi die Hälfte schon geschafft.« Sie erzählte ihm, wie Drym zu ihnen gestoßen war und wie sie ihn von seinem Charakter her einschätzte.

Am Ende nickte Rico. »Verstehe. Aber du bist vor allem hier, um mit mir über die Recherchen zu sprechen, richtig?«

Adriana wollte schon protestieren, ertappte sich dann aber, wie sie einen Blick auf die Uhr warf. Schon beinahe vier Uhr. Bald würde die Sonne untergehen.

»Also, ich mache es kurz«, fasste Rico zusammen, »die beiden Artikel, die du mir geschickt hast, sind mir auch schon aufgefallen. Ich schätze, bei dieser Krankenschwester Savannah Goodwill und diesem Feuerwehrmann Pryatt Hershley könnte es sich durchaus um Halbdämonen handeln.« Er hielt ihr einen zusammengefalteten Zettel hin. »Das sind ihre Adressen. Nur zur Sicherheit. Digital habe ich sie dir auch schon geschickt. Ich nehme an, Cruz könnte mit dir hinfliegen?« Er hob eine Augenbraue. Die unausgesprochenen Worte *»Fang bloß nichts mit einem Dämon an«*, hingen in der Luft.

Für einen Moment schloss Adriana die Augen. »Du brauchst dir keine Sorgen zu machen.« Dann griff sie sich den Zettel.

»Sag mal, ist das Tequila, der da draußen so einen Höllenlärm veranstaltet?«, wollte Rico plötzlich wissen.

Oh, verdammt. Er hatte recht! Was war da nur los? Sie sprang auf.

»Ich halte dich auf dem Laufenden, ja? Werd wieder gesund und versuch, den letzten Halbdämon zu finden, okay?« Damit drückte sie Rico einen Kuss auf die Wange und raste aus dem Zimmer, den Flur hinunter zum Treppenhaus. Warum zum Teufel stellte sich Tequila heute wie ein wild gewordener Wachhund an?

Als sie um die letzte Ecke bog, fiel ihr eine Gestalt ins Auge, die gerade auf dem Parkplatz den sich sträubenden Tequila in einen weißen Jeep hob. Es war Dakota. Dakota war im Begriff, den Hund zu entführen!

»Hey!«, schrie Adriana. Da die Glasschiebetüren sich nicht schnell genug öffnen wollten, hämmerte sie dagegen. »Lass sofort meinen Hund in Ruhe!«

Nachdem die Türen endlich zur Seite geglitten waren, stürmte sie auf den Parkplatz. Ihr Rucksack schlug ihr bei jedem Schritt in den Rücken, aber das war ihr in diesem Moment egal.

»Mir war so, als gehörte dieser Hund Molly Svensson und nicht dir«, höhnte Dakota von der anderen Seite des Parkplatzes herüber. »Du wolltest wohl sagen, du hast ihn gestohlen!« Mit einem lauten *Klonk* schloss sie die Heckklappe. Im Kofferraum sprang Tequila wie verrückt herum. Das Netz hinter der Rückbank verhinderte jedoch, dass er sich befreien konnte.

Lächelnd kratzte sich Dakota einmal kurz an der Schulter und stieg dann an der Beifahrertür ein.

»Ganz schön traurig, wenn man sich ein Haustier klauen muss. Ich bringe ihn zurück zu Molly. Er wird ihr helfen, ihre Trauer zu überwinden. Und er gehört nun mal nur ihr.«

»Warum tust du das? Molly hat uns verraten!« Adriana beschleunigte, doch es sah schlecht für sie aus. Dakota und Tequila waren immer noch zu weit entfernt.

»Hat sie nicht. Ihre Version klingt ein wenig anders. Du hast uns beinahe den Dämonen zum Fraß vorgeworfen!«

Endlich erreichte Adriana den Jeep. Beinahe prallte sie dagegen. Nein! Dakota durfte ihr den Hund nicht wegnehmen, der zu ihrem treuen Begleiter geworden war. Nicht Tequila!

Natürlich war der Kofferraum verriegelt.

»Sag auf Nimmerwiedersehen zu Tequila«, lachte Dakota mit

ihrer glockenhellen aufgesetzten Stimme. Dann fuhr der Jeep los.

Verzweifelt lief Adriana neben ihm her, schlug gegen die Scheiben des Wagens. »Stopp! Du kannst ihn nicht mitnehmen!«

Von innen bellte ihr Tequila entgegen. Er presste die Schnauze gegen die Scheibe. Seine Zunge hing heraus.

Von außen fuhr Adrianas Hand darüber, dann wurde der Jeep zu schnell und brauste davon.

Warum? Warum tat Dakota das? Molly hatte kein Recht auf den Hund. Sie gehörte hinter Gitter! Welche Lügen hatte sie Dakota aufgetischt? Im Wegfahren sah sie im Rückspiegel Eloys Augen aufblitzen. Dieser Mistkerl fuhr den Jeep! Er half Dakota bei diesem Dognapping!

Keuchend stützte sich Adriana mit den Händen auf den Knien ab. Sie waren fort. Tequila und ihre ehemaligen Freunde. Was zur Hölle war in Dakota gefahren? Sie wusste doch, was Molly getan hatte? Ohne Tequila fühlte sich Adriana plötzlich wie ein kleines, verlassenes Waisenmädchen. Das Waisenkind, das in ihrem Inneren immer noch lauerte. Vor Anspannung knetete sie ihre Hände. Unwillkürlich kehrte das nervöse Zucken ihrer Augenlider zurück. Genauso wie die Einsamkeit, die in ihren Knochen emporkroch wie kaltes Gift.

Eine Weile noch starrte sie in die Richtung, in die der Jeep verschwunden war. Ob sie zu Molly fahren sollte, um Tequila zurückzuverlangen? Dazu hatte sie nur leider absolut kein Recht, und außerdem überkam sie das unbestimmte Gefühl, dass Molly Adriana wegen der Sache mit Harry und den Dämonen alles andere als wohlgesonnen war.

Sie musste sich an den Plan halten und später über eine Möglichkeit nachdenken, Tequila dieser schrecklichen Frau zu entreißen. Der Hund gehörte dort nicht hin, das fühlte sie. Er hatte sich für Adriana entschieden – eindeutig.

In ihrer Verzweiflung rief sie Rico an, um ihm die aktuelle Situation zu schildern.

»Dakota hat was?«, brüllte er ins Telefon. »Hat die sie nicht mehr alle?«

Langsam fragte sich Adriana, wie sie je hatten befreundet sein können. Halt, stopp. Moment mal … noch vor ein paar Monaten war Dakota ganz anders gewesen. Eigentlich noch vor ein paar Tagen, zum Beispiel als sie gemeinsam einen Mädelsabend mit Pizza und einem Filmmarathon gefeiert hatten. Wo war die fröhliche, liebenswerte Dakota abgeblieben?

Offenbar dachte Rico gerade auch über dieses Thema nach, denn er schwieg einen Augenblick. Rico war in Dakota verliebt gewesen …

»Irgendwas stimmt nicht mit ihr«, murmelte er schließlich in den Hörer.

»Kannst du mir noch einen Gefallen tun?«, lenkte Adriana vom Thema ab. »Kannst du von dieser Savannah Goodwill und Pryatt Hershley auch die E-Mail-Adressen raussuchen? Ich will versuchen, sie erst mal so zu erreichen.«

»Natürlich. Alles, was du willst. Und wenn ich aus diesem verdammten Krankenhaus raus bin, hole ich dir Tequila zurück!«

Bei seinen Worten stahl sich ein Lächeln auf Adrianas Lippen. Rico klang so bestimmt, als sei es bereits beschlossene Sache, dass sie den Hund zurückbekam. Wenn sie nur daran glauben könnte.

Nachdem sie aufgelegt hatte, knetete sie einen Moment lang ihre Hände. Inzwischen zeichneten sich auf der Haut um die Fingerknöchel deutliche Kratzer und Rötungen ab.

Mal davon abgesehen, dass sie unbedingt verhindern wollte, dass Luzifer die Verdunklung in Gang setzte und damit jede Nacht Dämonen auf die Erde strömten, war ihr zweiter großer Wunsch, Tequila als Haustier behalten zu können. Einen Hund als Begleiter im Leben zu haben hatte ihr in den letzten Tagen so viel Trost und Geborgenheit gegeben. Ohne ihn schien alles auswegloser.

Und was sollte eigentlich dieses Engagement für Molly? Dakota wusste doch ganz genau, was mit dieser Frau los war, und außerdem ... war Molly nicht in eine Klinik eingeliefert worden? Da war wirklich etwas oberfaul. Aber in diesem Moment konnte sie nichts anderes tun, als sich erst mal selbst in Sicherheit zu bringen.

Langsam setzte sie sich in Bewegung. In Richtung Stadtwald. Nach ihren Berechnungen würde sie mehr als vierzig Minuten vor der Darkness Hour auf dem Friedhof eintreffen. Das iPhone 8 fest umklammert, damit sie Ricos Nachrichten sofort mitbekam, beschleunigte Adriana ihre Schritte.

Sie kam genau einundvierzig Minuten vor der Darkness Hour auf dem Friedhof an. Unterwegs hatte sie keine Menschenseele mehr gesehen. Alle hatten sich bereits in sicheren Gebäuden verbarrikadiert.

Auf dem Weg durch den Wald hatte sie sich immer wieder umgesehen, wenn ein Zweig geknackt hatte, obwohl sie wusste, dass die Dämonen noch nicht die Höllenpforten passiert haben konnten.

Gemeinsam mit Tequila wäre diese ganze Warterei auf Cruz auch angenehmer gewesen.

Während sie noch nervös ihre Finger knetete, ließ sie sich gegen einen verwitterten Grabstein sinken.

Den Kopf in den Nacken gelegt, betrachtete sie den Himmel, den noch ein paar letzte helle Streifen durchzogen. Was, wenn sie diesen Himmel bald nicht mehr würde sehen können? Wenn sie das letzte Gebot brach und ein Dämon wurde? Jedenfalls musste sie verhindern, dass Luzifer die Dämonentage auf das ganze Jahr ausweitete. So oder so. Und wenn das hieß, dass sie 360 Tage im Jahr in der Hölle festsaß.

Ihr Handy piepste.

Rico hatte ihr zwei E-Mail-Adressen geschickt. Von Savannah Goodwill und Pryatt Hershley. Potenzielle Halbdämonen.

Sie warf einen Blick auf die Uhr. Noch etwas mehr als zwanzig Minuten, bis Cruz bei ihr sein würde. Aber was sollte sie schreiben? Nachdenklich biss sie sich auf die Lippen und entschied sich dann, einfach mit der Wahrheit herauszurücken:

Hallo Savannah,
ich weiß, Du kennst mich nicht, aber ich glaube, wir befinden uns in derselben Situation. Die Dämonen nennen mich »Schmutziges Blut« oder beschimpfen mich als Halbblut. Dir soll dasselbe passiert sein. Ich weiß, es klingt unmöglich, aber ich denke, wir sind beide halb Mensch und halb Dämon. Wahrscheinlich hast Du es schon seit einer Weile geahnt.
Jetzt sieht es so aus, als wollte Luzifer jede einzelne Nacht die Tore für die Dämonen öffnen. Natürlich brauche ich Dir nicht zu erzählen, wie furchtbar sich unsere Welt entwickeln würde, wenn 365 Nächte im Jahr Dämonen auf die Erde strömen. Meine Freunde und ich haben herausgefunden, dass es eine kleine Armee an Halbdämonen und Engeln braucht, um Luzifer zu stoppen. Momentan sind wir vier Halbdämonen und ein Mensch, die sich gegen die Dämonen erhoben haben. Wir haben ein paar weitere wie dich lokalisiert und hoffen, ihr schließt euch uns an. Nur dann haben wir die Macht, die verschollenen Engel zurückzuholen und Luzifer zurückzudrängen. So steht es an den Höllenpforten geschrieben. Ich hoffe, Du glaubst mir. In Deinem Inneren müsstest Du wissen, dass Du anders bist. Bitte erschrick nicht, wenn wir Dich morgen besuchen kommen. Aber wir haben keine Zeit zu verlieren. Am besten, Du rufst mich an, damit wir einen Treffpunkt ausmachen können.

Dann fügte sie ihre Telefonnummer hinzu. Das mit der Höllenpforte war zwar etwas geflunkert, aber von einem Höllenfeuerlied und singenden Seelen zu sprechen kam Adriana etwas zu abgedreht vor.

Nachdem sie dieselbe E-Mail auch an Pryatt geschickt hatte, öffnete sie erneut die Darkness-Hour-App. Noch vier Minuten. Neuerdings gab es ein Update der App. Dadurch konnte man ab sofort auf einem Radarbildschirm ablesen, an welchen Orten der Umgebung sich in der vergangenen Nacht Dämonen bewegt hatten. Rote Punkte markierten tödliche Angriffe auf Menschen, während gelbe Punkte Morde an Tieren markierten. Grüne Punkte auf der Karte zeigten an, wo Dämonen Angriffe gestartet hatten, aber gescheitert waren. Dazu gab es jeweils Zeitungsartikel zum Anklicken.

Dämonen zünden Waldkapelle im Nordwesten von Portland an, lautete eine Schlagzeile. Adriana schluckte. Das war ihre Kapelle gewesen. Ihr Unterschlupf … Die Bilder zeigten eine verkohlte Ruine in der Morgendämmerung.

Insgesamt aber waren in diesem Jahr die Angriffe deutlich seltener als in den Jahren zuvor. Das Militär sprach von einer positiven Entwicklung. In einem Zeitungsartikel war sogar die Rede davon gewesen, dass die BKOD am 1. Januar ein großes Fest zum Ende der Dämonentage geben und dabei neue Abwehrmaßnahmen demonstrieren wollte. Etwas flatterte in der Luft. Einen Wimpernschlag später landete Cruz direkt vor ihr. Er war alleine gekommen. Ganz ohne Drym.

»Hey.«

»Hey«, gab Adriana zurück.

»Was ist los? Du siehst so traurig aus. Und wo steckt der Hund?« Er ging vor ihr in die Hocke, um Adriana in die Augen zu sehen. Seine auf dem Rücken zusammengefalteten Flügel streiften dabei den Boden. Der besorgte Blick, mit dem er sie bedachte, ließ Adrianas Magen hüpfen. Cruz machte sich Sorgen um sie. So etwas war in ihrer Welt kostbar.

Langsam hob sie den Kopf. »Dakota, die Blonde, die mit mir in der Villa war, hat heute Abend Tequila gekidnappt.«

Von einem Moment auf den anderen entgleisten Cruz' Gesichtszüge. »Oh, verdamm mich. Bei allen Feuern!«

Sie schluckte, dann füllten sich ihre Augen langsam mit Tränen. »Weißt du, Tequila wollte bei mir bleiben. Dakota hat ihn mit Gewalt in den Kofferraum gezerrt. Und vorgestern Nacht wollte er mich unbedingt begleiten. Seitdem ist er mir nicht von der Seite gewichen und war so brav!« Den letzten Satz schluchzte sie vor sich hin.

Allerdings wollte sie vor Cruz lieber nicht weinen. Deshalb stand sie auf und wischte sich mit den Ärmeln ihres Kapuzenshirts über die Augen.

»Hey«, wisperte Cruz einfach nur. Dann stand auch er auf und zog sie in seine Arme. »Wir holen deinen Hund zurück. Wenn wir alle Halbdämonen aufgetrieben haben, okay?«

Ihr Hund. Er hatte *ihr Hund* gesagt. Tequila fühlte sich auch ganz wie ihr Hund an, als hätte das Schicksal ihn zu ihr geführt.

Sie nickte zögerlich. Natürlich hatte er recht. Ihre Mission war jetzt wichtiger. Wie lieb aber war das von Cruz, dass er so viel Verständnis zeigte. Die Umarmung fühlte sich gut an. Genau wie Cruz' Interesse an ihr. Sie schmiegte sich noch ein wenig enger an seine Brust. Hitze stieg dabei von ihrem Magen auf bis zu ihrem Kopf. Cruz hielt sie in seinen Armen fest an sich gedrückt!

»Kommst du zurecht?«, wollte er wissen. Der Klang seiner Stimme führte unwillkürlich dazu, dass sich die Härchen auf ihren Armen aufrichteten.

Nachdem sie für einen Moment die Augen geschlossen hatte, hob sie den Kopf, wobei sie sein Kinn streifte. »Entschuldige.«

»Da gibt es nichts zu entschuldigen.« Das Lächeln, das er ihr daraufhin schenkte, wirkte so menschlich, was sie für einen Moment vergessen ließ, dass er ein Dämon war. Mit etwas Fantasie konnte man sich Cruz leicht als umwerfend gut aussehenden Menschen vorstellen. Der leichte violette Hautschimmer war im Mondlicht kaum noch zu erkennen. Sein dunkles Haar stand heute etwas nach oben ab. Eine interessante Fahrtwindfrisur! Adriana schmunzelte.

»Was gibt's da zu grinsen? Ist was mit meinen Haaren?«

»Nein, nein. Nichts«, beeilte sie sich zu sagen.

»Du bist wirklich etwas ganz Besonderes, Adriana Astara.«

Seine Worte erwischten sie vollkommen unvorbereitet. Schon wieder. Unfähig, etwas zu sagen, blinzelte sie nur.

»Du bist auch … ganz toll«, brachte sie schließlich nach einer halben Ewigkeit hervor.

Cruz lachte. Als er sich wieder beruhigt hatte, veränderte sich etwas in seinem Blick. Plötzlich hatte er einen verträumten Gesichtsausdruck aufgesetzt. Seine Pupillen weiteten sich, während er Adriana betrachtete. Und da war auch wieder dieses winzige Lächeln auf seinen Lippen.

Adriana schluckte. Verdammt, sah Cruz umwerfend aus. Diese dunklen Augen … das markante Kinn. Er hätte auch ein Schauspieler sein können. Der übernächste James Bond oder so.

Ihre Ballonnarbe kribbelte. Aus irgendeinem Grund presste sie sich plötzlich enger an ihn. Merkwürdig.

Und dieses wunderschöne Gesicht kam ihrem immer näher.

Großer Gott! Cruz war im Begriff, sie zu küssen! Direkt nachdem sie zu ahnen begann, was los war, schreckte sie zusammen. Versteifte sich. Ein Teil von ihr wollte rennen. So weit weg, wie es nur ging. Der andere Teil wollte Cruz entgegenkommen, ihre Lippen auf seine pressen.

Bevor sie sich ganz entscheiden konnte, war er ihr schon so nah, dass sie seinen Atem auf ihrer Haut spürte. Immer noch fixierte er sie mit diesem verträumten, aber gleichzeitig aufmerksamen Blick.

Nach einem weiteren Augenaufschlag hielt sie die Luft an.

Und dann berührten seine Lippen endlich ihre. Mit sanftem Druck küsste er Adrianas Unterlippe. Ließ seine Lippen dann über ihre hinwegflattern, sodass es sie wie eine Welle überrollte. All die angestauten Gefühlte umflossen sie, schäumten um ihren Körper wie süße Meeresgischt.

Der Kuss fühlte sich wie nach Hause kommen an. Irgendwie vertraut, aber doch neu.

12

Noch nie war Adriana so geküsst worden. Zunächst fühlte es sich so an, als würde sie schweben – federleicht. Als sie dann für einen kurzen Moment die Augen öffnete, war sie fast enttäuscht, sich selbst und Cruz nicht über dem Friedhof fliegen zu sehen.

Doch dann gab sie sich wieder komplett Cruz und dem Kuss hin, der nur einen winzigen bitteren Nachgeschmack hinterließ. Sie küsste gerade einen Dämon! Cruz war ein Dämon. Zumindest zu diesem Zeitpunkt war er es. Verdammt, verdammt, verdammt!

Bevor sie jedoch länger diesem Gedanken nachhängen konnte, vibrierte ihr Handy im Rucksack. Oh! Das konnte nur Rico sein oder vielleicht eine E-Mail von einem der Halbdämonen.

Langsam löste sie sich von Cruz, was er mit einem enttäuschten Seufzer quittierte.

»Entschuldige bitte, mein iPhone …« Sie machte eine unbestimmte Handbewegung, mit der sie hoffte, alles erklären zu können.

Glücklicherweise verstand Cruz sofort.

Tatsächlich zeigte das iPhone eine neue E-Mail an. Und zwar von Savannah Goodwill! Vor Aufregung wäre Adriana beinahe das Handy aus der Hand gefallen.

Mit zitternden Fingern öffnete sie die E-Mail:

Liebe Adriana, fast hätte ich Dir gar nicht geantwortet, sondern deine E-Mail einfach nur gelöscht. Denn eigentlich wollte ich nicht wahrhaben, was ich bin.
Aber wenn wir am Ende sowieso alle von Dämonen gefressen werden, wird es mir auch nichts bringen, die Augen vor der Wahrheit verschlossen zu haben. Alles deutet darauf hin, dass mein Vater ein Dämon ist.
Also: Wenn ihr mich abholen wollt – ich bin bereit, an eurer Seite zu kämpfen. Bis zum Ende der Dämonentage wohne ich im Kloster von New Haven, Colorado. Wenn ihr nachts kommt, seid vorsichtig und benutzt das Codewort »E-Mail-Freunde«, damit ich weiß, dass ihr es seid.
Viele Grüße, Savannah.

Wow, das war gar nicht so schwierig gewesen.

Sie las Cruz die E-Mail vor, der ihr aufmerksam zuhörte.

Dass sie am Ende immer noch nichts von Pryatt gehört hatten, stimmte Adriana nachdenklich. Ob er im Gegensatz zu Savannah seine Herkunft verleugnete?

Am besten, sie bat Rico darum, sich verstärkt darum zu bemühen, seine Handynummer ausfindig zu machen.

»Das halte ich für eine gute Idee«, meinte Cruz, nachdem sie diesen Vorschlag gemacht hatte. »Wir fliegen ansonsten einfach bei diesem Pryatt vorbei und überzeugen ihn.« Er schlug einen fast schon geschäftlichen Ton an, woraufhin Adriana die Brauen hochzog. Taten sie jetzt beide so, als sei das mit dem Kuss vollkommen normal gewesen?

»Natürlich ohne Gewalt«, beeilte sich Cruz zu sagen. »Der Teufel soll mich holen, wenn wir Pryatt nicht auch anders dazu kriegen, sich uns anzuschließen.«

Adriana lächelte. »Du tust es schon wieder.«

Doch Cruz zuckte nur grinsend mit den Schultern.

»Was soll ich sagen? Es ist ein Teufelskreis.« Als er sah, dass er damit Adriana ein Kichern entlockte, schien das seine Laune deutlich zu heben.

»Also gut. Lass mich kurz mit Rico telefonieren.« Sie machte ein paar Schritte von ihm weg, um sich etwas Privatsphäre zu verschaffen. Dennoch konnte sie spüren, dass er weiterhin auf ihren Rücken starrte. Als sie einen Blick zurückwarf, sah sie direkt in seine Augen. Lag darin nicht ein Funken Sehnsucht? Nein, das war verrückt. Adriana schüttelte den Kopf. Schließlich waren sie hier nicht in einer kitschigen Folge von Vampire Diaries und sie war nicht Elena. Niemals konnte sie etwas mit einem Dämon anfangen. Solange Cruz nicht wieder ein Mensch war, würde das immer zwischen ihnen stehen.

Also drehte sie sich seufzend um und begann Ricos Nummer zu wählen.

»Hey, Prinzessin«, meldete er sich nach dem ersten Klingeln. »Was gibt's? Stell dir vor, die Ärzte wollen mich noch fünf weitere Tage hierbehalten.« In seiner Stimme klang Unmut mit, so als hielte er sich schon wieder für topfit.

»Sie wollen sicher nur kein Risiko eingehen. Dämonenbisse sind tückisch ...«

»Ich weiß«, stöhnte Rico, »wem sagst du das.«

Natürlich.

»Hör mal, ich brauche dringend die Telefonnummer von diesem Pryatt ...«, begann sie.

Keine zehn Minuten später hatte Rico sie herausgesucht und ihr geschickt. Adriana dankte ihm und vergaß auch nicht, von den Fortschritten mit Savannah zu berichten.

»Das sind doch gute Neuigkeiten. Ich bleibe auch weiter dran an der Recherche über Luzi und die anderen Halbdämonen.«

Adriana war sich sicher, dass Rico gerade am anderen Ende zwinkerte.

»Alles klar. Wünsch uns Glück, Rico.«

»Viel Glück, ihr dämonischen Wesen«, gluckste Rico. »Meine Fresse, ich hab Dämonenfreunde!«

»Ja, ja, ist gut jetzt«, sagte Adriana, bevor sie das Gespräch beendete. Immerhin schien Rico wieder auf dem aufsteigenden Ast zu sein.

Ohne sich umzudrehen, wusste sie instinktiv, dass Cruz direkt hinter ihr stand. So nah, dass er, wenn er den Arm ausgestreckt hätte, sie mit der Hand hätte berühren können.

»Hast du alle Informationen, die du wolltest?«, fragte er leise.

Sie nickte nur. Aus irgendeinem Grund konnte sie ihn einfach nicht ansehen.

»Ich sollte diesen Pryatt Hershley anrufen …« Wieder wedelte Adriana unbeholfen mit dem iPhone in der Luft herum.

Den Geräuschen nach zu urteilen, entfernte Cruz sich ein paar Schritte von ihr, was Adriana zum Anlass nahm, die Nummer zu wählen, die ihr Rico geschickt hatte.

Zweimal klingelte es, bevor sich eine Männerstimme meldete. »Was gibt's?«, knirschte die Stimme ins Telefon. Wahrscheinlich war er nicht gerade erfreut über einen unbekannten Anrufer während der dritten Dämonennacht. Das konnte sie ihm nicht verdenken. Seiner Stimme nach schätzte sie ihn auf Ende zwanzig.

»Hallo, mein Name ist Adriana Astara, ich habe Ihnen bereits eine E-Mail …«

»Ich weiß, wer Sie sind«, blaffte Pryatt Hershley ins Telefon, sodass Adriana zusammenzuckte. »Hören Sie auf, mich mit diesem Unsinn zu belästigen. Das ist wirklich das Allerletzte!« Und damit legte er auf.

Langsam und ein wenig verblüfft ließ Adriana die Hand mit dem Handy sinken. Das war nicht gut, gar nicht gut. Ihnen lief die Zeit davon. Wenn Pryatt sich nicht der Gruppe anschließen wollte und sie ohne den siebten Halbdämon Luzifer nicht würden aufhalten können, dann war die Welt zur Neujahrswende verloren. Nur noch zwei Tage und sechs Stunden.

Als sie sich zu Cruz umdrehte, bedachte er sie mit einem fragenden Blick. An Silvester würde sie ihn für immer verlieren, wenn er den Pakt erfüllen musste. Auf einmal wünschte sie sich sehnlichst Tequila zurück an ihre Seite. Er würde ihr sicher in diesem Moment die Hand lecken und ihr einfach etwas Trost spenden.

»Pryatt glaubt nicht daran oder will es nicht wahrhaben. Was auch immer.«

»Dann müssen wir ihn eben überzeugen.« Cruz machte einen Schritt auf sie zu. »Mach dir keine Sorgen.«

Er scheint sich deutlich weniger Gedanken um die Zukunft zu machen als ich, überlegte Adriana.

»Hallo, Freunde der Nacht«, erklang plötzlich eine Stimme rechts von Adriana. Mit ein paar heftigen Flügelstößen sank Drym außerhalb der Friedhofsbegrenzung zu Boden. Seine Dreadlocks, die er heute offen trug, wirkten etwas zerzaust, und er achtete sorgfältig darauf, dem geweihten Boden nicht zu nahe zu kommen. Wie gestern steckte er in seinem Neoprenanzug.

»Hey, Drym«, begrüßte Cruz den anderen Alpha, kam dann gemeinsam mit Adriana auf den Neuankömmling zu. »Was gibt's Neues?« Interessiert lehnte Cruz sich gegen einen halb verfallenen Grabstein, auf dem ein basketballgroßer Steinengel mit nur noch einem Flügel saß.

Bevor er den Mund aufmachte, sah sich Drym zuerst nach allen Seiten um.

»Ivan und seine Schergen haben mich nicht bemerkt. Seit der Darkness Hour bin ich ihnen ohne Unterbrechung gefolgt. Diese Flügel sind echt geil.« Grinsend deutete Drym auf seine Fledermausschwingen. »Durch den Anzug haben sie mich natürlich nicht gewittert.« Offenbar war Drym recht zufrieden mit sich. Adriana lächelte. Langsam wurde er ihr sympathisch.

Doch Freundschaft würden sie auch später noch schließen können. Informationen zu dem letzten Halbdämon waren jetzt wichtiger. Unruhig zupfte sie an ihrem Sweatshirt herum.

»Und? Was haben er und sein Clan getan?«

»Oh, richtig.« Drym räusperte sich. »Zuerst haben sie sich ziemlich aufgespielt. Ivan hält sich selbst für übertrieben wichtig und behauptet, er sei Luzifers Enkel.«

»Wegen was hat er sich so aufgeregt?«, wollte Cruz wissen.

»Ach, Ivan ist der Meinung, er würde nicht genügend respektiert und müsste höher in der Dämonenhierarchie stehen. Als Luzifers rechte Hand oder so.«

»Oh.« Adriana biss auf der Innenseite ihrer Unterlippe herum. »Hat er auch etwas über Luzifers Plan gesagt? Oder über die Halbdämonen?«

Auf einmal wirkte Drym nicht mehr ganz so glücklich. Bevor er antwortete, strich er sich seine Dreadlocks über die Schulter. »Ivans Clan will vorsorglich alle Halbdämonen töten, wegen des Höllenfeuerlieds. Sie fürchten, dass sich tatsächlich eine Gruppe von Halbdämonen Luzifer in den Weg stellen könnte. Dann haben sie lange über einen Jungen gesprochen, den sie sich schnappen wollen.«

Adriana schluckte. »Ein Junge? Sie haben also den letzten Halbdämon der Region aufgetrieben?«

Drym nickte.

»Dann musst du ihnen unbedingt zuvorkommen und ihn zu uns bringen.« Adrianas Herz wummerte in ihrer Brust. Dieses Kind schwebte in Gefahr! Es würde sterben, wenn sie nichts unternahmen.

»Wir sollten uns beeilen, alle drei Halbdämonen hierher zu bringen, und uns eine List überlegen, wie wir Luzifer aufhalten können.« Cruz stieß sich mit dem Fuß von seinem Grabstein ab. »Übermorgen ist Silvester.«

Da hatte er natürlich recht. Und genau um Mitternacht würde er alles verlieren. Ein bisschen so wie Cinderella. Nur, dass Cinderella nicht Luzifer in der Hölle versprochen war …

»Also teilen wir uns auf? Pryatt Hershley wird aber ein harter Brocken«, warf Adriana ein. Schnell brachte sie Drym auf den neuesten Stand.

»Mhm, verstehe.« Nach einer Weile kratzte sich Drym über das Kinn. »Wo ist eigentlich der Hund?«

Adriana seufzte. Na, spitze. »Nicht hier. Wir holen ihn, wenn all das vorbei ist. Mehr musst du nicht wissen.« Das kam härter aus ihrem Mund, als sie beabsichtigt hatte, und sofort tat es ihr auch wieder leid. Nur war es so, dass sie es momentan einfach nicht ertragen konnte, den Namen Tequila zu hören. Beschämt grub sie die Fingerspitzen in die Ärmel ihrer Sweatjacke.

»Okay, okay.« Drym hob abwehrend beide Hände. Offensichtlich hatte Adriana ihm soeben die gute Laune verhagelt. Aber jetzt konnte sie es nicht mehr zurücknehmen.

Gott sei Dank räusperte sich Cruz, bevor die Stille zwischen ihnen zu bedrückend werden konnte.

»Um Mitternacht müssen wir uns außerdem mit Gesa am Höllenportal treffen. Wir sollten also unbedingt die Zeit im Auge behalten.«

Das würde eine anstrengende Nacht werden.

»Dann werde ich mich mal wieder in Ivans Dunstkreis begeben und schauen, wie nah der Bastard an dem Halbblutjungen dran ist.« Drym raschelte mit den Flügeln.

Das klang ja beinahe wie bei Harry Potter. Adriana lächelte, doch Drym erwiderte es nicht.

Bevor sie noch etwas sagen konnte, hatte er sich auch schon vom Boden abgestoßen und drehte sich in einer Spirale nach oben in den Nachthimmel. Mit einem tauben Gefühl in der Brust sah sie ihm hinterher. Später würde sie sich bei ihm entschuldigen müssen.

»Hey, das wird schon wieder.« Beinahe wäre sie unter Cruz' warmer Stimme zusammengezuckt. War das gerade ein Versuch, sie aufzumuntern? Machte Cruz sich etwa Sorgen um sie? Einerseits fühlte sich das gut an, andererseits stellte das ein völlig neuartiges Gefühl für sie dar. Jemand dachte darüber nach, wie sie sich fühlte! Jetzt legte er auch noch eine Hand auf ihre Schulter. »Drym wird dir das sicher nicht lange übel nehmen.«

Zweifelnd wandte sie den Kopf in seine Richtung.

»Glaub mir«, fügte er bekräftigend hinzu. »Und dann holen wir Tequila zurück.«

Das war ein sehr erleichternder Gedanke, wie sie sich eingestehen musste.

»Schaffen wir es bis Mitternacht nach Colorado in dieses Kloster und zurück?« Ein Themenwechsel, den Adriana in diesem

Moment für hilfreich hielt, um nicht an Tequila denken zu müssen.

»Wenn du die Koordinaten hast, kein Problem.«

Als Antwort wedelte Adriana nur mit ihrem Smartphone.

Nachdem sie einmal kurz bei Rico einen Statusbericht abgegeben hatte, waren sie startklar. Eine Strecke von zwölf Stunden Fahrtzeit mit dem Auto, für die sie zwei Flugstunden hin und zwei zurück eingeplant hatten. Wenn sie es clever anstellten, würden sie sogar noch genug Zeit haben, um auf dem Heimweg Pryatt Hershley in Kalifornien einen Besuch abzustatten.

»Bist du bereit?«, fragte Cruz vorsichtig.

Bereit, in seinen Armen über die dunklen Städte der Westküste in den mittleren Westen zu fliegen, meinte er wohl. Während einer Dämonennacht. Nicht ungefährlich, aber unglaublich aufregend.

»Lass uns an diesen Stellen Pausen einlegen!« Mit ihrem iPhone projizierte sie eine blau leuchtende Landkarte in die Luft, auf der sie rote Markierungen für Friedhöfe und Kirchen auf der Strecke eingetragen hatte. Falls irgendwelche Dämonen sie aufspürten, würde sich das sicher auch als hilfreich erweisen.

»Das wird schon funktionieren. Notfalls setze ich Feuermagie ein. Außerdem riechst du nach mir. Fremde Clans werden denken, ich hätte dich als meine Sklavin markiert.« Er überlegte einen Moment. »Das bringt mich auf eine Idee: Vielleicht kann ich deinen Mischblutgeruch zumindest teilweise überdecken.«

»Wie willst du das anstellen?«

»Nun ja … meinen Geruch auf dir verteilen.« Ein schelmisches Grinsen zeigte sich auf seinen Lippen, welches – wenn man genau hinsah – leicht unsicher flackerte.

Auf diese Aussage hin wurde Adriana abwechselnd heiß und kalt zugleich. Seinen Geruch auf ihrer Haut verteilen?

»Bitte, wie war das?«, krächzte sie. Automatisch flimmerten wirre Bilder durch ihren Kopf.

Hatte sie nicht etwas Ähnliches in ihren Visionen neulich gesehen? Eine Szene, in der sie auf einem Friedhof auf Cruz lag, sie sich küssten und er dabei seine Flügel wie eine Decke über sie beide breitete. Eilig schüttelte sie den Kopf, um die Gedanken an ihre Vision zu vertreiben. So hatte Cruz das sicher nicht gemeint. Oder etwa doch? Adriana hob den Blick.

Cruz sah sie weiter unverwandt an. An seiner Miene war nicht abzulesen, was er dachte, allerdings wirkte er auch nicht gerade so, als würde er nur scherzen.

»Hör mal, das ist keine große Sache. Ich reibe nur meine Handfläche über deine Haut …«

Nur! Beinahe hätte sie losgeprustet. Hörte sich Cruz eigentlich selbst beim Reden zu? Sie hob eine Augenbraue.

Er wirkte irritiert. »Was schaust du jetzt so? Das wäre viel sicherer für dich. Dort draußen lauern Alphas, die Halbdämonen töten.«

Offenbar schien er nicht ganz begriffen zu haben, was sie an seinem Vorschlag störte. Nun, wenn man ihn sich so ansah … Adrianas Blick wanderte über seinen Körper. Cruz hatte kein Problem mit viel nackter Haut. Tief in ihr regte sich so etwas wie Neid. Neid auf Cruz' Lebenseinstellung. Musste es nicht schön sein, sich für nichts zu schämen? Diese Freizügigkeit gefiel ihr immer mehr an ihm.

Der Moment, in dem sie ihren Blick über seinen Körper gleiten ließ, zog sich in die Länge.

»Habe ich irgendwo einen Kuhfladen hängen oder warum starrst du so?«

Augenblicklich fühlte sie sich ertappt. »Ja, also, ich meine, nein. Und mal rein aus anatomischen Gründen … frierst du eigentlich nie?«

»Nein«, lachte er. »Außerdem sind die Dämonentage dieses Jahr wirklich angenehm warm, und es ist schön, mal an die frische Luft zu kommen – wenigstens ein Mal in zwölf Monaten.«

Warm? Wahrscheinlich für einen Dämon. Für Menschen kratzten die Temperaturen doch langsam an den tiefen, einstelligen Plusgraden. Aber es hätte schlimmer kommen können.

»Keine Sorge, während des Flugs werde ich dich warm halten«, meinte Cruz leichthin.

Adrianas Wangen liefen heiß an.

»Und jetzt komm. Lass uns keine weitere Zeit verlieren. Darf ich?« Er hielt ihr eine Hand hin.

»Na gut«, gab sie schließlich nach. Was hatte sie schon für eine Wahl?

Ein Lächeln zeichnete sich auf Cruz' Gesicht ab. Ganz still stand er ihr gegenüber und sah sie an, während seine Hände langsam über ihre Arme fuhren, ihr die Jackenärmel nach oben schoben und seinen Geruch auf ihr verteilten. Und Adriana hielt seinem Blick dabei stand.

Als Nächstes fuhren seine Hände ihren Nacken hinauf, strichen über ihre Haare und verweilten dann kurz auf ihrem Scheitel, bevor sie zu ihren Schläfen glitten. An dieser Stelle fröstelte Adriana einmal kurz. Auf seltsame Art und Weise fühlte es sich schön an, wenn er ihr Gesicht in beide Hände nahm.

Mehrere Herzschläge lang standen sie so da. Cruz schien kein Interesse daran zu haben, je wieder die Hände von ihrem Gesicht zu nehmen. Dann beugte er sich zu ihr nach unten, sodass ihre Lippen nur noch eine Fingerlänge voneinander entfernt in der Luft verharrten. Doch wieder wirkte er wie in dieser Position eingefroren, während Adrianas Magen Purzelbäume schlug. Warum zum Teufel fühlte sie sich zu diesem Dämon hingezogen? Inzwischen kribbelte jeder einzelne Flecken auf Adrianas Haut vor lauter Wärme, die sich von ihrem Bauchnabel aus in ihren kompletten Körper ausgebreitet hatte. In diesem Augenblick wünschte sie sich nichts sehnlicher, als von Cruz geküsst zu werden. Wenn er sie nur in seine Arme schließen, sie halten und küssen würde, dann würde alles erträglicher werden. Das zumindest wisperte eine verhaltene Stimme in ihrem Kopf. Noch nie hatte sie sich so zu jemandem hingezogen gefühlt wie zu ihm.

Adriana schluckte, starrte dann ein letztes Mal in seine dunklen Augen, bevor sie ihm entgegenkam und Cruz küsste.

Offenbar hatte er nur darauf gewartet, dass sie es tat. Ein leises Seufzen entfuhr ihm, was Adriana an einen zufriedenen Kater erinnerte.

Seine Bartstoppeln kratzten über ihre Oberlippe, aber diese Art von Schmerz war genau das, was sie jetzt brauchte. Ja, Adriana brauchte in diesem Moment nur diesen Kuss, um alles andere zu übertönen. Sie wollte über nichts mehr nachdenken müssen, sich einfach nur in diesem Kuss verlieren.

Cruz ließ seine Hände über ihren Rücken wandern und zog sie dann an sich, was ihr mehr als recht war. Sie beantwortete diese Geste, indem sie ihm ihre Arme um den Nacken schlang und gleichzeitig den Kuss vertiefte. Ein Kuss, der ihr im wahrsten Sinne des Wortes den Atem raubte. Kleine Feuerwerke zündeten überall in ihrem Bauch. Stoben auseinander, bevor ihnen eine neue Welle an Feuerwerken folgte. Diese Lippen und sein Atem auf ihrer Haut: Einfach übernatürlich umwerfend. Fast glaubte sie, zu schweben, so wie sie es schon einmal mit ihm getan hatte.

Leider endet irgendwann aber auch der schönste Kuss.

»Wir müssen los«, hauchte Adriana zwischen zwei Küssen atemlos. Dann schob sie Cruz ein Stück von sich weg. »Dafür haben wir jetzt keine Zeit. Wirklich nicht.« Es war die pure Vernunft, die sie zu dieser Aussage trieb. Und die Angst, ihn schneller wieder zu verlieren, als ihr lieb war. An Silvester um Mitternacht …

Nur widerstrebend löste er sich von ihr, dann schlug er die Augen auf.

»Du kannst ganz schön gemein sein, weißt du das? Aber jetzt kann ich mir wenigstens die Unterstellung erlauben, dass diese beinahe magische Anziehungskraft auch auf Gegenseitigkeit beruht.« Er drückte ihr einen Kuss auf die Schläfe. »Seit den letzten Dämonentagen habe ich an nichts anderes mehr denken können …«

Adriana neigte den Kopf zur Seite. Auf einmal wurde ihr noch heißer, wenn das überhaupt möglich war.

»Kannst du dich jetzt bitte mal auf das Wesentliche konzentrieren. Wenn das Höllenfeuerlied wirklich die Zukunft vorhersieht und all das eintritt, was es prophezeit, bleibt uns nur noch bis Punkt Mitternacht an Silvester.«

Da sie damit natürlich vollkommen den Nagel auf den Kopf getroffen hatte, blieb ihm wohl nichts, als zu nicken.

»Das ist korrekt.« Glücklich sah er darüber natürlich nicht aus. Cruz schwieg und Adriana wich seinem Blick aus. Die Stille, die darauf auf dem verfallenen Friedhof folgte, war erdrückend.

»Lass uns zuerst die Welt von diesem Höllenpack befreien und dann weitersehen, okay?«, versuchte Adriana die Situation mit einem Scherz herauszureißen. Und wenn sie das schafften, würden sie gleichzeitig auch ihn retten. Wenn sie Luzifers Höllenherrschaft beendeten, waren Cruz und gleichzeitig ebenso Gesa frei von ihren teuflischen Pakten.

Cruz hob eine Hand, wollte ganz offensichtlich nach Adrianas Arm greifen, doch sie machte instinktiv einen Schritt zur Seite. Eine Berührung von ihm würde ihr in diesem Moment nur die Konzentration rauben, das wusste sie.

Mit hängenden Schultern wandte sich Cruz um.

»Wir sollten jetzt wirklich los …«, versuchte sie es zaghaft bei ihm.

»Vielleicht ist es besser, wenn ich alleine fliege«, unterbrach er sie.

Dieser Satz ließ Adriana zusammenfahren. Er schmerzte mehr, als wenn Cruz ihr mit der flachen Hand ins Gesicht geschlagen hätte.

Offenbar hatte sie ihn verletzt.

»Alleine bin ich schneller und kann diese Savannah einfacher zurücktransportieren.«

Er würde also mit Savannah in den Armen über mehrere amerikanische Staaten fliegen. Dieser Gedanke löste einen kalten Schauer in Adrianas Eingeweiden aus, aber womöglich war es wirklich das Beste so. Zumindest versuchte sie sich das einzureden.

Adriana vergrub die Hände tief in den Taschen ihrer Jacke. Auch dafür hatten sie jetzt keine Zeit. Warum verstand er das nicht?

Sie wandte den Kopf ab und starrte in die Dunkelheit.

»Es kommt jemand. Ein Alpha«, durchbrach Cruz' Stimme die Stille zwischen ihnen.

Sofort riss sich Adriana zusammen und sah sich wachsam um. Wer kam da auf sie zu?

»Drym«, brummte Cruz keine drei Sekunden später, was die Anspannung von Adriana wieder abfallen ließ.

»Hey, Leute.« Ein atemloser Drym kam angeflogen, noch etwas wackelig zwar, aber er war ja auch erst seit knapp vierundzwanzig Stunden Dämon. »Ivan ist hierher unterwegs. Er hat etwas vor. Nichts Gutes. Will euch erpressen. Mit einem Hund. Einem Labrador.«

»Oh mein Gott, Ivan hat Tequila?«, flüsterte Adriana. Ihre Augenlider zuckten.

Drym nickte.

Das durfte doch nicht wahr sein! Panisch sah sie sich um.

»Außerdem hat er ein Menschenkind dabei«, fügte Drym hinzu.

»Das letzte Mischblut?«, hakte Cruz nach.

»Bin mir nicht sicher. Riecht eigentlich zu sehr nach Mensch. Aber vielleicht ist mein Geruchssinn noch nicht ausgeprägt genug.«

»Okay, Drym, egal was passiert, du rettest den Hund und das Kind, klar?« Cruz' Stimme klang entschlossen. »Ich kümmere mich um den Schutz von Adriana.«

»Verstanden, Sir.« Drym salutierte.

Er lächelte Adriana zu, was wohl hieß, dass ihre kleine Auseinandersetzung vergessen war.

»Danke«, flüsterte sie ihm zu.

Und dann lösten sich die ersten grünen Punkte aus den Schatten am Waldrand. Leuchtende Delta-Augen, die immer näher kamen. Hinter ihnen tauchten Betas auf, die Fackeln trugen.

Beinahe wie bei einer mittelalterlichen Hexenjagd. Nur, dass die Fackelträger wie Mumien aus Sand wirkten.

Adrianas Finger verkrampften sich. Ihnen blieb aber auch nichts erspart. Nun ja, was hatte sie erwartet? Sie hatte es mit Dämonen zu tun. Das hier war kein Betriebsausflug.

Angespannt sah sie dem Dämonenclan entgegen. Hatten sie wirklich Tequila und ein Halbblutkind dabei? Sie kniff die Augen zusammen, um besser sehen zu können. Lief dort mitten unter den Delta-Dämonen Tequila auf sie zu?

Einige Augenblicke später erschlafften ihre Gesichtszüge. Tatsächlich führte Ivan, Alpha-Dämon und Zhuts Sohn, Tequila an der Leine. Und rechts neben den beiden trottete Dakota her!

Was zum Teufel …? Adriana klappte der Mund auf. »Das da … ist Dakota. Meine beste Freundin. Jedenfalls war sie das bis vor Kurzem noch.«

»Die Blondine?« Cruz neigte den Kopf, dann machte er wieder einen Schritt auf Adriana zu und überbrückte so die Distanz, die er eben noch aufgebaut hatte. »Die Dakota, die deinen Hund entführt hat?«

»Das ist korrekt«, krächzte Adriana. Auf einmal fühlte sich ihr Hals dermaßen trocken an, dass sie keinen Ton mehr herausbekam.

Cruz hielt die Nase in den Wind. »Sie riecht nach einem markierten menschlichen Reinblüter. Markiert von Ivan.«

»Oh, sorry. Mein Fehler«, murmelte Drym. »Habe ich nicht erkannt …«

Doch das war jetzt nebensächlich. Mit angehaltenem Atem starrten die drei dem Clan entgegen, Cruz und Adriana innerhalb der Friedhofsgemarkung, Drym knapp davor. Der Schein der Fackeln tauchte ihre Gesichter langsam in ein warmes Licht.

Zweimal, dann dreimal tippte Cruz mit dem Fuß gegen einen Mauerrest. »Drym, ich habe da vielleicht eine Idee, wie wir sie ablenken können …« In kurzen Sätzen erklärte er, was er meinte, und dass Drym auf sein Zeichen hin Dakota und den Hund packen und mit beiden verschwinden sollte. Während der ganzen

Erklärung hatte Adriana nur Augen für Tequila. Auf die Entfernung wirkte er ruhig, man konnte ihm die Abneigung gegenüber den Dämonen jedoch an den angelegten Ohren ablesen.

»Die Markierung des Mädchens wird sie aber immer wieder zu Ivan zurückführen, wenn er sie aktiviert hat«, warf Drym ein.

Cruz seufzte. »Okay, dann nimm nur den Hund mit. Für das Mädchen müssen wir uns etwas anderes einfallen lassen. Vielleicht kennt Gesa eine Möglichkeit, die Markierung zu entfernen. Aber das müssen wir besser vorbereiten.«

Erstaunt warf Adriana ihm einen Blick zu. Cruz wollte tatsächlich Dakota helfen? Obwohl er sie gar nicht kannte?

»Oder wir töten einfach Ivan. Das wäre genauso zielführend.« Cruz schlug sich mit der Faust in die flache Hand.

Ja. Oder so. Wenn er starb, konnte die Markierung Dakota nichts mehr anhaben. Aber wie war es überhaupt dazu gekommen?

Fast automatisch fuhr Adriana über ihre Ballonnarbe. Cruz hatte ihre Markierung noch nicht aktiviert. Das Band zwischen ihnen beiden noch nicht geknüpft. Würde er es jemals tun?

Ihre Aufmerksamkeit wurde in diesem Moment von Ivan auf sich gezogen, der jetzt auf zwanzig Schritte an sie herangetreten war und dreckig lachte.

»Na, wenn das nicht meine Lieblings-Schmutzblüter sind! Und ein Frischling!« Er bedachte Cruz, Adriana und zuletzt Drym mit einem abschätzigen Blick.

Noch zehn Schritte.

Dakota wirkte angespannt, bemerkte Adriana. Irgendwie roboterhaft.

»Was denn, was denn? Freut ihr euch gar nicht über meinen Überraschungsbesuch?« Inzwischen hatten Ivan und sein Clan mitsamt Dakota und Tequila die Friedhofsgrenze erreicht.

Drym wich vorsichtshalber ein Stück nach links aus, was ihm Adriana nicht verdenken konnte. Tequila wedelte mit dem Schwanz und versuchte, zu Adriana zu gelangen, doch der Alpha-Dämon hielt ihn an der Leine zurück.

»Ihr wollt doch nicht etwa schon gehen?« Ivans süffisantes Grinsen brachte Adriana beinahe zum Würgen. »Was willst du? Und was hast du mit meinem Hund vor?«

»Dein Hund?« In gespielt zweifelndem Tonfall neigte Ivan den Kopf zur Seite. »Mir war so, als gehörte dieser Labrador Molly Svensson.«

»Nicht mehr. Die Frau ist völlig durchgedreht. Mal in letzter Zeit bei ihr vorbeigeschaut?«

»Nicht nur ein Mal.« Ivan grinste. Seine unnatürlich spitzen Zähne widerten Adriana regelrecht an.

»Schön für dich.« Cruz verschränkte die Arme vor der Brust. »Hast du Molly ebenso markiert wie dieses Mädchen hier?«

Adriana warf ihm einen Seitenblick zu. Offensichtlich versuchte Cruz den Eindruck zu erwecken, dass ihnen Dakota egal war und somit nicht als Druckmittel eingesetzt werden konnte.

»Mhm naaaa. Frisches Blut ist mir lieber als Sklavin. Molly Svensson wollte einen Pakt und sie hat ihn bekommen und dafür bezahlt.«

Wieder dieses dreckige Lachen. Langsam glaubte Adriana, ihren Mageninhalt nicht mehr viel länger bei sich behalten zu können. Sklavin. Ivan hielt Dakota als Sklavin. Er kontrollierte sie!

»Warum hast du sie dazu gebracht, Tequila zu kidnappen?« Sie nickte in Dakotas Richtung, die beharrlich schwieg und nur ab und zu den Kopf in Richtung Ivan wandte. Ganz der ferngesteuerte Roboter.

»Gegenfrage«, fing Ivan an, »warum haltet ihr drei euch für clever genug, Luzifer in die Quere zu kommen? Ihr glaubt doch nicht, dass ihr seinen Plan tatsächlich vereiteln könnt?«

Cruz schnaubte. »Komm zum Punkt, Ivan.«

Sein Ton schien den Beta- und Gamma-Dämonen nicht zu passen, denn sie verfielen in drohende Knurrlaute.

»Der Punkt ist: Ich werde euch daran hindern, noch mehr Mischblute anzusammeln und eine Revolte gegen Luzifer anzuzetteln. Ihr seid zwar nicht mehr als ein erbärmlicher Haufen Zecken für ihn, aber dennoch lästig.«

»Oho, wir sind lästig!« Ohne mit der Wimper zu zucken, hob Cruz einen Mundwinkel und bedachte Ivan mit einem spöttischen Lächeln. »Mission erfolgreich abgeschlossen, würde ich sagen.«

»Das Lachen wird man dir bald aus dem Gesicht brennen, Cruz Darkknight!«

Das Knurren und Zischen wurde lauter und Adriana meinte, dazwischen ein paar recht hässliche Verwünschungen herauszuhören. Robo-Dakota blinzelte nicht einmal.

Ein wenig abwesend starrte Adriana auf den neongrünen Sabber, der einem Delta-Dämon aus dem Maul tropfte und das Gras unter ihm mit hellgrünen Punkten überzog, als wäre ein Schwarm Glühwürmchen gelandet. Adriana rieb den Stoff ihrer Sweatjacke zwischen den Fingerspitzen. Kleine Nebelschwaden stiegen von den nunmehr schwarzen Flecken auf dem Gras auf. Was plante Ivan und warum hatte er es gerade auf Dakota und Tequila abgesehen?

Sie hob den Kopf. »Du willst uns erpressen. Mit Tequila«, stellte sie ohne Umschweife fest. Ihre Stimme blieb dabei so sachlich, als würde sie eine Bestellung im Coffeeshop aufnehmen.

»Die Kleine hier ist nicht nur verdammt hübsch, sondern auch verdammt clever«, lobte Ivan sie.

Darauf hätte Adriana allerdings gut und gerne verzichten können.

Neben ihr stieß Cruz ein weiteres Schnauben aus. »Du hältst dich fern von ihr, sonst wird man deinen brennenden Körper noch vom Weltraum aus sehen können, haben wir uns verstanden?« Er öffnete eine Handfläche und erschuf darauf einen Feuerball.

Im selben Moment noch zogen die Gammas Pfeil und Bogen von ihren Rücken. Damit zielten sie direkt auf Cruz. Die Beta-Dämonen schwenkten die Fackeln in Richtung der Pfeilspitzen, die sich daraufhin blitzschnell entzündeten.

Brennende Pfeile. Mal wieder. Für einen Moment fühlte sich Adriana in die vergangene Nacht zurückversetzt.

»Ich glaube, wir haben hier eine Pattsituation«, höhnte Ivan.

Cruz zeigte keinerlei Angst, was Adriana höchst beeindruckend fand.

»Das kommt ganz darauf an, ob du uns die halbe Nacht mit deinen Spielchen langweilen willst oder nicht.«

Ivan schnalzte mit der Zunge. »Ihr werdet euch auf jeden Fall nicht von hier wegbewegen. Sonst schießen wir euch mit diesen hübschen Pfeilen ab. Und solltet ihr uns doch entkommen, wird der Hund dafür bezahlen müssen.« Er nickte in Richtung ihrer Waffen, dann zu Tequila, wobei er sich mit dem Zeigefinger einmal über die Kehle fuhr.

Unwillkürlich vergaß Adriana zu atmen. Tequila! Das durfte nicht passieren!

»Jemand hat dir verraten, was wir vorhaben und wo wir sind. Deshalb bist du gekommen. Um uns aufzuhalten, nach den anderen Halbblütern zu suchen«, warf Cruz dem anderen Alpha an den Kopf.

»Ganz schön clever«, lachte Ivan.

»Wer, Ivan? Wer war es?«

Adriana hielt die Luft an, während sie auf Ivans Antwort wartete.

Ivan schwieg.

Verdammt, wer hatte sie da verraten? Gesa? Nein, das war unmöglich. Sie wusste noch nicht so viel …

Schon dachte Adriana, dass Ivan das Thema wechseln und ihr nie sagen würde, wer ihn über ihre Pläne informiert hatte, da nahm sie ein vertrautes Flattern über sich wahr.

Alle Anwesenden inklusive Tequila hoben den Kopf.

»Das war dann wohl ich.« Elegant landete Brutus direkt vor Adriana auf dem Gras.

»Brutus«, presste Cruz hervor. »Warum?«

Als Adriana mit offenem Mund zwischen den Alphas hin- und hersah, nahm sie besonders die Unterschiede zwischen den beiden wahr. Cruz wirkte wie ein beherrschter Anführer, er strahlte Selbstbewusstsein und Stärke aus. Brutus hingegen, der jetzt

Cruz' alten Clan anführte, wirkte mit seinen verfilzten dunklen Haarsträhnen und der leicht gebückten Haltung hinterlistig. Irgendwie nicht der klassische Siegertyp wie die anderen Alphas, denen Adriana bisher begegnet war. Ohne seinen Clan wirkte er zudem etwas verloren hier im Dunkeln.

»Du hast mich ausgetrickst vor dem Höllentor«, begann Brutus. Sein Grinsen war Adriana noch nie so ekelhaft vorgekommen. »Ivan hat mir einen guten Deal angeboten. Dich zu beschatten wird sich noch für mich lohnen.« Selbstzufrieden legte er den Kopf in den Nacken, bevor er seine Flügel auf dem Rücken zusammenfaltete.

Jetzt wurde auch Drym hellhörig. »Du hast mich benutzt, um näher an Cruz heranzukommen, drecksverdammter Dämon!«

»Was soll das für ein Deal sein?«, wollte Cruz wissen.

Beinahe unmerklich rückte Adriana näher an ihn heran. Ihr Bauchgefühl sagte ihr, dass Cruz gleich ausrasten und eventuell etwas Dummes anstellen würde.

Brutus warf Ivan einen Blick zu, der ein Nicken andeutete. »Na ja, was denkt ihr? Ivan hat mir eine hohe Position unter Luzifer angeboten. Sobald die neue Weltordnung hergestellt ist. Dämonentage, 365 Tage im Jahr. Wir werden frei sein. Oh, und als kleinen Bonus hat er mir dieses hübsche Mischblut als Sklavin versprochen.« Er streckte eine Hand aus und deutete direkt auf Adriana. »Vielleicht lasse ich sie aber auch einfach alle zehn Gebote brechen, damit sie mir ein ebenbürtiger Alpha wird. Die anderen Alphas werden mich beneiden, dass ich eine Frau habe und sie nicht.« Seine Augen glänzten, doch es lag nicht nur Vorfreude darin, wurde Adriana klar. Sondern auch verletzte Eitelkeit. Vielleicht durch die Zurückweisung von Gesa?

»Das wagst du nicht«, zischte Cruz. Sein Gesicht war hochrot angelaufen. Selbst unter seiner violetten Gesichtsfärbung erkannte man, wie ihm das Blut in den Kopf stieg. »Wenn du auch nur daran denkst, sie anzufassen, reiß ich dir den Kopf ab und verfüttere ihn an den Clan!«

Zaghaft packte Adriana ihn am Oberarm. »Lass es. Sie wollen

dich doch nur provozieren. Tu jetzt nichts Unüberlegtes.« Natürlich hätte sie genauso gut in Richtung der Grabsteine sprechen können.

Brutus tat so, als würde ihn Cruz' Drohung nicht im Mindesten aus der Ruhe bringen. »Wenn Ivan dich umgebracht hat, kannst du das alles nicht mehr verhindern. Dann gehört das kleine Mischblut mir.« Brutus warf die Haare zurück. Auf seinem Gesicht lag das überhebliche Grinsen eines unverhofft beförderten Lakaien.

»Ach, das ist dein Plan? Ich dachte, ihr ertragt keinen Mischblutgeruch?« Adriana wusste nicht, woher ihr plötzlicher Mut kam, aber da waren die Worte auch schon ausgesprochen.

»Man gewöhnt sich daran. Irgendwann blendet man den Geruch einfach aus.« Ivan grinste, deutete dann auf Dakota. »Irgendwie müsst ihr Halbblüter ja entstehen. Einige von uns betrachten es als Statussymbol, dass sie eine Frau besitzen und andere Alpha-Dämonen nicht.«

Cruz und Adriana tauschten einen Blick aus. Es lag so viel Wärme in der Art, wie er sie ansah, aber auch ebenso eiskalte Angst.

Doch dann riss sich Cruz von einer Sekunde auf die andere zusammen: »Ihr wollt uns also so lange mit euren leeren Drohungen nerven, bis wir vor Langeweile sterben?«

Wind kam auf und spielte mit den Flammen der Fackeln. Die entzündeten Pfeile erloschen, was die Szene vor Adriana noch albtraumhafter wirken ließ. Die Schatten auf Ivans Gesicht breiteten sich aus. »Nein. Wir werden zunächst einmal nur dafür sorgen, dass ihr nicht abhaut.«

Cruz schnaubte. »Und wenn doch?«

»… holen wir euch mit brennenden Pfeilen vom Himmel. Aber nur, wenn es sein muss. Ich würde wirklich äußerst ungern Luzifers neuen Leibeigenen töten. Er freut sich schon so sehr darauf, dich jahrzehntelang herumkommandieren zu können. Und das Mädchen will er aus irgendeinem Grund lebend.«

Adriana sah auf die Uhr. Sie hatten durch dieses Gespräch bereits wertvolle Zeit verloren. Wenn sie es heute Nacht nicht zu Savannah und Pryatt schafften, würde es eng werden mit der Rettung der Welt vor den Dämonen und ebenso mit Cruz' Freiheit. Aber natürlich war das Ivans Absicht. Adrianas Magen zog sich zusammen.

»Du willst uns hier also festhalten und mit Brutus und seinem Clan die anderen Halbblüter aufspüren und töten.« Cruz sagte es ganz ruhig und Adriana beobachtete, wie sich Brutus nervös durch die Haare fuhr.

»Gar nicht schlecht«, freute sich Ivan.

Ohne Vorwarnung hob Cruz die Hände und schleuderte zwei kopfgroße Feuerbälle in Richtung der Dämonen. Direkt auf Ivan und einen Gamma-Dämon zu. Bevor sie ihre Ziele ganz getroffen hatten, packte er schon Adriana am Arm und zog sie mit sich.

Mit großen Augen warf sie einen Blick zurück. Ein Gamma stand in Flammen und kreischte ohrenbetäubend laut auf, als er sein letztes bisschen Leben aushauchte. Ivan dagegen war der Feuerkugel ausgewichen. Dakota stand unversehrt wie eine Statue da, nur Tequila begann jetzt wie verrückt zu bellen.

Aber da hatte Cruz Adriana schon hinter einen Grabstein gezogen.

»Vertrau mir«, flüsterte er ihr ins Ohr. Dabei streifte sein Gesicht ihre Haut, hinterließ ein Kribbeln auf jeder Pore ihrer Wange. Seine Pupillen weiteten sich, als er ihr in die Augen sah.

Um ihm zu zeigen, dass sie verstanden hatte, drückte Adriana seine Hand. In diesem Moment war sie unfähig zu sprechen. Cruz so nah vor ihr, hinter ihr das Geschrei der Dämonen. Ivan, wie er den Bogenschützen befahl, anzulegen. Es fühlte sich ein wenig so an, als befänden sie sich mitten in einem Bürgerkrieg.

»Cruz Darkknight, ich fordere dich hiermit ein letztes Mal auf, dich zu ergeben!«, schrie Ivan jetzt – ganz der Dämonen-Diplomat. »Komm mit erhobenen Händen raus und gib uns das Mädchen. Andernfalls wirst du es bereuen!«

»Und ich fordere dich hiermit ein letztes Mal auf, dich zu verpissen!«, schrie Cruz zurück.

Die Dämonen brüllten vor Wut, heulten und knurrten.

»Wir haben keine Wahl. Wenn wir nicht im Plan bleiben, sind wir sowieso verloren.« Cruz sah Adriana an und Adriana sah Cruz an. Das Herz klopfte ihr bis zum Hals.

»Hab keine Angst«, flüsterte er.

Seit Brutus aufgetaucht war, hatte Drym sich ruhig verhalten. Die Hände zu Fäusten geballt, aber ruhig. Als jetzt die Dämonen erneut ihre brennenden Pfeilspitzen auf Adriana und Cruz richteten, biss er sich auf die Unterlippe.

Ivan forderte Cruz dazu auf, hinter dem Grabstein hervorzutreten und aufzugeben. Was natürlich ausgemachter Blödsinn war. Wer würde dieser Aufforderung schon Folge leisten? Cruz sicher nicht. Er würde bis in den Tod alles versuchen und kämpfen.

Das Schweigen, das darauf folgte, rauschte ihm geradezu in den Ohren. Der ganze Wald um sie herum schien den Atem anzuhalten.

Dann hörte er Cruz' Stimme, die die Stille wie ein gezacktes Brotmesser durchbrach: »NIEMALS!«

»Sobald er versucht abzuhauen, schießt ihr, verstanden? Besser, er stirbt, als dass er noch mehr Halbdämonen einsammelt«, raunte Ivan seinem Clan zu.

Die anderen Dämonen schienen Drym zu ignorieren, wofür er nur dankbar war. So konnte er alles genau beobachten.

Ivan straffte die Schultern.

»Du hast es so gewollt, Missgeburt!«

Hoffentlich verhielt sich Cruz vorsichtig.

Und dann geschah genau das, was Ivan zu verhindern versucht hatte: Wie der Blitz schoss Cruz mit Adriana in den Armen hinter dem Grabstein hervor, stieß sich vom Boden ab. Etwas langsamer als bei Alphas üblich, aber das lag sicher an Adrianas Gewicht, schraubte er sich nach oben.

»Feuer!«, brüllte Ivan. Sein Gesicht war zu einer wütenden Maske verzerrt.

Und dann regnete es Pfeile. Sie schossen wie brennende Marshmallows auf Stöcken durch die Luft. Direkt auf Adriana und Cruz zu.

Während er dieses Schreckensszenario verfolgte, wagte Drym nicht einmal zu blinzeln.

»Arghhh«, schrie Cruz, offenbar getroffen, denn sein rechter Flügel ging in Flammen auf, noch bevor ihn alle Pfeile erreicht hatten. Die beiden Halbblüter sackten abrupt ab und trudelten im Sturzflug zurück zum Boden, wo sie hinter dem Grabstein aufschlugen. Jetzt hörte er auch Adriana schreien. Als beide in einer Feuerkugel hinter dem Grabstein hervorkugelten, jubelten die niederen Dämonen.

Der schwarze Labrador bellte, versuchte sich loszureißen, weil er offensichtlich zu Adriana gelangen wollte.

Das Mädchen schrie in Todesqualen, wand sich, ließ ihren ebenfalls brennenden Dämonenfreund jedoch nicht los, während sie in einer Feuerkugel zwischen den Bäumen und Grabsteinen verschwanden. Ihre Schreie und das Bild der sich windenden Körper brannte sich tief in Dryms Netzhaut.

Um sich zu beruhigen, zwang er sich von zehn an rückwärtszuzählen. Dabei versuchte er, möglichst in den Schatten zu verschwinden und nicht aufzufallen. Der Wind wehte ihm die Dreadlocks über seine Schulter.

Zwei.

Eins.

Die niederen Dämonen jubelten noch, während Ivan ein zerknirschtes Gesicht aufgesetzt hatte. Auch Brutus' Miene wirkte wie die eines Kindes, dem man das Lieblingsspielzeug weggenommen hatte.

»Sie hätten nicht sterben müssen.«

»Wir alle folgen nur unseren Instinkten«, analysierte Ivan.

Drym verdrehte die Augen, wobei er immer näher an den Clan heranrückte.

Das Gras unter seinen Fußsohlen kitzelte ihn. Aber als Dämon spürte er die winterliche Kälte kaum und durch den Neoprenanzug witterten sie ihn nicht. Dann sprang er vor und schnappte sich den schwarzen Labrador. Der wirkte zwar verblüfft, sträubte sich aber nicht, als Drym zuerst Ivan die Faust ins Gesicht rammte, sodass er die Leine losließ, und dann Tequila auf den Arm nahm.

Der geschlagene Alpha heulte auf, eine Hand auf das Gesicht gepresst. Doch Drym verschwendete keinen weiteren Blick auf ihn, sondern stieß sich vom Boden ab.

Ungefähr die Hälfte der Dämonen hatte inzwischen bemerkt, was los war, und empörten sich lautstark über Drym.

Ein Gamma-Dämon bellte so hektisch, als wäre er das Entführungsopfer.

»Lasst ihn«, hörte Drym gerade noch, wie Ivan seinen Clan zurückpfiff. »Der Hund ist jetzt sowieso egal. Die Halbblute sind tot und ihr habt gerade erst gegessen.«

13

Eine Weile verharrten sie reglos im Gras. Außer Sichtweite der Dämonen. Irgendwann, nach schier endlos erscheinenden Minuten, hörten sie endlich, wie die Dämonenstimmen sich entfernten. Vorsichtig schielte Adriana um einen der Grabsteine herum. Cruz robbte auf dem Bauch näher an sie heran, um ebenfalls einen Blick auf die Dämonen werfen zu können. Obwohl er sie dabei nur an der Schulter berührte, fühlte Adriana Hitze an dieser Stelle aufflammen, die sich bis in ihren Bauch ausbreitete. Hilflos musste sie mitansehen, wie Ivan Dakota mitnahm. Die Befreiung ihrer ehemaligen Freundin würden sie auf später verschieben müssen. Nachdem sie gefühlte dreißig Sekunden die Luft angehalten hatte, sah sie auch Brutus davonfliegen. Tiefer in den Wald hinein. Tequila dagegen war nirgendwo zu sehen. Vermutlich hatte Drym ihn sich gepackt und war entkommen. Denn ihn konnte sie auch nirgendwo entdecken.

»Puh, dem Himmel sei Dank.« Sie drehte sich, immer noch auf dem Bauch liegend, zu Cruz um. »Auf deinen Feuertrick werden sie allerdings kein zweites Mal hereinfallen. Das ist dir klar, oder?«

Dennoch hatte Cruz' Fähigkeit, Feuer kalt brennen zu lassen, sie beide gerettet. Die anderen Dämonen hatten ihnen die Show abgekauft. Letztlich hatte Adriana die ganze Zeit über nur ein kühles Prickeln auf der Haut gespürt, als würde ein Luftzug sie umhüllen.

Cruz hatte ihr ins Ohr geflüstert, sie solle lauter und noch lauter schreien. Und das hatte sie dann auch getan.

Selbstverständlich hatte er auch vorher Drym eingeweiht. Bei ihrer kleinen Krisensitzung. Jetzt konnten sie nur noch hoffen, dass den Dämonen nicht im Nachhinein auffiel, dass die Luft gar nicht nach verbranntem Fleisch gerochen hatte.

»Adriana Astara.« Er strich ihr eine Haarsträhne aus dem Gesicht, während sie beide immer noch bäuchlings wie zwei gestrandete Robben hinter einem der Grabsteine kauerten. »Du bist so heiß wie die Hölle.« Er grinste, aber Adriana verdrehte die Augen. »Man könnte meinen, Luzifer zahlt einen Beitrag zu deiner Rentenversicherung für jeden lahmen Höllenwitz.« Am liebsten hätte sie sich in diesem Moment die Kapuze über den Kopf gezogen und zu einer Kugel zusammengerollt. Dieser Halbdämon Cruz löste einfach zu viele Emotionen gleichzeitig in ihr aus. Diese Wärme, die von seinen Berührungen ausging, die Sprüche, die sie trotz allem zum Lachen brachten, aber dann diese Angst, dass sie es nicht rechtzeitig schafften, Luzifers Plan zu vereiteln. Nicht zu vergessen, dass sie schuld an dem Pakt war, den Cruz geschlossen hatte und der ihn zu fünfzig Jahren Sklavenarbeit in der Hölle verurteilen würde. Und zu guter Letzt: Die grauenhaften Visionen, die sie von ihrer gemeinsamen Zukunft gehabt hatte. Wenn sie Luzifer besiegten, würde sie an Cruz' Seite die Hölle regieren. Zumindest deutete sie die Bilder so, die sie in ihrer Vision, oder wie immer man es nennen konnte, gesehen hatte. Aber so einfach wollte sie das nicht hinnehmen. Wollte nicht ohne zu kämpfen aus ihrem gewohnten Umfeld gerissen werden. Sie war immer noch mehr Mensch als Dämon.

Noch …, meldete sich diese nervige innere Stimme. *Das ist genau der Punkt.*

Für einen Moment schloss sie die Augen. Cruz hörte dabei nicht auf, mit ihren Haarsträhnen zu spielen. Die Anziehungskraft, die er auf sie hatte, ließ sie fast vergessen zu atmen. Aus Angst oder vor Begehren, vermochte sie nicht zu sagen.

Als sie die Augen öffnete, registrierte sie, dass sein Gesicht ihrem nun ganz nah war. Früher als Mensch musste er der absolute Mädchenschwarm gewesen sein. Sie ließ ihren Blick über seine Gesichtszüge schweifen. Wenn er in zwei Tagen um Mitternacht, also genau an ihrem achtzehnten Geburtstag, in die Hölle beordert wurde, wollte sie sich an ihn erinnern. Also versuchte sie ein Bild von ihm in ihrem Kopf zu speichern. Für den Fall der Fälle. Von seiner geraden Nase, den dunklen Augen und den dichten Augenbrauen. Dem markanten Kinn und der Stirn, wie sie sonst nur Hollywoodstars hatten. Eigentlich war er genau ihr Typ. Wenn da nicht die klitzekleine Kleinigkeit mit dem dämonischen Blut und der Hautfarbe gewesen wäre …

In seinen Wimpern klebte ein winziges Stück Moos, fiel ihr auf.

Ohne nachzudenken, streckte sie die Hand danach aus, fuhr ihm dann sanft durch den Wimpernkranz.

Cruz seufzte unter ihrer Berührung leise auf.

Sie verharrte mitten in der Bewegung. Was tat sie da eigentlich? Sie sollte sich besser zurückziehen und etwas Abstand zwischen sie beide bringen.

Aber genau diesen winzigen Abstand, der sie gerade noch trennte, überbrückte Cruz jetzt, indem er sich weiter vorlehnte, eine Hand immer noch in ihren Haaren.

»Ich weiß nicht, was du mit mir machst, Adriana, aber ich weiß, dass ich keinen Tag mehr ohne dich sein möchte«, wisperte er. Dann schloss er die Lücke zwischen ihnen mit seinen Lippen, die er auf ihre drückte.

Dieses Mal schmeckte er nach über Feuer gerösteten Marshmallows, nach gebrannten Mandeln und einer Spur Maronen.

Obwohl alles in ihr danach schrie, dass sie warten sollte, bis er wieder ein Mensch war, dass das, was sie gerade taten, falsch war, schloss sie doch wie automatisch die Augen und erwiderte den Kuss.

Daraufhin schien ein ganzes Sonnensystem in ihrem Bauch zu explodieren. Hitze breitete sich in ihre Gliedmaßen aus, bis in ihre Fingerspitzen.

Nach ein paar Herzschlägen wurde Cruz' Kuss immer hungriger. Als sei sie der Zündstoff, den sein Feuer zum Überleben brauchte, hing er an ihren Lippen.

»Wie lange habe ich darauf gewartet«, murmelte er. »Ich weiß nicht, wieso, aber ich wusste sofort, dass wir zusammengehören, als ich dich vor einem Jahr traf.«

Halt! Schmerzhaft erkannte Adriana, dass Cruz durch sie vollkommen von ihrem gemeinsamen Vorhaben abgelenkt wurde. Und was war mit dieser Ahnung von ihm? Gehörte das alles nur zu diesem göttlichen Plan, Luzifer aufzuhalten? War diese Anziehung nur ein Nebenprodukt dieser Prophezeiung? Deswegen fühlte es sich auch so falsch für sie an, was sie taten. Das musste es sein. Und dass Cruz gerade ihre ersten Annäherungsversuche vor ihre Mission stellte, obwohl es andersherum sein müsste. Erst die Arbeit, dann das Vergnügen.

»Ich …«, japste sie zwischen zwei Küssen. »… kann das nicht.« Mehr Luft hatte sie einfach nicht gehabt. Nicht mehr als für diese vier einfachen Worte. Ein Satz, der Menschen tausend Mal in ihrem Leben über die Lippen kam. Sie löste sich von ihm und rappelte sich dann so schnell auf, als hätte er sie gebissen. Zwar wollte sie mit ihm über ihre Befürchtungen sprechen, aber die Erklärung schaffte es einfach nicht aus ihrer Kehle hinaus.

Sprachlos starrte er zu ihr nach oben. Seine Miene schwankte zwischen Ungläubigkeit und Wut. Gleichzeitig wirkte er wie ein getretener Hund.

»Du stößt mich schon wieder weg? Ist das dein Ernst? Nach all dem?« Er machte eine ausladende Handbewegung, die den Friedhof miteinschloss.

Adriana schluckte, sah nur auf ihre Füße und vergrub dann die Hände im Saum ihrer Sweatjacke. Auf einmal spürte sie die Kälte des herannahenden Winters mehr als zuvor. Cruz verstand einfach nicht … Wieso musste diese Situation auch so kompliziert sein? Warum war gerade sie in diese Lage geraten? Mitten in die Arme eines Dämons, der Gefühle in ihr auslöste, die sie nicht haben sollte. Sie wollte es ihm erklären, aber wie sollte sie es anstellen, sodass er verstand? In diesen Dingen war sie nicht besonders gut. Genau genommen hatte sie in ihrem ganzen Leben noch nicht viele Menschen an sich herangelassen. Vielleicht von Rico einmal abgesehen und von Sara, India sowie zuletzt Dakota, als sie sich kennengelernt hatten. Sie seufzte. Dakota. Ihre ehemals beste Freundin befand sich in Ivans Gewalt. Sie musste sie befreien, egal was zwischen ihnen vorgefallen war. Aber gleichzeitig durfte sie auch nichts Unüberlegtes tun und dadurch einen Fehler begehen. Sie warf Cruz einen Blick zu und hätte beinahe laut gelacht. Er war so ziemlich der größte Fehler, den sie sich in ihrem bisherigen Leben geleistet hatte.

Schnaubend sprang ebendieser größte Fehler auf die Beine. Seine Oberarmmuskeln schienen regelrecht zu tanzen, während sich die Sehnen in seinem Nacken anspannten.

»Schade, ich dachte, da wäre mehr zwischen uns. Aber du erträgst meine Nähe nicht? Habe ich recht?«

Sie überlegte kurz, ob es wirklich daran lag, starrte ihn dabei aber nur stumm an. Vielleicht ertrug sie seine Finger auf ihrer Haut tatsächlich nicht. Aber aus anderen Gründen, als er vielleicht glaubte.

»Schon verstanden.« Er ließ ihr keine Zeit mehr zu antworten. »Dann habe ich gute Nachrichten für dich: Ich werde alleine losfliegen und Savannah abholen und danach Pryatt Hershley. Also erspare ich dir ab jetzt meine Anwesenheit.« Sie wollte protestieren, doch er schnitt ihr das Wort ab. »Und ich halte übrigens diese Spielchen von dir keine Sekunde länger aus. Wenn du jemanden mit so viel Leidenschaft küsst und ihn dann fallen lässt wie eine leere Bierdose, kannst du nicht erwarten, dass er dir weiterhin alle Wünsche erfüllt. Das tut weh, verdammt weh, Adriana!« Er drehte sich von ihr weg, und sie hatte den Verdacht, dass ihm gerade eine Träne über die Wange rollte.

Ihr Magen schien nur noch aus Eis zu bestehen und diese Kälte zog von ihrer Körpermitte in alle Gliedmaßen und lähmte sie. Und was hätte sie auch tun sollen? Also schwieg sie, bis ihr doch noch ein leises »Du verstehst das nicht« über die Lippen kam. Kaum hörbar, sodass der Wind ihr die Worte leicht von den Lippen nahm und davontrug.

»Nein, falsch. Ich habe verstanden. Zu gut sogar.« Und mit diesen Worten breitete er seine Flügel aus, verschwand beinahe hinter ihnen, so als wollte er eine Barriere zwischen ihnen errichten.

Vor Entsetzen machte Adriana einen Schritt auf ihn zu.

»Das kannst du nicht tun. Du wirst ohne mich niemals nahe genug an Savannah herankommen. Sie kennt nur mich und ich sagte, wir kommen zu zweit. Wenn ich sie wäre, würde ich einen Hinterhalt vermuten, wenn nur du auftauchst.«

»Schreib ihr eine E-Mail, dass sich der Plan geändert hat.«

»Was, wenn sie sie nicht rechtzeitig liest? Nimm mich mit, Cruz.«

»Ich ertrage deinen Anblick heute Nacht nicht länger, verstehst du das nicht?«, herrschte er sie an.

Unvermittelt zuckte sie zusammen. Okay. Das hatte sie verdient.

»Es ist spät geworden«, meinte sie nach einem Blick auf die Uhr, einfach um irgendetwas zu sagen.

Cruz fuhr sich mit der Hand über sein Gesicht. »Warte einfach hier auf Drym und Tequila. Am besten am hinteren Ende des Friedhofs. Morgen treffen wir uns an einem anderen Ort. Sprich dich mit Drym ab, er wird ab jetzt mit dir kommunizieren, bis wir alle Halbdämonen beisammenhaben.«

Was? Das konnte nicht sein Ernst sein!

»Aber mit der Uhrzeit hast du recht. Ich fliege nach Kalifornien und versuche diesen Idioten Pryatt von unserer Sache zu überzeugen. Du schreibst Savannah, dass sie morgen mit dem ersten Zug zu dir kommen soll. Und danach versucht ihr das letzte Halbblut zu finden. Du, Drym, Savannah und dein Freund Rico.«

Seine Worte stachen ihr wie heiße Nadeln ins Fleisch. Die Schärfe darin hätte selbst Gamma-Dämonen zum Winseln gebracht.

Doch letztendlich nickte sie. Den Blick gesenkt, merkte sie nun auch, wie sich ihre Augen mit Tränen füllten. Sie sollte sich lieber schnell zusammenreißen und das Beste aus der Situation machen. Schließlich schien Cruz endlich zu Taten bereit zu sein. Und das brauchten sie jetzt. Sonst würden sie die Armee an Halbdämonen niemals aufstellen können.

»Es tut mir so leid«, wisperte sie. »Alles.« Cruz hatte so viel für sie riskiert.

Er nickte nur, ohne sie dabei anzusehen. »Es bedeutet nichts, wenn du es nur aussprichst.«

Bestürzt hielt sie den Atem an. Wann war er so eiskalt geworden? Wie hatte die Stimmung zwischen ihnen nur derart kippen können? Doch jetzt konnten sie nicht mehr zurück. Es war besser für ihn, wenn Cruz zwar verbittert, aber nach dem 1. Januar noch frei und am Leben war.

Durch den Tränenschleier konnte sie ihn nur noch verschwommen wahrnehmen, bekam aber mit, wie Cruz sich vom Boden abstieß und ohne ein weiteres Wort im Nachthimmel verschwand. Das Flügelschlagen entfernte sich in Windeseile, so als könnte er nicht schnell genug von ihr wegkommen.

14

Ob das das letzte Mal sein sollte, dass sie ihn sah? Adriana konnte nicht fassen, wie sich die Dinge zwischen ihnen entwickelt hatten. Obwohl sie wusste, dass sie jetzt eigentlich ihren Rucksack suchen und dann am südlichen Ende des Friedhofs auf Drym und Tequila warten sollte, sank sie gegen einen Grabstein gelehnt zu Boden. Mit einem geübten Griff zog sie die Kapuze über ihren Kopf und ließ endlich ihren Tränen freien Lauf.

Irgendwann gegen elf Uhr schlich sie doch noch zum südlichen Ende des Friedhofs. Gebeugt wie eine trauernde Witwe passte sie beinahe in diese Umgebung. Im südlichen Teil waren die Grabsteine besser erhalten und auch weniger moosbedeckt. Im Gehen vergrub sie die Finger im Saum ihrer Jacke, die Schultern fast bis nach ganz oben zu ihren Ohren gezogen.

Stille.

Erdrückende Stille.

Sie sah sich um. Viel war im Mondlicht nicht zu erkennen. Abgesehen von Grabmalen und Engelsfiguren aus hellem Stein, die wie lebende Wesen auf sie herabsahen.

Damit die Zeit des Wartens schneller verging, schrieb sie mit Tränen in den Augen die E-Mail an Savannah, in der sie sie bat, morgen mit dem ersten Zug nach Portland zu kommen. Sie würde sie auch vom Bahnhof abholen. Danach telefonierte sie eine Weile mit Rico. Er wurde auf eigenen Wunsch schon morgen aus dem Krankenhaus entlassen, was fantastisch war. Dazu hatte er einiges recherchiert und vage Vermutungen über einen kleinen Jungen und ein kleines Mädchen angestellt, bei denen es sich wahrscheinlich um Halbdämonen handelte. Diese Informationen hoben nicht gerade Adrianas Laune, denn kleine Kinder konnten recht wenig im Kampf gegen Luzifer und seine Schergen ausrichten. Außerdem fehlte ihnen nach Pryatt Hershley eigentlich nur noch ein Halbdämon, nicht zwei. Aber vielleicht war das genau der Junge, dessen Spur auch Ivan verfolgte.

Als sie schließlich das Gespräch beendete, legte sie den Kopf in den Nacken und wünschte sich nichts sehnlicher, als Tequila wieder in die Arme schließen zu können. Wo steckten Drym und der Hund bloß?

Sie musste nicht lange warten.

In einem der quälend düsteren Momente, in denen der Mond hinter den Wolken komplett verschwand, hörte sie das Flügelschlagen.

Das vertraute Geräusch ließ ihr Herz gegen die Rippen wummern und einen Atemzug lang erlaubte sie sich den Gedanken an einen reumütigen Cruz, der zu ihr zurückkehrte. Sofort fühlte sie sich in die letzte Nacht zurückversetzt, in der Cruz mit ihr über den Wald geflogen war. Sie seufzte.

Doch natürlich war es diesmal Drym, der wie eine große Fledermaus im Neoprenanzug auf sie zugeflattert kam. Tequila hielt er dabei vorsichtig in den Armen. Wahrscheinlich hatte er sie tatsächlich gerochen und sie so gefunden. Genau wie Cruz es gesagt hatte.

»Hallo, schöne Frau«, grüßte er. »Ich hab da etwas, das Sie vielleicht vermissen.« Lächelnd setzte er den Hund auf dem Boden ab, der sofort die kniehohe Friedhofsmauer übersprang und auf Adriana zuraste. Das freudige Gejaule und das Schwanzwedeln hätte dabei jeder Autoscheibenwischanlage Konkurrenz gemacht. Mit seinem vollen Kampfgewicht stürzte er sich auf Adriana. Sie ging in die Hocke, um ihn hinter den Ohren zu kraulen, dabei versuchte der Hund so oft es ging, ihr Gesicht abzulecken. Lachend wich Adriana immer wieder aus. Immerhin schaffte Tequila es, ihr die Kapuze vom Kopf zu reißen.

»Wo habt ihr so lange gesteckt?«

Drym strich sich seine Dreadlocks hinter die Ohren. »Wir mussten unsere Spuren verwischen und eine falsche Fährte legen. Es musste glaubwürdig wirken, dass ich um euch trauere. Wenn Ivan oder Brutus Verdacht geschöpft hätten …«

»Schon gut. Hab's verstanden«, unterbrach Adriana ihn. Sie zog eine Decke, eine Flasche Wasser und eine Plastikschale für Tequila aus dem Rucksack. Bevor sie selbst etwas trank, versorgte sie zuerst den Hund.

»Willst du auch was?«, fragte sie Drym, doch der schüttelte den Kopf.

Seufzend ließ sie sich auf der Decke nieder und überkreuzte die Beine, was Tequila als Einladung auffasste, den Kopf auf ihren Schoß zu betten. Sie strich ihm in sanftem Rhythmus über das Fell. Tequila war zurück. Ihr Hund. Das beklemmende Gefühl, dass Cruz womöglich nie wieder mit ihr reden würde, engte zwar noch immer ihren Brustkorb ein, aber immerhin war sie jetzt nicht mehr ganz allein. In diesem Moment schwor sie sich, alles dafür zu tun, um den schwarzen Labrador behalten zu können. Liebevoll betrachtete sie den Hund, der gerade wohlig seufzte, wobei ihm eine sichtbare Atemwolke entfuhr. Langsam wurde es richtig kalt. Aber was war, wenn sie zum Alpha werden würde?

»Wo hast du eigentlich deinen Liebsten gelassen? Ist Cruz gerade für kleine Alpha-Dämonen …?«, wollte Drym wissen.

Adriana hob nicht einmal den Kopf.

»Wirklich witzig. Nein, er ist zu Pryatt Hershley nach Kalifornien geflogen. Dem potenziellen Halbdämon. Ein Mensch. Jedenfalls noch.«

Nachdem sie Drym über die neusten Ereignisse inklusive der Mails an Savannah aufgeklärt hatte, schwieg Adriana eine Weile. Dass Cruz sie geküsst hatte und danach beleidigt abgezogen war, mit dem Versprechen, ihr nicht mehr nahezukommen, hatte sie Drym selbstverständlich nicht anvertraut. Noch während sie über Cruz nachdachte, klopfte ihr Herz immer schneller. Er tat dort draußen etwas. Arbeitete daran, ihrem Ziel näherzukommen, während sie hier untätig herumsaß. Was war, wenn Pryatt ihm, dem Alpha-Dämon, misstrauen würde? Mit einem Mal sprang sie auf.

»Drym. Wir fliegen Cruz hinterher. Er braucht uns.« Und sie brauchte eine Aufgabe im Rennen gegen die Zeit.

Der Dämon streckte sich im Gras, wo er es sich gemütlich gemacht hatte. »Wie? Aber du bist kein Alpha.«

»Du auch erst seit gestern.«

Er brummte. »Du weißt, was ich meine. Und Cruz hat mich gebeten, dich zu beschützen.«

Das war ja klar gewesen. Sie schnaubte. »Du beschützt mich ja. Wir fliegen ihm hinterher. Ich auf deinem Rücken.«

»Aber Ivan will dich töten, Brutus vielleicht inzwischen auch. Ihre Clans …«

Um ihn zu stoppen, hob Adriana eine Hand. »Cruz hat mich markiert und seinen Geruch auf mir verteilt. Das wird alle übrigen Dämonen stoppen.«

»Nicht unbedingt, wenn er nicht bei dir ist.«

»Na gut.« Sie streckte ihm ihre Hand über die Friedhofsgemarkung. »Dann markier du mich auch.«

Ruckartig setzte sich Drym auf. »Du weißt nicht, was du da sagst.«

Wusste sie das? Das Einzige, was Adriana wusste, war, dass Cruz irgendwo dort draußen in Richtung Kalifornien flog, und wenn er bei Pryatt heute Nacht keinen Erfolg haben würde, sanken ihre Aussichten, Luzifer aufzuhalten, rapide.

»Es ist nur ein Kratzer, Drym. Kein Heiratsantrag.«

Letztlich stand er doch noch auf, starrte sie an, als sei sie nun vollkommen durchgedreht. »Cruz wird mich dafür töten, das weißt du schon, oder?«

Sie lächelte schief. »Na, da sind wir schon mal zu zweit. Mich wird er zuerst umbringen.«

Nach einem kurzen Kratzen über den Kopf, besah sich Drym Adrianas Unterarm.

Neben ihr winselte Tequila.

Schließlich seufzte der Dämon. »Wir vertagen das. Falls wir in eine Notlage geraten, kann ich dich immer noch markieren.«

»Also fliegen wir?« Adrianas Gesicht hellte sich auf.

Sie flogen. Drym nahm sie auf den Rücken zwischen seine Flügel und hob dann Tequila auf seine Arme. Sein Training beim Militär kam ihm hierbei sicher zugute. Ohne zu murren, stieß er sich ab, ohne das kleinste Zeichen von Anstrengung. Dafür hätte Adriana ihm fast auf die Schulter geklopft.

»Wir sollten relativ hoch fliegen, damit uns so wenig Dämonen wie möglich sehen oder riechen können.« Der Wind trug Dryms Worte fort, sodass sich Adriana anstrengen musste, ihn zu verstehen. Unter ihnen flitzten die Bäume nur so dahin.

»Okay.« Dann erwürgte sie ihn fast, als sie einen Arm um seinen Hals legte und mit dem anderen ihr Smartphone aus der Jackentasche fischte. Um sicherzugehen, wollte sie ihre Flugroute aufrufen.

Sobald sie ihre Reisehöhe erreicht hatten, segelte Drym mit seinen riesigen Flügeln etwas ruhiger. Hier oben war es zwar noch kälter, aber sie konnten sich besser unterhalten.

Adriana überlegte einen Moment. »Du hast doch gesagt, Ivan würde die Spur eines kleinen Jungen verfolgen? Rico hat mir gerade eben von einem kleinen Jungen und seiner Schwester erzählt, die dämonische Auffälligkeiten gezeigt haben. Sie sollen sogar ihren gewalttätigen Vater getötet haben.«

Drym wirkte nicht im Mindesten schockiert. Wahrscheinlich hatte er in seinem bisherigen Leben als Soldat schon viel Schlimmeres erlebt. Er neigte sich leicht nach rechts, sicher um schneller von Portland und seinen Lichtern wegzukommen.

In diesem Moment vibrierte ihr Smartphone. Rico hatte ihr eine Holomap geschickt. Ein Adress-Hologramm, das man per Fingerdruck aktivieren konnte. Es stammte von Rico und bezeichnete eine Adresse in Roseburg, Oregon. Die Adresse des Geschwisterpaares, über das sie gerade gesprochen hatten. Adriana fuhr mit dem Daumen darüber. Immer wieder flatterten ihr ihre Haare ins Gesicht, was das Unterfangen schwieriger machte.

Eine halb durchsichtige Stadtansicht im Miniformat öffnete sich direkt in der Luft über ihrem Bildschirm. Sie flackerte und erstarb. Mistding! Wütend schüttelte sie das alte iPhone 8. Ihre Holomap hatte einen Fehler im Programm. Einen Bug.

Sie versuchte es ein zweites Mal. Bei diesem Versuch drehte sich die Stadtansicht einige Sekunden länger. Ein Schild erschien und bohrte sich mitten in die Häuserblocks. In schwarzer Schrift präsentierte sich darauf eine Adresse. Über dem Ganzen zeigte ein Pfeil die Richtung an sowie die Reisedauer zu Fuß und per Auto. Adriana hatte genug gesehen und sich die Adresse gemerkt.

Sie ließ das iPhone zurück in ihre Jackentasche gleiten. Das war gar nicht so weit entfernt. Bei der Bewegung roch sie es. Cruz' Duft. An ihr. Sie hielt inne, als ihr bewusst wurde, dass sein Geruch an ihr klebte wie ein neues Parfüm. Bei diesem Gedanken durchlief ein Kribbeln ihren ganzen Körper.

Nein. Darüber konnte sie jetzt nicht nachdenken! Adriana kniff die Augen zusammen.

»Kannst du mir noch einen Gefallen tun nachher? Ich mache mir Sorgen um Dakota. Meinst du, du könntest herausfinden, wo sie steckt, und sie befreien?« Sie schwieg einen Moment. »Am Ende der Dämonentage wird Ivan sie töten oder etwas noch Grausameres mit ihr anstellen.«

Drym wandte den Kopf, damit sie ihn verstehen konnte. »Das kannst du nicht mit Bestimmtheit sagen. Ich denke, Ivan genießt es momentan, sie als Sklavin auf der Erde zu halten. Aber ja, wir sollten sie retten. Nur brauchen wir dazu einen guten Plan und vor allem die Hilfe von Cruz. Kümmern wir uns zuerst darum, Luzifer mitsamt seinem Verdunklungsplan aufzuhalten. Ansonsten werden noch viel, viel mehr Menschen sterben als nur Dakota.«

Ein Prickeln setzte in ihrem Nacken ein. Der Zeitdruck zerrte an ihren Nerven und ihrem Gemüt. Sie mussten Pryatt unbedingt dazu überreden, sich ihnen heute Nacht noch anzuschließen.

Da Drym in diesem Fall wirklich recht hatte, schwieg Adriana. Ihre Finger fühlten sich mittlerweile wie zehn überlange Eiswürfel an. Sich an Dryms Hals festzuklammern strengte sie immer mehr an, doch sie wollte sich nicht beschweren. Noch vor einer Woche hatten sie und Dakota gemeinsam im Coffeeshop gesessen und gelacht. Dakota hatte an der Bar für ihre Halbjahresprüfung gelernt und Adriana hatte sie mit kostenlosem Kaffee und Bagels versorgt. Sie hatten sich über eine Fernsehserie unterhalten. Adriana hatte so getan, als sei sie die Hauptfigur Carrie, und hatte sie mit ihren typischen Gesten und Sätzen imitiert. Darüber hatte Dakota sich schlappgelacht und verkündet, Adriana solle Geld für diese Vorstellung nehmen.

Und jetzt war sie fort. Hatte ihr Eloy ausgespannt und war zu ihrer erbittertsten Feindin geworden. Innerhalb kürzester Zeit. Dennoch. Es war falsch, sie einfach aufzugeben. Adriana würde sie jetzt nicht im Stich lassen. Rico würde dasselbe tun.

»He, Adriana! Träumst du?« Als Drym sie ansprach, blinzelte sie. »Entschuldige bitte. Ich habe nur gerade an Dakota gedacht.«

Er brummte verständnisvoll. »Weißt du, was ich dich vorhin schon fragen wollte? Warum will Luzifer dich unbedingt lebend haben?«

Adriana starrte ihn irritiert an. »Ehrlich gesagt: keine Ahnung. Vielleicht weil weibliche Dämonen so selten sind?« Sie versuchte sich an den genauen Wortlaut des Höllenfürsten zu erinnern, doch ihr Gehirn fühlte sich so zermatscht an, als hätte sie stundenlang geheult. Dabei konnten es nicht mehr als ein paar Minuten gewesen sein …

Inzwischen hatten sie die Küste erreicht. Von hier aus mussten sie einfach nur über dem Meer entlang nach Süden fliegen.

»Nein. Ich glaube, da steckt noch etwas anderes dahinter. Du musst irgendeinen Wert für ihn haben. Wenn ich nur wüsste, welchen. Ob es mit Cruz zu tun hat?«

Das hätte Adriana auch gerne gewusst. Obwohl sie sich noch nicht sicher war, was sie von dieser Theorie halten sollte.

Schließlich seufzte Drym. »Die Zeit läuft. Hast du das Höllenfeuerlied noch im Kopf?«

Den ersten Teil wusste Adriana auswendig und begann ihn vorzusagen. In der Mitte des zweiten Teils musste sie dann sinngemäß zitieren.

Nachdem sie geendet hatte, sah sie zu Drym nach vorn.

Er nickte verstehend. »Ihr glaubt, mit dem Teil über das gute und das böse Kind seid ihr gemeint, oder? Zwei Mischblute, geboren von sterblichen Müttern? Und weil Cruz wieder ein Mensch werden will? Er strebt quasi nach Erlösung.«

Adriana nickte. Was wiederum bedeuten würde, dass sie mit »das Gute Kind, gezeichnet vom Bösen« gemeint sein könnte. Schließlich hatte Cruz sie markiert.

»Wird sich am Ende von allem Guten lösen«, murmelte sie. Das war schlecht. Es konnte im Prinzip nur eines bedeuten … Aber wenn sie tatsächlich nur als Dämon Luzifer aufhalten konnte, musste sie einfach das fünfte Gebot brechen … Das letzte Bild ihrer Vision kam ihr in den Sinn. Hatte sie dort wie ein Alpha ausgesehen? Angestrengt versuchte sie sich zu erinnern. Nein, sie konnte es nicht mit Gewissheit sagen. Die Farben in der Vision waren ihr blasser als normal erschienen und alles war so schnell gegangen. Sie kniff die Augen zusammen. Daran wollte sie jetzt nicht denken. »Im Grunde genommen sieht es so aus, als müssten Cruz und ich gegen Luzifer und seine Dämonen antreten, gemeinsam mit fünf anderen Halbdämonen.«

»Klingt einleuchtend.«

Erneut ließ Adriana ihren Blick über das Meer unter ihnen gleiten. Nur vom Mondlicht erhellt sah sie ab und an Gischt und Wellen sich vom Dunkel des Wassers abheben.

»Diese Stelle über Volarion …« Angestrengt kramte Adriana in ihrem Gedächtnis. »Dieser Volarion, von dem die Rede ist …« Sie blinzelte. »Einer der sieben Kinder des Teufels … Ich glaube, die Stelle soll bedeuten, dass sowohl er als auch ein paar wenige Engel noch am Leben sind.«

»Er ist also eins der Kinder Luzifers. Wahrscheinlich einer der drei, die er für immer liebt?«, warf Drym ein.

»Damit könntest du recht haben. Außerdem steht Ahel auf seiner Seite und wie man hört, Ivans Vater Zhut. Das könnten seine drei Lieblinge sein: Volarion, Ahel und Zhut.«

Drym fuhr sich über das Kinn. »Oder Volarion hat sich ihm entgegengestellt und zählt damit zu den anderen vier?«

»Wer weiß.«

»Und dann diese eine Stelle«, fuhr Drym nach ein paar Sekunden der Stille fort: »... *Gefährten aus lange vergangenen Jahren müssen im Kampf sich um sie scharen.* Was, wenn damit die Erzengel gemeint sind?«

»Daran habe ich auch schon gedacht. Nur hilft uns diese Überlegung wenig, denn wir haben keine Anhaltspunkte, wo die Erzengel stecken. Und wohin kommen Erzengel nach ihrem Tod eigentlich? Wahrscheinlich leben sie mittlerweile irgendwo in Gefangenschaft, so wie es im Höllenfeuerlied beschrieben ist. Das könnte überall sein. In einem Verlies tief unter der Erde zum Beispiel.«

Das schien Drym einzuleuchten.

»Aber glaubt ihr, Cruz und du, dass ihr auch direkte Nachkommen Luzifers seid? Dass ihr im Höllenfeuerlied deswegen als so mächtig beschrieben werdet?«

Adriana blähte ihre Nasenflügel auf. »Das halte ich für höchst unwahrscheinlich.«

Und Luzifer zeugte der Kinder sieben ... Wie eine gesprungene Schallplatte ging ihr wieder und wieder diese Textstelle durch den Kopf.

Irgendwann bellte Tequila, was Adriana dazu brachte, ihre wirren Gedanken beiseitezuschieben.

»Wir sollten mit dem Militär sprechen. Mit der BKOD, meine ich. Übermorgen ist Silvester und damit, wie es scheint, unsere letzte Chance, zu verhindern, dass die Dämonen die Pforten zur Hölle jede Nacht des Jahres öffnen. Du kennst dich doch beim Militär aus. An wen muss ich mich wenden, damit unsere Information auch zu den richtigen Stellen durchdringt, Drym? Und wie schaffe ich es, zu ihm durchgelassen zu werden?«

Drym zögerte kurz. »Ich war selbst nicht lange bei der BKOD im Dienst.« Er überlegte einen Moment. Wahrscheinlich durchlebte er gerade seine letzten Minuten beim Militär noch einmal, als er einem Kameraden aus Versehen das Genick gebrochen hatte. Adriana hasste sich dafür, dass sie ihm das antat, aber sie brauchte seine Hilfe. »General Whittaker wäre die beste Ansprechperson, ist aber schwer zu erreichen. Am besten versuchst du, bis zu Major Dwight vorgelassen zu werden. Er – wie soll ich sagen – kann hübschen Frauen keinen Wunsch abschlagen. Aber pass auf dich auf, wenn du zu ihm gehst. Am besten, du nimmst deinen Freund Rico mit. Cruz und ich fallen leider als Begleitschutz aus.«

Damit hatte er natürlich recht. Mal abgesehen davon, dass Alphas kein Sonnenlicht vertrugen, hätte das Militär alles gegeben, um die beiden abzuschießen. Die U. S. Army mochte vielleicht nicht mit der geballten Masse an Dämonenclans fertigwerden, die dieser Tage über die Erde strömten, mit zwei einzelnen Alphas allerdings schon. Sie würden sie zwar nicht töten können, aber irgendwo einsperren. Das lag im Bereich des Möglichen.

Adriana spürte ihre Finger kaum mehr. Hoffentlich würden sie bald landen!

Dann musste sie es eben mit Rico und Tequila versuchen. Wenn Savannah es rechtzeitig schaffte, konnten sie sie auch noch mitnehmen.

Gleich morgen früh würde sie Rico aus dem Krankenhaus abholen.

»Brauchst du eine Pause?«, wollte Drym wissen. »Da vorne auf dem Felsen im Meer könnten wir uns fünf Minuten ausruhen.«

»Danke. Das wäre keine schlechte Idee für meine Gliedmaßen.« Obwohl sie damit Zeit verlieren würden. Ob Cruz ihnen weit voraus war? Auf einmal, im Anflug auf den Felsen, hielt Adriana es selbst für einen Feuerbeschwörer-Alpha-Dämon für zu gefährlich, alleine hier draußen unterwegs zu sein. Sie schluckte. Aber dagegen konnte sie aktuell nichts tun.

Vorsichtig setzte Drym auf und packte gleichzeitig Adriana am Arm, um sie zu stützen. Tequila balancierte er dabei halb auf seinen Knien.

Adrianas Beine fühlten sich wie eingeschlafen an, sobald sie den harten Untergrund berührten, allerdings gelang es ihr mit Dryms Hilfe, ihr Gleichgewicht wiederzufinden. Benommen starrte sie auf ihre Füße. Der Felsen ragte beinahe so hoch wie ein Einfamilienhaus aus dem Wasser. Hoch genug, dass die Wellen ihn nicht überspülten. Nur dann und wann wehte ihr etwas Gischt ins Gesicht. Dennoch fror sie erbärmlich.

Trotzdem nahm sie ihr Handy und schickte alle neuen Erkenntnisse an Rico, zusammen mit der Bitte, nach den sieben Kindern des Teufels im Internet zu recherchieren.

»Ich wünschte, ich hätte eine Decke für dich«, meinte Drym.

»Davon hätte ich eine im Rucksack, aber das wäre unsagbar unpraktisch beim Fliegen.« Sie tat es ab, als wäre alles kein Problem. Schließlich würde die Welt demnächst ins Chaos gestürzt werden, da wollte sie sich nicht wegen ihrer halb erfrorenen Finger beklagen. Um sich aufzuwärmen, trat sie von einem Bein aufs andere, presste dann ihre Finger unter die Achselhöhlen. Als ihr Blick Tequila streifte, entlockte ihr der Anblick ein Lächeln. Der Hund trat ganz vorsichtig näher an den Rand des Felsens, als sei er soeben auf dem Mond gelandet.

Drym fuhr sich mit beiden Händen durch die Dreadlocks.

»Oh Mann, Cruz bringt mich um, wenn du dir hier was abfrierst, das weißt du, oder?«

»Ist dann wohl nicht mein Problem«, meinte Adriana leichthin, obwohl sie nicht verhindern konnte, dass ihr Gesicht heiß wurde bei dem Gedanken daran, Cruz könnte so viel an ihr liegen, dass er Drym deswegen zurechtwies. Nach ihrem Streit war das ganz sicher nicht mehr der Fall.

»Ich glaube, ich bin bereit, um weiterzufliegen.« Sie hob das Kinn, sah Drym direkt an. Besser, sie brachten diesen Flug so schnell wie möglich hinter sich. Nach einem kurzen Check ihrer App, die besagte, dass sie schon etwas über die Hälfte der Strecke hinter sich gebracht hatten, hob Drym vom Boden ab. Den Rest des Weges legten sie schweigend zurück. Adriana musste alle Kraft aufbringen, um nicht von Dryms Rücken zu rutschen und gleichzeitig nicht zu lang am Stück über Cruz nachzudenken.

Irgendwann lockerte der Alpha seine Nackenmuskulatur. »Da vorne muss es sein. Wir sind fast da.«

Gott sei Dank. Viel länger hätte Adriana auch nicht durchgehalten. Mit Fingerspitzen aus Eis konnte man sich einfach nicht besonders gut an Dämonenschultern festklammern.

Tatsächlich tauchte vor ihnen ein Ort auf. Dana Point, Kalifornien.

»Dort oben auf den Klippen!« Adriana erkannte die Ansammlung von Villen wieder, die ihr die Holomap gezeigt hatte. »Es ist dieses riesige Haus mit dem Glasbalkon.«

Pryatt Hershley oder seine Frau mussten ganz offensichtlich Geld haben, so wie das Anwesen wirkte, auf das sie zusteuerten.

»Verdammt, da unten sind Dämonen. Wir können nicht direkt vor dem Haus landen.«

»Was?« Adriana konnte keine Dämonen entdecken, aber wahrscheinlich hatte Drym ihren Geruch aufgenommen. »Sicher, dass das nicht bloß Cruz ist?«

»Ganz sicher. Ich kann ihn zwar auch riechen, aber da sind noch mehr. Mindestens ein weiterer Alpha-Dämon und sein Clan.«

Tolle Aussichten.

Drym flog einen Bogen und landete dann in einer Straße mit verrammelten Villen kurz vor dem Aufstieg zu den Klippen. Hier war es etwas wärmer als in Portland und endlich spürte Adriana ihre Finger wieder. Wind strich ihr die Haarsträhnen um die Nase. Selbst Tequilas Ohren wurden von der starken Brise hin und her geworfen. Automatisch griff sie nach seiner Leine.

»Und jetzt? Riechst du sie noch?«

Drym schnupperte. »Nein, sie haben sich wohl verzogen.«

Oder es war eine Falle? Wie auch immer. Die Zeit ließ ihnen keine Wahl. Entschlossen straffte Adriana das Kinn.

»Okay, du kennst unseren Notfallplan. Dann lass uns näher ans Haus fliegen.«

Drym hatte keine Einwände, und nachdem sich Tequila an einem Busch erleichtert hatte, lud er seine beiden Passagiere wieder auf Rücken und Arme, ohne sich zu beklagen. Der Junge war ein Heiliger.

»Ich glaube, die Zeitung hat nicht richtig recherchiert. Dieser Typ kann unmöglich ein einfacher Feuerwehrmann sein bei diesem Haus.« Drym sagte es ohne Neid, aber auch nicht mit Anerkennung in seiner Stimme, als sie die Villa ansteuerten.

Adriana kaute auf ihrer Unterlippe herum. »Sag mal, riechst du Cruz noch? Eben hast du nur gesagt, dass du den Clan nicht mehr witterst.«

Drym stutzte. »Komisch. Du hast recht. Wo ist Cruz? Müssten wir ihn inzwischen nicht auch sehen können?« Noch während er sprach, setzte er zur Landung an. Nur ein paar Steinwürfe von der Auffahrt zu Pryatt Hershleys Villa entfernt.

Was konnte das bedeuten? Kurz nach der Landung sah sich Adriana um. Die Straße wirkte wie ein Boulevard in Hollywood. Verzierte Straßenlaternen, von denen eine flackerte, überall nur Villen, eine pompöser und ausgefallener als die andere.

Tequila drückte sich an Adrianas Beine, winselte leise.

»Drym, irgendwas ist hier faul. Wo steckt Cruz? Er müsste längst hier sein.«

»Nun.« Drym nahm ihre Hand und zog sie in Richtung der Villa, die ihnen die Holomap gezeigt hatte. »Er könnte auch im Haus sein.«

Adriana wand sich in seinem Griff. Sie wollte partout der dunklen Straße nicht den Rücken zukehren.

»Im Haus? Mit diesem Pryatt? Ja, sicher, er hat Cruz einfach zum Tee eingeladen und gerade tauschen sie Sammelsticker.«

»Die mit den Pokémon drauf? Die sind klasse. Meinst du, sie lassen mich mitmachen?«

»Hör auf mit dem Quatsch.«

Sobald sie näher kamen, bemerkte Adriana, dass die Fenster der Villa eher notdürftig als sicher mit Metallplatten verrammelt waren.

Am Tor an der Einfahrt entdeckte sie eine Gegensprechanlage mit Überwachungskamera. Die Kamera surrte in ebendiesem Moment in ihre Richtung. Adriana schluckte, klingelte dann aber, ohne zu zögern.

»Halt einfach Nase und Ohren offen, ja, Drym?«

»Ma'am! Ja, Ma'am!«

Aus der Gegensprechanlage ertönte ein Klicken. »Ich weiß, wer ihr seid. Verschwindet.«

»Mr Hershley, bitte verschließen Sie sich nicht länger vor der Wahrheit. Tief in Ihnen müssen Sie doch ahnen, dass Sie ein Halbdämon sind. Sie sind wie wir. Genau wie wir.«

»Darauf falle ich nicht rein. Und ich bin nicht wie ihr. Kein bisschen. Und schon gar nicht wachsen mir Flügel aus den Schultern. Euer Freund hat es auch schon bei mir versucht.« Die Kamera schwenkte auf Drym. »Was bei allen guten Geistern trägt dieser Dämon da? Einen Taucheranzug?«

Drym blieb vollkommen ruhig, was Adriana ihm hoch anrechnete.

»Mr Hershley, Sie sind ein halber Dämon. Es gibt keine andere Möglichkeit. Bis hier draußen kann ich es riechen. Sie sind nur zu fünfzig Prozent Mensch.«

»Schwachsinn! Ich bin Pilot und kein Dämon! Was du riechen willst, sind möglicherweise nur meine vom vielen Fliegen veränderten Chromosomen. Und jetzt haut ab.«

Adriana warf Drym einen Seitenblick zu. Das lief nicht besonders gut. Ein Pilot. Hatten die Zeitungen sie falsch informiert oder war das der falsche Mann?

»Aber Sie waren doch gestern Nacht in dieser Kirche. Die Zeitungen haben über Sie und die Dämonen berichtet. Dass sie Sie als *Schmutziges Blut* beschimpft haben.«

»Ja und deswegen will mich seit gestern niemand mehr in

seine Kirche lassen. Heute Nacht haben ebendiese Dämonen sogar versucht, in mein Haus zu gelangen, um mich zu töten! Bis dieser andere Dämon kam und sie abgelenkt hat.«

Anderer Dämon? Abgelenkt?

»Euer Freund«, fügte Pryatt hinzu.

Oh nein. Bitte nicht. »Cruz?« Sie flüsterte seinen Namen so leise, dass sie nicht sicher sein konnte, dass er es gehört hatte. Noch während sie sich zu Drym umdrehte, rauschte ihr das Blut durch den Kopf. Das war übel.

»Wohin ist unser Freund mit den Dämonen …« Ihre Stimme brach.

»Richtung Klippen.«

Bevor ihr bewusst wurde, dass sie rannte, war Adriana schon einmal um das Haus gebogen und den schmalen Weg zwischen den Klippen Richtung Meer hinuntergesprungen.

»Adriana!« Hinter sich hörte sie, wie Drym die Flügel ausbreitete und zu ihrer Verfolgung ansetzte.

Aber in ihrem Kopf zählte nur noch ein Gedanke. Cruz hatte diese Dämonen abgelenkt, und dass er noch nicht wieder zurück war, konnte nur eines bedeuten …

»Jetzt warte doch mal.« Auf einmal war Drym an ihrer Seite und packte sie am Oberarm. »Du kannst nicht einfach kopflos da runterrennen.« Mit dem Kinn deutete er auf die Treppen und den tiefschwarzen Strand, so wirkte es zumindest am Ende der Stufen.«

Mit klopfendem Herzen sah sie ihn an.

»Aber was, wenn Cruz da unten ist und uns braucht?« Die Enge auf der Steintreppe war nichts gegen die Enge in ihrem Herzen. Atmen und sprechen gleichzeitig kam ihr beinahe unmöglich vor. Verstand Drym denn nicht, was hier vor sich ging? Mittlerweile hatte Tequila sie eingeholt, und einen Moment lang schalt sich Adriana dafür, den Hund allein gelassen zu haben.

»Was sollen wir sonst machen? Hier stehen und warten?« Noch ehe sie geendet hatte, griff sie sich Tequilas Leine, die hinter ihm über den Boden schleifte, und sprang die nächsten Stufen hinab.

»Das könnte eine Falle sein!«, rief Drym.

»Im Notfall markierst du mich, wie besprochen. Falls es heikel wird, haust du ab.«

»Das ändert nichts daran, dass das hier ein Hinterhalt sein könnte.«

Drym verstand es einfach nicht. Alle Farben verschwammen vor ihrem Gesichtsfeld. Sie konnte nur noch an einen angeknabberten Cruz denken. Verschlungen von Dämonen.

»Ja«, krächzte eine Stimme rechts von ihr. »Was, wenn das ein Hinterhalt ist?«

Vor Schreck stolperte Adriana, verfehlte eine Stufe und stürzte – traf hart mit den Schienbeinen und Unterarmen auf den Kanten der Stufen auf und überschlug sich zweimal, bevor sie auf dem nächsten Treppenabsatz zum Halten kam. Nicht, ohne sich den Kopf an der Klippenwand anzustoßen. Der Schmerz raubte ihr für einen Atemzug lang die Sicht. Ihre Instinkte rieten ihr allerdings dazu, so schnell wie möglich die Bedrohung auszumachen. Also wandte sie den Kopf und erspähte einen Alpha flankiert von vier Gammas, die auf den Klippen thronten. Aber schon in der nächsten Sekunde stürzten sich die Gammas ohne einen Laut zu verursachen auf Drym.

Bevor sie wusste, was geschah, packte der fremde Alpha sie und flog mit ihr Richtung Strand. Was sie als Erstes wahrnahm, war der scharfe Geruch, der von ihm ausging. So scharf wie ein vollgekotetes Taubennest, das ziemlich lange in der Sonne gelegen hatte.

Adriana landete hart auf dem Sandstrand, denn der Alpha ließ sie unvermittelt aus über fünf Fuß Höhe los, weswegen sich Adriana überschlug und erst kurz vor der Wasserlinie zum Liegen kam. So schnell es ging, wandte sie sich um, sah direkt in das dreckige Grinsen des unbekannten Alphas. Aber da war noch etwas. Hinter ihm kniete, umrandet von einem halben Dämonenclan, Cruz! Zwei Betas drückten ihn an den Schultern nach unten. Aber er schüttelte sich, riss an den Fesseln, die seine Hände zusammenhielten.

»Drym! Sagtest du nicht, du konntest keine Dämonen riechen?« Adriana funkelte den Alpha an, der von den Gammas die letzten Treppenstufen hinabgezerrt wurde.

»Sorry, Adri«, keuchte Drym. »Sie müssen sich ganz nah am Meer gehalten haben. Der Wind weht in Richtung Meer.«

Das war seine Entschuldigung? Gegen die Windrichtung roch er nichts? Was konnte dieser Dämon überhaupt?

Der unbekannte Alpha kicherte. »Drei Halbdämonen zum Preis von einem. Was für ein Glück.« Er konnte gar nicht mehr aufhören zu kichern. Seine roten Locken, die Adriana an einen Kaiser im Mittelalter erinnerte, hüpften dabei auf und ab.

Aber noch bevor sie den Mund öffnen konnte, sprang Cruz auf die Beine, stieß einen der Betas mit der Schulter um und setzte sich halb auf ihn. Zuerst war Adriana nicht klar, was er damit bezwecken wollte. Bis ein Ratschen die Luft erfüllte. Cruz hatte seine Handfesseln im Müllschluckermaul des Beta-Dämons angeritzt und nun ganz zerrissen. Er sprang auf und alle anderen Dämonenaugen folgten der Bewegung. Ehrfurcht lag in den Blicken der niederen Dämonen. Niemand sagte etwas, als Cruz seine Flügel ausbreitete und sich den Knebel aus dem Mund zog. Während er noch einen Fluch brüllte, spannte er alle Muskeln an, die Finger so tief in die Handballen gegraben, dass Adriana schon fürchtete, gleich Blut fließen zu sehen.

»Ehrlich, Adriana? Du hättest dich von Drym markieren lassen?«

Adriana, deren Herz eben noch leichter geworden war beim Anblick eines unverletzten Cruz, blinzelte verwirrt. Dann wurde ihr klar, worauf er anspielte.

»Ist das dein Ernst? Haben wir keine anderen Probleme?«

»Wow, ich hab zwar schon bessere Shows gesehen, aber schlechtere auch. Kompliment.« Der kleine, rothaarige Alpha kicherte.

Cruz knurrte, sprang ab und wollte sich schon auf ihn stürzen, aber der Alpha war clever. Bevor Cruz sich auch nur auf zehn Schritte genähert hatte, riss er Adriana an ihren Haaren nach oben. Ihre Kopfhaut protestierte, aber da hatte er sie schon in einen Würgegriff gezogen. Sie öffnete den Mund, unfähig, noch Sauerstoff in ihre Lungen zu ziehen.

»Bleib, wo du bist, oder die Kleine ist gleich Fischfutter. Nachdem ich mir ihr Herz geholt habe, versteht sich.«

Abrupt hielt Cruz inne, flatterte auf der Stelle, bevor er landete. »Was willst du?«

»Nevit will euch alle!«, plapperte ein Beta drauflos. Kam es Adriana nur so vor oder rieselte mehr Sand als sonst über seinen Dämonenkörper? War das ein ganzer Sandsturm?

»Halbdämonen«, knurrte sein Anführer. »Die Wurzel allen Übels.«

Adrianas Augen tränten. Sie wand sich, versuchte zu treten und dabei irgendwie ein bisschen Luft einzusaugen.

»Nimm deine Griffel von ihr.« Cruz' Stimme hätte kleine Kinder zum Weinen gebracht, da war sich Adriana sicher. Ihre Beine fühlten sich ganz schlapp an, wollten sie nicht mehr tragen. Also sank sie gegen den stinkenden Dämon. Sein scharfer Körpergeruch ließ ihre Augen nur noch mehr tränen.

Der Dämon, den der Beta Nevit genannt hatte, lachte.

»Du tust so, als würde sie dir nichts bedeuten, dabei hast du sie markiert und dieses Feuer in deinen Augen … Ich bin sicher, du würdest alles dafür tun, dass ihr nichts geschieht.« Er war gut. Nevit war nicht so dämlich, wie er auf den ersten Blick wirkte.

»Luzifer will sie lebend!«, warf Drym von irgendwoher ein. Adriana konnte ihren Kopf nicht drehen, um ihn anzusehen.

»Du machst einen großen Fehler, wenn du sie tötest. Der Höllenfürst wird dich bestrafen.«

Nevit hielt inne. Öffnete und schloss dann wieder den Mund. »So? Falls das ein Trick sein soll …« Immerhin lockerte er seinen Griff ein wenig, was Adriana die Gelegenheit gab, nach Luft zu ringen. Überraschenderweise stellte er Adriana sogar wieder auf die Beine.

»Nein, kein Trick. Ich schwöre auf alles.«

»Dreckigen Halbblütern kann man nicht trauen!«, krähte ein Beta-Dämon, um den ein Sandsturm tobte.

Cruz atmete tief ein. »Jetzt hör mal zu, Nevit. Du lässt das Mädchen gehen und wir erzählen Luzifer nicht, dass du seine neue Konkubine fast erwürgt hättest.«

Konkubine? Hatte sie da gerade richtig gehört? Cruz pokerte ganz schön hoch.

»Ja klar, und danach verpasse ich dir und deinem Freund noch eine Fußmassage.« Nevit lachte, wandte sich dann seinen Betas und Gammas zu, die in einem Kreis um Drym standen oder halb auf ihm lagen, um ihn zu fixieren, wie Adriana nun erkennen konnte. »Tötet ihn.«

»Nein!« Reflexartig holte Adriana aus und rammte Nevit ihren Ellenbogen in den Magen. Da er seinen Griff dadurch weiter lockerte, trat sie ihm gegen sein Knie, was ihn aufjaulen ließ. Das genügte.

Der Angriff reichte, um Cruz eine Chance zu geben. Er nutzte sie, sprang nach vorne und stieß Nevit mit ausgestreckten Armen von Adriana weg. Der stinkende Dämon schlug mit dem Rücken voran auf dem Sand auf. Cruz packte ihn an den Schultern, schlang dann einen Arm um seinen Kopf.

Im letzten Moment erkannte Adriana noch, was er vorhatte, und schaute weg. Allerdings konnte sie nicht verhindern, dass das knirschende Geräusch, bei dem Nevits Genick brach, ihr den Magen umdrehte. Sie würgte. Genau so waren Harry und Whiskey gestorben.

Tequila kam auf sie zugeschossen. Omegas jaulten, andere Dämonen schrien. Und dann setzten die Schüsse ein. Es knallte wie an Silvester. Ein Beta ging zu Boden.

Dryms Kopf wirbelte herum.

»Weg hier!«, schrie Cruz. Seine Hände lagen plötzlich an ihrer Hüfte. »Dieser Pryatt ist verrückt! Er schießt auf uns. Drym, schnapp dir den Hund!«

Nach einem Blick über ihre Schulter blieb Adriana beinahe

das Herz stehen. Überall flog Sand durch die Luft. Schreiende Dämonen stoben auseinander. Aber Drym sprintete auf Tequila zu, schlängelte sich durch das Chaos und sprang dann ab. Mit Tequila auf seinen Armen. Aber ihre Stimmung hielt nur so lange, bis ihr bewusst wurde, dass sie ihr eigentliches Ziel nicht erreicht hatten. Ihr Plan war gescheitert. Vor lauter Anspannung drückte sie ihre Fingernägel in Cruz' Schultern, der sie im Arm hielt, während er über die dunklen Wellen Richtung Süden sauste.

»Es hat keinen Sinn.« Als hätte er ihre Gedanken erraten, wisperte er in ihr Ohr.

»Aber wir brauchen Pryatt, um dich zu retten. Um uns alle zu retten.«

»Nicht, wenn er dich vorher erschießt.«

Damit lag er wohl richtig. Dieser geisteskranke Pilot hatte auf sie geschossen. Eine Träne rann ihr über die Wange. Tequila hätte sterben können.

Zwei Stunden später landeten sie auf dem Hauptweg vor dem einsamen Friedhof. Während des Flugs hatten sie kaum miteinander geredet. Nur über die anderen Halbdämonen, die sie noch nicht gefunden hatten. Cruz' Laune befand sich auf dem Tiefpunkt. Ob das an ihrem Streit oder dem Vorfall in Kalifornien lag oder an beidem, konnte Adriana nicht so recht sagen. Jedenfalls lastete die Stimmung erdrückend wie ein Bad im Treibsand auf ihr. Was sollten sie ohne Pryatt Hershley tun?

Ob ihr Cruz wenigstens verziehen hatte? Unter gesenkten Lidern beobachtete sie ihn. Er schien ganz in Gedanken, schob sie aber über die Friedhofsgrenze.

Schließlich war es Drym, der sich räusperte. »Vielleicht wäre er sowieso nicht der Richtige gewesen. Wir sollten dieser anderen Spur mit den Geschwistern in Roseburg nachgehen. Kannst du mir noch mal die Adresse zeigen?«

Mit tauben Fingern zog Adriana ihr Handy aus der Jackentasche, wollte es ihm gerade aushändigen, als sie etwas begriff.

»Nein. Er muss der Richtige sein. Pryatt Hershley ist ein Halbdämon.« Adriana fuhr sich mit der Hand über den Nasenrücken. Warum wurde ihr das erst jetzt klar? »Sonst hätte er die Dämonen nicht mit seiner Schrotflinte verletzten können. Er hat einen Beta-Dämon getroffen und die Kugeln sind nicht einfach wirkungslos abgeprallt. Nur Waffen, die von Dämonen, Halbdämonen oder Engeln geführt werden, können Dämonen etwas anhaben.«

»Korrekt.« Cruz warf Adriana und Drym einen Bick zu, der besagte, dass das doch vollkommen auf der Hand lag. Nur sie hatte es mal wieder als Letzte begriffen. Gut, abgesehen von Drym, aber der war auch erst seit ein paar Stunden Dämon. Jetzt verstand sie auch, dass sie in Mollys Küche Ivan hatte verletzten können, weil sie ein Halbdämon war. Es hatte also gar nicht an dem Messer mit Weihwasser gelegen.

»Pryatt ist ein Halbdämon und eine Waffe gegen die Dämonen. Total eindeutig. Das Höllenfeuerlied muss ihn meinen.«

Während Adriana noch grübelte, schnappte sich Cruz ihr Handy. Unter reichlich Gemurmel prägte er sich die Adresse ein. Hatte er sie seit dem Vorfall am Strand überhaupt richtig angesehen? Sein Blick schien sie nur noch zu streifen. Das bedeutete wohl, dass er immer noch verletzt war.

»Gleich schlägt es Mitternacht«, unterbrach er plötzlich ihre Gedanken. »Da wollte Gesa zum Höllentor kommen. Drym, kannst du sie abholen? Und nein, Adriana, du bleibst hier. Frag gar nicht erst. Dein Ausflug nach Kalifornien war dämlich genug.«

Sie schnappte nach Luft. Dämlich?

»Sir!« Drym salutierte wie üblich, was Cruz mit einem Nicken belohnte und sich dann umwandte.

»Warte!« Adriana sprang auf, sodass Tequila erschrocken winselte. »Nimm mich mit.«

Der Alpha schüttelte den Kopf. Warum konnte er sie nicht einmal ansehen?

»Dann muss ich auch den Hund mitnehmen. Außerdem ist

es zu gefährlich. Brutus und Ivan haben es auf dich abgesehen. Und wie man hört, Ahel auch. Ivan tut zwar so, als würde er dich nicht mehr töten, sondern Luzifer übergeben wollen, aber ich glaube nicht daran. Wenn er die Chance hat, tötet er dich und lässt es für Luzifer wie einen Unfall aussehen. Sein Vater und er wollen die Halbdämonen ausrotten. Koste es, was es wolle. Du bleibst hier und Drym passt auf dich auf.«

»Was? Aber …« Das hatte sie sich irgendwie ganz anders vorgestellt. Und dass Ivan sie töten wollte, war ja nun nichts Neues. Aber da war Cruz schon abgesprungen, flatterte in den düsteren Nachthimmel. Es war zum Verrücktwerden mit so einem nachtragenden Dämon. Immerhin hatte er sie gerettet. Und sie war sich sicher, dass ihm noch etwas an ihr lag, sonst wäre er Nevit gegenüber nicht so aggressiv aufgetreten. Oder nicht? Seufzend wandte sie sich zu Drym um.

»Gesa denkt, Cruz und ich treffen sie heute am Portal. Nicht du.«

»Keine Sorge. Ich werde an eurer Stelle gehen und Gesa einfach erzählen, wohin Cruz geflogen ist. Danach komme ich sofort wieder hierher.«

Adrianas Magen drehte sich um. Mal wieder war sie zum Nichtstun verdammt. Würde sich auf dem Friedhof vor Ivan, Brutus und Ahel verstecken müssen, während Drym mit Gesa sprach. Cruz würde zudem überhaupt nicht mehr mit ihr reden. Sie hatte ihn verletzt und das war seine Rache. Diese Ablehnung floss wie kaltes Gift ihren Rücken hinab. Das alles fühlte sich so falsch an. Sie wollte bei Cruz sein oder zumindest alles dafür tun, dass er nicht den Pakt mit Luzifer einlösen musste. Doch stattdessen war sie nicht mehr als eine hilflose Puppe in diesem Spiel. Nur ein Mensch. Sie betrachtete ihre Fingerknöchel, die ein wenig blau angelaufen waren, als sie die Ärmel ihrer Kapuzenjacke knetete. Unter ihren langen Wimpern warf sie zuerst Drym und dann ihren menschlichen Händen einen verstohlenen Blick zu. Es sei denn … es sei denn, sie entschied sich dazu, die Regeln zu ändern.

Tatsächlich war es ein Kinderspiel, den Zugang zur Hölle wiederzufinden. Mit seinem beinahe fotografischen Gedächtnis war es nicht schwerer als nach einer Münze in seiner Hosentasche zu suchen.

Die Höhle lag vollkommen leer da. Bis auf das blaue Schimmern des Portals regte sich nichts darin.

Um sich die Zeit bis Mitternacht zu vertreiben, zählte Drym seine Atemzüge. Dachte dabei über Cruz, Adriana, Gesa und vor allem über die Hölle nach, die er den Tag über kennengelernt hatte. Inzwischen war er ungefähr eineinhalb Tage lang ein Dämon. Was, wenn das nicht mehr rückgängig zu machen war? Cruz glaubte so fest daran, bald wieder zum Menschen zu werden. Wenn er Luzifer stoppte. Falls … dann würde das bei ihm, Drym, doch auch so ablaufen können? Aber was, wenn es nicht funktionierte? Allein die Idee, sie könnten den Höllenfürst austricksen, fühlte sich so unwahrscheinlich an. War es dann nicht besser, mit Luzifer und den anderen Dämonen jede Nacht über die Erde zu streifen? Nach der Verdunklung? Nein. Das war falsch. Zahllose Menschen würden deswegen sterben. Das ganze Leben auf der Erde würde sich zum Schlechten verändern. Auch wenn er nicht mehr Teil des menschlichen Lebens sein würde, wollte er das seinen früheren Mitmenschen nicht antun. Aber wenn die Menschen ihn sowieso fürchteten, wenn die ganze Welt ihn hasste, lohnte es sich dann überhaupt noch für die Menschheit zu kämpfen?

Das Portal flackerte.

Drym richtete sich auf. Und in diesem Moment erschien eine Alpha-Dämonin direkt vor ihm, schlüpfte aus dem Portal wie aus einem Kokon.

Wow. Die erste weibliche, voll verwandelte Dämonin, die er zu Gesicht bekam. Er konnte den Blick nicht von ihr abwenden. Von ihren glänzenden Augen, den hohen Wangenknochen und den Haaren, so dick und dicht wie Schiffstaue. Wie wunderschön sie war. Davon hatte Cruz gar nicht gesprochen.

Sie starrte ihn an. Lilafarbene Haut mit gefalteten Fledermausflügeln auf dem Rücken. Die schwarzen Haare, zu einem Zopf geflochten, fielen ihr über die Schulter bis zur Taille. »Wo ist Cruz?«, wollte sie wissen. »Ich rieche ihn an dir.« Ihre Augen fixierten ihn, verrieten jedoch nicht, was sie dachte.

»Verhindert.« Er erwiderte ihren Blick. »Adriana und Cruz haben mich darum gebeten, mich an ihrer Stelle mit dir zu treffen.«

Gesa neigte den Kopf. »Sicher. Sag mir einfach, wer dich wirklich geschickt hat.«

Er zwang sich, ihr weiterhin fest in die Augen zu sehen. »Cruz ist auf dem Weg, andere Halbdämonen abzuholen. Halbdämonen, von denen im Höllenfeuerlied gesungen wird. Genau wie ich einer bin.« Er straffte die Schultern noch ein wenig mehr. Dann begann er ihr alles zu erzählen, was in den letzten Stunden vorgefallen war.

»… über dich hat Cruz gesagt, dass ihr schon lange Freunde seid. Dass du, um ihn zu retten, einen Pakt mit Luzifer eingegangen bist«, schloss Drym.

Gesa schnaubte. »Das hat er dir erzählt, ja?«

Drym grinste, was sie sichtlich noch mehr in Rage brachte. »Ja, heute Morgen.« Immerhin schien sie ihm jetzt jedoch zu glauben.

Sie verschränkte die Arme vor der Brust. »Du kannst Cruz ausrichten, dass es heute Nacht zu gefährlich für mich ist, abzuhauen. Aber ich habe Informationen für ihn, die ihn interessieren dürften.«

Oh, jetzt wurde es spannend. Obwohl das natürlich auch hieß, dass Gesa nicht gemeinsam mit ihm zu Adriana zurückkehren würde. Was irgendwie schade war. Drym lächelte mit nur einem Mundwinkel. Welche Informationen sie wohl zurückhielt? Da sie ihn herausfordernd anstarrte, wollte sie ihn sicher dazu bringen, dass er den nächsten Schritt machte. Doch so schnell würde er nicht nach ihrer Pfeife tanzen. Nein, Drym beschloss, diese Diskussion auszusitzen, und hob daher einfach nur erneut einen Mundwinkel. Dass er diese Gesa damit rasend machte, nahm er in Kauf. Offensichtlich regte sie sich gerne auf. Und er ließ ihr den Spaß.

Flügelschlagen ließ sie aufblicken. Einen winzigen Augenblick lang erlaubte sie sich zu hoffen, dass Cruz zu ihr zurückgekehrt war. Aber natürlich landete fünf Sekunden später Drym vor ihr. Auch gut, dann würde sie ihm Adresse und Koordinaten der Kapelle geben, die Rico für die nächste Nacht als Unterschlupf herausgesucht und ihr zugeschickt hatte. Letzten Endes konnte Drym die Info dann an Cruz weitergeben, und der würde selbst entscheiden können, ob er zu diesem Treffpunkt kommen wollte oder nicht. »Hey, A. Was läuft?« Er strich sich die Dreadlocks aus dem Gesicht. Da er unversehrt wirkte, musste er wohl unentdeckt zur Höhle und zurückgekommen sein.

»Wo ist Gesa?«, fragte sie.

»Konnte nicht mitkommen. Luzifer beobachtet sie genau. Vielleicht ahnt er etwas. Immerhin konnte sie ihn lange genug ablenken, um mich am Portal zu treffen.«

»Was?« Da hatte sie sich mehr erhofft.

»Allerdings hat sie mir ein paar nützliche Informationen geliefert.«

Ihre Nasenflügel bebten. Was für Informationen? Hatte es etwas mit Cruz und dem Pakt zu tun? Am liebsten hätte sie Drym geschüttelt, damit er endlich mit der Sprache herausrückte.

Bis zum Morgengrauen betrachtete Adriana immer wieder den Zettel, den Drym vollgekritzelt und ihr dann übergeben hatte. Immerhin konnte sie sich dadurch von Cruz ablenken. Tequila beobachtete sie die ganze Nacht lang interessiert. Jedenfalls, wenn er nicht gerade auf ihrem Schoß wegdöste oder sie annieste.

Cruz tauchte die ganze Nacht nicht mehr auf. Dabei lief ihm die Zeit davon wie der Inhalt aus einer kaputten Sanduhr. Was sollte nur aus ihm werden? Aus ihnen werden? Nur noch eine weitere Nacht trennte sie von der Neujahrsnacht.

Sobald die ersten Sonnenstrahlen am Rande des Waldes durch das Gestrüpp hindurchschimmerten, sprang Adriana auf die Beine. Zeit, so schnell wie möglich ins Krankenhaus zu Rico zu fahren.

Dabei dachte sie über die ungeheuerliche Geschichte nach, die Drym ihr über Luzifer erzählt hatte.

Immer noch in Gedanken versunken erreichte Adriana kurz nach acht Uhr das Krankenhaus. Den ganzen Weg über begleiteten sie die Gedanken an Luzifer und ihre Mutter. Die Informationen von Gesa fühlten sich einfach zu wahnwitzig an. Adriana vergrub die Hände in ihren Jackentaschen, spielte mit den Digimonfiguren darin. Für die kommende Nacht musste sie sich eine zusätzliche Weste zulegen. Entweder das oder einen anderen Unterschlupf finden. Das Problem war nur, dass es wenige Plätze in der Stadt gab, die genügend Schutz vor Dämonen boten und ihr trotzdem erlaubten, mit Drym und Cruz unter dem Zeitdruck der vierten Dämonennacht Pläne zu schmieden. Falls Cruz in der nächsten Nacht überhaupt noch auftauchen sollte …

Außerdem würde die Halbdämonin Savannah mit von der Partie sein. Sie checkte ihre Nachrichten und machte vorsichtshalber einen Screenshot von Uhrzeit und Gleis, an dem sie Savannah am Mittag abholen sollte. Um nicht denselben Fehler wie bei ihrem letzten Besuch zu begehen, überredete sie die Empfangsdame im Krankenhaus, auf Tequila aufzupassen. Noch einmal hätte sie den Hund nicht vor dem Gebäude angebunden. Wer wusste schon, wozu Ivan Dakota noch anstiften würde?

Der Labrador sah sie aus seinen intelligenten Augen an, als sie ihm zum Abschied über den Kopf strich.

»Sei schön brav, Süßer. Ich bin gleich zurück.« So als hätte er sie verstanden, legte er sich auf den Linoleumboden, verfolgte allerdings weiterhin jede ihrer Bewegungen mit seinen Blicken.

Wie immer nahm sie die Treppe anstelle des Aufzugs in den zweiten Stock. Wahrscheinlich würde sie diese Phobie nie ganz ablegen können.

Bevor sie die Klinke der Tür herunterdrückte, die in den Flur führte, flackerten Bilder ihrer Mutter vor ihrem geistigen Auge auf. Ihr letztes gemeinsames Picknick im Park. Rot karierte Decke, Truthahnbagels, Trauben und Kindersekt. Ein perfektes Thanksgiving-Winterpicknick. Allein der Gedanke an diesen Tag schmerzte. Gesa hatte mit ihrer Nachricht alte Wunden wieder aufgerissen. Sie musste heftig blinzeln, um die Tränen zurückzuhalten. Das hier war nicht der richtige Moment. Sie musste sich zusammenreißen.

Während sie sich noch auf die Lippen biss, öffnete sie die Tür und schlüpfte in den Flur. Trotz der frühen Stunde flitzten erstaunlich viele Krankenschwestern den Gang entlang, bereiteten offensichtlich ihre Patienten für das anstehende Frühstück vor.

In Zimmer 208 saß Rico aufrecht in seinem Bett und starrte aus dem Fenster.

»Hey, Rico.« Sie schloss die Tür hinter sich, damit sie ungestört reden konnten. »Wie geht's dir? Bereit, entlassen zu werden?«

»Oh, hi. Schön, dich zu sehen.« Er lächelte, klopfte dann auf die Bettkante, um Adriana aufzufordern, sich zu ihm zu setzen. »Ehrlich mal, sie hätten mich schon gestern entlassen können, diese Quacksalber. Von dem Dämonenbiss ist nicht mehr als ein kleiner Kratzer übrig. Stell dir vor, ich muss noch eine letzte Untersuchung um zehn Uhr über mich ergehen lassen und darf erst danach gehen. So enttäuschend! Eigentlich wollte ich sofort mit dir abhauen.«

»Da bin ich sicher«, seufzte Adriana, wobei sie die Augen senkte. »Schade, aber sie wollen bestimmt auf Nummer sicher gehen.« Sie setzte sich auf Ricos Matratze, die unter ihrem Gewicht nachgab, zupfte dann eine Weile an der gelb gestreiften Bettwäsche herum. »Du kommst dann einfach mit dem Bus zu mir, okay? Dann hole ich zuerst Savannah vom Bahnhof ab. Macht ja nichts.«

Rico griff sich seine Harry-Potter-Brille vom Nachttisch. »Wie war deine Nacht? Noch alles dran? Fortschritte mit den Halbdämonen, die ihr sucht?«

»Nein, leider nicht. Gibt nicht viel zu erzählen.« Schnell brachte sie ihn auf den neusten Stand ihrer Suche.

Den Teil mit Cruz' Kuss ließ sie allerdings aus. Genauso wie Gesas Nachricht. Darüber war sie definitiv noch nicht bereit zu reden. »Viel Zeit bleibt uns nicht mehr. Hast du etwas über Luzifers Kinder herausgefunden?«

Er zuckte mit den Schultern »Nur merkwürdige Blogeinträge von Sektenmitgliedern. Meinst du, ihr könnt diesem Drym trauen? Irgendwie ist mir nicht wohl dabei, dass du mit so vielen Alpha-Dämonen herumhängst. Ist dir klar, dass du da eine echt schräge Anziehungskraft auf diese Dämonen ausübst?«

Adriana schmunzelte. Dabei wusste er noch gar nichts von Brutus und Nevit.

»Weißt du, was mir noch mehr Sorgen macht?«, versuchte sie vom Thema abzulenken. Mit dem Daumen strich sie eine Falte auf Ricos Bettdecke glatt.

»Dass ich in vier Stunden entlassen werde und mich bei dir einzuquartieren gedenke?«, scherzte Rico.

Adriana lachte. Lang und hell. Zum ersten Mal in den letzten vierundzwanzig Stunden. »Nein. Das sicher nicht. Wird nur vermutlich etwas eng mit Savannah zu dritt in meiner Miniwohnung.« Nur schade, dass er nicht direkt mitkommen konnte.

»Das passt schon. Aber was wolltest du eben sagen?« Aufmerksam neigte er den Kopf zur Seite.

»Vorhin kam Drym von einem Treffen mit Gesa zurück zu mir. Du weißt schon, diese Alpha-Dämonin, die in Luzifers Palast als Sklavin lebt. Sie ist eine Art Heilpflanzenexpertin. Ist einen Pakt mit dem Teufel persönlich eingegangen.«

Rico nickte.

»Sie hat Drym Informationen über Luzifer weitergegeben. Tatsächlich erklären sie ein Stück weit, warum der Höllenfürst seinen Dienern aufgetragen hat, mich lebend zu ihm zu bringen. Ja, sie erklären streng genommen das ganze Interesse von Luzifer an mir.« Adriana schluckte. Ihre Finger spielten mit der Digimonfigur in ihrer rechten Jackentasche.

»Sprich weiter. Diese Spannung hält ja kein Mensch aus«, beschwerte sich Rico. »Gleich bekomme ich Schnappatmung.«

»Schon gut, schon gut.« Lächelnd sah sie zu ihm hinunter, strich sich dann die Haare hinter die Ohren. »Luzifer denkt, wie es scheint, dass meine Mutter irgendwelche wichtigen Informationen mit mir geteilt hätte. Informationen, die einen Wert für ihn besitzen. Offensichtlich hat sie irgendetwas gegen ihn im Schilde geführt. Sie hat an etwas gearbeitet vor ihrem Tod. Nur leider liegt Luzifer komplett falsch damit, dass ich darüber etwas wüsste. Ich habe null Ahnung davon, worum es hier eigentlich geht.«

»Deine Mutter?« Rico klappte der Kiefer herunter. »Wie passt deine Mutter in diese Geschichte? Soll das heißen, sie hatte Kontakt zu den Dämonen? Oder hat sie für das Militär gearbeitet?«

Adriana zuckte mit den Schultern. »Meine Mutter war eine einfache Krankenschwester und später Biologin. Aber ich habe wohl so einiges nicht über sie gewusst.«

»Ach, Adri, du glaubst jetzt aber nicht, dass Luzifer wirklich dein Vater ist?«

»Was soll ich sonst glauben? Woher sollte meine Mutter diese Informationen haben, die Luzifer unbedingt herausbekommen will? Sie muss zumindest in seiner Nähe herumgeschnüffelt haben.«

»Vielleicht hat sie für die andere Seite gearbeitet. Als Spionin. Könnte doch auch sein?«

»Wie auch immer.« Wieder hob und senkte Adriana ihre Schultern. Dabei bemerkte sie die Verspannungen zwischen ihren Schulterblättern.

»Könnte es denn sein, dass er sie deswegen umgebracht hat? Steckt er womöglich hinter ihrem Tod?«, fragte Rico vorsichtig.

»Nein, das glaube ich nicht. Wieso sollte er sie töten, wenn er die Informationen noch nicht aus ihr herausgepresst hatte? Außerdem hat man einen Dämonenclan auf dem Aufzugsvideo gesehen, bevor sie starb. Nicht Luzifer persönlich.« Den genauen Tod ihrer Mom hatte sie nicht mitangesehen, da die Bandaufnahme irgendwann abgebrochen war. Wahrscheinlich hatten die Dämonen die Kamera aus der Wand gerissen. Aber die Medien hatten im Internet oft genug die Minuten kurz vor dem Tod von Angelina Astara in einer Aufzugszelle gezeigt. Wieder und wieder.

Da sie Tequila nicht länger allein lassen wollte, verabredete sich Adriana letztendlich mit Rico für den Nachmittag bei ihr zu Hause. Zwischendurch wollten sie beide noch die neusten Infos per Telefon austauschen.

»Pass auf dich auf!«, rief Rico ihr noch hinterher. Doch Adriana war schon halb durch die Tür und hörte kaum mehr hin. Ihre Gedanken kreisten immer noch um den Höllenfürsten, ihre Mutter und deren Tod.

Im Flur herrschte reger Aufruhr. Direkt vor dem Treppenhaus rechts von Ricos Zimmer versuchten zwei Ärzte einen Patienten auf dem Boden wiederzubeleben. Krankenschwestern und Notfallkoffer standen überall herum. Der Mann am Boden wirkte wie tot. Adriana schluckte und machte dann einen Schritt rückwärts. Auf keinen Fall wollte sie wie eine Schaulustige wirken. Vorbei kam sie allerdings auch nicht. Also musste sie einen anderen Weg finden. Während sie sich noch auf die Unterlippe biss, warf sie einen Blick über die Schulter. Sie zögerte, ein seltsames Gefühl schien nach ihr zu tasten, sie zu locken. Etwas zog sie instinktiv ans andere Ende des Flurs. Den Aufzug ließ sie links liegen, als sie davoneilte.

Tatsächlich fand sie genau am entgegengesetzten Ende des Flurs ein zweites Treppenhaus. Zwar sah es nur wie ein einfacher Fluchtweg aus mit den nackten Wänden und dem fehlenden Bodenbelag, aber was machte das schon? Besser als der Aufzug.

Zu ihrer Verblüffung kennzeichnete am untersten Treppenabsatz die Tür zum Erdgeschoss ein Schild mit der Aufschrift:

»Der Zugang ist ausschließlich autorisierten Personen gestattet.« Sie hielt inne. Schlecht. Kein öffentlicher Weg also. Sollte sie umkehren? Nein. Sie hatte Tequila beinahe erreicht. Außerdem war sie eine Besucherin eines Patienten und daher im weitesten Sinne autorisiert, beschloss Adriana. Abgesehen davon war die Tür unverschlossen. Wärme durchströmte sie und ein Klicken ertönte, sobald sie die Klinke ganz heruntergedrückt hatte. Was konnte sie dafür, wenn jemand sie so leichtfertig offen ließ? Ohne weiter zu zögern, stieß sie die Tür auf. Dieser Flur fühlte sich anders an. Seltsam aufregend, irgendwie aber auch verboten. Langsam wandte sie den Kopf in beide Richtungen. Ihr gegenüber sah sie durch eine gläserne Wand Männer in blau-weiß gestreiften Bademänteln in einem Aufenthaltsraum herumwandern. Manche von ihnen spielten Backgammon oder lasen Bücher. Sie ließ den Blick weiter nach rechts schweifen. Nur ein paar Dutzend Schritte entfernt von ihr konnte sie eine massive doppelflügelige Tür erkennen, die wahrscheinlich direkt in den Empfangsbereich und damit zu Tequila führte. Gut.

In diesem Moment krachte es. Zwei bärtige Männer in flauschigen Bademänteln waren gegen die Glasscheibe gerannt. Einer von ihnen blutete aus einer Platzwunde an der Stirn.

Vor Schreck zuckte Adriana zusammen.

»Da ist sie!«, rief der Mann mit der Platzwunde. Seine Augen waren so weit aufgerissen, dass man unnatürlich viel Weiß sehen konnte. Ein Blutrinnsal bahnte sich mitten durch seinen Augenwinkel, doch das schien ihn nicht zu interessieren. Der Mann neben ihm, etwa fünfzig Jahre alt musste er sein, im gestreiften Bademantel kratzte sich wie im Wahn über sein Gesicht.

»Sie! Sie!« Er deutete auf Adriana.

Unwillkürlich fing Adrianas Gesicht an zu brennen. Mehr und mehr Männer in Bademänteln eilten an die Scheibe. Nicht alle im Raum interessierten sich für sie. Aber doch einige, insgesamt ein halbes Dutzend. Manche deuteten auf sie, gestikulierten Halbkreise in die Luft. Kamen näher. Glücklicherweise war keine Tür zu sehen, die diesen Aufenthaltsraum mit dem Flur verband. Dennoch. Sie musste hier weg. Bei ihrem nächsten Atemzug rannte sie los. Weg von den verrückten Männern. Sie musste sich in die Psychiatrische Abteilung verirrt haben. Zumindest in den Gang, der dorthin führte.

»Wo geht sie hin?«, riefen die Männer hinter dem Glas immer lauter. »Sie darf nicht gehen!«

Ihre Fingerspitzen kribbelten, während ihr gleichzeitig Schweißtropfen den Nacken hinunterrannen. Adriana stürmte durch die Tür, warf sich geradezu gegen den Metallriegel, den man herunterdrücken musste. Dann stand sie in einem weiteren Flur. Sie ignorierte die Abzweigungen rechts und links, sondern folgte dem Notausgangschild, das mit seinem Pfeil geradeaus wies, wagte sich weiter vor durch die nächste Tür. Glücklicherweise fand sie sich danach direkt in einem Wartesaal voller Patienten wieder. Mit einem Klicken fiel die Tür hinter ihr ins Schloss. Von außen hatte sie keine Klinke. »Kein Durchgang« sah sie auf dem Schild an der Tür stehen, als sie zurückblickte. Und darunter »Daemonium Vulneratis«.

Tequila jaulte und wedelte mit dem Schwanz, sobald Adriana um die Ecke bog. Die Dame am Empfang musste ihn am Halsband zurückhalten, damit er nicht losstürmte. Zahlreiche dunkle Locken hatten sich aus ihrem Dutt gelöst, aber sie schien nicht schlecht gelaunt zu sein, woraus Adriana schloss, dass sie ein paar angenehme Minuten mit dem Hund verbracht hatte.

Adriana bedankte sich bei ihr und kraulte dann erst mal eine Weile Tequilas Hals, bis sich der Hund beruhigt hatte und ihr Herzschlag ebenso. Was war da eben nur geschehen?

15

Obwohl sie nicht genau wusste, wie Savannah aussah, erkannte sie sie sofort. Aus dem Zug, der kurz vor elf in Portland hielt, sprang ein rothaariges junges Mädchen, das sich trotz ihrer grauen Kleidung von der übrigen Masse der Reisenden abhob. Adriana hatte den CR-Code am Bahnsteig gescannt und dadurch die Information erhalten, in welchem Zugabteil Savannah Goodwill einen Sitzplatz reserviert hatte. Sie war mit dem neuen Schnellzug gereist, der nur wenige Stunden für die Strecke benötigte. Savannah drehte den Kopf in alle Richtungen, kaum dass ihre Füße den Bahnsteig berührt hatten. Ihre roten Locken hüpften dabei im selben Takt auf und ab. Das Mädchen erinnerte Adriana an eine ältere und hübschere Version von Merida, der Disney-Prinzessin. Sie hob eine Hand. Neben ihr setzte sich Tequila auf die Hinterbeine und bellte einmal laut. Das Mädchen fixierte die beiden in der Menschenmasse. Ihr Gesicht hellte sich auf. Dann schwang sie sich ihre Reisetasche über die Schulter und eilte auf Adriana zu.

Der Strom an Reisenden wogte ungewöhnlich still zwischen ihnen hinweg. Zu still. Die Dämonentage trübten den Menschen verständlicherweise die Laune.

Adriana schätzte das Mädchen im Näherkommen auf um die achtzehn Jahre wie sie selbst.

»Hi, ich bin Savannah. Und du musst Adriana sein!« Sie strahlte, was sie zum ungefähr bestgelauntesten Menschen auf diesem Bahnsteig machte.

Adriana nickte. Sie konnte ihren Blick nicht von Savannahs

glänzenden Haaren abwenden. »Das ist Tequila.« Sie deutete nach unten.

»Oh, lieber Gott, ein Retriever!«, kreischte Savannah verzückt, ließ ihre Tasche fallen und bückte sich, um den Hund zu kraulen.

»Genau genommen ist das ein schwarzer Labrador«, korrigierte Adriana leise. Doch das schien Savannahs Begeisterung keinen Abbruch zu tun.

Tequila schien ebenso begeistert von Savannah zu sein wie sie von ihm. Seine Versuche, ihr übers Gesicht zu lecken, ließen sie kichern.

Adriana lächelte. Savannah schien trotz ihrer gottgegebenen Schönheit nett zu sein, was Adriana wahrhaft aufatmen ließ. »Okay, ihr zwei. Lasst uns zu mir nach Hause gehen. Dort könnt ihr euch weiter balgen wie zwei Welpen mit Zuckerschock.«

»Oh, natürlich«, japste Savannah. »Hast du denn Zeit? Oder musst du arbeiten?«

»Nein, ich habe mich vor einer Stunde bis zum Ende der Dämonentage krankschreiben lassen.« Obwohl all das keinerlei Bedeutung mehr haben würde, wenn sie selbst zum Alpha-Dämon werden oder die Welt untergehen würde, hatte sie sich noch schnell ein Attest im Krankenhaus aushändigen lassen. Der Schockzustand nach der Begegnung mit den psychisch kranken Männern hatte ihr sogar ein wenig dabei geholfen, eine schwere Migräne vorzutäuschen.

»Sehr klug von dir«, lobte Savannah.

»Und du?«, fragte Adriana zurück.

»Ich bin Novizin im Kloster. Sie bilden mich dort zur Nonne aus. Habe mir erst mal eine Auszeit genommen. Zu Selbstfindungszwecken.« Sie grinste. »War ja nicht mal gelogen.«

Was? Adriana riss die Augen auf. Sie hatte gedacht, Savannah hätte nur für die Dämonentage Unterschlupf in diesem Kloster gesucht. Aber jetzt verstand sie, dass sie die Berufsbezeichnung »Schwester« anscheinend falsch interpretiert hatte. Sie war mit einer halben Nonne unterwegs!

»Schau nicht so schockiert.« Savannah lachte. »Gerade guckst du wie Schwester Martha, wenn ich beim Mittagessen schwatze.«

Sofort bemühte sich Adriana um einen neutralen Gesichtsausdruck. »Aber … warum?«

»Warum ich hier bin, meinst du? Warum ich das Kloster verlassen habe, nur weil du sagtest, ich könnte eventuell eine Halbdämonin sein?«

Adriana nickte.

»Nun.« Savannah richtete sich auf, packte dann die Reisetasche und setzte sich langsam in Bewegung. »Das hier ist vielleicht die Berufung, von der ich schon immer geträumt habe. Ich bin, wie es scheint, doch etwas Besonderes. Einer der Halbdämonen, auf die es bei der Weltrettung ankommt. Ich kann etwas verändern, verstehst du? Vielleicht sogar die ganze Menschheit retten. Ehrlich gesagt, habe ich eine Situation wie diese in einer Art Vision gesehen, als ich die Liebe meines Lebens küsste. Jetzt hältst du mich sicher für verrückt.« Sie lachte.

Adriana musste an ihre eigene Vision denken, als sie vor zwei Nächten Cruz berührt hatte. Nein, sie hielt Savannah ganz und gar nicht für verrückt …

Den ganzen Weg über plapperte Savannah unaufhörlich. Adriana grinste. Sie hatte das Gefühl, dass die kommenden Tage mit Savannah und Rico ziemlich unterhaltsam werden würden. Die permanente Stille in ihrer Wohnung würde sie nicht vermissen.

»Wann treffen wir denn die Dämonen?«, flüsterte Savannah, als sie gerade eine Kreuzung überquerten. Leider nicht leise genug, denn andere Passanten begannen sich zu ihnen umzudrehen.

»Wenn es dunkel ist.« Adriana blinzelte überrumpelt. »Die Sonne würde sie verbrennen.« Überflüssigerweise deutete sie nach oben.

»Ach, richtig. Oh Mann, das ist so aufregend. Ich bin vielleicht zur Hälfte Dämon. Ich wusste, ich bin irgendwie anders. Schon immer. Du nicht auch? In meiner Vision habe ich allerdings gesehen, dass auch tagsüber Dämonen unsere Welt überrannt haben. Der Himmel war so schwarzgrau, als hätten sie die Sonne verdunkelt«, berichtete Savannah, ohne Luft zu holen.

Seufzend rieb sich Adriana die Augen. So etwas hatte sie befürchtet. Hoffentlich bewahrheitete sich Savannahs Vision nicht. Dämonen Tag und Nacht auf Portlands Straßen. Ein grauenhafter Gedanke. Waren diese Visionen denn normal für Halbdämonen? Möglicherweise war das so ein Halbblutding. Eine übersinnliche Fähigkeit. Halbdämonen ... Sie waren Mischblute ... Sie dachte an ihre Mom. Was hatte sie nur getan? Wer war ihr Vater? Und welche Informationen wollte Luzifer so dringend haben? Ob davon vielleicht auch etwas in diesem Brief von ihrer Mom stand, den der Notar ihr übermorgen zu ihrem achtzehnten Geburtstag aushändigen würde? Sie hoffte es inständig.

»Ich habe alles über die letzte Schlacht der Engel gelesen«, unterbrach Savannah ihre Gedanken. »Ihr Verschwinden danach, was den Beginn der Dämonentage einläutete. Meinst du, uns ist es vorbestimmt, die überlebenden Engel aus ihrem Gefängnis, wo auch immer das ist, zu befreien? Damit sie die Höllenpforten wieder bewachen können und keine Dämonen mehr durchkommen?«

»Ich ähm ... weiß nicht so genau«, gab Adriana zu. »Aber wenn das die Bestimmung von sieben Halbdämonen sein sollte ... wäre das ein ziemlich guter Stoff für einen Kinofilm, findest du nicht?«

»Ja, klingt schon total abgefahren. Und meinst du, wir müssen auch zu richtigen Dämonen werden, damit wir das Schicksal der Welt verändern können?« Savannah klang aufgeregt. Ihre Augen glänzten.

»Willst du das denn? Ich meine, würdest du das tun?« Adriana blickte Savannah direkt in die Augen, nachdem sie die Frage gestellt hatte. Obwohl sie das ungern tat – Menschen in die Augen sehen. Tequila drängte sich schwanzwedelnd zwischen sie und Savannah und versuchte durch fröhliches Hecheln die Aufmerksamkeit auf sich zu lenken. Savannah musste viel Zeit zum Nachdenken gehabt haben.

»Wenn ich dadurch Leben retten könnte, natürlich!« Sie erwiderte den Blick aufrichtig.

Eine angehende Nonne, die sich sofort selbst opfern und zum Dämon werden würde. Jesus! Savannah war das wohl ungewöhnlichste Mädchen, dem Adriana je begegnet war.

Vor ihrer Wohnung wartete bereits Rico auf die beiden. Tequila sprang los, riss Adriana die Leine aus der Hand und begrüßte Rico schwanzwedelnd.

»Großer Gott, Rico, was hast du da alles dabei?« Rico, der neben einem kleinen Holzleiterwagen kniete, um Tequila zu streicheln, sah auf.

»Nur ein paar Dinge, die wir heute Nacht brauchen könnten. Ich bin übrigens Rico.« Er lächelte Savannah an.

»Savannah.« Sie strahlte zurück. Dieses Mädchen war perfekt.

Über den Leiterwagen hatte Rico eine grüne Plastikplane gespannt. Deshalb ließ sich schwer sagen, was er alles eingepackt hatte, aber das würde er ihr sicher später erzählen. Mittlerweile kroch die Müdigkeit in Adrianas Kopf und ließ sie alles wie durch Watte wahrnehmen.

»Adri, ich glaube, du solltest mal etwas schlafen«, meinte Rico sofort. »Lass uns hochgehen. Ich erzähle Savannah alles, was wir wissen, und du schläfst erst mal 'ne Runde.«

»Gute Idee.« Savannah klatschte in die Hände.

Gemeinsam schoben sie Ricos Wagen in den Hinterhof und stiefelten dann nach oben in Adrianas Wohnung.

»Du hast eine eigene Wohnung?« Savannah wirkte überrascht.

»Ja. Ein Wohnprojekt, das das Waisenhaus und ein paar Sozialarbeiter ins Leben gerufen haben. Ziemlich praktisch.«

»Möchtest du etwas trinken, Savannah?« Rico gab den aufmerksamen Gastgeber, was Adriana schmunzelnd hinnahm.

Die Novizin setzte ihre Tasche ab und sah sich in Adrianas

Wohnung um, bemerkte ihre Deko- und Sammelleidenschaft. »Du dekorierst deine Regale mit Plastikdämonenfiguren?«

»Das sind Digimon«, bemerkte Rico. »Und du gehörst ins Bett!« Er deutete auf Adriana, die sofort beide Hände hob. »Schon gut, schon gut. Kümmert euch bitte auch um den Hund, ja? Und nachher müssen wir noch zur BKOD, bevor es dunkel wird.«

»Ja, machen wir alles. In zwei Stunden brechen wir auf, also gönn dir zumindest noch etwas Schlaf«, erklärte Rico.

Zwei Stunden waren besser als nichts.

Wie versprochen, weckte Rico Adriana um halb drei. Gemeinsam packten sie zusammen und liefen dann zur nächsten Bushaltestelle, um zu General Whittakers Büro zu fahren, das im BKOD-Department am Flughafen lag. Ganz genau wie Drym es ihr geraten hatte. Savannah versuchte im Flüsterton weiter Spekulationen über Luzifers Plan auszutauschen. Rico hatte sie komplett aufgeklärt und sie verlor sich in den wildesten Theorien. Glücklicherweise hörte ihnen niemand zu, denn der Bus war weitestgehend leer.

Immer noch müde und dieses Mal von wirklichen migräneähnlichen Kopfschmerzen geplagt, stieg Adriana wenig später an der Northeastern Cornfoot Road aus dem Bus. Der Militärkomplex lag direkt gegenüber an der anderen Straßenseite. Adriana erinnerte sich daran, einmal mit ihrer Mutter hier gewesen zu sein. Dahinter erhob sich der Portland Airport.

Da die Darkness Hour nicht mehr fernlag, starteten oder landeten um diese Zeit keine Flugzeuge mehr.

»Haltet euch an den Plan«, wies Adriana Rico und Savannah an, die Tequila an der Leine führte. Dann straffte sie die Schultern und marschierte direkt auf die Pforte des Gebäudes zu, an der ein Schild versprach, dass sie zur BKOD führen würde.

»Ich möchte mit General Whittaker sprechen. Eine dringende Angelegenheit, die die nationale Sicherheit betrifft.« Sie hatte Dryms Empfehlung Wort für Wort in ihrem Kopf abgespeichert, für den Fall, dass ihre Notizen verloren gingen.

Die Empfangsdame sah von ihrem Zeitungsartikel zu ihr auf. Die Perlenkette, an der ihre Brille baumelte, schlug ihr gegen die graue Seidenbluse.

»Wie bitte?« Sie musterte Adriana von oben bis unten.

Adriana versuchte so gut wie möglich ihrem Blick standzuhalten. Um sich abzulenken, prägte sie sich jedes Detail in diesem Vorzimmer der BKOD genau ein. Auf dem Empfangstresen lagen Flugblätter aus, die alle Vorteile einer militärischen Laufbahn aufzählten. Über einzelne Vorsichtsmaßnahmen der Behörde für Kontrolle von oberirdischen Dämonenaktivitäten. Daneben stand ein Aufsteller, der die Darkness Hour des Tages ankündigte und wer zu welcher Uhrzeit wo Ansprechpartner war. Die Dame am Empfang machte den Eindruck einer strengen Lehrerin mit ihrem Dutt und der Brille. Schließlich wanderte Adrianas Blick zu dem Namensschild an ihrer Bluse. Miss Twerbeed. Aha. Passte irgendwie. Gerade strich sich Miss Twerbeed eine imaginäre lose Strähne ihres kastanienbraunen Haares hinters Ohr.

»Ich möchte mit General Whittaker sprechen. Eine dringende Angelegenheit, die die nationale Sicherheit betrifft«, wiederholte Adriana.

»Und du bist …?«

»Adriana Astara.« *Halbdämon*, hätte sie fast hinzugefügt. Was natürlich schwachsinnig war. Das ging das Militär rein gar nichts an und sie wollte sich auch gar nicht erst ausmalen, was geschehen würde, sollte das Militär das mit ihrem Blut herausfinden. »Und das sind meine Freunde Savannah Goodwill und Rico Mills.«

»Aha.« Miss Twerbeed ließ ihren Blick zu Savannah und Rico wandern. »Und was wollen Schneewittchen, Harry Potter und Arielle jetzt genau von mir?« Ein spitzbübisches Lächeln umspielte ihre Mundwinkel.

Adriana zögerte. Ihr war nicht klar, ob Miss Twerbeed das abwertend gemeint hatte. Doch sie kam gar nicht dazu, darauf zu antworten.

»Kekse?« Miss Twerbeed holte eine Keksdose unter dem Tresen hervor, die die Form eines Krümelmonstergesichts hatte. »Selbst gebacken.« Sie lächelte.

Obwohl Adriana die Situation stark an das Märchen Hänsel und Gretel erinnerte, und zwar an die Szene, als die Hexe Hänsel und Gretel Lebkuchen anbot, griff sie trotzdem in die Dose.

»Ihr auch?« Strahlend winkte Miss Twerbeed Savannah und Rico mit der Dose näher zu sich heran. »An Weihnachten habe ich ungefähr zwei Zentner Kekse gebacken, die gegessen werden müssen. Leider habe ich ja keine eigenen Kinder.« Bedauern lag in ihrer Stimme.

Aus Höflichkeit griffen alle zu. Als Tequila winselte, nahm Miss Twerbeed sogar einen abgebrochenen Keks und ließ ihn wie unabsichtlich fallen. Bevor er den Boden berührte, hatte Tequila ihn sich schon geschnappt.

»Ups.« Das Strahlen auf Miss Twerbeeds Gesicht wurde breiter. »Dieser Schlingel.«

Jetzt lächelte auch Rico.

»Also, Kinder, was kann ich für euch tun?«

Entweder litt sie an einer besonders schweren Form von Vergesslichkeit oder sie plauderte einfach gerne. Adriana biss von ihrem Keks ab, der wie schon mal gegessen schmeckte und sich ungefähr so trocken wie Puffreis in ihrem Mund anfühlte.

»Und, schmecken die Kekse?«, erkundigte sich Portlands wohl miserabelste Bäckerin.

»Toll«, log Adriana, die gerade von einem hartnäckigen Hustenanfall geschüttelt wurde.

»Mhm«, machten Rico und Savannah gleichzeitig. »Gut.«

Wahrscheinlich konnten auch sie gerade nicht reden, sondern mussten sämtliche Willensstärke aufbringen, um die Kekse nicht direkt wieder auszuspucken.

Himmel, mit diesen Keksen hätte man den Flur in ihrer Wohnung isolieren können. Tapfer würgte Adriana den Rest hinunter und schob die zweite Hälfte Keks unauffällig in ihre Jackentasche.

»Ein Freund von mir, Rekrut Drym Greenleaf, schickt mich, um mit General Whittaker zu sprechen. Die Angelegenheit ist wirklich dringend und wichtig.« Sie versuchte, einen ernsten Gesichtsausdruck aufzusetzen, was nicht allzu schwer war, da sie seit dem Tod ihrer Mutter diesen Ausdruck fast durchgängig zur Schau trug.

»So, so.« Miss Twerbeed neigte den Kopf zur Seite. »So gerne ich euch Kids auch helfen würde, ich kann euch nicht einfach so zum General vorlassen. Er hat Wichtigeres zu tun.«

»Kein Problem«, winkte Adriana ab. Als Tequila zu ihr heranschlich und die Nase in ihre Jackentasche bohrte, gab sie ihm die Kekshälfte. »In diesem Fall würden wir gerne mit Major Dwight sprechen. Wir haben wirklich wichtige Informationen über die Dämonen. Verstehen Sie: Drym Greenleaf schickt uns.« So hatte Drym es ihr schließlich empfohlen.

Ein Schatten huschte über Miss Twerbeeds Gesicht. Allerdings war sich Adriana nicht sicher, ob sie sich das nur eingebildet hatte. »Oh. Na, dann sehe ich mal, ob er euch empfangen kann.«

Nach einem Anruf ihrerseits war klar, dass Major Dwight konnte. Als Miss Twerbeed auflegte, zuckte ihr linkes Auge.

»Okay, ich bringe euch in sein Büro. Aber der Hund muss draußen bleiben.«

Adriana sah zu Tequila hinab.

»Kein Problem.« Savannah, die immer noch die Leine in der Hand hielt, hob den Kopf. »Ich bleibe mit Tequila hier und … esse noch ein paar Kekse.« Ihre Stimme klang ein wenig erstickt.

Augenblicklich hob sich Miss Twerbeeds Laune wieder.

»Alles klar, Schätzchen. Ich habe hier auch irgendwo noch heiße Schokolade. Bringe ich dir gleich.«

Man hätte meinen können, Savannah sei zwölf.

Der Flur, durch den Miss Twerbeed sie führte, wirkte wie eine exakte Kopie des Arbeitsamts in der Innenstadt. Nur ohne diese lächerlichen Plastikpalmen. Grauer Teppichboden, Metallstühle an den Wänden und Kopierer alle zwanzig Schritte.

»Da wären wir.« Miss Twerbeed hielt vor einer weißen Tür, die genauso aussah wie alle anderen auch. Am Türrahmen verkündete ein durchsichtiges Plastikschild: »Major Kane Dwight«.

Auf einmal fühlten sich Adrianas Handflächen schweißnass an. Irgendwie unsicher, so als käme sie gerade zu spät zum Unterricht. Glücklicherweise übernahm Miss Twerbeed das Klopfen, drückte zwei Sekunden später auch die Türklinke nach unten.

»Guten Tag, wie besprochen hier Miss Astara, die Sie sprechen möchte. Begleitet von Mister Mills.« Sie berührte Adriana einmal sanft an der Schulter, nur um das Büro direkt wieder zu verlassen.

Einen Moment sah ihr Adriana hinterher, dann wandte sie sich Major Dwight zu. Immer noch mit schwitzigen Händen und pochendem Herzen trat sie über die Schwelle. Rico folgte ihr.

»Was kann ich für euch tun?« Major Dwight stand von seinem Schreibtisch auf, der von Miniaturkampfflugzeugen nur so übersäht war. Überall, auf der Lampe, auf Papierstapeln, selbst auf dem Telefon lagen graue Kampfjets herum, jeder nicht größer als Adrianas Handfläche.

Sie hob den Kopf. Der Major musste ungefähr Mitte dreißig sein. Sein Auftreten wirkte selbstbewusst. Er hatte etwas Raubtierhaftes an sich. Sein muskulöser Körper sah wohl nicht oft die Sonne, denn er wirkte reichlich blass. Das dunkle Haar hatte er sich in einem Militärschnitt raspelkurz abrasiert, nur am Oberkopf trug er es eine Winzigkeit länger. Wenn Adriana etwas älter gewesen wäre, hätte sie ihn sicher als sehr attraktiv eingestuft mit seinem kantigen Gesicht und den dunklen Augen. Allerdings war sie nicht hier, um Komplimente zu verteilen. Zudem hatte Drym sie vor diesem Typen gewarnt.

Wieder versuchte sie sich jede Kleinigkeit in diesem Raum einzuprägen, um ihre Nerven zu beruhigen. Die moderne Einrichtung mit den zahllosen Bildern an der Wand, die Major Dwight auf dem Flugplatz zeigten. Major Dwight, wie er in seiner Uniform vor ihr stand und sie von Kopf bis Fuß betrachtete.

Schließlich räusperte sich Rico. »Wir sind hier, weil wir ein Gespräch zwischen Dämonen belauscht haben und glauben, dass Sie und der General das hören sollten.«

Jetzt wirkte der Major noch eine Spur interessierter. Dann bedeutete er den beiden vor seinem Schreibtisch Platz zu nehmen. »Ihr habt fünf Minuten.«

Immerhin.

Die Informationen waren schnell wiedergegeben. Adriana berichtete, was die Dämonen besprochen hatten. Was sie mitbekommen hatte, als sie sich in einem sicheren Haus versteckt hatte, wie sie betonte. Von allen Anzeichen dafür, dass Luzifer etwas Großes, Weltveränderndes plante. Womöglich jede Nacht die Tore der Hölle zu öffnen und zusätzlich noch die Sonne zu verdunkeln, um die Welt mit Dämonen zu besiedeln. Dauerhaft.

Die ganze Zeit über hörte Major Dwight aufmerksam zu, stellte nur ab und an Rückfragen. Er hatte sich weit über den Schreibtisch nach vorne gelehnt, die Hände gefaltet, und beobachtete jede von Adrianas Bewegungen. Beinahe fühlte sie sich wie an einen Lügendetektor angeschlossen.

Als sie geendet hatte, lehnte er sich in seinem Stuhl zurück. Zweimal drehte er sich nach rechts und links, bevor er antwortete. Das teure Leder quietschte, als er sich erneut nach vorn beugte.

»Ich glaube euch. Jedenfalls glaube ich euch, dass ihr das glaubt.«

Wie bitte? Adriana stutzte.

»Nun, lasst es mich so sagen: Wie genau sollen die Dämonen es schaffen, die Sonne zu verdunkeln und das Portal zu öffnen? Das ist unmöglich. Vielleicht hat euch nur jemand einen Streich gespielt. Gerade in diesem Jahr sind die Dämonenangriffe deutlich zurückgegangen. Es wurden etwa dreißig Prozent weniger Dämonen als in den Jahren zuvor gesichtet.« Er lächelte, was Adriana innerhalb von einer halben Sekunde zur Weißglut trieb.

Sie ballte die Hände und sprang auf. »Wenn Sie diese Bedrohung ignorieren, machen Sie einen großen Fehler.«

Seufzend stand auch der Major auf, umrundete seinen Schreibtisch und kam auf sie zu. Auf seiner Stirn gruben sich Falten in die Haut.

»Und selbst wenn du recht hättest: Wie sollten wir die Dämonen davon abhalten? Aber glücklicherweise sieht es so aus, als würden sie langsam das Interesse an uns verlieren oder aussterben. Es gibt verschiedene Analysen zu den reduzierten Dämonenaktivitäten in diesem Jahr. Möglicherweise können wir diese wenigen Dämonen im nächsten Jahr mit unseren neuen Technologien sogar ganz in Schach halten. Wir arbeiten daran. Vielleicht hast du davon in den Nachrichten gehört.«

Das hatte sie, aber für Adriana war das alles nur Augenwischerei, um die Bevölkerung zu beruhigen. Welche Technologie sollte Tausende Dämonen bezwingen können, denen normale Kugeln und nicht-magisches Feuer nichts anhaben konnte? Noch nicht mal Weihwasser konnte sie töten. Außer natürlich, sieben gewisse Halbdämonen setzten diese Waffen gegen die Dämonen ein …

»Bitte«, flehte Adriana ihn an. »Bitte gehen Sie wenigstens mit dieser Information zum General. Wir müssen vorbereitet sein. Vielleicht gibt es eine Möglichkeit, die Verdunklungspläne der Dämonen zu durchkreuzen, und bis dahin müssen alle Menschen in Sicherheit gebracht werden!«

»Ach, Mädchen.« Major Dwight drückte ihre Schulter. Es war eine ähnliche Geste, mit der noch Minuten zuvor Miss Twerbeed Adriana berührt hatte, doch dieses Mal musste sie den Impuls unterdrücken, seine Hand abzuschütteln. Wut und Abscheu krochen in ihr empor. »Du steigerst dich da in etwas hinein. Und jetzt geht lieber, Kinder. Die Darkness Hour ist nur noch einundneunzig Minuten entfernt. Wenn ihr wollt, könnt ihr für heute Nacht auch in meinem Privatbunker übernachten.« Sein Grinsen war zu viel für Adriana. Der Major glaubte ihr nicht. Wahrscheinlich würde er die Information nicht einmal dem General weitergeben. Es war Zeit für ihren Plan B. Der Plan B, der gehörig nach hinten losgehen konnte … Aber versuchen musste sie es.

»Ihr Rekrut Drym Greenleaf hat es ebenfalls mitangehört. Er glaubt auch daran, dass die Dämonen etwas im Schilde führen.«

Major Dwights Lippen wurden schmal.

»Ja, Miss Twerbeed erwähnte es. Dazu wollte ich euch auch noch befragen. Drym Greenleaf, ja? Weißt du, wo er sich aufhält? Wir müssen ihn dringend zu einem Unfallhergang befragen …«

Wahrscheinlich ging es ihm um den Todesfall, den Drym unabsichtlich verursacht hatte.

»Nein, tut mir leid. Unsere Wege haben sich nur kurz gekreuzt«, wehrte sie ab, ohne mit der Wimper zu zucken. »Aber haben Sie mich verstanden? Er meint auch, dass wir alle in großer Gefahr schweben.«

»Natürlich. Ich denke darüber nach.« Der Major wirkte nicht überzeugt, fixierte sie noch einmal eindringlich, bevor er in die Hände klatschte. »Wenn das dann alles wäre? Mein Angebot mit dem Bunker steht übrigens noch.«

Sie lehnte höflich ab, was Major Dwight für einen kurzen Moment das Lächeln aus dem Gesicht wischte. Obwohl Adriana so schnell nicht aufgeben wollte, zog Rico sie plötzlich hinter sich. »Adriana hat schon eine Verabredung. Aber ich würde gerne Ihr Angebot mit dem Bunker annehmen.«

Was? Adriana starrte ihn verblüfft an. Auch der Major wirkte überrascht, nickte aber letztendlich. »Gut.«

»Wenn es mir dort gefällt, nehme ich dich morgen mit.« Rico zwinkerte ihr zu. »Ich verabschiede mich noch kurz von meinen Freunden und warte dann im Empfangsbereich auf Sie«, sagte er an Major Dwight gewandt.

Und damit zog er Adriana nach draußen.

»Auf Wiedersehen, Major Dwight!«, konnte sie ihm gerade noch zurufen. »Bitte denken Sie darüber nach, was ich gesagt habe.« Dass er darauf nichts mehr erwiderte, sondern nur ohne aufzublicken zu seinem Telefon griff, schürte ihre Wut auf ihn zusätzlich.

»Puh, ist der ekelhaft«, flüsterte Rico ihr im Flur zu. »Hat dich ja beinahe mit seinen Blicken verschlungen. Dieser Drym hat recht. Major Kane Dwight steht auf junge Mädchen.«

»Warum tust du das?«, flüsterte Adriana ihm zu.

»Na, ist doch logisch. Das ist unsere einzige Chance. Ich werde ihn heute Nacht mit all unseren Erkenntnissen bombardieren, bis er uns glaubt«, meinte Rico. »Ich lasse ihm gar keine andere Wahl.«

Immer noch wütend traf Adriana im Empfangsbereich auf eine schwatzende Savannah, die mit einer Kakaotasse bewaffnet am Empfangstresen lehnte. Zu ihren Füßen steckte Tequila gerade seinen kompletten Kopf in die Keksdose, sodass er bis zum Halsband darin verschwand. Savannah warf ihr einen Blick zu, der besagte, dass das sicher noch die beste Verwendungsmöglichkeit für diese Kekse darstellte. Dennoch. Aus irgendeinem Grund machte Adriana ihr Anblick noch wütender. Warum stand Savannah so unbeschwert herum und tratschte mit Miss Twerbeed? Jetzt, wo ihnen die BKOD so in den Rücken gefallen war? Heiße Wut breitete sich wie ein Feuerball in ihrem Inneren aus. Sie musste sich beruhigen, bevor sie etwas Dummes anstellte.

In diesem Moment hob Tequila seinen Kopf aus der Dose. Krümel rieselten aus seinem Maul zu Boden. Als er Adriana sah, war die Keksdose jedoch sofort vergessen. Er sprang sie an und wedelte dabei mit dem Schwanz, als seien sie wochenlang getrennt gewesen.

»Nicht so stürmisch!« Lachend wischte sich Adriana Krümel von Hose und Jacke.

Augenblicklich hob sich ihre Stimmung wieder. Sie würde das Beste daraus machen. Schließlich hatten sie noch andere Möglichkeiten.

Während Rico Savannah von dem Gespräch mit dem Major berichtete, rotierten die Gedanken in Adrianas Kopf. Zwei Nächte blieben ihnen noch, um Luzifers Plan zu vereiteln. Das war knapp, aber machbar. Wenn sie nur noch mehr über das Verbleiben der Erzengel herausfinden könnte! Dieser Hinweis im Höllenfeuerlied schien nach den Halbdämonen am brauchbarsten für den Krieg gegen die Dämonen zu sein. Ja, das war es!

»Savannah, wir müssen noch einen kurzen Stopp an der Bibliothek einlegen und Bücher ausleihen!«

Sie sah auf und wurde im selben Moment von einem Soldaten angerempelt.

»Oh, Verzeihung, Miss. Ich hoffe, ich habe Ihnen nicht wehgetan. Darf ich mal durch?« So schnell, wie er aufgetaucht war, verschwand der blonde Typ mit der Militärmütze auch wieder. Verwundert sah ihm Adriana hinterher.

»Wo war ich? Ach ja: Ich glaube, wir sollten die Spur der Erzengel verfolgen. Vielleicht finden wir in der Bibliothek mehr Hinweise darauf, in welchem Gefängnis die Dämonen die Erzengel eingesperrt haben.«

»Nun ja.« Rico putzte sich seine Brille mit dem Jackenärmel. »Ich nehme an, dieses Gefängnis befindet sich irgendwo in der Hölle? Und die können normale Menschen nicht betreten. Also kann darüber nicht wirklich etwas in einem von Menschenhand geschriebenen Buch oder Zeitungsartikel stehen … Außerdem müsst ihr noch den Karren mit den Utensilien für heute Nacht aus Adrianas Hinterhof abholen. Hab euch doch erzählt, was ihr damit machen sollt.« Ja, das hatte er während der Busfahrt ausführlich getan. Innerlich seufzte Adriana tief.

»Ja, okay, hab's verstanden.« Sie winkte ab, womit sie auch gleichzeitig die Tasse Kakao ablehnte, die ihr Miss Twerbeed anbot. »Aber was, wenn du falschliegst?«

Eine Stunde später waren Savannah und Adriana mit allen Büchern und Zeitschriften, die sie zum Thema Verschleppung der Engel finden konnten, unterwegs zu einer kleinen Kapelle am nordöstlichen Ende der Stadt. Zu der, die Rico für sie ausgesucht hatte. Dieses gut vorbereitete Superhirn. Von den Sachen auf dem kleinen Karren hatten sie nicht alles mitnehmen können, da sie nach Ricos Planänderung nur noch zu zweit waren und mit dem Bus fahren mussten. In diesem Fall verzichteten sie auf Isomatten und Zelt, packten sich aber den Rest in ihre Rucksäcke und in zwei Tüten. In Gedanken bei Rico, der inzwischen in Major Dwights Bunker eingezogen sein musste, stolperte Adriana vorwärts. Der letzte Bus hatte sie fünfhundert Yards von ihrem Ziel entfernt rausgelassen. Bis zur Darkness Hour hatten sie noch exakt neunundzwanzig Minuten.

Den ganzen Weg über quasselte Savannah unaufhörlich. Die letzten zehn Minuten hatte sie damit zugebracht, Adriana über Cruz, Drym und Gesa auszufragen. Offensichtlich freute sie sich diebisch darauf, die drei zu treffen. Diese Begeisterung ihrerseits war beinahe unheimlich.

»Und du, Adriana, hast du vor, ein Alpha-Dämon zu werden?« Die Frage traf Adriana so unerwartet, dass sie beinahe Tequilas Leine fallen gelassen hätte. Savannah hatte einen Ton drauf … Als ginge es darum, ob sie ihren Haarschnitt ändern wollte, und nicht darum, sich in ein – nun ja – Monster zu verwandeln.

»Hast *du* das denn vor?«, fragte Adriana zurück.

»Natürlich. Früher oder später. So wie es aussieht, liegt es in unserer Hand, die Menschheit vor einem Leben in ewig währender Dunkelheit zu bewahren. Der Tag des Jüngsten Gerichts, wie er in der Bibel angekündigt wird, könnte man sagen. Nur, dass die Hölle in diesem Fall zu uns kommt.« Sie kicherte, als sei das ein recht erheiternder Gedanke. »Und wir Halbdämonen sind die Einzigen, die das aufhalten können. Und daran glaube ich fest!« Sie formte eine Hand zum Victoryzeichen. »Manchmal muss man erst einen Schritt zurück machen, um ans Ziel zu gelangen.«

»Aber wir müssten unsere menschliche Seite aufgeben«, warf Adriana ein. »Macht dir das keine Angst? Andererseits: Ich glaube nicht, dass wir in unseren menschlichen Körpern viel gegen einen Dämonenclan ausrichten können. Solange wir uns nicht zu Alpha-Dämonen entwickelt haben, sind wir den Dämonen ziemlich schutzlos ausgeliefert. Außerdem können wir die Hölle nicht betreten und nicht fliegen. Wenn wir mit den sieben Halbdämonen gemeint sind, dann müssen wir alle zehn Gebote brechen … und ehrlicherweise muss ich zugeben, dass ich noch nicht bereit dazu bin, einen Menschen zu töten. Dieses Gebot steht noch zwischen mir und meiner Verwandlung.« Inzwischen waren sie fast an ihrem Ziel angekommen. Die Kapelle musste hinter dem Hügel direkt vor ihnen liegen.

Savannah sagte nichts mehr, was Adriana sofort misstrauisch werden ließ. »Jetzt sag mir nicht, du als angehende Nonne hast schon jemanden getötet?«

Das rothaarige Mädchen sah sie an. Ein Tränenschleier glitzerte um ihre grünen Augen herum. »Es war ein Unfall. Ein Kind ist mir vors Auto gelaufen.«

Adriana schwieg. Oh, das war bitter. Sie ahnte bereits, was in etwa gleich kommen würde.

»Jeder sagt mir, dass es nicht meine Schuld war«, erzählte Savannah weiter. »Und doch ist dieser kleine Junge meinetwegen gestorben. Hätte ich an diesem Tag nicht das Auto meines Dads genommen oder hätte ich ihn früher gesehen …«

Adriana drückte ihre Hand. »Du musst nicht weiterreden. Ich glaube dir, dass es ein Unfall war.« Sie konnte beinahe körperlich Savannahs Schmerz spüren. Eiskalt wie gefrorene Nadelstiche, die sich tief in ihre Seele gebohrt hatten. Sie mochte zwar mit ihrer Heiterkeit viel überspielen, aber es gab auch eine gebrochene Seite an diesem Mädchen.

»Jedenfalls …« Savannah wischte sich mit einer Hand über ihr Gesicht. »… seit diesem Tag habe ich gelernt, wie wertvoll das Leben ist. Wie wertvoll jeder glückliche Tag ist. Und dass ich mit kleinen Gesten das Leben anderer besser machen kann. Deshalb bin ich ins Kloster gegangen.«

Das leuchtete Adriana ein.

»Verstehst du jetzt, weshalb ich ohne zu zögern diesen Schritt gehen und ein Alpha-Dämon werden würde?«

Adriana verstand. »Welche Gebote fehlen dir denn noch?«,

»Als du mir davon erzählt hast, bin ich heute Morgen im Zug alle Gebote noch einmal durchgegangen.« Sie seufzte. »Gotteslästerung, Ehebrechen und Du sollst nicht begehren deines nächsten Weib, oder in meinem Fall: Deines Nächsten Mann.«

Das war interessant. »Und du bist dir da ganz sicher?«

Savannah nickte energisch. »Ja, Adriana, wenn du es genau wissen willst, ich bin sicher.«

»Im Alten Testament wäre Ehebrechen schon ein Abend am Lagerfeuer mit einem vergebenen Mann, auf den du stehst. Ein Date gewissermaßen. Oder sogar nur mit einem Mann, der gerade mit einer anderen Frau ausgeht, noch nicht mal verheiratet sein muss. Das würde reichen, um das Gebot zu brechen.« Sie dachte an den Kuss mit ihrem Lehrer draußen unter den Sternen während ihres Schulausflugs.

»Ist mir bewusst.« Daraufhin schwiegen sie eine Weile. Im Laufen betrachtete Adriana ihre Jackenärmel und wünschte sich, manche Dinge in ihrer Vergangenheit ungeschehen machen zu können.

Als sie ihren Blick nach ein paar Minuten wieder auf den Weg richtete, erkannte sie endlich das spitze Dach der Kapelle. »Komm. Wir lassen heute Nacht alles hinter uns. Ich beurteile dich nicht nach deiner Vergangenheit und du mich nicht nach meiner«, bot sie ihrer neuen Freundin an.

»Gut. Abgemacht. Aber du hast meine Frage noch nicht beantwortet.«

»Ob ich vorhabe, zum Alpha-Dämon zu werden? Heute oder morgen Nacht noch?«, fragte Adriana, um Zeit zu gewinnen.

Savannah blieb stehen, hielt auch Adriana an und sah ihr fest in die Augen. »Ich würde es tun. Außerdem besteht, wie Cruz ja glaubt, eine kleine Chance, sich durch die Weltrettung wieder zurückzuverwandeln.«

»Wirklich? Einfach so? Ein Dämon werden, den alle Menschen verabscheuen und gleichzeitig fürchten? In der Hoffnung, diesen Schritt wieder rückgängig machen zu können?«

»Würdest du nicht alles dafür geben, um die Unschuldigen dieser Welt zu retten? Scheiß drauf, ob sie wissen, was du für sie geopfert hast, und dass sie dich hassen werden. Was spielt das für eine Rolle?«

Nur langsam drangen Savannahs Worte zu Adriana durch. War es das, was wirklich zählte? War Vergebung eine so mächtige Waffe? Wenn die Zehn Gebote so viel Einfluss auf sie hatten, konnte göttliche Vergebung ebenso viel bewirken? Hatte Savannah damit den Nagel auf den Kopf getroffen?

Doch bevor sie antworten konnte, piepste ihr Handy. Sie kannte diesen Warnton der Darkness-Hour-App nur zu gut.

»Nur noch zehn Minuten. Komm!«

Die Kapelle war winzig, nicht viel größer als Adrianas Wohnung. Leicht heruntergekommen, ohne Toiletten und ohne genug Platz für Feldbetten. Eine gute Wahl von Rico. Hierher würden sich während der Dämonentage keine Menschen verirren. Um das Gebäude herum lief ein Zaun aus spitzen Eisenstäben wie Pfeile, die jemand in den Boden gerammt hatte.

Zögernd öffnete Adriana die Eingangspforte. Der Zaun gab ein kreischendes Geräusch von sich, schwankte sogar ein wenig. »Sollen wir da wirklich reingehen?« Sie warf Savannah einen Blick zu. »In die Kapelle, meine ich.«

Savannah zuckte mit den Schultern. »Müssen wir wohl, um uns umzuziehen. Und jetzt komm. Mal sehen, ob Ricos Dämonenabwehrwaffen etwas taugen.« Sie grinste, so als wolle sie auf einem Jahrmarkt den Schießstand ausprobieren und sich nicht heute Nacht gegen Killer-Dämonen behaupten. Adriana schüttelte lächelnd den Kopf. Savannah hatte hier die Hosen an, keine Frage.

Die präparierten Taucheranzüge, die Rico besorgt hatte, waren schnell angezogen. Nach eigenen Angaben hatte er sie kräftig mit einer Möbelpolitur, die nach Kiefernnadeln roch, eingesprüht, damit die Dämonen die Mädchen nicht so gut wittern konnten. Es stank erbärmlich nach billigem Männerparfüm, aber Adriana beschwerte sich nicht. Daran würde sie sich gewöhnen.

Nachdem sie zu zweit einen Ring aus Benzin um den Zaun der Kapelle gegossen hatten (auch das hatte Rico ihnen empfohlen, weil Benzingeruch seinen Recherchen nach Menschengeruch gut überdeckte), richteten sie einen Schlafplatz für Tequila ein. Dann sahen sie auf die Uhr. Noch eine Minute. Gerade noch genug Zeit.

Grinsend rempelte Savannah Adriana an.

»He, Adri, du riechst wie frisch gebohnert.« Sie wollte sich geradezu ausschütten vor Lachen.

»Ja, ja wirklich witzig. Aber weißt du was: du auch!« Adriana knuffte Savannah in die Seite.

»Was?«, empörte sich Savannah sofort, erlitt aber einen schrecklichen Hustenanfall, da sie das Kichern einfach nicht stoppen konnte.

Wie aufs Stichwort schickte Rico eine Nachricht, in der er fragte, ob sie mit den Dämonenabwehrmaterialien klarkamen. Adriana beruhigte ihn damit, dass sie alles im Griff hätten.

Eigentlich hätte Adriana in diesem Moment nichts gegen ein wenig Stille einzuwenden gehabt. Die sprichwörtliche Ruhe vor dem Sturm. Vor dem Beginn der vierten Dämonennacht. Mit Savannah, das ahnte sie bereits, war dieser fromme Wunsch aber einfach zu viel verlangt. Wie hielten das die Nonnen im Kloster bloß aus?

Bevor sie diesen Gedanken noch gründlicher verfolgen konnte, hörte sie das Flügelschlagen in der Luft. Sicher wieder nur Drym. Schließlich hatte Cruz beschlossen, nicht mehr mit ihr zu reden. Bei diesem Gedanken spürte Adriana ein schmerzhaftes Ziehen in der Brust. Aber vielleicht war das sowieso besser so. Wenn alles vorüber und Cruz wieder ein Mensch war, wenn alles klappte, dann konnten sie immer noch miteinander ausgehen. Dann würde sie sich entschuldigen und ihr Verhalten erklären. Tequila schlich an ihre Seite und winselte. Ein Lächeln umspielte ihre Mundwinkel. Immerhin hatte sie den Hund. Liebevoll zog sie an seinen Schlappohren, was ihn zufrieden den Atem in die kalte Nachtluft ausstoßen ließ.

Als sie den Kopf hob, sah sie gerade noch, wie zwei Gestalten vor dem Metalltor der Kapelle landeten. Drym und Cruz.

Cruz! Er war tatsächlich gekommen. Adrianas Blut schien schneller durch ihre Adern gepumpt zu werden als gewöhnlich. Neben ihr stieß Savannah sie an.

»Oho, da sind sie also die beiden heißen Dämonen.«

»Ja, Dämonen mit einem durchaus guten Gehör, weißt du? Also lass das«, zischte Adriana ihr zu.

»Hallo, Jungs!« Savannah winkte den beiden unbeeindruckt zu. »Tretet nicht in die Benzinpfützen. Haben wir gerade erst um die Kapelle ins Gras gegossen.«

Die beiden »Jungs« falteten die Flügel auf ihren Rücken zusammen und sahen sich um. Ihre Nasenflügel bebten, als versuchten sie etwas zu wittern. Ansonsten verhielten sie sich vollkommen still. Ganz im Gegensatz zu Adrianas Herz, das flatterte, als gelte es, einen Hundert-Yard-Sprint hinzulegen. Das Mondlicht beleuchtete ihre Profile, als sie sich gegenseitig Blicke zuwarfen. Adriana hielt den Atem an. Cruz war hier! Ihre Unterlippe zitterte.

In diesem Moment nickte Cruz Drym zu und öffnete dann das klapprige Eisentor. Das Quietschen hörte sich wie der Schrei einer Sirene an. Cruz, der im Gegensatz zu Drym heiligen Boden betreten konnte, kam direkt auf sie zu.

Vor lauter Scham ließ Adriana den Kopf sinken, konnte ihm einfach nicht entgegensehen. Letzte Nacht hatte sie es total verbockt. Warum fiel es ihr nur so schwer, über sich selbst und ihre Gefühle zu reden? Mit einer Spur Neid in den Augen schielte sie in Richtung Savannah. Sie hätte sicherlich keine Probleme gehabt, über sich selbst zu sprechen.

»Hallo, Adriana.« Kurz vor ihr kam er zum Stehen: »Können wir irgendwo ungestört reden?«

Diese beinahe förmliche Frage kam unerwartet. Langsam hob sie den Blick.

Tequila tänzelte um Cruz herum, der sich gerade mit einer Hand durch die Haare fuhr und sich die andere von dem Labrador ablecken ließ. Ein Funke flackerte in seinen Augen, erlosch aber gleich wieder, als sie nicht sofort antwortete.

Da Adrianas Kehle sich wie zugeschnürt anfühlte, nickte sie einfach nur.

»Jaaaa«, machte Savannah, die sich auf einmal wie eine Talkshowkupplerin aufführte. »Ich hätte auch noch etwas mit Drym zu besprechen. Zum Beispiel die Neuigkeiten von Major Dwight und unsere Dämonenabwehrwaffen. Warum geht ihr beiden Hübschen nicht nach drinnen?« Sie deutete auf die Minikapelle.

Sowohl Drym als auch Cruz musterten sie eine Spur überrascht. Ja, Savannah hatte hier alles im Griff. Sämtliche Dämonen tanzten nach ihrer Pfeife …

Am liebsten hätte Adriana die Augen verdreht, fühlte sich seltsamerweise aber wie erstarrt.

Ihr gegenüber machte Cruz jetzt eine einladende Handbewegung in Richtung Kapelle. »Nach dir.«

Ein Zittern fuhr durch Adrianas Körper. Obwohl sie durch den Neoprenanzug und ihre gefütterten Stiefel, die sie heute Nacht gewählt hatte, keine Kälte spürte. Gerade so bekam sie ein weiteres Nicken zustande.

16

In der Kapelle konnte man kaum die Hand vor Augen sehen. Von der Wand gegenüber starrte ihnen eine Marienstatue von der Größe eines Kleinkindes entgegen, die man wegen der bunten Farben ihres Gewands relativ gut erkennen konnte. Mit einer einzigen Bewegung entzündete Cruz sämtliche Kerzen im Raum. In jedem Buntglasfenster, auf dem Altar und um die Marienstatue herum züngelten die Kerzenflammen gierig empor, bevor sie sich wieder auf ein normales Niveau herunterschraubten.

Beinahe wäre Adriana zusammengezuckt. Cruz' Feuermagie ... Beim letzten Mal, als er sie benutzt hatte, waren sie beide eng umschlungen über den Friedhof gerollt. Die Bilder von vergangener Nacht schwappten über sie wie eine Welle aus eiskaltem Meerwasser und trotzdem glühten ihre Wangen gleichzeitig auf, als hätte Cruz sie ebenfalls entzündet. Obwohl ...

Um ihn nicht ansehen zu müssen, betrachtete sie jede Einzelheit der Kapelle länger als nötig. Hinter Maria hatte man in einem Hohlraum eine Marmorstatue platziert, die etwas größer als Cruz war. Offensichtlich handelte es sich um den Erzengel Michael und eine Kopie seiner berühmtesten Statue. Wie das Original, das im Vatikan ausgestellt war, beugte sich der Engel leicht nach vorn, die Beine verdreht, als wollte er sich bücken, um ein Gänseblümchen auszureißen. Seine Mimik und die angespannten Muskeln wirkten fast lebensecht. In seiner rechten Hand hielt er einen Speer, mit dem er nach unten in Richtung Hölle deutete.

»Nettes Outfit«, bemerkte Cruz unvermittelt, was Adriana zusammenzucken ließ.

»Oh. Das.« Sie begann an dem Taucheranzug zu zupfen. »Rico meint, Dämonen könnten uns damit nicht mehr aus weiter Entfernung wittern.« Sie sah auf.

Cruz grinste, sagte jedoch nichts, während er seinen Blick weiter über sie gleiten ließ.

»Und funktioniert es?« Am liebsten wäre sie seinem Blick ausgewichen, doch es gab nichts in dieser Kapelle, wohinter sie sich verstecken konnte. Noch nicht einmal Bänke.

»Eine Verbesserung, würde ich sagen. Wenn du mit Drym diesen Treffpunkt nicht schon im Vorhinein ausgemacht hättest, wäre es schwierig für uns geworden, euch aufzuspüren.«

»Okay, pass auf.« Seufzend fuhr sich Adriana durch die Haare. »Wir haben heute Nacht keine Zeit zu verlieren, also warum sagst du mir nicht einfach, was du mit mir besprechen willst?« Sie blinzelte. Woher war dieser plötzlich so forsche Ton ihrerseits gekommen? Das klang mutiger, als sie sich fühlte.

Cruz schnaubte, rieb sich über den Ellenbogen, wobei er ihren Blick mied. Dann riss er sich jedoch zusammen, machte sogar einen Schritt auf Adriana zu, sodass er ihr jetzt so nahe war, dass sie eine Hand nach ihm ausstrecken und ihn hätte berühren können.

»Es tut mir leid wegen gestern.« Er klang geknickt. »Nach deiner Zurückweisung habe ich ein wenig überreagiert.«

Vor dem Fenster links von ihr hustete jemand.

»Ist ja gut!«, rief Cruz in Richtung des Husters.

Adriana verdrehte die Augen. »Schon mal was von Privatsphäre gehört, Drym?«

»'tschuldigung. Ich höre schon weg!«

Cruz scharrte mit den Füßen auf dem steinernen Boden herum. »Okay, ich habe mächtig überreagiert und wollte mich bei dir entschuldigen. Wirklich, ich verstehe, dass dir die Situation Angst macht. Oder ist es der ganze Druck? Wegen Luzifer und Ivan?« Er versuchte sich an einem zaghaften Lächeln, was ihn trotz seiner Eckzähne wie einen kleinen Schuljungen wirken ließ. »Aber hey, sobald ich wieder ein Mensch bin, würde ich dich wahnsinnig gerne auf eine Pizza einladen. Wenn du das willst.«

Augenblicklich wurden Adrianas Wangen, die gerade begonnen hatten abzukühlen, wieder heiß. Sie war sich sicher, dass sie gerade genauso anfing zu brennen wie die Kerzen um sie herum. Cruz war nicht länger sauer auf sie. Er würde, nachdem alles überstanden war, mit ihr ausgehen.

»Sehr gerne«, flüsterte sie.

Cruz' dunkle Augen strahlten sie an. Mit beiden Händen strich er sich die Haare zurück. »Ich werde auf dich warten.«

»Amen!«, rief Drym von draußen. »Sie sind so gut wie verheiratet!« Dann hörte man, wie er und Savannah jubelten.

Adriana verdrehte die Augen, war aber in diesem Moment zu glücklich, um sich über ihre Freunde zu beschweren.

Wie seltsam, dass sie diese drei Halbdämonen schon nach dieser kurzen Zeit zu ihren Freunden zählte. Und ihr Bauchgefühl verriet ihr, dass diese drei bessere Freunde sein würden, als es gewisse menschliche Vertreter ihrer Art je für sie gewesen waren …

Zehn Minuten später saßen sie alle am östlichen Ende der Kapelle gleich neben Tequilas Futternapf auf den mitgebrachten Picknickdecken. Drym hatte sich auf der anderen Seite des Zauns im Gras niedergelassen und eine Decke abgelehnt.

Savannah und Adriana tranken Tee aus einer Thermoskanne, während Cruz von seinem zweiten Besuch bei Pryatt Hershley in Kalifornien berichtete, nachdem er in Roseburg erfolglos nach diesen Kindern gesucht hatte.

»… und dann hat dieser verbohrte Idiot tatsächlich die BKOD angerufen und bewaffnete Unterstützung wegen mir angefordert! Sie haben zwei Panzer geschickt, als er ihnen von einem einsamen Alpha-Dämon berichtet hatte, der ihn belagert. Er hat an seinem Haus, nein, es ist mehr ein Bunker, sechs Kameras installiert! Sechs! Dieser uneinsichtige Kontrollfreak!« Cruz stützte seinen Kopf auf seinem Handballen ab, was irgendwie niedlich aussah. »Über eine Stunde habe ich auf ihn eingeredet. Hat mir einfach nicht glauben wollen, dass er ein Halbdämon sein könnte und ich ihm nichts Böses will.« Cruz seufzte. »Wahrscheinlich müssen wir ihn noch einmal besuchen. Aber ich habe keine Ahnung, wie wir ihn überzeugen sollen, sich uns anzuschließen.«

»Na ja, ich denke, er wird sich schon einkriegen und wir versuchen es einfach weiter bei ihm. Schließlich hat er mit seiner Schrotflinte Dämonen niedergeschossen. Da muss ihm doch langsam aufgehen, dass er kein normaler Mensch sein kann …« Adriana nippte an dem Thermosbecher. »Und wir haben noch die Hinweise auf ein dämonisches Geschwisterpaar. Wenn alle drei Halbdämonen sein sollten, wären wir eigentlich einer zu viel. Das Höllenfeuerlied handelt nur von sieben.«

»Es könnte auch noch woanders auf der Welt Halbdämonen geben«, warf Savannah ein.

»Das Höllenfeuerlied singt doch aber ganz eindeutig von Adriana und Cruz. Die Portale haben sogar direkt zu Cruz gesprochen.« Drym schüttelte den Kopf. »Es muss von sieben Halbdämonen in Cruz' Reichweite handeln. Wie sonst könnte er alle rechtzeitig zusammentrommeln? Außerdem glaube ich, dass eine magische Anziehung zwischen uns Halbdämonen herrscht. Ich jedenfalls hatte so ein Gefühl, dass mein Platz in Portland wäre. Nur deshalb bin ich hergezogen.«

Cruz fuhr sich mit einer Hand über den Nacken. »Andere Halbdämonen könnten im Lied in die Kategorie ›Gefährten‹ fallen. Sie sind dann eben nicht die, die Luzifer stoppen können. Aber irgendwie doch mithelfen. So erkläre ich mir das jedenfalls.«

Seufzend riss Savannah ein paar Grashalme aus. »Hm, dieses Gefühl, nach Portland zu gehören, hatte ich auch mal, aber ich habe es auf diese Märchenserie geschoben, die hier fürs Fernsehen gedreht wird und von der ich ein großer Fan bin. Vielleicht war das auch nur ein Zufall.«

»Es gibt keine Zufälle«, warf Cruz ein.

»Okay, dann konzentrieren wir uns also auf diese drei und nehmen dabei an, dass einer von ihnen kein Halbdämon ist. Oder ich keiner bin«, korrigierte sie sich sofort selbst.

»Nein, du hattest diesen Traum, Savannah. Ich glaube, du bist es.« Sobald sie es aussprach, wusste Adriana, dass es der Wahrheit entsprach. »Es fühlt sich richtig an.«

Savannah warf ihr einen Blick zu, der eine Spur Dankbarkeit verströmte.

»Okay, Jungs, was gibt's denn so Neues in der Hölle? Irgendetwas über Luzifers Plan herausgefunden?«, wandte sie sich dann wieder Cruz und Drym zu, die nach Savannahs Frage Blicke wechselten.

»Nicht viel Neues«, gab Cruz schließlich zu. »Luzifer scheint uns beide und Gesa genauestens beobachten zu lassen. Gerüchten zufolge plant er tatsächlich, mit irgendeinem Trick die Portale dauerhaft zu öffnen, damit der Weg auf die Erde für alle Dämonen in jeder Nacht frei wählbar ist.«

»Darauf sind wir auch schon gekommen.« Savannah nickte. Der Kerzenschein aus der Kapelle erleuchtete ihr Gesicht, als sie es zur Seite drehte.

»Hört ihr das?«, fragte Drym plötzlich. Alle lauschten.

Weit entfernt meinte Adriana, ein schwaches Heulen wahrzunehmen.

»Dämonen!« Cruz sprang auf und hätte dabei beinahe Tequilas Wasserschale umgeworfen. Mit einer Handbewegung löschte er die brennenden Kerzen. »In die Kapelle, sofort! Und du, Drym: Ein Ablenkungsmanöver wäre toll!«

So schnell es ging, packten sie zu dritt Decken und Taschen zusammen, eilten dann mit Tequila ins Innere der Kapelle, wo sie sich auf den Boden setzten. Cruz kauerte direkt neben der Erzengelstatue am Boden, sodass der Speer des Engels exakt auf ihn deutete. Neben ihm drückte sich Adriana und daneben Savannah an die Wand. Tequila streckte sich vor ihnen aus, beobachtete aber mit gespitzten Ohren die Tür.

Bitte, bitte, lass es nicht Brutus und Ivan sein! Adrianas Gedanken rasten. Ihr Neoprenanzug warf merkwürdige Falten, wenn sie an eine Wand gelehnt dasaß, fiel ihr auf. Spannte auch ganz schön an den Schultern. Sie versuchte, sich nur darauf zu konzentrieren. Zählte die Falten. Doch ihre Sorgen ließen sich nicht so einfach austricksen. Wenn Ivan und Brutus herausfanden, dass sie noch lebte, würden die beiden nicht lockerlassen, bis sie sie in die Finger bekamen …

»Schh«, machte Cruz überflüssigerweise.

Sie sah zu ihm auf und er schien ihre Gedanken zu erraten. Vorsichtig, so als wollte er sich nicht an ihr verbrennen, legte er ihr einen Arm um die Schulter.

»Drym lenkt sie schon ab. Ich lasse außerdem nicht zu, dass sie dich kriegen.«

Adriana rückte ein Stück näher an ihn heran. Obwohl sie es sich gerne selbst verboten hätte, genoss sie seine Nähe. Wie gut er nach Wald und Erde duftete. Wahrscheinlich roch sie momentan für seine Empfindungen entsetzlich nach dieser scharfen Möbelpolitur, und sie war dankbar dafür, dass er es sich nicht anmerken ließ. Neben ihr machte Savannah ein Gesicht, als versuchte sie bewusst nicht in Adrianas und Cruz' Richtung zu schauen, schielte jedoch ab und zu für eine halbe Sekunde herüber, was Adriana zum Schmunzeln brachte. Manche Leute konnten einfach nicht aus ihrer Haut. Dann richtete sie genau wie Tequila wieder aufmerksam ihre Sinne nach draußen. Cruz' Körper spannte sich an. Ob er etwas witterte?

Zwei Herzschläge später erklang ein dumpfer Schlag, begleitet von einem Fauchen nicht weit entfernt von ihnen. Wieder ein dumpfer Aufprall, dann ein Jaulen, als hätte ein Geschoss einen Delta-Dämon getroffen.

»Verräter! Dort oben im Baum. Wirft mit spitzen Ästen«, kreischte die unverkennbare Kettensägenstimme eines Betas.

»Das ist dieser neue Alpha, von dem Ivan gesprochen hat! In seinem Tarnanzug«, donnerte eine ihr unbekannte Alpha-Dämonenstimme. »Hinterher!«

Leiser werdendes Gekreische verriet Adriana, dass sich der unbekannte Dämonenclan entfernte. Offensichtlich jagten sie Drym, der sie wiederum von der Kapelle wegführte.

Stille legte sich wie eine schützende Decke über sie.

»Puh, noch mal gut gegangen«, meinte Savannah schließlich. »Sicher auch unseren lustigen Taucheranzügen zu verdanken.«

Adriana nickte. Da Cruz keine Anstalten machte, sich zu bewegen, verharrte sie noch eine kleine Weile in seiner Umarmung. Ein schönes Gefühl, wie sein Arm um ihre Schultern lag.

»Okay, ihr Turteltäubchen.« Savannah neigte den Kopf zur Seite. »Wir haben nur noch etwas mehr als vierundzwanzig Stunden, bis Cruz seinen Pakt einlösen muss. Und übermorgen nach dem Morgengrauen, wenn die Menschen aus ihren Häusern und Kirchen kommen und ihr Neujahrsfeuerwerk entzünden wollen, könnte es am selben Abend eine böse Überraschung für die Bevölkerung geben. Was wir brauchen, sind Ideen, wie wir diesen Verdunklungsplan aufhalten können.«

»Schon verstanden«, wiegelte Adriana Savannahs Vortrag ab. »Aber erst einmal sollten wir verstehen, was Luzifer plant. Um ihn aufzuhalten, müssen wir mehr darüber in Erfahrung bringen, wie diese Verdunklung funktionieren soll. Irgendeine Idee?«

»Hm.« Savannah rieb sich mit einer Hand über die Stirn. »Nur so ein Gedanke: Vielleicht hat er herausgefunden, wie er den Abstand zwischen den Kontinenten überwinden kann. Sodass die Dämonen immer in der Zeitzone aus den Portalen schlüpfen oder dahin fliegen können, wo gerade Nacht ist? Das setzt natürlich voraus, dass er eine Möglichkeit gefunden hat, alle Tore das ganze Jahr über zu öffnen.«

»Das halte ich für unwahrscheinlich«, warf Cruz ein. »Es müsste gewährleistet sein, dass die Dämonen alle Portale auf der Welt kennen, um rechtzeitig ein neues zu betreten, bevor die Sonne aufgeht. Oder die Alphas müssten die ganze Zeit fliegen, um der Sonne zuvorzukommen. Dann müssten sie aber ihren Clan zurücklassen und das entspricht nicht ihrer Natur. Außerdem hätten sie dann keine Zeit mehr zu essen. Nein, Dämonen haben immer ein eigenes Revier, in dem sie sich herumtreiben. So wie Ivan sich mit seinem Clan Portland als Jagdgebiet ausgesucht hat.«

»Was, wenn sie tatsächlich die Sonne irgendwie ausknipsen?«, fragte Adriana, die in eine andere Richtung zu denken versuchte.

»Ausknipsen?« Savannah schien zu überlegen. »Habt ihr von dem Fall vor drei Jahren in Peking gelesen? Als die Dämonen zwanzig Minuten vor der Darkness Hour über die Stadt herfielen, weil der Smog die Stadt in eine riesige Staubwolke gehüllt hatte, die die Sonne verdunkelte?«

Adrianas Kopf ruckte in die Höhe. »Hört sich logisch an. So etwas in der Art könnte es sein. Nur, wie will Luzifer das anstellen?«

Eine Weile diskutierten sie hin und her, bis Adrianas Augenlider tiefer und tiefer sanken. Schweren Herzens stand sie auf.

»Ich brauche jetzt etwas von diesem Kaffee, den du für uns abgefüllt hast, Savannah. Sonst schlafe ich ein.«

»Verständlich.« Cruz hatte sich ebenfalls erhoben. »In den letzten drei Tagen hast du viel zu wenig geschlafen.«

Sie warf ihm einen schiefen Blick zu.

Gerade als Tequila auf die Tür zuschoss, erklang ein Flüstern: »He, seid ihr noch da drin?«

»Drym!« Savannah strahlte. »Leute, Drym ist zurück!«

»Haben wir gehört«, murmelte Cruz.

Bevor sie die Tür ganz geöffnet hatte, zwängte sich Tequila schon hindurch, um Drym am Tor schwanzwedelnd zu begrüßen. Glücklicherweise verzichtete er dabei auf das übliche Gebell.

»Ist ja gut, Dicker. Mir ist nichts passiert.« Zweige klebten in Dryms Dreadlocks, doch ansonsten sah er so gelöst und locker aus wie immer.

»Gut gemacht«, lobte Cruz ihn. Er hatte von hinten eine Hand auf Adrianas Schulter gelegt.

Ihre Wangen erwärmten sich und sie hoffte, dass man das in diesem Zwielicht nicht bemerken würde.

Das bedeutet nichts. Wir sind »nur« Freunde, bis er wieder ein Mensch ist, sagte sie sich selbst. Dieser Gedanke erlaubte ihr immerhin, Cruz' Berührung ohne ein schlechtes Gewissen zu genießen.

»Setz dich mal, Drym, du glaubst nicht, was ich Superhirn mir über Luzifers Plan zusammengereimt habe!«, prahlte Savannah.

Hinter Adriana stieß Cruz ein Husten aus.

Adriana lächelte, dann setzte sie sich zu Savannah, die ihr einen Kaffee eingoss, und beteiligte sich an den Theorien über Luzifer.

Nach kurzer Zeit brachte Drym ein weiteres Thema zur Sprache. »Ging es in diesem Höllenfeuerlied nicht noch um weitere Helfer der sieben Halbdämonen?« Während seinen Überlegungen tippte er sich an die Wange. Als Einziger hatte er wieder außerhalb des Zauns Platz nehmen müssen.

»Wahrscheinlich sind damit die vier Söhne Luzifers gemeint, die in Ungnade gefallen sind, richtig? Die, die er nicht liebt?«

»Möglich.« Savannah biss sich auf die Lippe. »Was ist eigentlich mit diesem Brutus?«

Cruz schüttelte den Kopf. »Er ist kein direkter Sohn Luzifers, da bin ich mir sicher. Zhut, Volarion und Ahel sind direkte Nachfahren und seine Lieblinge, das wissen wir bisher.«

Savannah hob eine Hand, um ihn zu unterbrechen.

»Ich meine eher diese Markierung, die er von dir verlangt hat. Adriana hat mir davon erzählt. Kannst du ihn damit nicht an dich binden?«

Interessiert beugte sich Adriana nach vorn. Dieses Mädchen war gut!

»Dämonen-Cluedo«, murmelte Savannah, sodass nur Adriana sie verstehen konnte. Beide grinsten.

»Leider nein. Als Brutus den Deal mit Ivan eingegangen ist, hat er von ihm ein neues Mal erhalten. Direkt über meines eingebrannt. Ich habe keinerlei Verbindung mehr zu ihm. Verdammt, das hätte ich echt früher erkennen müssen, aber ich war zu beschäftigt, um dieses Gefühl richtig zu deuten«, seufzte Cruz. »Ist mir erst heute in der Hölle klar geworden.«

Adriana strich ihm sanft über den Unterarm. »Ist nicht deine Schuld.«

Danach drehte sich die Diskussion eine Weile im Kreis.

»Ich denke, wir sollten diese Spur mit den Erzengeln weiterverfolgen«, meinte Adriana schließlich. »Wir haben uns ein paar Bücher ausgeliehen, die ich noch zu diesem Thema durchblättern möchte. Wenn wir die Engel und die Erzengel befreien könnten, hätten wir eine deutlich bessere Chance gegen die Armee der Hölle. Ich meine, darauf läuft es doch hinaus, oder? Spätestens zur Darkness Hour am ersten Januar müssen wir uns Luzifer und sämtlichen Dämonen der Gegend stellen. Wenn nicht sogar der ganzen Welt. Und genau dafür brauchen wir die Engel. Für jedes Höllentor der Welt, das bewacht werden muss.«

Die anderen stimmten ihr zu.

»Aber was wird aus Cruz?«, fragte Savannah aus heiterem Himmel. »Ich meine, er wird um Mitternacht an Luzifer gebunden und wahrscheinlich für fünfzig Jahre die Hölle nicht verlassen dürfen. Drym kann zwar danach mit den Dämonen durchgehend auf die Erdoberfläche reisen, sollte es zur Verdunklung kommen. Aber Cruz nicht.«

»Gesa auch nicht«, fügte Cruz hinzu.

»Richtig.«

»Wir dürfen es einfach nicht so weit kommen lassen«, warf Adriana ein. »Vorher müssen wir uns zu siebt am Höllentor versammeln, um diese ominöse Waffe gegen Luzifer zu erhalten.«

»Dein Optimismus in allen Ehren …«, begann Savannah. »Wir wissen noch nicht einmal, ob unsere Theorie mit der Waffe so eintreten wird.«

Doch Cruz unterbrach sie. »Wenn es so weit ist, werden Gesa und ich eine Lösung finden. Von innen heraus Luzifer bekämpfen.« Sein Blick glitt zu Adriana, die ihn ebenfalls ansah. Unausgesprochen stand die Möglichkeit zwischen ihnen, dass sie sich fünfzig Jahre lang nicht sehen könnten. Wenn Luzifer ihn irgendwo tief in der Hölle wegsperrte … Solange sie ihre menschliche Seite behielt, konnte sie die Hölle noch nicht einmal betreten. Für einen Moment glaubte Adriana Schmerz in seinen Augen schimmern zu sehen. Doch dann war der Moment verflogen.

»Leider werde ich deinen Geburtstag nicht mit dir feiern können«, murmelte er.

Savannahs Kopf ruckte nach oben. »Moment mal. Adriana hat wirklich am 1. Januar Geburtstag?«

Adriana blinzelte. »Ja, warum?«

»Bist du dir sicher? Ich meine, normalerweise müssten Halbdämonen zwischen Juli und September geboren werden. Wann habt ihr Geburtstag, Jungs?«

»20. August«, gab Cruz bereitwillig Auskunft.

»17. September«, antwortete Drym.

»Seht ihr. Und ich am 24. September.« Savannah nickte selbstgefällig.

»Nun ja.« Cruz knetete sich mit einer Hand seine eigene Schulter. »Darüber habe ich auch schon nachgedacht und eine Theorie entwickelt. Oder eigentlich gibt es mehrere Möglichkeiten. Aber ich denke, am wahrscheinlichsten sind diese drei: Entweder hat Luzifer getrickst und ist schon im März vor Adrianas Geburt in einer Nacht nach Portland gekommen. Mithilfe seiner Teufelsmagie schafft er das manchmal. Ein Sterblicher könnte auch einen Dämon beschworen haben. Oder beide ihrer Elternteile waren Halbdämonen. Dann bestand eine Chance von fünfzig Prozent, dass Adriana auch ein Halbdämon wird. Leider weiß sie absolut nichts über ihren Vater.« Er warf ihr einen mitleidigen Blick zu.

Adriana verschlug es die Sprache. Darüber hatte sie sich noch gar keine Gedanken gemacht. Zu kurz schien der Zeitpunkt zurückzuliegen, an dem sie hatte akzeptieren müssen, ein Halbdämon zu sein. Natürlich! Halbdämonen wurden üblicherweise von Alpha-Dämonen innerhalb der Dämonentage zusammen mit Menschen gezeugt und dann ein Dreivierteljahr später geboren!

»Nein, damit gibt es auch noch eine vierte Theorie«, unterbrach Savannah ihre Gedanken. »Wenn nur einer ihrer Elternteile Halbdämon war, bestand ebenso eine Chance, dass sie zum Halbdämon wird.«

»Vererbungslehre«, stimmte Drym ihr zu. »Damit wäre Adri ein Halbdämon zweiter Generation. Sehr selten.«

Bei diesen Worten wurde Adriana schwarz vor Augen. Raureif schien ihre Kehle hinunterzugleiten bis in ihren Magen. Sie sprachen über sie wie über eine Laborratte. Das fühlte sich alles nicht echt an. Was hatte ihr ihre Mutter noch verschwiegen? Eilig rappelte sie sich auf. Sie musste hier weg, allein sein. Abstand zwischen sich und die anderen bringen. So schnell sie konnte, stolperte sie blindlings los, in Richtung der Kapellenrückseite.

»Warte!«, rief ihr Cruz hinterher. »Adriana, wo willst du hin?«

Doch sie hörte ihn kaum. In ihren Ohren klingelte es, während ihr Magen sich zusammenzog, als würde er seine Magensäure gerne loswerden, und zwar auf der Stelle. Im Laufen spürte sie den Hunger kommen. Außer einem halben Keks hatte sie seit dem Frühstück nichts gegessen. In den letzten Tagen war essen generell zu kurz gekommen. Tränen verschleierten ihr die Sicht. Sie hatte das Ganze so satt. Von allen belogen zu werden. Nichts zu verstehen. Nichts gegen die Dämonen ausrichten zu können und dennoch Luzifer aufhalten zu müssen. Sie rannte gebeugt weiter, als würde sie gleich unter einer übermenschlichen Last zusammenbrechen. Nahm nichts mehr wahr außer ihren aufbrausenden Gefühlen.

Bevor sie ihr Ziel ganz erreicht hatte, flog Cruz schon über sie hinweg und landete so knapp vor ihr, dass sie direkt in ihn hineinrannte. Sie wollte sich ihm wieder entziehen, doch er umfasste einfach ihre Handgelenke.

»Bleib stehen. Wir können doch über alles reden. Nichts ist so schlimm, wie es auf den ersten Blick scheint.«

»Ist es in meinem Fall sehr wohl!«, schrie sie ihn an. Die Wut und Härte in ihrer Stimme überraschten sie selbst. Aber wahrscheinlich war dieses Aufbrausendsein ein Charakterzug von Halbdämonen. Am liebsten hätte sie auf den Boden gespuckt.

»Das widert mich alles so an! Wieso passiert mir das?« Bei jedem zweiten Wort hämmerte sie gegen seine Brust, ließ all die aufgestauten Gefühle an ihm aus. Zweifel, Selbsthass, Ängste, einfach alles. Inzwischen konnte sie kaum mehr etwas sehen vor lauter Tränen und Haarsträhnen, die verklebt in ihrem Gesicht hingen.

»Nicht so laut«, beschwor er sie.

»Die Kackdämonen sind mir gerade so was von scheißegal!«, kreischte sie. Jammernd und kreischend schlug sie weiter auf ihn ein, bis sie Schluckauf bekam.

»Beruhigst du dich jetzt?«, fragte Cruz vollkommen entspannt.

»Nein«, hickste sie. Doch das stimmte nicht. Langsam fuhr die Wut in ihrem Körper wieder herunter. Und mit dem Abflauen des Adrenalins wurde ihr Sichtfeld schmaler, glich dem Blick aus einem Tunnel heraus. Adriana blinzelte, wollte etwas sagen, doch von einer Sekunde auf die andere umhüllte sie tiefe Schwärze. Beruhigende, süße Dunkelheit, die ihren Schmerz ausblendete. Sie bekam gerade noch mit, wie sie in sich zusammenklappte, zwei blasslila Arme sie jedoch festhielten.

17

Adriana blinzelte. Ihr rechter Arm schien eingeschlafen zu sein. Und ihre Schulter schmerzte, so als hätte sie sich verlegen. Ja, sie spürte kalten Stein unter sich, zwar eine Decke dazwischen, aber darunter …

Himmel, wo war sie? Adriana riss die Augen auf. Gleichzeitig fuhr sie hoch. Was zur Hölle?

»Na, Dornröschen? Auch schon wach?«, fragte eine Stimme, die sich verdächtig nach Savannah anhörte. »Ich soll dir übrigens von Cruz ausrichten, dass du mehr essen sollst. Damit so etwas nicht noch mal passiert.«

Mit zwei Blicken hatte Adriana die Situation erfasst. Sie hockte mitten in der Kapelle auf dem Boden. Genauer gesagt auf ihrer Picknickdecke. Neben ihr schnarchte Tequila vor sich hin. Und direkt vor ihr saß Savannah an die Wand gelehnt da und blätterte in einem Buch mit der Aufschrift:

Theorien und Hinweise zum Verschwinden der Engel

»Was?« Wieder blinzelte Adriana, denn ein Streifen Sonnenlicht blendete sie. »Sonne! Da!«

»Ja. Richtig.« Savannah schmunzelte, klappte dann ihr Buch zu. »Da ist die Sonne.« Sie gluckste, als erklärte sie gerade einem Baby, was dieser komische gelbe Ball am Himmel sei.

Verwirrt suchte Adriana mit den Blicken die Kapelle ab. Wo war ihre Tasche mit dem Handy? »Wie viel Uhr haben wir?«

»Vor ungefähr einer Dreiviertelstunde war die First Daylight Hour.«

»Wie?« Adriana kramte in ihren Erinnerungen, bis sie den

letzten Moment ihres wachen Zustandes erwischte. »So lange war ich weg? Wo sind Cruz und Drym?«

»Aufgebrochen, um die anderen Halbdämonen hierher zu holen. Und von dort direkt zurück in die Hölle. Rico hat dich angerufen, ich bin drangegangen. Hoffe, das war okay.« Savannah deutete mit dem Kinn in Richtung von Adrianas Rucksack, der hinter ihr lag.

Adriana nickte nur stumm. Wie konnte sie nur alles verpasst haben? In der vorletzten Dämonennacht?

»Lass uns zu dir nach Hause laufen. Wir treffen uns dort mit Rico«, schlug Savannah vor. »Dann bringe ich euch auf den neusten Stand.«

Langsam stand Adriana auf. Ihre Glieder fühlten sich steif an und ihren Nacken konnte sie gar nicht mehr bewegen. Wenigstens schien es Tequila gut zu gehen. Der Hund erhob sich ebenfalls, nachdem er sich zuerst aufwendig gestreckt und gegähnt hatte. »Bist du die Bücher über Engel durchgegangen? Irgendwelche brauchbaren Hinweise?«

Komischerweise stand Savannah bereits an der Tür, als Adriana wieder aufsah. Dieses Mädchen war schnell. Sehr schnell.

»Nichts Genaues«, antwortete Savannah vage. »Erzähle ich dir später. Jetzt bin ich erst mal gespannt, was Rico von seiner Nacht im Militärbunker erzählt. Kommst du?«

Eine halbe Stunde später saßen sie zu dritt eingequetscht bei Adriana auf dem abgewetzten Sofa. Tequila hatte trotz redlicher Anstrengung seinerseits nicht mehr draufgepasst. Schließlich sprang Adriana auf und tigerte ratlos vor dem Fenster hin und her, während sie Ricos Bericht über seine Dämonennacht lauschte.

»Verdammt, er hat dich wirklich ignoriert?« Savannah hatte die Hände zu Fäusten geballt. »Keine Chance, ihn zu überreden, mit dem General über unseren Verdacht zu sprechen?«

»Jap. War wahrscheinlich die langweiligste Nacht meines

Lebens«, bestätigte Rico. »Ich sehe übrigens immer noch überall nur grüne Feldbetten und Erbsensuppe. Widerwärtig.«

»Du Ärmster«, murmelte Adriana abwesend.

Sofort blickten alle im Raum inklusive Tequila sie an. Doch Adriana hatte weiterhin nur Augen für die kleinen Wellen, die der ausgetretene Flokatiteppich unter ihren Fußspitzen schlug.

»Was hat sie?«, raunte Rico Savannah zu.

»Ähm, ja, vielleicht sagt sie dir das lieber selbst?« Savannah klang unschlüssig.

»*Sie* kann euch hören und hat keine Lust, noch mal auf der Sache mit ihrem dämonischen Vater herumzureiten. Themawechsel bitte. Savannah, die Bücher.«

Wenigstens besaßen ihre Freunde den Anstand, weder nachzufragen noch beleidigt dreinzuschauen nach dieser Ansage. Immerhin etwas. Nach wenigen Minuten war klar, dass die Informationen aus den Büchern reichlich dürftig ausfielen. Frustriert runzelte Adriana die Stirn. Wie sollte sie bis Mitternacht die Engel aufspüren und befreien? Einfach unmöglich. Eigentlich konnten sie genauso gut gleich aufgeben … Nein, das war keine Option. Nicht, wenn so viele Menschenleben auf dem Spiel standen.

»Was bitte soll das bedeuten?«, stöhnte Savannah.

Interessiert nahm Rico ihr das Buch aus der Hand.

»Zeig mal her.« Er räusperte sich und las dann vor: »In jeder Stadt und an jedem Ort der Welt verschwanden die Engel nach ihrer Niederlage gegen Volarion, dem Anführer der Dämonen, im Krieg der Dämonen gegen die Engel 1974. Der Sage nach versuchte der sterbende Erzengel Michael mit seinem Blut, das in die Erde sickerte, die Tore zur Hölle noch zu versiegeln, doch bevor er die fünf letzten Tage versiegeln konnte, starb er. Diese fünf Tage sind seither als Dämonentage bekannt und gefürchtet. Wobei nie geklärt werden konnte, was mit sterbenden Engeln nach deren Tod geschieht. Es gibt Hinweise darauf, dass die Dämonen die Rückkehr der Engel zu verhindern wussten. Dass sie die Engel mit Magie in ein Gefängnis sperrten, das niemand zerstören kann, oder aber nur die Engel selbst von innen heraus.

Ein von ihnen selbst geschmiedeter Kerker … und so weiter und so fort, dann geht es wieder um ein anderes Thema …« Rico sah auf. »Was soll das denn bedeuten? Von welchem Gefängnis ist hier die Rede?«

Eine sehr gute Frage. In einem Zug leerte Adriana den Rest von ihrem Kaffee, stellte die Tasse dann auf dem Couchtisch ab. »Ging es nicht noch ein wenig komplizierter? Du hast wohl recht, Rico. Was sollten Menschen schon über das Verschwinden der Engel aufschreiben können?«

Für einen Moment schloss Rico die Augen. Wie Savannah wirkte er zum ersten Mal übermüdet auf sie. »Vermutlich.«

»Okay. Neue Spur?« Adriana beugte sich ein Stück nach vorn, damit sie ihre Freunde direkt ansehen konnte. »Was ist mit dem letzten Halbdämon? Neue Hinweise?«

»Noch nicht«, berichtete Savannah. »Ich hatte kurz mit Rico telefoniert, nachdem du zusammengeklappt warst. Er hat mir die Holomap mit der Adresse aus Roseburg geschickt. Dieses Geschwisterpaar, acht und neun Jahre alt, das womöglich seinen Stiefvater getötet hat, sitzt in einem Kinderheim. Leider wissen wir nicht, wo sie während der Dämonentage hingebracht wurden, aber Drym wollte trotzdem keine Zeit verlieren und hinfliegen. Zu diesem Friedhof, wo sie sich einem Blogeintrag zufolge aufhalten könnten.«

Adriana beobachtete Tequila, der sich in einem Streifen Sonnenschein auf dem Teppich wälzte. »Verstehe. Aber er kam nicht mehr zurück, um euch Bericht zu erstatten?«

»Er wollte von einem Münztelefon anrufen, wenn er Erfolg hat. Ich habe ihm sogar zwei Vierteldollarmünzen mitgegeben. Hat er aber nicht.«

»Vielleicht war nur das Netz tot. Oder er hat kein Telefon gefunden.« Rico seufzte. »Eigentlich bin ich viel zu müde, aber wir sollten da vermutlich heute noch hinfahren. Es sind nur drei Stunden Fahrt. Praktisch alles könnte davon abhängen.«

»Nein.« Savannah knetete ihre Hände. »Das ist viel zu knapp. Die Darkness Hour ist heute Nacht um Punkt 17.06 Uhr. Hin und zurück wären wir sechs Stunden unterwegs, wenn alles gut geht. Bei Stau länger. Jetzt haben wir kurz nach zehn und zuerst müssten wir noch ein Auto besorgen.«

»Ich könnte das Auto meiner Mom leihen, aber du hast recht, dann wird die Zeit noch knapper«, meinte Rico. »Wir müssen es also heute Nacht versuchen.«

»Das wird aber nicht weniger knapp«, seufzte Adriana. »Ab der Darkness Hour haben wir nur sieben Stunden, bis Cruz seinen Pakt einlösen muss.«

Betroffen schielte Rico zu ihr hinüber. »Wir schaffen das schon. Und selbst wenn nicht: Cruz hat doch gesagt, er könnte von innen heraus Luzifer bekämpfen. Mit Gesa zusammen.«

»Nicht, wenn Luzifer ihn irgendwo wegsperrt oder Schlimmeres«, flüsterte Adriana.

Eine Weile saßen sie alle drei schweigend herum, beobachteten die Staubpartikel, die in der Luft herumtanzten. Die Sonne schien, als sei es bereits Frühling. Vielleicht wollte sie sich noch ein letztes Mal von ihrer besten Seite zeigen, bevor die Dämonen …

Ticktack, ticktack …, dröhnte es in Adrianas Ohren. Ihre Zeit lief langsam ab. Verflucht. Warum waren sie immer noch nicht wirklich vorangekommen in ihrem Plan, die Dämonen aufzuhalten? Was, wenn sie die Erwartungen des Höllenfeuerlieds nicht erfüllen konnten?

Um sich abzulenken, brachte sie eine andere Frage auf den Tisch, die sie seit einer Weile beschäftigte.

»Was ich nicht verstehe: Das Höllenfeuerlied spricht von sieben Halbdämonen, wir haben aber acht ermittelt. Was kann das bedeuten?«

»Vielleicht, dass nicht alle mithelfen werden im Kampf gegen die Dämonen?«, schlug Savannah vor. »Wie Pryatt Hershley. Wenn er sich uns nicht anschließt, sind wir nur zu siebt. Mit den Roseburg-Geschwistern.«

»Oder es bedeutet, dass nicht jeder von uns bis zu dieser sagenhaften Schlacht gegen die Dämonen überleben wird.«

Diese Überlegung half auch nicht gerade dabei, die Stimmung zu heben.

»Glaube ich nicht. Das hätte das Höllenfeuerlied uns doch verraten, oder?« Savannahs Einwand klang nicht sehr überzeugt.

Gedankenverloren schaltete Adriana den Fernseher ein. Direkt auf einen Nachrichtenkanal, auf dem gerade die Todesfälle der vergangenen Nacht in einer Statistik präsentiert wurden. Eine Nachrichtensprecherin im schwarzen Kleid stand vor einer Landkarte, die Portland zeigte.

»... die Behörde für Kontrolle von oberirdischen Dämonenaktivitäten verzeichnet einen signifikanten Rückgang von Angriffen durch satanische Geschöpfe in diesem Jahr. Es gibt Anzeichen, die auf einen Rückzug der Dämonenclans hindeuten. Diese unerwartete Entwicklung wird zum Anlass genommen, bei einem öffentlichen Neujahrsfest vor dem Gebäude der BKOD in Portland morgen Abend einige Neuentwicklungen im Bereich der Dämonenabwehr zu präsentieren. Nach ersten Einschätzungen der zuständigen Militärs und der BKOD wäre es möglich, die vollständige Kontrolle über nichtmenschliche Höllengeschöpfe zu erlangen und Sicherheit rund ums Jahr für alle Bürger zu gewährleisten.« Sie klang geradezu wie ein Patriot aus dem achtzehnten Jahrhundert.

Adriana hielt den Atem an.

»Das glauben sie doch selbst nicht«, japste Savannah, die Augen weit aufgerissen.

Rico sprang auf, verzog dann aber das Gesicht. »Vollkommen verrückt! Das wird keine Feier, sondern ein Dämonenfestschmaus.« Er ließ sich zurück auf die Couch fallen und eine Weile diskutierten sie den Irrsinn, den das Militär anzuzetteln gedachte. Gerade dann, wenn die Dämonen vermutlich erstmals aus heiterem Himmel zuschlagen würden. Am Neujahrsabend.

»Okay, Mädels.« Rico war urplötzlich aufgestanden. »Das bringt jetzt wirklich nichts. Tut mir leid, wenn ich das sage, aber ihr seht wie zwei wandelnde Zombies aus. Total übermüdet. Ihr legt euch besser mal aufs Ohr und ich besorge uns neue Vorräte im Supermarkt. Falls diese Verdunklung ansteht, brauchen wir Essen und Hygieneartikel für Tage, wenn nicht für Wochen. In diesem Fall sollten wir vorsichtshalber unser Lager in dieser Kapelle nach Anbruch der nächsten First Daylight Hour nicht mehr verlassen. Ich versuche auch noch mehr Waffen zu besorgen. Nach den neuen, verschärften Gesetzen werde ich aber vermutlich nicht an Schusswaffen herankommen.«

Das dachte Adriana auch. »Danke, Rico.« Sie suchte etwas Geld und ihren Ersatzschlüsselschlüssel heraus. »Nimm den mit. Für die Tür unten. Super wäre auch Weihwasser. Und denkst du an neues Verbandszeug für dein Bein?«

»Ich sehe, was sich machen lässt, und bitte behalt dein Geld. Ich zahle das schon. Und ihr zwei macht jetzt, dass ihr ins Bett kommt. Dieser Ohnmachtsanfall auf dem Boden der Kapelle hört sich nicht wie entspannender Schlaf für mich an.« Er musterte Adriana sorgenvoll. Das stimmte wohl, aber dennoch wollte sie vor einem Nickerchen noch mit Tequila Gassi gehen und eine weitere E-Mail an Pryatt sowie eine an Mayor Dwight senden. Vielleicht, wenn sie nur hartnäckig genug dranblieb, würde sie die beiden überzeugen können. Bevor er ging, drückte Rico noch kurz Adrianas Schulter. »Bis später, und passt auf euch auf.«

Dieser letzte Satz von ihrem besten Freund war Adriana noch komisch vorgekommen und vier Stunden später war ihr auch klar, warum.

Neben jeder Menge Einkäufe hatte Rico auch einen Zettel nahe der Tür auf dem Leiterwagen hinterlassen:

Ich fahre noch mal zur Militärbasis und versuche Major Dwight ins Gewissen zu reden. Macht euch keine Sorgen um mich. Miss Twerbeed wird mich sicher unter ihre Fittiche nehmen, wenn er mir keinen Platz in seinem Bunker anbietet. Wenn morgen tatsächlich die Verdunklung über die Welt hereinbricht, braucht das Militär einen Informanten wie mich. Dann werden sie mir zuhören.

Liebe Grüße, Rico

»Verdammt!« Wütend knüllte Adriana den Zettel zu einer Papierkugel zusammen. Sie hätte ihn nicht aus den Augen lassen sollen. Was, wenn sie Rico nach dieser Nacht nicht mehr wiedersehen würde? Wenn ihm etwas zustieß? Ohne Rico konnte sie sich ihr Leben kaum noch vorstellen.

»Hey.« Savannah berührte sie von hinten an der Schulter. »Das war eine sehr kluge Entscheidung von Rico. Das weißt du.«

Sie hatte ja recht. Langsam ebbte die Wut, die eben noch gegen ihre Schläfen gepocht hatte, wieder ab. Seufzend sah Adriana ihre neue Freundin an. »Hilfst du mir packen? Unser Gepäck hat sich soeben verdoppelt.« Sie deutete auf die zahllosen Tüten, die Rico ihnen in den Flur gestellt hatte. Wenn jetzt Drym oder Cruz heute Abend auch nicht auftauchen würde … Nein, Adriana war kein Fan von plötzlichen Planänderungen.

Dieses Mal schnallten sich Adriana und Savannah je einen Rucksack auf den Rücken und einen über den Brustkorb. Alles über den Neoprenanzug. Außerdem schnappte sich Savannah noch zwei Tüten. Da sie beschlossen hatten, den ganzen Weg zu laufen, zog Adriana den Leiterwagen und führte gleichzeitig Tequila an der Leine. Gerade tänzelte er auf dem Waldweg vor ihr her, ganz so, als machten sie einen entspannten Sonntagnachmittagsspaziergang.

Adriana schluckte. Womöglich war das heute der letzte »normale« Tag im Leben der Menschheit. Und sie hatte bisher noch nichts dagegen unternommen. Viel zu viele Fragen waren ungeklärt geblieben. Bis zu dieser Sekunde. Würden sie es schaffen, Luzifers Plan zu stoppen? Würde er es fertigbringen, seine Dämonen auch in der kommenden Nacht auf die Erde loszulassen oder vielleicht sogar schon tagsüber? Von Fortschritten in ihren eigenen Plänen konnten sie kaum sprechen. Luzifer würde sich vor lauter lachen sicher nicht mehr halten können, sollte er von ihren kläglichen Bemühungen Wind bekommen. Wenn sie doch wenigstens alle Fakten des Höllenfeuerlieds entschlüsselt und alle Halbdämonen versammelt hätten. Wie sollten sie das in nur sieben Stunden bewerkstelligen?

Neben ihr brummte Savannah etwas beinahe Unverständliches zum Thema Sonne ausknipsen. Offensichtlich stellte sie Überlegungen zu diesem Thema an.

Die herannahende Dunkelheit tauchte den Wald jetzt schon in eine düstere, beinahe farblose Atmosphäre, als hätte jemand dem Wald alles Leben entzogen. Noch nicht einmal eine Krähe wagte es heute Abend, einen Ton von sich zu geben.

Wieder schluckte Adriana, versuchte dann ihre Fingerspitzen unter die Ärmel des Taucheranzugs zu schieben, was allerdings ein aussichtsloses Unterfangen darstellte. Die Plastikhenkel ihrer Tragetasche gruben sich in ihre Handgelenke. Mist. Immerhin hatte sie ihre Lieblingssweatjacke irgendwo im Rucksack, in die sie sich nachher einkuscheln konnte. Von außen betrachtet mussten sie ein merkwürdiges Bild abgeben. Allerdings war ihnen so kurz vor dem Weltuntergang alles egal gewesen und so hatten sie sich schon in der Wohnung »dämonensicher« angezogen. Savannah und sie sahen mit ihren Neoprenanzügen, vier Rucksäcken, dem Leiterwagen und einem Hund sicherlich wie zwei Verrückte aus. Auf dem Weg nach Bikini Bottom, um Spongebob zu besuchen vielleicht. Eigentlich gar keine schlechte Idee, wenn man es genau bedachte. Ganz unten im Meer lauerten wenigstens keine Dämonen auf sie. Einen winzigen Augenblick lang spann Adriana diese Idee weiter. Wie lustig wäre es, wenn sich Omega-Dämonen, wenn man sie unter Wasser als Haustier hielt, in diese komische Schnecke verwandeln würden, die in Spongebobs Ananas lebte? Dieser … Moment mal! Urplötzlich blieb sie stehen, sodass Savannah mit ihrem vorderen Rucksack gegen Adrianas hinteren stieß. Beide wankten ein wenig wie Sumoringer, die nach einem Aufprall zurückgeworfen wurden. »Hey!«

»Mir ist gerade etwas eingefallen«, stieß Adriana atemlos hervor. »Vielleicht ist das die Lösung, wie wir den Krieg gegen die Dämonen gewinnen können!«

»Was?« Savannah warf ihr einen verwirrten Blick zu. »Hier mitten auf dem Waldweg kam dir die Erleuchtung, oder wie? Sag nichts: Du hast Robert Pattinson und seine Glitzervampire gesehen. Und sie wollen uns helfen. Aber nur, wenn die Werwölfe auch mitspielen dürfen.«

»Erzähl keinen Quatsch. Nein, ich habe an Spongebobs Schnecke gedacht und an Omega-Dämonen, verstehst du?« Ihre Stimme überschlug sich fast vor Aufregung.

»Aha«, machte Savannah. »Nee, keine Ahnung, wovon du sprichst. Aber Robert Pattinson wäre mir jetzt schon prinzipiell lieber als ein miauender Gary. Ich meine …« Sie hob die Hand und flüsterte, wobei sie so tat, als sollte Tequila das Folgende nicht hören. »… würde der Hund nicht eifersüchtig werden?«

»Du machst dich über mich lustig«, stellte Adriana fest.

»Nein, wie kommst du denn jetzt darauf?« Savannah verdrehte die Augen, wobei sie Adriana umrundete und das Eisentor zur Kapelle öffnete. Angesichts ihrer zwei vollgepackten Riesentüten eine Meisterleistung.

»Nach Ihnen, Patrick.«

Als der Zehn-Minuten-Warnton auf Adrianas iPhone vibrierte, hatten die Mädchen sich schon einigermaßen häuslich mit Isomatten, Schlafsäcken und einem Ministromgenerator eingerichtet, an den Rico gedacht hatte. Zudem hatten sie neben dem einsamen Busch an der Rückseite der Kapelle ein Loch gegraben als Toilettenersatz.

Bei einer Tüte Beef Jerky, die sich die beiden teilten, versuchte Adriana das Gespräch noch einmal von einer ernsteren Seite aufzurollen. »Cruz meint, Omegas können sich auch in etwas anderes verwandeln außer Deltas. So sagt man jedenfalls. Wenn man sie nicht zum Töten erzieht. Vorhin kam mir der Gedanke, dass wir nur diesen Trick rauskriegen müssten, wie man sie in etwas Positiveres verwandeln könnte. Vielleicht durch den Kontakt zu Weihwasser? Nur so eine Idee. Wegen Spongebob.« Sie schob sich ein weiteres Stück Dörrfleisch in den Mund und wartete Savannahs Reaktion ab.

»Von dieser Theorie habe ich noch nie gehört. Aber falls es stimmt, wäre es der Hammer. Wir könnten die Omegas auf unsere Seite ziehen, was immer dann aus ihnen wird, und gleichzeitig den Dämonenclans den Nachwuchs abspenstig machen.« Gedankenverloren blickte sie durch eins der Buntglasfenster nach draußen. »Aber Weihwasser? Ich weiß nicht recht? Das wäre ja fast wie in dem Film ›From Dusk till Dawn‹. Zu einfach. Das hätte in den letzten Jahren doch schon jemand zufällig herausfinden müssen?«

»Was, wenn nicht? Wenn wir die Ersten wären?«, fragte Adriana zwischen zwei Bissen. Seit fünfundvierzig Jahren terrorisierten Dämonen die Menschheit. Dass in diesen Jahren noch niemand mehr über Omegas herausgefunden hatte, hielt sie für nicht unwahrscheinlich.

»Ja, einen Versuch wäre es wert … Sag mal, kannst du mir mal kurz die Taschenlampe reichen? Was ist das da vorne für ein Motiv auf dem Fenster?« Savannah nickte in Richtung des Buntglasfensters am Altar.

»Sind das Flügel?«

Adriana streckte sich, musste dann aber wegen eingeschränkter Bewegungsfreiheit durch den Neoprenanzug im Allgemeinen und Tequilas Gewicht auf ihrem Schoß im Besonderen mit einem der Speere, die Rico in einem Sportfachgeschäft für sie gekauft hatte, danach angeln. Tatsächlich hatte er ein beeindruckendes Arsenal an Sportwaffen zusammengetragen. Savannah, die Streberin, hatte zudem statt zu schlafen heute Nachmittag im Internet nach behelfsmäßigen Waffen gegoogelt und wie man sie selbst bauen konnte. Zu ihrem Leidwesen hatte Adriana aber weder hochentzündliche Reinigungsmittel unter der Spüle gehabt noch genug Kalium für irgendeine ätzende Wasserbombe. Nun ja, egal mit welcher Waffe, wenn sie als Halbdämonen sie führten, würden sie sich schon gegen Dämonen verteidigen können. Wenn sie das hier überlebten, da war sich Adriana sicher, würde am nächsten Tag die BKOD vor ihrer Tür stehen und unangenehme Fragen stellen. Zum Beispiel warum Savannah im Internet nach »Massenvernichtungswaffen Bauanleitung« gesucht hatte. Aber vielleicht war so etwas gar keine allzu schlechte Idee, um die Dämonen auszurotten …?

Schließlich gelang es ihr, mit dem Wurfspeer den Rucksack an dessen Schulterriemen zu sich heranzuziehen.

»Das macht überhaupt nichts, wenn du erst morgen Nacht so weit bist«, erklärte Savannah.

»Hast du einen hundert Pfund schweren Hund auf dem Schoß oder ich?«, meckerte Adriana zurück. In ihrem Inneren brodelte es. Warum stand sie in letzter Zeit immer so kurz vorm Ausrasten? Das mussten die Nerven sein. Wegen Cruz und dem Pakt und –

»Reichst du mir jetzt die verdammte Lampe oder versuchst du es noch mit Telekinese?«

Oh. Adriana hatte gar nicht bemerkt, dass sie die Taschenlampe in ihrer Hand wie hypnotisiert angestarrt hatte. Eilig reichte sie sie Savannah, strich sich danach die Haare hinter die Ohren und starrte gespannt auf das Fenster.

Beinahe ehrfürchtig schaltete Savannah die Lampe ein, bevor sie den Lichtstrahl über das Buntglas gleiten ließ. Tatsächlich. Savannah hatte recht gehabt. Das Bild in dem einzigen runden Fenster hinter dem Altar zeigte einen Engel, der mit einem gehörnten Dämon rang. Zu seinen Füßen stapelten sich tote Dämonen und noch mehr tote Engel. Grausig, aber nach wahren Begebenheiten in Glas verewigt.

»Ähm ja. Ganz große Kunst«, meinte Adriana. Trotz dieser brutalen Szene konnte sie ihren Blick einfach nicht von dem Bild abwenden. Diese weißen Engelsschwingen wirkten selbst durch das Glas weich und flaumig auf sie. Ganz anders als Cruz' dämonische Fledermausflügel …

Noch während ihre Gedanken in Richtung Cruz abzudriften drohten, nahm sie am Rande ihres Blickfelds einen Schatten wahr. Draußen vor dem Fenster direkt links von ihr.

Mit einem Geräusch, als setzte in einem Kinofilm King Kong auf dem Times Square auf, landete etwas auf der Nordseite der Kapelle. Ein Alpha-Dämon, unverkennbar.

»Ja, wo sind denn meine Lieblingshalbdämonen?«, durchbrach Cruz' Stimme die Nacht. Dafür, dass er in weniger als sieben Stunden seinen Pakt mit Luzifer einlösen musste, klang er erstaunlich gut gelaunt.

Mit klopfendem Herzen scheuchte Adriana Tequila von ihrem Schoß, sprang auf und öffnete ihm die Tür. Sein Anblick entlockte ihrem Magen einen klitzekleinen dreifachen Salto.

Bevor sie jedoch den Mund aufmachen und ihm von ihrer Omega-Dämonentheorie erzählen konnte, stieß er einen Pfiff aus. »Na, wenn das nicht die am gemütlichsten eingerichtete Kapelle der Welt ist! So ein nettes Halbdämonen-Hauptquartier! Also, da soll mich doch der Teufel holen!«

»Bitte nicht schon wieder«, stieß Adriana gequält hervor.

Doch Cruz verschränkte nur die Arme vor der Brust, während seine Augen vor Vergnügen funkelten. Er kannte kein Erbarmen. »Also, es muss schon mit dem Teufel zugehen, wenn man während der Dämonentage so ein lauschiges Plätzchen in einer Kapelle zum Übernachten findet!« Er ließ seinen Blick über ihre Vorräte schweifen. »Und Waffen und Beef Jerky!«

»In der Not frisst der Teufel Fliegen!«, warf Savannah von ihrem Platz auf dem Altar ein.

»Aufhören!«, stöhnte Adriana, wobei sie die obligatorischen Kopfschmerzen an ihren Schläfen herannahen spürte. »Ich erleide hier gerade Höllenqualen!«

»Es ist ein Teufelskreis«, nickte Savannah selbstzufrieden. Sie stutzte einen Moment, so als sei ihr gerade etwas Erfreuliches eingefallen. »Schau, wir haben auch Knicklichter!« Sie kramte in ihrem Rucksack herum. Eine Sekunde später hatte sie zwei dicke neongelbe Knicklichter hervorgezogen, die sie umgehend aktivierte. »So können zufällig vorbeikommende Dämonen uns nicht so schnell entdecken und wir haben hier drinnen dennoch genug Licht.«

Immer noch leicht traumatisiert von Cruz' Teufelswitzen massierte Adriana sich die Schläfen. »Wo steckt eigentlich Drym?«

»Der versucht heute mal sein Glück bei Pryatt Hershley.« Cruz ließ sich im Schneidersitz auf einer Isomatte nieder. »Ist echt besser so. Ich hätte diesem verbohrten Vollidioten noch das Haus abgefackelt vor lauter Wut. Ihr glaubt nicht, wie er mich beschimpft hat.«

Und damit war die Frage nach Pryatt Hershleys zukünftigem Beitritt zur Halbdämonen-Armee auch geklärt. Adriana machte ein paar Schritte von ihm weg. Aus irgendeinem Grund hatte sie plötzlich Angst, Cruz zu berühren; Angst, ihre Finger nicht mehr kontrollieren zu können, weil sie sich danach sehnten, über seine Arme zu fahren. Vorsichtshalber wandte sie auch ihren Blick ab, sah stattdessen aus dem Fenster, so als würde sie den Wald um die Kapelle herum in Augenschein nehmen. Verdammte Wälder in Portland. Kein Wunder, dass Filmproduzenten hier einen mystisch-märchenhaften Film nach dem anderen drehten.

»Was ist mit diesen Kindern?«

»Drym hat sie aufgespürt. Er meint, er kam nicht nahe genug an sie ran, aber es roch dort definitiv nach vermischtem Blut.«

»Wie genau riecht das eigentlich für euch?«, hakte Savannah nach.

Cruz überlegte einen Moment. »Das ist schwer zu beschreiben. Es riecht einfach nach einer lustigen Mischung für mich. Ein Geruch, völlig neu und anders. Nicht so rein wie menschliches und pures dämonisches Blut.« Nach einem Blick von Adriana beeilte er sich hinzuzufügen: »Interessant irgendwie, da man nicht die Kombination aus Kupfergeruch und Kohlegeruch wahrnimmt, sondern etwas völlig Neues, Wildes und gleichzeitig Süßliches. Deswegen finden viele Dämonen, dass es stinkt. Sie hassen den süßlichen Geruch.«

Darüber schien Savannah ein wenig nachzudenken, denn ihre Gedanken schweiften ab.

Im Gegensatz zu Adriana, die keine Zeit mehr verlieren wollte. »Also wie ist der Plan für heute?«

»Drym versucht, diesen Pryatt herzuschaffen, und ich versuche die Kinder aus dieser Kirche herauszubekommen …«

Na, das dürfte schwierig werden. »Und wie genau willst du das anstellen?« Adriana hob eine Augenbraue.

Doch Cruz machte nur eine wegwerfende Handbewegung. »Kinderspiel.«

Sicher. Wieder ließ Adriana lieber ihren Blick nach draußen schweifen, als ihn anzusehen. Die Zeit lief. Schließlich drehte sie sich doch noch zu ihm herum, lehnte sich aber in sicherem Abstand gegen die Wand.

»Bevor du gehst: Vorhin ist mir etwas eingefallen. Womöglich haben wir eins der Rätsel aus dem Höllenfeuerlied gelöst.« Noch während sie es sagte, spürte sie, dass sie damit richtiglag. »Die Unterstützung oder so ähnlich, wie es im Höllenfeuerlied heißt – damit könnten Omega-Dämonen gemeint sein. Oder vielmehr: das, was noch aus ihnen werden kann, außer Delta-Dämonen.« In kurzen Sätzen begann sie ihm von ihrer Theorie zu berichten.

Bei jedem Wort aus ihrem Mund hellte sich Cruz' Gesicht ein wenig mehr auf.

»Das … das klingt genial! Du bist wirklich unglaublich, Adriana!«

Vor Freude über dieses Kompliment erhitzte sich ihr Gesicht. Ein wenig beschämt griff sie sich an den Hals und fuhr mit den Fingern über die kleine Erhebung. Sie ertastete die Kette und den Anhänger unter ihrem Neoprenanzug. Die Kette ihrer Mutter. Das raue Gefühl unter ihren Fingern beruhigte sie.

»Savannah hat noch etwas mehr über die verschwundenen Engel herausgefunden«, murmelte sie dann, wobei ihr ihre Haare wie ein brauner Vorhang vor das Gesicht fielen.

Bei der Erwähnung ihres Namens ruckte Savannahs Kopf nach oben. Langsam, als sei sie gerade aus einer Art Trance erwacht, glitt sie vom Altar herunter, griff sich dann die Bücher aus der Bibliothek und zeigte sie Cruz. Gemeinsam blätterten sie die wichtigsten Passagen durch, natürlich ohne zu bemerken, dass Adrianas Stirnmuskeln sich bei ihrem Anblick verhärteten. Cruz und Savannah, die sich gemeinsam über ein Buch beugten, ein verstehendes Nicken hier, ein Lächeln da – nein, das brauchte sie heute Abend ganz sicher nicht auch noch. Die wunderschöne Savannah mit ihren glänzenden Haaren Schulter an Schulter mit Cruz. Allerdings war Savannah nicht Dakota. Nein, sicher nicht.

Um sich abzulenken, schrieb sie Rico eine Nachricht. Er antwortete sofort, meinte aber, dass er noch keinen Erfolg bei Major Dwight gehabt hätte. Trotzdem wollte er sich später wieder melden.

Seufzend ließ Adriana das Smartphone zurück in ihren Rucksack gleiten. Sie hatte sogar ein paar Süßigkeiten und Wärmedecken für die Kinder dabei. Für den Fall, dass sie bald zu ihnen in die Kapelle stoßen würden.

» … was meinst du dazu, Adriana?« Cruz' Stimme ließ sie zusammenfahren.

»Was?«

»Na, diese seltsamen Beschreibungen für den Ort, an dem die Dämonen die Engel gefangen halten. Vielleicht sogar foltern.«

»Mhm«, machte Adriana vielsagend. In ihrem Kopf tastete sie nach der Erinnerung, der genauen Beschreibung, die Savannah ihr gestern noch vorgelesen hatte. Irgendeine Hülle, in der die Engel steckten und aus der sie sich nur selbst befreien konnten.

Doch die Mühe hätte sie sich nicht machen müssen, denn Cruz hatte sich gerade das Buch geschnappt und las einzelne Abschnitte wie ein Prediger in einer Kirche laut vor.

»Von den Dämonen eingesperrt.« Seine Finger fuhren über das Papier, suchten offensichtlich nach der nächsten interessanten Textstelle. »In ihr eigenes Gefängnis … Kerker ihrer Selbst.«

Dann klappte er das Buch so heftig zu, dass Savannah zurückzuckte und eine kleine Staubwolke aus dem Einband stob.

»Ja«, hustete Adriana, »ich frage mich, wie viel der Verfasser dieses Buches wohl geraucht hat, als er diese Textzeilen aufs Papier gebracht hat.« Noch merkwürdiger und unverständlicher hätte man es kaum formulieren können. »Ich meine, es ist doch sonnenklar, wo wir jetzt suchen müssen.«

Savannah verdrehte die Augen. »Genau. Ganz eindeutig. Der Autor hätte das Buch auch als Reiseführer zu den Engeln verkaufen können.«

»Besser als Google-Maps«, stimmte Adriana zu.

Inzwischen drehte Cruz das Buch gedankenverloren zwischen den Fingern. Sein Blick schien wie festgefroren.

»Okay, was meint ihr, sollten wir zu dritt zu den Kindern nach Roseburg fliegen?« Nachdem er geendet hatte, sah er zwischen den Mädchen hin und her.

Zwar wollte Adriana unglaublich gern mit ihm fliegen, aber andererseits fürchtete sie sich davor, von seinen Armen gehalten zu werden. Hin- und hergerissen knabberte sie an ihrer Unterlippe.

Neben ihr strich Savannah über die Naht des Neoprenanzugs an ihrem Hüftknochen. »Zu dritt? Kannst du uns beide wirklich so eine lange Strecke transportieren? Inklusive Tequila? Und dann? Mit zwei weiteren Passagieren zurück, oder wie?«

Daraufhin sahen alle betreten drein. Gut, er hätte zweimal fliegen können. Mit je einem Kind und einem von ihnen plus Tequila zurück von Roseburg nach Portland. Allerdings war das reichlich riskant so kurz vor Mitternacht. Am Ende würden es nicht alle von ihnen zurück schaffen.

»Das nächste Problem wäre dann immer noch, wie wir an das Geschwisterpaar herankommen«, fuhr Savannah fort, »den heiligen Boden um die Kirche könntest du zwar betreten, aber was dann? Die Menschen in der Kirche werden dir wohl kaum die Tür öffnen.« Sie hielt einen Moment inne, so als sei ihr gerade etwas eingefallen. »Wie hast du das eigentlich geschafft? Ich meine, warum bist du der einzige Dämon, der hier mit uns sitzen kann, ohne die brennende Fackel zu geben? Das wollte ich schon die ganze Zeit fragen.«

Zuerst runzelte Cruz nur die Stirn, als wollte er darauf nicht antworten, weshalb Adriana für ihn einsprang: »Er hat mir das Leben gerettet. Ist auf mich zugeflogen, als ich aus einem Kirchturm gefallen bin. Danach hat ihn nichts mehr verbrannt.«

»Hm. Vielleicht, weil er ein Feuerbeschwörer ist?«, riet Savannah.

»Nein, zuerst haben seine Flügel noch lichterloh in Flammen gestanden«, entgegnete Adriana. »Damit hatte es nichts zu tun. Ich glaube, es lag daran, dass er selbstlos den geweihten Boden betreten wollte und sozusagen sein eigenes Leben aufs Spiel gesetzt hat, um meines zu retten. Vergebung.« Adrianas Stimme stockte. Hatte sie das gerade wirklich ausgesprochen? Ach, du heilige …

Immer noch in Gedanken tippte sich Savannah ans Kinn. »Eine selbstlose Tat also, verstehe …«

Stirnrunzelnd warf Adriana ihr einen Blick zu. Irgendetwas an dem, wie es Savannah aussprach, erschien ihr merkwürdig. Gerade als sie den Mund aufmachen wollte, hörten sie von draußen Flügelschlagen.

Automatisch griff Adriana nach ihrem Speer und wirbelte herum. Ihr Herz hämmerte ihr gegen die Brust. Die Dämonen mussten sie entdeckt haben! Hektisch drehte sie den Kopf in alle Richtungen, bis sie durch eins der Fenster draußen im Dunkeln eine Gestalt erkennen konnte. Doch es war nur Drym, der außerhalb des Zauns landete. Allerdings schien er allein gekommen zu sein. Kein Pryatt Hershley war zu sehen.

»Leute?«, keuchte er jetzt, wobei er sich mit den Händen auf seinen Oberschenkeln abstützte. »Könnt ihr mal kommen?« Noch bevor er geendet hatte, hatte Cruz bereits die Tür nach draußen aufgerissen.

Zwar nicht ganz so schnell wie er, aber dennoch erstaunlich flink, stürmte ihm Savannah hinterher, dicht gefolgt von Adriana, die sich Mühe gab, niemanden mit ihrem Speer zu erstechen.

»Was ist los?« Cruz klang alarmiert, bemühte sich aber gleichzeitig sichtlich, seine Stimme ruhig zu halten. Niemand von ihnen wollte die Aufmerksamkeit anderer Dämonen auf sich ziehen.

Auf der anderen Seite des Zauns rang Drym nach Atem.

Adriana, die mit ihrem Speer hinter Cruz zum Stehen kam, musterte den Alpha in seinem Neoprenanzug besorgt. Was konnte ihm zugestoßen sein? Jedenfalls wirkte er auf den ersten Blick unverletzt.

»Ich … ich war bei Pryatt Hershleys Haus. Hab in der Hölle einen Alpha aufgetrieben, der ein Portal in Kalifornien kennt und es mir –« Drym schluckte. »… gegen einen Gefallen verraten hat.«

Cruz nickte anerkennend. »Wow, das ist echt schwer. Normalerweise teilt kein Dämon gerne Portalinfos.«

»Aber Ivan«, fuhr Drym fort, »… er muss mir mit Brutus durch das Portal gefolgt sein … Sie sind plötzlich aufgetaucht, haben mich angegriffen. Sie wollen Pryatt töten.« Endlich normalisierte sich seine Atmung wieder und er hob den Blick.

Adriana schlug sich eine Hand vor den Mund. Oh Himmel, hoffentlich war Pryatt noch am Leben!

»Was genau ist passiert?«

Doch Drym zog es vor, noch eine Weile auf sich selbst zu schimpfen. »Wie konnte ich nur so dumm sein? So unfassbar dumm? Natürlich beobachten sie uns. Wenn nicht Luzifer, dann Ivan. Sie wussten, was wir vorhaben. Deshalb sind sie mir gefolgt.«

Oh, dann hatten sich eventuell auch Dämonen an Cruz' Fersen geheftet? Offensichtlich hatte er ihren Blick bemerkt, denn er schüttelte fast unmerklich den Kopf. »Niemand ist mir gefolgt. Ich bin sogar ein paar Extraschleifen geflogen, um das zu überprüfen.«

Immerhin etwas! Das hieß, dass Ivans Clan mit ausreichend Glück nichts von Roseburg mitbekommen hatte.

Nur sah Drym das irgendwie anders. Er heulte gequält auf.

»Siehst du! Du warst clever genug. Ich dagegen, obwohl ich dafür ausgebildet sein sollte, habe mich aufspüren lassen!« Er wirkte, als wollte er sich vor Wut alle Haare ausreißen.

So kannte Adriana ihn gar nicht. Sonst war er immer der selbstsichere, gut gelaunte Drym gewesen. Locker und selbstbewusst.

»Das hätte jedem passieren können«, versicherte sie ihm. »Erzählst du uns jetzt, was genau passiert ist?« Nur mit Mühe konnte sie den Impuls unterdrücken, ihn zu schütteln, damit er endlich begann, detaillierter vom Zwischenfall mit Ivans Clan zu berichten.

Sobald niemand mehr etwas sagte und alle Drym mehr als gespannt musterten, riss er sich endlich zusammen und lieferte seinen Bericht ab.

»Ich war gerade in Kalifornien angekommen. Durch ein Portal in Orange County. Cruz hatte recht, Pryatt stellte sich wie ein bockiges Kleinkind an, wollte mir keine Sekunde zuhören. Er hat sogar in seiner Metalltür eine winzige Öffnung mit einer Klappe für ein Schrotgewehr eingebaut und auf mich geschossen. Danke übrigens für die Warnung, Cruz!«

Statt zu antworten, hob Cruz nur eine Augenbraue.

»Jedenfalls«, fuhr Drym fort, »kaum hatte ich mich mit einem Sturzflug vor der Ladung Schrot in Sicherheit gebracht, da tauchte auch schon Ivan auf. Gefolgt von Brutus.« Er schnaubte. »Die haben mit Pfeil und Bogen auf mich gezielt und dieser verrückte Ivan hat mich sogar gekratzt und gebissen. Wollte mich zur Landung zwingen. Da bin ich abgehauen. Ich musste. Mit Schrot und Pryatts Gewehr wäre ich noch klargekommen. Aber mit Ivan und Brutus … Nur leider habe ich sie nicht nur zu unserem Halbblut geführt, sondern ihn auch Ivan und Brutus praktisch schutzlos überlassen.«

»Schutzlos!«, prustete Savannah.

»Keine Sorge.« Cruz ließ die Flügel betont entspannt hängen und Adriana beobachtete fasziniert, wie Drym auf diese Geste reagierte und selbst die Flügel streckte und dann locker senkte.

»Ich glaube nicht, dass sie es schaffen, Pryatt aus seiner Festung herauszubekommen.«

»Nun ja«, warf Savannah ein, »was, wenn sie das Haus niederbrennen? Ist es feuerfest?«

Erschrocken warf Adriana ihr einen Blick zu. Das war ein normales Vorgehen für Dämonen, wenn sie unbedingt an ein bestimmtes Opfer herankommen wollten.

Auch Dryms Augen huschten zwischen Savannah und Cruz hin und her.

»Ich denke mal nicht …?« Cruz klang nicht sehr überzeugt.

Na toll. Das hieß, dass dieser Pryatt gerade in allergrößter Gefahr schwebte. Durch ihre Unachtsamkeit hatten sie Ivan direkt zu einem der Mischblute geführt, die er so dringend töten wollte! So sehr fürchtete sich der Enkel Luzifers vor der Prophezeiung, die das Höllenfeuerlied in sich trug. Wie auf Kommando warfen beide Mädchen ihr Haar zurück.

»Wir müssen etwas tun«, stellte Adriana fest.

»Lasst uns Pryatt da rausholen«, stimmte ihr Savannah zu.

Dankbar lächelte Adriana sie an. Sie beide sprachen einfach dieselbe Sprache. Inzwischen war Savannah zu einer echten Bereicherung für die Gruppe geworden.

In einer Art entschlossener Geste breitete Cruz seine Flügel aus. »Ich fliege sofort los. Wo in der Hölle finde ich das Portal nach Kalifornien?«

»Nein«, hielt ihn Adriana zurück. Aus Angst, er könnte dennoch losfliegen, packte sie ihn am Oberarm. Das Blut stieg ihr direkt in den Kopf, als sie sich der Berührung bewusst wurde. »Du musst zu diesen Kindern fliegen. Du bist der Dämon, der heiligen Boden betreten kann!« Wie sonst sollten sie zwei Kinder aus einer Kirche herausbekommen? Cruz musste dorthin fliegen. Alleine. Es gab keine andere Chance.

Cruz sah von ihrer Hand auf seinem Arm langsam zu ihr herüber, bis er ihre Augen fixierte. Das Schwarz in seinen Pupillen hatte einen wehmütigen Ausdruck angenommen.

»Aber Drym kann es nicht mit Dämonenfeuer aufnehmen.

Wenn, dann müssen wir zu zweit gegen Ivan und Brutus antreten.«

Auf einmal fühlte sich Adriana so hilflos, als hätte ihr jemand den Boden unter den Füßen weggerissen. »Nein, das kannst du nicht tun. Wie sollen wir sonst rechtzeitig den siebten Halbdämon herschaffen? Es muss eins der Kinder sein. Dieser ...«

»Garrison!«, warf Savannah hilfreich ein, die den Namen offensichtlich gerade in der Nachricht überprüft hatte, die Rico an sie beide geschickt hatte.

»Dieser Garrison oder seine Schwester«, wiederholte Adriana. Ihr Atem ging stoßweiße. Schneller, immer schneller.

Besorgt neigte Cruz den Kopf. »Hyperventilierst du?«

»Du darfst nicht ... gehen ... Dann haben wir keine Chance mehr, dich vor Mitternacht von dem Pakt zu befreien!« Obwohl sie es versuchte, konnte sie den verzweifelten Ton in ihrer Stimme nicht unterdrücken. Genauso wenig wie den Zwang, immer schneller zu atmen. Zu ihren Füßen fing Tequila an zu jaulen. Offensichtlich spürte er, was in ihr vorging.

Cruz musste ihr auf den Rücken klopfen, damit sie aufhörte mit der hektischen Atmerei.

»Du musst dich beruhigen! Es hilft nichts, wenn du uns jetzt umkippst.«

Tatsächlich schaffte es Adriana kurz darauf, den Anfall zu überwinden. Während sie ihre Finger fester um seinen Oberarm schloss, rasten ihre Gedanken. Sie verschwendete damit nur noch mehr Zeit. Kostbare Zeit ...

»Hey.« Cruz nahm seine freie Hand und strich ihr eine Haarsträhne aus dem Gesicht. Über den Druck an seinem Arm beschwerte er sich mit keiner Silbe. »Und wenn schon. Dann kommt Mitternacht eben. Ich bin bereit. Außerdem habe ich in dem Fall vor, mich mit Gesa zusammenzutun und euch aus der Hölle heraus zu unterstützen.«

»Du weißt nicht, ob das möglich sein wird. Was, wenn Luzifer dich in eine seiner Folterkammern sperrt?« Ihre Stimme klang jetzt beinahe trotzig. Verstand er denn gar nichts? Wie sollte sie ohne ihn hier oben überleben? Wann würde sie ihn wiedersehen?

Kaum dass sie es ausgesprochen hatte, zeigte sich ein mildes Lächeln auf seinem Gesicht.

»Machst du dir etwa Sorgen um mich? Adriana, ich verspreche dir, zu dir zurückzukehren, okay?«

Natürlich konnte er nicht wissen, dass genau das die falschen Worte waren. Dennoch … Urplötzlich ertrug sie seine Nähe und diesen unbeschwerten Tonfall nicht mehr. Um etwas Abstand zwischen sie zu bringen, machte sie einen Schritt rückwärts, ließ seinen Arm dabei los.

»Das kannst du nicht wissen und schon gar nicht versprechen.« Ihre Hände verkrampften sich, als sie an die Dämonennacht dachte, in der ihre Mom nur kurz etwas im Labor überprüfen wollte und ihr versprochen hatte, bis zum Eintreten der Darkness Hour wieder bei ihr zu sein … Dieses Versprechen hatte sie gebrochen. Sie war nie zu ihr zurückgekehrt. Niemals mehr!

Damit er ihre Tränen nicht sah, drehte sie sich von der Gruppe weg. Wie am Fließband begannen sie ihre Wangen herunterzulaufen. Warum nur musste alles immer so kompliziert sein? Warum verschwanden die Menschen, die ihr etwas bedeuteten, immer in einer der Dämonennächte? Erst ihre Mom, dann ihre Freundinnen und Harry und jetzt Cruz!

»Bitte versteh doch«, versuchte es Cruz noch einmal in seiner beruhigenden Stimmlage bei ihr. »Es ist unsere einzige Chance.«

»Nicht ganz!« Savannah räusperte sich hinter ihm. In den letzten Minuten hatte sie sich wie Drym vollkommen ruhig verhalten, war nur ab und an von einem Bein aufs andere getreten. »Ich hätte da einen Plan B.«

18

Überrascht von dieser Wendung wischte sich Adriana über die Augen und wandte sich dann erneut ihren Freunden zu. »Was meinst du damit?« Savannah hatte einen Plan B. Dieses Mädchen war einfach zu genial. Nicht nur bildhübsch und dabei, Adrianas neue beste Freundin zu werden, sondern auch klug. Wenn sie es schaffen sollte, Cruz zu retten, würde Adriana ihr auf ewig dankbar sein.

Einen Moment schien Savannah zu überlegen, doch dann reckte sie das Kinn. Offensichtlich war sie fest entschlossen, ihren Plan umzusetzen.

»Mach es nicht so spannend. Spuck es schon aus, Savannah!«, forderte Drym sie auf.

»Hm, nein, ich glaube, ich zeige euch lieber, was ich vorhabe«, lehnte Savannah kopfschüttelnd ab. Sie holte einmal tief Luft und sagte dann das Merkwürdigste, das Adriana je aus ihrem Mund gehört hatte: »Lieber Gott, wie konntest du uns das nur antun? Du bist echt das Letzte! Verachtenswert! Ich hasse dich. Oh Gott, wäre ich doch nur niemals deinen Lehren gefolgt!«

»Was macht sie da?« Drym klang aufrichtig verwirrt. Wie Cruz und Adriana starrte er die kleine rothaarige Novizin an.

Als Erste verstand Adriana, was hier vor sich ging. »Sie versucht, alle zehn Gebote zu brechen!« Ihre Stimme hallte alarmiert in Savannahs Richtung. »Nein, Savannah! Stopp!« Das konnte sie nicht einfach so tun. Dann gab es kein Zurück mehr! Jedenfalls vorerst nicht. »Warte!«

Doch Savannah warf ihr nur einen milden Blick zu. »Du kennst meine Beweggründe, Adri.«

»Was?«, keuchte Cruz. »Welches Gebot fehlt noch?«

»Du sollst nicht begehren deines Nächsten Weib«, antwortete Adriana wie automatisch. »Außerdem: Du sollst nicht ehebrechen.« Gestern noch hatten sie darüber gesprochen. Darüber, dass sich Savannah für die Menschheit opfern würde, wenn es die Zeit erforderte. Plötzlich kam ihr diese Unterhaltung wie Millionen von Jahren her vor.

Im selben Moment huschte Savannahs Blick zwischen Cruz und Adriana hin und her. Ein Lächeln zeigte sich auf ihrem Gesicht. Blitzschnell packte sie Cruz und zog ihn zum Tor.

»Was soll das?« Verwirrung machte sich auf seinem Gesicht breit, genau wie auf Dryms, der jedoch bereitwillig zur Seite trat, um die beiden nach draußen zu lassen.

Als Adriana zu ahnen begann, was Savannah plante, bildete sich ein Knoten in ihrem Magen. Nein, das konnte sie doch nicht …?

Tequila bellte, doch keiner achtete auf ihn.

»Das wird hoffentlich funktionieren.« Savannah warf Adriana einen entschuldigenden Blick zu. »Es tut mir leid, aber ich wüsste nicht, was ich ansonsten begehren würde, was dir gehört. Vielleicht entzündet das jetzt den winzigen Funken, der seit gestern in mir zu wachsen beginnt. Wenn das klappt, haben wir wenigstens eine Chance, heute Abend alle sieben Halbdämonen vor Mitternacht am Portal zusammenzurotten.« Sie hielt Cruz immer noch fest am Handgelenk gepackt. »Verzeih mir, Adriana.« Doch sie wartete ihre Antwort gar nicht erst ab. Im Gegenteil, Savannah hatte sich schon Cruz zugewandt, starrte ihn an. Ohne zu blinzeln. So, als wollte sie ihm im nächsten Moment das Genick brechen. Doch das war es selbstverständlich nicht, was sie vorhatte. Ein Funken … Savannah hatte von einem Funken gesprochen.

Drym sog scharf die Luft ein. Zumindest er hatte inzwischen begriffen, was jetzt kommen sollte.

»Nein«, flüsterte Adriana. Doch es war zu spät.

Noch einmal holte Savannah tief Luft, dann nahm sie Cruz' Gesicht in beide Hände, stellte sich auf die Zehenspitzen und küsste ihn.

Unwillkürlich hielt Adriana den Atem an. Immer noch unter Schock.

Genau wie Drym. Obwohl sein Kiefer soeben nach unten klappte.

Adriana konnte es kaum glauben. Savannah küsste Cruz direkt vor ihren Augen! Weil sie damit die beiden letzten Gebote brechen wollte. Und dann passierte es auch schon: Violette Nebelschwaden tauchten aus dem Nichts auf und umhüllten Savannah. Wie bei dem Omega, den Cruz ihr vor drei Nächten gezeigt hatte. Auf einmal wehte lilafarbener Rauch um das Mädchen herum. Keine zwei Sekunden später stand an ihrer Stelle ein Alpha-Dämon im Neoprenanzug. Nun, es war immer noch Savannah. Nur eben dämonisiert.

Adriana schluckte. Am Rücken des rothaarigen Alpha-Dämons hatten sich Flügel ihren Weg nach draußen gebahnt, hatten offensichtlich zwei Schlitze in den Neoprenanzug gerissen. Im Gegensatz zu vorher schimmerte Savannahs Haut jetzt in einem violetten Farbton. Sie selbst betrachtete gerade staunend ihre Hände. Immerhin hatte sie endlich von Cruz abgelassen.

Unglaublich. Savannah hatte es tatsächlich durchgezogen. Andererseits hieß es auch, dass der Kuss mit Cruz ihr Begehren für ihn vollständig geweckt hatte. Wo vorher nur ein Funken Interesse in ihr geglommen hatte, so hatte sie es beschrieben, musste jetzt ein Feuer brennen. Wahrscheinlich auch noch sprichwörtlich. Adriana taumelte ein wenig. Auf einmal drehte sich alles, sodass sie sich am Zaun abstützen musste. Das … durfte … jetzt alles nicht wahr sein. Cruz und Savannah … Ihre Augenlider flatterten.

»Wow!«, entfuhr es Savannah.

»Ach, du Scheiße!«, echote Drym. Doch er sprach genau das aus, was Adriana dachte.

Natürlich sah Savannah das anders. Sie alle konnten so etwas wie Zorn in ihren Augen aufblitzen sehen. Selbst Savannahs Augen hatten die Farbe von Grün zu Purpur gewechselt. Sicher hatte sie sich eine etwas positivere Reaktion erhofft. Schließlich hatte sie gerade zum Wohl der Gruppe auf ihre Menschlichkeit verzichtet.

»Was willst du mir damit sagen, Drym? Das hier war die einzige Möglichkeit, unser Zeitproblem zu lösen. Uns eine Chance zu geben, dass Cruz zu dieser Kirche fliegen kann und du Ivan und Brutus nicht alleine gegenübertreten musst!« Sie klang äußerst verstimmt. Damit lag sie nicht ganz falsch, das konnte man nicht abstreiten. Andererseits: Sie stand ganz offensichtlich auf Cruz!

Der Gedanke ließ Adriana erschaudern. Was, wenn die beiden füreinander bestimmt waren? Wenn sie zusammenkamen? Jetzt, da beide von ihnen Alpha-Dämonen waren? Savannah konnte man immer noch als überdurchschnittlich hübsch einstufen, auch als Dämonin, keine Frage. Ihrer Attraktivität hatte diese Verwandlung keinen Abbruch getan. Ohne Weiteres konnte sie Jungs um den Finger wickeln wie seidene Geschenkbänder. Jungs wie Cruz.

Wieder flatterten Adrianas Augenlider. Vielleicht war es bereits zu spät. Was, wenn Adriana schon zu lange gewartet hatte? Zu lange gezögert, weil sie den Moment, in dem Cruz wieder ein Mensch werden würde, für ihr erstes Date hatte abwarten wollen. Der Gedanke war niederschmetternd. Vielleicht hatte sie zu hoch gepokert und gerade deshalb alles verspielt. Wie bei einem Schachspiel auf die falsche Strategie gesetzt. Die dunkle Königin würde mit dem dunklen König zusammen sein. Das passte schließlich.

Ihr Hals schnürte sich zu. Denn da stand noch ein weiteres Problem zwischen ihnen. Selbst Drym schien es zu ahnen, als er ihr jetzt einen Blick zuwarf. Drym, Cruz, Gesa und eben auch Savannah hatten sich gewandelt. Damit war sie, Adriana, die Letzte halb Menschliche unter ihnen. Abgesehen von Pryatt und einem der beiden Kinder.

Als könne er ihr Unbehagen spüren, schmiegte sich Tequila enger an ihr Bein. Durch den Neoprenanzug spürte sie seine Wärme allerdings kaum. Einer der Nachteile an diesem Outfit.

Immerhin konnte sie gerade sowieso nichts tun, um sich zu verwandeln. Denn dazu war der Mord an einem Menschen nötig! Glücklicherweise war hier draußen weit und breit kein Mensch zu sehen. Selbst wenn sie wollte, hätte sie in diesem Moment nichts ausrichten können. Also konnte es auch niemand von ihr verlangen. Zumindest jetzt gerade nicht.

Du sollst nicht töten!, hallte es immer wieder durch ihren Kopf.

»Also dann.« Savannah klatschte in die violett schimmernden Hände. »Lasst uns keine Zeit mehr verlieren. Drym und ich fliegen zu Pryatt. Cruz zu dieser Kirche in Roseburg. Und Adriana …« Sie verstummte.

Adriana runzelte die Stirn. Na toll, gerade fühlte sie sich nicht nur mies wegen Cruz, sondern auch noch wie ein Klotz am Bein für die ganze Gruppe.

»Adriana kommt mit mir mit«, bestimmte Cruz.

»Was? Ich … nein. Ich wäre dir nur lästig. Du kannst nicht mich und zwei Kinder gleichzeitig transportieren. Wie willst du uns alle tragen? Außerdem kann ich Tequila nirgendwo lassen.«

Das sahen alle ein. »Macht euch keine Sorgen um mich. Ich werde die neusten Informationen mit Rico austauschen und versuchen, mehr über das Gefängnis der Engel herauszufinden. Außerdem bin ich ja nicht alleine.« Sie deutete auf den Hund.

Trotzdem machte Cruz ein Gesicht, als passte ihm das alles ganz und gar nicht.

»Wir verschwenden gerade wertvolle Zeit«, warf Savannah ein. Sie machte ein Gesicht, als könne sie nicht glauben, dass alle um sie herum dermaßen trödelten. Wahrscheinlich juckte es sie in den Fingern, ihre neuen Flügel auszuprobieren. In dieser Hinsicht empfand Adriana schon so etwas wie Neid.

»Savannah hat recht. Wir zwei fliegen schon mal los. Ihr klärt das unter euch.« Sobald Drym es ausgesprochen hatte, wandten ihm alle die Köpfe zu. Beinahe hätte man denken können, Drym hielte die Rede eines Generals, der seine Soldaten auf den Krieg einschwor. »Wir treffen uns so schnell es geht wieder hier, dann fliegen wir alle gemeinsam zum Portal zu Gesa. Mit allen Waffen, die wir besitzen. Das Portal mit den Seelen wird uns, sollten wir zu siebt dort auftauchen, hoffentlich einen Hinweis geben, wie wir Luzifer bekämpfen können.«

Der Plan war leider nicht ganz lückenlos. Aber es war zumindest ein Plan. Sieben Halbdämonen mit Waffen und einer Strategie. Besser als nichts.

»Ähm, ja, wegen des Plans«, begann Cruz.

Doch Savannah fiel ihm ins Wort. »Später, okay? Pryatts Rettung geht vor. Adriana, reichst du mir einen Speer?«

Nach einem kurzen Nicken rannte Adriana ins Innere des kleinen Gotteshauses mit Tequila auf den Fersen. Vor lauter Aufregung trat sie gegen eines der großen Knicklichter, als sie über ihren Rucksack stieg. Das Klackern, mit dem es über den Boden rollte, ließ Tequilas Ohren zucken. Erst dann erinnerte sie sich daran, dass sie die Speere draußen vor der Tür im Leiterwagen gelassen hatte. Wo hatte sie nur ihren Kopf? Eilig schnappte sie sich noch ihr iPhone, um Cruz den Weg auf der Holomap zu zeigen, dann stand sie auch schon wieder draußen bei ihren Freunden. Täuschte sie sich, oder standen Savannah und Cruz ein Stück näher zusammen als gerade eben noch? Jedenfalls fiel ihr der Abstand zwischen ihr selbst und ihren drei Freunden auf einmal schmerzhaft auf. Kopfschüttelnd hob sie einen Speer aus dem Wagen, der im Dunkeln kaum zu sehen war. Wirklich, ihre Gedanken waren in dieser letzten Dämonennacht äußerst unpassend. Sie musste sich endlich zusammenreißen, hier ging es um mehr!

Sobald sich ihre Finger um den Wurfspeer geschlossen hatten, richtete sie sich auf. Die drei Dämonen standen ihr gegenüber auf der anderen Seite des Zauns. Sie war allein. Wortwörtlich. Adriana schluckte. Warum nur bereitete ihr dieser Anblick Bauchschmerzen?

Aus irgendeinem Grund, den sie selbst nicht genau zu benennen wusste, öffnete Adriana das niedrige Tor nicht, sondern reichte Savannah den Speer darüber hinweg. Vielleicht wollte sie den drei Dämonen gerade einfach nicht zu nahe kommen. Vielleicht ging es aber auch nur um sie und Cruz. Adriana schluckte. Starrte Adriana dort eventuell in ihre Zukunft?

Fast zögerlich, als hätte sie Angst, sich zu verbrennen, nahm Savannah den Speer entgegen.

Auf einmal juckte es Adriana überall unter ihrem Neoprenanzug. An ihren Knöcheln, Knien, Ellenbogen, Schultern. Einfach überall. Am liebsten hätte sie sich hier und jetzt den Taucheranzug vom Leib gerissen, aber dann hätten sie die Dämonen im Wald am Ende gewittert. Nicht zu vergessen, dass sie dann in Unterwäsche vor Cruz, Savannah und Drym gestanden hätte …

Cruz wählte ebendiesen Moment, um mit einem gewagten Sprung, bei dem er seine Flügel ausbreitete, über das Tor zu segeln.

»Warte, wir haben noch eine Machete, die du mitnehmen kannst, Drym. Nur zur Sicherheit. Wo sind diese Buschmesser, von denen du gesprochen hast, Savannah?«

»Es sind japanische Kochmesser und stecken in jedem Rucksack. In den Seitentaschen.«

Rico hatte in der Kürze mit seiner Kreditkarte wahre Wunder vollbracht. Adriana schloss den Mund und blinzelte eine Weile gegen das Mondlicht an. Und gegen den Kloß in ihrem Magen, der ihr langsam, aber sicher die Tränen in die Augen trieb. Was hatte sie auch erwartet?

»Kommst du klar, Adriana?« Drym hatte den Kopf zur Seite geneigt, fast so, als mache er sich Sorgen um sie. Seine Dreadlocks wirkten ganz steif, als sie seine Schulter berührten.

Gut, sie musste sich zusammenreißen. Sich einen ganz eigenen Plan zurechtlegen. Am besten auch gleich alle Gefühle abschalten.

»Ich komme klar. Fliegt einfach los zu Pryatt. Geht schon.« Sie rang sich ein Lächeln ab, das man bestenfalls als verzweifelt bezeichnen konnte. An einem guten Tag als verschreckt. Getroffen. Wie Bambi auf dem Eis.

»Was ist los?«, raunte Cruz an ihrem Ohr. Lautlos war er von hinten an sie herangetreten. »Du schaust so, als würdest du dich vor uns fürchten.«

»Nein, so ist es nicht«, brachte sie heiser hervor. Bevor er noch mehr Fragen stellen konnte, zückte sie ihr iPhone und schaltete die Holomap ein. »Wir treffen uns, sobald ihr könnt, spätestens aber am Portal kurz vor Mitternacht.«

Savannah nickte. Ihre Flügel zuckten. An ihrem Gesicht war abzulesen, dass sie es kaum erwarten konnte, mit Drym loszufliegen. Überhaupt zu fliegen. Seufzend blickte Adriana zu Boden, auf ihre Füße, auf die sich Tequila gesetzt hatte. Wahrscheinlich um zu verhindern, dass sie auch abhaute. Hunde spürten so etwas wie Aufbruchstimmung.

»Okay. Dann bis später.« Drym warf Adriana und Cruz noch einen letzten Blick zu, dann nahm er Savannah an der Hand. »Es ist wirklich sehr einfach. Du wirst automatisch wissen, was du tun musst.« Er nickte in Richtung ihrer Schultern. »Deine dämonischen Reflexe übernehmen das Fliegen für dich. Bereit?«

»Da fragst du noch?«

Also stieß Drym sich vom Boden ab und hielt dabei einfach ihre Hand weiter fest. Savannah tat es ihm nach und versuchte, nicht zurückzufallen. Als Drym sie losließ, schaffte Savannah es bereits, mit einem kleinen Schlenker Fahrt aufzunehmen. Elegant verschwanden beide im Nachthimmel.

»Hey«, flüsterte Cruz ihr zu. Seine Stimme glitt wie flüssiger Honig über ihren Rücken, verursachte eine Gänsehaut zwischen ihren Schulterblättern. Warum nur warfen Cruz' Anblick und seine Stimme sie immer derart aus der Bahn? Und dann noch in so einer ernsten Situation wie dieser? Total unangebracht.

»Ist bei dir wirklich alles in Ordnung?«, hakte er nach.

Super, jetzt machte er sich auch noch Sorgen, nur weil sie auf Abstand ging und Savannahs Verwandlung nicht wie ihren zweiten Geburtstag gefeiert hatte.

»Ja, alles bestens«, presste sie hervor. Nachdem sie einmal tief durchgeatmet hatte, drehte sie sich zu ihm um und hielt ihm die Holomap unter die Nase. Bei der Bewegung wurde Tequila von ihren Füßen aufgescheucht, beschwerte sich aber nicht, sondern trottete brav an Cruz' Seite. Gleichzeitig wurde ihr bewusst, wie nahe sie und Cruz beieinanderstanden.

»Das hier ist der Weg nach Roseburg. Und das scheint die Kirche zu sein, in der die Geschwister gestern Nacht Zuflucht gefunden haben.« Krampfhaft heftete sie den Blick auf die Holomap, die gerade einen Pfeil auspackte und dann den Weg zu ihrem Ziel »abflog«. Cruz betrachtete den Minifilm aufmerksam, versuchte sich offensichtlich alles genau einzuprägen, um zu Garrison und seiner Schwester zu gelangen.

Irgendwann hielt Adriana selbst diese Nähe nicht mehr aus, wollte einfach nur noch zwei oder drei Schritte zurückweichen. »Fertig?«, quietschte sie ein paar Oktaven zu hoch.

»Warte!« Er umfasste ihr Handgelenk, damit sie sich ihm nicht entzog. »Ich bin noch nicht hundertprozentig sicher, dass ich mir den Weg gemerkt habe.« Mit klopfendem Herzen wartete Adriana zwei weitere Male die Sequenz ab, in der die Holomap bis auf eine Kirche in Roseburg heranzoomte, dann auf einem Schild die Adresse präsentierte.

»Gott, es ist wahrscheinlich die einzige katholische Kirche in dieser Kleinstadt. Wärst du jetzt endlich so weit?«, knirschte sie schließlich. Eine Sekunde später hätte sie sich gerne für diesen unkontrollierten Ausbruch geohrfeigt. Warum hatte sie heute Nacht ihre Gefühle nicht mehr unter Kontrolle?

Wahrscheinlich fand Cruz sie inzwischen ziemlich seltsam. Hätte sie auch an seiner Stelle. Seufzend senkte sie den Blick.

»Irgendetwas stimmt doch nicht mit dir, Adriana. Was hast du auf einmal? Ist es wegen Savannahs Verwandlung?«

Ihre Nasenflügel zuckten. Was wusste er schon?

»Weil du momentan die Einzige ohne Flügel bist?«, spekulierte er weiter.

Das war vielleicht einer der Gründe ihres Unmutes, aber nicht die volle Wahrheit. Seufzend packte sie die Holomap samt Handy ein. Sicher hatte er sich inzwischen alles genau eingeprägt. Obwohl sie wusste, dass sie seiner Anwesenheit so lange nicht entgehen konnte, bis er beschloss, zu verschwinden, trat sie einen Schritt zur Seite und drehte ihm dabei den Rücken zu. Gleich würde er abhauen. So oder so. Jeder der anderen würde eine wichtige Aufgabe erledigen und sie würde sämtliche Suchmaschinen im Internet nach den Söhnen Luzifers und den Engeln durchforsten, während Cruz, Drym und Savannah ihre jeweiligen Leben riskierten. Nur durch gewaltige Willensanstrengung gelang es Adriana, die Tränen zurückzuhalten. Was war, wenn das hier der letzte Moment für sie beide war? Wenn sie Cruz nach diesem Abschied nie wiedersah? Wie eine verhängnisvolle Vorahnung hing diese Möglichkeit über ihr in der Luft. Und warum, verflucht noch mal, konnte sie mit diesem möglichen Abschied nicht umgehen? Am meisten wünschte sie sich einfach nur noch, dass er verschwand.

»Weißt du, ich will dich nur ungern hier alleine lassen. Wirklich, ich habe ein ganz schlechtes Gefühl dabei. Komm einfach mit. Du fliegst mit mir und Tequila sperren wir in die Kapelle.«

»Was?« Adriana zog beide Brauen zusammen. »Das ist nicht dein Ernst?« Als sie sich zu ihm umdrehte, bemerkte sie das Grinsen in seinem Gesicht. Immerhin hatte er es nicht so gemeint, wollte sie wohl nur dazu bringen, sich wieder zu ihm umzudrehen. Den Hund zurückzulassen stellte selbstverständlich keine Option für sie dar. Was wäre, wenn er bellte, sodass andere Dämonen auf ihn aufmerksam wurden und das Gebäude abfackelten? Nein? Wirklich keine gute Idee.

»Wenn das kein Scherz war, weiß ich wirklich nicht, wie du mich, den Hund und zwei Kinder tragen willst«, hielt sie dagegen.

»Ach«, winkte er ab. »Du wiegst doch höchstens hundert Pfund.«

»Ja, aber der Hund auch. Und zwei kleine Kinder?«

»Die nehme ich huckepack. Außerdem soll ja nur eins von

ihnen ein Halbdämon sein. Also können wir das andere theoretisch in der Kirche zurücklassen.«

»Hm, sehr freundlich von dir.«

»Na ja, die Alternative wäre, dass ich dich danach abhole und du dich solange mit Weihwasser einreibst, bis ich zurück bin.« Seine Augen blitzten, was Adriana ungewollt ein kleines Lächeln abrang. Das glaubte er nicht wirklich?

»Nein, im Ernst, Cruz. Bitte hau endlich ab. Wir dürfen nicht noch mehr Zeit vertrödeln.«

Wenigstens ihre Stimme hatte sie so weit im Griff, dass sie nicht zitterte.

Reichlich unentschlossen biss sich Cruz auf die Lippe. »Irgendwie habe ich ein ganz schlechtes Gefühl dabei, dich alleine hierzulassen.«

»Erwähntest du bereits.«

»Aber es gefällt mir nicht!«

»Wenn die Welt untergeht, wird dir das noch viel weniger gefallen.« Nicht zu glauben, wie gut sie es schaffte, ihre Gefühle zu kontrollieren. Fast war Adriana stolz auf sich. Auch wenn sich ein anderer Teil von ihr vor ihren eigenen Worten erschrak.

Spätestens jetzt wirkte auch Cruz ein wenig verwirrt. Diese entschlossene Seite an Adriana war für ihn sicher ebenso neu.

»Bitte flieg einfach los, Cruz. Mach die Sache nicht noch komplizierter, als sie ist. Uns läuft die Zeit davon, weißt du noch?«

»Du machst dir also doch Sorgen um mich!«, stellte er erfreut fest.

»Vielleicht …«, gab Adriana zu. »Aber wichtiger wäre es, sofort nach Roseburg zu fliegen.

»Ohne einen letzten Kuss?«

Blinzelnd starrte sie ihn an. Damit hatte er sie jetzt irgendwie überfahren.

»Komm schon, Adri. Ein klitzekleiner Glücksbringerkuss?«

Offenbar meinte er das ernst. »Wenn du dann gehst: ja.«

So, als könne er sich nicht entscheiden, rieb sich Cruz über sein Kinn. »Gefällt mir zwar immer noch nicht, aber ich nehme, was ich kriegen kann!«

Damit war der Kuss besiegelt, was Adrianas Herz vor Aufregung einen Takt aussetzen ließ. Nach außen hin versuchte sie sich allerdings nichts anmerken zu lassen.

»Einverstanden. Den Deal kannst du als abgeschlossen betrachten.«

»Du bist ein knallharter Verhandlungspartner, Adriana Astara«, lächelte er.

Sie seufzte. Eben noch hatte Savannah ihn geküsst …

Doch bevor sie sich aufregen konnte, strich er ihr eine Haarsträhne aus dem Gesicht, fuhr mit der Hand weiter über ihre Wange. Als er sich zu ihr nach unten beugte, hielt sie den Atem an. Wenn das hier tatsächlich ihr letzter Kuss sein sollte, würde sie ihn genießen und sich in den nächsten fünfzig Jahren immer wieder in Erinnerung rufen.

Genau wie beim letzten Mal setzte das Kribbeln ein, sobald er ihre Lippen berührte. Sanft drückte sich sein Mund auf ihren. Fast hätte Adriana ein wohliges Schnurren ausgestoßen, als sie sich in Cruz' Kuss verlor, konnte sich aber gerade rechtzeitig zusammenreißen. Wieder glaubte sie, einfach abzuheben. Sie brauchte gar keine Flügel, um zu fliegen. In diesem Moment hatte sie das Gefühl, vom Boden losschweben zu können. Während der gesamten Zeit versuchte sie sich alles an ihm einzuprägen. Cruz' Lippen, den Druck, seine Wärme, das Gefühl in ihrem Magen, wenn er sie küsste, die Art, wie er sie in seinen Armen hielt …

Doch irgendwann musste auch dieser Kuss enden.

»Merk dir, wo wir aufgehört haben. Sobald ich wieder ein Mensch bin, machen wir genau hier weiter!«, flüsterte er ein wenig heiser in ihr Ohr.

Sie lächelte, allerdings das traurigste Lächeln, das sich je getraut hatte, über ihre Lippen zu kriechen. »Viel Glück, Cruz Darkknight.«

Während Cruz immer noch ihre Hand hielt, breitete er seine

Flügel aus, begann langsam abzuheben, wollte sie jedoch partout nicht loslassen. Am Ende flatterte er an ihrer Hand in der Luft genau vor ihr. Als sei sie sein Anker, der ihn zurückhielt. Das Bild von Michelangelo kam Adriana bei diesem Anblick in den Sinn, bei dem Adam mit seinem ausgestreckten Arm den Zeigefinger Gottes ganz sachte berührte. Dabei war Cruz der Dämon und sie zumindest in diesem Moment noch menschlich.

Und dann war der Augenblick gekommen, in dem er ihre Hand endgültig losließ. Da es keine Worte für ihre Situation gab, schwieg Adriana einfach. In Cruz' Augen konnte sie dieselben Emotionen ablesen, die auch in ihr emporsprudelten, sich vermischten und sie verwirrt zurückließen. Zwei Flügelschläge später, in denen er immer noch den Blickkontakt gehalten hatte, drehte er sich schließlich um und verschmolz wenig später mit dem mitternachtsschwarzen Himmel.

Er würde es schaffen. Das zumindest versuchte sie sich einzureden. Wenn er den Menschen in der Kirche ihre Lage erklärte ... Sie wussten wahrscheinlich bereits, dass mit einem der Kinder etwas nicht stimmte ... Fröstelnd sah sie sich nach ihrer Jacke um, streichelte dann kurz Tequila über die Schnauze. Gemeinsam gingen sie ins Innere der Kapelle, wo sie es sich so gemütlich wie möglich machten. Trotz der erdrückenden Stille draußen fühlte sich dieses neue Zuhause nicht allzu schlecht an, wofür Adriana sehr dankbar war. Sie schlang die Jacke eng um sich und genoss dann Tequilas Nähe, der seinen Kopf auf ihren Schoß gelegt hatte.

Eine Weile saßen sie so da. Ab und zu ertönte ein leises Schnaufen von Tequila, doch sonst blieb alles ruhig. Bis auf einmal die Stimmen wie aus dem Nichts ertönten.

Der Hund hatte sich schon einige Sekunden vorher versteift, doch Adriana hatte gedacht, er hätte eine Maus gewittert. Wie fatal, das zu glauben. Natürlich lebten sie in weit größerer Gefahr als in der Bedrohung durch Mäuse in der Kapelle. Obwohl sie sich nicht sicher war, ob Tequila die Geste verstand, legte sie einen Finger an die Lippen. Gemeinsam spitzten sie die Ohren.

Dämonen! Eindeutig vernahm sie die Stimmen eines Alpha- und eines Beta-Dämons. Verdammt! Gerade jetzt, wo Cruz weggeflogen war. Oder hatten die Dämonen sie beobachtet und nur auf diesen Moment gewartet? Aber das hätte Cruz doch gerochen, oder? Vielleicht hatten sie sich weit genug entfernt im Wald positioniert? Gegen die Windrichtung? Wie auch immer... jetzt waren sie da, kamen eindeutig auf sie zu. Augenblicklich schlug Adrianas Herz schneller.

»Da, der Geruch ist schwach. Aber es ist dieses Schmutzige Blut!«, kreischte eine hohe Kettensägenstimme, die sich verdächtig nach Rhyon anhörte. Auch das noch. »Schnappen wir sie uns!« Dämonengestampfe war zu hören. Wahrscheinlich standen sie inzwischen ganz nahe am Zaun. Vor Aufregung schnürte es Adriana die Kehle zu. Trotz des Taucheranzugs hatten sie sie gewittert. Vor Angst presste sie sich an die kalte Kapellenmauer hinter ihr. Das durfte doch alles nicht wahr sein! Gerade jetzt, wo Cruz nicht bei ihr war!

»Fackeln wir die Kapelle ab!«, forderte eine aufgeregte Dämonenstimme jetzt.

»Ja, dann läuft das Schmutzige Blut raus und wir schnappen es uns!« Frenetischer Jubel folgte.

Warum konnten diese verdammten Dämonen sie nicht in Ruhe lassen? Bevor sie ihn aufhalten konnte, sprang Tequila mit einem Knurren auf und raste zur Tür.

Oh nein! Sofort hastete Adriana ihm hinterher, doch es war zu spät. Tequila hatte die Tür mit einem Sprung gegen die altmodische Klinke entriegelt, drückte sie mit dem Kopf auf und stürzte ins Freie. Ohne großartig zu überlegen, folgte ihm Adriana, griff sich nur noch geistesgegenwärtig ein Messer, das sie in ihre Jackentasche schob. Wenn die Dämonen sie sowieso mithilfe von Feuer ins Freie treiben wollten, dann konnte sie so wenigstens verhindern, dass alles abbrannte. Tatsächlich lauerten draußen die Dämonen aus Ivans Clan. Zu ihrer Überraschung entdeckte sie auch Brutus unter ihnen. Er hatte sich genau zwischen zwei Beta-Dämonen aufgebaut, die Fackeln in ihren Händen hielten.

Wie war er so schnell hierhergekommen? War er Drym ein weiteres Mal gefolgt? Durch ein Portal?

»Da ist es!«, freute sich Rhyon. »Die Gerüchte stimmen also. Cruz und das Mischblut sind am Leben! Und der Hund auch! Hat jemand Lust auf Hotdog?« Mehr als zwei Dämonen stimmten in sein Gekicher mit ein. Nur die Delta-Dämonen knurrten Tequila an, der seinerseits laut knurrend vor der Eingangstür zur Kapelle verharrte. Die Omegas hüpften auf und ab wie Springbälle. Ihre Schlumpfaugen leuchteten am hellsten in dieser Vollmondnacht.

»Das Mädchen muss lebend zu Luzifer gelangen. Was mit dem Hund geschieht, ist mir gleich«, presste Ivan hervor. »Ich kann Hunde nicht riechen.« Er gackerte über seinen eigenen Wortwitz.

So war das also. Immer noch ging es diesem Clan darum, sich bei Luzifer einzuschleimen und sie, Adriana, zum Höllenfürsten zu schleppen. Mit einer Hand versuchte sie Tequila zu beruhigen, indem sie ihm über den Kopf strich. Dabei musste sie sich selbst wahrscheinlich noch viel mehr beruhigen. Äußerlich versuchte sie einen gleichgültigen Gesichtsausdruck aufzusetzen.

»Cruz macht euch kalt. Er hat mich schließlich markiert.« Sie verzichtete darauf »als mein Eigentum« hinzuzufügen. Zwar hätte sie die Ballonmarke gerne gezeigt, doch der Neoprenanzug, den sie unter der Jacke trug, saß zu eng.

»Ja, ja, schon klar.« Ivan winkte ab. »Mir egal, was du sagst. Cruz wird in ein paar Stunden Luzifers kleines Schoßhündchen sein. Mich würde es nicht wundern, wenn er ihn so lange foltert, bis er seinen Anspruch auf dich aufgibt.« Er lachte, worauf es Adriana den Magen umdrehte. So weit durfte es nicht kommen!

»Das mit dem Foltern werde ich liebend gerne übernehmen!«, verkündete Brutus jetzt. Seine ekelhaft fettigen Haare widerten Adriana an. »Und danach wird das Mischblut mir gehören.«

»Aber klar. Nachdem Luzifer mit ihr gesprochen hat. Und jetzt lasst uns keine Zeit mit Geplänkel verschwenden. Nicht schon wieder.« Auf diese Ansage hin jubelte der komplette Dämonenclan los.

»Treibt das Mädchen nach draußen!« Ivan reckte eine Faust und Rhyon tat es ihm sofort nach.

Aus Protest bellte Tequila zurück. Urplötzlich schnürte es Adriana die Luft ab. Sie rieb sich über den Hals, während sie fieberhaft nach einem Ausweg suchte. Die Dämonen legten ihre Pfeile an. Verdammt. Es gab nur eine Möglichkeit. Zeit schinden. Also packte sie den Hund und schleppte ihn zurück in die Kapelle. Die Tür ließ sie dabei offen. Wenn sie zu brennen anfangen sollte, hatte sie so gut wie verloren. Eilig schob sie alles Brennbare vom Eingang weg, wickelte sich dann eine Decke um die Hände und drückte sich gegen die Wand, sodass sie die Dämonen nicht mehr im Blick hatte. Keine Sekunde zu früh, denn da kam auch schon der erste Pfeil durch die Tür, prallte an der Engelsstatue ab und fiel zu Boden. So schnell es ihr möglich war, warf sie die Decke darauf, um die Flammen zu ersticken. Draußen feuerten die Dämonen unter lautem Gejohle immer mehr davon ab. Wie lange würde sie das durchhalten? Sollte sie durch eins der Fenster fliehen? Aber was hätte das für einen Sinn? Inzwischen hatte Tequila erneut begonnen, wie verrückt zu bellen. Schmerzhaft fühlte sich Adriana in die zweite Dämonennacht zurückversetzt, in der sie in der Kirche ebenfalls mit brennenden Pfeilen beschossen worden war.

»Meine Hübsche, du kannst dich nicht vor uns verstecken«, hörte sie Brutus von draußen säuseln. »Jedenfalls nicht für immer!«

Da lag er vermutlich gar nicht so falsch. Wieder presste sie sich mit dem Rücken flach gegen die Wand. Zwar störte ihr Rucksack dabei ein wenig, aber andererseits kam er ihr wie ihr ganz eigener nützlicher Panzer in Dämonennächten vor, gefüllt mit Utensilien, die ihr beim Überleben halfen. Nur gab es darin nichts, was ihr gegen so viele Dämonen auf einem Haufen etwas nützen würde. Was war schon ein einzelnes Messer gegen Dutzende Dämonen? Der Hund hatte sich glücklicherweise ganz ans andere Ende unter den kleinen Altar zurückgezogen.

»Falls sie aus Versehen bei einem Feuerunfall stirbt, wäre es kein Drama. Das könnten wir vor Luzifer verantworten«, hörte sie Ivan sagen.

»Lebend wäre sie mir schon lieber«, erwiderte Brutus, der daraufhin ein dreckiges Lachen ausstieß.

»Keiner wird dich retten, meine Süße. Komm raus und ich verspreche dir, du wirst die Nacht der Nächte mit uns erleben!« Beim Klang von Brutus' Stimme hätte Adriana sich am liebsten übergeben. Fieberhaft überlegte sie hin und her, was zu tun war. Ihre Augen huschten von dem Buntglasfenster mit der Kampfszene zwischen Engel und Dämon über die anderen einfach verglasten Fenster. Wo waren eigentlich diese Engel, wenn man sie mal brauchte?

Bevor sie den Gedanken weiterführen konnte, lenkte ein Aufruhr unter den Dämonen ihre Aufmerksamkeit auf sich.

»Da kommt wer. Es riecht!«, schrie ein Beta-Dämon.

»Soll die Finger von unserer Beute lassen!«, rief eine zweite Stimme, untermalt von dem konstanten Heulen eines Gamma-Dämons.

Adriana warf vorsichtig einen Blick durch ein Fenster auf den Dämonenclan, konnte aber nicht mehr als rot und orange leuchtende Augen erkennen.

»Tut mir leid, aber das ist immer noch mein Mischblut«, ertönte eine Stimme. Augenblicklich schlug Adrianas Herz schneller. Ihr Magen hüpfte vor Erleichterung, die Cruz' Stimme in ihr ausgelöst hatte. Cruz! Er war zu ihr zurückgekehrt!

Flügelschlagen war zu hören, gefolgt von auf dem Boden aufsetzenden Dämonenfüßen. Adriana verrenkte sich beinahe den Hals, um mehr erkennen zu können.

»Mensch, Jungs, diese Diskussion dreht sich doch im Kreis. Mein Mischblut, mein Anspruch. Sucht euch ein eigenes zum Markieren.« Fast hätte Adriana gegrinst. Seinen Humor hatte Cruz nicht verloren. Trotz der Tatsache, dass sie von einem Clan und einem zusätzlichen Alpha-Dämon, dem widerlichen Brutus, belagert wurden.

Tequila spitzte die Ohren, sprang dann auf und raste nach draußen. Mit gemischten Gefühlen folgte ihm Adriana.

»Cruz!« Obwohl sie seinen Namen nur geflüstert hatte, wandte er sich sofort zu ihr um. Ein Lächeln stand ihm ins Gesicht geschrieben, als er sie ansah. Er schwebte über Ivan und seinen Dämonen, die sich gerade um irgendetwas zankten, kam dann auf sie zugeflogen und landete bei ihr.

»Ich konnte einfach nicht ohne dich fliegen«, raunte er ihr zu.

»Danke.« Sie lächelte ihn an. Er war zurück, so als hätte er geahnt, dass sie in Schwierigkeiten steckte.

Allmählich ebbte das Gerangel unter den niederen Dämonen ab. »Tut uns leid, dass wir euer Wiedersehen stören«, erklärte Brutus jetzt. »Das Mischblut kommt trotzdem mit uns. Legt an!«

Kurze Verwirrung blitzte in den Augen der Betas auf, doch dann folgten sie seiner Anweisung. Brennende Pfeile wurden auf Adriana und Cruz gerichtet. In einem Halbkreis direkt am Zaun hatten sie sich in Kampfstellung postiert.

»Gib uns das Mädchen oder wir schießen dich ab, Verräter.«

»Tz, tz, tz«, schnalzte Cruz mit der Zunge. »Schlechter Plan!« Ohne Umschweife hob er eine Hand. Noch bevor er den Feuerball losschickte, verstand Adriana, was er vorhatte. Vor lauter Stolz auf ihn hielt sie sich an seinem freien Arm fest.

Der Feuerball traf den Boden genau zwischen zwei Gamma-Dämonen. Zuerst bemerkte Adriana, wie sich die Dämonen eine Millisekunde lang freuten, dass Cruz niemanden von ihnen getroffen hatte. Das Ziel schien er verfehlt zu haben. Doch eine weitere Millisekunde später züngelten überall um sie herum Flammen empor. Genauer gesagt: überall dort, wo Adriana und Savannah vor Kurzem den Ring aus Benzin um die Kapelle erneuert hatten. Ricos Spezialmischung, versetzt mit einer Chemikalie, die das Benzin nicht so schnell verdunsten ließ. Ihre Lebensversicherung. Plan B sozusagen.

In Windeseile erhob sich ein Inferno um die Kapelle. Dämonen brannten und heulten. Einige von ihnen in Todesqualen. Dank der Magie eines Feuers, das von einem Dämon entzündet worden war.

»Jetzt oder nie. Lass uns abhauen«, raunte Cruz Adriana zu, ließ ihr gar keine Wahl, sondern hob sie einfach hoch, packte Tequila mit dem anderen Arm und stieß sich ohne Umschweife vom Boden ab. Adriana klammerte sich an ihm fest, versuchte immer noch zu verarbeiten, was geschehen war. Cruz wählte den Weg über die Kapelle, weg von den Dämonen. Obwohl Adriana ihre Haare ins Gesicht geweht wurden, warf sie noch einen Blick zurück. Mit einer Mischung aus Ekel und Erleichterung zählte sie zwei komplett in Flammen stehende Dämonen. Brutus und ein Delta-Dämon starben in diesem Moment in den Flammen. Die anderen sahen ihnen verdutzt dabei zu. Selbst noch angekokelt hatte der Rest des Clans es geschafft, die Flammen an ihren Körpern zu löschen. Ein paar Omegas heulten erschreckend laut.

Brutus war tot. Nur noch ein Haufen Asche. Der Beta-Dämon war im Feuer umgekommen. Obwohl sich dieser Gedanke eigentlich befreiend für Adriana hätte anfühlen sollen, schließlich hatte er ungefähr den Charme eines Blutegels ausgestrahlt und eindeutige Annäherungsversuche ihr gegenüber unternommen, dennoch sank ihr das Herz schwermütig tiefer in den Brustkorb hinunter. Dabei wusste sie nicht einmal genau, warum. Sie klammerte sich noch ein wenig mehr an Cruz. Unter ihnen erschollen Ivans wütenden Rufe, dass er und sein Clan sie kriegen würde. Er oder andere Alpha-Dämonen in der Nähe.

Dieser Gefahr war sich Adriana durchaus bewusst. Hier, außerhalb von geweihtem Boden, waren sie quasi Freiwild. Ein kalter Schauer lief ihr über den Rücken. Cruz musste nicht nur sie, sondern auch Tequila tragen, was ihn nicht gerade zum am schnellsten fliegenden Dämon der Welt machte.

»Halt durch«, flüsterte Cruz ihr zu. »Wir schaffen das.«

Damit meinte er wohl die letzte Dämonennacht. Ob das wahr

sein konnte? Schließlich hatten sie schon genug Zeit verloren. Bis Mitternacht war es nicht mehr allzu lange hin.

Der Hund wählte ebendiesen Moment, um vor sich hin zu winseln. Das Geräusch zerrte an ihren Nerven.

»Danke übrigens, dass du dieses Mal an Tequila gedacht hast«, flüsterte Adriana in einem verzweifelten Versuch, das Thema zu wechseln.

Trotz des Gegenwinds schien Cruz sie gehört zu haben.

»Ach, er war gerade in der Nähe und da wollte ich nicht so kleinlich sein.« Das Zwinkern in seinen Augen entging ihr nicht, entlockte ihr sogar ein winziges Lächeln. Trotz allem. Das nannte man wohl Galgenhumor.

Doch das Lächeln hielt sich nicht lange auf Adrianas Lippen. Schon einen Atemzug später, sie waren noch nicht weit gekommen auf ihrer Flucht, surrte etwas durch die Luft. Ein Geräusch, als hätte jemand einen Stock in den Schnee gerammt, ertönte, gefolgt von einem Aufschrei. Cruz' Schrei. Gerade als diese Erkenntnis zu Adriana durchgedrungen war, trudelten sie auch schon nach links, drehten sich und segelten in einer gefährlichen Abwärtsspirale zu Boden.

Der Hund bellte, verrenkte sich, um einen Punkt hinter ihnen anzuknurren.

Obwohl sich alles um sie drehte, verstand Adriana sofort, was hier passierte. Sie waren verfolgt worden. Sicher von Ivan, diesem Mistkerl. Er musste auf sie geschossen haben. Denn auf einmal steckte ein Pfeil mitten in Cruz' rechtem Flügel. Oh nein! Das war es dann wohl. Schnell schloss sie die Augen. Wenn das das Ende war, wollte sie ihm lieber nicht entgegensehen. Schließlich brach es ihr jetzt schon das Herz, Cruz so schreien zu hören. Genau wie in der Nacht, als seine Flügel lichterloh in Flammen gestanden hatten. Ihr Herz flatterte schneller als Kolibriflügel, wobei es in ihren Ohren rauschte und sie sich einen schnellen Tod wünschte.

Äste schrappten an ihrem Körper entlang, das würzige Aroma von Tannennadeln stieg in ihre Nase. Wie viele Sekunden ihnen wohl noch blieben? Und würden sie nach ihrem Tod direkt als Seelen in Luzifers grausame Welt unter der Erde einziehen? Wirre Gedanken vernebelten ihr das Gehirn. Ein Ast schlug ihr ins Gesicht, Tequila jaulte, Holz krachte und knackte.

Merkwürdigerweise fühlte sich der Aufprall wenige Sekunden später auf der Erde nicht so schmerzhaft an, wie Adriana angenommen hätte. Zwar durchzuckte ihre rechte Schulter ein Schmerz vom anderen Stern, zumindest sah sie deswegen kurzzeitig einen grellen Blitz unter ihren geschlossenen Lidern. Aber sonst schienen alle ihre Knochen heil zu sein und teilweise nur leichte Prellungen davongetragen zu haben. Wieder drehte sich alles, was nur eines bedeuten konnte: Cruz hatte sich so gedreht, dass er den Sturz von Adriana abfangen konnte.

»Arghhhh!« Sein Schrei bereitete ihr mehr Schmerz als ihre lädierte Schulter. So schnell es ging, rappelte sich Adriana auf. Hielt sich den Arm und wartete darauf, dass ihre Sicht wieder klarer wurde und die Welt sich nicht mehr drehte. Wie durch einen Schleier nahm sie schließlich wahr, wie Tequila winselte, eine Pfote nicht belastete, aber tapfer über Cruz' Gesicht leckte, der sich am Boden in Todesqualen wand. Allein bei dem Anblick wurde Adriana erneut schwindelig. Im Gegensatz zu dem Hund schien Cruz erhebliche Schmerzen zu erleiden.

»Gift!«, röchelte er. Seine Augenlider flatterten. »Gift!«

Großer Gott! Benommen wankte sie zunächst hin und her, ging dann aber mit klopfendem Herzen vor ihm in die Knie. Cruz' rechter, durchschossener Flügel stand in merkwürdigem Winkel von seinem Körper ab. Sie musste etwas tun!

Später wusste sie nicht mehr zu sagen, was sie angetrieben hatte. Auf irgendeine Weise musste ihr Körper auf Autopilot umgeschaltet haben. Irgendwo links von ihr hörte sie Dämonen brüllen, aber sie konzentrierte sich in diesem Augenblick vollkommen auf Cruz, der wie verrückt schrie. Adriana zwang sich, alles andere auszublenden. Schweißperlen rannen ihm bereits in Strömen über die Stirn. Die Augen zusammengekniffen, rollte er sich von Krämpfen geschüttelt hin und her, wobei er den getroffenen Flügel in Schonhaltung von sich wegstreckte. Der Pfeil mit der winzigen Eisenspitze hatte zu ungefähr einem Drittel den dicken ledrigen Flügel durchstochen. Zwei Drittel des Schafts hingen noch nach hinten heraus. Ihre Finger bewegten sich wie automatisch. Cruz brauchte jetzt ihre Hilfe! Die Dämonenstimmen wurden lauter. Aus Angst vor dem Gift zog sie hastig die Jackenärmel über ihre Hände. Dann packte sie den hinteren Teil des Pfeils mit beiden Händen und brach ihn entzwei. Ohne Vorwarnung. Einfach so. Dafür war die Zeit zu knapp und zu wertvoll. Cruz' Körper bäumte sich auf, doch sie schaffte es gerade noch so, ihm den zerbrochenen Pfeil aus der Wunde zu ziehen. Blut sprudelte daraus hervor. Das war vielleicht nicht schlecht und würde einen Teil des Gifts ausspülen, hoffte Adriana. Der Blutverlust durfte nur nicht zu hoch sein.

Doch darum kümmerte sich jetzt der Alpha. Er zog den Flügel an seine Brust und drückte seine Hand auf die Wunde, um die Blutung zu stillen.

»Da sind sie!«, kreischte Rhyon so laut, dass Adriana fast geglaubt hätte, er schreie ihr aus direkter Nähe ins Ohr. Als sie sich aufrappelte, sah sie den Beta-Dämon den Clan anführen, die allesamt auf sie zugestürzt kamen. Gleichzeitig brach Ivan durch die Zweige der nächststehenden Bäume und landete keine zehn Schritte entfernt von ihnen.

»Bleibt, wo ihr seid!«, knurrte Cruz. Sein Gesicht zierte ein grünlicher Schimmer, den Adriana trotz der Dunkelheit bemerkte. Als sie in seine Richtung schielte, erkannte sie ebenfalls, wie er mit seiner freien Hand einen Feuerball erzeugte. Bereit zum Abwurf auf die Dämonen. »Oder ich grille euch alle mit einer Hand!« Trotz seiner vor Schmerzen zusammengekniffenen Lippen klang er so einschüchternd, dass die Dämonen sofort stehen blieben. Allerdings währte der überraschte Ausdruck auf ihren Gesichtern nicht allzu lange.

Ivan neigte den Kopf zur Seite. Am liebsten hätte Adriana ihm das überhebliche Grinsen aus dem Gesicht geschlagen.

»Genau. Weil du dafür lange genug leben wirst, nicht wahr?«

»Weiß er denn nicht, dass der Pfeil vergiftet war?«, wollte Rhyon in seiner üblichen naiven Art wissen. »Lang hat er nicht mehr. Und dann gehört das Schmutzige Blut uns!« Darüber freute er sich so sehr, dass er seinen Bogen in Richtung Himmel reckte. Seine Clanmitglieder kreischten vor Entzücken laut auf. Jubel im Angesicht von Cruz' nahendem Tod.

Das Geräusch brachte Adriana zum Würgen. Erst jetzt fiel ihr auf, dass auch Ivan einen Bogen in den Händen hielt. Er hatte den Pfeil auf Cruz also tatsächlich abgeschossen, wie sie vermutet hatte.

»Du!«, knurrte sie, die Hände zu Fäusten geballt. Den Schmerz in ihrer Schulter fühlte sie kaum noch.

Natürlich beeindruckte ihre Kämpferpose Ivan nur geringfügig. »Gib lieber gleich auf, Cruz. Dann schaffst du es vielleicht noch schnell genug zur Heilerin, um dein Leben zu retten.«

Unter seinen Worten zuckte Adriana zusammen. Oh nein! Gefährdete sie womöglich gerade Cruz' Leben? Nur weil er sie beschützen wollte, war er schließlich noch nicht zu Gesa gerannt, damit sie die Vergiftung heilen konnte. Er musste weg von hier. So schnell es ging. Trotz ihres bemüht ruhigen Äußeren tobte ein Tsunami an Gedanken und Gefühlen in Adrianas Innerem. Alles an dieser Situation fühlte sich falsch an. Falscher als falsch.

»Na, da soll mich doch der Teufel holen, wenn ich jetzt aufgebe«, knirschte Cruz durch seine geschlossenen Zähne.

»Würde sich einrichten lassen«, bemerkte Ivan.

»Das kannst du vergessen.« Cruz hob seine Hand, aus der die Flammen des Feuerballs noch höher schlugen als Sekunden zuvor, woraufhin Tequila ein Jaulen ausstieß.

»Wartet!«, fiel ihm Adriana beinahe ins Wort. »Wenn ich jetzt mit euch in die Hölle zu Luzifer gehe, nehmt ihr dann Cruz mit und bringt ihn zu Gesa Abendstern?« Ihre Stimme zitterte. Obwohl sie versuchte, die Stimme in ihrem Kopf, die sie wegen ihrer offensichtlichen Naivität ausschimpfte, zu ignorieren, konnte sie Ivans Antwort kaum abwarten.

»Natürlich«, meinte Ivan sogleich. Nur einer seiner Mundwinkel hob sich.

Gleichzeitig hustete Cruz. »Nein! Das wird sie nicht tun. Das lasse ich nicht zu.«

»Ach, sei doch vernünftig, Cruz Darkknight. Hör auf das Mädchen. Wir schließen einen Pakt hier und jetzt. Dann kann sie sicher sein, dass wir unser Versprechen halten.«

Ein Pakt! Lieber Gott. Ein Pakt, wie Molly einen geschlossen hatte! Tequila strich um Adrianas Beine. Sie musste sich an seinem Halsband festhalten, denn sonst, so fürchtete sie, wäre sie hintenübergekippt.

»Nur über meine Leiche!«, knurrte Cruz. »Anderer Vorschlag: Ich komme freiwillig mit euch in die Hölle, ohne dass ich auch nur einen von euch grille. Ihr könnt mich feierlich und geschlagen Luzifer übergeben. Dafür lasst ihr Adriana in Ruhe. Wir setzen sie in der Nähe auf einem Friedhof ab. Nach Mitternacht, wenn mein Pakt mit Luzifer eingelöst werden muss, rufe ich sie zu mir. Schließlich habe ich sie markiert. Sie wird mir gehorchen und dann habt ihr uns beide.«

Unter seinen Worten zuckte Adriana zusammen.

»Dann werde ich ihr befehlen, einen Menschen zu töten, damit sie zum Dämon wird und die Hölle betreten kann. Es ist ihr letztes Gebot. Ich glaube, das würde euch sehr viel Zeit und Ärger sparen, nicht wahr? Schließlich könnt ihr das Mädchen Luzifer nicht bringen, solange sie ein Mensch ist. Ihr müsstet sie zwingen, einen Menschen zu töten. So kann sie die Höllentore nicht passieren. Dafür müsste sie schon übernatürlich sein. Und zwar zu mehr als diesen fünfzig lächerlichen Prozent, so wie sie es momentan ist.«

Was? Vor Schreck hielt Adriana die Luft an. Ihr Gehirn versuchte immer noch Cruz' Worte zu verarbeiten. War das sein Plan, um Zeit zu schinden? Das war ein ganz und gar furchtbarer Plan! Gerade als sie ihm das genau so sagen wollte, schnitt ihr Ivan das Wort ab. »Eigentlich kann ich ganz einfach meine Sklavin Dakota herzitieren.« Ein widerwärtiges Lächeln umspielte seine Mundwinkel. »Adriana tötet Dakota und kann danach die Höllenpforte betreten. So einfach, aber genial.«

Adriana und Cruz blinzelten. Dakota töten? Das war Ivans Plan? Cruz fing sich als Erster wieder. »Und wenn nicht? Du kannst sie nicht dazu zwingen, es zu tun. Ich schon.«

Diese Argumente schienen Ivan nicht restlos zu überzeugen. »Ich könnte Adriana auch einfach selbst markieren und alles regeln.«

»Du vergisst, dass Menschen nicht mehr als eine Markierung ertragen. Andernfalls schmecken sie danach nicht nur ungenießbar, nein, sie werden auch noch verrückt. Die Psychiatrien dieser Welt sind voll von Traumapatienten dieser Art. Das würde Luzifer nicht glücklich stimmen, wo er doch mit ihr reden will, um an gewisse Informationen zu kommen. Wie gesagt, ich würde euch die Arbeit abnehmen, wenn wir einen Pakt schließen. Noch dazu könntest du deine Sklavin behalten, wenn ich Adriana zwinge, einen anderen Menschen zu töten.«

Stimmte das? Oder pokerte Cruz einfach nur hoch? Wenn ja, wusste Drym jedenfalls nichts von dieser Problematik mit der Doppelmarkierung. Einen Augenblick lang dachte Adriana an die Männer hinter der Glasscheibe im Krankenhaus. Waren sie von mehr als einem Dämon markiert worden?

Daraufhin schwieg Ivan und Adriana wusste nicht, welche Entscheidung sie sich bei ihm mehr wünschen sollte. Letztendlich breitet er seine Flügel aus. »Genau so machen wir es. Dämonenpakt.« Offensichtlich gefielen Ivan an Cruz' Plan vor allem die Vorteile für ihn selbst. Da Cruz sowieso bald für ganze fünfzig Jahre würde Luzifer dienen müssen, konnte der Höllenfürst sicher von ihm verlangen, Adriana zu sich zu rufen. Ob er wollte oder nicht. Ob das mit dem Rufen durch die Markierung wirklich funktionierte? Schneller als Adriana blinzeln konnte, hatte Ivan sich mit einem seiner spitzen Fingernägel die rechte Handfläche aufgeschlitzt, war zu Cruz hinübergegangen und hielt ihm jetzt die Hand hin. Cruz nahm seine eigene blutverschmierte Hand und schlug ein.

»Hach, wie ich Pakte unter Dämonen liebe!«, seufzte Rhyon glücklich. So, als würden ihm die Tränen kommen, rann ihm plötzlich mehr Sand als gewöhnlich über das Gesicht. Adrianas Augen verengten sich. Dieser idiotische Sandmumien-Dämon. Im Gegensatz zu ihm brauchte sie ein paar Sekunden, um zu begreifen, was gerade geschehen war. Cruz war nicht nur schwer verletzt und würde vielleicht sterben, sondern musste jetzt auch noch früher als geplant als Sklave zu Luzifer in die Hölle ziehen. Nein, das konnte nicht wahr sein! Ohne es verhindern zu können, sank sie erneut auf die Knie. Ihr Neoprenanzug spannte sich dabei an Knien und Schultern. Wie konnte das alles nur dermaßen in die falsche Richtung laufen? Auf welche Weise konnten sie das Schicksal der Welt jetzt noch retten? Und wie konnten sie und Cruz nach dieser Entwicklung jemals zusammen sein?

Zehn Minuten später hatte der seltsame Trupp, bestehend aus Ivans Dämonenclan, Cruz, Adriana und Tequila einen kleinen Waldfriedhof nahe des Höllenportals erreicht. Sowohl Cruz als auch Adriana hielten sich ihre schmerzenden Schultern, während der Hund mit angelegten Ohren neben ihnen herhumpelte. Glücklicherweise hatte Cruz' Wunde aufgehört zu bluten. Dennoch schien seine Kraft immer mehr nachzulassen. Dazu sah sich Tequila genötigt, alle paar Schritte einen Dämon anzuknurren. Selbst die neugierigen Omega-Dämonen, die sich ganz nahe an sie herantrauten. Mit ihren großen blauen Augen beobachteten sie jeden Schritt der drei, wobei sie wie Flummis auf und ab hüpften.

Den ganzen Weg über hatte Adriana fieberhaft nach einem Ausweg aus ihrer Situation gesucht. Aber welchen Ausweg konnte es geben, wenn Cruz bereits zwei Dämonenpakte geschlossen hatte? Und das alles nur ihretwegen, wenn man es genau nahm. Konnte Luzifer Cruz dazu zwingen, diese Markierung zu nutzen, um auch sie zu steuern? Wenn ja, hatten sie ein massives Problem und der Höllenfürst würde sich ins Fäustchen lachen. Aber das durfte nicht sein. Luzifer durfte nicht schon gewonnen haben. Nicht jetzt, wo sie noch gar nicht richtig mit ihrem Widerstand begonnen hatten!

Ivan hieb einem Omega-Dämon auf den Kopf, der sich zu nah an ihn herangetraut hatte, was von Adriana mit einem verachtenden Blick quittiert wurde. Ein weiteres Mal ging sie alle ihre Optionen durch. Was blieb ihnen noch übrig? Die einzige Hilfe war eigentlich von den anderen Halbdämonen und den eingesperrten Engeln zu erwarten. Genau genommen waren sie die einzige Chance, Luzifer aufzuhalten. Doch wie sollten sie in kürzester Zeit alle nötigen Engel und Halbdämonen auftreiben? Um den Schmerz zu lindern, ließ sie bei ihren Überlegungen die rechte Schulter kreisen. Egal wie, ihr musste einfach eine Lösung einfallen! Und zwar schnell.

»Darf ich mich noch von ihr verabschieden?« Cruz' Stimme riss sie aus ihren Gedanken. Gerade schob er sie mit der freien Hand sanft die zwei Treppenstufen hinunter, die den Eingang zum Friedhof markierten. Tequila folgte den beiden, ließ den Dämonenclan dabei aber nicht aus den Augen. Wachsam hatte er jetzt die Ohren gespitzt. Immerhin verzichtete er auf das obligatorische Knurren.

»Es sind deine letzten Minuten«, meinte Ivan achselzuckend. Da hatte der Dämon wohl recht.

Als er sie näher zu sich zog, strich Adriana Cruz zärtlich eine Strähne aus dem Gesicht, die an ihm klebte, als hätte er soeben eine Sauna besucht. Er fühlte sich glühend heiß unter ihren Fingerspitzen an. Das Fieber hatte bereits eingesetzt.

»Mach es lieber kurz«, flüsterte sie. »Das Wichtigste ist, dass du überlebst, okay? Versprich mir das.«

Bevor er antwortete, atmete Cruz einmal tief ein, schien dabei Adrianas Berührung zu genießen. Fast hatte sie das Gefühl, dass er seine Wange entspannt in ihre Handfläche schmiegte. »Versprochen. Ich werde es schaffen. Für dich. Aber du musst mir versprechen, nichts Dummes anzustellen.« Sein mahnender Blick ließ sie kurz innehalten. »Geh nach dieser Nacht zu Rico.

Ich sage Gesa Bescheid, die mit Drym und Savannah sprechen wird. Trefft euch morgen Nacht wieder an der Kapelle. Das ist der sicherste Ort momentan. Rico wird bestimmt herausfinden können, wo die Engel festgehalten werden, und Drym kann mit Savannah diese Kinder abholen. Seid wachsam!« Seine Stimme war kaum mehr als ein Flüstern, um Ivan nicht mehr Informationen zu liefern als nötig. Adriana nickte. »Wir holen dich da schon raus. Drym, Savannah und Gesa werden dich in der Hölle doch finden? Und ich –«

»Nein. Bring dich bitte nicht wegen mir in Gefahr. Ich werde mit Gesa aus dem Inneren der Hölle heraus unseren Plan vorbereiten. Drym und Savannah können uns über eure Fortschritte auf dem Laufenden halten.«

Wie konnte er das so locker sehen?

»Du weißt nicht, was Luzifer mit dir in der Hölle machen wird. Vielleicht foltert er dich …«

»Nun«, meinte Cruz gelassen. »Das wird er auf jeden Fall, wenn ich mich weigere, das Band zwischen uns zu nutzen …« Er ergriff ihren Unterarm, strich dann mit dem Daumen genau über die Stelle, an der Adrianas Ballonnarbe unter ihrem Neoprenanzug schlummerte.

Das konnte er nicht ernst meinen! Schon allein die Vorstellung, was Luzifer alles mit Cruz anstellen würde, drehte ihr den Magen um. Wie konnte er Folter so leicht hinnehmen?

»Cruz, wie soll ich den Gedanken ertragen, dass Luzifer dich gerade in seinen Folterkammern auseinandernimmt? Ich ertrage schon den Gedanken an die nächste Nacht ohne dich nicht.«

Seine Gesichtszüge wurden weich. »Du schaffst das. Spätestens in fünfzig Jahren bin ich ohnehin wieder frei.« Er küsste ihre Handfläche.

»Nicht lustig.«

»Halbdämonen altern langsamer. In fünfzig Jahren wirst du immer noch wie eine knackige Achtundzwanzigjährige aussehen.« Er lächelte wie unter Schmerzen.

Sie verengte die Augen. »Hör auf, Witze darüber zu machen.«

»Okay, mein Herz. Ich gehe jetzt und du passt auf dich auf. Wir werden uns wiedersehen, in Ordnung? Das verspreche ich dir.«

Mein Herz. Er hatte sie *mein Herz* genannt. Bei seinen Worten spürte Adriana, wie sich ein Kloß in ihrem Hals bildete. Warum jetzt?

»Bitte, halt durch. Ich … ich brauche dich.« Sofort erschrak sie vor ihren eigenen Worten. Woher war das gekommen? Nun ja, sie hatte sowieso nichts mehr zu verlieren. Also nutzte sie die letzten Sekunden, die ihnen noch blieben, schlang ihren Arm um seinen Nacken, zog ihn an sich und küsste ihn. Küsste Cruz ein letztes Mal, bevor er sie verlassen musste. Zwei Dämonenpakte zwangen ihn dazu. Pakte, die er eingegangen war, um sie zu retten. All diese Gefühle – Trauer, Wut, Verzweiflung – legte sie in diesen letzten Kuss. Ihr Atem ging so schwer, dass sie wegen des Sauerstoffmangels Sterne sah. Doch das störte sie nicht. Die aussichtslose Situation, eine Zukunft ohne Cruz, verschlang alle ihre Empfindungen, blendete alles andere aus. Nach ungefähr zwei Dutzend Herzschlägen löste sie sich von ihm.

»Sag Gesa, dass ich sie eigenhändig zu Holzkohle verarbeite, wenn sie dich nicht wieder zusammenflickt.«

Zunächst wirkte Cruz überrascht, ja fast benommen von ihrem Abschiedskuss, lächelte dann aber.

»Versprochen.«

»Geh jetzt, bitte.«

Cruz nickte. Seine Augen glänzten. »Du bist das Beste, was mir je passiert ist, Adriana Astara. Ich werde alles tun, damit dir niemand auch nur ein Haar krümmt.« Er senkte seine Stimme bis zu einem beinahe lautlosen Wispern. »Aber wenn du spürst, dass ich dich rufe, weil Luzifer mir keine Wahl lässt, dann musst du dir das Mal aus der Haut schneiden. Versprich mir das. Ich werde diese Hintertür für dich offen lassen.«

Zuerst versteifte sich Adriana bei dieser Anweisung. Aber instinktiv wusste sie, dass sie genau das tun musste. Vielleicht jetzt schon, damit Luzifer Cruz deswegen nicht zu foltern brauchte.

Damit es keine Chance mehr gab, sie durch die Markierung zu kontrollieren.

Cruz beugte sich vor und küsste sie zum Abschied auf die Stirn. Diese Berührung schickte eine Welle des Glücks durch ihren Magen. Cruz. Es war immer nur Cruz gewesen. Cruz und sie, wie im Höllenfeuerlied besungen. Von uralter Weisheit vorhergesagt. Obwohl sie Worte wie Vorhersehung und Prophezeiung hasste, musste sie zugeben, dass es genau das war, was auf sie beide zutraf. Mit gemischten Gefühlen schloss sie für einen Moment die Augen, erlaubte sich diesen allerletzten Kuss in ihrem Herzen einzuprägen, Cruz Darkknights Andenken festzuhalten.

Und damit drehte er sich um, ließ Adriana verzweifelt im Inneren, aber äußerlich gefasst zurück. Neben ihr winselte Tequila. Reglos beobachtete sie, wie er die Stufen hinaufstieg und mitsamt Ivans Clan von dannen zog. Alle paar Schritte drehte er den Kopf zu ihr um. Seine letzten Worte hallten wieder und wieder durch ihren Kopf. Adriana empfand genauso. Er war das Beste, was ihr seit dem Tod ihrer Mutter passiert war.

Als die Nacht und die Bäume ihn schließlich vollkommen verschluckt hatten, rann eine einsame Träne über Adrianas Wange. Er war fort. Löste eine Schuld ein, die sie gewissermaßen verursacht hatte. Cruz ging in diesem Moment für sie in die Hölle. Mehr Tränen kamen, verschleierten ihr die Sicht. Lautlos vor sich hin weinend, aus Angst vor weiteren Dämonen in der Nähe, rannte sie in die Mitte des Friedhofs, brach dort unter einer Steinstatue, die einen Engel mit Kriegerhelm darstellte, zusammen. Der Hund war ihr auf dem Fuß gefolgt, kuschelte sich jetzt an sie, doch das konnte ihren Schmerz nicht lindern.

19

Als die ersten Sonnenstrahlen durch die Baumspitzen auf sie zukrochen, waren sämtliche Tränen versiegt. Zwar brannten ihre Augen und sie fühlte sich ausgelaugt, doch es wollten einfach keine neuen Tränen mehr kommen. Nachdem sie mit Rico telefoniert und ihm alles erzählt hatte, war sie dazu übergegangen, wie im Wahn hin- und herzuwippen. Die Beine angezogen und mit ihren Armen umschlungen schaukelte sie vor und zurück. Vor und zurück. Und das seit Stunden. Sie konnte an nichts anderes mehr denken als daran, was Cruz wohl gerade zustieß, an ihren Abschied und was sie jetzt tun sollte. Zu ihren Füßen schlummerte der Hund. Bald würde sie ihn wecken müssen. Denn inzwischen hatte sie sich einen Plan zurechtgelegt. Allerdings nicht den, den Rico vorgeschlagen hatte. Nein, einfach nur herumsitzen und nach Engeln im Internet recherchieren würde sie nicht über sich bringen. Immerhin hatte Rico Mayor Dwight langsam davon überzeugen können, dass die Dämonen etwas planten. Das war die einzig gute Nachricht in dieser Nacht. Allerdings hatten sie den Plan mit dem Fest noch nicht aufgegeben. Major Dwight war nach Ricos Aussage ganz vernarrt in die Idee einer Militärparade mit Waffendemonstration. Aber womöglich konnten sie dennoch auf Unterstützung von der BKOD hoffen, sobald ihnen klar wurde, dass die Verdunklung in Gang gesetzt wurde. Doch das würde Cruz nichts nützen. Kein Soldat würde lebend durch ein Portal in die Hölle gelangen können. Aber sie – sie konnte es tun!

Vorsichtig massierte sie sich die verletzte Schulter. Glücklicherweise hatte der Schmerz nachgelassen. Ihre Hand glitt in ihre Jackentasche, wo sie sich um das Messer legte. Es fühlte sich kühl in ihrer Hand an. Seufzend schloss sie für einen Moment die Augen. Es gab nur diesen einen Ausweg.

Keine zwei Minuten später stand sie auf, streckte sich, zog die Bänder an ihren Rucksackgurten enger und schnalzte dann mit der Zunge.

»Aufstehen, Tequila.« Der Hund öffnete ein Auge und hob träge den Kopf. »Guten Morgen.« Sie lächelte ihn an. »Komm, es gibt viel für uns zu tun.«

Noch vor ein paar Tagen hatte sie sich ihren achtzehnten Geburtstag ganz anders vorgestellt. Doch jetzt wanderte sie um acht Uhr morgens, kurz nach der First Daylight Hour, durch die Straßen Portlands. Eine Atmosphäre der Erleichterung lag auf der Gegend wie eine Decke voller Glück nach einem verheerenden Krieg. Die Dämonentage 2019 waren überstanden. Ein neues Jahr hatte soeben begonnen, voller Hoffnung, voller Neuanfänge, mit den Versprechen der BKOD, dass in diesem Jahr den Dämonen wirksame Waffen entgegengesetzt werden würden. Wenn die Leute nur wüssten! Wahrscheinlich war sie, Adriana, an diesem Morgen die Einzige, die sich mit einem Herzen so schwer wie eine Tonne Kieselsteine durch die Straßen schleppte. Sie ließ den Blick über die Schuttberge am Straßenrand gleiten, nahm die heruntergekommenen Plakatwände wahr, an denen einzelne Papierfetzen im Wind schlackerten. Seit Jahren hatte in diesem Teil Portlands keine Firma mehr in Werbung investiert.

Zunächst überlegte Adriana, ob sie zuerst zum Notar gehen und den Brief ihrer Mom abholen sollte. Doch das erschien ihr plötzlich wie Zeitverschwendung. Es gab Wichtigeres zu tun. Ihre Finger tasteten nach der Kette um ihren Hals. Inzwischen konnte sie sich denken, was in dem Brief stehen würde. Ihre Mom wollte ihr sicher mitteilen, wer ihr Vater war. Doch sie konnte darauf verzichten, den Namen des Dämons oder Halbdämons zu erfahren, der sie gezeugt hatte. Ob er auch so wie Cruz gewesen war oder so bösartig wie Ivan?

Tatsache war, dass Luzifer ein Geheimnis jagte und dass er glaubte, dass Adriana es kannte. Ein Grund mehr eigentlich, diesen Brief ihrer Mutter zu lesen. Ob Luzifer in Erwägung zog, dass sie bis heute nichts wusste? Dass ihre Mutter nie ein wichtiges Geheimnis mit ihr geteilt hatte? Würde es ihr etwas bringen, den Brief nicht zu öffnen? Wahrscheinlicher war es, dass er versuchen würde, die Information aus ihr herauszupressen.

Und das, obwohl sie keine Ahnung hatte, um was es hier ging. Auf eine kranke Weise mussten die beiden sich begegnet sein. Allein bei dem Gedanken daran wurde ihr schlecht. Dennoch, sie würde später Rico beauftragen, mit ihrer Vollmacht diesen Brief abzuholen. In diesem Moment war Cruz wichtiger, der im Gegensatz zu ihrer Mutter noch lebte. *Noch* lebte. Sie seufzte. Nun ja, Luzifer würde ihn sicher nicht sofort töten. Erst wenn er ihm nichts mehr nutzte oder wenn es ihm keinen Spaß mehr machte, Cruz zu quälen. Ihre Schritte versteiften sich. Das würde sie um jeden Preis verhindern! Nach allem, was Cruz für sie getan hatte, war sie jetzt an der Reihe. Zugegeben, die Gefühle, die sie für ihn hegte, spielten auch eine große Rolle. Und deswegen musste sie jetzt eben doch etwas Dummes anstellen. Gewissermaßen ihr Versprechen an ihn brechen. Doch das war letztendlich ihr kleinstes Problem. Schließlich tat sie es für ihn.

Nach und nach zwang sie sich durchzuatmen. Hier, im östlichen Teil von Portland, drückte sich ein heruntergekommenes Arbeiterhaus an das andere. Die Verbrechensrate in East-End war beinahe höher als in ganz New York, und genau darauf setzte Adriana. Mit klopfendem Herzen drückte sie sich an eine graue Außenwand, an der ein Baugerüst befestigt war.

Einatmen, ausatmen.

Sie fokussierte den grünen Stofffetzen, der am Gerüst genau vor ihr herunterbaumelte. Ein zerrissenes Werbebanner für das Bauunternehmen. Sicher hatten seine Besitzer schon vor Monaten das Weite gesucht, weil in East-End einfach alle Baumaterialien nachts geklaut wurden und sich so eine Sanierung des Gebäudes kaum lohnte.

Einatmen, ausatmen.

Es wurde ernst, aber genauso hatte sie es geplant. Der Hund hatte sich zu ihren Füßen niedergelassen. Sicher hatte er Hunger. Schnell schickte sie Rico ihre Koordinaten, dann band sie Tequila am Baugerüst fest. Gleich würde Rico sie beide wie eben mit ihm besprochen abholen kommen. Doch nur Tequila würde zurückbleiben und auf ihn warten. Mit einer Nachricht am Halsband. Mit zittrigen Fingern gekritzelt. Auf ihrem Notizblock, auf dem sie auch alle Hinweise zu den Engeln festgehalten hatte.

Einatmen, ausatmen.

Der grüne Stofffetzen flatterte sanft im Wind vor ihren Augen. Sie würde es jetzt durchziehen. Jetzt! Ihre Finger umklammerten das Messer. Sie betete nur, dass es einer dieser Verbrecher des Viertels sein würde. Sie musste es tun. Für Cruz! Als normales Mädchen war sie ihm einfach keine große Hilfe. Unter allen Umständen musste sie ein Dämon werden. Dann erst konnte sie ihn in der Hölle aufspüren und ihn befreien. Wenn ihre Theorie stimmte, würde ihr etwas Zeit bleiben, um das nächstgelegene Portal zu erreichen. Ihr dämonischer Instinkt würde ihr den Weg dorthin weisen, bevor sie in der Sonne verbrannte. So hatte Drym es jedenfalls beschrieben. Das Portal würde sie durchlassen. Auch wenn schon der erste Januar war. In die Hölle kam man immer. Nur ein Mord stand zwischen ihr und Cruz, für den sie mehr Gefühle hegte, als ihr lieb war. Sie musste sich eingestehen, dass sie ihn liebte. Dämon hin oder her. Sie konnte und wollte sich keine Sekunde länger mehr vor ihm verschließen. Fünfzig Jahre ohne ihn … allein die Vorstellung fraß sie von innen heraus auf. Cruz gefoltert, mit Savannah für ein halbes Jahrhundert an seiner Seite … der Gedanke würde sie umbringen. Also blieb ihr sowieso keine Wahl. Sie würde das jetzt durchziehen. Für Cruz! Und danach auf direktem Weg zu ihm in die Hölle fliegen. Das war ihre einzige Option. Jedenfalls die Erfolg versprechendste. Hoffentlich würde Rico es verstehen. Am Ende, wenn Cruz' Theorie stimmte, würden sie beide nach der Rettung der Welt wieder zu normalen Menschen werden. An diese Hoffnung zumindest klammerte sie sich in diesem Moment. Wahrscheinlich trat mit ihrem Vorhaben gerade die Prophezeiung ein, von der die Seelen in der Höhle gesprochen hatten. Sie war das gute Kind, das böse wurde. Ihre Finger zitterten bei diesem Gedanken. Gemeinsam mit Cruz würde sie ein Heer an Dämonen anführen und schließlich an seiner Seite den Höllenthron besteigen. So hatte sie es vorhergesehen. Plötzlich fühlte sich dieser Gedanke gar nicht mehr so abartig an wie in den Tagen zuvor.

Schritte. Sofort spannten sich sämtliche Muskeln in ihrem Körper an. Auch Tequila spitzte die Ohren, als ahnte er, dass gleich etwas Entscheidendes passieren würde, nachdem nichts mehr so sein würde wie bisher. Das Brechen des letzten Gebots Gottes. Nur ein Menschenleben. Danach konnte sie Cruz suchen. Es musste sein. Der nächste Mensch, der um diese Ecke bog … Sie würde ihn töten. Wenn Luzifer seinen Plan in die Tat umsetzte, würden in den folgenden Nächten noch viel mehr Menschen sterben. Wenn niemand sie warnte jedenfalls.

Die Schritte kamen näher. Bereit zum Angriff umklammerte Adriana das Messer.

»Happy Birthday, Adriana«, flüsterte sie.

Im nächsten Augenblick bog ein Mädchen mit einem Hund um die Ecke. Es konnte nicht älter als sieben Jahre alt sein. Nein, nein, nein! Auf den zweiten Blick bemerkte sie, dass das Kind einen Blindenhund führte. Die rosa Jacke des Mädchens zierte eine gelbe Armbinde mit drei schwarzen Punkten. Lange blonde Haare fielen der Kleinen über milchig-trübe Augen. Sie war blind oder zumindest fast blind. Genau an der Ecke hielt sie an. Während der Blindenhund, ein heller Labrador, an die Hausecke pinkelte, rieb sich das Mädchen über die Augen. Auf dem Weg hierher war Adriana an einer Blindenschule vorbeigelaufen. Sicher war sie dorthin unterwegs. Adriana schluckte. Sie konnte kein Kind töten! Es ging einfach nicht. Unmöglich.

Andererseits … flüsterte die tückische Stimme in ihrem Kopf, *ist dieses Kind leichte Beute für die Dämonen. Sie wird die Erste sein, die in den nächsten Tagen stirbt. Außerdem: Führt sie als blindes Kind überhaupt ein lebenswertes Dasein?*

Verwirrung machte sich in ihr breit. War es an ihr, über ein behindertes Kind zu richten? Über Leben und Tod zu entscheiden? Dennoch hob sie erneut das Messer.

»Ich kann Sie atmen hören, wissen Sie?«

Adriana schrak zusammen. Die Stimme war von dem Mädchen gekommen.

»Sie haben auch einen Hund«, stellte das Mädchen fest. »Ich könnte jetzt sagen, ich hätte ihn hecheln gehört, doch ein winziges bisschen kann ich seinen Umriss erkennen.«

Das Mädchen redete mit ihr. Oh Gott, das machte alles nur noch schwieriger. Trotzdem, sie musste es tun. Jetzt gleich und hier. Also machte Adriana einen Schritt auf die Kleine zu. Hinter dem Kind quälte sich gerade die Sonne über den Hausdächern empor. Bereit, zuzustechen, hob Adriana ihren Arm. Für Cruz!

Sie verharrte. Nur dieses blinde Mädchen stand zwischen ihr und Cruz' Rettung.

Ihre Atmung beschleunigte sich. Wahrscheinlich musste das Mädchen denken, sie hätte es mit einer Verrückten zu tun. Dieses süße kleine Mädchen. Nein, sie brachte es einfach nicht über sich. Sonnenstrahlen blendeten sie jetzt, sodass sie die Hand über ihre Augen halten musste. Dann schoben sich wie aus dem Nichts mehrere Wolken vor die Sonne. War das ein Zeichen?

Das Mädchen stand immer noch reglos vor ihr. Warum ging sie nicht einfach weiter? Die Flügel ihrer Stupsnase bebten. Dieses Kind. Es musste leben, so wie alle anderen Kinder in dieser Stadt und auf der ganzen Welt. Die Erkenntnis traf Adriana wie ein Eimer voll Eiswasser. Klirrend fiel das Messer zu Boden. Vorbei. Vorbei. Sie konnte es nicht tun, würde es vielleicht niemals tun können. Das letzte der Zehn Gebote würde für immer zwischen ihnen stehen. Ob sie damit Cruz' Schicksal besiegelt hatte?

Sie trat unter dem Baugerüst hervor, machte einen Schritt zur Seite, um dem Mädchen aus dem Weg zu gehen.

In diesem Moment öffnete sich der Himmel. Wolken verschoben sich.

»Du«, flüsterte das Mädchen plötzlich. Ihre Stimme zitterte. »Du bist eine von Ihnen.«

Unfähig zu atmen stutzte Adriana. Oh nein, woher konnte sie das wissen?

Wie Adriana trat das Kind auch einen Schritt zur Seite, ließ dabei sogar die metallene Stableine des Blindenhundes los. Ihr Mund öffnete sich, das Gesicht in Erstaunen verzogen, als sei sie soeben einem Wunder begegnet. »Segne mich!«

Wie? Das kam zu überraschend. Adriana musste sich verhört haben.

Ein Sonnenstrahl fiel auf sie, wärmte sie. Auf einmal war überall Licht. Wie automatisch hob sich Adrianas Arm. Fast wie ferngesteuert. Sie konnte nicht das Geringste dagegen unternehmen. Eine seltsame, kribbelnde Macht hatte von ihr Besitz ergriffen. Mit großen Augen sah sie zu, wie sich ihre eigene Hand auf den Kopf des blinden Kindes legte. Dann hörte sie sich selbst fremde Wörter sprechen. Latein! Sie hob den Blick. Unglaublich, aber wahr – sie stand mit dem Mädchen tatsächlich in einem Kreis puren Sonnenscheins. Ein Strahl von dem Durchmesser eines Traktorreifens. Eine Segnung. Obwohl sie kein Wort Latein konnte, außer den üblichen Brocken, sprach sie gerade einen vollen lateinischen Segen! Nachdem er beendet war, klappte ihr der Mund auf.

Die Mundwinkel des Kindes hoben sich.

»Ich spüre große Zuversicht und Wärme von deiner Hand in mich fließen«, sagte die Kleine jetzt. »Besuchst du mich bald wieder, Engel?«

Großer Gott. Adriana, inzwischen wieder Herrin ihrer eigenen Gliedmaßen, schlug sich die Hand vor den Mund. Was war hier nur geschehen? Ihre Gedanken rasten, spielten alle Möglichkeiten durch. Aber ihr Innerstes wusste bereits, was passiert war.

Dafür konnte es nur eine Erklärung geben. Sie mussten sich alle geirrt haben. War sie gar nicht Halbdämon, sondern Halbengel? Eilig besah sie sich ihre Schulterblätter. Fast erwartete sie, dass gefiederte Flügel daraus hervorbrachen. Doch nichts war zu sehen. Alles wie immer.

»Du bist noch so jung.« Das Mädchen strich über Adrianas Arm. »So wie meine Mutter es war, als sie mit achtzehn ein Engel wurde. Deine Aura leuchtet wie ihre.«

Hin- und hergerissen schwankte Adriana zwischen bleiben und davonrennen. Aber Moment mal, hieß das, sie war noch ein Engel in Ausbildung? Auf irgendeine Weise noch nicht voll entwickelt? Vor lauter Emotionen verstand Adriana die Kleine kaum. Ihre Mutter, die Mutter des Mädchens – sie musste ebenfalls Halbengel gewesen sein. Hieß das, Halbengel wurden an ihrem achtzehnten Geburtstag automatisch zu Engeln? Fast hörte es sich danach an. Hatten die Dämonen etwa nicht erkannt, dass ihr menschliches Blut mit Engelsblut vermischt war statt mit dämonischem? Vielleicht roch man den Unterschied nicht? Wenn einfach beides irgendwie nur *falsch* roch?

Das Mädchen stand reglos und irgendwie abwartend da. Schließlich räusperte sich Adriana. »Soll ich dich zu deiner Mutter bringen?«

»Das geht nicht. Sie ist tot. Aber du könntest mich irgendwann wieder besuchen. Tust du das? Ich gehe auf die St. Mary Blindenschule zwei Straßen weiter. Wirst du mich dort abholen kommen? Mein Name ist Helen, wenn du dort einfach nach mir fragst …«

Wieder schnürte Adriana ein Kloß im Hals alle Luft ab.

»Ja, das werde ich«, versprach sie röchelnd. »Eines Tages.« Dieses Versprechen würde sie einhalten, genau wie das Versprechen an Cruz. Ihn aus der Hölle zu holen. Den Mann, den sie liebte, aus Luzifers Fängen befreien. Denn das war er. Ihre große Liebe. Jetzt sah sie alles viel klarer. Selbst ihre gemeinsame mögliche Zukunft. Obwohl es sich paradox anhörte. Auf einmal ergab alles viel mehr Sinn. Sie beide würden sich ergänzen, mehr

Macht haben als jemals zuvor. Gemeinsam konnten sie Luzifer schlagen. Alle Dämonen und Engel gegen ihn vereinen. Sie gönnte sich einen tiefen Atemzug, um ihre Gedanken zu ordnen. Noch vor fünf Tagen hätte sie nicht im Entferntesten daran geglaubt, dass sie ein Halbengel sein könnte und sich in einen Halbdämon verlieben würde. Ein ungleiches Paar mit nur einem Auftrag: Die Menschheit vor den dämonischen Plänen zu beschützen. Auf einmal kam ihr die Passage aus dem Höllenfeuerlied wieder in den Sinn:

Die Mächtigen, gezeugt durch die Übernatur,
zwei Mütter, die Kinder sind Halbblute nur.
Das Gute von ihnen gezeichnet vom Bösen,
wird sich am Ende von allem Guten lösen,
das andere, das zunächst böse erscheint,
wird nach Erlösung streben, mit dem Guten vereint –
Gefährten aus lange vergangenen Jahren
müssen im Kampf sich um sie scharen.
Vergessen muss sein die Befangenheit,
die Vorurteile aus alter Zeit.

Nach ihrer Wandlung kam ihr dieser Text leichter zu interpretieren vor. Sie musste das gute Kind, gezeichnet vom Bösen sein. Und mit Halbblut hatte das Höllenfeuerlied nicht das Dämonenblut gemeint. Sondern Engelsblut. Die Ballonmarkierung war der Hinweis, dass sie vom »bösen Kind«, also Cruz, gezeichnet worden war. Eindeutig. Cruz und sie waren die Erlöser. So jedenfalls hatten die Seelen in der Höhle am Eingang zur Hölle sie angesprochen.

Und so drückte Adriana die Hand von Helen, verabschiedete sich von Tequila und ging los, zurück in Richtung des Waldes, der die Stadt Portland umschloss wie ein dunkler Ring und von vielen als Märchenwald bezeichnet wurde. Sie war bereit, ihr eigenes Märchen zu schreiben. Die Ironie an ihrer Geschichte entging ihr dabei nicht. Sie war ein Engel, während Cruz zu einem Dämon geworden war. Immerhin konnte sie Dank des übernatürlichen Blutes nun die Hölle betreten, das hoffte sie zumindest. Mit festen Schritten machte sie sich auf den Weg, nur gefolgt von Tequilas Blicken. Bereit, für ihre große Liebe durch die Hölle zu gehen.

Danksagung

Bei diesem Buch geht praktisch mein ganzer Dank an meine Leser von Wattpad.com. Ohne euch gäbe es dieses Buch nicht. Ihr habt mir dort Mut zugesprochen und wart die Ersten, die diese Geschichte gelesen und gefeiert haben! Ihr wisst gar nicht, wie viel mir das immer noch bedeutet. Von euch habe ich viel über Shippingnamen gelernt und über eure Kommentare zum Buch gelacht, ihr Süßen! Ein weiterer Dank geht an meine Follower auf Instagram. Euer Fangirling ist echt klasse. Vor allem ein großer Dank an Seda, Viktoria und Emma!

Keine Danksagung ohne ein fettes Danke an meine Lektorin – The Brain – Isabell Schmitt-Egner. Was würde ich ohne deine schlauen Anmerkungen tun? Du findest jeden noch so kleinen Logikfehler, bist wie Superwoman nur mit mehr Schlau! Ich bin sicher, du könntest, Omega-Dämonen dressieren. Obwohl wir immer sagen, beim nächsten Buch geben wir mal nicht kurz vor knapp ab, schlagen wir uns letztendlich doch immer wieder die letzten Nächte gemeinsam um die Ohren. Was wäre ich ohne dich? Danke, dass du immer da bist und mitziehst!